大專用書

新聞媒體與消息來源
——媒介框架與真實建構之論述

臧國仁　著

三民書局 印行

國家圖書館出版品預行編目資料

新聞媒體與消息來源：媒介框架與眞實
建構之論述／臧國仁著.--初版.--臺
北市：三民，民88
　　　面；　　公分
參考書目：面
ISBN 957-14-2986-4（平裝）

1.新聞學

890　　　　　　　　　　　　　88003841

網際網路位址　http://www.sanmin.com.tw

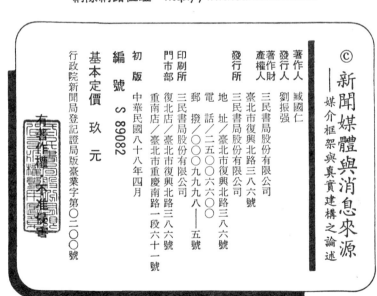

© 新聞媒體與消息來源
—媒介框架與眞實建構之論述

著作人　臧國仁
發行人　劉振強
產著作權人財　三民書局股份有限公司
發行所　三民書局股份有限公司
　　　　地址／臺北市復興北路三八六號
　　　　電話／二五○○六六○○
　　　　郵撥／○○○九九九八——五號
印刷所　三民書局股份有限公司
門市部　復北店／臺北市復興北路三八六號
　　　　重南店／臺北市重慶南路一段六十一號
初版　　中華民國八十八年四月
編　號　S 89082
基本定價　玖　元
行政院新聞局登記證局版臺業字第○二○○號

ISBN 957-14-2986-4（平裝）

感謝詞

──笨鳥慢飛的托詞

　　本書之撰寫，首要感激研究伙伴鍾蔚文教授之提攜與協助。猶記一九九一年間我與鍾教授聯袂前往美國Boston市參加當年新聞與大眾傳播學會(AEJMC)年會，正好有機會聆聽業師James Tankard教授宣讀研究報告，討論有關框架研究的方法問題(Tankard, et al. 1991)。當時鍾教授甫結束國科會有關閱聽眾收視電視新聞之基模研究，對框架概念已累積相當經驗，回臺後邀我一同進行「記者認知」之研究計畫(成果可參見Chung & Tsang, 1993, 1992)。隨後一路走來，逐步發展成為有關「新聞專家生手」，以及這兩年的「認知類型」、「記者知識」、「新聞再現」等長短期計畫，其間收穫與成長難以計量(參見本書所附中英文參考書目)。本書之基本思考概念大都脫胎於近些年與蔚文兄一起進行研究的經驗，受其啟發最多也最大，難以言謝。

　　至於本書之撰寫，若要將構思時間一併計入，則耗時遠超過四年。早在一九九四年初，蔚文兄受任國立中正大學電訊傳播所創所所長，邀我投稿該所主辦之第一屆「傳播生態研討會」，因而展開新聞媒體與消息來源的初步探索。論文幸蒙中選，並蒙討論人翁秀琪教授不吝提供建議與批評，得以瞭解缺失所在。隨後投寄《國科會人文與社會彙刊》，亦僥倖入選，這是第一階段的準備工作(見臧國仁，1995a, 1994)。

　　教學之餘，我曾兼任本所(新聞研究所)在職進修計畫執行長工作四年。一九九五年間即以「新聞媒體與消息來源」為題，組織研討會，邀請八位學有專精的教授同仁分別授課討論，隨後並提供專文，選入《新

聞工作者與消息來源》專書出版（見臧國仁，1995b）。編著此書過程中，得以接觸窺見本領域之最新見解與研究報告，對研究問題更加清楚，此為第二階段之準備工作。

一九九五年夏，我去香港擔任訪問學人之前，蒙鄭教授瑞城盛情出面邀約四位好友（蘇蘅、陳雪雲、鍾蔚文、彭家發）一齊討論本書初稿。夏日炎炎中，大夥兒齊聚於傳播學院四樓研討室聽我報告大綱，隨後也都一一垂詢、教誨。原本準備以「一般系統理論（general systems theory）」為撰書之意，好友們的批評讓我決定縮小範圍，改以「框架理論」著手。當年九至十二月間我蟄足香江，原有意完成本書部份章節，但僅能完成研究報告一份交差（臧國仁 \ 鍾蔚文 \ 黃懿慧，1997）。

一九九六年夏，第一章終告寫成，但老父病重，寫書之事又得展延。父親於年底撒手辭世，我在處理後事之餘，再度回到書桌電腦前匍匐寫作，藉以掩飾思念之痛。如此拖拖拉拉又是兩年半餘，總算於世紀末前完成初稿。如今回首撰書期間所遇諸事，不免感嘆人事之無常與難料矣。

本書第三章初稿曾發表於中華傳播學會1998年研討會，並獲頒該年「年青教授論文獎」，部份內容後又刊載於國立政治大學傳播學院出版之《傳播研究集刊》第三集（見臧國仁，1998b）。第四章部份內容曾於國立政治大學廣告系主辦之「中華民國廣告與公共關係教學暨學術研討會」1998年會宣讀，並獲刊於《廣告學研究》第十一集（臧國仁，1998a）。除匿名評審之意見外，政大國際關係研究中心方孝謙教授及本系陳世敏教授曾分別於研討會中提出評論，對本書之修正均有諸多助益，特此致謝。

本書撰寫期間所感最困擾之處，即在於教學負擔沈重，以致可供寫作時間不敷分配使用。每每需在夜深人靜學生多已返家休息時刻，輾轉電腦前瞑思構想。而學期中之批改作業空隙有限，加上尚有其他研究工作與論文指導責任在身，所能抽暇、思索之時間極為有限。每當心中有

所新意，卻常因作業與雜事難以分身，以致綿延數週後已不復記得，僅能略行提及一二而已，終屬憾事。

但另一方面，一些想法近些年來亦曾嘗試施用於教學過程中。如全書之整體初步構想曾與新聞研究所「公共關係專題」課修課同學討論(如博士班研究生須文蔚、林福岳；碩士班研究生戴至中、郭恆祺、袁景平等)，收穫頗多。隨後撰寫之第三章有關「新聞框架」理論部份，已作為新聞系八十六與八十七學年度「基礎採訪寫作」課授課主題之一；第四章之「消息來源框架」，則曾試教於廣告系的「企業公關」課程；而第五章有關「議題框架與類型」之說法，亦早已成為新聞系「新聞英文」課之學期作業的主要內涵。感謝這些修課同學的啟迪，對本書之進展頗有貢獻。

寫書過程緩慢羈延，除無奈外心中亦多有情緒起伏、焦慮、彷徨，所幸家人與同事、朋友們總是不斷支持鼓勵。政大新聞系所師長 (如潘師家慶、趙師嬰、王師石番)、同事 (包括「小圈圈」與「夫妻檔」) 在過去數年中曾多方探詢寫作速度，幾度譏稱將發動「學生一人一信」催促儘速完書，關心程度逾於言表。幾位參加一九九五年夏天討論的摯友，盛情亦僅能常記於心；尤其鄭教授瑞城默默提攜催促前進，恩情終身難忘。香港浸會大學傳播學院朱立院長提供機會，容我得以在滯港四月期間觀察人情世故，至為感謝。三民書局劉董事長振強容忍我一再拖延，亦未絕塵不顧，讓我至感難忘。

其他好友如蔡松齡兄、張壯謀兄、張亞卿＼屠乃瑋兄嫂、翁台生兄、林守俊＼吳蓉蓉兄嫂、林白翎博士、吳心健兄、汪進華兄、郭啟泰＼趙雅麗兄嫂、胡遜兄等，幾年來雖難得與我相聚一餐，卻經常來電慰問，盛情感人。原有師生之誼後轉成好友的卜正珉、劉清彥、蕭宜君、胡晉翔、喻靜媛、章倩萍、梁玉芳、陳憶寧、盧鴻毅、何琦瑜、彭慧明、張文強、戴定國、張甄薇、白真瑋、劉佳琪等諸位小姐先生經常分別以書

信或電話問候，也是撰書期間之精神支柱。框架與專家生手研究之小組成員除前曾提及之小姐先生外，多年來尚有陳百齡、李慧馨、黃懿慧、陳順孝諸教授、陳韻如、林信昌、楊怡珊、黃郁娟、康永欽等助理同學，每週開會討論，也是本書得以成書之最大功臣之一。新聞系電腦室前後任助教（如林宏達、尤俊傑、曾榮輝、林家馨、陳克華等）平日偏勞處甚多，一併致謝。

　　感念早年新聞系的訓練，徐師佳士、王師洪鈞、李師瞻、賴師光臨均為啟蒙之師，引領我進入新聞與傳播研究領域，開啟了當年懵懂之心。前《中央日報》總編輯朱宗軻先生在我求學與就業期間曾多方教誨，亦為終身難忘之師。

　　我妻蔡琰與小女信芝最為辛苦。過去幾年內毫無一齊出遊之機會，尚得容忍我情緒異動，書成之後尚待補償。岳父母在寫書期間代為照顧家庭，無怨無悔，也至為感謝。

　　寫作此書期間，老父臥病一年，雖經繼母、兄姊與家人床前服侍終而無力挽回，內心哀痛難以描述。謹以此書敬呈父親墓前，聊表思念之情。

一九九九年二月杪寫於指南山麓

新聞媒體與消息來源
——媒介框架與真實建構之論述

目 次

前　言

——『我們塑造了我們的房子，然後我們的房子塑造了我們。』(語出前英國
首相邱吉爾，引自Argyle, et al.,中譯本，頁298；譯文出自原譯者)

——我們或可說，世界並非由物質構成，而是由『意義(meaning)』組合(Parisi,
1995)。

　　面對同樣風景，不同畫家如張大千或畢卡索就可能因對周遭世界有不同觀察方式而臨摹出構圖完全不同的成品。以本書使用的術語論之，不同「世界觀」可能導致畫家形成不同觀察角度或構圖方式，因而繪出輪廓有異、筆法相去甚遠的畫作。

　　寫作這一本書，有些像是畫家完成一幅畫的過程，作者的「世界觀」使得本書呈現了與過去新聞書籍殊異的內容。簡言之，本書既未從傳統新聞學中的客觀論述出發，討論新聞工作者的採訪實務，亦未從公關理論著眼，討論公關業者如何協助企業或政府組織進行有效溝通管理。本書所採取的「世界觀」，乃繫於「新聞媒體與消息來源（公共關係）『共同建構』符號真實、創建社會意義」此一主要命題，試圖將新聞報導與公共關係工作視做社會資訊流通過程中同等重要的元素，兩者缺一不可。此外，本書對「新聞」概念的定義，亦未定於任何一尊，而係分別從組織、個人、與文本三者討論，認為新聞在不同層次均受到（主觀）特殊結構的影響(Einsiedel & Coughlan, 1993)。

　　這樣的一本書，實際上源自作者多年來在新聞與公共關係教育工作中不斷進行的觀察與反思，如：新聞是否為客觀報導的產物（見第三章第二節）？為何當實務工作者不斷抱怨無法客觀反映社會真實之際，學校教學者卻仍然疾呼新聞要客觀、要正確、要公正平衡？其間的矛盾究竟為何？新聞的產製知識是新聞媒體的「獨家祕笈」嗎？那麼，為何當公關業者不斷誇稱可以設計、企畫、預期新聞走向之際（見第四章第一節），新聞學者卻仍然堅持新聞媒體應力持獨立客觀之自主性報導？兩者差異究係由何而來？

　　簡言之，以上這些粗列的矛盾，促成了本書的寫就。作者從這些矛盾出發，探析新聞如何產生？與新聞產生相關的社會因素有哪些？這些因素彼此如何相互影響？等重要議題。本書也兼及一些其他相關疑問，如：為何新聞記者總是「瞧不起」公關人員（見第六章第二節）？ 為什

麼新聞學者或業者總有反商情節，總是教導學生或新手記者「小心別被
公關人員『利用』」？難道公關人員提供消息，其目的都在影響（或摧毀）
新聞報導的客觀性？新聞記者可否不再倚賴廣義的公關人員而獲得線索
或消息？把「消息來源」這個行業從新聞資訊流程中抽掉，新聞是否仍
然能夠順利產製？新聞工作與消息來源的互動，是否原就屬於新聞工作
的一部份？

　　要討論上述問題，似應先回顧新聞學研究的起源。如由美國米蘇里
大學創立新聞學院開始起算(1908)，新聞學成為大學教育中的一個學門
迄今已有九十餘年的歷史（羅文輝，1989:207）。若以美國權威《新聞與
大眾傳播學季刊(*Journalism and Mass Communication Quarterly*)》創刊
號起算(1923)，則新聞學研究之萌芽距今也已逾75年。總之，新聞學門
與其他研究領域相較雖尚屬年輕，但其研究經驗累積亦已超過一甲子，
學術基礎早已奠定穩固。❶

　　然而就理論深度言之，新聞學研究由於過去與實務工作糾葛甚久，
研究主題迄今大都與一般新聞實務操作之工作有關（參見臧國仁，
1998c），反而不如公共關係領域近些年來對理論建構的努力（如Grunig,
1992）。尤有甚者，新聞媒體的蓬勃發展導致新聞研究領域產生一種如
Schlesinger稱之為「媒體中心(media–centrism)」的心態，認為新聞媒體
不但是社會第四權，且應追求成為獨立自主、客觀反映真實的主要社會
機構(social institutions)之一(Schlesinger, 1990, 1989)。為了鼓吹新聞成
為一種專業，新聞教育者更不斷強調新聞事業對內應形成自我（新聞室）
獨大之倫理規範，對外不受任何其他社會勢力影響。

　　這種現象使得新聞課程的安排逐漸捨棄與其他社會機制互動的機
會，影響所及造成學子們僅對專業技術產生興趣，似乎攻讀新聞科系的

---

❶　本文作者無意爭論新聞學或新聞科系最早出於何處，有關日本新聞學的演
　　變，見卓南生，1997。

目的就在學習「五W一H」或是寫作技巧，而其他社會機構如何與新聞媒體建立關係此種知識則被有意或無意地視為可能影響新聞之獨立報導而遭摒棄。如公關人員雖然每日與新聞媒體來往，但在新聞學者的眼中卻常被形容成一群整日勾心鬥角、處心積慮要讓新聞記者上當的不良（法）份子。而新聞的本質，也常被描繪成獨與新聞記者的價值判斷有關，忽略了其他社會機制對新聞媒體組織及個人的影響力，以及社會事件本身所具有的變動特質（見第五章第二節）。

難道，新聞真的出自不食人間煙火的媒體「客觀」報導？

本書採取社會建構論的角度，改由「框架(framing)」概念出發，分析新聞媒體與消息來源如何透過各自所屬的「世界觀」，彼此協商因而共同建構了符號意義。框架概念的主要內涵，旨在瞭解社會事件如何形成特定意義（鍾蔚文＼臧國仁＼陳韻如＼張文強＼朱玉芬，1995），尤其關心符號系統中的個人（如新聞工作者）與組織（如新聞媒體或消息來源）在此意義建構過程中，如何啟動主觀詮釋架構，選擇或強調事件中的某一部份而捨棄或省略其他部份（見第二章）。 許多研究者均認為，此種意義建構或轉換符號的主觀策略（無論在個人或組織層面），就是框架形成的主要依據了(Yows, 1994:1; Pan & Kosciki, 1993:57)。

我們在這裡提出這些觀點的用意，類似 J. Best(1989a)與其他社會學者（如Miller & Holstein, 1991）在過去二十年間所體驗的典範轉變，由早期的客觀條件 (objective conditions) 觀點逐漸轉而接受建構論述 (the constructionist perspective)，承認一般人對某項問題的主觀認知與不滿才是社會問題得以成立的主因。在本書不同章節中，讀者或可以感受到這股在社會科學各領域正逐漸興起的類似轉向。❷ 然而在新聞學領域相

---

❷ 如人類學，見Geertz, 1973; 組織學，見Weick, 1969; 社會學，見Spector & Kitsuse, 1977; 傳播學，見Davis, 1990; 新聞學，見Tuchman, 1978; 組織文化，見Bantz, 1990b。

關討論尚未多見（見第三章第二節），研究者仍習以傳統客觀角度討論新聞成因，以致失去探索其他真理的機會。

當然，本書作者無意以建構論為解釋世界的唯一途徑，但是本書的宗旨之一的確在於提出與客觀論之不同(alternative)角度，期望藉此引起更多學術論辯，協助新聞學領域的持續壯大。Bash (1995:xi)曾檢討社會學門的發展，認為在諸多學門中，社會學受到早期大師影響最深，因而極少顯現新的思潮或觀點：「整體而言，社會學門似乎尚未經驗革命性的躍進，或系統性的成長，或知識的苦心累積，僅有一些草率的文獻整理聚合，使得各種思辨在概念與理論上仍顯分歧」。反諸新聞學門的發展，Bash上述直言應頗具啟發性。

如前所述，過去在不同領域中，建構論曾享有不同名稱（如符號互動論、符號人類學、或建構主義），引起了知識界自省的風潮，而此種省思的目的之一，即在於提醒人們應致力探索如何將其所處的社會活動賦予意義。此處我們也要仿照相關文獻作者（如Wolfsfeld, 1997a）自我反省其寫作可能展現的獨有框架，促使讀者閱讀時應事先對這些特殊觀察世界的角度有所瞭解與諒解。

首先，本書作者雖然試由建構主義的角度批判傳統客觀原則的不足，但在寫作中卻常感難以脫離過去所受客觀訓練之影響。明眼讀者或可發覺本書之寫作與傳統客觀研究方式仍有頗多吻合之處，此點可能導因於作者過去曾接受多年社會科學養成教育，且大都以客觀學派之理論為研習主體，導致寫作中鮮少顯露個人意見，習以引述他人作品「小心求證、步步為營」。此點囿於作者之寫作習慣與知識限度，只能在未來其他著作中改進了。

其次，本書雖然引述文獻眾多，但基本參考書目多以平面媒體的研究分析為多，較少觸及電視或其他電子媒體與消息來源之互動。

第三，我們無法在本書中預測，新聞媒體與消息來源之互動在網路

時代來臨時，將面臨何種轉變。我們也未能在本書中討論，當網路電子報逐漸普及之刻，下一世紀的新聞採訪方式是否產生任何質變與量變。

第四，本書過分強調認知與建構論者的說法，認為人們屬於訊息的主動使用者，而訊息之傳遞乃透過語言達成。因此，新聞訊息作為日常語言的一種，不但呈現了新聞工作者（語言使用者）的意圖（雖然他們未必自覺），也轉換了組織所欲強調的意旨。本研究因而強調，新聞內容充滿了符號與言說意涵，無法客觀、中立，也難以呈現完整真相，遑論反映社會真實，「據實報導」（參見Hackett, 1991:50）。

此種說法當然與目前新聞主流思想有所不同，但本書作者也願藉此強調，所謂的「主流」其實不過是人們建構出來的現（假）象；今日的主流可能正是昨日的異端，而今日的偏見可能正醞釀成為明日的主流。「真理」並非定見，即使定見亦常變動。人生虛虛實實，知識之流昊昊然焉難以見到源頭。這種知識的此起彼伏，使得求知者僅能在巨流中匍匐前進，試圖尋找可供攀附的枝幹。

因此，本書可視為是對現行新聞研究主流論述的另類思考，書中也多次提出對現有命題的針貶。如作者特意強調「新聞並非新聞工作者的專業成品」此種看法，係對目前盛行的新聞專業教育訓練之反思。本書作者認為，新聞研究或應仿照人類學家之田野調查，深入新聞組織以及相關社會行動，爬梳表象後層的社會意義。如新聞記者與消息來源間的互動並非如一般研究者所稱是權力之間的交換，可能也牽涉了較為複雜的口語對話（conversation; 見第六章第三節），雙方都以社會認可的言說（論述）內容試探對方所擁有的資訊。兩者並不單純僅是權力的競爭者，也均是社會言說（論述）者、社會行動者、與社會心理者。

本書有許多思考均係源自框架研究小組以及專家生手小組過去多年來對新聞知識的探索，這些討論也都已反映在本書各章節中，但是所有文責仍由作者自負。

第一章　緒　論

——曾經在尼克森政府任內擔任白宮傳播主任的赫伯‧克蘭恩……指出：『在
　目前這個時代，總統如果想要治理國事，就必須與民眾溝通。我們看到，
　當詹森總統以及尼克森總統失去了美國民眾的信任，並且失去了和美國
　人民溝通的能力時，他們也在後期主政的日子裡失去了管理國事的能
　力。』他在這裡所說的與民眾溝通，就是指總統經由新聞界與民眾的資
　訊溝通（冷若水，1985:4）。

——我對歷史的假設，就是它不可能正確無誤，只有錯誤多少的問題。即使
　能接觸所有的備忘錄或錄音帶，實際上仍無法就『內容(what)』與『為
　何發生(why)』加以正確重建事件（美國前總統尼克森之幕僚長 H.R.
　Haldeman接受Maltese時訪問所稱，Maltese, 1992:12; 添加語句出自本書
　作者）。

——……　框架無可避免，所有新聞組織都會在新聞報導中將議題框架化
　(framing)……。　事實上，我們或可說所有人類互動都會求助於(in-
　voke)某種【詮釋】架構，其隨後又成為社會與文化信念制度的核心【概
　念】(Friedland & Zhong, 1996:53; 添加語句出自本書作者)。

——『你不教我如何策畫新聞(stage the news)，我就不教你如何報導新聞。』
　（美國前總統雷根任內擔任白宮發言人的 Larry Speak 桌上鎮石上的名
　言；Cook, 1996:20）。

第一節　緣起：由總統（消息來源）與新聞媒體的互動關係談起

　　一九九六年初，第一任民選總統的選舉活動正如火如荼地在全臺灣展開。一月四日，候選人之一的原任總統李登輝在桃園參加「全省婦女幹部關懷社區促進祥和座談會」時，批評新聞媒體報導泛政治化，為反對而反對，導致國人陷入困惑，對國家產生危機。李登輝因此建議大家「不要看、不要聽」，「不要相信【媒體上】那一套」（添加語句出自本書作者）。❶

　　這位當時甫獲選美國《時代週刊》選為「一九九五年亞洲風雲人物」的政治領袖，一向感慨國內新聞媒體的不實報導。《新新聞週刊》這篇文章的兩位記者報導說，「媒體不夠用功」是常常掛在李登輝嘴邊的一句話。

　　近一個月後，李登輝與副總統候選人搭檔連戰的競選總部，又因新聞媒體報導李登輝口出三字經，宣布停止對三位記者停止提供「相關之新聞服務」。❷這場隨後被媒體取名為「媽的風波」，被認為是近年來國內政壇「懲罰」新聞記者的「罕見案例」，類似個案（退報運動除外）其後也極少再度發生。❸

---

❶　莊豐嘉＼吳燕玲, (1996)。「李連手牽手整肅媒體，心連心打壓言論自由」。《新新聞週刊》，462期，頁14–17。時至一九九九年二月春節甫過，李登輝在中國國民黨黨政研討會中，又曾說出「我很少看報紙」一語，見二月二十六日《聯合報》三版「李總統公開澄清府院不合傳聞」一文。

❷　郭宏治, (1996)。「李連總部制裁記者，自立晚報展開大反擊」。《新新聞週刊》，465期，頁36。

❸　紀延陵, (1996)「媽的嘛的，到底這算什麼玩意兒」。《新新聞週刊》，465期，頁37。有關李登輝總統與《聯合報》間的「緊張關係」，參閱王麗美，1994。

如果與其他各國政治領袖相較,李登輝顯然既非第一位要大家不看、不聽新聞的一國元首,也不是第一位有意懲罰新聞媒體的總統。相反的,歷史上不乏國家元首與新聞媒體交惡的例子。

美國第三任總統Thomas Jefferson (傑弗遜) 被公認為是第一位勸民眾不聞不問的總統。他認為如此一來,錯誤資訊就可少一些:「我很少讀報, 你也不該讀。」❹F.D. Roosevelt (小羅斯福) 總統曾命令記者頭戴圓錐高帽罰站, L.B. Johnson (詹森) 總統則經常用「狗屎」或其他髒字辱罵記者 (紀延陵, 1996)。R. Reagan (雷根) 總統有一次在電視記者訪問完後, 面對行政助理說:「婊子養的 (指記者)」, 不幸被錄在電視新聞帶中(Smith, 1990:1)。

另一方面, 為了在民選總統與媒體間建立密集且雙向的對話機制,臺灣新聞記者協會在當(1996)年八月底曾向總統府遞交了一份聲明書,要求李登輝總統定期舉辦記者會。在這份由國內二十三家媒體主管簽名連署的「請願」書中, ❺協會發言人指出, 過去兩位蔣總統從未接受過國內媒體專訪, 而李總統雖然在八年中曾接受國外媒體專訪與撰文共計三十一次, 卻僅應允三家國內新聞媒體專訪, 記者會也僅有九次。

聲明中說,「最有權力的人應該受到最大的監督」。而在總統民選工作完成後, 民眾應透過媒體監督總統的施政理念, 進而達到主權在民的

❹ 語出 Koch, 1990:❸。Jefferson 對新聞媒體 (報紙) 的矛盾心情, 可參閱 Mott, 1943。在這本紀念傑弗遜兩百週年的專書中, 作者認為, 雖然媒體作為的確讓傑弗遜灰心, 但他對新聞報導可促使人們趨向理性的信念, 卻終其生未曾改變。Mott在結語中謂:「傑弗遜是所有支持自由新聞媒體者中最突出的一位……沒有任何人能將這項原則詮釋的更為清楚」(引自 Herbert, 1996:62)。有關傑弗遜與新聞媒體的交惡, 可參考Rivers, et al., 1971; Small, 1972。

❺ 語出《聯合報》記者張宗智報導「廿三家媒體主管要求　李總統定期舉行記者會」, 一九九六年九月一日, 第四版。

民主政治理想。❻有趣的是，時任總統府發言人的陳錫蕃（後接任駐美代表）在接見訪問時表示，媒體有無權利監督總統，<u>憲法並未規定</u>，希望記者協會代表舉例供他參考。隨後，總統府在九月六日宣布「重建」發言人制度，決定固定召開記者會。❼

姑且不論此項首次由新聞媒體主動要求總統定期舉辦記者會的聲明是否如願，但與過去幾年所發生之有礙新聞自由案例相較，這份聲明顯示了國內傳統由上而下的政治溝通模式，顯然面臨調整。而臺灣新聞界

---

❻ 《中國時報》，一九九六年八月卅一日，第十一版，記者協會會長何榮幸所撰「李總統應速召開記者會釋疑」讀者投書。冷若水（1985）歸納美國政治學者的意見，認為新聞界監督總統的政策時，大致可分為三種方式：第一種是單純地將總統的重要政令（如國情咨文）完整地全文報導給民眾，不加增減。第二種則為摘要報導：新聞媒體將總統的政令、措施、或演說擇要報導，把要點指出來，便於民眾瞭解。第三種爭議性最大，就是由新聞界對總統的言論進行分析、解釋、甚至評議。冷若水說，美國電視新聞界甚至會在總統記者會或辯論會後立即進行分析與評論，影響民意甚深（頁9-10）。

❼ 語出「《記協快報》（臺灣新聞記者協會刊物）」，一九九六年十月十五日，第二版。時至一九九七年五月，臺北發生「總統認錯」遊行後，李登輝總統曾於五月二十日召開就職週年記者會。據參與的記者表示，記者的座位由總統府公共事務室安排，當天一共有二十三位記者發問。總統府在前一天曾事先探詢記者的問題，「以免問題重複」，因此總統對每個問題其實都準備有書面稿。至於記者所擬的題目，是先經黨政小組討論，然後上呈採訪主任與總編輯定稿，總共擬定十幾個題目。見何振忠，1997:112。

至於媒體可否監督政府，或總統是否應該舉辦記者會，前中央社總編輯，後曾擔任外交部發言人冷若水(1985)曾引述兩位美國政治學者的看法：「最重要的是，總統應該知道他是全國最主要的解說人，這就是說，民眾需要經常不斷地經由新聞界獲得總統在做些什麼與不做些什麼的消息，以及為什麼做與為什麼不做的理由。總統想告訴民眾的話不一定都能獲得新聞界的報導，新聞界報導的也不一定都符合總統的希望。但是仍有大部份總統想要民眾知道的事，會經由新聞界報導出來」（頁43）。

與總統之間的互動關係，未來或將邁入新的階段。

傳播學者Cohen (1989)認為，對媒體而言，總統在決定政治對話方面，佔有極大優勢。簡單來說，總統就是新聞。❽除此之外，許多總統都自許為媒體的操控者，如美國總統 L.B. Johnson（詹森）就曾被描述為不但自認是國家的三軍統帥 (commander-in-chief)，也是所有報紙的總編輯（editor-in-chief; 引自 Shoemaker & Reese, 1991:153）；而 J.F. Kennedy（甘迺迪）與F.D. Rossevelt（小羅斯福）兩位總統甚至都曾直接要求《紐約時報》發行人將其白宮記者調職，但也都未能成功（冷若水，1985）。Cohen指稱，藉由白宮公關人員的協助，總統提出的議題可輕易地取得媒體關注。或如英國學者所言，「即使在一片吵雜聲中，總統也能清楚講明他的意見」（引自Bonafeoe, 1997:98）。

Gitlin (1980) 發現，總統極易介入媒體運作之中，包括接受或拒絕記者的訪問，或只提供專訪機會給喜愛的媒體與信任的記者。即使是常態性的記者會，總統也可以藉由指定屬意的記者發問，達到影響新聞報導的目的。如T. Roosevelt（老羅斯福）總統雖在任內首開記者會之例，但他以參加記者會的名單為手段，僅容許對其友善的記者到場。至於會議的方式，則多以總統談話、記者記錄為主(Herman, 1986)。Smith(1990)的研究甚至發現，美國總統在記者會的作答，極少與記者的問題直接相關。

Seymour-Ure (1997)進一步指出，記者會只是總統與新聞記者間的

---

❽ Oakes (1992:451-452)，指出，在美國電視新聞節目中，最常被報導的單一項目就是有關總統的消息，如在哥倫比亞新聞網(CBS)中，多達20%的消息均與總統有關。McCombs (1994) 更稱，美國總統是全國首屈一指的新聞來源，連總統家的小狗可能都比大多數政府官員來的有名。此外，McCombs近期的研究並發現，總統的國情咨文是極為重要的議題設定者 (agenda-setters)。總體來說，McCombs認為總統與新聞媒體之間的關係是雙向往來 (reciprocal)，但在某些特定議題上，某些總統的影響力較大(pp.9-10)。

「首長溝通 (executive communication)」之一環，總統除了可以選擇對自己有利場所外，還可決定「向誰說，說什麼」。 即使是記者會，總統也可以控制召開的時間、議程、答覆問題的方式（如實問虛答）、 指定善意記者發問、事先設計問題、答覆問題的時間長短、與誰一起出席、以及出席時的互動。總而言之，記者會凸顯了總統控制媒體的能力，總統可以藉用各種設計置新聞記者於被動與不熟悉的環境（如總統府）中，因而影響報導內容。 ❾「記者與一般觀眾一樣很少有機會發問（發問者大都經過挑選），即使發問，總統也可以閃避，或使記者無法追問，」Seymour–Ure (1997:40)如此描述。 ❿

即便如此，論者仍對總統記者會持正面評價，原因即在於由國家元首公開面對新聞媒體，代表了第四權地位的提昇，也間接顯示民主社會中由媒體代表輿論監督政府的必要性（林子儀，1994）。 社會觀察家平路曾如此檢討總統記者會的意義： ⓫

多年來，總統接見記者回答問題，往往成為一種上對下的『獎

---

❾ 國內情況尚缺乏系統研究，但從記者事後之記錄或可探見端倪，見❼。

❿ Graber (1992:12)曾研究1945至1991年間之美國總統記者會，以及隨後的新聞報導。她發現在有關前蘇聯的記者會後，《紐約時報》的社論在主題方面與記者會完全一致，只有新聞重點的排列順序與記者會有所不同（有關總統與媒體的互動關係，參見本書第四章第一節）。

⓫ 《中國時報》，一九九六年九月一日，第十一版，「總統每月記者會與第四權」專文。部份句號與逗號為本書作者修改，引號為原作者所引。有關美國總統與記者間「不平等」的關係，論者認為其來有自，直至老羅斯福時代在白宮設置「記者室」才有所改善（見第四章⓲）。 老羅斯福除不定期舉行記者會外，亦提供各種談話，透露尚未公布的政策內容。但老羅斯福以參加記者會的名單為手段，挑選對其友善的記者，至於談話會，則多以總統講、記者記錄為主。在小羅斯福總統任內，記者會改為每週舉行，在其三任總統任內，共舉行998次。可參見Smith (1990); 樓榕嬌(1986)。

懲制度』。 予求之間既然操之在彼，新聞業者為了蒙受這種『恩寵』，必須努力維持與總統府的關係。即使『晉見』到總統，也必須一秉謙卑的態度。先要呈上書面的版本，讓總統有各種準備。面對面的時候，必定也要避免突兀或者尖銳的問題。爾後出現在版面上，因之顯得不慍不火毫無新意。讀者在印象中，將分不清是佈達還是宣傳，對新聞界所代表的第四權恐怕益發充滿了錯誤的認識（內容均出自原作者）。

　　總之，由總統是否召開記者會或如何召開記者會，研究者或能體驗新聞媒體與國家建制領袖的關係，也才能推知新聞媒體在社會中所扮演的角色。❷換言之，從新聞媒體與總統（消息來源）關係的討論，論者方能理解新聞的政治與社會功能，也才能獲知新聞如何協助一般大眾建構社會真實。新聞媒體與消息來源的關係因而可謂是新聞學研究的主要核心知識，也是討論新聞社會學最重要的概念之一。

第二節　新聞媒體與消息來源的研究典範

　　有關總統與新聞媒體互動的研究，過去一向是政治傳播學者感到興趣的議題。尤其在選舉期間（包括總統選舉）， 有關媒體對候選人的競選素材報導，更是相關研究的重要議題。自從選舉進入電視時代 (tele-politics)，新聞媒體如何報導特定候選人與政見以致影響選民的投票意願，亦早已成為政治傳播或新聞學領域的主流研究領域，❸相關研究在

---

❷　一九九八年初，李登輝總統帶同國內各媒體總編輯到中南部探訪追尋「臺灣活力」，又在年尾「三合一」選舉中換裝助講，以及連戰參加TVBS之「2100全民開講」節目，並接受中視主播訪問，亦都顯示臺灣政治領袖與媒體之關係正面臨重新定位。

過去四十年已歷經幾次重要典範(paradigm)轉變(Kuhn, 1970)。❶

首先，早期新聞學的「守門人理論」揭櫫新聞產製的流程，❶大體上必須經過媒體組織工作人員的層層節制。新聞工作者在不同的「關卡(gate)」前，以自己所認定的讀者需求（或稱新聞價值），以及組織提供的工作規範，將新聞素材加以選擇、刪減、調製、或綜合（李金銓，1981）。這種論點對建立新聞專業有重大貢獻，新聞媒體因而被逐漸視為是社會制度中的第四權，負有監督社會系統正常運作的重要功能 (Donohue, et al., 1995)。

隨後的研究發現，新聞雖然係由新聞工作人員依據專業義理獨立製作而成，媒體報導的內容卻經常顯現不尋常的「偏向」。❶如政府官員、

---

❸ 此處文獻甚多，如 Shoemaker & Reese, 1991; Baerns, 1987; Blumler & Gurevitch, 1981; Palez & Entman, 1981。較新者可參見 *Press/Politics*, winter 1997, vol. 2, no. 1。簡言之，政治選舉新聞的相關研究顯示，新聞媒體與政治消息來源的互動頻繁，但分析困難，原因是新聞記者以「保護消息來源」為由，經常不願意透露與消息來源的往來策略。

❹ Carragee (1991:1)曾討論，將新聞視為是一種以符號活動對社會與政治真實的描述，已取代過去將新聞看作是傳輸過程(transmission)的典範：「新聞媒體是符號產製的重要力量(agency)，這種想法反映了一種較為寬廣的典範改變，…… 改以文化或儀式思考傳播行為」。 本書基本上同意此一典範轉變對新聞學研究的意義，雖然在內涵上仍與Carragee 之論點稍有差異。Charney (1986:14–15)則提出典範的三個實施形式：從實證資料未系統化的低層次假設驗證中，找到普遍性原則；強調情境、互動、或情勢 (situational)原則；強調思考的複雜性，以整體性或開放性觀點解釋社會現象。基本上，本書可視為是類似為提昇新聞學研究層級所進行的努力。

❺ 「守門人理論」嚴格說來並非發展成熟之理論，或可稱為「模式(model)」,意義接近陳秉璋(1985) 所稱之「模型」，或「理論的簡化形式」。

❻ 此類著作甚多，可參閱羅文輝，1995。有趣的是，McCarthy et al. (1996)在討論新聞偏向的問題時，傾向認為偏向係新聞媒體無可避免的工作常態。「媒

男性、或有權勢者長期在新聞報導中佔有優勢地位，而一般社會團體或
異議份子(the deviants)則經常為新聞媒體漠視與忽略。文化學派學者據
此強調，新聞並非僅是中立的資訊，其內容其實充滿了社會與文化意義
（或意識型態）。　新聞工作者在採集社會事件真相的過程中，無可避免
地受到消息來源（如總統）的介入與影響；官方消息充斥報紙版面或廣
播、電視新聞中，正是這種現象的具體表徵。❼

　　這些文化學者因此認為，新聞記者無法躲避官方與權勢階級的影響，
甘於接受官方主導的訊息，使得新聞媒體經常成為主流勢力的臣服者。
而政府機關挾其政治與經濟的權勢，常迫使新聞媒體採取「不專業的合
作態度」（語出Herman, 1986:176）。❽政府單位更經常以國家機密為藉

　　體的偏向，表現在從眾多事件中選擇少數事件來觀察及報導」，McCarthy et
　　al. 曾說，「媒體偏向也存在於對事件的描述；媒體的確有選擇性的報導」
　　(pp.478–479)。作者們並謂，媒體的偏向尚可見於新聞採訪的常態中（如路
　　線的布設、對官方消息來源的倚賴、截稿時間、人員配置等）， 以及新聞價
　　值（如接近性、負面性、特殊性、文化相近性等）。這種說法，接近Gans (1979)
　　的觀點，將偏向視為是種「常態」， 是新聞媒體工作的內規之一，亦與本書
　　所將討論的框架概念類似（參見本書第三、四章）。

❼　可參閱文化學派主要論者Hall之著作，如Hall, et al., 1981。

❽　例如：新聞媒體可能接受政府機關的公關單位招待而集體出國旅遊，回國後
　　發布對招待單位有利之新聞報導。類似作法，曾在一九八〇年代引起國際新
　　聞界的爭論，辯者雙方持不同看法。一方稱：報導政府正面施政亦屬新聞的
　　一種，或可謂「發展性新聞 (development jorunalism)」（參閱 Aggarwala,
　　1979）。反對者則謂，發展性新聞是「(前)蘇聯共產集團為達到由政府控制
　　新聞媒體而提出的說法」（語出Sussman, 1982）。此類因討論新聞媒體與政
　　府的關係而衍生出來的兩種不同論點，隨後在一九七〇年代後期點燃了所謂
　　的「新國際資訊秩序(New World Information Order)」大辯論，在聯合國文
　　教組織中引起迴響，其後並導致美國退出此一組織。較近資料，可參閱
　　Gerbner, et al., 1994。

口，要求新聞媒體自行設定報導界限。這些來自政府集體性的壓力與控制，正是Herman & Chomsky (1988)所稱謂之新聞報導宣傳模式：新聞媒體一方面是政治利益集團的「反射」，另一方面卻又經常製造了新的利益階級。

較近的一些研究，則嘗試整合上述兩類角度迥異的看法，認為新聞媒體與消息來源（包括總統）處於競爭性共生(competitive symbiosis)的互動狀態。雙方在相互提供社會資訊的過程中，同樣重要且角色互補，但無法單獨存在(Wolfsfeld, 1997, 1993, 1992, 1991)。雙方在接觸的過程中，彼此各顯神通，互有強弱，可說是權力的交換。

以上簡述，大致上顯示了隨著研究題材的多元化，新聞定義似有漸趨複雜的傾向。❶過去認為新聞乃新聞工作者自行根據新聞價值所做的判斷，已逐漸修正為新聞在產製過程中會受到社會不同組織（簡稱為「消息來源」）的影響。這種相關概念的改變與更動，在學術發展上本為常態。無論在自然科學或社會科學的演進過程中，均不乏類似肇因於「世界觀」的不同所產生的「革命」。❷

---

❶ 有關新聞媒體研究從功能論的有限效果模式，到近期建構論的互動模式，可參見Crigler (1996)第一章之回顧。

❷ 所謂「科學革命(scientific revolution)」，係出自科學史學者Kuhn的卓見。他認為，長期而言，科學發展未必是漸進累積。從歷史的流動角度觀之，從一個科學理論跳到另一個理論之間，彼此並不一定具有可共量性 (commensurability)，而經常需用革命這種強烈的方式進行，由一種理論「取代」早些的看法，因而形成典範的轉變。參見 Kuhn (1970)，特別是第九章。有關社會學的典範改變先例，可參考Turner (1986)；國際新聞方面的典範改變，可參閱Tsang (1987), 第一章；女性主義的典範改變，見van Zoonen (1994)。雖然此地引用了「科學革命」的想法，卻非強調不同學術論點之間僅有「零和(zero sum)」關係。我們此地接受Potter (1996)的觀念，認為社會科學中的不同解釋，未必就是「此贏彼輸」或「此對彼錯」，重點乃在澄清哪一種解釋可提供較多研究問題(formulating the questions)。Potter曾以社會再現理論

　　本書旨在延續以上討論，並以框架論為基礎，試圖進一步提出動態的「共同建構」論。本書認為，無論是新聞學的守門人理論或文化學派所發展的「來源社會學 (sociology of sources)」(語出 Schlesinger, 1990)，❷都簡化了新聞產製的過程，無法完整描述新聞如何反映社會真象。新聞媒體或消息來源任何一方不能單獨完成資訊蒐集與發布的工作，兩者之間亦非僅限於權力的互換，尚需兼顧彼此與各自內部競爭者的互動關係（如媒體之間以及消息來源間的利益競爭）。

　　本研究認為，新聞應是「新聞工作者與不同消息來源根據各自認定之社區利益，所共同建構的社會（符號）真實。雙方各自動員組織資源，嘗試定義或詮釋社會事件與議題在情境中的特殊意義（見第六章解釋）」。以上定義兼顧了新聞媒體與消息來源兩者在新聞建構中的重要地位，也強調組織文化及外部競爭對雙方製作訊息的影響。此一說法同時連繫了新聞與真實的關係，顯示消息來源與新聞媒體兩者對媒介真實的再現過程均具影響力，因而避免以往過於認定單方在建構真實方面的努力與效果。❷此外，除了新聞媒體與消息來源外，社會情境 (social

---

　　　中的鏡子論與建構論相互比較，發現後者較具深度，也較具問題性；而鏡子論僅關心如何完整地對映真實，討論空間較窄(p. 98)。

　　　Mehan & Wood (1994) 曾以哥白尼觀察星象為例，說明這種科學典範的改變：早期「天動說(Ptolemaic system of astronomy)」認為太陽乃地球的衛星之一，圍繞轉動。當哥白尼的新理論出現時，僅被視為是觀察舊事實(old facts)的新途徑 (alternatives)，並無實證資料可資佐證，亦無法證明新途徑較舊有理論為佳。但是新途徑的確與舊理論產生矛盾(contradictions)，隨後迫使人們在新與舊之間必須有所選擇。一旦決心已定，則被放棄者隨即宣告為錯誤理論(false; pp. 316–317)。

❷　作者認為，消息來源使用各種媒體策略，均意圖藉由控制媒體發言權達到影響政策的目的。這種影響社會資訊流通的作法，具有社會學的意義，似可命名為研究資訊控制的社會學理論(sociology of information management)，或簡稱來源社會學（參見本書第四章❸）。

context, 如議題流動的週期）對個人與社會組織建構與傳遞議題是否成功亦具關鍵性影響，也對議題在媒體曝光的機率有牽制作用。

第三節 中型理論的必要性

這種類型的理論整合工作有其必要，乃因過去類似研究雖眾，卻大都旨在以單一角度思考問題，以致理論建構的嘗試不足。這種缺乏理論的現象，使得研究新聞媒體與研究消息來源成為兩個不相往來的領域 (Turow, 1989)。❷一方面，新聞學領域迄今仍倚賴客觀主義為專業意理，強調新聞價值的至高標準，忽略其他社會系統參與定義新聞範疇的必要性。Roeh曾如此評論 (1989:162)：

> 西方新聞最令人驚駭的現象（包括學界與實務界），就是頑固地強調語言有可洞察萬物的特質。……這種錯誤，乃基於新聞工作人員與新聞學者拒絕承認讓這種專業置於人類表達的情境或活動中。易言之，他們拒絕承認新聞寫作的重點在於其具有『說故事』的本質。大部份的記者僅不斷強調，新聞就是『事實、所有的事實、以及只有事實』等觀點（雙引號內容均出自原作者）。

而新聞教育中的採訪教學方式，更進一步增強了新聞工作者既依賴

---

❷ 本書認為，新聞並非新聞媒體所撰，而是共同建構的過程。如 Crigler (1996:7) 所言，所有參與者都扮演了建構的角色，其間尤以消息來源之組織與個人最為重要。

❷ Turow指出，新聞與公共關係兩個研究領域極少互相來往：「雖然公關在新聞實務圈內是個常見的話題，但在新聞著作中，卻很少看到以公關為題的討論」(p.227)。

消息來源卻又恐懼受傷的心理（見第六章第二節）。卜正珉＼臧國仁
(1991) 曾謂，記者過去所受的新聞教育以及媒體的新聞室控制過程均不
斷灌輸記者一些有關公關人員的劣跡，使其產生負面印象。但在實際採
訪過程中，公關人員提供了無比便利的協助，與公關人員和諧相處的好
處似遠大於壞處。❷❹

　　另一方面，一向以提高新聞效果為研究重點的公共關係領域，長久
以來卻視媒體策略為純粹技巧性的實務工作，低估了社會組織與新聞媒
體交往的理論意涵。如Turow (1989:208)即曾指出，「令人感到困惑不解
之處，是對新聞運作感到興趣的學者卻不探索公關各種努力如何影響記
者所建構的真實」。❷❺這種現象使得學者們相繼呼籲應儘速將消息來源的
概念引入媒體工作中，促使新聞實務界與學界體認傳統新聞價值的考量
過於迎合制式組織（如政府機關或大型企業）的運作與想法，未來亦應
將有關社會事件的源起與概念納入新聞教育課程，以促進新聞學子對社
會動態現象的瞭解。❷❻

❷❹ Sahr (1993)亦曾表示，美式新聞採訪教育尤其強化了這種輕視卻又倚賴消息
　　來源的觀點(p. 154)。見本書第六章第二節討論。

❷❺ 有趣的是，不但新聞學者鮮少研究公關領域中的媒體運作，即連公共關係研
　　究主流亦長期忽視媒體關係。以J. Grunig等人所編撰之*Excellence in Public
　　Relations and Communication Management* (1992)為例，在此厚達666頁之
　　鉅著中，竟無任何章節討論新聞媒體。由此觀之，論者或可推論公關研究者
　　忽視消息來源媒體策略實其來有自。可參見臧國仁＼鍾蔚文(1997b)討論公
　　關研究之三學派如何面對媒體關係，以及黃懿慧(1999)對此三學派的介紹與
　　分析。

❷❻ Grunig & Hung (1984)曾說，民眾期待新聞媒體與公關之間能促進「合作」，
　　共同成為社會資訊系統中的一部份(p. 225)。Cook (1989)亦稱，「消息來源與
　　新聞媒體會透過協商與再協商的過程以決定新聞價值，所以問題並非誰對誰
　　做了什麼，而是兩者在協商過程中做了些什麼決定？協商的結果對民主政治
　　與政策制訂有什麼影響？這些問題尚未有具體答案，但值得我們思索」

有鑑於此，本書以Merton (1967:9)所提出的「中程理論(theories of the middle range)」為基礎，❷嘗試建立有關新聞媒體與消息來源互動的框架理論。依陳秉璋(1985：9)的闡釋，理論係「有既定意圖，透過邏輯思考運作整合而成的一組具可驗性的相關概念」，而中型理論則係根據特定社會事實所建立之正確且有效的特定理論。Rogers & Shoemaker (1971:88-90) 進一步指稱，中程理論乃在於提出可驗證的命題，以表達特殊社會行為中的變項關係，並發展成一連串相關的概念。Bailey (1990:7) 認為，理論並非僅是將現有研究聚集在一起的工作，而是「跨越知識鴻溝而建立的新說明(new formulation)」。❷由此觀之，本書雖尚無法達到純理論之階段，或可視為是一組新理論模式(model)之建立之努力。❷

第四節　本書章節簡介

本書之重點，乃在於以框架理論為立論基礎，嘗試建構有關新聞媒體與消息來源互動之相關討論。由過去文獻觀之，新聞媒體與消息來源之互動可謂是新聞學的核心概念，無論理論或實務上的相關論述幾乎都與此兩者相關（參見臧國仁，1995a）。然而相關文獻雖多，卻各有專注，或習以新聞媒體為討論要旨，或視消息來源為建構真實之主體，因而無

(p.169)。

❷ Merton認為，中程理論乃介於小規模型態可執行且已多所探索之假設，以及無所不包的有系統努力，藉以解釋所有可觀察的社會行為、社會組織、社會變遷理論之間(p. 39)。

❷ Bailey 在此書中曾詳述巨型理論(total theory) 與中型理論之別，並駁斥Merton所言發展中程理論以「等待巨型理論之出現」，認為此舉是近乎不可能之事。但Bailey仿效Merton將中、巨型理論交互使用，並未區辨兩者之別。

❷ 與本書討論相關之理論命題，可參見臧國仁，1995a。

法涵蓋「互動」此一重要概念。本研究嘗試以框架理論連結新聞媒體與消息來源，並以「共同建構」為理論核心，藉此達成鋪陳中級理論的使命。

此外，本研究基本上接受Kraus & Davis (1976)的說法，認為在社會資訊流動的過程中，權力並非僅來自消息來源或新聞媒體。就消息來源面向而言，其傳遞的資訊雖僅是新聞流程之部份內涵，但消息來源藉由這些資訊控制新聞媒體的能力與質量，卻的確較過去增進許多。❸❶另就新聞媒體面向而言，過去論者多視其（新聞媒體）為獨立自主的社會機構，擔負監督社會與傳遞文化的職責(Lasswell, 1970)，但此種監督工作能否「獨立自主」地完成，則早已受到質疑。Kraus & Davis (1976)認為，媒介的影響力固然常由社會統治階級延伸至一般民眾，但有時卻也可能由下而上，如社會運動的「媒體動員」❸❶就常由草根民眾進而影響社會菁英階層即為一例。

換言之，新聞媒體極少單獨完成新聞報導，反而須倚賴其他社會組織協力始能取得資訊，這種現象使得媒體與社會的關係成為複雜且難以釐清的交錯局面，非如早期理論所述，新聞媒體單以「客觀與公正」的角度就可完成任務。

此外，社會影響力也存在於社會情境（如社會議題的發展），使得個人或媒介的價值觀受到波動。此一變動的結果有時也會回饋到社會體系，進一步促使社會集體意識為之改觀（見《圖1-1》）。如近期一項有關美國總統尼克森向毒品宣戰的研究(Johnson, et al., 1996)就發現，當社會議題（如毒品濫用）初起時，媒體與消息來源（該文中指總統）其實都無法直接控制其走向，僅能扮演回應角色。由於真實世界中不斷發生

---

❸❶　消息來源所傳遞的資訊，依 Gandy (1982) 所言，可名之為「資訊津貼 (information subsidy)」，見第三章之討論。

❸❶　有關社會運動者的「媒體動員」概念，見第四章第三節討論。

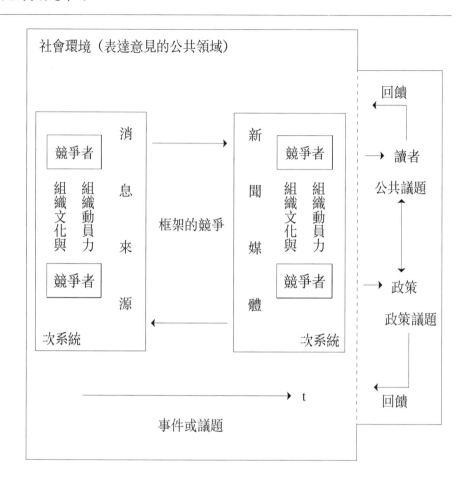

圖1-1：本書之基本架構圖

都無法直接控制其走向，僅能扮演回應角色。由於真實世界中不斷發生毒品濫用的案例，媒體「被迫」不斷增加刊登有關毒品犯罪的新聞篇幅。此一社會議題的新聞重要性不斷擴大，促使社會大眾開始關心，甚至組成反毒品氾濫之社運組織，要求政府正視問題。議題影響力透過包括媒體與社運組織的運作，終於獲得總統（最高行政領袖）重視，發展此議題成為重要政策宣言，最終促成政治力量改變社會大眾對毒品的意識。作者們在結論中表示，議題的流動其實十分單向(linear)：在議題發展階段中，各組人馬或行動者（actors; 如媒體、社會大眾、總統）各自運作，其間並無太多交集，但足以顯示議題對三者串連的力量。

　　總之，本研究認為，過去此一領域相關研究固然龐雜，但尚無法反映理論需求與社會實情。面臨以總統為代表之消息來源正逐步改進對新聞媒體之影響力深度，而新聞媒體對社會議題之影響力正逐漸失控，發展多面向之動態概念以便洞察兩者之互動特質，實有其必要。

　　本書第一章介紹緣起以及基本思考架構，第二章簡介框架理論的基本概念，以及與新聞媒體的關連。第三章討論傳統新聞學研究的重要觀點，接著以框架概念討論新聞產製的三個面向：新聞組織框架、新聞個人框架、及文本框架。第四章分別討論消息來源與新聞產製的關連性，並透過介紹組織文化概念，分析組織內部的世界觀（框架）如何影響其與新聞媒體來往的策略。第五章分由情境與議題角度，探析框架與新聞情境、新聞議題、社會議題之關係。第六章為結論，並以「共同建構(co-construction)」概念，探討新聞媒體與消息來源如何互動協商以轉換真實，並建立詮釋架構（框架）以取得社會意義。有關本研究的基本架構，參見《圖1-1》。

第二章 框架理論

——我現在想要的只是事實 (facts)。讓那些孩子們學習事實，因為人生只有事實才值得追尋，人只有透過事實才能漸趨理性，沒有任何其他事物能對人有所用。先生，請堅持事實(C. Dickens, Hard Times, [1854], 1907)！

——意念(idea) 這種『賤金屬(base metal)』如何煉鑄成主觀真實的金塊，我們迄今仍無所悉。長久以來，我們一直無法瞭解如何將概念(concept)轉化為客體(objects)或甚至人們(people)。此一轉化過程至今仍是謎團，卻也是社會心理科學與其他探索客體如何轉化概念的科學，最大不同所在(Moscovici, 1984:19)。

——就客觀主義者而言，世界乃由事實(facts) 組成，而知識的目的就在於提供『世界像什麼 (what the world is like)』的忠實說明 (literal account)。……近代思想 (modernism) 乃深植於相信這些事實基本上存在且可供研究，只要我們具有理性，就可瞭解事實本質(facts as they are)。……建構論者則持相反觀點：我們接受(take to)客觀知識與真理(truth)乃是【不同】觀點的結果，知識與真理皆為創造所得，而非心靈發現之物。建構論者強調真實(reality)具有多面向與可塑性(plastic)的特質——多面向乃因真實係透過各種符號與語言系統傳達，可塑性則因真實可延伸(stretched)或製作 (shaped)，以符合人們特殊工作之行動目標 (Schwandt, 1994:125;以上說法係該作者引述多位不同作者之綜述)。

　　早在一九七〇年代初期，框架理論即已因Goffman (1974)出版《框架分析(*Frame Analysis*)》一書而廣受重視，其他以新聞媒體為主要研究興趣的社會學者如 Gitlin (1980)、Gamson (1992, 1989, 1988, 1984; Gamson & Lasch, 1983; Gamson & Modigliani, 1989, 1987; Gamson, et al., 1992) 與 Tuchman (1978) 等人隨即討論新聞媒介如何使用框架呈現社會真實。但嚴格說來，傳播學者直至一九九〇年代初期始正式引用框架概念解釋新聞價值，如Tankard, et al. (1991)延續Gamson的定義，認為框架乃是「新聞內容的中心思想(central organizing idea)」。新聞報導中所描繪的情境(context)與主要議題，均須透過選擇、強調、排除、與詳述等手法，才得以呈現。❶

　　另一方面，Meyers (1992) 認為框架是一種前後連貫的整體 (a coherent whole)，目的在提供特殊的解釋(specific explanation)。Entman (1993:52)在回顧相關文獻後，提出了較為廣泛接受的定義：「框架主要牽涉了選擇與凸顯兩個作用。框架一件事件的意思，是將對這件事所認知的某一部份挑選出來，在溝通文本中特別處理，以提供意義解釋、歸因推論、道德評估、以及處理方式的建議」。

　　以上這些定義，大都源自Goffman早期所提出之框架概念，因此本

---

❶　Tankard, et al. 於一九九一年在AEJMC年會中發表有關框架研究的方法與概念化的討論論文，引用文獻包括 Gamson, Gitlin, Tuchman 以及其他一些學者。另一篇由Thompson（Tankard之學生）所撰之論文則描述新聞框架所存在的廿四個位置(the 24-stage model)。由這兩篇論文觀之，相關概念與定義尚屬粗糙，未脫離前述研究者的範疇。

Tankard自述其定義源自Gamson的類似說法，即「框架是瞭解相關事件的中心思想，藉此我們始得以瞭解主要議題為何」（語出 Tankard, et al. 1991: 5）。Tankard並解釋此定義說明了框架是一種結構組織，有如與建房子的建築結構或撰寫故事的情節。其他相關定義或說法，參見下節。

「媒體」與「媒介」兩詞在本書中視為同義，交換使用。

章第一節將簡介Goffman對框架的說明，藉此討論建構真實的意義。第二節討論框架的高、中、低層次結構形式，第三節介紹框架的機制，即如何達成框架的效果。第四節以上述討論為基礎，提出框架理論的基本預設，以及使用此理論的優點。

第一節　框架與真實建構的再現活動

依學者之見，框架理論的起源可同時溯自社會學家對真實的解釋以及認知心理學家對基模 (schemata of interpretation) 的說法。❷Gerhards & Rucht (1992:557)曾追溯Goffman的定義，認為「框架」是人們解釋外在真實世界的心理基模，用來做為瞭解、指認、以及界定行事經驗的基礎。人們倚賴主觀認知中的框架來組織經驗、調整行動，否則行無所據、言無所指。

事實上，Goffman 曾說明其理論源自人類學家 Bateson (1972) 的概念，原始想法乃認為框架代表了個人組織事件的心理原則與主觀過程。❸Goffman (1974:10-11)認為，社會事件本就散布各處，彼此無所

---

❷　如 Pan & Kosicki, 1993; Chung and Tsang, 1993, 1992; 鍾蔚文等, 1995, 1996 均強調框架與個人認知的關係，認為框架係人們解釋外在世界的基礎，與認知學者所稱的「基模」意義接近。依Bartlett (1932)的定義，基模是一組以命題形式呈現而意義接近的心智結構，人們用以觀察及詮釋外在事物、事件、或情節，經常以網路相連結的形式儲存在長期記憶中。但是Potter (1996) 提醒我們不應滿足於以認知概念解釋這種過程，因其「較為靜態(p.103)」；事實上，真實與實際運作俱為動態關係，與社會結構亦有相關之處。

❸　在 Bateson 的定義中，心理框架是一組訊息或具有意義的行動。雖然我們有時候得以從言語中瞭解框架，但大多數時刻框架無法指認，也難以察覺(p.186)。鄭為元(1992)則稱Bateson為「精神醫學家」，並將frame analysis譯為結構分析；本書從俗，依新聞學研究之習慣譯為框架。

歸屬，須透過符號轉換(transformation)始能成為與個人內在心理有所關聯的主觀認知。這個轉換（或再轉換）的過程，就是「框架」的基礎。換言之，Goffman 強調框架是人們將社會真實轉換為主觀思想的重要憑據。人們藉由框架整合訊息、瞭解事實，其形成與存在均無可避免。

其次，Goffman 也借用 Bateson 有關「心理情境(psychological context)」的說法，強調框架乃是在特定心理情境（或時空）中，由一群語言符號訊息(classes or sets of messages)所發展出來的經驗，人們藉此建立了觀察事物的基礎架構(primary framework)，用來處理或分析外在世界層出不窮的社會事件。框架或可說是個人面對社會所建立的思考架構，源自過去的經驗，但經常受到社會文化意識影響。❹另一方面，社會組織的基礎框架構成了文化的中心成分，成為彼此瞭解與詮釋的基模原則。這些基礎架構甚至可以組合成架構的架構(framework of framework)，成為社會核心思想體系。❺

在Goffman的著作中(1974:5)，也曾提及其概念借自其他現象學者如A. Schutz的多種現實理論(multiple realities)。簡言之，現象學者認為，客觀真實固然獨立存在於個人之外，但也存在於自己的主觀意識之中。因此，所謂社會真實，乃是一種「由內而外（相互主體的外化）、 亦復由外而內（內化到個別行動者的意識內）的持續過程」（引自戴育賢，

---

❹ 　Bateson 認為，這些語言符號訊息包含口頭說明、非口頭表達、及對關係及情境的詮釋，扮演了後設溝通(metacommunication) 的功能，提供如何解釋的框架。框架因而可謂是社會情境中的溝通前提敘述，亦是對事件開始與結果的引語(cues)，因而成為行為型態(patterns)的依據。

❺ 　鄭為元(1992:46)曾謂，「個人對周遭現象如何解釋（情境釋意），取決於社會支配與個人主觀兩者的配合結果。框架即影響情境釋意的基本因素，或是經驗的組織。【這個】結構若不存在，人們就無法瞭解周遭事物。…… 人們並不創造情境釋意的『意』，乃由社會估量情境如何，再一樣下去。且作法一經決定，就機械維持下去（添加語詞出自本書作者）」。

1995:260)。❻

　　此種內、外轉換的過程，Goffman稱之為「逆轉性(reversibility)」，意指這些轉換均涉及縮減原有真實或抽象化。Goffman 認為，所有真實的轉換或複印(copy)都不免失真，原因是「翻印本身無法提供足夠訊息以進行另一方向的說明」(Goffman, 1974:79)。❼因此，將一齣法文劇翻譯為英文時，應將新的劇本視為是原著的第二版，或是以英文重新調音(keying) 表現的劇本；兩者原意雖然相近，但因使用了不同文法規則，產生了迥然不同的文化意涵。❽

　　Goffman 在此處特別強調「調音」對真實再現的重要性。他認為，在社會事件或議題發展的過程中，不同人們均有意呈現自己認為重要的定義，並視其為唯一且能放諸四海的真理。這種主觀認知所產生的行為，常使同一社會議題產生了不同音調 (keys)。這些音調其實與社會日常生活有關，其相關程度愈高，為其他人所接受的程度就愈高（Goffman 稱此為「固定anchoring」）。框架的出現，簡言之不過是對某種社會情境的定義。但在日常生活中總有多種定義彼此競爭，相互爭取成為真相的唯

---

❻　引號內文字均出自原作者。Moscovici, (1984)的說法令人省思：「我們的觀察習性，使我們無法看見即使是極為清楚的事物，甚至是發生在我們眼前的事情，……　這種『視若無睹』的原因，並非導因於眼球不及接受訊息刺激，而是早先對真相所建立的片段(pre-established fragmentation of reality)讓我們對事與人有了分類，使得我們看到某些人，卻忽略其他人(p. 24)」。這種情形，可稱之為觀察外在世界的「形式化或常規(routinization)」，顯示我們習於倚賴熟悉與習慣的事物與人，而對不熟悉的事物「習焉不察」。

❼　有關「複印」的原理在繪畫界常引起爭議，亦是印象派興起的主因之一。參見Bann, 1987對繪畫如何反映真實的討論。

❽　"Keying"這個概念在Goffman發展框架理論中，佔有重要地位。Goffman定義 keying 為：將一組內涵習性具有意義的活動轉化為其他類似活動的過程，與音樂的調音動作相似。在這種轉換過程中，雖然只調動了一些內涵組件，但對參與者而言，卻可能代表了巨大的意義變化。

一合理解釋(Goffman, 1974:47)。這種競爭常態，使得框架之間彼此有時互斥，有時卻融合而成為更高層次的意義建構。❾

　　根據以上所述，我們可將Goffman所稱之框架與真實，歸納為下列幾點：❿

第一，所有客觀社會事件轉換為個人主觀心象時，似乎都要經歷「再現 (representation)」的過程。個人藉由「框架」轉譯社會事件為主觀認知，並透過語言成為日常言說 (discourse)。這種屬於個人層次的言說，隨後會在公共論域中引發更多言說，也啟動新的心象建構過程(Potter, 1996:13)。⓫

---

❾ Tankard, et al. (1991)曾討論「墮胎合法化」的框架競爭，發現在同一時間內，竟有多達六項以上的相關框架充斥媒體言說之中，從支持墮胎、反墮胎、反對支持墮胎、反對反墮胎到支持生命或支持選擇權利等 (pro-choice)。戴為元 (1992:45-47) 解釋，框架如有多種變體，則可加以「調整 (re-framing)」。社會結構的「調」，可以像樂流一樣改寫(transcription)，也可以設計與捏造(fabrication)。有些行為完全由框架決定，有些則有框架結構外的行動或破壞框架結構。類似意見可參見 Putnam & Holmer, 1990。

❿ 這裡的整理，參見鍾蔚文＼臧國仁＼陳憶寧＼柏松齡＼王昭敏，1996:184。

⓫ 所謂「再現」，依照法國社會心理學家Moscovici的定義，涉及了下列幾個過程。首先，新的想法必須透過「固定或定錨(anchoring)」動作，以便將這些「新」的成分回溯到熟悉情境與慣有類別之中，有如「一般小船停泊在社會空間中的浮筒旁」（頁50）。Moscovici表示，「再」呈現(re-presentation)的過程，涉及將外在且侵擾我們的事物轉換為內在，或將遠方之事務轉為親近。這種轉換是將相關的概念與知覺集中，然後再依熟悉與否一一置於各項類別。這種過程也可定名為「操作化(objectify)」，就是將抽象思考落實到實際或物質(materialization)層面（如語言）。Moscovici曾謂，「固定或定錨」與「操作化」就是再現的兩個基本機制。此地將discourse從俗譯為言說，亦可譯為論述。

第二，雖然這些心象的轉換或是言說都可謂是真實世界的再現，但再現的產物卻無法完美無缺地複製真實世界中的原始面貌，而只能是真實的「再造(reproduce)」產物；兩者可能相近，也可能互相矛盾。所謂「再造」，意指任何真實只是內在心智的建構。或如Potter (1996:22)所言，人們在建構事實時，實際上只不過反映了自己對事實的內在看法(versions of mental life)。**⓬**

第三，由社會事件轉換為個人主觀認知的過程來看，個人似乎不斷地受到「其他社會人」的影響，使得個人框架常常也是同一社區框架(community frames)的反映，如 Lewin （1948:57；引自Moscovici, 1984:9）所稱，「個人認定的真實，經常受到社會大眾所接受的真實影響」。此種現象最常表現在語言中，並透過大眾傳播媒介的再現功能顯現。其一，媒介提供許多儀式或是象徵物，協助個人建立了獨立的自我認知，得以連結內在思想與外在環境。其二，媒介內容成為公共交談的場所，使得人們藉著使用相同文字或符號而參與社會行動，成為社會公眾的一部份，進而完成社會同質性的建構。**⓭**

⓬ Potter認為，我們雖然「看得見」外在事物，卻未必能將這些事物組織起來，產生意義。這種情形造成了對「框架」的需求，因為我們必須依靠一些「連結」，方能將不熟悉的事物與熟悉的心智緊扣一起，使得觀察所得有其意義（It is not just seeing what is before the eyes but seeing it as *something*；斜體為原作者所有）。

⓭ 以上兩點看法，參考戴育賢，1995:268。Moscovici(1984)亦曾謂及，我們對事件的看法，無可避免地會受制於同一社區其他人事的定義或解釋(shared sense of the community)。這種共同定義或解釋，或透過大眾媒介或透過個人間的談話取得。顯然，社會心理學者在此處的觀念，有別於認知心理學者。有關日常言說部份，Berger & Luckman (1966) 也認為最重要的再現工具就

總之，Goffman 在其有關框架的論述中，一方面指出了言說其實都源自過去的經驗，而這種經驗往往就是框架的源頭，也是人們思考的基礎。另一方面，框架也是種連結，維繫了個人對外在變動的解釋能力(此一說法見Corsaro, 1985)。

第二節　框架的內在結構 ⓮

依上節所述，框架的基本定義似可濃縮為「人們或組織對事件的主觀解釋與思考結構」。⓯Entman (1993)認為，唯有透過這個主觀的結構，人們才有能力界定問題、瞭解事件發生的肇因，從而提出決策與解決方案。鍾蔚文\臧國仁\陳韻如\張文強\朱玉芬(1995)曾針對讀者閱讀新聞的方式，歸納出框架的功能包括：協助讀者按照既有且熟悉的基模組織社會真實（俗稱「分類」或categorization）、啟動思考基模、以及過錄閱讀資料。他們發現，讀者在閱讀新聞時，會使用自己獨有的框架解讀文本資訊，因而對事件產生了特殊的歸因過程與責任歸屬（參見張文強，1993；陳韻如，1993）。同理，Iyengar (1991)亦認為框架有引導人們對事件歸因的功能，但不同電視新聞的報導型態會左右閱聽眾對事件的判斷。

專研社會運動的美國學者 Gamson（參見Gamson, et al., 1992),可能

是日常談話，因其屬於一般性且理所當然地訊息交換，但交談雙方必須具備許多共有文化定義方能交談（引自van Zoonen, 1994:38-39）。至於 Goffman 對日常言說的重視，可參見Collins (1994)的討論。

⓮ 可參見Reese (1997:11-13)有關框架結構之討論。

⓯ 此處並未嘗試區分認知心理學者與 Moscovici 等社會心理學家對真實的看法，但實際上認知心理學者較強調人們知覺對外在世界的解釋模式，而 Moscovici 等人則較著重這種解釋如何同時受到社會或文化情境的影響。兩種學派之間有重複相疊之處，參見Billig (1993:47)之分析。

是迄今引用框架理論最重要的研究者。他曾指出，社會學家使用框架理論乃因框架是人們組織事務的原則，其功能近似心理學家使用之基模理論，旨在提供人們整體性的思考基礎。框架其實是人們針對一連串的符號活動所發展出的中心思想，也是意義建構的起源。

　　Gamson 認為，框架的定義大致可分為兩類：一類指「界限（boundry, 如窗櫺或照相機的鏡頭）」之意，亦可引申為對社會事件的規範；另一類則指人們用以詮釋社會現象的「架構(building frame)」。❻由「界限」的定義觀之，框架像是人們觀察世界的鏡頭，凡屬此鏡頭納入的實景，都成為認知世界中的部份；不在此界限之物，則視而不見。由「架構」的定義來看，人們藉由框架建構意義，以瞭解社會事件發生的原因與脈絡。前者代表了取材的範圍，後者則顯示與其他社會意義的連結，是一種觀察事務的世界觀（Weltanschauung or world–views; 參見 Wolfsfeld, 1993）。

　　Gamson 的說法固然對框架理論提出了有趣的解釋，但依 Chung & Tsang (1993, 1992) 的闡述，框架其實亦隱含有「反面」意涵。簡言之，人們雖以框架作為思考或解釋外在世界的基礎，卻也常因認知世界中較熟悉某些事務，而習以為常地以此解釋、轉述、或評議外在世界的活動，因而有意或無意地「忽略」了框架界限以外的真相。框架的正面意義固然在於協助人們思考或整理資訊，但另一方面卻也成為人們意識型態或刻板印象的主要來源，「框限」了主觀認知世界的活動，無可避免地產

---

❻　Tankard, et al. (1991) 曾提出框架的另一種調色(toning)功能，謂社會事件的層次或比例亦可經由框架顯現出來。此外，Bateson 亦曾以鏡框來解釋框架的概念，認為心理框架同有「包含」與「排除」的功能，亦即一旦使用了某種訊息，其他訊息便無法納入；反之亦然。這種近乎「框限」的說法，顯示了框架中的訊息乃用來告知接收者：「注意框架中的事物，而非框外的世界」（參見Bateson, 1972:187）。

生「偏見(bias or prejudice or tendency)」；因此，偏見或可謂就是人們框限真實的負面效果。**⑰**

　　由以上討論推知，框架這個概念似乎既是動詞，也是名詞。不同真實之間的轉換（或是再現的過程），可謂就是框限（動詞）真實的歷程，而其後所形成的產物，就成了真實的框架（名詞），而在每一種真實的框架（名詞）中，都有類似結構，分別由高層(global)、中層、以及低層(local)環節組成。而在真實轉換（動詞）的歷程中，則又包含了框架的基本機制，包括選擇與重組兩者（鍾蔚文＼臧國仁＼陳憶寧＼柏松齡＼王昭敏，1996）。以下分別介紹。

一、框架的高層次結構 **⑱**

　　首先，如《圖2-1》所示，在各種真實的內在結構（或名詞的框架）中，均有高層次(macrostructure)的意義，往往是對某一事件主題的界定，即 Goffman 所稱謂之「這是什麼事 (what is it that's going on here)」(1974:8)。**⑲** 例如，在媒介真實中，高層次的意義經常以一些特定形式

---

⑰　Moscovici (1984:31)亦曾隱指框架的限制功能。他認為，框架可視為是一套模式或原型(model or prototype)，限制了人們思考、語言、行為的範疇。但他也強調，這種思想原型也是批判與分類的基礎、比較的對象。

⑱　本節所錄的三個框架層次，引自鍾蔚文＼臧國仁＼陳憶寧＼柏松齡＼王昭敏，1996與臧國仁＼鍾蔚文＼黃懿慧，1997。我們使用「三個」層次，旨在避免Bailey (1990)所稱之兩面向謬誤(anomalies)，如介於抽象與實務。三層次中，高層次代表了抽象意旨，中層次則為實證面向，代表實際發生且可供測試者，低層次則為操作或指示面向。Bailey 認為此三層次互相獨立但相關(isomorphic)且無從屬關係，但本研究視三者有所重疊。

⑲　Tankard, et al. (1991) 認為這是 Goffman 框架概念中的主要立論基礎。Goffman自謂，當人們面對同一事件時，首先就需回答「這是什麼事」。但因每個人的框架不同，所得到的答案也不盡類似，因而才開展了我們探索框架

出現，如標題、導言、或甚至直接引句。❷van Dijk (1987) 認為，任何語文的文本結構均有主題形式(theme)，乃由命題(proposition)組成。命題與命題間會因主題接近而形成較高層次的命題，或稱「巨命題」。 透過這種由低層次命題（或稱微命題 (microposition)）到較高層次的巨命題的過程，文本結構中的語意基模(semantic representation)因而形成，可作為語句分析的基礎。

在新聞語句的分析中，van Dijk 稱此類結構為「新聞基模 (news schema)」。他認為，所有新聞均有核心意義（可視為類同框架之概念），係由各語句組合而成。如要瞭解一則新聞的內涵，可透過分析各新聞語句的基本命題及其所組合而成的高層意義（參見臧國仁＼鍾蔚文＼黃懿慧，1997之分析方法）。❹Kintsch (1994:726–7)則進一步指稱此類說法

的空間。此外，Moscovici (1984) 認為語言在再現的過程中，同時扮演了觀察與邏輯的功能，前者指對「真實」的反映，後者則指抽象的符號。換言之，語言對框架兼具高層與連結的功效，如此處所指的高層次意義，即需透過語言轉達。

❷ 有關「標題」與框架之討論，可參見鍾蔚文＼臧國仁＼陳憶寧＼柏松齡＼王昭敏，1996:190。臧國仁＼鍾蔚文＼黃懿慧 (1997)曾以導言為分析對象，原因是導言與標題俱屬新聞的「摘要部份」， 可表達新聞的巨觀結構。有關文本的摘要部份，可參閱van Dijk 相關論著。至於直接引句是否代表新聞內容的上層意義，相關證據尚少。但從文獻中推論，新聞工作者在引用某人之發言時，的確有意藉此傳達文本的高層意義。如戴至中(1996)所撰之初步研究發現，直接引句通常較接近核心命題。此外，Trumbo (1995b:15) 認為標題與導言均為框架中「強調(salience)」機制的重要部份。相關討論可參見Bell, 1991, 第九章；Hackett & Zhao, 1994。

❹ 意義與框架有類似意涵，係本書作者之推論，並非van Dijk本意。所謂意義，乃透過語言或符號系統有意及實際傳達的訊息，是人類傳播過程的重要內涵 (Crigler, 1996:8)。過去有限效果論亦曾討論意義，但未能深入，意義卻是建構論者的主要思想所在。

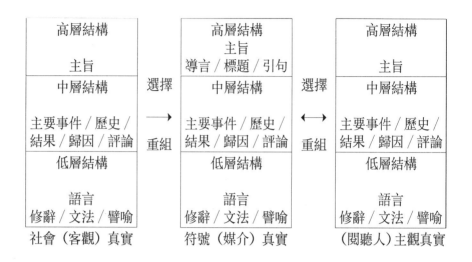

圖2-1：由各種真實所形成的框架內在結構*

*本圖改寫自鍾蔚文＼臧國仁＼陳憶寧＼柏松齡＼王昭敏，1996:187。

源自語言與心理語言學中對「命題」的定義，即任何文本均自有一套「層次結構(hierarchy)」，並非僅是語言的組合。位在結構上層的命題，乃文章中的抽象意旨，而其所包含之較低層命題，則與上層命題共同「享有」相關意旨。Kintsch同時提及，上層命題會因較為抽象而較易回憶。

　　Chung & Tsang (1997) 延續此類意見，強調框架其實就是符號世界的抽象意義，代表了言說的高層結構，而此種結構可透過言說（論述）分析的方式取得。❷❷在主觀認知方面，專家型的讀者較為議題傾向，能記得較多上層意義(或稱巨命題或巨巨命題)，因而較具抽象思考能力(梁

❷❷　嚴格來說，前述van Dijk的言說（論述）分析工作僅分析了文本(textual)的部份，針對言說結構的意義有所討論，但未嘗試闡釋文本此種符號真實與社會真實的連結關係。臧國仁＼鍾蔚文＼黃懿慧(1997)曾分別分析框架的三個結構變項，包括形式結構（即本節討論之中層結構）、值、與消息來源。

玉芳，1991）。❷同理，對議題涉入較深者而言，記得較多的上層知識是一件較易完成的工作（吳雯雯，1991）。換言之，在訊息傳遞過程中，一方面高層次言說代表了主題意義（或主旨），較容易被閱聽人注意、記憶，另一方面對訊息愈是熟悉或有興趣者，能記憶的高層次訊息也愈多（鍾蔚文，1992：第九章結論）。如 Philo (1990)研究英國電視新聞所報導的勞工抗爭事件，發現受訪者經過長時間後，仍能毫無困難地回憶出新聞報導的主旨，但對細節則無法記得。這些現象都顯示，專家知識似乎與「框架」密不可分，亦即知識資料庫愈龐大者，其框架結構就愈緊密，也包含愈多上層意義。而另一方面，上層言說因其內容較為抽象，也較易為人記憶。

二、框架的中層次結構

有關框架的中層次結構係由以下幾個環節組成，包括主要事件、先前事件、歷史、結果、影響、歸因、評估等（鍾蔚文＼臧國仁＼陳憶寧＼柏松齡＼王昭敏，1996）。其中，先前事件、歷史、與結果、影響屬於主要事件發生前後的時間變項，而歸因與評估則可謂是主要事件的緣由與評斷（參見《圖2-2》）。❷

❷ 作者發現，雖然專家型的讀者能記得較多議題取向的新聞內容，因此可謂較具抽象思考能力，這種能力卻與教育程度無關。易言之，「專家知識並不由教育而來。教育程度高，並不代表必定是事事精通。…… 或許，興趣與動機更能解釋這其中的關聯」（頁78-79）。

❷ 此地對框架中層次結構的討論,源自 van Dijk (1988, 1987) 的新聞基模概念。van Dijk 將新聞故事分為「摘要」與「故事」兩大部份，而摘要是由標題與導言組成，故事則可再細分為本事與評論兩者。van Dijk認為，本事包含有情節（如主要事件與結果）、背景（景況、先前事件、歷史）等細項，而評論部份則有語文反應、期望與評估等。此地我們將van Dijk所稱之新聞基模濃縮為七項討論，代表框架的中層次結構，內容與前述文獻所揭示者，亦有

圖2-2：框架的中層結構簡圖

　　所謂「主要事件」，意指故事的主要內容，經常包括主要人物、情節、動作。一般而言，新聞報導較重視事件的動作而忽略歷史背景的描述，或強調事件的核心人物與情節而忽視事件發生之前的直接或間接因果關係，也放棄討論事件之後的反應與效應。臧國仁＼鍾蔚文＼黃懿慧(1997)稱此類報導為「事件導向」的趨勢，是新聞體的主要形式之一。❷❺

　　「先前事件」與「歷史」指的均是社會事件發生之前且有直接因果關係者(先前事件)，或發生在主要事件之前一段時間但與主要事件有間接因果關係者（歷史）。每一事件發生時，與其相關的先前事件與歷史時

部份差異。

❷❺　此種重視事件主要「動作」與「情節」的報導特性，在臺灣與其他國家的新聞媒體研究中經常可見。Hess (1984)，曾發現，百分之八十的（美國）新聞報導內容均屬發生在過去二十四小時的事件。Lang & Lang (1994)認為新聞媒體的注意力完全隨事件高低起伏，而此種片段式（或譯為軼事型）(episodic)的報導方式無法提供讀者或觀眾對事件有所深入瞭解（同樣說法可見Iyengar, 1991）。此外，Woo (1994)研究韓國新聞媒體對總統大選的報導，也發現內容著重選舉策略而忽略選舉議題。Ericson, et al. (1991)歸納新聞媒體對犯罪新聞的報導，認為新聞與法律均有過於強調事件的傾向。Manoff (1986)與Carey (1986)，因而指出，新聞媒體夙來只重視事件的動作(action)，慣於忽視背景(background)的重要性。參見第五章第二節討論。

間因素都不只一項，但有時兩者又都可能在新聞事件中遺漏。以歷史因
素為例，鍾蔚文\臧國仁\陳憶寧\柏松齡\王昭敏(1996:204)發現，
在「國立臺灣大學女學研究社放映A片事件(以下簡稱「A片事件」)」
中，至少包含了四類間接歷史背景：有些命題指稱此「A片事件」源自
中國社會以男性為尊的傳統(中國社會環境因素)，另些則認為A片所展
現者，不過在於滿足男性情慾而已(男性經驗因素)。還有些言說或者
認為此一事件與過去臺大學風有關，或者認為是女性運動發展的必然結
果。然而在此事件中，雖然另有新聞報導指證放映A片與臺大學生會會
長競選造勢有關，但嚴格說來，直接相關的「先前事件」並不明顯。

　　此外，「結果」與「影響」則是由主要事件所引起的後果，包括直
接(結果)與間接(影響)的效應。在直接效果層面可分析出四個方向：
有些社會言說認為女研社放映A片可能觸法，可謂屬於法律層面。有些
新聞媒體報導某出版社將發行性教科書，可歸類為其他社團影響層面。
再者,也有言說提及女研社的活動未來會激發更多相關討論(社運影響)，
或將有損臺大形象(學校層面)。在此事件中，間接且長期的「影響」
則無具體提及。❷❻

　　「歸因」則是對事件發生的因果推論。陳韻如曾研究新聞報導與讀
者認知的關係，發現新聞框架會影響讀者對事件發生原因的推論；尤其
是新聞中的背景資料，最易達到暗示作用。陳韻如(1993:63)說：「背景
資訊可能提供他們(受訪者)思考的方向，使受訪者得以從較具體、較

---

❷❻　此地必須注意者,鍾蔚文等人所稱謂之社會言說或論述並不限於新聞報導；
　　發表於校園網路(BBS)中之相關討論，亦為研究素材之一。該研究同時亦曾
　　以立意抽樣方式，分別在事件發生地之臺大校園以及國立政治大學、國立中
　　正大學各訪問男女學生五名(總共三十人)，以瞭解閱聽人對外在社會事件
　　的心象(回憶與評價)。詳見該研究頁199–200有關研究方法部份，以及柏
　　松齡論文，1996。

特定的因素，推論或判斷事件發生的原因」。 張文強(1993)的論文發現，新聞文本對讀者的歸因影響有限，反而是先前態度較具影響力。張文強之歸納認為，即使閱讀相同資訊，讀者也會有不同詮釋，藉以支持自己的論點，並進行歸因。❷

「評估」指對事件現象的好惡或贊成與反對的態度。王嵩音(1995)曾針對中、港、臺三地人民相互印象進行研究，發現常使用大眾媒介者對其他地區人民印象較好；而親身接觸愈多，印象則愈壞。由此來看，人們對現象或事件的認知（或對事實的看法）， 實際也導引了某種「印象（評估）」。

如在「A片事件」中，研究者（鍾蔚文＼臧國仁＼陳憶寧＼柏松齡＼王昭敏，1996:204）共計蒐羅到八項評估意見，包括：認為看A片是性知識的重要來源（教育評估）、看A片有助於兩性平等（兩性關係評估）、該事件是成功的社運策略（社運策略評估）、看A片是學術活動(日常活動評估)、個人喜好無足為奇（個人自由評估）、此事涉及公開放映的問題（法律評估）、可落實校園民主（社會影響評估）、以及對臺大形象有影響（校園效果評估）等。有些評估對事件抱持正面態度，有些則屬負面命題。

柏松齡(1996:69)曾以「A片事件」為例，進一步分析男、女學生的評估意見。她發現，由於性別不同，受訪者對此事件的詮釋型態有所差異。男生習以A片是否「正當」評估此事，屬於一種旁觀者的角色；女

---

❷ 有關歸因部份的解釋，依據Moscovici的看法，顯然並非有因就一定有果。Moscovici以「無風不起浪」為例，說明一般科學家可能較有興趣找尋為何無風不起浪的答案，而再現學者則對無風是否起浪，以及有風會否起浪等相關原因亦十分好奇。「風」與「浪」這兩件事的相關性與評估，因而均是再現研究者的重點，因為「結果往往是肇因，而方法可能才是影響」(p.43)。我們在框架的中層結構中，暫以線性思考為基礎，但並不否認動態的歸因。

生則較關注此事是否「重要」，或是女性在此事件中的地位是否平等。

三、框架的低層次結構

　　除了上述有關上層與中層結構之外，框架仍須透過語言或符號表現，包括由字、詞等組合而成的修辭與風格，接近 van Dijk (1987) 所稱之言說或論述微觀結構(microstructure)，如語句句法結構(syntax)及用字技巧(lexicon)。**❷** van Dijk 認為，語句的用法（如用句的複雜性）以及文字的風格均可顯示言說或論述對事件、人物的評價。易言之，任何文字或符號的組合與選用，其實都反映了真實世界的轉換框架效果。或如 Durkheim（引自Kumar, 1987:44）所言，「語言選擇了部份事實提醒我們特別注意，並忽略或排除其他部份。如果我們無法使用語言，就無法思索；無法思索，就無法行動」。**❷**

　　Fowler (1991:3) 曾觀察到不同的字與片語的組合排列，會引伸出寫作者不同的世界觀（或框架）。 如「警察在九時外射殺男孩」與「男孩在九時外遭射殺」兩個標題所表達的情境並不相同：前者的焦點為行動者（警察），而後者因使用被動語態導致責任歸屬不清楚，「射殺」反而成為注意焦點。Fowler認為，語言本身具有認知角色，因而能提供有組織性的再現功能。

　　由語言的使用觀察框架的形成，Putnam & Holmer (1990:137) 曾謂：

---

❷ 此處我們並非指稱語言僅是「微觀」結構，相反地，我們認為語言建構了社會文化。語言不僅反映真實，也是真實建構的來源，語見Carey, 1989:25。

❷ Kumar認為，外在世界(the world "out there")係以符號包裝的方式出現，這些符號指認環境中的某些部份，並將我們的回應結構化。而語言概念的重要性，正因其功能乃界於「抽象意旨與社會集體意識之間，也界於常識與科學之間」（參見Moscovici, 1984）。近些年來，有些非口語性的語言（如邏輯與數學）已逐漸脫離日常生活，使得語言的「理論性」亦逐漸喪失，導致「反映現象」已成為語言唯一功能。

「框架位於意義（或語言）的解說方案中，並在兩個談判者的互動中顯現出來。」 Fang (1994:464)以示威為題，分析中國大陸《人民日報》如何報導不同國家或地區發生的類似事件。他發現，在「友好」國家或政權發生民眾示威活動時，《人民日報》常用負面語詞如鬥爭、反抗、抗議、衝突。但當「敵對」國家發生類似人民請願活動時，《人民日報》則使用較為中立的語詞，如集會。Fang因此在結論中表示，語詞與句法結構的使用並非隨意而為，而是一項「創造真實的社會活動」。

此外，語言心理學者Sapir–Whorf的著名假設曾討論經驗知覺世界如何受到語言使用的影響。如墨西哥印地安族的Aztecs人以單一字彙描述雪、冰、以及冷，但北方極地的愛斯基摩人以精細分類方式及多達二十種以上的字彙說明不同種類的雪。這種現象顯示語言的確是外在世界的反射，人們透過語言的使用，將認知經驗與外在真實連結在一起。「沒有字彙，就沒有事實」，誠哉斯言（引自Potter, 1996:102）。**❸⓿**

字彙或語言的選用除了反映了真實再現效果外，Gamson & Lasch (1983)認為框架透過一系列符號圖案(symbolic devices)形成。他們延續

---

❸⓿ Kumar(1987)曾以「革命(revolution)」一字，說明英國人在十五世紀之前無法瞭解政治上「去舊除新」的意思，因此只能擁護舊制，蓋因當時此字只用於觀察天象（如伽利略之地球繞日說），尚未曾轉用於其他領域。Fowler (1991:29–30)亦曾討論不同語言不但持有不同字彙，且可能以不同方式表現世界(map the world)，此可稱為是語言的相對性(relativity)。因此，Fowler認為，使用不同語言的人，會對世界產生不同經驗，也就是具有不同語言決定論(logistic determinism)。

類似說法，亦可見於戴育賢，1995。作者認為，社會習俗（如「大年初二回娘家」）的意義，需透過低層次的言說（如電視新聞報導）取得其正當性。新聞文本作為一種較低層次的言說途徑，不但將讀者或閱聽眾與社會意義連結，也成功地放入了社會價值與脈絡，從而使讀者或閱聽眾參與了社會意義的建構。

了政治傳播符號學者Edelman (1964)與Bennett (1988)的說法，強調政治行動者擅於使用符號（如總統、國旗）傳遞抽象意義，以便傳播接收者能接受訊息中的意旨。**㉛**Gamson所提出的符號，包括暗喻(metaphor)、描述、短句(catchphrases)、標語(exemplars)與視覺影像(visual images)。他認為這些符號會傳達框架的核心或上層意涵 (core idea)，可謂是一組表達定義的低層次設計。

以上介紹了各種真實的內在結構，或可稱之為框架的形式結構(structure)。簡言之，所有的框架都有著類似的基本成分，就是如上節所述由高層到低層的形式要件。臧國仁\鍾蔚文\黃懿慧(1997)曾以類似言說或論述分析的方法，探詢新聞報導中的命題結構。他們發現，雖然過去研究鮮少提供歸納框架的步驟，**㉜**言說的核心意義的確可以經由分析語句命題及其所組成的高層意義取得。而新聞媒體各自透過固定型態

㉛ 以符號傳遞意義的說法，並不限於政治傳播學者如Edelman或Bennett。組織文化學者亦曾以識別系統(identity system)解釋真實轉換，如所謂的「視覺識別系統（visual identity system，簡稱VI，包括旗幟、色調、標誌物)」等，其功能之一即在促進使用者迅速無誤地將客觀真實中的組織（或企業）外在形象轉換為主觀真實。此類參考書籍甚多：有關形象部份可參考 Garbett, 1988; Sauerhaft & Atkins, 1989; *Journal of PR Research*, 1993 (vol. 5, no.3)之專論。有關識別系統專書，可參考林磐聳，1988。相關議題將在本書第四章中討論。

㉜ 如Gamson (1992)即僅謂其研究不強調客觀過程，而未評述分析框架的方法。Hackett & Zhao (1994) 分析三個在波斯灣戰爭期間出現的美國新聞媒體框架，但亦缺乏有關框架如何產生的解釋；此外，Woo (1994)亦未細列取得框架的方式。僅有 Gans (1979) 曾建議以「質化性質的內容分析(qualitative content analysis)」探討媒體如何說、如何表現、如何假設，以及對重要機構與議題的報導價值為何。但由內容分析的定義觀之，該研究方法僅能協助獲取公開及表面之意義，無法探索深層結構或核心意涵。Voakes, et al. (1996)的近作嘗試延續 Tankard 等人的研究方法，但仍未詳述步驟。

表達對社會真實的詮釋方式，在言說或論述分析中亦清晰可見。㉝

　　但是要由此言說或論述內容推斷框架的實施方式，卻似又不夠周延。單是瞭解真實情境（如新聞報導）中的高或低層次意義，並不足以探知框架何以發揮功能。任何語文的素材組合方式，似乎才是建立框架的重要機制。換句話說，要瞭解框架，不但需要知道言說中有哪些結構形式要件（如上節所述），也要考慮這些結構形式要件如何實施。例如，透過何種過程，某些言說得以成為文本內容，進而成為閱聽眾的主觀真實？為何其他要件未能成為文本內容？為何有些事件成為言說之「強調重點」或主要核心內容？而其他要件卻僅能在文本中略微提及？

　　類似這些與真實轉換相關的陳述方式，均可謂受到框架基本機制影響，以下說明之。

㉝　臧國仁等(1997)採用的分析步驟包括：第一，將各新聞語句化約為微命題；第二，透過類化、重建、刪除、以及保留方式，將微命題歸納為巨命題或巨巨命題；第三，以巨巨命題進一步分析其在新聞中的形式地位與比重。框架分析的獨特性，則在於比較不同個體或組織間之差異或相對意見(counter positions)，而不在於瞭解各自有何立場。基本上係以言說或論述分析的方法，透過語句形成的命題瞭解文本結構中的語意基模(semantic schemata)，參考了van Dijk的核心理論（參見1988, 1987）。鍾蔚文與臧國仁曾嘗試將此言說分析的方法，用來討論新聞文本，可參見鍾蔚文，1993, 1992；鍾蔚文等，1996, 1995。

第三節　框架的機制 ㉞

　　Goffman (1974) 曾謂，真實的片段常透過「一隻看不見的手」重新塑型，因而產生符合原有結構但內容卻相去甚遠的的結果。這隻「看不見的手」也經常選取真實的部份片段並加以重新排列組合，以達成「再現」或轉換真實的目的。這裡的選取與排列組合，可謂就是框架真實最重要的過程（或稱框架的「機制」）。

㉞　有關框架的機制(mechanisms)，各家說法不一。Gitlin (1980) 指出選擇、強調(emphasis)、以及排除(exclusion)三者；Entman (1993)簡化為選擇與凸顯(salience)。Gamson, et al. (1992)提出組織(organizing)一項；鍾蔚文與臧國仁（見Chung & Tsang, 1993, 1992）舉列選擇與重組(reconstruction)兩項；Oliver & Steinberg (1993)則以集中(focusing)、排除或取代(displace)為框架的主要機制。此外，Tuchman (1978) 曾提及次序(ordering)與完整性(coherence)亦與框架內涵有關。

本書綜合上述各項要件，延續鍾蔚文＼臧國仁＼陳憶寧＼柏松齡＼王昭敏(1996)與臧國仁等(1997)的說法，認為「選擇」機制其實意涵了「排除」的功能（某甲之獲選即表示所有其他因素的落選），而「重組」也同時意味「排序」或「強調」（組合即同時有排列與排序之功，因而傳達了強調與忽視的意思），因此仍以此二者為框架的基本機制。

此種相對之觀點，可謂是框架理論與其他認知心理學或再現理論不同之處。簡言之，框架理論的機制採取了否定主義(theory of negation)的說法，認為人們有否定(capacity to negate)的基本能力，任何思考均同時含有接受與拒絕，或批評與合理化，而非如認知心理學所謂之人們會按圖索驥，依照過去經驗分類。框架理論顯示，人們在選擇同時也會拒絕其他未經選擇之項目，強調之餘亦忽略其他未經注意之項目。此部份討論可參見 Billig, 1993:50。

一、 選擇機制

首先，在社會真實中，每一事件都含有多種言說可能。以前述「A片事件」為例，社會中針對此事件的所產生的歸因或影響或歷史，均有多種可能（如在歷史變項中，可能有中國社會環境因素、男性經驗、臺大環境、或社運歷史因素等（參見本章第二節，第二項）。 但無論真實世界中所包含的可能因素有多少，媒介或個人僅能配合情境因素選取一或兩項成為言說論述內容，鍾蔚文＼臧國仁＼陳憶寧＼柏松齡＼王昭敏(1996)稱此為變項的「值」。如在以下三例中，無論是人、動詞或事都有多種可能，每一種言說均會因選取了不同的值而產生了不同的意義（仍以前述「警察射殺男孩」舉例討論：此例出自Trew, 1979）。

例1： 某甲(argument)＋動詞甲＋甲事(argument)＝言說論述甲
　　　（警察）　　　　（射殺）　　　（小孩）

例2： 某乙(argument)＋動詞乙＋乙事(argument)＝言說論述乙
　　　（小孩）　　　　（被射殺）　　（無）

例3： 某丙(argument)＋動詞甲＋乙事(argument)＝言說論述丙
　　　（警察）　　　　（射殺）　　　（無）

在上面例子中，不同的主詞、動詞、或受詞的選擇，演變成了不同的言說論述意義。在甲例中，「警察射殺小孩」是主要言說論述焦點。乙例中，由於警察的角色遭故意遺漏，使得「小孩遭到射殺」成為言說論述內容。而在丙例中，僅有警察射殺的動作，被射殺的人並未表明，使得言說論述的意義再度改變。

由選取機制來看，沒有任何單一言說能掌握真實的整體意義，因而使得這個選擇機制在意義再現中顯得格外重要。而媒介真實旨在反應社

會現象，選擇機制尤有其特殊功能。如Cohen & Wolfsfeld (1993)即曾發現，以色列與巴勒斯坦媒體對該區域衝突事件的歷史背景陳述並不相同：同樣是有關衝突的報導，以國媒體較強調猶太人建國之艱辛，而巴國媒體較強調巴勒斯坦人離家之苦。換言之，以、巴媒體在言說論述的「歷史」環節上，經常會選擇不同變項內容，以致產生不同框架。鍾蔚文(1993)比較中國大陸與臺灣新聞媒體報導兩岸新聞，以及臧國仁等(1997)研究臺灣六家新聞媒體的核能新聞報導，也都有類似結論。

　　因此，經由選擇事件基模中的不同形式要件與內容，新聞報導出現了對同一事件不同的「版本」。臧國仁等(1997:7)因而強調：「(新聞)框架概念中最重要的部份，就在瞭解新聞媒體為何選擇某個特殊內容(值)，且選擇的比重為何。」這種說法，也符合法國社會心理學家Moscovici (1984:31) 的觀點：「每個人的認知中，其實都有某種典範(paradigm; 即框架或版本之意)。雖然人們不一定能自覺這個典範的存在，但是透過這個典範，人們才能將外來刺激(如顏色)分類。任何一種分類的系統，都奠基於這個典範所發展的定義與特殊用法」。

　　此外，遺漏(或排除)的作用與選擇幾乎完全一致；有選擇就有遺漏，選擇了甲，也就意味著對所有「非甲」的遺漏。van Leeuwen (1996:38–39) 曾特別述及遺漏在語言中的功能，認為有些遺漏其實難以察覺，有些「重大遺漏(radical exclusion)」則在社會行動的再現過程中扮演重要角色。如在上述警察射殺小孩的例子中，例2 (言說乙) 的呈現隱藏了警察的角色，以符合支持白人統治非洲的正當性。當然，某些時候選擇與遺漏無法截然二分，如某些社會行動在文本中會成為背景(backgrounding)或非核心(de-emphasized)；這些可謂都是框架社會真實的一些手法(見第四章第三節討論「香港回歸中國大陸」之新聞報導)。

　　然而，社會整體變化無窮，使得言說框架可選擇的「值」看來似無止境，實際情況卻非如此。再以「A片事件」為例：當類似事件引起社

會爭議時，各方對於如何界定事件起初並無定論，有的認為此事只是某一大學的社團活動，其他言說卻可能將此活動視為是「女性自覺的里程碑」（鍾蔚文\臧國仁\陳憶寧\柏松齡\王昭敏，1996:213）；不同言說或論述分別各自呈現了獨特的詮釋方式。但無論何種言說論述必然都有其核心意義，而這些核心意義又都有其歷史與文化淵源。易言之，可供選擇的言說論述本無止境，但在任何言說論述之前仍各有其根源。「『再現』最奇特的力量，就在於能成功地透過舊有真實，控制現有真實」(Moscovici, 1984:10)。❸

例如在讀者心理層次，任何新起事件所形成的心象，往往都是舊有心象的延續。有些讀者接受女研社放映A片的作法，選擇了「女性應爭取身體自主權」這種說法，因而排除其他言說或論述（如性教育、造勢等），原因可能係過去閱讀過女學書籍，或曾參與女學活動。其他讀者可能認為大學女生本應如同男生一樣，有權接受性教育的洗禮，此種想法則可能導因於過去對女權運動的嚮往（鍾蔚文等，1996，個案二之討論，頁207–208）。Moscovici (1984)認為這種選擇熟悉事物的原因，是人們受到「框架」影響的重要表現，即前述「固定或定錨(anchoring)」作用，亦即將奇異想法依附於舊有項目或形式的過程。❸

同樣地，在社會言說或論述層次（如新聞媒體報導女研社放映A片），今日興起的種種言說，往往也只是承襲了過去相關的對話。言說或論述雖具多元，但選擇其實仍有其歷史與文化的侷限。A片放映事件如果發

---

❸ Moscovici 並曾謂：「我們過去的經驗與想法並非『死的(dead)』經驗與想法，他們不斷保持其活躍性，也不斷變化並滲入我們現有的經驗與想法中。在許多方面，過去的經驗可能更接近真實」(p.10)。有關語言再現的歷史觀，可參見Durkheim, 1964。

❸ Moscovici 並未使用「框架」一詞，但其所述有關「再現」的意旨，接近此地的討論。此外，認知心理學中亦曾討論有關anchoring概念，參見Sherman & Cortz, 1984。

生在十年前的臺灣，新聞報導出現的框架可能只有單一核心意義（「看A片是傷風敗俗的行為」）；而十年後，大學女生放映A片或許已不再是新聞媒體注意的焦點。

由以上分析觀之，框架的選擇實有其歷史與文化意義。一方面，選擇機制受到時代情境影響；所謂「多元」選擇，其實仍有特定時空限制(conextual limitations)。另一方面，任何言說經由選擇機制成為社會關心焦點，必然又因為其核心意義符合特定時空環境。框架的選擇不但受到歷史情境與文化的限制，也創造了新的歷史情境與文化，兩者互為因果。

二、 重組機制

其次，在框架形成的過程中，選擇機制只觸及了狹義的意義層面；言說的內涵邏輯呈現尚須倚賴「重組 (restructuring)」機制。❸ 簡言之，同樣的內容經過不同的排列順序與時空變換，就產生了不同意義。如在社會言說中，新聞記者慣將某些素材置於新聞報導內容的首段（俗稱「導言」），或編輯將某些「重要」新聞置於頭版，用以呈現其受到特殊重視的程度，此種方式習稱「強調」或「凸顯」，目的在讓閱聽人特別注意或特別記憶這些資訊。甚者，新聞工作者也常透過傳統新聞手法（如倒寶塔寫作方式），將社會事件的流程順序完全改觀，藉此重新建構社會事件的發展過程(van den Berg, et al., 1992)；Pan & Kosicki (1993)稱此為框架的劇本結構(script structure)，也是一種重組的過程。

且以Chung & Tsang (1993)針對一九八〇年美國邁阿密種族動亂之

---

❸ 可參見Rojo (1995)所言，新聞內容若要被理解、記憶、或相信，需要經過某種組合(organizing)，類似此地所稱之「重組」之意。McCombs, et al. (1997)亦稱，框架不只是選擇或排除等動作，也是意義的建構(constructing of meaning)。

研究為例說明。研究者曾比較《人民日報》與《紐約時報》所撰之報導，發現兩家報紙的重組形式(patterns of restructuring)不同，因而產生完全不同的框架。在《人民日報》的報導中，段落安排大致符合事件發生的時間順序：首先是黑人受害者遭毆致死，而後是交付審判的警察無罪開釋，接著引發黑人暴動，最後是警察與國民兵應召開到現場。在先敘述法庭判決而後示威的段落安排之下，《人民日報》的報導以「無罪開釋導致抗議示威」連結事件的因果的意圖，顯而易見。

相較之下，《紐約時報》的報導則以暴動的結果與發生背景為導言，接著敘述警方與國民兵的部署以及警方發言人的評論。其後,《紐約時報》報導四名警察交付判決、法庭審判、以及暴動的細節。最後是檢察官的評論、黑人受害者如何遭擊致死、以及審判細節。此種將暴亂、審判場景、先前報導、以及各當事人的評論來回穿插敘述的方式，造成了不連續的時間序列，因而也使得因果關係較不明顯。

此外，在言說的下層結構(local level)中，將修辭與風格加以變換，也會造成框架效果。再以上述《人民日報》與《紐約時報》對邁阿密的動亂報導為例，《人民日報》在報導中以「白人謀殺者(murderers)」、「鎮壓(suppress)」描述警察與其鎮暴行為，而以「英勇的戰鬥(valiant fight)」賦予黑人示威正當性。這種描述手法與《紐約時報》不斷引用警方發言人的組合方式，顯然有極大差異。由此來看，兩家報紙在報導同一事件時，意義建構的方式其實上下呼應：高層次與中層次的意義排列與低層次的用字用語均具邏輯關連，極少產生自我矛盾的現象。

Fairclough (1995:84)有關框架的看法值得在此引述。他認為，新聞報導中包含了將各種不同聲音重組次序的機制，因而產生對社會行動的控制力。任何事件在新聞中出現，總是經過新聞媒體將其組件的來龍去脈重新加以編織(woven)或安排。新聞媒體透過對時序的重組，達到其對社會行動的看法，也主導了新聞媒體框架社會行動的功能。

第四節　本章小結與框架理論的預設

以上討論了有關框架概念的重要內涵。簡言之，框架一方面代表了人們或組織對外在事物的主觀思考架構，是瞭解外在客觀世界的基礎。另一方面，框架卻也是刻板印象或意識型態等「偏見」的主要來源，使得人們行事受到阻礙，只能按圖索驥，無從發揮創意。此外，框架協助人們或組織依據過去經驗解讀現有事件或議題，甚至更促成人們或組織製定策略、發動集體行動，以連結社會目標或與其他組織合作結盟（Putname & Holmer, 1990）。

在框架的內在結構方面，至少包含了框架的高、中、低三個層次。高層次指的是事件的抽象意義，或是主旨，通常難以辨識。中層次則由主要事件、歷史、先前事件、結果、影響、歸因、以及評估幾個環節組成，有些事件包含了所有上述環節，有些則只容納部份。低層次指的是框架的表現形式，係由語言或符號組成，包括字、詞、語、句，以及由這些基礎語言所形成的修辭或譬喻。

在框架的形成過程（或稱機制）方面，選擇與重組可視為是展現真實的最重要手段。選擇機制包含排除作用，顯示了對事件的分類效果。重組機制則包括排序，顯示對事件強調的部份。

總之，框架概念似可視為是一種由具體到抽象的思考過程，或是由抽象到具體的操作化途徑。在框架（動詞）一件事的動作中，人們或組織以語言形式發展出各種修辭或譬喻手法，並經選擇與重組機制，表達對事物意義的重視程度，因而累積成為獨有的價值觀或意識型態。Moscovici (1984:34) 曾指出，再現常使個體顯現特殊屬性，與其他個體有所區辨，就是此意。❸

---

❸　Moscovici 此處並未使用「文化」一詞詮釋社會集體性，而係使用習俗

但另一方面，此框架（名詞）卻無可避免地會透過語言或其他形式，受到同一時空環境的其他社會人或組織的影響，並進而影響其他社會人與組織。這種互動，久之即塑形成為同一社區中共有的社會文化，也就是van Dijk (1995:244-245)所稱之「意識型態(ideologies)」，即「同一團體中的人們所共享的信仰系統中的抽象與公有(axiomatic)基礎，無須證明即可再現社會，不但影響個人的自我價值、目標、行動，也影響組織行為」（參見《圖2-3》）。

(conventions)。由此，我們或可體會尚有其他一些與框架概念相近的詞彙，如類型（genre; 參見楊素芬，1996）、 公式（formula; 蔡琰，1995）、 基模(schema; van Dijk, 1987)、典範(paradigm; Moscovici, 1984)、神話 (myth; Barthes, 1972; 梁欣如，1993)、隱喻(metaphor; Lakoff & Johnson, 1980)、言說(discourse; Parisi, 1995)、或價值 (value; Fridriksson, 1995)。這些不同詞彙所代表的意涵，在某些程度上均與框架有所重疊。

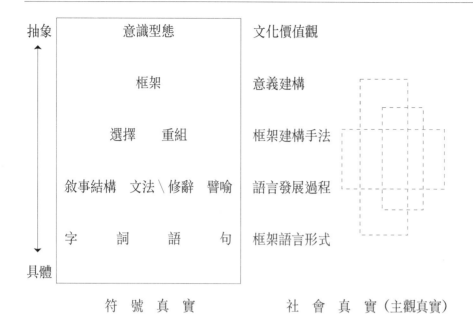

圖2-3：有關框架內在結構與機制的綜合簡圖*

*有關不同真實間的區辨，可參考 Farr (1977) 的說法：「There is a relationship between the way we picture a thing（客觀真實）to ourselves（主觀真實）and the way we describe to others（符號真實）」（引自Moscovici, 1984:44; 中文為本書作者添加）。有關「意識型態」之定義，可參見van Dijk, 1995:243：「社會認知的基本系統，在同一團體成員中組織了態度或其他社會再現【的方式】，控制了詮釋基礎的心理再現，以及言說的文脈內涵」（添加語句出自本書作者）。

　　在結束本節討論前，容再援引Entman & Rojecki (1993:156)對框架的詮釋。他們認為，任何現象的特質、肇因、或影響，皆可能由於呈現方式或觀察位置而有所差異。社會並非一成不變的世界，而是一個如萬花筒般地複雜實體。任何社會真相均可能因改變觀察的框架，或改變分類的方式，而有所不同。這些框架或分類均源於不同信仰或價值觀，因而可視為是引發動作或溝通行為的核心。

一、 框架理論的預設

在以下四章討論新聞媒體與消息來源的相關變項問題之前，尚須首先闡述「理論預設(postulates or assumptions)」。所謂預設，依Hage (1972:144)所言，就是一組可供發展定理(theorems)與推論(corollaries)之理論說明。陳秉璋(1985:31–32)之定義則更為清楚：「預設，乃是指研究者透過其感官知覺或其他經驗，在正式從事邏輯建構或實證研究之前，對於客體事物所事先提出的主觀認定，藉以結合客觀經驗事實之研究與主觀理性之推理。」陳秉璋認為，預設是新理論的第一步，可針對疑義所產生的問題，進行更深一層的預先觀察，藉以提出新的假設。

如果接下來有關框架的討論尚難滿足Hage或陳秉璋等人所稱的「理論」的要求，我們或可接受DeFleur & Ball–Rokeach (1982:194–196)使用的「前理論(pretheory)」說法，即「有趣且看起來合理的推測，根據有限的媒介研究，這些推測顯然十分一致，但仍然無法完全正確」。換言之，由於框架理論尚屬新意，本書作者無法確定其「正確」與否，但是以下有關新聞媒體與消息來源之討論屬於「有趣且合理」當無疑義。❸❾

---

❸❾ Schwandt (1994:129)曾列舉有關建構論的基本內涵，亦可協助讀者瞭解本書提出下列預設的背景與意義，包括：

——建構論乃試圖瞭解或解釋經驗，這些經驗大都可自我持續或自我更新；

——建構物的品質或特性，端視建構者所獲得的資訊多少與範疇，以及建構者處理資訊的深度；

——建構乃在同一領域中對某事物所廣泛共有的努力（如科學）；

——某些建構可能並無意義，原因可能係其「不完整、過於簡略、資訊不夠、內部不協調、或取得方式不足」等；

——要決定建構是否無用，必須在建構所操作的領域(paradigm)中檢視；

——當新的資訊與原有建構發生衝突，或者原有知識深度無法解釋新資訊

根據本章有關框架理論的討論，以下提出預設說明。

預設一：<u>社會中有不同真實(realities)存在</u>

Adoni & Mane (1984)曾於一九八〇年代發表文獻，嘗試整理出一個完整理論(heuristic theory)，以解釋有關真實的不同類型。Adoni & Mane自承其理論源自現象學派的社會建構論，並接受「事實是社會共同建構(facts are given)」的概念。在此架構中，作者們將所謂的「真實 (reality)」，區分為客觀、符號、以及主觀三者。首先，客觀真實獨立於個人經驗之外，無須驗證即以常識(common sense)或事實(fact)之態出現。符號真實則是表達客觀真實的任何具象形式，包括藝術、文學、或新聞媒體，人們藉此始能接近與瞭解客觀真實。主觀真實是個人的認知世界，由客觀與符號真實所建構，按照外在世界的「相關性 (zones of relevance)」形成人們認知世界中的遠近經驗。**④**

雖然Adoni & Mane的真實建構三角模式隨後曾引起多方辯駁，如戴育賢(1995:263)即謂此種區分真實的方式其實與現象學的說法「格格不入」，而將主觀真實視為「不偏不倚地相對應於客觀真實，而非後者的建構來源，顯然是把客觀真實當成是不須檢驗的事實材料」，此點嚴重地「曲解了生活世界的意義結構」。但Adoni & Mane的概念言簡意賅地說明了不同真實間的關聯，有助於對複雜社會制度的詮釋。本書借用此種看法，也承襲Goffman及其他社會再現學者的理論，強調社會中存在有不同真實面，真實乃是社會建構之物（《圖2-3》將客觀社會真實與個人主觀真實視為一體，較合乎戴育賢之說法）。

時，原建構就面臨挑戰。

④ 對客觀真實較理想的解釋，可能係：「一種不會反應(react)或涉及意義建構及解釋的世界」(Semin, 1987:308)。Habermas (1987) 亦曾將「世界」規畫為以下三類：客觀真實世界、規範性的社會世界、以及表達世界等。

預設二：真實由事實(facts)組成，但各種真實所描繪的事實，不盡相同

首先，真實由事實組成一事，應無疑義。如小說家、歷史家、或甚至畫家之工作，均在描繪真實日常生活中的部份事實，而每個人所經驗的日常生活，亦應是真實的一部份。在拉丁文的字根中，「真實」原指「*facere*或塑造(making)」之意，即「所有可觀察或可報導之事實，均為人工物品 (artifacts)，沒有事實可自我發言 (no facts can speak for themselves)」（見van Ginneken, 1998:15）。

現象學者舒茲(A. Schutz)的「真實」論著(1962)曾謂，日常生活是一種至高無上(paramount)的真實，其他真實（如科學定理或甚至幻想）俱由此而衍生。此一真實體代表了一個無言但可視為理所當然的世界，是我們與其他人所相互共有 (intersubjective) 的經驗。Mehan & Wood (1994:328) 否定此一「至高無上」的論述，強調「每一種真實都是平等的真實 (equally real)，沒有任何一種真實包含了較其他真實更多的事實(truth)」。換言之，每一種真實均屬「至高無上」，也都具有獨特之知識體系(body of knowledge)。Mehan & Wood並認為，「無論從哪一個真實的窗口望向其他真實，都無法不看到自己【所認定】的事實」(1994:328; 添加語句出自本書作者)。

本研究接受上述看法，同意真實世界各具事實內涵。但另一方面，各種真實所描繪的事實真相，卻因受困於時空環境的變遷，或因符號媒介的載量有限，而未必相同，也不必等同。❹

---

❹　Bann (1987:101)認為，事實的內涵與媒介載具有關，即形象實無法提供超出媒介載具所能運送的訊息。

預設三：不同真實之間經由轉換(transformation)或再轉換達到真實再現(representation)，此即框架的源頭

Mehan & Wood (1994:323) 在論及真實的特性時，曾特別指出真實與真實之間互動頻繁：「真實及其象徵客體 (objects) 間，相互決定 (mutually determinative)」。換言之，真實之間彼此糾纏(interwoven)，透過指標性 (indexical) 的互動途徑，視不同時空情境建構出不同社會意義 (參見 Woolgar, 1988; Berger & Luckmann, 1966; Semin, 1987; Potter, 1996)。這種說法不但顯示各類真實之間緊密連結、相互影響，也暗示了真實轉換的結果其實並無定性(never fixed)：同一客觀真實的再現，不但無法獲得相同社會意義，且也無法囊括所有社會意義，Woolgar (1988:32)稱此為再現的「無完整性(inconcludability)」。

預設四：轉換真實或再現的過程，包含了選擇與重組兩個機制

有關框架的機制，過去討論不多。但Moscovici (1984:30)在檢討「再現」過程時，曾提及真實的轉換基本上涉及了分類與延伸(classification & denotation)兩個系統，係將不同類別與名稱予以重新分配。Moscovici 認為：「中立性無法存在於再現個過程(neutrality is forbidden)，因為所有的客體均須賦予正或負面價值，以便在層級分明的區域中覓得適當位置」。

當人們使用框架解釋外在事物時，亦會發生類似分類作用，臧國仁等(1997)與鍾蔚文等(1996)名之為框架的選擇與重組機制。選擇意指從芸芸眾生中擷取少數特殊項目，轉換為有意義的結構。重組則係將擷取的項目按重要性排列，藉以顯示重視程度。選擇與重組俱為真實轉換之必備手法，也是彰顯社會意義的重要過程。

預設五：框架既是再現結果（名詞）， 也是轉換規則的運作（動詞）

Moscovici (1984) 曾指出，再現是我們對已知事物的瞭解與溝通；既是對每個想法的印象(an image to an idea)，也是對每個印象原即存有的想法(an idea to an image)。這種說法顯示，真實轉換實則同時包含形式與內容兩者的更動。亦即我們在詮釋社會真實的時候，外形與內涵俱會受到影響。Kumar (1987)即認為外表與意義應是真實整體的兩面，經常難以割捨或區辨。

因此，Moscovici對再現的定義可借用來解釋框架概念。簡言之，框架既代表了一種整理思考的界限或規則（動詞）， 也是人們再現外在事物的思考架構或內涵（名詞）。

預設六：真實內涵具有多種層次,且在不同層次均有類似結構❷

如本章所述，各種真實均有一些相似的形式與內容，就是由高（抽象）到低（具體）層次的結構。而各種真實的內容亦十分相近，彼此層層呼應，不易產生矛盾現象，可謂是框架概念的一貫性（coherence; 語出Tuchman, 1978）。

另一方面，框架也可能同時出現在個人與組織的面向。如過去認知心理學者較關心個人如何轉換外在真實為認知世界，言說學者如 van Dijk則以文本世界作為研究對象，討論符號世界轉換客觀真實的內涵。另外，社會學者如 Benford (Benford & Hunt, 1992), Gamson (1988,

---

❷ 此一層次觀，係借自語言與心理語言學中對proposition（命題）的說法，如Kintsch (1994:726)曾言，命題在文本中倚靠字詞訊息(lexical information)建構。這些命題並非僅是列項 (listlike)，而是具有層次的結構，高層次命題位在結構上層，較低層次位在下層……。

1989), Gitlin (1980), 與Snow (Snow, et al., 1986)對組織運作與社會框架間的連結著墨較多（見本書第四章討論）。 這些散布於不同社會面向之框架研究，顯示了框架概念可適用於不同社會層面。 **⑬**

預設七：框架的高層意義難以解讀，但可透過分析低層次之言說（包括語言或符號），探尋其意涵

此處借用 van Dijk (1988) 等言說或論述學者的理論，認為所有語文的文本結構均有主題形式，係由命題組成，命題與命題間會因主題接近而形成較高層次的命題，或稱巨命題。透過由低到高層次命題的分析過程，文本結構中的語意基模因而可以彰顯（參見臧國仁＼鍾蔚文＼黃懿慧，1997；參見《圖2-4》）。

這種由低到高層次命題的推論過程，可視為是界定框架的方法。在過去的研究中，已發現所謂的「巨巨命題」等高層次言說意義其實就是文本的框架，近似於 Gamson ＆ Modigliani (1989) 或 Tankard, et al. (1991) 所稱之「新聞【文本】內容的中心思想（添加語句出自本書作者）」。因此，Kumar (1987:44–45)的描述可謂貼切：「我們的真實，其實是一種語言的真實。由於語言是符號系統中的一環，由聲音與符號的習性 (conventions) 組成，我們的真實可謂奠立於符號」。McKinlay, et al. (1993) 建議，為了避免重蹈再現理論過於強調認知角色的缺失，未來應以言說或論述分析方式(discourse analysis)，試探語言（包括意圖與非意圖性質兩者）在再現過程中的功能與結構。

---

⑬　Billig 曾稱，概念可用於普遍或特殊現象，我們認為框架屬於普遍現象，在多面向多層次均可適用。另外，Thompson (1991) 曾試圖將框架概念應用於新聞流程。從事件發生經守門人的處理到讀者閱讀，Thompson 將此一流程中所涉及的框架或過程，分為二十四個步驟，每個步驟均包含將資訊素材整理為框架。

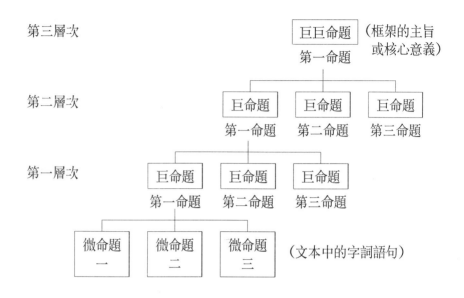

第三層次　　　　　　　　　　　　　　　巨巨命題　（框架的主旨
　　　　　　　　　　　　　　　　　　　　　　　　　或核心意義）
　　　　　　　　　　　　　　　　　　第一命題

第二層次　　　　　　　　巨命題　　巨命題　　巨命題
　　　　　　　　　　　　第一命題　第二命題　第三命題

第一層次　　　　　　　巨命題　　巨命題　　巨命題
　　　　　　　　　　　第一命題　第二命題　第三命題

　　　　　　　微命題　　微命題　　微命題　（文本中的字詞語句）
　　　　　　　　一　　　　二　　　　三

圖2-4：「框架」的基本層次結構

*資料來源：取材自 van Dijk, 1988:33。原圖標題為「文本的語意巨觀結構(macro-
structure)」，該作者在原圖中並未使用「框架」此一名詞。

　　預設八： 框架（動詞）社會事件涉及主觀認知，因而必然造成
「偏見」

　　在Goffman的框架概念中，真實轉換無法「照章全收」，因為所有的
轉換均會造成意義縮減或抽象化（見本章第一節）， 主觀認知中的「偏
見」因而形成。「框架化」一詞（動詞）即代表了對某些部份的選入與
重視，及對其他事物的排擠與忽略。「偏見」可謂是框架化的結果，也
是真實轉換的「附屬品」。

　　Moscovici (1984:23–24)亦有類似觀察，認為再現原本就是一種「思

想操控(manipulation of thoughts)」, 與行為控制或宣傳手法有異曲同工之處。Moscovici 並稱, 再現偏差包含三個假設: 意欲假設 (hypothesis of desirability), 意指人們總是嘗試創造符合主觀偏見 (subjective distortions)的訊息與印象; 失衡假設(hypothesis of imbalance), 意指所有的意識型態或概念均旨在解決因內在心情不平衡或不穩定所產生的情緒緊張; 控制假設 (hypothesis of control), 組織常建構真實以過濾由環境輸入之訊息, 藉此控制個人行為。Moscovici 進而說明, 再現真實的目的, 不但在滿足個人回應內心的不平衡感, 也在協助「控制」社會情勢, 兩者都涉入了主觀意識。❹

預設九: **不同框架之間, 具有競爭性, 彼此協商(negotiate)爭取意義建構的獨佔性**

Goffman 的「調音」概念顯示人們或組織在發展議題的過程中, 易於誇大自己所認定的事實之重要性, 認為是唯一能付諸四海而皆準之真理。這種習性因而造成「框架競爭」的效果, 彼此爭奪社會意義建構的主控權。Mehan & Wood (1996) 在討論真實的五種特性時, 曾特別指明所有真實皆有互動性質, 係透過與他人的來往而建立、維護、改變。換言之, 社會真實之建構具有社會性, 人們無法獨自建構真實, 也就是這裡所稱的「協商」之意。Pan & Kosicki (1997:4)也稱, 框架研究不應停留在「心理」層次, 或成為效果研究的一環, 而應強調語言與社會情境互動的層面。

---

❹ 再現學者的論點,呼應了認知心理學中有關認知偏見(cognitive bias)的說法,即人們的分類系統(categorization system, or schema)會影響對刺激的判斷,因而造成刻板印象式的偏見,參見 Hamilton, 1981; Tajfel, 1981。然而再現學者較為關注者,則在於此一偏見如何受到文化影響。

預設十：個人框架的形成，與同一組織、社區、或其他社會集體間有互動關係

在再現的過程中，人們習以認知中的熟悉角度轉換真實。但這種看事情的角度亦常受到同一組織或社區其他相關社會人的影響，進而形成內涵類似的價值觀或意識型態。這種共同價值觀連結了個人與相同組織的其他人，隨後造就了組織與社會文化的基本特質。Kumar (1987:52-3) 認為，「文化可比喻是倉庫，儲藏了成堆已遭廢除或埋葬的社會意義或真實詮釋」。馬克斯亦謂：「歷史之手仍然緊緊地握著我們，…… 死者的傳統如同夢魘般地令生者煩悶，…… 社會成為我們思索歷史的獄牆」（引自Kumar, 1987:53; 參見McKinlay, et al., 1993）。換言之，所謂「意義」，其實並未存在於客觀情境，而係個人透過與其他社會相關價值互動的結果。個人框架除了受到經驗與認知影響外，也與同一時空環境中的其他組織或個人有關。我們或者因此可以推論，新聞的定義其實也常受到媒體所在的社區(communal)文化組合影響。❹

預設十一：框架建立在具有權力關係的意識型態

如 Reese (1997) 所言，框架所表達的意義，就是社會中所流行的主流意識。當某種（新聞）框架被選取時，就可謂其與（媒介或／及社會）組織權力的隱藏關係。換言之，權力關係與組織所安排支持的某些特定

❹ 參見Parisi, 1995:5。作者認為，公共新聞(public journalism)的基本工作，就是要建立一套框架哲學(a philosophy of framing)，且應持續對修辭議題加以探索，瞭解「誰說了什麼，如何下了定義，主要敘事如何決定說辭是什麼」等重要問題。Paris並指稱，新聞學過去過度強調客觀觀察，捨棄在社區中發掘與連續各成員的使命，未來應特別注意報導「社區中的敘事」。同理，Dunwoody & Griffin (1993:482)亦曾提及，新聞記者的框架受到社區結構與權力影響（參見第六章第一節之「節錄」部份）。

常規，反映了社會中的主要意義解釋方式。Reese 甚至認為，在多元化社會中，沒有任何框架能「平等」地建立。同理，Pan & Kosicki (1997) 亦認為框架的力量與社會資源的接近性、知識的累積、以及策略聯盟的可行性有關。總之，框架的出現，與社會或組織的權力大小可能有關。

二、　使用框架理論之優點

以上討論了發展框架理論的基本預設。在接下來的四個章節中，討論內容將集中於分析新聞工作者與消息來源的互動關係。過去相關文獻累積甚多，早已成為新聞學領域的重要研究主題（參見臧國仁，1995a, 1995b），但理論建構(theory building)的嘗試尚少。以下將依據本章所描述之框架理論，試圖解釋新聞並非（也從未）純粹是新聞工作者「自行」採集與撰寫的「社會真實」，而是與消息來源「共同建構」的符號真實。新聞報導無法忠實反映原始社會事件的面貌，使得要求新聞內容接近客觀真實，只能視為是新聞記者工作的崇高理想與目標。

我們以框架理論試圖重新界定新聞本質，乃著眼於以下幾點：

第一，框架理論強調各類真實之間平等互動，並否認任一種真實包含較多事實。此種假設乃基於社會建構論認為真實係建構而來，且真實轉換並非一成不變。再現涉及了個體主觀的認知與態度，使得真實所含的事實數量並無絕對優劣或真假。此一假說，與傳統社會科學客觀主義強調的「鏡子隱喻 (mirror metaphor)」有異，因而可以提供與以往研究取向不同的思考空間(Leehy, 1987)。

第二，框架理論也強調真實之間互動頻繁，彼此相互影響 (reflexivity)，顯示個體之間乃為動態關係，權力結構並非線性或定性 (fixed)。既然真實轉換係動態過程，個體與社會文化環境顯然均會影響框架的本質，也顯示客觀真實的轉換鮮少受到單一因素導致。這種說法，有助於凸顯社會情境 (social context) 對媒介符號真實建構的重要性，有助於接

下來的討論（第五章）引用有關「環境」變項。

第三，既然框架理論強調社會真實乃「共同建構」而成，真實轉換除了涉及主觀意識之外，亦可推論其轉換結果鮮少長久不變，而係如Marx 所言，社會不斷在現有政治勢力與經濟新貴間的矛盾間前進，以致所有主流階級均屬暫時性質（引自Kumar, 1987:47）。因此，社會力量乃由競爭或協商(negotiation)而來，框架亦可謂是競爭的過程：「主流言說（或論述）並非堅硬不可滲透(monolithic and impervious)，反而常製造對手，營造了協商的空間」(此句引自van Zoonen, 1994:39)。換言之，框架理論凸顯了社會價值的可塑性，暗示各種社會主流框架均可透過再現予以改造或轉變：「意識型態不具完整性，也從未密不通風」(Kumar, 1987:47)。我們使用框架理論，目的之一就著眼於此一理論所包含的競爭性與開放性。❹❻

第四，社會力量既然可以經由再現過程以爭奪發言機會，因此真實的建構其實可謂是策略的行動。由框架理論觀之，再現社會真實的過程涉及認知策略的學習(strategic learning)，亦與思考歷程中的「問題解決(problem solving)」有關（鄭昭明，1993：第十一章）。另一方面，組織人員（如消息來源或公共關係）在建構符號真實的過程中（如建構新聞報導），亦常為策略導向或實施目標管理(Ryan, 1991; McElreath, 1993; Nager & Allen, 1984)。由此推論，新聞乃策略產品應非虛言，雖然這些「策略」有時並非有意識的認知。

第五，真實的轉換既然涉入主觀認知，偏見之產生無可避免。傳統新聞學術研究常過於關注如何公正客觀地報導社會真相（彭家發，1994a），但對框架理論而言，重點不在有無偏見，而係偏見如何發生，

---

❹❻ Kumar以性別與種族為例，說明人類的偏見或刻板印象其實都是政治或社會制度造成，透過真實建構而來。既是建構而成，亦可透過建構改變，因此顯示了框架競爭的意義。

以及偏見與情境之關聯為何。誠如Moscovici (1984:43)所言，我們一旦拋棄了絕對客觀論點，研究範圍反而更加寬廣，可供研究之素材也隨之增多。以新聞記者與消息來源的互動為例，研究者可分析兩者的言說或論述偏見以及造成此類偏見之時機與情境，亦可探討兩者如何採取步驟以縮小彼此差異。以框架概念出發，此類研究題材或可謂更為有趣。**❹**

　　以 Reese (1997) 之意，框架研究可用來連結批判、質化、以及意識型態的陣容與行為科學、閱聽人研究、以及效果研究間的鴻溝，主要理由正是因為框架可用作思考不同知識結構的工具，與知識來源、社會行動、及社會利益的分配均有關聯。以下以框架理論為基礎，討論新聞工作者與消息來源如何轉換社會真實，共同建構符號真實。

---

❹ 這點對於任何新理論均有其重要性，如Farr (1993:17)所稱：「對一個新理論的測試，就在於觀察其是否擴大抑或限制了領域的發展空間……。一個好的理論應能讓人從新的角度看到熟悉的環境」。舉例而言，Farr 認為行為主義(behaviorism)造成了心理學門的貧瘠發展(impoverishment)，重要性不如心理分析。

第三章　新聞媒體與媒介真實之建構 ❶

——新聞係一種透過組織性運作，而由文化歷史授權建構之認知素材(Koch, 1990:19)。

——有關新聞社會學的研究重點，在於瞭解為何某些特定人士、機關、或事件能經常性地受到媒體關注，而其他人士、機關、或事件為何卻總是遭到媒體忽略(Roshco, 1975:18)。

——事實(facts)沒有實際意義，須要透過故事框架才能組織並賦予連貫性，在選擇某些部份加以強調的同時也排除了其他部份。【我們應將】新聞視為是說故事(telling stories)而非傳遞『資訊』，當然這些故事本就包含了某些事實成分在內 (Gamson, 1989:157; 雙引號出自原文)。事實與形象(images) 一樣，總是將其意義深藏在更大的意義系統或框架之內(Gamson, et al., 1992)。

——……　新聞記者在認知與報導事實時受到各種社會形式與心理框架引導(guided)，本是常態而無可避免，與其否認或漠視不如承認這種情況……(van Ginneken, 1998:83)。

---

❶　本章大部份內容曾發表於臧國仁，1998b，此地僅作小幅度修正。

　　上一章簡述了框架概念的理論架構，並將框架定義為「人們或組織對社會事件的主觀解釋與思考結構」。框架一方面是依據過去經驗解讀現有事件或議題的參考架構，另一方面亦是轉換真實的規則或界限，是解讀真實世界時的取材範圍。本章以下所要探索的現象，均在指明新聞記者在報導與認知事實時，總被各式各樣地社會型態與心理認知所導引，這點本屬無可避免，而且承認比忽視或否認這項事實來的好些。只有正視這些事實，未來研究方能由此尋求其社會意義，擷取經驗，瞭解新聞媒體與社會真實的關係。

　　以下四個章節將以上章之框架概念為基礎，逐步發展有關新聞媒體與消息來源互動關係的分析架構。此一研究範疇成為社會科學重要領域由來已久，如早在本世紀初有關民意形成的討論文字中，Lippmann (1922)即已直接闡述了新聞媒體與消息來源間的密切關係。Lippmann認為，新聞報導只是「一支不斷移動的手電筒 (search light)，使我們能看到一片黑暗中的部份情景」(1922:229；譯文引自彭家發，1994a:29；亦可參見Gitlin, 1980:49–50之同樣說法)，而非全部真相。而新聞報導的品質，端視被曝光的組織或機構（即消息來源）是否能（或願意）提供完整可靠的資料，以及這些資料是否能客觀地協助媒體呈現真相。

　　公關人員（原文為 publicity man，或譯為宣傳人員）在當時已受到企業組織的歡迎，因為大眾並不希望由記者單獨決定如何報導。公關人員的工作宗旨在於協助新聞人員發掘「事實(facts)」，雖然這些事實通常只是對己方組織有利的說明。Lippmann (1922:117–8)強調，「他（公關人員）既是檢查者也是宣傳者，僅對雇主負責。只要是雇主認為符合利益，就是公關人員負責的事」。Lippmann並不認為事實能以原貌出現，但要有人將其整理與組織。這些塑造事實的人(who shape the facts)就是組織公關人員，或是新聞事件的消息來源。❷

---

　　❷　在Lippmann 撰寫《民意(*Public Opinion*)》一書的時代(1922)，當然與目前

　　類似 Lippmann 這種對新聞媒體與消息來源關係的剖析，隨即成為新聞學中的核心研究議題，並在傳播領域中擴散發展。多年來，研究者不斷探索新聞媒體如何在公共事務報導中篩選消息、過濾資訊，以及在篩選與過濾資訊的過程中，如何與特定社會組織合作、對抗，甚至爭權。❸研究者也對新聞媒體在與這些社會組織來往過程中，如何秉持理念避免屈服壓力，多有論述（如翁秀琪，1992）。此外，有關新聞工作者如何透過選擇機制，覓取適當消息來源以達成所謂的「客觀性報導」，更是有關新聞專業意理的主流研究內涵（見彭家發，1994a；羅文輝，1995）。

　　過去相關研究雖眾，但多因循舊制地將新聞媒體與消息來源視為兩個不同研究個體，分別論述其功能與角色，鮮少涉及兩者之互動關係（參見臧國仁，1995a 之評述）。這種情況近年已有改變，如 Ericson, et al. (1991:37)曾謂，研究者傳統上習將社會視為是機械式的系統個體，未來應改將社會定位為傳播網路 (communications network)。Spitzer (1993:187)引述Cohen的說法，強調新聞媒體現已成為政策制定過程中的一環，決策者無法忽視新聞報導對民眾的影響力。但另一方面，政府機關也積極涉入新聞產製的過程，其影響力與日俱增，兩者（媒體與政府）彼此相互牽制、來往頻繁。Strentz (1989:1)的看法更為直接：「新聞的內容早在記者寫就第一字時就已決定，決定的因素，乃是記者的能力以及其與消息來源互動的關係」。

對公共關係相關知識的瞭解有所不同。簡言之，Lippmann對公關人員的概念，接近目前所謂的「宣傳人員(publicity man)」，是較雛型的公關模式。可參見 Grunig & Hunt, 1984；臧國仁＼鍾蔚文，1997b。

❸　此類研究如：Glick, 1966; Rivers, 1970; Rivers, et al., 1975; Miller, 1978; Blumler & Gurevitch, 1981; Weaver & Wilhoit, 1980; 鄭瑞城＼陳雪雲, 1991; Bennett, 1990; Davis, 1990。有關「爭權」部份，可參閱「接近使用媒體權」之討論，如林子儀，1991；陳世敏，1992, 1991。

以上這些說法都直接或間接地指出傳統新聞定義正面臨考驗，過去有關新聞媒體「獨自」決定新聞內容的說法需適時加以修正。本研究延續此一論點，嘗試以框架理論為討論基礎，重新詮釋新聞媒體與消息來源在新聞產製過程中的角色與定位。本章將先討論新聞媒體如何建構真實：在回顧有關新聞運作與流程的文獻（包括守門人模式、新聞價值、以及新聞常規等）後，第二節將以社會建構論為基礎，討論新聞媒體如何建構真實。第三節則延續第二章有關框架之論述，討論新聞框架的形成與內涵。

隨後，第四章將集中討論消息來源如何建構真實，以及消息來源在建構真實時所面臨的組織內外競爭壓力。第五章轉以「議題」為主要概念，討論事件在成為新聞媒體關注對象的過程中所經歷的轉換。最後，第六章討論新聞媒體與消息來源的互動，試析兩者如何爭取框架的主控權。

在以下討論中，將以臧國仁（1995a；參見臧國仁＼鍾蔚文＼黃懿慧，1997）過去發展之新聞媒體與消息來源系統論為思考藍圖，解釋兩者在建構媒介真實中的互動關係（見《圖3–1》）。基本上，本研究認為新聞媒體與消息來源兩者在新聞產製過程中，扮演了「共同建構」的角色，兩者可能以合作或敵對等方式，競相爭取對社會真實的唯一詮釋角色。另一方面，兩者又都面臨內部次系統間的競爭，彼此爭奪對資訊輸出之影響力。而社會事件或議題的成長與衰敗，另有其生命週期，並非新聞媒體或消息來源單方面所能控制（見本書第五章討論）；這種現象使得建構媒介符號真實成為極為複雜且具多面向的互動歷程（見本書第六章之討論）。本章將先以新聞媒體如何建構社會真實為討論重點（即《圖3–1》中之陰影部份），並將於未來三章次第解釋其他重要變項。

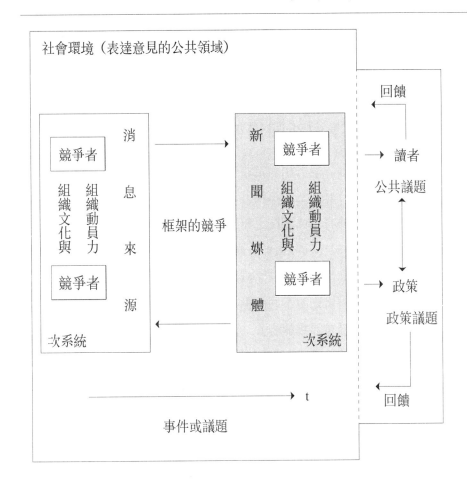

圖3-1：框架競爭生態中的新聞媒體組織*

*在新聞媒體次系統中，「競爭者」可能是不同媒體如報紙與電視，或不同報紙。在報導社會事件的過程中，這些不同新聞媒體經常嘗試影響消息來源組織，以獲得獨家資訊。

第一節　新聞媒體的運作常規與流程

一、新聞定義與新聞價值 ❹

　　所謂「新聞」，過去相關定義甚多，如 McEwan 曾謂「新聞就是任何會讓讀者大呼『哇塞』的事情」，《紐約時報》的Catledge則認為新聞是「今日所悉而昨日尚未聽聞之事」。《紐約太陽報》的Bogart對新聞之定義最為膾炙人口：「狗咬人並非新聞，人咬狗才是新聞」。❺這些定義大都取自資深新聞實務工作者之經驗談，係以社會事件做為新聞定義之經緯。❻教科書著者則有不同論點，如 Mencher 之定義：「新聞就是報紙篇幅所刊載或廣播電視播報者」，或如 Hulteng & Nelson所述：「新聞是記者及編輯所決定之事物」（以上兩定義均出自Padgett, 1990）。

　　以上這些說法皆傾向認為新聞乃由新聞工作者或新聞媒體所決定，如以「解釋性報導」學說而聞名於世的新聞學者MacDougall（引自Fedler, 1979）即曾說明，「新聞乃報紙為獲利所刊載之消息」。Herman (1986:172)認為新聞是一種內在價值觀，乃新聞工作者藉由自我省思後對事件素材所進行之選擇判斷。Hough（引自Padgett, 1990:69）則稱，「新聞可視為是一種商品(commodity)，經由報社、雜誌社、通訊社、電台、電視公司、

---

❹　有關新聞價值概念的最新文獻回顧，見van Ginneken, 1998：第二章。

❺　以上定義均引自 Keir, et al., 1986，但 McEwan 之說法可能出自社會學家 R. Park，參見Tuchman, 1991: 81。Park原為記者出身，其定義因而特別引人注意：「新聞是第一手的直覺知識（或已熟知的知識，acquaintance with），而非科學知識（或理論知識，knowledge about）」（引自Philips, 1976:90）。

❻　以事件作為新聞之定義此一說法，可參見Blake & Haroldsen, 1975。作者將新聞之定義分為「事件」、「報導」、「新聞價值」、以及「讀者需求」等四種取向。

有線電視、或電視網採集、製作、包裝、與售賣」。DeFleur & Dennis (1988:315)的說法更為有趣:

> 新聞是一種報導,對議題、事件或過程提供了當代看法(con-temporary view),乃新聞工作者透過對讀者興趣所產生的共識組合而成,但受限於新聞組織的內、外運作。……新聞是一種組織內妥協後的產品,在極短時間內將當天所發生的人類活動進行挑選整理。新聞的生命因而極為短暫,可說是在壓力下進行迅速判斷所產生的非完美產物。❼

除了這些引述外,另有學者❽認為新聞是新聞工作者選擇事件的「標準(criteria)」,或稱新聞價值(news values),包括地域性、重要性、時宜性、影響性等重要變項;一項社會事件包含愈多價值變項,新聞性就愈高。Schramm (1949:259)曾說,新聞存在於人們知覺中,是「再現事件的主要架構」。Stempel, III(1963)以因素分析調查新聞內容,證實新聞的確為一多面向概念 (multidimensional)。較近期之研究如 Shoemaker, et al. (1992)亦曾試圖尋找有關新聞價值之多種面向,共歸納了異常、重要、聳動、以及衝突等四項。

---

❼ Molotch & Lester (1974) 曾如此分類新聞:如果某一事件預先策畫且由策畫者促成刊登,此為常態新聞(routine news);如果預先策畫的事件乃由不同人所促成,則為醜聞(scandal)。如事件非事先策畫,且非由事件發起人所促成,此為意外(accidental)。

❽ 國內學者著作,王洪鈞,1986: 第一章第三節。國外學者論述甚多,可參見 Ryan & Tankard, 1977: 105–109; Graber, 1984。新聞價值可定義為「決定事件如何值得被報導的標準」,見 Westerstahl & Johansson, 1994: 72。此外,Gans (1979)與 Westerstahl & Johansson (1994)亦稱此標準為規則(rules),藉以顯示新聞選擇的必然性。

　　事實上，有關新聞價值的研究起源甚早，尤以北歐國家傳播學者的貢獻最大。❾挪威學者Ostgaard早在一九六五年即已試圖分析影響新聞運行的三項內在與外在因素(factors)，包括簡單化、可識別性、及煽情。其同僚Galtung於同年發表此一領域最重要之文獻，深入討論社會事件如何轉化成為新聞報導(how 'events' become 'news')。❿Galtung & Ruge在文章中提出十二項影響因素，包括八項認知心理因素以及四項文化因素，用以解釋事件何以轉換為新聞。作者們認為，一則社會事件愈符合此十二項影響因素，被納入為新聞報導的可能性就愈高；而如在某一項因素的比重較輕，則須依賴在其他因素有較強比重，始有可能成為新聞（稱為「新聞互補因素」）。⓫

　　類似有關新聞因素的研究隨後在一九七〇與八〇年代成為新聞與大眾傳播學界極為重要之主題，但亦立即引發批評之風。⓬如另位北歐學

---

❾　有關北歐傳播學者對新聞價值研究的貢獻評論，取自 Tsang, 1987:42。此地所稱之主要北歐學者包括：Galtung, Ostgaard, Sande, Rosengren, Westerstahl等，可參閱參考書目。

❿　Staab (1990) 認為，Ostgaard首開歐洲研究者對新聞選擇議題的興趣，而Ahern (1981:1) 則指稱Galtung & Ruge此篇論文為「國際守門人研究最重要之文獻」。有關Galtung對新聞價值之較新解說，可參閱Galtung & Vincent, 1992:第二章。

⓫　此處所引之新聞互補因素，出自另一北歐學者Sande (1971)之說明。Galtung & Ruge原先之討論十分冗長，基本上乃認為新聞媒體選擇事件時有內在價值判斷，Bergsma (1978)稱此為新聞因素研究的「自變項」。但Staab (1990)強調自變項應為記者的採訪意圖，新聞因素是記者加於事件的「工具」，是應變項。

⓬　Bergsma (1978)批評 Galtung & Ruge僅討論了自變項（即媒體變項）；Hicks & Gordon (1974)試圖驗證 Galtung & Ruge的假設，但發現相反結果。Larson (1984) 批評 Galtung 的理論過於強調媒介的非個人特質 (non-personal entity)，忽略媒介組織的社會控制功能（參見下節說明）。同理，Tunstall

者 Rosengren (1985:243) 即認為新聞價值並非記者或編輯的個人心理判斷，實際上應包括「記者執行工作時的社會經濟系統的整體效果」；或稱非媒介因素(extra-media factor)。Rosengren強調，有關新聞因素結構的調查，應包含社會中的經濟、政治、與文化環境變項：「新聞研究需同時重視有關外在真實(external reality)的資料，以及媒體報導此一外在真實時的相關資料」。

其他研究者曾以Galtung & Ruge與Rosengren的模式為基礎，探詢新聞媒體之內在因素以及影響媒體報導的外在社會因素。如 Tsang (1987) 研究一九七〇至一九八九年所發表之 152 篇國際新聞文獻，發現下列因素影響新聞選擇，如地理接近（地理直線距離或是否位於同一洲、同一區域等）、經濟發展（包括國家經濟發展指數GNP、國家間貿易總額等）、政治發展（如菁英國家、與國家戰略同盟者）、 意識型態結盟、文化歷史關係（如語言或文字相近性、殖民地與宗主國等）、 交往程度（如旅遊互訪人數、電子通訊互通頻數、交換學生人數等）。 ❸

二、 守門人模式(the gatekeeping model)

以上簡介了有關新聞定義與新聞價值的相關文獻。無論是以Galtung或是Rosengren為代表的研究，都曾針對新聞產製的「環境」加以著墨：前者較為關心新聞媒體內部的心理環境 (psychological environment)， ❹後者則較重視媒體組織與其他環境的互動關係，接近傳播

(1971:21)亦曾舉出Galtung理論之缺憾，包括「忽略新聞表現的一些基本層面，如新聞方向」。國內近作可參閱蘇蘅(1995)之文獻部份。

❸ 中文著作可參見臧國仁，1987。

❹ 此一「心理環境」名稱出自Lewin (1951) 的領域理論(field theory)，或稱生活範圍(life space)。McLean & Pinna (1958:48)曾說：「心理距離對新聞媒體的內容選材有重大影響」， 新聞記者如果心理上「覺得」事件發生遙遠，與

生態學的研究取向。❶⑤

　　另一支涉及新聞媒體內部運作的研究取向，則為守門人模式。此類研究早期曾謂新聞起自新聞工作室，或任何新聞工作者蒐集資料、撰寫新聞的場所❶⑥。首先調查守門人行為的 White (1950) 發現，編輯們獨立判定讀者的需求與喜好，從而決定一則新聞的生與死。在這個過程中，來自不同消息來源的稿件如果未能立即受到編輯的青睞，就只有被丟棄到字紙簍的命運。Cutlip (1954) 追蹤美聯社發自紐約總部的電訊報導，發現其走向呈現漏斗形狀式；愈接近讀者，新聞量愈減。Cutlip 因而指出，守門人過程涉及了新聞工作者的一連串決策，其功能在於選擇符合讀者需求之資訊。❶⑦

　　　　讀者無關，就較無意報導。此外，Schramm (1949)對新聞本質的論點最受到重視。他認為人們選擇新聞涉及兩個心理酬報因素，一為立即性的快樂酬報(pleasure reward，如閱讀災禍、體育、社會真情或人情趣味等新聞)，另一為延遲酬報 (delayed reward，如閱讀公共事務報導、經濟、科學或教育等新聞)。Staab (1990)則認為，守門人研究過於關注新聞工作者個人的心理傾向(predisposition)。

❶⑤　有關生態學的文獻，可參見 Hawley, 1965；新聞系統學之論述，見臧國仁(1995a)文獻部份。

❶⑥　見Gieber, 1964。此類研究甚多，較重要者如：Donohue, et al, 1972; Dimmick, 1974; Hirsch, 1977; Brown, 1979; Whitney & Becker, 1982；近作如：Bleske, 1991; Shoemaker, 1991; McCarthy, et al., 1996。依 Herman (1986:172)之見，有關新聞守門人研究最受重視之報告，分別為Sigal, 1973; Epstein, 1973; Tuchman, 1978; Gans, 1979 等四篇著作，其重點均在討論新聞記者與組織之互動，而非外界對新聞媒體的影響與壓力。此類研究均以深度觀察與訪問為主，以便瞭解新聞決策與選擇判斷的執行過程，因此較不關心新聞成品的產出效果。

❶⑦　Bagdikian (1971:90)曾如此描繪守門人的工作：「守門人每天掃瞄超過五倍於其所能接受的文字與故事，而在稍大媒體中，這些文字與故事可能十倍於讀者所能閱讀。這些守門人丟棄的東西，讀者從未有機會接觸。這就像是有百

自一九五〇年代以後，守門人理論持續受到新聞學者的重視，如Westley & McLean (1957) 提出ABX模式，指稱一般社會事件大都透過消息來源發出，經大眾媒體（守門人）篩選節錄後，成為一般閱聽大眾關心的社會話題。雖然有些資訊可能直接由大眾媒介取得，但一般而言消息來源仍扮演「發動機」的功能（參見本書第五章之相關討論）。在此模式中，「回饋(feedback)」首次置入新聞傳送的過程，用以顯示某些資訊在到達閱聽大眾後，可能再回用到消息來源或新聞媒體（如閱聽讀者之意見反應）。新聞媒體、消息來源、以及社會閱聽大眾之間的互動關係，因而第一次取得較為清楚的理論解釋。**⓲**

根據 Mowlana (1985:20) 的說明，守門人研究主要探討三個重要問題：(1)誰是這些新聞「門」的製作者(gatemakers or gate producers)？(2)新聞的本質與特色為何？以及(3)在新聞流動的過程中，個人、組織、社會、與科技分別對新聞產製有何功能？而在一九七〇與八〇年代，研究者開始進一步針對新聞流向(news flow)進行調查，其中尤以Schramm與Atwood (1981)之報告最受重視。兩位學者以發生在亞洲之新聞事件為追蹤起點，記錄國際通訊社所報導之新聞量，隨後調查第三世界國家新聞媒體提供之報導總量,最後並統計第三世界國家之讀者閱讀新聞之數目。

在這篇被譽為「首篇探討第三世界新聞流通的實證研究中」（語出Lee, 1982:631）， 兩位作者發現亞洲國家的新聞媒體大量倚賴國際通訊社，但多數新聞內容（約四分之三）為國內新聞或相同區域之國際新聞；此種情形使得亞洲國家的讀者極少獲得有關其他地區（如拉丁美洲或中東）的消息。而隨後在 Tsang (1987:63–65) 的統計中發現，國際新聞的

分之八十的事件雖然經由報導而抵達報社，但卻因已被丟棄而類似從未發生過」。

⓲ 此一模式之圖型，可參見McQuail & Windahl, 1981。有關「回饋」引入守門人之較深入討論，可參見Donohue, et al., 1972:44–46。

流動過程至少牽涉了下列各種守門人，包括：國際通訊特派員(foreign correspondents) 或兼職人員(stringer)、新聞媒體或通訊社總部的編輯臺、通訊社的地區分社編輯(trunk wire editors)、下游新聞媒體（如報社或電視臺）的國際新聞編輯、以及讀者。此一流向基本上是一種線性活動，由上（事件）而下（讀者），或由菁英國家的新聞媒體而至落後國家的讀者，較少逆向而行（語出McQuail, 1992）。**⓭**

綜合觀之，守門人研究過去雖然為數眾多，且對早期新聞研究影響深遠，但其內涵單純，除了賦予新聞工作者個人過多選擇權力外，忽略了組織決策的重要性。另一方面，此一研究領域幾乎未觸及新聞工作者的內在動機與思考過程。Shoemaker (1991:4) 因而重新分類，將守門行為定義為多面向過程，包括：個人認知層級、新聞工作常規層級、組織層級、非媒介因素層級、以及社會系統層級。Shoemaker 強調，守門行為是社會中的基本與重要機制，因為「控制了新聞媒體的訊息散布【功能】， 也意味著控制了社會的心智（mind of society; 添加語詞出自本書作者)」。

三、新聞常規(rountinization)

正如Gandy (1982:9) 所言，守門人研究傳統上認為媒介內容為新聞工作者（記者或編輯）個人或媒介組織的行動成果，過於關注新聞工作者個人之背景或媒體組織的特性。實際情況則非如此，如有關新聞常規

⓭ 以下論點（所謂新聞流程由菁英國家的新聞媒體而至落後國家的媒體），曾是一九七〇至八〇年代期間國際新聞論壇重要爭議論點，也曾在聯合國教科文組織(UNESCO)成為國際傳播新秩序之主要議題。爭議處在於第三世界國家不滿國際新聞報導之流向受到國際媒體（如 AP, UPI, Reuter's, CNN, WTN 等）控制，以致有關第三世界之消息多屬負面報導。類似討論可參見Gerbner, et al., 1993。

運作的文獻早已顯示，新聞工作受制於此一行業規範或典章處甚多。Gieber (1964)便曾指出，新聞工作者選擇新聞的心理價值觀或新聞事件本身的價值都不是重要決定因素，反倒是新聞組織常規才是判定事件的主要關口，也是一套需要學習的行規（引自李金銓，1981:35）。❷⓿

　　所謂常規，可定義為「新聞媒體組織為完成任務，所發展之可重複使用且成為慣例的工作程序」（引自Shoemaker & Reese, 1991:85）。❷❶對 McManus (1995, 1994) 而言，媒體組織就是一種促銷新聞產品的機構，透過外在消息來源取得訊息素材，經過加工處理後製成新聞產品轉送給社會大眾。為了促使產品的質與量均能符合大眾需求，因而必須制訂有效管理過程，有時甚至需以標準型式大量且及時生產新聞；此即新聞常規產生的背景（參見Weispfenning, 1993）。

　　舉例來說，社會學家 Tuchman (1978)發現「路線」是影響記者採訪常規之一。首先，媒體組織將社會真實分隔許多如魚網般地細格 (news net)，以便「鉤」住過往的資訊。次者，新聞媒體發展出科層組織(bureautic hierarchy)，嚴密控制新聞產品的品質。隨後，媒體組織將記者分為各種

---

❷⓿　Gieber, 1964; Hirsch, 1977 亦均有類似說法。有關新聞行業的常規或規範究竟包含哪些項目，論者並無統一說法。較詳細之討論，可參見Fishman (1980: 第二章)； Tuchman, 1991, 1988, 1978; Spitzer, 1993等。Cook (1996:18)認為，雖然記者可稱作是「個人作家」，但是新聞工作基本上是「集體性過程」，較受常規影響，而非個人態度。如在寫作上，記者得受公正、客觀、平衡等信條制約，隱藏個人的主觀意見與態度。

❷❶　Cook (1994) 認為，新聞機構如同其他組織一樣，為了管理工作而須發展常規，也就是標準化的行動。如新聞媒體以區域或議題規畫路線，不但可避免記者彼此採訪相同議題，浪費資源（俗稱踩線），這種路線分配也代表了媒體組織對某一區域或議題的承諾 (commitment)。此外，Shoemaker & Mayfield (1987:8–10)稱「常規」為媒體工作的邏輯觀(media logic)，此點顯然受到Altheide & Snow (1979)的影響。

路線（或分社），　工作任務在於確保長久且定期地獲取路線訊息，甚至是獨家訊息。記者必須經常來往於路線中的重要機構，一方面尋覓新聞題材，訪問消息來源，再者則須判別事實真偽(facticity)，決定新聞價值之高低。❷❷

　為了達成這個傳統上稱為「守線」的目的，路線中較為重要的機構成為記者每日聯絡的對象，定時拜訪。這些機構的共同特徵是以官方建制單位為主，或是其他具有影響力之非建制機構（如大型領導企業或非營利性事業如宗教團體）。這種現象使得新聞內容長久以來被批評為過於偏向官方或有權勢之消息來源，進一步加強了這些制式組織的正當性(public legitimacy; 語出 Tuchman, 1978:22)。❷❸

❷❷　「新聞掛鉤(news pegs)」是英文新聞中極為重要但難以直接翻譯的觀念，如Gans曾解釋：「重要新聞會自動地成為當天的鉤子，而媒體通常會留存一些特稿，以便遇到適當主題出現時可予以掛鉤」(1979:168)。Ryan則說, news pegs是「將一則新聞故事掛上的鉤子」(1991:96)。如遇到元宵節時，所有與花燈有關的消息便可成為新聞掛鉤。鄧小平過世的消息正式發佈後，所有當天與鄧無關的大陸新聞都因無法掛鉤而遭剔除。

此外，此地所稱之「嚴密」，　可從媒體組織內的層層節制看出。以一般報紙為例，記者撰稿之後，需先接受多層專業上級（含副手）之過濾，如召集人、組長、主任，而後進入編輯群的品管，最後是校對群。由守門人的過程觀之，新聞媒體鮮少能在沒有品管的情況下刊登稿件。Janowitz (1960) 與 Tunstall (1971)均曾比較軍人與記者行業相關之處，發現兩者有極為類似的行業價值取向。Fishman (1980:51) 曾指出，新聞媒體將真實世界視為是科層化結構，卻也發展出相仿的科層化結構應對。Schudson (1991a:148) 的結論更為有趣：新聞工作的重心，建立在政府的科層組織與新聞科層組織間的互動。

❷❸　有關新聞報導偏向官方消息的檢討，見下節，此處先引 Lee & Craig (1992) 的看法。作者們認為，媒體喜用官方消息可用以下兩個角度討論：第一，大多數媒體本就自行比擬為與政府機構相近的社會經濟體系，任何有異於此體系的政治社會行為均被視為是對當權者的挑戰。這點在其他許多功能學派的論點中常見，主因多在媒體喜自視為維持社會秩序(social order)的機構。第

　　另位社會學者Fishman (1980:29-30) 曾歸納路線對新聞採訪的影響：第一，路線是記者的責任區(jurisdiction)，記者守土有責。但是這些路線並非記者持有，而係由媒體科層組織內的上級人員（國內實務界習稱「長官」）所分配。第二，社會中每天出現不同話題與活動，但這些話題或活動常因路線相近而持續受到重視，長久之後逐漸形成「話題決定路線」的情況（如環保議題在眾多媒體中已成為單一路線），而與此路線不同之話題則失去新聞價值。第三，路線不但是責任區，更是記者的「社交圈(social setting)」，每日生於斯、長於斯。記者與路線中的消息來源互動親密，有時甚至在責任區中擁有寫字桌、電腦、電話、聯絡信箱、或擺設私人用品。記者因而成為路線的一份子，結交朋黨（指路線中的主要消息來源或同路線之其他新聞記者），抗拒共同「敵人（指拒絕提供消息者或其他獨來獨往型之記者）」，榮辱與共。❷❹

　　讓記者深入路線建立關係，可能自始就是媒體組織設置路線的主要

二，由於上述理由，媒體慣將政府機構看作是「自己人」，因而認同其政策。

❷❹　喻靖媛╲臧國仁(1995)的觀察訪問發現，路線與記者間的關係非同尋常。一般而言，受訪記者對某些路線上的消息來源「認同程度」高於同報社的高階主管、同組同事，甚至還超過學生時代的好友，心理上與這些消息來源因而產生極高「內團體感」。

此處所稱記者在消息來源處擁有辦公桌、電話等用品，在大多數設有公關室或發言人室的政府機構乃屬常態。記者在此消磨時間，交換消息，但此情形並非臺灣記者所獨有。冷若水(1985:69-70)曾如此描述美國國務院的記者室：「記者室內的電話，本來是由政府機構免費供應，後來因為記者們用來打長途電話，費用很高，卡特政府時期為了削減政府預算，就改由使用的新聞單位自己裝置」（義大利的例子，見Mancini, 1993）。

至於同一路線記者「共同抗拒敵人」的例子甚多，近者如臺北市議會記者聯合阻擋議員「自肥條款」之通過。此外，記者協會出版之《目擊者》創刊號曾有農委會記者多人連署要求曾獲口蹄疫獨家新聞之記者「不要過度自我膨脹」，亦為一例。

目標之一，但長久以後常使記者與路線難捨難分：一方面記者成為路線中的圈內人，發掘許多外人難以得知的訊息，但另一方面記者又涉入太深，以致處處以圈內人自居，反而不願（或無法）再深入探尋問題，以免得罪消息來源。㉕

四、消息來源

由以上討論觀之，路線常規似須搭配消息來源的配置一併討論。Meyers (1992)認為，每個媒體組織設立的路線規範雖有不同，但與路線消息來源保持密切互動的工作常規則大都一致。此類文獻過去累積甚多，如Sigal (1973)調查美國華府地區的新聞記者與消息來源互動的情形，並以《紐約時報》與《華盛頓郵報》的組織運作與新聞內容進行分析。Sigal發現，華府地區的新聞實際上是新聞記者與政府官員互動後的產物：一方面，新聞記者透過佈線定期與政府官員接觸，另一方面，政府官員也透過各種常規管道（routine channels, 如公關稿、記者會等）散發資訊。Sigal的調查證實，在2,850件新聞剪報中，美國與外國政府官員合佔消息來源的比例近四分之三。㉖

㉕　Gans曾解釋：「長久以後，記者成為政治機關的一份子，即使只是表面上。其採訪因而開始有所選擇，有時是有意而為，但大多數時候卻無法自覺」（引自Roshco, 1975:113）。Roshco (1975:113–114)認為，由於記者本係消息來源組織的「圈外人(outsiders)」，無法深入得到圈內資訊，使得記者常避免在報導提及有損於重要消息來源的內容，以免失去接近這些消息來源的機會。為防止記者過於認同路線，國內外新聞媒體通常均有輪調制度，但仍無法完全遏止，可參閱 Hulteng, 1976: 第六章之例子，或 Einsiedel & Coughlan, 1993。

㉖　此類研究甚多，如 Smith (1979) 發現新聞消息來源中有45.94%為政府官員；Walters, et al. (1989)發現33%為政府官方發言人；Entman & Rojecki (1993)發現，《紐約時報》與《華盛頓郵報》的頭版首頁幾乎全是官方菁英人士的

Sigal 的報告隨即開啟了一連串探討新聞報導如何引用消息來源的研究。Gans (1979)曾以十年時間觀察四個媒體（包括二個電視網與兩家新聞雜誌）的記者如何選擇新聞、如何處理外界壓力、以及如何形成新聞價值的判斷方式。Gans 發現，所謂的「名人」(the knowns; 尤其是官方人物) 佔了新聞消息來源的七至八成。而名人中最具新聞價值者，首推現任總統，其次為總統候選人、聯邦政府官員等。有些犯人也可能名列「名人」，這種情形大都發生在他們涉入重大刑案或捲入政治醜聞中，或是傷害了其他名人。

類似有關新聞工作者與社會名流結合的發現，在許多相關研究中都重複獲得證實。Whitney, et al. (1989)以一九八〇年代之電視新聞網為研究對象，發現72%為官方消息，86%屬男性人物。Brown, et al. (1987)以頭版新聞中出現的消息來源為例，也發現逾三分之一為政府官員。Smith (1979) 分析 317 則電視晚間新聞，找出約近半數 (45.4%) 為政府官員。Weaver & Wilhoit (1980)則以美國參議員為研究對象，發現參議院中的領袖與資深參議員均較易成為新聞人員注意的焦點。國內陳一香 (1988)、劉蕙苓(1989)、鄭瑞城＼羅文輝(1988)、鄭瑞城(1991)等人的研究也都有類似結論。❷

至於記者慣用官方消息來源的原因，論者認為官方消息來源較為固

　　說詞以及針對「隱形」社運者的回應；後者的活動僅能在內頁中看到。兩位作者認為，真正的民意在這兩份菁英報紙中難以顯現。

❷　Roshco (1975) 曾引用Merton與Homan的討論,認為一個人的社會地位愈高,則有愈多的人必須與其互動, 此人所引發的互動對象也愈多; 換言之, 社會地位高的人經常位處雙向溝通的核心位置,其影響力及造成的後果也愈大。這種名人成為新聞的可能性,遠超過無名小卒, 或如新聞實務圈盛傳的名言: 名字就是新聞(names are news); 參見Roshco, 1975:第五章。但Steele (1996)抱怨這些研究大都以報紙為例, 使得電視新聞的消息來源選擇類型仍不清楚。

定、好找，且官方發言較具「權威性」， 使得記者樂於接受官方所界定的事實。**❷** 相對於企業而言，記者傳統上認為官方立場較「客觀」且無利益糾葛，因此習於將引述官方立場視為是專業意理的表現，或視為是新聞可信度的重要表徵。**❷** 然而這些論者亦多認為新聞媒體倚賴官方消息來源的結果，常使新聞報導過分支持現狀秩序(established order)，或成為政府御用管道(handmaiden)，失去了新聞媒體監督政府的責任，或則輕視創新想法，甚至鄙視異議團體。**❸**

---

❷ 此類文獻甚多，如 Shoemaker & Reese (1991)曾歸納以下原因：官方機構較具便利性、能固定提供權威消息、提供方式較有效率、可協助媒體減低對昂貴專家之倚賴、亦可降低媒體對長期研究之需求、新聞專業意理認為官方消息較有效度、以及對獨家新聞之競爭壓力(如官方人事消息之宣布)等。Fang (1994:478)指出媒體喜用官方消息來源的原因為：政府消息來源易於接近、他們的發言可保證新聞中反映了官方說法、新聞記者傾向使用主流意識型態的觀點。Entman & Page (1994:97) 認為此種權威性就是對其權力的臣服。Donohue, et al. (1995) 的「看門狗理論」則悲觀地指出，新聞常規的設置已使記者屈服於有權勢者之影響。

❷ 類似說法甚多，如 Woo, 1994; Cook, 1989。此處最為悲觀之描述，可能出自Tuchman, 1988:612。作者引述Gans的論述後說，「警察決定了犯罪刑案的性質與情況，而非受害者或犯罪者；聯邦航空委員會決定了飛機場是否嚴重影響附近居民的生活品質，居民則無此權；福利機構定義了福利制度中的問題，而非福利受惠者。經由與這些中央建制單位的互動，新聞媒體接受了官方對事件的定義」。Pollock (1981) 同樣認為記者在選擇新聞時易受消息來源的影響，久之認同消息來源的價值觀，視消息來源如同社會學中所說的「另類參考團體」。

❸ "handmaiden"原為「女傭」之意，此地用法出自O'Heffernan, 1994:231。作者引述Cohen早年之說法，認為新聞媒體在外交政策的報導方面，早已失去立場。O'Heffernan 說，Cohen 曾描述新聞媒體與政府間乃一共生 (symbiotic)關係，而新聞媒體經常成為政策形成過程中的助手。透過兩者間的對話與媒體中的社論，新聞媒體提供政策制訂者建議，是否能再扮演「忠實反對

　　另些學者卻認為記者大量使用官方或菁英階級消息來源，乃著眼於增加自己的社交地位。如 Reese, et al. (1994:101) 曾分析記者與「名流(elite)」消息來源的網絡關係，發現他們（尤其是政府官員）已因常在媒體出現而自成一小團體(an inside group)，彼此關係錯綜複雜，影響力遠超過其職位所及。❸ 在 Soley (1992:43) 專書中，更詳細描繪了這些「新聞塑造者(news shapers)」的面貌。Soley 說，新聞工作者大量使用名流消息來源，目的並非為了告知讀者任何訊息，而是為了也想擠入這些權勢核心圈享受利益，因為這些記者「原就是名流圈的政經以及社會網絡的一部份」（有關消息來源之討論將在第四章詳述）。

五、其他新聞常規 ❸

角色」，不無疑義（參見本書第六章第二節之討論）。

　　至於何謂現狀 (established order)，Ericson, et al. (1995:5) 曾闡述現狀秩序的基本原則有：第一，現狀代表了社會中「好或不好、健康與否、正常與否、有效與否」，此種判斷並非中立概念。第二，所謂「秩序」，隱指程序，也就是按既有且具慣例的步驟安排一定次序。第三，秩序亦指層次(hierarchy)、身分、位置、階層、以及內容有別的差異，或按特別興趣、職業、個性等所產生的分歧。

❸ Tuchman (1978:68) 則發現，對新聞記者的評價常建立在其與消息來源的關係上，也是促使新聞記者名流化的原因：「某先生是本市最佳的政治記者，認識的消息來源超過其他任何記者」。國內記者也常因為「有辦法」而被視為是好記者；而所謂的有辦法，有時是指在重要時刻能找到消息來源提供獨家資訊，或證實某些資訊的正確性，有時卻是用來指稱記者能（代替長官）從消息來源方面獲得某些「好處」，如機票、車票、通行證、或甚至聯誼會的贊助商品。

❸ 新聞常規究竟應包含哪些變項，迄今尚無定論。Gieber (1964) 曾指出路線、截稿時間、寫作方式是最重要的三者，Shoemaker & Mayfield (1987)曾列出截稿時間、寫作引述、消息來源、事件導向、倒寶塔寫作、以及守門原則等。本研究提出的項目雖超出 Gieber，但並不表示此一項目可窮盡。

除了上述討論的新聞常規外，學者們指出「平衡(balance)」亦已成為新聞組織最常使用的慣例。所謂平衡，McQuail (1992:224–228) 曾定義為新聞媒體以相同的篇幅或時間投注於不同「立場(side)」、利益、觀點。如在報導核四廠建廠爭議事件時，新聞媒體訪問或描述不同立場之團體（如有意興建電廠之臺電公司及反對者環保聯盟），讓雙方均得表達意見（黃懿慧，1994, 1993）。

「平衡」原是新聞媒體服膺客觀性報導時所發展的評鑑標準，但是有時記者為了達到平衡要求，甚至會故意建構反對立場，使得一些意見陳述成了「媒介指定的反對論述」。一些弱勢團體也常因立場與官方有異而得以快速獲得媒體注意，成為最大多數的少數派，即使其意見並無內容（語出Gamson & Modigliani, 1987）。Gitlin (1980)認為，這種常規其實只是新聞媒體的霸權原則，目的在協助政經體系維持正常運作。Tuchman (1978, 1972) 則進而指稱，新聞（尤其是電視新聞）中的平衡是一種「黨與黨辯論」的形式。新聞記者習於尋找制式批評者，原因不過在於避免大眾以資訊壟斷為由批評新聞報導內容，或避免其壟斷資訊的意圖廣為周知。此種儀式性常規使得新聞內容趨於簡單化，事件真相常因此為之不明或扭曲。❸❸

此外，Tuchman（1978：第三章）亦曾以「時間」為例，討論新聞運作中的組織常規。她認為傳統新聞價值受到時間觀念影響甚鉅，如截

---

❸❸ 所謂避免其壟斷資訊的意圖廣為周知，可用Ettema & Glasser (1990)有關新聞價值的文獻討論。Ettema & Glasser研究新聞媒體如何使用反諷(irony)用詞，發現電視新聞工作者常在訪問消息來源時，故意反問對方多次，讓觀眾得以藉此確定消息來源的錯誤惡行。這種作法，讓記者一方面可以向觀眾解說問題出在何處，再者也可以避免被外界指責故意引導對方(pp.1–2)。作者認為，記者習以客觀與平衡保護自己，使用反諷語句正符合前述 Tuchman (1978)所說的新聞儀式行為。作者們因此強調：「反諷豐富了新聞工作的客觀言說，同時掩蓋了【記者問話的】真正目的」(p.3; 添加語句出自本書作者)。

稿的設限、新聞「快」報的發布、對「突發」新聞的重視、廣播與電視新聞的鐘點播報、以及為配合消息來源的上班時間所發展的獨特新聞工作節奏（如為了應付週日放假而預先撰寫存稿），在在顯示時間概念在新聞行業中代表了特殊意義，影響例行的新聞蒐集與寫作工作。**㉞** Schlesinger 甚至指稱新聞事業反映了一種「馬錶文化(stop–watch culture)」，隨社會組織的運作時間習性行動。**㉟**

Schudson (1986:7–9)進而提出「時間節奏(rhythm of time)」的概念，包含兩個重要意涵。第一，所謂的新聞性實際上是建立在對「結果(end)」的預期，如選舉新聞與投票結果有關，電視新聞中有關運動比賽之報導常僅有勝負紀錄，火災或重大刑案之報導常以「警方正進一步調查原因」作為結語。這種對「結果的感覺(sense of an ending)」促使新聞工作者在報導時特別重視結果對比，如在選舉中推測「賽馬式」的輸贏新聞報導、**㊱** 每日列出股價的上升或下降、揣測兒童已遭綁架或報導已

㉞　Tuchman (1978)曾在此章中分析人類社會生活如何受到時間面向(temporal)的影響，如早期農業社會的週期日曆與市集有關，而現行之七天制則與早年法國基督徒定期前往教堂禮拜有關。由此觀之，Tuchman認為新聞工作是「因時作息」的行業：大部份記者早晚定時前往路線、定時與長官通話聯絡、主管定時開會預先聽取線索以瞭解當天發生之重要活動等。此外，Goren (1989)曾討論獨家新聞 (scoops) 對新聞常規的意義。類似討論可參見 Manoff & Schudson, 1986:81; van Ginneken, 1998:114–116。

㉟　有關 Schlesinger 之說法，引自 Bell, 1991:201。另可參見臧國仁＼鍾蔚文 (1997a)有關新聞與時間的討論。

㊱　賽馬式新聞報導(horce–race journalism)乃在於強調事件（如選舉）中的輸贏策略、領先或落後情勢、或雙方如何扭轉頹勢等，而忽略候選人的資格、能力、政見、問政紀錄等「實質內容」(Davis, 1990:161, 稱實質內容少於新聞報導的三分之一篇幅)。過去有關選舉新聞的研究大都有類似發現，可參閱 Hallin, 1992; Patterson, 1980。國內研究也有相似結論，見羅文輝＼鍾蔚文, 1992。

被尋獲、或在社會新聞中大量報導兇手被警方緝獲或逃之夭夭等皆是。

Schudson (1986:1)認為,另種新聞節奏表現在新聞媒體所提供的「文化曆」上:如情人節前就有公開接吻的活動報導,元宵節來臨也就是花燈上市專題出現之時;過年初二提醒大眾要回娘家,元旦清晨要赴總統府前升旗致敬。雖然這類消息部份源於其他社會機構,但新聞媒體藉由定期、定量處理方式告知社會大眾某種社會活動,使得與時間相關的事件成為例行性的新聞報導內容。❸

在個人層次,Shoemaker & Reese (1991)認為「倒寶塔寫作(inverted pyramid writing)」亦是新聞常規之一,實施目的旨在藉此傳遞並指稱消息的重要部份,以免閱聽眾忽略。王洪鈞(1986:38)曾解釋:「新聞寫作必須把一些事情的精華,放在最前面,次要的放在後面,再次要的放在最後面,依次類推,到最不重要的,放在末段。這種形式恰像一座倒置寶塔,故稱為倒寶塔式」。

以Ettema & Glasser (1990:3–5)的論點觀之,倒寶塔寫作只是「新聞語言("journalese")」的一部份,是新聞工作者的一種敘事策略,旨在將外在真實世界之龐大資訊整理為有秩序的故事結構。Roeh (1989) 則稱,新聞報導本就是記者將「所知」轉化為「已知」的敘事行為,其間除了隱藏有記者的自我判斷與選擇,還包含一些標準化的故事結構。

除了倒寶塔的寫作策略外,類似新聞固定結構尚有廣播、電視與文字新聞的長度限制、電視新聞以畫面及廣播新聞以聲音強調現場感、使

---

❸ Schudson認為新聞行業的時間壓力 (如獨家),有一大部份是來自於內部組織或新聞人員的行規,其實讀者或觀眾並不特別重視。而新聞人員關心「即時性(immediacy)」,不但是「錯誤儀式行為」,也是對「即時性的一種職業戀物癖(fetishism of the present)」。此外,新聞媒體使用的文化曆還可包括定期提供的版面專題規畫,如週一是家庭生活,週二是醫藥保健,週三是讀書出版,週四是男女情趣等,這種分類方式強制將新聞運作規律化,也是內部常規的一種。

用簡短且直接的句法、新聞寫作內容的擬人化(personalization)等。❸ 新
聞工作者習採類似小說寫作中的「全知敘事(omnipresent narrator)」角度
執筆，❸ 以凸顯客觀報導身分，藉此吸引讀者閱讀或觀賞的興趣，也是
常見之寫作行規之一。如 Graber (1992)的研究曾發現，電視新聞極為強
調故事的戲劇性，包括使用特寫鏡頭或面部近照、表現受訪者的身體語
言、強化事件中的爭議部份；超過三分之一的新聞故事甚至故意呈現事
件主角的情緒互動；類似手法同樣可以在印刷媒體的視覺表現中（如報
紙新聞照片）出現。這些敘事策略的使用雖可增加新聞報導的可信度，
但是新聞記者的第三者角色也常使事件與其原始時空背景脫離 (decon-
textualization)，使得讀者誤以為新聞事實就是社會真實。

　　最後，Schudson (1991a) 曾引述Gans的觀察，認為新聞記者習慣性
地會在寫作時判斷「讀者興趣」，但大多數時候這些「讀者」都只是一

---

❸ 如廣播新聞播報一般長度約為四十秒，而電視新聞約長九十秒。中文報紙純
淨新聞長度約為六百至一千字，而社論文字則可多至二至三千字。Hallin
(1992)曾經調查1968–1988年間美國電視新聞網報導總統大選的新聞時間，
發現平均長度自1968年的每則六十秒減少到1988年的九秒，顯示了電視記者
建構新聞的主動性正逐年增加，新聞內容不再是消息來源主控的局面，而是
記者用來與其他形象與聲音的組合。Hallin 因此說，現在的新聞故事較以前
更加成為新聞記者導向，候選人或其他消息來源都成了次要的行動者。
所謂擬人化，Davis (1990) 曾指出，新聞內容大都以人物為描寫對象，對議
題或組織則少有長篇累牘。此外，新聞亦以戲劇化見長，此在新聞價值中習
稱「人情趣味」，或在災難事件後強調社會回復正常化(normalized news)。
參見Ryan, 1991:141–164之相關討論。

❸ 所謂「全知敘事」之意，即「以單一角色無法觀察但敘事者卻可遍視的方式，
同時在各地關照(Graddol, 1994:140)」，如立法院記者將不同委員會之立委的
發言納入同一篇新聞報導中。藉由此種手法，記者可以決定將何者推到臺前
(foregrounder)，成為新聞重點，何者成為幕後者、配角或回應者（見本書第
六章❷）。

些隱藏對象(implied objects)；新聞記者其實對讀者瞭解很少，也不清楚這些讀者的真正興趣。又如 Gans (1979:238–9)曾稱：新聞工作者「極少【真正】關注讀者，基本上他們僅關心媒體內的上司或自己的興趣，並假設這些興趣就是讀者的興趣」。有時候，記者寫稿時所稱的「讀者興趣」，其實是一種寫作策略（或規範），旨在向提供消息的受訪對象交代，期望未來能獲得更多資訊，或向消息來源暗示已掌握更多資訊，未來是否繼續揭發報導，端視兩者彼此信賴程度。

六、小結

以上簡介了新聞定義與媒體運作的部份常規。基本上，此節文獻顯示，新聞學界與實務界大多將「新聞」定義為新聞媒體所產製的成品，而影響此一產製過程的主要因素，分別為新聞工作者對事件的評斷（或稱新聞價值）與新聞組織內部對產製過程所進行的控制（即新聞常規）。此外，傳統新聞學曾深入討論新聞產製流程，並針對新聞素材 (raw material) 流動的方向、數量、與選擇機制分別進行研究（如守門人、新聞偏向、以及新聞因素研究）。這些論點大都暗示了新聞行業屬於一種專業文化，從事此項工作者擁有判斷社會事件的特殊能力。即使位處不同媒體組織，只要工作性質與新聞有關，就可能共享價值相近的集體觀(groupthink)，包括對新聞取捨與選擇的判別、對新聞倫理道德規範的尊重、以及對蒐集與組合資訊的能力等。❹

下節將首先批判上述研究取向，並提出以建構理論為核心的新聞框

---

❹ 有關「守門人」的研究經常發現，「守門人先生(Mr. Gates)」有其特殊文化價值觀，如 Hirsch (1977) 曾討論新聞編輯挑選之社會事件內涵相近。Shoemaker (1991)以社會心理學者 Janis 所創之「集體觀」檢視守門人行為，發現新聞工作者在面臨相同常規限制時，的確擁有類似世界觀，如所謂的「包裹新聞(pack journalism)」採訪方式就是此種集體表現。

架觀。此處基本想法係認為新聞媒體是符號真實的一種，其功能在於轉換或再現真實。而新聞媒體組織為了完成此一任務，必須發展組織框架，選擇並組合外在資訊，因而成為社會力量競爭之場域。另一方面，新聞工作者受制於認知結構之限制，經常會根據過去經驗與知識基礎建立轉換真實的思考基模，從而設定目標與計畫，並反映於新聞訊息中的文本內容。因此，新聞文本亦為具有多層意義之框架結構，分別展現於主題、句法、情節、修辭、與用字中。

第二節　新聞媒體與社會真實

一、對傳統新聞定義的省思

依上節描述可知，傳統新聞學之研究或可謂源自早期對守門人概念的探索，學者因而慣將「新聞」定義為新聞工作人員根據一套外在標準（新聞價值）以及內在工作程序（組織常規）所生產的資訊成品。此類研究認為，在新聞產製過程中，新聞工作者經常受到來自資訊提供者之直接干預或間接影響，新聞行業因而逐漸發展出道德倫理規範，藉以維持資訊內容之品質；這套倫理規範通常被稱之為「專業意理 (professional ideology)」。如Philips (1977:63)曾說明，「客觀性報導」原則包含了記者不受證據、來源、事件、及閱聽人的影響，只講求公平、平衡、公正、及完全公開等崇高理想：

> 在各傳播機構中，新聞事業對公眾領域的影響最大。……【但是】新聞記者要如何合理地扮演大眾社會中的非官方詮釋專家？又要如何保衛對此角色正當性的挑戰呢？多年來，客觀習性 (conventions)或信條(canons)就是一種防衛設計，模糊地以新聞採

訪與編輯的平衡、公正、無偏無私、正確、與中立原則，做為保
障新聞工作人員正當權威的利器（添加語句出自本書作者）。

　　李金銓(1981:50)曾引述英國廣播公司(BBC)的中立理念，說明該公司提
倡不偏不倚的專業意理，乃在「假定……【新聞工作者】可以站在一個
更高、更超脫的視野，可以擺脫英國社會的種種衝突，所以可以做到獨
立超然的地步」（添加語句出自本書作者）。❹

　　這種要求新聞必須達到中立、客觀、與平衡的說法，進一步促成了
「新聞專業化(professionalism)」的理想，形成上節所述有關「新聞常規」
的主要內涵，並直接影響了新聞記者對新聞價值的判斷（參閱《圖
3-2》）。美國著名新聞評論家Hess (1996)曾說，新聞媒體的最重要功能
就在客觀地扮演守門人的角色，協助閱聽大眾選擇值得注意的重要議題。
彭家發等(1997)甚至認為，客觀性原則不但是新聞報導的「專業貞操」，
也是新聞學中最重要的專業信條，更是新聞專業立意甚高的價值觀，「容
不得踐躪，容不得污衊」。❷

---

❹　Schiller (1981)與Schudson (1978)均曾探析客觀原則與報業發展史之間的關
　　連，兩位作者的結論相仿，即客觀原則是報業為了迎合都市讀者所發展的行
　　銷策略，旨在擴大訴求與減低開銷。客觀原則既可以滿足都市中背景差異較
　　為廣泛的讀者，此種寫法也較不會攻擊任何組織成員，因而較不易引發訴訟。
　　然而兩位作者也指出，客觀新聞的標準仍有選擇性，有些較為客觀，有些則
　　否（如新聞價值的選擇就較不客觀）。嚴格來說，新聞實務界人士較堅持其
　　成品均為客觀之作，學界人士則較不苟同。

❷　Liebes (1994a)在分析「摩西與其使者」的文獻中表示，有關記者是否應該
　　客觀報導的爭辯並非現代社會之產物，早在古《聖經》時期就已成為政治領
　　袖與民眾互動的重要議題——傳話者(the messengers)究竟應該尊重事實並
　　代領袖傳話，或是站在受訊息影響的民眾角度，並無定論。但這些使者常因
　　加入意見或暗諷(insinuating)而遭領袖處罰，因此促使他們「保持中立」以
　　避免災禍上身。Liebes因而認為，客觀與中立問題長期與傳話（報導）者糾

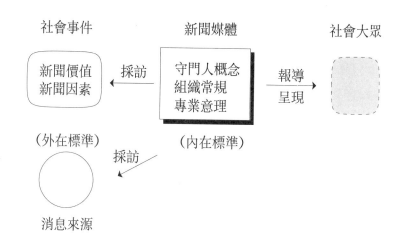

圖3-2：傳統新聞學對新聞之定義*

＊此圖試圖呈現傳統新聞學對新聞產製之看法，包括：新聞媒體客觀報導社會事件
供讀者瞭解社會真相，其工作受到新聞媒體的守門人意理、組織常規、以及專業
道德規範影響。消息來源在傳統新聞學理論中，被視為是提供新聞資訊者，具有
影響新聞公正報導之意圖。由於「社會大眾（讀者）」在本章未予討論，此處以虛
線表示。

　　然而，新聞報導是否能達到客觀、中立、或者平衡的要求？新聞守
門人概念是否有思考邏輯的限制？過去論述甚多，以下試予討論。

　　首先，有些學者們認為所謂的「客觀主義」其實是本世紀以來美國
實證社會科學思潮的產物，也是「社會學最後的實證園地」（引自
Koch, 1990:18-19），❸接近早期對「鏡子理論(mirror metaphor)」的看

　　纏不清。

❸　有關「新聞客觀報導」論辯的較佳闡述，首推彭家發之研究，1994a, 1994b，
　　惜作者旨在分析，並未提出個人意見與針砭。另可參見Westerstahl, 1983，
　　嘗試將新聞客觀概念化之討論，以及McQuail (1992:第十四至十七章) 對客

法，即新聞媒體之主要功能在於反映真實、報導真相。然而誠如 Buo-nanno (1993)所述，鏡子理論的觀點表現了一種「可見的謬誤(fallacy of transparency)」，過分天真地假設社會事件能如鏡子般地在新聞媒體中完整反射或具體呈現。❹Buonanno認為，新聞媒體即使能被視為是一面鏡子，也是變形失真的鏡子。李金銓(1981:81)甚至直呼將新聞媒體當做中立的鏡子是「太簡單的神話」，亟須加以「戳破」，因此提倡「破碎的鏡子理論」。翁秀琪等 (1997:2–3) 的近作進一步解釋了有關此一論辯的重點：

> 傳統新聞學強調新聞客觀性，同時認為新聞的呈現需符合如時宜性、接近性、顯著性、影響性及人情趣味等新聞價值，且多半採取自然科學對於知識的看法，認為這些新聞價值是原本就附著在這些新聞事件上的特質，記者的工作就是去發掘這些附著在新聞事件上的新聞價值。這種新聞選擇的模式被稱為『功能模式』，新聞報導的責任就是盡量地去反映新聞事件的特色。……
>
> 近年來有許多學者主張從解釋社會學的觀點來看新聞報導和

觀概念所提出之整理。兩者均具參考價值，但仍未解決客觀概念難以測量之困境，可參閱Hemanus (1976)對客觀概念可否測量之評論。

❹ 此地所稱之「可見的謬誤」概念，可參見Roeh (1989)之討論。作者強調，西方新聞學最大的錯誤，就是認為「【新聞】語言乃透明」可以反映真實，或者認為新聞記者的天職就是報導「事實，所有的事實，只有事實 (the facts, all the facts, nothing but the facts)」。作者提議將新聞視為是一種客觀的修辭，回到人類表達活動的範疇討論新聞中的故事性 (story–making)。因此，新聞記者必須承認其報導內容展現的語言力量，是一種「模仿的言說(mimetic discourse)」，描述了真實世界的活動但非真實世界的反映。即使記者能夠提供事實，也只具「受了污染的可見性(polluted transparence; transparence 亦可解釋為『透明』)」。

新聞事件之間的關係，……　將現象學、知識社會學以及人類方法學的哲學思考及理論融入……對新聞的觀點之中，將新聞視為主、客觀辯證關係中產生出來的社會真實。

　　在這樣的觀點下，新聞記者在報導新聞事件時，一方面受到社會結構（例如傳播政策、媒體組織、佈線結構等）的影響，一方面記者也透過專業化過程將某些意識型態（例如客觀報導、新聞價值、新聞類型、消息來源等）內化為日常工作的工作規則，並主觀地透過上述的工作規則來建構新聞。所以，<u>新聞是在主、客觀辯證過程之中所產生的社會真實，是社會真實的一部份</u>（括號內均為原作者所有，底線為本書作者添加）。

　　翁秀琪等的說明點出了客觀新聞主義的缺失，強調新聞不但是依據社會真實所建構的產品，這個產品隨之也成為社會真實的一部份。這種說法固然指正了傳統新聞學對客觀主義過於神話式的崇拜，但臧國仁(1995a)仍認為傳統新聞學獨尊客觀主義其實更是一種倒果為因、誤將手段視為目的的結果。❹換言之，雖然邏輯上新聞報導或許可以追求客觀

---

❹　傳統新聞學理論習慣將客觀原則視為是一種標準、目標、或準則，如黃新生(1990:30-31)曾如此描述：「簡單的說，客觀性代表一種理想或信念……。客觀性所代表的信念，就是相信『事實』，崇奉『事實』。……　新聞報導的客觀性，不僅是一種信念，而且也是一套實際的作法。為了達到客觀報導的目標，新聞機構與記者在蒐集、採訪、報導新聞事實時，經常採行以下幾個作法。……　這些作法，行之多年，漸漸成為新聞製作的例行程序或慣例」。Molotch & Lester (1974:54)則強調，反對「新聞客觀」並非因為媒介無法客觀報導，而係因為並無客觀世界可供報導。兩位作者認為，新聞工作者所報導者，僅係「有權力者所決定之他人經驗」。
本研究則以為，客觀目標難以達成，將客觀視為「手段」或作法則較可行。未來應試將客觀原則視為組織常規，而非行業準則，方能解除手段與目的的混

性，但由於新聞是記者們思考後的結晶，任何思考都無法做到客觀要求，頂多只能達到「存有主觀而邏輯客觀」的地步罷了。

簡言之，客觀信條與其他專業意理可謂均源自實務工作的需要，❹⑥隨後成為守門人等新聞概念的基礎。但此類研究多年來猶無法建立任何學術理論以解釋、澄清新聞實務工作如何得以客觀、中立、或正確報導，此為先天之不足。❹⑦此外，研究者關心新聞選擇與判斷等機制，曾多方討論如何防止這些選擇與判斷機制受到外界（消息來源）干擾與影響，進一步加深了「客觀」信條的崇高地位。在此同時，研究者忘卻新聞報導的目的乃在於再現(representating)或轉換真實，客觀或中立與否實係轉換過程中的「手段」問題。以手段(客觀主義)駕馭目的(再現真實)，難怪新聞學研究逐漸陷入封閉性思考的泥沼。❹⑧

清的情形。

❹⑥ 彭家發(1994a:24)曾引述文獻，追論客觀報導的興起與十九世紀中期電報的發明以及美聯社的誕生有關：「當時各報的報導立場不同，使得美聯社不得不採取中立、平衡的客觀寫作方式提供稿件，因為唯有如此，它的報導才能為各種報紙採用，降低生產成本」。

❹⑦ Philips (1977)認為社會科學研究者與新聞記者兩者的知識基礎不同，採集資訊的方式也不盡相同，研究者無須接受「新聞必然客觀」此一說法，因為有關真實的解釋可以多樣。羅文輝等(1996)進行新聞正確性研究，結論亦是主觀正確性難以查證，未來研究應放棄主觀錯誤這個概念。Roeh (1989:163)認為舊的客觀典範無法更新，錯在學術界吝於改頭換新：「客觀信條不斷受到質疑，但是學術言論似乎抱持著好自為之的態度(facts–that–speak–them-selves)。……舊的典範依舊存在，許多研究仍然重複老套問題而復入死巷」。

❹⑧ 將「客觀原則」視為是新聞工作「目標」之著作甚多，但本書主要論點是，新聞研究者無須跟隨實務工作者強調新聞客觀性，而應就新聞的不同面向討論其理論內涵。如Bird & Dardenne (1988)亦有類似想法，強調新聞研究應捨棄傳統客觀思考，試圖從敘事角度討論新聞如何傳達文化意義，即使實務

　　另一方面，新聞專業意理發展的結果，也使新聞媒體在資訊產製過程中所扮演的角色不斷為之誇大。如英國社會學者Schlesinger (1990, 1989)以及Blumler (1990)均抨擊傳統新聞學者過於衷情於新聞媒體對新聞產製的影響力，可謂之為媒體中心的情懷(media-centrism)，忽略了其他社會變項如消息來源、議題情境、或甚至政經環境亦對新聞走向具有關鍵性引導作用。❹傳播學者Gandy (1982)曾指出，傳統新聞理論（如守門人概念）過度渲染新聞工作者個人的專業自主決策，未能將其他社會組織與機構（如消息來源）在新聞判斷中的角色一併納入考量，也是造成新聞行業過於迷信「第四權」的主因。❺Staab (1990:426)引述德國學者Schulz的說法，認為新聞報導不過是社會真實的「一種」解釋，且僅是新聞工作者對真實的詮釋與看法，無法代表客觀真實的「正身(Ding an Sich)」，❺直接反駁了「新聞就是真實」或甚至真理的傳統觀點。

工作者認為報導重要或有趣的事是新聞工作者的天職。研究者應跳脫實務工作的羈絆，如人類學家般地從多面向探究新聞的深層意義，始能建構理論，擺脫技術導向。

❹　作者們指出，新聞系統過去常誇大其作業能力，如強調新聞選擇的三個因素分別是：事件本身的特性、新聞產製過程中的技術與經濟因素、媒體的編輯方針或記者的專業意見。此種觀點代表了一種以記者為中心的解說(journalists-centered theories)，或以媒體為中心的傾向(media-centered orientation)，過分強調新聞為新聞工作者判斷的結果。這種論點的極端想法，即促成了專業訓練的風潮，及專業行規的建立。另可參見李金銓(1981)前三章之討論。

❺　社會學者Schudson (1991)曾批評守門人觀點以及其他傳統新聞學理論簡化了新聞工作的複雜性，他認為新聞實非由新聞記者選擇產生，而係眾多社會組織建構而來。Herman (1985)指出，守門人研究素來很少討論媒體實際表現對意識型態的影響，缺少以「動態」形式討論媒體如何動員民意，忽略以「外部途徑」資源討論新聞流程。

❺　有關「正身」之德文譯名，取自翁秀琪等，1997:1。

　　對傳統新聞學最強烈的質疑，應屬文化學派論者。如 Hall, et al. (1981:234-5)即曾挑戰說，「新聞價值」可能是現代社會最難以理解的意義結構。「所有的記者理應掌握新聞價值，但只有少數能說明清楚其內涵為何。記者們普遍認為事件決定新聞性，……　這種觀點使得我們好像面對了一個深奧且不透明的選擇機制」。Hall等反對新聞媒體有獨自建構社會真實的力量，傾向認為媒體僅能「忠實地以符號再現社會既有組織權力與秩序」，　也就是反映社會中的「可信度階層(hierarchy of credibility)」，使得有地位者較可能在媒體上表達意見，並使其有關事件的定義為各方接受。❺❷

　　由此，Hall等提出了著名的「首要界定者(primary definers)」的概念，強調這些社會中享有權力者才是意義的決定者，而新聞媒體不過是被這些人引入(cue in)社會爭議中，根本無法自動自發地討論議題。美國學者 Ettema & Glasser (1990:4) 引述 Hall 等的觀點，認為新聞並無寫實效果(naturalistic)，僅具自然化(naturalized)社會真實的能力：「【我們】對新聞的幻覺，乃建立在認為語言具有誠實反映或反射 (mirror) 事實的能力」（添加語句出自本書作者）❺❸。

　　近些年來，部份新聞研究者轉持較為「開放」觀點，承認新聞媒體的影響力必須與其他社會機構共享(shared responsibility)。❺❹即連首倡議

---

❺❷　下段將 primary definers譯為「首要界定者」，較能回應原意（見本書第四章
　　❹之解釋）。

❺❸　此地將naturalized譯為自然化，係蒙方孝謙教授之指正，謹致謝意。「自然化」
　　之意，在於說明新聞報導為了讓讀者感到內容真實，常以不同機制影響其可
　　信度，如電視新聞喜用「現場報導（記者現在所在的位置）」，而平面媒體則
　　常採用引述消息來源的方式，讓讀者「以為」新聞真實就是原初真實。

❺❹　所謂「共享責任(shared responsibility)」，如Ericson, et al. (1991:349)認為在
　　電視新聞報導中出現最多次數者是新聞記者與政府官員，這兩類人士主控了
　　大部份的消息來源類目（如所有新聞都出自主播的描述）。　作者因此說明，

題設定效果之McCombs (1994:14)亦在近作中重新審視新聞媒體與其他社會組織之互動關係，改將此一互動情形比喻為洋蔥形狀：內層核心令人刺鼻者是新聞媒體之基礎概念（如新聞價值、新聞實務、職業傳統），而外皮則包括消息來源與事件本身的影響力（如為了新聞而製作的假事件）。此外，早期研究新聞守門人與消息來源之Sigal (1986)亦稱，「新聞終究不僅是新聞記者所想，也是消息來源所說，且受到新聞組織、新聞常規、以及社會習俗之影響。……　新聞不是真實(reality)，而是消息來源對真實的描述，受到媒體組織的影響」。

二、新聞與真實

以上討論了有關新聞流通的基本概念與省思。簡言之，新聞學者過去接收了來自實務工作者的經驗，將新聞報導單純地視作是真實的反映，因而提出了類似客觀、中立、正確等信念，建立了早期新聞學理論的核心知識。但正如Spitzer (1993)之觀察顯示，此類說法無法洞察亦無法解釋新聞媒體如何與其他社會組織互動，更難以澄清新聞與真實之間的複雜關係。研究者因而需要發展其他理論模式，以不同方式觀察新聞內涵，

新聞記者經常是電視新聞中的唯一知識來源，記者的自我指認(self-referential)是新聞常態，新聞其實不過是新聞記者與官員間的公共對話罷了。類似說法亦可參見Bell, 1991:191（新聞就是權威消息來源告訴記者【的故事】）；Gans, 1979（新聞並非事件，而是消息來源對事件之描述）；以及Shoemaker, 1991:10（除了新聞記者確認與選擇消息來源的過程是新聞守門人的重要部份，消息來源的涉入利益(vested interest)也會影響哪些消息可以對媒體工作者公開）。

總之，如Gans (1979)所稱：「新聞就是由消息來源到閱聽眾的一種資訊轉換，由新聞記者摘錄、框架、並設法使資訊適合閱聽眾接收。……消息來源、新聞記者、閱聽眾在系統中共存(co-exist)，雖然三者間較像是一種拔河競賽而非僅是功能互動的組織。」

重新省思新聞媒體如何與其他社會成員建立傳播網路。Berkowitz (1997:xii)在近期出版的《新聞之社會意義(*Social Meaning of News*)》一書中曾大膽指出，新聞學研究應<u>拋棄</u>三個錯誤概念：即新聞工作者能客觀報導、新聞價值乃自然依附於社會事件、以及新聞能反映真實等。

無可否認地,新聞報導中呈現之社會事件的確是社會真實的一部份，而新聞記者秉持其專業意理嘗試忠實反映真相，也有其社會功能。如美國總統 B. Clinton（柯林頓；1995:6）曾如此「勉勵」新聞工作者:「報導正確、公正、讓事實自己說話，減少對動機與過程加以過多描繪 (characterizing)。提供美國民眾訊息時，不必低估他們的智商或對答案的渴望。」 然而新聞報導如何才能做到客觀、公正? 如何讓事實自己說話? 誰的事實? 這些都是新聞學中尚待釐清的問題。

如前節所述，傳統新聞學過去習將媒體與社會組織的互動關係化約為以客觀原則為代表的專業意理。此舉固然省略了處理新聞真實與社會真實的「真偽」難題，但是新聞報導能否涵蓋所有社會真實? 涵蓋哪些部份的真實? 為何僅涵蓋這些真實? 遺漏之處係因記者個人之專業判斷，或係其他因素影響所及? 不同新聞組織與新聞工作者如何透過符號系統呈現真實? 其他社會組織與個人如何與新聞記者互動以彰顯其所認定之真實? 新聞媒體又如何判斷不同組織與個人所提供之言說的真實性? 這些問題在傳統新聞理論中鮮少討論，但卻均屬影響新聞如何定義的核心知識。

何謂真實? 依據 Davis (1990) 轉述社會建構理論的解釋，社會真實原本混沌模糊 (ambiguous social world)，難以體察；而個人、物體、或行為均各自獨立，無所歸屬。❺人們必須透過賦予這些社會人造物件

---

❺　有關何謂真實之討論，大都以現象學者A. Schutz (1962)之真實論為基礎。簡言之，Schutz 認為我們日常生活的真實就是最重要的一種真實 (one para-mount reality)，包含以下假設：真實是一種沈靜而自然存在的世界，可實際

(artifacts)某種意義，始能探知其來源與存在之因，以及與其他社會物件之關連性。然而這種意義的產生必然受到時空情境(context)影響，使得在甲時間或甲地點具有的意義，在乙時間或乙地點出現了不同的詮釋內涵。因此，社會建構學者認為意義本身並無定論，須要不斷透過論述或言說行為(discourse)重新加以具象化(reification)。❺ 人們通常忽略社會人造物件的意義具有此種情境特質，而習以舊有知識觀察並思考社會行動，以致無法脫離社會主流意識的影響，也難以跳躍建制組織（如政府機構）在意義設定的過程中所提供的有形或無形成規與體制 (institutionalization)。Davis & Robinson (1989) 因而指稱，人們喜以常識經驗(commonsense experience) 處理事物，誤將言說意義與社會真實劃上等號，或慣將建制化後的成品視為是真理 (truth)，因而失去批判思考的空間。

操作，且具相互主觀性。其他真實（如科學真實或人們的冥想世界）的確存在，但都源自生活真實。

現象學者 Berger & Luckman (1966) 對真實的解釋亦常被引用。作者們認為客觀與主觀真實乃並存現象，除了我們所認知的真實世界以外，另有客觀世界乃超越我們所能觸及。每個人對外在世界之詮釋均有不同，而此種對世界的詮釋會影響個人對自我的感官、對他人的關係、以及其行為形式。在與他人的互動過程中，人們創造、再造、並適應各種對真實的定義。因此，真實並非身外之物，也是人們感官與社會互動所締造之現象。Berger & Luckman 同時認為，人們的交談(conversation)是最重要的真實創造活動，透過語言，我們既瞭解又創造了真實世界（以上說明引自van Zoonen, 1994）。相關說法可見 Searle, 1995。有關社會真實的討論近作，可參閱 Velody & Williams, 1998。

❺ "Reification"原意為「將抽象意旨具體化的過程」，此地延伸做「具象化」解釋。此處借用建構學派之說法，認為意義乃視情境而有不同言說解釋，暗示了語言與意義之間具有從屬關係。見Davis, 1990:159–160; Davis & Robinson, 1989:68–69。

　　嚴格來說，建構學派與前述以英國學者Hall為代表的文化思潮略有不同。兩者雖然均延續了詮釋學理論的精華，認為「意義」無法放諸四海而皆準，受到情境因素影響甚鉅，但建構學派對「現狀(status quo)」較無異議，也未提供其他替代方式，僅強調人們是社會真實的行動者而非被動呼應社會行為，因此會透過不斷創造、證實、修復、以及改變等動作建立社會真實。社會真實因而同時包含個人的詮釋過程，以及個人與社會以及與文化情境之互動建構行為。**❺❼**

　　社會建構學者在提出「社會真實均由建構而來」的說法後，接著強調人們須透過語言或其他中介結構來處理社會「原初真實」(raw material)。**❺❽**建構論者認為，對語言的理解須視情境而定，不同組織或社會在不同時空對語言的詮釋並不相同。因此，對真實的理解也因特定時空中的語言形式而有所差異，而知識穩定性(stability of knowledge)也因而時有興衰浮沈，無法單純地從經驗世界瞭解事實的意義內涵。建構學者延續形象互動論的觀點，認為個人行為以及與他人的互動乃透過符號的使用形成字面意義 (meaning–making)，人們藉此脫離被動回應者的角色，主動積極地參與了創造社會真實的過程。**❺❾**簡言之，建構學派強調

---

❺❼ 此一比較建構學派與文化學派之意見，引自 Delia, et al., 1982。Hall (1997) 認為，建構學派對物質世界與符號（形象）世界之區分十分在意。所謂物質世界，就是此地所稱之社會真實世界，或張錦華 (1991)所稱之「原初真實」，也就是人們與萬物存在之處。建構學派並不否認社會真實，此點與符號學者 Fiske (1987) 的說法有異，後者認為社會真實乃與主觀真實類似，均由符號建構而來。見下註❺❾。

❺❽ 譯名取自張錦華，1991:177（張氏將reality譯為事實）。張錦華先引用Hall的觀點，認為世界的確存在著原初事實，接著引述 J. Fiske 的論點，認為人們所經驗的世界卻非此一原初事實,而係透過中介結構所得到的另一種認知。張氏批評Fiske的意義結構論是一種激進的看法，模糊了符號與真實之間的界限，使得人間所有意識型態不過都成了「意義的遊戲」。

「社會組織長期互動後產生意義，互動也會建立、維持、或改變特定組織或文化中的角色、規範、或意義」。❻

　　依 Parisi (1995)之見，新聞與傳播正是社會文化中的一種故事傳述活動，維繫了社會生活中的價值、界限、與定義。Parisi 認為，「真實」乃一建構的符號活動，世界並非由「物質」所組成，而係語言意義的組合，新聞與其他符號行動如「儀式」、「戲劇」、「神話」、「敘事」均是創建社會意義的重鎮。Kennamer (1994)繼而指稱，在所有語言或其他中介

❺ 引自Littlejohn, 1989:111-112。值得注意之處，乃作者在介紹各類傳播相關理論時，雖然將形象互動論與建構論分章討論，但承認兩者須合併(should be read as a unit)。此地引自前者，但其意義應可涵蓋建構論。

陳秉璋(1985:338-339)對形象互動理論所做的整理，有助於我們此地的討論。陳秉璋認為形象互動論的思想淵源有下列諸向；真實(reality)與事實(truth; 前章譯作真理，此處沿用陳秉璋譯文)並非外在存在於真實世界，價值的判斷是對個人有用與否的考量，個人依據適用價值定義他所遭遇的社會及物質客體，我們只有透過實際行動始能瞭解行動者。van Zoonen (1994)則引用多家說法，認為「語言並非純是真實的反映，而是真實的源頭(source)」，此點看法與早期形象互動論者之觀點不同。van Zoonen特別說明此說並不反對社會真實之存在，而是「我們對真實的意義以及瞭解必須透過語言達成」(p. 39)。van Zoonen並稱，語言不應只被視為是文法或詞彙的組合，其重點應是「言說或論述(discourse)」，包含了主題與符號意義的表達在內。「語言不是建構真實之物，在特定文化與個人歷史、系統、價值中如何表達才是」(p. 39)。

❻ 引自 Littlejohn, 1989:95。Neuman, et al. (1992) 曾提出建構主義下的政治傳播學所包括的重要觀點為：(1)閱聽眾主動且積極地詮釋各種社會現象；(2)閱聽眾與媒體文本間有互動性，傳播乃「交談」而非「影響」；(3)傳播內容有「互異性」，即不同議題會由不同媒體或個人加以解釋而具不同意義；(4)建構學派重視媒體機構的歷史、結構、與技術特質；(5)建構學派關注常識(common knowledge)而非民意(public opinion)，前者指社會大眾如何思考公共議題以及思考哪些議題，後者較強調意見的彰顯。

結構中，新聞媒體扮演了轉換社會真實為符號意義的核心角色。**⑥** 首先，新聞媒體所刊載的內容並非社會真實的客觀反映，而係社會建構的產物。雖然新聞報導的確討論了發生在真實社會的各種事件，但是由於社會事件原就包含多種面向，而新聞媒體限於版面或截稿時間，只能就多種面向中取出少數加以描述（此即框架事實的過程）， 因此新聞媒體無法完整呈現社會真相，此乃可以理解之事。**⑥**

再者，由於受到組織常規之限制，任何事件均須先經「加工」處理，始能成為新聞媒體所能接受的形式。如電視或廣播新聞受制於時間壓力，須將社會事件濃縮播報；同理，平面媒體則透過文字或視覺符號轉換事件為新聞體裁。為了讓報導內容符合工作常規，新聞工作人員必須「操弄符號(manipulate symbols)」， 以便閱聽大眾得以瞭解與接收資訊。**⑥**

---

⑥ 後者(Kennamer)認為，新聞媒體在不同社會組織間，肩負協調之責(coordinating function; p. 6)。此外，Carragee (1991:1)曾由建構理論討論新聞的中介角色，獲致了與客觀主義或守門人概念迥然不同的內涵：第一，新聞絕非對遠方事件的傳聲筒(vehicle)；第二，某些事件得以傳遞而其他事件無法見容於新聞媒體，足以顯示社會真實的弔詭；第三，新聞所使用的語言符號，以及由這些符號所傳遞的社會關連性，加強或改變了我們對事件原有的認知；第四，新聞藉著符號的使用，也提供了原始事件新的意義，或更加強對該事件的原有分類；第五，新聞因而會對社會個體、人物、事件進行再定義，改變原有組合。

⑥ 許多研究者均同意新聞乃建構之物，茲舉二例，如Shoemaker & Reese (1991:218)曾提及，「新聞媒體乃社會創造的產品，並非對客觀真實的反映。雖然一篇報導起自真實世界中的某些事件或問題，並可透過社會資訊的來源測知其可靠性，但決定哪些部份會被轉送或會被如何處理的因素極多」。Mendelson (1993:151)認為，新聞並非僅是記者所做的選擇結果，也是媒體組織整理的故事：「事件可以成為新聞，係因他們可以被整理為簡短的故事，而非他們的客觀性」。

⑥ Fiske & Hartley, 1978. 作者們並非指稱新聞記者故意操縱或改變事實，而係

由此，Fair (1996) 與其他研究者因而認定新聞實際上是建構(construct)或再建構(reconstruct)後的符號內容，與原始真實事件不必然有相對應關係。❻Fair 甚至指稱，真實事件無法透過新聞報導展現，只有意義才能在新聞中傳達。人類學家 Sahlins (引自Schudson, 1991a:151) 則謂：「一樁事件並非只發生(happening)在真實中，而係與特定符號系統間有【意義】關聯」（添加語句出自本書作者）。❻

實際上，新聞所揭露的符號真實不但可能與原初事實無所對應，在大多數情況下甚至會與事實有所出入或有所刪減，此乃中介符號系統之特徵，並非新聞媒體之「過」❻。但由於新聞工作者本就是社會人，其

認為所有中介過程都必須對原有真實有所反射與扭曲，而此一過程乃經由對符號的處理始能達成。

❻　又如Noelle-Neumann & Mathes (1987)指稱，過去研究慣以反映論或鏡子論觀察媒體與真實的關係，假設新聞媒體所報導的事件就是真實事件的「縮影(a reduced scale)」，但是這兩者並不存有必然對應之關係。Molotch, et al. (1987)也認為客觀主義假設新聞記者扮演了「資訊通道」的角色理應受到質疑。Lang and Lang (1991) 在論及議題建構時亦稱，社會真實與新聞真實之間並無共通之處。

❻　所謂「建構」，原為認知概念，指人們將外在事物依其結構與意義的相似情況加以組合，成為對照關係(constrast)。隨後，人們依據這些組合或分類(classification) 形成對世界的解釋方案(interpretive scheme)，此即 Delia, et al. (1982) 所稱之認知活動基本元素。Hall (1997) 則認為，新聞媒體並不「建構」真實，而是「再造(reproduction)」社會主流意識型態。或者，媒體將社會「原料」（raw material, 意指基本事實或詮釋）轉換成新聞素材。

❻　如本節所述，新聞與真實(reality) 之間不必然有對應關係，原是建構學派或詮釋理論的重點，此點無庸再予延伸。至於新聞是否就是事實(facts)，學者間尚有爭議。如翁秀琪等 (1997:2) 曾稱，「不可諱言的，新聞必須報導『事實』，這是新聞和小說或任何虛構性的文體最大的不同，也是新聞從業人員必須堅守的最後一道防線」。但是記者如何報導事實？誰的事實？事實經過記者轉述後，是否仍具效度？此類問題翁氏等人並未討論。

報導之新聞不能與社會大眾的共有經驗（社會真實）相去過遠，兩者必須有某種程度之「社會共識」。另一方面，新聞卻又常被視為是對固有社會價值之「反叛」、「創新」、「挑戰」，內容充滿了異端文化，如Davis & Robinson (1989:68)所稱，「許多新聞故事描述了與正常相異的好事或壞事，追蹤偏離行為的起源與結果，暗示哪些行為將受到禁止或被獎勵。在這個日趨模糊的社會世界中，【新聞】提供了某些特殊情境下可供接受的行為指標與標準」（添加語句出自本文作者）。此種既具有原始真實的某些面向，但又不能涵蓋所有真實面貌，就是前述翁秀琪所稱「新聞是在主、客觀辯證過程之中所產生的社會真實，是社會真實的一部份」的原因了，也與前章 Goffman 所稱框架的「逆轉性」相關（見本書頁 29）。在客觀部份，新聞就是記者所報導的語句的意義(utterance meaning)，是由主詞＋動詞＋受詞等文法所形成的內容形式；而在主觀部份，新聞則是說者（記者）提供的意義(utterer's meaning)，表現在語句的指涉部份、促動部份、以及字裡行間（方孝謙，1998:6）。

以上簡介了社會建構論的觀點。Carragee (1991)認為，將新聞媒體視為是重要符號產製之中介機構，代表了一種較為寬廣的典範轉變，從過去的傳輸模式(transmission model)轉為傳播文化面向。有些學者（如張錦華，1991:177）則認為建構論仍有偏限，尤其以符號真實解釋所有人類文化活動，等於間接否定原初事實的存在，可謂「過於激進」。然而社會真實是否存在固然尚有爭議，符號真實（如新聞媒體）具有主動

Graber (1989)引述Lippmann 的概念，認為新聞難以等同事實，因為有太多背景與情境遭到新聞記者捨棄或重建；何況，單一事實並不存在。Graber強調，新聞是一種建立意識型態的工作。即使是同一事件，不同記者傳達的內容極為不同(pp. 147–148)。Romano (1986:39)引述《紐約時報》的社論說：「所有的故事都涉及了某種程度的扭曲(distortion)。但是新聞與小說之別，就像是鏡子與繪畫之不同」。

建構意義的論點似有其特定說服力。此外，新聞媒體類似其他符號系統，可在不同時空情境中顯現不同意義，尤其值得繼續申論。

第三節　新聞（媒介）框架與媒介真實之建構 ⑰

　　首先，框架可謂是「人們或組織對事件的主觀解釋與思考結構」，包括了選擇與重組兩個機制。⑱Gitlin (1980:49–51)在觀察學生運動與新聞機構的長期互動後，發現新聞媒體並非被動的鏡子，而是一盞不斷「移動的探照燈」。（參見本章稍早第68頁之討論）他認為，選擇與重組就是媒體行動的主要工具：社會事件必須透過這類特殊方式檢驗後，始能成為新聞。一則新聞就是一種選擇與組合的結果，代表了媒介觀察事物的方式，也就是框架的表現。這種選擇與組合的基礎，部份來自記者的個人心理狀態或經驗，有時卻肇因於新聞組織所設定之常規，以致某些事件能受到青睞而成為新聞，另些事件僅有部份納入，而更有些社會事件則因與媒體特定框架不合而遭棄置，因而無法為人所知。McCarthy, et al. (1996:49)曾如此描述：「如果電視或報紙的編輯決定忽略示威者的策略，示威就不可能成功，像是一棵樹傾倒在人煙罕至的森林裡，難以受到注意」。

一、新聞（媒介）框架的定義

　　過去有關框架概念的討論，有一大部份集中於檢視新聞媒介組織如

---

⑰　有關社會真實的解釋，可見Searle, 1995; Velody & William, 1998。

⑱　有關「框架」之定義，已在過去文獻中迭經討論，可參見鍾蔚文等人，1996；臧國仁等人，1997。此地將「新聞框架」與「媒介框架」交換使用，未予分辨。

何選擇社會真實，因此可將新聞或媒介框架定義為「新聞工作中的建構
【真實】概念」(Tuchman, 1978:193; 添加語句出自本書作者)。❻簡言
之，新聞工作者（包括記者與編輯）將原始事件(occurrence)轉換為社會
事件(event)，並在考慮此一事件的公共性質與社會意義後，再將其轉換
為新聞報導（見第五章討論）。 在此轉換與再轉換的過程中，新聞工作
者一方面以自己的經驗（框架）將事件從原有情境中抽離 (decon-
textualization)，另一方面則將此事件與其他社會意義連結（或稱「再框
架」）， 產生新的情境意義(recontextualization)。❼由此，新聞（媒介）
框架可謂是新聞媒體或新聞工作者個人處理意義訊息時所倚賴的思考基
模，也是解釋外在事務的基本結構。Pan & Kosicki (1993:56) 因此提出
以下定義：「媒介【新聞】框架就是符號工作者長期【透過大眾傳播媒
介】組織言說（包括口語與視覺）的過程，長期以後形成固定的認知、
解釋、與呈現型態，以選擇、強調、以及排除【社會事件】」（添加語句
出自本書作者）。

　　Gitlin (1980) 曾研究新聞媒介如何處理左派學生運動，同樣將新聞
框架定義為一種持續形式，用來闡釋、認知、以及表現新聞論域中的語
文或視覺符號（參見本書第五章第三節討論）。Gitlin認為新聞媒體已經
成為社會中傳遞意識型態的主要組織 (core system)， 藉由選擇、強調以
及排除的手法，對社會議題表現了某種特定言說形式，也因而拒絕採取

---

❻　此地有關「新聞框架」的名稱有幾種不同說法，如 Gitlin (1980)稱其為媒介
　　框架(media frames)；Gamson (1989)則稱為新聞框架(news frame)。本文交
　　換使用，意指新聞媒體或新聞工作者對事件的主觀解釋與思考結構。

❼　此一說法引自 Altheide & Snow, 1979:90; 張錦華，1994a 亦有類似說法。
　　Cook (1996) 曾調查美國布希總統任內的記者會，發現總統雖然在決定何時
　　召開以及主題為何上有主動權，但是記者在報導時常將記者會當作背景，討
　　論其他議題。這種轉換情境的手法，就是記者的新聞真實無法完全等於社會
　　真實的主要原因之一了；參見 Gurevitch & Kavoori (1994)類似觀點。

其他形式。Entman & Rojecki (1993)曾分析《紐約時報》的頭版新聞，發現該報反應的看法代表了傳統「菁英階層(the elites)」的思考模式，成為社會主流思想。Servaes (1991)亦曾分析美國報紙對入侵中美洲小國葛納達(Grenada)的報導，發現大多數新聞媒體均將入侵行動形容為美國對抗共產主義的不得已作法，有關葛納達國之現狀報導反不易見。同理，美國參戰越南早期也曾被新聞界描述為對抗「蘇聯共產集團」的侵略。

　　針對類似現象，社會學家 Tuchman (1978)即曾明示，新聞並非自然產物，而是一種社會真實的建構過程，且是媒介組織與社會文化妥協的產品，具有轉換或傳達社會事件的公共功能。Thompson (1991) 亦曾揭櫫新聞（媒介）框架是「資訊轉換的過程」， 也就是資訊的製碼與再製碼。由此來看，新聞報導就是一種「選擇」部份事實，以及主觀地「重組」這些社會事實的過程。Friedland & Zhang (1996:15)則延續Gamson等人的說法，強調新聞（媒介）框架是一種「意義建構的活動」， 目的在於不斷地「提供意義(supply meanings)」，新聞媒體因此成為符號系統間彼此競爭的場域，各種詮釋版本充斥。

二、新聞（媒介）框架的內涵結構

　　Wolfsfeld (1993)據此提出對新聞（媒介）框架的觀察所得，發現大部份的政治衝突其實都可謂源自對框架意義的爭奪，爭議各方不斷嘗試提出各自屬意的解釋版本，以供大眾與新聞媒體採用；此種現象尤以在選舉過程中最為明顯。❼在一般狀況下，新聞媒體或者採用競爭雙方中

---

❼　參見 Entman, 1993; Entman & Rojecki, 1993; Pan & Kosicki, 1993; Mendelsohn, 1993; Wanta, Williams & Hu, 1991. 至於爭議各方為何爭奪對意義的詮釋，張錦華(1994a:280)引述傅柯(M. Foucault)的理論，認為抗爭乃是為了爭取主體性(subjectivity)：「簡言之，抗爭是藉由反對知識、才能、資格等權力而發揮效用。它是針對優勢的知識、論域等所進行的抗爭，最終的

某一方的解釋（如過去研究經常發現官方或菁英份子是新聞媒體所倚賴的主要消息來源）， 或則用「平衡報導」方式處理爭議主題（即「客觀報導」原則中的手法）。總之，新聞媒體面對錯綜複雜的社會事件，必須與不同組織與個人建立互動關係並省視各種立場。如何明察爭議事件中各方意見的框架內容，一向是新聞學中極為複雜且難以研究的課題。

Wolfsfeld曾歸納五個影響新聞（媒介）框架形成的因素，分別為：

——新聞媒體組織的自主性，或是受政府控制的程度；

——社會事件的訊息提供者（即上節所稱之「消息來源」）：如過去的研究常顯示，新聞媒體對挑戰者的框架常須經過一段適應期，從抗拒反核運動到接受反核立場的框架就是最佳例證；❼

——新聞組織的流程或常規：如新聞工作者喜以政府或其他建制組織為其採訪路線中的主要守線對象，使得官方立場在政治爭議中佔有先天優勢。

——新聞工作者的意識型態，亦常影響框架的形成：如記者習以

目標在於質疑：我們是誰」。

此外，社運學者曾從社會行動者藉由框架競爭取得對社會意義及實質利益的角度解釋，如Snow & Benford (1988) 認為，在新聞媒體上取得記者的報導空間，乃是「表意策動者 (significant agent; 意指社運份子)」主動介入社會意義的生產過程。基本上，其目標常在擁護或支持相對於主流思潮的另類事實在媒體上呈現，以便建立另一版本的事實，企圖藉此影響閱聽人的資訊與瞭解。Snow & Benford (1988) 因而稱此類新聞框架的競爭為「社會意義的爭奪」，用意在於爭取對「社會真實的控制權」，也就是Hall所稱之「表意政治學」。有關消息來源的框架討論，見下章。

❼ McQuail (1992)稱此一適應期過程為媒介確認弱勢團體身份的必經途徑，也可視為是弱勢團體在媒體上爭取合法（正當）地位的過程。

社會正義者自居，以致影響其報導新聞的角度與選材方式。

——社會事件受到原始組織影響的程度，也是新聞框架的成因。例如，社運份子習以戲劇性演出來沖淡嚴肅氣氛，常使新聞媒體報導時，只著重事件的活動部份，忽略社運活動的意義。[73]

此外，Rhee (1995:3)在討論新聞（媒介）框架之內涵時，曾提出三個面向：首先，Rhee 認為新聞（媒介）框架表現在新聞故事的主軸中，經常以不同方式凸顯，包括 Gamson所提出之符號圖案。次者，新聞(媒介）框架也反映於使用者的「詮釋基模(interpretative schemata)」，顯示了新聞工作者的知識背景與經驗。第三，新聞故事發生的社會與時空情境 (social and contextual frames)，此一情境影響新聞言說及閱聽眾對新聞故事的詮釋能力。[74]

臧國仁＼鍾蔚文＼黃懿慧(1997)則認為新聞（媒介）框架的表現方式，可綜合以上兩位作者的觀點（參見《圖3–3》）。首先，如上節所述，新聞（媒介）框架乃新聞工作者使用語言或符號再現社會真實的過程(圖3–3，a)，此一過程在新聞組織中不斷受到新聞常規(b)、組織內部之控制機制（c; 俗稱「新聞室控制」）、以及不同立場之消息來源(d)三方面的影響，後兩者分別從公共情境中(e)選擇事件、重組議題，因而形成公共論域(f)。此外，依 Gamson (1984)之見，新聞框架常以「套裝（package；見第四章第一節頁178之定義）形式出現(g)，即在新聞、評論、漫

---

[73] 見 Wolfsfeld, 1993。亦可參見作者新作，1997a。此處第五項有關社會事件如何影響新聞框架，可參見胡晉翔，1994。

[74] 引自Rhee, 1995。Entman (1993)亦曾提及，框架表現於三個面向：傳播者、文本、接收者。本研究則認為消息來源以及議題（事件故事）亦有框架，見下兩章。

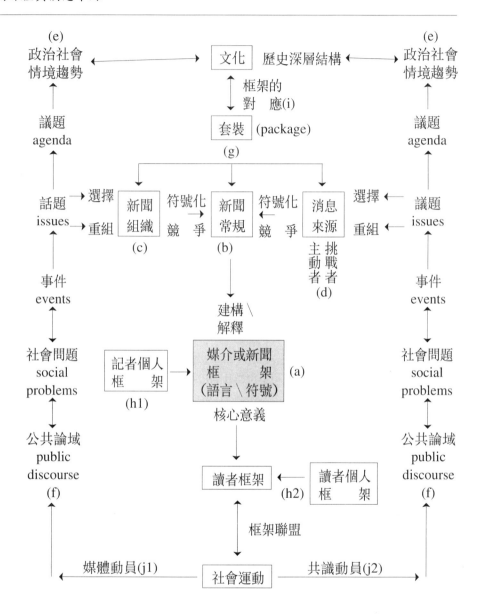

圖3-3：新聞或媒介框架與社會議題的關聯

資料來源：修改自臧國仁＼鍾蔚文＼黃懿慧，1997

畫等不同形式之媒介內容中呈現類似且一致的詮釋方向。再者，媒體所呈現之新聞（媒介）框架受到新聞工作者個人思考基模影響 (h1)，而讀者在使用媒介資訊時，亦會啟動個人框架詮釋新聞事件 (h2)。最後，如 Rhee (1995)所述，新聞（媒介）框架會無可避免地與歷史文化脈絡產生對應(i)，反映某一特定時期之政治社會思潮（或情境）。一些社會運動團體經常在此情境中嘗試將其組織框架與讀者連結，一方面透過符號活動喚起潛在參與者的注意與興趣，產生共識動員的效果 (j1)，另一方面則透過新聞媒體傳達組織目標、活動內容、以及意識型態，號召廣大閱聽眾的參與，達到媒介動員的功能(j2)。**❼❺**

　　從以上討論觀之，新聞（媒介）框架概念顯示了與傳統新聞學不盡相同的觀察面向。如 Woo (1994:13) 所稱，框架概念強調新聞媒體所呈現之訊息內容並非固定實體 (fixed entity)，而係文本製作者（新聞工作者與消息來源）、接收者（閱聽眾）、與文本三者之間互動且受到社會情境影響的結果。**❼❻** 有關消息來源、議題將於下兩章討論（閱聽眾部份則

---

❼❺　《圖3-3》原刊登於臧國仁＼鍾蔚文, 1997b, 此圖歸納自Benford, 1993; Snow & Benford, 1988; Gamson 1989, 1988, 1984; Gamson & Modigliani, 1989, 1987; Chung & Tsang, 1992; 鍾蔚文等, 1996, 1995；Rhee, 1995等文獻。唯此圖未及納入 Wolfsfeld 所稱之新聞媒體組織的自主性，或是受政府控制的程度，此兩者將合併於媒體組織內部控制概念之討論，見下節。

有關媒介框架與文化對應之討論，參見Bird & Dardenne (1988:76–77) 所提出之「文化規則(cultural grammar)」觀念。作者們認為，新聞記者撰述新聞時，依賴文化中所提供的「故事基模(story schema)」。換言之，不同社會文化中的說故事方式可能截然不同。亦可參見 Friedland & Zhong, 1996 的「框架與文化有對應關係」一說。

❼❻　Woo認為，新聞工作者與消息來源、閱聽眾之互動得以進行，係因眾人均在同一個社會之下具有相同社會信念 (shared social belief; 或可譯為社會共識)。新聞工作者藉此信念蒐集資訊，並在新聞文本中（包括故事結構與語詞）重建此資訊之社會意義。Woo的「社會信念」原意，與本章所述之文化

未能於本書討論），此地先闡述新聞（媒介）框架之內涵，分別依組織、
個人、與文本三部份討論。

甲、新聞組織框架

首先，如 Gamson 所稱，新聞媒體作為社會真實中的符號系統，首
要工作就在協助讀者或閱聽大眾瞭解社會事件的意義 (meaning-
making)。**⑰** 為了完成此項工作，媒體長期提供固定認知觀點，並組織言
說論述內容，用以詮釋與賦予意義。而在媒體組織的層次，新聞常規扮
演了極為重要的框限真實角色。**⑱**

如前節所述，「常規 (routine或routinization)」本是為了完成新聞工
作所制訂的一些慣例與程序，可視作是新聞媒體框架（動詞）社會事件
的機制，決定了這些社會事件是否會被選取與報導。**⑲** 以「路線(beats)」
為例，如上節所述，此項常規原係方便新聞記者採訪分工而設計之科層
組織，不同媒體可藉由對事件或組織之不同重視程度決定是否或如何設

與歷史情境吻合，亦與Goffman對框架的原始定義相符，即框架乃多面向、
多層次之動態概念，與訊息密切結合，奠基於歷史經驗（文化）之中。參見
本書第二章相關「預設」之討論。

⑰ 引自 Friedland & Zhong (1996:15)。作者們認為，新聞（媒介）框架乃是所
謂「高層框架(macro-framing)」的一環：透過每天進行的新聞報導工作，媒
體將各方相互競爭的框架重新依自己的觀點組合呈現。

⑱ 如 Fair (1996:2)所稱，新聞室內的常規與工作流程(procedures)決定（但也限
制）了議題的新聞性，也決定哪些人屬於新聞人物，或哪些消息來源值得採
訪。Fair 認為，這些常規與流程之設置，乃組織之統治者有意將其意識型態
加諸於一般經驗之上，以便駕馭真實建構的轉換過程。

⑲ Dunwoody & Griffin (1993:26)就認為，新聞職業常規(occupation norms)對
記者建構新聞的框架有極大影響力，這些框架包括：記者如何觀察、如何看
待其他記者、如何瞭解主編所持的想法。因此，常規限制了記者獨立採訪的
機會，也限制了記者的視野（參見該文p. 47）。

置路線。如報紙之路線分配就可能與廣播或電視新聞組織之作法有所差異，而一般性報紙之路線配置又可能與專業性報紙（如《經濟日報》或《大成報》）相去甚遠，如政治新聞或要聞（如行政院或總統府新聞）在專業性報紙受重視的程度就可能較低。

　　由組織結構觀之，路線長久以來已成為新聞媒體框架或定義社會事件的第一道門檻 (threshold)，可謂是影響新聞取捨的先決條件。**⑳** 如 Meyers (1992)曾觀察美國中西部農業危機之報導，發現不同路線的記者提供了多種不同新聞樣式(diversity of news)：農業路線記者較著重於反映市場變化、價格浮動、以及日用產品組織的意見，主跑商業路線的記者則重視經濟指標的變化，以及商業領袖的宣言。Meyers因而說明，新聞組織的路線結構不但決定了哪些新聞應該報導，也決定了哪些不符合路線需求的消息應遭忽視：「每一個路線的工作規範不盡相同，……消息來源也不同。這些工作規範以及與消息來源的關係，……使得記者只能從主跑路線思考問題。也就是說，記者的『功能參考架構』就是路線，而路線中的意識型態也成為記者的意識型態」(1992:82；雙引號引自原文)。

　　臧國仁＼鍾蔚文＼黃懿慧(1997)研究國內六家媒體對核能議題的報導內容，同樣發現路線可能是新聞取捨的重要結構因素之一：即使在同一新聞組織中，主跑環境路線的記者與主跑臺電或國營會路線的記者常

---

⑳　路線固然是新聞常規中的重要框限機制之一，仍須與其他因素一併考量，如李金銓(1981:70–71)曾如此說明：在空間上，新聞組織將社會分為各種路線網，集中注意各路線的顯著組織或中央機構；在時間上，則將事件「類型化 (typified; 見本書第五章第一節討論)」，然後才能進行資源分配與調派，維持新聞作業正常運作。Altheide (1974:24)有鑑於此，指稱「新聞工作組織運作的常規使得新聞媒體在處理事件報導時，勢必【與事實】有所偏離 (distort; 添加語句出自本書作者)」。

因觀點不同而對核能議題有不同詮釋，前者對環保團體就較具包容性。**❸①**研究媒體與政策制訂互動關係的Kennamer (1994:8)因此嘆稱，新聞媒體以路線框限議題的重要性非比尋常，因為一旦議題或事件交由某一路線記者擔綱主跑，就等於採取了特定新聞角度，要爭取「翻案」極為不易。

又如前節所述，「時間」常規亦是影響新聞取捨的重要考量。Schudson (1991a)曾謂，新聞組織依時間生存，任何社會事件要被報導，都須與新聞媒體的時間齒輪相容。一般社會事件除須配合記者的工作時刻表外，尚得合乎媒體截稿時間始能成為新聞。**❸②**有趣的是，Shoemaker & Reese (1991:98)發現，懂得媒體運作的政客們瞭解新聞媒體的時間框架，因而常會特別安排「有時間性的【假】事件」：　如不欲媒體大張旗鼓報導，就延遲至週五晚間發佈消息，讓記者沒有充裕時間廣加採訪求證，因而較易接受消息來源的單面說法。反之，則在白天稍早發佈消息，

---

❸① Fishman (1980:224)提及，記者常依路線中官員們之參考架構決定何者為新聞。國內有位新聞主管亦曾這麼描述：「臺灣的記者年紀相當輕，很容易有過度投入的現象。一旦主跑這個單位的新聞，這個單位就像是自己的地盤一樣，如果有不好的事情，就算揭發，也會採訪他們單方面的說法，或是在心態上偏向警方。……　這種互動關係是我記者生涯看到最糟的互動關係」。（中華民國新聞評議會，1997:67）臧國仁等(1997:19)亦發現，某些社運份子指稱他們可以輕易地指出哪些記者反核，哪些擁核：「由於受限於報社立場，記者們在報導同一事件時，各取所需，不但沒有達成居間（社會各種不同聲音）溝通的功能，還常因此擴大了社會對立」。　這些說法似乎都顯示記者受到路線常規的限制，思考模式與路線上的消息來源趨於一致，因而影響其對新聞的選擇與判斷。

❸② 臺灣某報社會新聞副主管曾說，「臺灣新聞競爭性強，強到大家時間很短。在有限時間內，無法做到周延的採訪，就只能單一的靠警方提供的新聞」（中華民國新聞評議會，1997:68）。這種說法顯示「時間」常規的壓力常使得新聞工作者必須在短時間內決定新聞重點為何、採訪對象為何、切點為何等。

方便記者多方蒐集資訊深入報導，擴大議題的影響性。**❸**

　　Dunwoody (1997) 分析科學記者如何報導新聞，進一步發現時間因素改變了新聞記者與消息來源的互動型態，成為另一項框限真實的新聞工作常規。Dunwoody 指出，由於截稿壓力逼近，迫使記者極度倚賴記者會，藉此機會在會場中採訪消息來源，無意再予多方查證。時間因而可謂係新聞室內的「重大限制(newsroom constraint)」，影響了事件呈現的面貌。

　　此外，新聞常規中的寫作形式規範也常限制新聞取捨的角度，如前節曾提及之敘事寫作或電視新聞的畫面與聲刺 (soundbites) 皆是。Manoff (1986:228)發現，媒體為了將事件表達清楚，經常引用不同背景資料，使得同一事件出現不同敘事方式與內容：「新聞敘事體是經驗的組合，將事件發生的次序按照可被陳述的方式安排，以讓【被報導的】世界有所意義。…… 沒有任何【新聞】故事是事件僅有且唯一的報導方式，也沒有任何事件僅有一種敘事形式。新聞發生在事件與文本交會之處，當事件創造了故事的同時，故事也創造了事件」（添加語句出自本書作者）。

　　此外，將事件發生的結果置於導言以便先予說明的倒寶塔報導方式，素來被視為是「新聞言說最具特色的部份」， 這種「倒果為因」的處理手法因而成為新聞記者框限社會真實的「主要寫作技巧」。**❹**導言中除了

---

❸　Fishman (1980:54–66)亦曾分析記者如何擬定採訪計畫，發現大多數記者會將採訪工作設定為具有時間性的「階段性架構(phase structure)」，以便簡化採訪步驟。如就警察逮捕人犯而言，雖至少涉及調查與聽證等多項手續，但記者會簡化為「警方逮捕」與「檢方收押嫌犯」兩個階段，顯示新聞工作者對時間的適應力，不但決定了社會事件是否會被選取報導，也影響事件被報導的部份。參見臧國仁＼鍾蔚文(1997a)對新聞媒體與時間概念之討論。

❹　此處之討論，引論述自 Bell, 1991: 第九章。在該書其他章節中，Bell 曾廣泛引述van Dijk的言說論述分析結果，討論新聞寫作結構。如在頁172中，Bell

包含新聞故事的摘要部份外，同時還具有聚焦與放大作用，將故事中的新聞價值先予批露，以引起閱讀興趣。此種化繁為簡的寫作風格，固然協助新聞工作者駕馭文字以彰顯社會事件中較為重要的部份，但複雜議題常因而遭到濃縮或刪節，或甚至因為不符合此種化約處理方式而遭棄置。在電視新聞中亦有類似框限效果，如實務工作者所謂「無畫面即無新聞」的說法就是一例，許多與社會大眾戚戚與共的事件或議題，常因無法拍到畫面或畫面不夠精彩而失去播出的機會。

以上依據前節有關新聞常規的討論，試以「路線」、「時間」、「寫作（報導）方式」三者為例，解釋這些新聞工作慣例與程序如何協助框限真實。然而在新聞媒體的組織層次，除了常規以外，媒體「內部控制(newsroom control)」亦是影響新聞呈現的重要因素。

所謂內部控制，係指「新聞編採人員的工作環境，如何影響新聞成品的內容」（鄭瑞城﹨羅文輝，1988:118）。首先專注此概念之 Breed (1997)在一篇由博士論文改寫的文獻中，討論了新聞媒體是否有任何「政策(policy)」？這些政策如何傳遞與維繫？媒體工作人員如何習得這些政策？是否願意遵循政策？誰能逾越媒體政策？如果這些內部政策違背了新聞人員的職業倫理，新聞人員如何應對？

Breed 在深度訪問一百二十位報社記者後，發現媒介組織實與其他一般企業類似，都備有一些由領導者（發行人）所「製訂」的政策或內規。這些政策或規範有些明顯可資遵循，有些則晦暗不清，並無文字記載，常靠耳傳(grapevine)。學習這些規範因而成為新進工作者「社會化(socialization)」的重要經驗與過程：「當新進記者開始工作之刻，無人會論及規範為何，也沒有人加以告知，……但是除了新進者以外的所

指出新聞言說中最特殊的部份就是非時間性的故事安排，或如van Dijk所稱，使用「分期付款 (installment)」的方式，將事件回溯敘述多次。可參見蔡琰﹨臧國仁，1998。

有員工都清楚這些政策為何。有位受訪者承認，他的確是透過『點點滴滴(by osmosis)』習得【這些政策】」(1997:109；添加語句出自本書作者，雙引號引自原文)。**❽❺**

　　根據 Breed 所述，新進人員的學習過程可能包括：每天讀報，由字裡行間體會報社（媒體組織）對某些議題的立場；或從自己的稿件是否得到「老編」垂青來揣摩上意；或從上級長官參加的活動與社團探知其喜好；或從編前會議或採訪會議中的討論瞭解新聞「風向(angle)」等。有時候新聞工作者（包括編輯）也會從社內刊物以及其他組織內溝通管道「拐彎抹角地獲得一些線索，以趨吉避凶，討上司和同事的喜歡」。**❽❻**

　　其他學者隨後相繼由組織學與組織文化的角度，探索新聞室內控制的意涵。鄭瑞城(1988)認為，媒介與其他組織一樣，常以強制、酬庸與規範三者控制成員。如新聞寫不好或「獨漏」新聞，上級會加以指責或威脅開除，此即強制作用。**❽❼**記者跑了獨家，上級給予口頭或物質報酬，

---

❽❺　有關這種「社會化」過程，有時是由上而下（由主管層級傳遞至一般記者與編輯）。Gist (1990)曾指出，主管階層的年齡（代）往往將記者這個年紀不認為是新聞的素材炒熱，因此新聞判斷無可避免的是決定新聞偏見的原因之一。此外，臧國仁＼施祖琪（出版中）曾研究新聞編採手冊，但未發現其與組織文化具有密切關係。

❽❻　引自李金銓，1981:35。Breed之後的相關研究次第展開，如Singelman (1973)認為，記者之上司長官（或其他上級守門人）可以藉由審核稿件的機會改變新聞內容或方向，或修改最具殺傷力的部份。此點可視為是內部品質管制的一環，亦是新聞框架在組織層面實施的實際例子。Bowers (1967)針對發行人的研究，則發現組織政策愈緊密的媒體組織，發行人的干預愈多，有時甚至是直接表達意見。Epstein (1973)的研究則認為事前檢查(censorship)無須明顯直接行之，只要每日耳提面命地告知何者重要或不重要，已足以達到建立認同之目的。Napoli (1997)的近作則嘗試討論新聞工作者如何反對主管意見，如表面接受其建議但仍在新聞內容中表達自己之想法。

❽❼　此外，陳慧容(1992:83)曾引述《聯合報》系已故董事長王惕吾於民國八十一

此為酬庸。⑧規範則是「以理服人」，媒體組織藉由各種內部管道傳達組織文化的目標，如《紐約時報》報頭每日均刊出的「刊登所有值得報導的消息(all the news that's fit to print)」或國內《聯合報》系強調之「正派辦報」等皆屬此類。⑧

　　Bantz (1990b)則由組織文化的觀點探索組織內衝突，發現新聞組織會採取某種特定角度創建(enact)社會事件，並以此角度賦予其（事件）意義，因而改變了原始事件的走向。此外，Bantz認為，新聞媒介組織內部經常面臨來自不同價值觀的對抗，如新聞專業與企業利潤孰輕孰重，或專業與娛樂風格如何調和取捨等。⑨這種內部意識型態之爭固然屬組

年三月份對主管聯合工作會的「政策性」講話，正式開除記者徐瑞希。王氏在此段講話中說：「…… 你（指《聯合報》員工）是我們報社的工作同仁，你違反報社同仁應該共同遵守的準則，和報社堅定的原則、立場對抗，我就不能容忍。徐瑞希小姐這種行為所涉及報社的法規，這和國家行政人員的違法亂紀有什麼不同？所以我們認為她違背新聞道德、倫理，違背《聯合報》社規，像這種情況，還不處理，行嗎？……」。

⑧ 除一般獨家獎賞制度外，國內新聞媒體最著名之酬庸制度當屬《聯合報》系的「紅包」。據該報社刊描述，《聯合報》在八十三年以前的十年中，至少有三位記者因傑出採訪而獲頒一萬美金的獎勵，包括朱立熙因在漢城最先採訪到中共飛行員孫天勤駕機投奔自由、周玉蔻因專訪菲律賓總統柯拉蓉以及曼谷特派員寇維勇獨家報導李登輝總統會晤泰皇蒲美蓬。八十三年九月，該報駐德國記者陳玉慧獨家專訪到亞奧會主席科威特籍的阿罕默德，確定李登輝總統婉謝出席亞運會，亦獲得採訪獎金美金一萬元。有趣的是，前三者均已先後離開《聯合報》系。見高惠宇，1994；彭偉文，1994。

⑧ 有關規範的詮釋，係本書作者之引申。近年來，傳播媒介也如其他企業組織嘗試發展「企業識別系統(corporate identity system)」，以改進形象，建立組織特色。對內，則以此符號統一工作人員的向心力。國內引進CIS系統之媒體組織已有臺視、《聯合報》系、《中國時報》系、《自由時報》等。有關《聯合報》部份，可參閱王麗美，1994。

⑨ van Zoonen (1991) 稱此種組織內的價值觀為「組織協商 (institutional nego-

織常態，長久以往仍易影響新聞工作者的自主權，造成新聞人員在進行報導時面臨究竟應配合企業文化還是完成媒體工作目標的困擾。一位資深記者曾如此表示：

> 『選擇素材』是新聞人員自主性的臨界點，也是媒體企業文化干擾新聞人員工作自主性的切入點。一旦依據媒體企業文化選擇素材以後，新聞人員在執行採訪任務的過程中，都可感覺到高度自主性。至於什麼人感到他自己在選擇角度或採訪對象的自主性高呢？愈能得到主管信任的記者，其執行過程的自主性愈高。也就是說，新聞人員『同化』媒體環境的程度愈高，其自主性也愈高（屠乃瑋，1995: 56；雙引號均引自原文）。

就「專業意理」角度而言，媒介組織文化價值衝突的確是新聞框架的重要形成來源。❾ 傳統上，新聞工作者對於記者的職責分際素有多種不同看法，大致可分為中立者（認為記者應客觀報導）、鼓吹者（或稱參與者，強調記者應該介入事件才能瞭解真相）、解釋者（認為記者應提供讀者有關事件的深度分析）、對立者（認為記者之功能首在監督政府作為）等類型。❾ 此外，袁乃娟(1986)稍早完成之一項有關新聞人員「專

tiation)」。有關組織內部新聞建構的互動，可參見陳順孝＼康永欽，1998。

❾ 鄭瑞城(1988:90)稱此「專業態度」，分指不涉及是非（如新聞記者對新聞是否客觀）與涉及是非（如新聞應否客觀）觀念，一般多指後者，如工作資格應該如何取得？應如何認知大眾媒介之角色？應如何維持角色獨立，免於外界干預？以及如何正確採訪？

❾ 引自屠乃瑋，1995。可參見李金銓，1981: 第三章；彭家發，1997: 第十章；楊秀娟，1989；蕭蘋，1989等人的討論。國外文獻可參見McLeod & Hawley, 1964; Johnstone, et al., 1976。此外，Drew (1972) 曾以「角色」理論討論記者與消息來源的互動，將電視記者分為三類：第一種記者以大眾興趣為依歸，

業態度」研究則發現，國內學者、官員、以及記者對專業的看法殊異，大致可分為傳統專業主義者（支持新聞事業發展為專業）、 反專業主義者（重實務經驗，認為新聞機構的栽培較新聞教育有效）、 及憤世嫉俗的新聞工作者（具有理想但在工作上屢遭挫折因而對專業失去信心）。

以上這些研究顯示，持有不同專業意理的新聞工作者在新聞表現上有所分野。如張碧華(1992)整理多項研究結果後表示，專業程度之高低對新聞從業人員的態度與行為均有所影響：專業程度較高者，工作表現較好、對媒介較具批判性、個人意識較強、重視公眾服務及專業承諾、對工作期許較高、較不易離職、較有心改善專業訓練及組織、較為強調理念層面的滿足、也較有意願參加專業組織。喻靜媛＼臧國仁(1995)更進一步發現，傾向採取「對立者」專業意理的記者，較認為自己應扮演挑戰政府施政的角色，因而特別在意與消息來源保持距離，藉此強調記者的自主性。作者們因此認為，記者對自己的角色期望（亦即所持專業意理），影響報導事件的處理方式，至少專業意理較高者在新聞內容上較不會（或不願意）受到消息來源干預。

以上分別從新聞常規、內部控制、以及專業意理三個面向，討論新聞媒介如何在組織層次影響真實事件的報導。❸由上述文獻觀之，新聞

第二種以上司意見為主，第三種類型則以個人經驗為處理新聞之依據。

❸ 除此三面向外，其他變項可能亦會在組織層次影響新聞（媒介）框架的形成，如媒體的經營型態。Altschull (1988:254)曾謂，「新聞媒體【的內容】反映資助者的意識型態」， 如由政府或國家支持的媒體，其內容偏向官方色彩；在商業色彩的體制下，媒體反映廣告商或控股公司的思想；以利益團體為主要財力來源的型態中，媒體內容反映政黨或宗教團體的想法；最後，在較非正式的組合(informal pattern)中，媒體反映有意宣傳自己觀點的個人意見。此外，魏誠(1995)認為影響新聞的組織內部因素有：政策（報社內部的權力支配關係）、慣例（即傳統）、與行規（從眾心態）等三者，加起來可謂之「編輯室（即新聞室）觀點」。 至於經營型態與新聞內容間的實證資料尚少，此

工作者的建構真實過程其實受到所屬行業與組織影響甚鉅。如新聞行業為了節省時間與完成工作所發展的慣例與流程（如路線、時間、寫作或報導形式），就可能是社會事件能否成為新聞的決定因素。❾❹而新聞組織的內部社會化過程以及組織文化亦常潛移默化記者與編輯的新聞選擇價值觀，直接影響了符號真實的建構。此外，新聞行業的專業意理（如對新聞事業的看法），　也常造成新聞工作者對選擇社會事件報導有不同標準。以下繼續由個人層次討論新聞（媒介）框架的形成內涵。

乙、新聞個人（認知）框架❾❺

傳統新聞學很早就曾針對新聞記者報導社會事件時的「固定型態」

處因此未加闡述，可參見Fowler, 1991: 第二章(pp. 20–24)；國內研究可參閱鄭瑞城，1988: 第二章。

❾❹　Sigal (1973) 稱此為新聞行業共有價值觀存在之情境(shared context of values)。

❾❺　新聞個人框架指的是新聞工作者的認知結構。此地採取認知心理學的觀點，認為新聞記者如一般人一樣，在處理資訊時會使用到先前知識系統（包括陳述性與程序性知識）。　次者，這種資訊處理有組織結構，同一主題之知識會串連且相互連結，自成體系。就新聞工作者而言，其知識系統就是此地所謂之「新聞個人框架」。鍾蔚文(1992:15)認為框架就是知識結構中的高層意義，可以幫助讀者（包括新聞工作者）選擇、組織和詮釋外界的資訊。知識結構就是一個「存在於下意識裡的心理結構或過程，控制著個人整體的認知和技能活動」（頁19），侷限了我們認知的範圍。鍾氏認為，知識結構像是理論，讓個人對外來的資訊有了先入為主之見（偏見）。　而使用者以此為基礎，展開驗證的過程，外來的資訊就是佐證的材料。

在認知心理學中，「框架 (frames)」曾以不同名詞討論，如基模 (Rumelhart, 1984, 1975)、腳本 (script; Schank and Abelson, 1977)、參考架構 (Markus & Zajonc, 1985; Graber, 1988)、分類(genre; Fridriksson, 1995; Gans, 1979)或偏見(McCarthy, et al., 1996; Steele, 1996)。

有所調查,此類研究慣稱為「新聞偏向(news bias)」。❾❻根據羅文輝(1995)的整理,偏向可定義為「系統性的偏袒某一方或某種立場」, 是一種多面向的概念,具有多種意涵,如不平衡、扭曲。有些新聞偏向是媒體組織或記者個人「有意」造成,故意採取特定角度報導社會事件,有些則屬無意且隱藏式的偏向,是一種肇因於不同意識型態的報導差異, 如西方記者常被批評以資本主義的價值觀報導第三世界即為一例。

研究發現,新聞偏向最常發生在記者報導時所選擇之特定消息來源,系統性地「偏袒」某些人物(如政府官員、男性、主管等)、 團體(如菁英階級)或組織(如建制組織;參見上節討論)。 如鄭瑞城(1991:49)曾整理民國七十七年至八十年國內有關媒介消息來源之系列研究, 發現在一般新聞事件中,消息來源背景「愈有利者」, 受到媒介處理的顯著性愈高。但在特殊事件中(如街頭社會運動或黨外活動)的新聞報導中,則以「處理者(如警方)與行動者(示威人士)」 受到的顯著處理程度較高。❾❼

---

❾❻ 相關研究可見: Roshco, 1975; Galtung & Ruge, 1965; Hackett, 1985; Tuchman, 1978; Smith, 1993。國內研究可參見鄭瑞城與羅文輝, 1988; 陳一香, 1988; 劉蕙苓, 1989; 鄭瑞城, 1991; 羅文輝, 1995。根據Smith (1993)的看法,偏向研究有其哲學起源。如Habermas即認為人類理性解放所依靠者,正是雙方透過相互主觀的理解而達成之無偏執溝通。而瞭解偏執溝通的起源,正是此一工作的第一步。許多批判研究因而認為,權力就是偏執過程的重要變項(阻礙),權力的不同形式與媒體中的意識或霸權內容造成了偏執。

❾❼ Lo, et al. (1994)以鄭瑞城的資料進一步分析, 發現政府官員被引述(quoted)的比例是非政府官員的2.15倍,來自臺北地區的消息來源被引述的機率是非臺北地區的3.08倍。此外, 中年人、機構主管、臺北地區的消息來源出現在電視新聞中的情境較為有利。因此, 作者們認為男性、政府官員、臺北都會區、機構主管等人口背景是臺灣地區報紙與電視新聞所採用的主要消息來源,這些人可謂是臺灣社會的上層人士。此項結果與本章第二節所述國內、外相關研究的發現十分類似。另可參閱羅文輝, 1995。

　　雖然羅文輝(1995:25)曾說明「消息來源的偏向似乎是新聞記者迎合截稿時間、提高工作效率、維持新聞可信度、以及和消息來源互動的必然結果」，Fowler(1991:10)延續其他語言建構學者的意見，提出「所有新聞都具偏向(all news is biased)」的觀點，認為新聞本就是在某些社會、政治、或經濟情境下以特定角度（框架）所報導的言說或論述，因此其內容必然與原有真實世界有所歪曲或偏頗。Molotch & Lester (1974) 進而強調，新聞報導要達到中立而沒有偏向這個假設本身就已是一種偏向。Davis & Robinson (1989:68)甚至指稱，新聞偏向研究者認為「事實可以被評定(truth can be assessed)」這個觀點，也是一種偏見。臧國仁(1995a)則認為偏向究係起自故意扭曲或係新聞價值的判斷失誤，尚須進一步釐清。 ⓽⓼

　　首先，臧國仁(1995a)認為過去有關新聞偏向的研究在方法上過於簡略。舉例來說，以內容分析這種研究方法探討新聞記者是否長期固定倚賴某些特定人物或組織，僅能得到消息來源被援引的次數多寡(fre-quency)，無法論及這些消息來源在新聞中究係主動或被動發言（如官員在新聞中被援引的原因可能是政策宣導或回應民間指責，兩者意涵完

⓽⓼　以下這些引述大都支持了「偏向並非錯誤」，只是起自不同認知角度（框架）的說法。如 Smith (1993) 強調「偏向無罪」，因為在敘事結構的有限體系(reportoire)中，記者與讀者都受限於再現的選擇。文化一方面提供了人類表達的空間，也因語言符號邏輯的有限性而創造了偏向，這一點寫作者不一定能探知，屬於認知結構中的習性。Voakes, et al. (1996)質疑傳統偏向研究所稱之「增加消息來源就能增加新聞多樣性」的看法，他發現要得到新聞多樣性須從內容著手，而非消息來源。此外，Spitzer (1993:199)指稱，新聞媒體並非中立傳播媒介，因為在其最後輸出的產品（新聞）中，經常摻雜有偏見，這點所有圈內人都清楚得很。Sahr (1993)亦稱，真實的形象(image of reality)影響了故事的安排與消息來源的選擇，而無論消息來源（包括專家在內）如何表達看法，通常都無法偏離權威者的觀點。

全不同)，亦難以認定被引述者在新聞中係主角或背景角色(back-grounder)。這項缺失使得偏向研究之主要論點，認為新聞報導過於偏重某些人物或組織的現象，極可能純屬誤解，並無此事。 ❾❾

此外，臧國仁亦認為，研究者將消息來源籠統劃分為政府官員與非政府官員，乃假設這些政府官員的議題立場一致。實際上，官員們經常因站在自我立場辯護政策而彼此互相攻訐（如勞委會與經濟部對週休二日制的看法就可能南轅北轍，農委會與衛生署亦可能因究竟應否宣佈臺灣為口蹄疫疫區而意見不同)，而此現象正是新聞媒體監督政府的主要功能所在。 ❿何況，即使是同一消息來源（官員）的發言，不同新聞媒體可能摘錄了完全不同的部份，產生不同意義，研究者如何能將不同部門

---

❾❾ 舉例來說，政府官員如在某些新聞報導中佔有量的多數，但其所佔位置可能均係被動地反應民間指責，因此由出現次數多寡推論官員乃社會上層人士，佔有有力地位，似與事實不合。這種現象使得新聞偏向的研究結果在方法上不斷遭到學者質疑，如Salwen (1996:831)即認為以出現次數考量消息來源的解釋份量無法呈現真貌，研究者更應澄清消息來源在新聞中被使用的深度與廣度。Libler & Bendix (1996:57–58)更稱，「政府消息來源因為經常被引述，就推論會造成一種【由他們】單一主控的現象，這種假設過分簡化了真實情形」（添加語句出自本書作者)。參考臧國仁＼鍾蔚文＼黃懿慧，1997的結論部份。

❿ Bennett (1994:24)曾反駁「官方消息來源較受新聞媒體青睞」此種說法：「即使大多數外交政策的新聞報導是菁英取向(elite-driven)，在不同情況下的差異可能極為顯著，包括報導中的菁英對立、新聞報導的長短、【新聞】故事所賦予不同立場的劇情(play)，以及有關民意形成的結果及政策合法性相關資訊。這些差異顯示，記者雖然在執行【報導】工作時遵守有關消息來源的規範，但另一方面也得接受新聞專業標準，不要在報導中有立場，雖然在這些官場中的爭議與對立各方都急於發動『狂亂餵食』【新聞記者】」（添加語句出自本書作者)。其他如Herman (1986)亦發現美國媒體喜將蘇聯官員用做壞消息的箭靶子。因此，將所有官員放在相同類目推論其受媒體青睞的說法，可謂過於草率。

之政府官員置於同一類目中？或甚至將不同新聞媒體視為同一類目？**⓫**

　　再者，臧國仁認為，傳統偏向研究假設在真實世界中有一評估新聞報導的客觀標準存在（或稱「正確性研究(accuracy research)」），宣稱新聞報導的目的就在於呈現公正、客觀、不偏不倚的內容。**⓬**但是，「偏向是新聞報導無可避免的過程，即使以『平衡報導』將各方意見同時呈現，仍不免涉及意見陳列先後的問題」（臧國仁＼鍾蔚文＼黃懿慧，1997:22-23；雙引號引自原文，底線為本書作者添加）。Rouner, et al. (1995) 因而指稱，新聞記者排除自己意見於報導內的結果，反而將消息來源的意見引進了故事之中；新聞報導其實仍然被意見干涉，只不過是由記者換成了消息來源罷了。Rouner, et al.，認為，平衡報導也只是將不同消息來源的意見並陳，所達到結果最多只是中立，並非客觀。**⓭**

⓫　語出 van Leeuwen, 1996:38。作者指出，媒體再現會包含與排除某些社會行動者，以完成其再現的興趣與目的。中產階級的報紙傾向將菁英人物個人化，而把一般社會大眾同化(assimilate)表現；而工人階層報紙則慣將一般人個人化。簡言之，不同媒體面對消息來源可能採取迥異的處理策略。如近期所發生之「凍省」事件，雖然各報均摘錄了省長的發言，但不同媒體可能摘錄了同一場合發言的不同部份，並將此一部份放在不同新聞組合中，產生不同新聞意義。省長雖然只發言了一次，但媒體所刊登的內容卻可能有所差異，如在《自由時報》或在省辦的《臺灣新聞報》相關發言的前後文意義就可能不同。因此，過去研究將所有媒體視為同一類目的作法亦有可議之處。
此類文獻甚多，相關討論可見 Cook , 1994; Libler & Bendix, 1996。此處未及討論者，尚有許多以「不列入記錄(off-the-record)」方式發言之政府官員。

⓬　羅文輝(1995:17)曾如此表示：「由於新聞主要由消息來源提供，如果新聞記者選擇消息來源有明顯的偏向現象，新聞將無法公正，也難以展現社會現實新聞媒介的功能與可信度都將受到嚴重的傷害」。本研究則認為，偏向是常態，因為記者受到個人框架的影響，本就會採取立場接近特定消息來源。記者是否因為長期使用某些消息來源就損傷了報導可信度，則猶待討論。

⓭　Entman (1993)認為，媒體真正的「偏向」，在於將複雜事務簡化，將機構擬

為了改進以上有關新聞偏向研究的缺失，Trumbo (1995a, 1995b)建議未來應將「議題(issues)」概念納入討論，以便檢視消息來源被報導的多寡與議題發展有無關連。此外，議題種類可能亦與消息來源有關：新聞媒體可能在一般性議題上較重視官方消息來源，而在特殊性議題可能就較依靠企業或其他利益團體。其他研究者則認為有關偏向的討論，宜改由新聞框架入手，因為「使用不同消息來源，實因【記者有意】展現不同框架」（引自Singer & Endreny, 1993:136–137；添加語句出自本書作者）。❿換言之，「偏向」是記者個人新聞框架的一種表現方式；研究新聞報導理應探索記者在特定媒介言說或論述 (media discourse) 中引用了誰？說了些什麼？有無固定言說型態？這些固定型態反映了何種敘事形式？而非如過去研究僅分析消息來源出現次數以及有利或不利等立場問題。或如Reese (1997:3)近期所言，「媒介研究者應捨棄過去過於關心偏見的『窄化觀點(narrow concern)』，朝向分析新聞中所特有的意識特性（即框架），以及社會互動的方向」。（雙引號出自原作者）

如前所示，過去曾有多位學者強調新聞（媒介）框架就是新聞工作者（包括記者、編輯、以及主編）個人選擇、解釋、強調、或組織外界

人化，將事實轉化為情緒報導，以及將實質(substance)遊戲化。作者並稱，這種簡單化、擬人化、情緒化、以及著重情緒過程的報導方式，容易造就保守政策與候選人，因而阻礙了公民知的權利。Sigal, 1973; Chibnall, 1975, 均有類似說法，認為記者客觀報導的結果，常將消息來源引入故事之中。

❿ 另外，Libler & Bendix (1996:58) 亦認為，消息來源的選擇，基本上是為了影響故事框架(story frames)。Dyer (1996:141)亦承認，新聞報導中的消息來源對議題認知有所影響。Reese (1991) 強調，選擇不同消息來源，不但決定新聞框架，也顯現新聞內容的語調與言說。Hendrickson & Tankard, Jr. (1997)建議由新聞框架的系統論著手，以便發掘更多「種類(type)」的消息來源，並在各種層次的議題中，瞭解新聞記者如何訪問消息來源，影響故事框架。

事務的心理結構。如Fridriksson (1995:3) 曾謂，每則新聞故事都傳達了不同訊息，因此訊息內容只是記者個人專注或將焦點集中在議題某一部份的結果。換言之，新聞其實是記者或編輯之個人框架選擇社會事件的某些成分與排除其他部份後的呈現。❿⓹

此種以新聞工作者個人呈現方式為討論重點的研究概念，過去並不乏先例。舉例來說，Lippmann在一九二二年《民意》一書中所提出之「刻板印象 (stereotype)」概念，就常被引述用來解釋人們（包括新聞記者）解釋外界事務的認知基礎：「大體來說，我們並非眼見而後定義，而是先定義才見」。Lippmann 定義刻板印象為「一種簡化型態 (oversimplified pattern)，用以協助人們獲得有關【真實】世界的意義」。世事紛雜無章，人們倚賴這種簡化機制來組織生活經驗，並將其間的關係合理化。因此，刻板印象也是一種知覺形式，塑造了「人們心目中的圖像 (pictures inside our heads)」，協助處理無法觸及、無法眼見、也無法心想的世界（添加語句出自本書作者）。❿⓺

然而在此書中，Lippmann 僅提及「新聞並非社會現象的一面鏡子，而是針對一原已突出的觀點之報導」，並未深入討論新聞工作者如何以刻板印象報導社會事件。後續研究雖曾據此討論大眾媒介內容如何傳遞對

---

❿⓹　有關記者個人如何選擇訊息，可參見Kepplinger & Kocher, 1990:303–306。

❿⓺　此處討論皆引自Lippmann, 1922:第六至十章。有關刻板印象之專書甚多，可參考Oakes, et al. 1994; Leyens, et al., 1994. Oakes, et al. 在第一章中，簡略地討論了刻板印象研究在過去數十年間所經歷的轉變。作者們的說法與本節論點類似，即刻板印象概念雖然在早期廣被社會心理學者視為與偏見 (prejudice)相關，因此常被定義為「對其他團體的無正當理由之負面反應」，較新的趨勢則承認刻板印象為人性使然，無關合理與否，亦與負面印象無關。因此，作者們表示，刻板印象可謂一種扭曲事實的內容，是源自於人們心理功能限制的一種「必要罪惡 (necessary evil)」(p.7)，可重新定義為對「外界真實的再現」(p. 8)。

種族、性別、職業角色、老人等之刻板印象，針對新聞記者刻板印象的討論尚少。⓵

近期相關研究則以認知心理學角度，探索人們（包括新聞工作者）在處理資訊過程中如何受到個人認知引導與限制，以致影響產出內容(output)。⓶如Stocking & Gross (1989)曾分析新聞產製過程，發現記者無論在選擇事件、選擇導言、或選擇報導角度時，都習以認知結構中所熟知的慣用方式進行。此一過程不斷影響隨後展開的採訪工作，凡是與原有思考模式不合之事件與角度，記者或則不予選擇，或則不予重視。此外，Cohen (1981)也發現記者在報導社會事件時（如示威），常對某些事件中的部份有所成見，如「暴民」或「街頭遊民」總與某些表現連結，這種情況符合敘事理論中對「事件原型(archetype)」的描述。⓷

Chung & Tsang (1993) 則進一步認為新聞採訪工作是目標或假設導向(hypothesis–oriented)的歷程，而此目標或假設就是個人框架的外顯表

⓵ 「刻板印象」概念其後成為媒介涵化效果(cultivation effects)研究中的重要一環，研究者認為媒介所提供的內容，成為閱聽眾刻板印象的主要來源，如兒童對男女性別差異、職業性別角色、或種族優越感等。可參閱 Wober & Gunter, 1988; Greenberg, et al., 1993。另外，Gitlin（1980, 第十章:265–269）曾謂，記者極少受到時間、立場、讀者影響，但是其刻板印象常來自其社交圈、工作環境、組織團隊的預設等。

⓶ 舉例來說，Bar–Tal, et al. (1989)在討論刻板印象時，就認為人們對其他團體的印象，受到認知結構中的基模影響，未來應改以資訊處理模式中的相關概念（如prototype原型）討論。Roshco (1975)在討論新聞記者的個人角色時，曾引用社會學者R.K. Merton 的目標改變(displacement of goals)概念，用以說明受到社會結構安排影響，原先設定的目標為之調整。Merton認為，「看見一件事，也意味了看不見其他的事；將焦點集中於A，也就是忽略了B」。這些說法都與本節所討論之新聞個人框架一方面協助處理真實，但另一方面也侷限真實的範疇等說法有關。

⓷ 有關事件類型可參閱Bruner, 1990; 葉斯逸, 1998新近完成的碩士研究論文。

現。他們發現，記者其實並不採訪新聞事件，而是不斷「驗證」事先所蒐集的資訊以及與消息來源訪談的結果是否與原先目標或假設吻合。記者在採訪前會先針對採訪各個要素（如訪問目標、寫作方向、消息來源的安排）建立心象，建構「問題表徵(problem representation)」。記者的知識結構在此處扮演了協助訂定目標、擬定工作計畫與步驟的功能，也就是個人組織真實、詮釋外界變化的心理框架過程。

有趣的是，記者之目標可能多重：除了報導真實事件外，記者還可能同時希望達到吸引讀者、伸張正義，或甚至藉由報導某些細節與消息來源進行溝通。這些目標有時彼此互相衝突，但是大多數時候記者都能妥善處理，使得新聞內容既滿足了讀者知的權力，同時又隱藏部份真實，避免惹禍上（記者）身。❿

隨後，章倩萍(1994)曾以兩次個案研究分別訪問、觀察八位記者如何報導新聞，也發現記者在採訪前不但會針對事件建立假設或目標，且其採訪工作俱都受到此假設影響。章倩萍首先根據認知心理學中的基模(schema)論點，認為新聞記者在採訪與報導新聞時，有可能以既有知識結構為基礎，發展、建立假設，做為認識新聞事件、處理新聞資訊的起點。⓫

---

❿　參見臧國仁＼楊怡珊，1998。作者們發現，記者在撰寫新聞時，不但顧及新聞專業中的客觀原則，寫作中力求報導真實並維護社會正義，但同時又因與消息來源原屬熟識而試圖在文字中讓對方瞭解兩者間之深厚友情。作者們強調，記者寫作不但是「目標導向」，且是「多重目標」同時進行，即使這些目標間彼此相互衝突，記者亦能面面俱到，尋得平衡切入點；此點顯示記者有足夠「社會智能(social intelligence)」，得以處理人際與自我關係的矛盾。

⓫　Parsigian (1992)認為，新聞記者的寫作過程與社會科學研究者的歷程類似，都具有系統性與合乎邏輯的特性。Parsigian因此將新聞寫作程序區分為九個步驟，包括：問題起始、背景瞭解與研究問題初擬、訪談計畫擬定等。Keir, et al. (1986:222)亦認為，新聞記者經常使用假設來導引採訪工作中所欲報導

　　根據資料分析的結果，章氏發現受訪新聞記者的確在採訪之前就將事件進行分類（categorizing; 類別假設），決定了事件的屬性（如一件火災可能係意外事件、縱火、或名人葬身火窟等不同屬性）， 因而對此事件的新聞價值（主題假設）、 重要消息來源、事件的重要細目都有了初步想法。其次，章倩萍亦發現記者在採訪之初也對事件結果、過程、情況有所臆測（結果假設）。 即使事件業已落幕，記者仍會持續對事件的涵意、影響、未來演進均有推論（影響假設）。

　　這些不同假設的建立，不但有助於記者及早策畫報導方向，也使採訪計畫與寫作內容幾都侷限在假設所設定的範圍：如記者選擇訪問的消息來源大都與假設有關，問問題的範疇與內容傾向支持原先假設。此外，新聞寫作內容亦與原先假設一致，詮釋性文字也與假設類同。章氏因而在結論中表示，「記者的認知系統，在產製媒介真實的過程中，扮演了第一層的把關角色」，而新聞可說就是記者認知系統作業下的「選擇性」產物，並不等同於社會真實。

　　許舜青(1994)進而以新聞寫作為例，試圖探索記者產製新聞時的心理歷程。她認為，新聞寫作與其他寫作同樣涉及訊息提取（選擇）與重組，可說是記者（寫作者）將內在思維外顯為文字的活動歷程。但新聞寫作旨在報導事實，限制較一般寫作更多，無論是截稿時間、寫作結構規範（如倒寶塔寫作模式）、或新聞室內的組織控制，都迫使記者在處理寫作心智活動時，須同時考慮各種複雜的轉換(transformation)程序，包括對所寫新聞內容的「策畫活動」。

　　所謂「策畫活動」，許舜青認為在記者寫作之前以及寫作過程中都持續發生，具有「目標設定(goal–setting)」的功能。如在開始撰寫新聞稿前，記者會先分析社會事件，找出重點，然後決定導言寫些什麼，軀幹

　　　　的故事情節(story lines)：「一個清楚的假設就像是【協助記者】穿越芸芸眾
　　　　生的導航工具」（添加語句出自本書作者）。

如何鋪陳。因此，這個「目標」就是寫作文本的「巨命題」， 其後的段
落（微命題）隨著寫作結構逐漸展開而次第發展（參見上章討論）。 同
時，記者也根據此一巨命題決定新聞修辭的使用策略，有時「記實」，有
時「避禍」。 許舜青發現，記者在寫稿時不時翻閱筆記尋找內容，而這
種翻閱有其系統架構，受到寫作目標結構（巨命題）的引導與影響。⓬

　　與上述有關記者採訪的文獻相較，許舜青指出了新聞寫作也是一種
具有結構策畫的思考活動。記者依據有關寫作文體的基模知識，決定整
體寫作目標，包括文章結構、導言或軀幹所要置放的主題、以及反映這
些結構與主題的新聞修辭與字句。這項研究顯示，寫作與採訪同樣是一
種認知思考的轉換過程：記者對事件的認知框架不但決定了新聞寫作的
主題方向，也決定了新聞內容的文字細節。

　　此外，陳曉開(1995)續以認知心理學為基礎，試圖瞭解編輯如何處
理每日例行工作。陳氏由「專家生手」理論著手，將編輯工作視為是一
項「解決問題 (problem solving)」的整體過程。依照認知心理學者的觀
點，所謂解決問題係指人們運用或轉換知識完成工作目標的過程，或可
說是「去除障礙，達到目標的【框架】手段」。

　　為了瞭解新聞編輯們在解決問題表現上是否有所差異，陳氏先將編
輯工作依認知過程區分為「問題表徵」與「解決方案」兩階段，前者包
括「初步分析（如編輯閱讀稿單）」、「分類基礎（如編輯合併或分開處

⓬　所謂「記實避禍」，依陳順孝與康永欽(1998, 1997)的意思，指的是新聞記者
　　如何在寫作中按照自己所知所見全部寫出（記實）， 或是針對負面事實有所
　　隱瞞（避禍）。 兩位作者認為，記實避禍其實是一種報導策略，將新聞記者
　　與消息來源的互動反映在寫作之中。舉例來說，為了模糊消息的提供者，新
　　聞記者經常使用「據悉」、「據瞭解」、「據指出」、「省方高層人士說」、「某立
　　委」等筆法。雖然兩位作者未從認知角度探討這些字句使用的策略，但由許
　　舜青的研究可推論，記者撰寫新聞或編輯撰寫標題時，一字一句均有其「意
　　義」，並非隨意而為，且這些字句的取捨均與寫作目標一致。

理稿件)」、「知識結構（如編輯核閱稿件與製作標題所花費之時間）」三者，後者則含「解題策略（編輯發排稿件的順序與數量控制）」、「評估策略（版樣設計）」、與「監控能力（拼版作業之執行流程）」。陳曉開發現，從事新聞編輯的「年資」與解決問題的專家表現具體相關，即新聞編輯年資愈長，愈傾向花費較多時間進行初步分析，❶❶❸對問題組件及關連性瞭解較為深入，也對問題的整體監控能力較強。❶❶❹此外，年資較久者，製作標題所花費的平均時間較短；在組版時，較為採取順向解題策略，由手上稿件著手決定其份量以及擺設位置，不必像生手必須等到頭條新聞定案後始能啟動組版動作。

以上簡介了影響新聞工作者個人建構真實的一些變項因素。本節延續作者與其他研究者多年來以認知心理學為基本前提的討論，認為新聞工作是一個「解決問題」的資訊處理過程。新聞工作者在建構符號真實時，必須透過表徵問題與解決方案等階段，運用個人知識基礎，設定目標與假設。同時，新聞工作者也須瞭解並突破執行工作時的限制與條件（如新聞常規中的截稿時間、倒寶塔寫作、客觀報導、或版面大小)，繼而發現問題、蒐集資料、以致進而分析或詮釋資料、呈現完整報導，逐

---

❶❶❸ 陳氏發現，較專家型的編輯每日進報社之初，均花費長達十分鐘的時間研讀稿單，旨在事先瞭解當天重要新聞動態，以便掌握新聞之間的關連性，有助於隨後展開的版面設計。而新手編輯花在閱讀稿單的時間僅有三十秒，因而在隨後的版面設計上嚴重拖延。此一發現，與其他領域之專家生手研究結果類似，即專家花費較多時間瞭解問題組件及彼此間之因果連結。

❶❶❹ 專家編輯會在組版過程中，不斷監控版面字數，每晚平均3.5次，掌握字數的精確程度高於生手編輯，是一種精密的自我監控(self-monitoring)能力。按照鍾蔚文等人過去的文獻討論（如鍾蔚文，1992；鍾蔚文＼臧國仁，1994；鍾蔚文等，1997，1996)，專家的自我監控（或稱後設認知）較強，較有自知之明，對於自己是否犯錯也較能掌握。陳曉開的發現，與傳統專家生手研究的結論相當一致。

步往前推進。從上述引用文獻觀之，這種心理「歷程」不但在新聞採訪與寫作工作中明顯可見，由新聞編輯的日常表現中亦可推知。⑮

　　雖然過去相關文獻有限，論者仍可由此處討論探知新聞工作者無論進行採訪或編輯工作均大量運用先前擁有之知識結構，即認知學者所稱之「基模」或「框架」。框架協助新聞工作者組織、選擇、與詮釋素材，而使用不同框架的新聞工作者其組織、選擇、與詮釋新聞的方式與角度也各有不同。愈是專家型的新聞工作者，先前知識愈為豐富，也愈會花較多時間從多角度、多層面組織資料，將複雜或模糊問題拆解成較小次要問題，再轉化為解決方案。⑯

　　但另一方面，專家型的新聞工作者常由於知識結構較為複雜，成見過深，因而面臨知識僵化的代價：思考被原有基模或框架（即前述「刻板印象」）帶著走，逐漸失去應變能力而難以創新（新聞不就是創新？）。不但採訪工作為個人主觀所限，凡事均有意或在無法知覺地情況下慣以特定角度思考（如某些記者長期具有「反商情結」或環境優先之考量），因而淪為某些利益團體或政府機關之「御用打手」，新聞作品也流為「爛斷朝報」，　處處斷章取義。而在編輯方面，吝於變換版面樣式，對於新聞人物則好惡形諸文字，無法就事論事。鍾蔚文與臧國仁稱此種現象為專家的陷阱，名之為「專匠」的表現，也是新聞工作者為個人框架所限

----

⑮　較新的討論，可參見Chung, et al., 1998。作者們認為，新聞工作中所涉及的知識基礎，不但與記者個人的資訊處理能力有關，也涉及情境資源的運用，包括新聞團隊以及新聞器材的使用，可稱之為「分散智能(distributed intelligence)」（見第六章❺❹）。

⑯　參見鍾蔚文等人，1997。此處所稱之「先前知識」或知識結構，依一般專家生手研究來說，應至少包括領域陳述性知識（如路線知識）、領域程序性知識（如訪問與尋找消息來源的知識）、情境知識（如有關社會如何變化的知識）、以及社會智能知識（知道如何與人相處的知識）等。參見鍾蔚文＼臧國仁＼陳百齡，1996。

的具體例子。⑰

　　總之，依本節討論所示，在個人層面，新聞工作者受到認知結構影響，自有一套「常人理論(lay theory)」，一方面根據此理論擬定工作目標，另一方面卻又深深受制於這些知識結構，無法跳脫自我成見之限制。框架可以行舟，亦可以覆舟，其態甚明。⑱或如van Genneken (1998:206)所稱，分類與刻板印象均是個人在框架社會真實時無可避免的認知活動，「協助人們簡化世界，建立並組織真實之內在模式」。　而記者就依此模式行事，報導社會事件，但同時也處處受自己框架影響，難以跳脫。

　　以下介紹影響新聞（媒介）框架的第三個層次，即文本框架。

---

⑰　見鍾蔚文與臧國仁，1994。這些刻板印象有時無法知覺，如 Meyers (1992)發現框架有時源自男女性別差異，即男性記者較關注獨立與分離之社會現象，而女性記者則重視連結與關係。此外，Stocking & Gross (1989) 亦曾發現，當年導致美國總統尼克森下臺的水門案(the Watergate)並非資深記者所挖掘，而係兩名新進記者之傑作。Stocking & Gross 認為，新進人員先前知識（「框架」）尚不完備，樂於嘗試各種新的角度，方能一舉突破成規，找到獨家新聞。

　　鍾蔚文等人(1997)因而表示，要在新聞工作上更上一層樓，重點在於要突破原有知識框架的限制。雖然教科書常把新聞定義為「人咬狗」的故事，但記者每日所見卻大都不出「狗咬人」的平凡人與事。因此，「創意」可能是記者從「專匠」到「專家」的關鍵所在。所謂創意，就是突破個人框架限制之意。

⑱　Altheide (1974)曾提醒新聞工作者要注意所謂的「理所當然」知識，以改進新聞報導內容：「新聞工作者首先要注意，任何一件社會事件中，什麼話都可以有人說。因此，新聞工作者要注意為何在其報導中要專注某一觀點，而非其他說法？即使在犯罪新聞中，某些動機或情境也常被視為是理所當然而未深究問題所在（如為何某些特殊族群總是犯罪者）。　簡言之，我們習以理所當然的知識解釋情境，即使這些知識可能不全、偏向」。Altheide這裡所提出的「理所當然」知識，與本節所述之先前知識相關。

丙、文本框架

由本節所引文獻觀之，稍早有關新聞（媒介）框架之討論大多來自
社會學家（如Gitlin, Gamson, Tuchman, Breed），　關心焦點在於新聞組
織如何框限與建構真實。而本節第二部份所討論之新聞個人框架，重點
則在企圖瞭解新聞工作者之知識結構如何引導或影響採訪與編輯流程，
可謂源自認知心理學的探索。近來另有其他研究者開始重視語言與其他
符號訊息如何轉換社會真實，因而強調新聞寫作文本內容不但含有價值
判斷，新聞訊息的產製更是一種語言意義之建構過程。

如Lee & Craig (1992)曾指出，在爭議事件報導中，新聞媒體常使用
某種標誌(label)定義或指涉爭議中的行動者(social actors, 如指稱某人為
「黑道民意代表」)。⓲這些標誌所強調或忽略的部份，均有特殊語言意
涵(connotations)，並非自然發生，而係記者與編輯透過文字的選擇與組
織功能，傳遞其所認知的重點，以及想要讀者接受的意義。因此，兩位
作者認為，新聞框架也是一種語言現象，藉由媒介的組織運作及經濟力

⓲　作者們指出了新聞寫作中極具敏感性的問題，即新聞記者在報導內容中所使
　　用的「頭銜」或指涉，是否有其意義。如記者常在新聞中引用「某高層人士
　　指出」或「政府官員說」，以顯示新聞有其消息來源，但當事人不願表明身
　　分。這種寫法依照傳統新聞學理念觀之，乃不得已之用法，可供新聞記者在
　　消息來源默許的情形下使用。Lee & Craig以及其他語言學者則認為，新聞中
　　以此類頭銜表明消息來源有其語言特殊意義，暗示了記者屈服於政府或其他
　　消息來源的壓力。
　　van Dijk (1995:278)曾統計《紐約時報》與《華盛頓郵報》在1993年有關「恐
　　怖份子」的新聞報導，發現在335次使用此一詞彙中，多數用在與阿拉伯人
　　相關的新聞中，少數則與哥倫比亞毒品走私有關，有些阿拉伯人（如阿拉法
　　特）則被描述為「前恐怖份子」，但是由美國人或美國友邦發動之政治動亂
　　則極少被稱為「恐怖活動」。van Dijk認為，「頭銜」或「指謂(label)」之使
　　用均與意識型態有關。

量達成。新聞所述之事，並非原先設定的真相 (hard reality)，而是一種由語言建構的符號真實，或是如Fowler (1991)所稱，「新聞乃一涉及社會真實建構的言說行為」。❿

　　以上這些說法，超越了新聞學者傳統對新聞寫作所持的觀點。新聞相關教科書過去多從新聞結構著手，先則討論倒寶塔形式的寫作要素，繼之論述導言與軀幹寫作的區別以及分類寫作的要旨等。論者嘗謂此種取向過於關注寫作表面訊息(manifest content)的「知覺變項」，忽略了相關領域所具備或隱含的深層內涵(latent content)，因而無法提供較具理論意涵之寫作知識。❹較新研究取向則改視新聞內容為一種「說故事(story–telling)」活動、或係媒介言說論述 (media discourse)、或類似神話(myth)、或接近敘事結構。此種研究取向的改變，可謂與近代社會科學中的「語言學轉向(the linguistic turn)」不謀而合，凸顯了語言變項或言說策略在新聞訊息研究中的角色日趨重要。❷

---

❿　Meyers (1992)發現，由於受到新聞組織常規之壓制與限制，許多記者會在寫作文本中故意隱藏有「顛覆」意涵，藉此違反組織主流意識。

❹　依據臧國仁＼鍾蔚文(1995)之討論，由認知心理學的分類概念觀察新聞寫作教科書的內容，可發現早期研究者慣以「知覺變項 (perceptual attributes)」界定新聞寫作，如新聞之形狀 (何謂新聞寫作)、大小 (導言或倒寶塔寫作)、重量 (新聞價值)，缺少由功能變項(functional attributes)思考新聞如何「表徵問題」(如新聞記者如何觀察社會事件)、「提出解決方案」(如報導目標與執行策略的制訂)、 情境與認知的互動 (如記者如何擬定採訪策略) 等。兩位作者認為，不同的歸類方式，顯示了不同行為的表現意涵，未來新聞寫作宜改變「切割」概念的方式，始能反映此一學門理論知識的深度與廣度。

❷　有關新聞如「說故事」、「言說」、「神話」、或「敘事」之近作甚多，其中尤以*Journal of Narrative and Life History*之專論最為豐富，相關討論可參閱蔡琰＼臧國仁，1998。「語言學轉向」一詞引自翁秀琪，1997:1 (鍾蔚文等，1997，稱此為「語言學取向」)，指的是近代興起的批判語言學 (critical linguistic research; 見Fairclough, 1992) 與批判言說論述分析 (critical dis-

有關新聞框架的研究文獻中，不乏此類對文本內容之探析。如 Pan & Kosicki (1993) 認為，框架同時位在個人心智結構以及政治言說之中，可視為是「建構與處理新聞言說的策略」。新聞文本並無客觀意義，而是新聞工作者組合一些符號設計(symbolic devices)，與讀者個人記憶及意義建構行為互動後的產物。❿這些符號設計包括：

　　——句法結構(syntactic structure)：指新聞報導中使用主動詞態(transitivity)或語態（modality；如助動詞）以表示語氣強弱或對事件、過程、以及參與者的安排（見下頁說明）；

　　——情節結構(script structure)，又可稱為故事文法(story grammar)，如新聞中的倒寶塔寫作係將事件的連結次序(linking and sequence)打破，依重要程度分別處理，因而產生與一般敘事結構相異的閱讀型態，愈重要或愈與讀者相關的情節愈易受到記者妥善處理，也因而與記者所認定的「重要性」或「接近性」有所關聯；

　　——主題結構(thematic structure)，類似本節討論之假設驗證，即新聞故事中包含接近社會科學邏輯實證原則 (logic empirical principles) 的因果關係，如記者常使用「因為」、「如果」、「假使」等詞彙表達事件組件彼此間的關聯，不同因果關係當然產生不同文本框架結構；

---

course analysis)的觀點（見van Dijk, 1993），強調語言結構與社會結構（或論述）的關聯性。

❿　作者們認為，在美國政治討論過程中，新聞媒體、消息來源、閱聽大眾三者均涉入政策制訂的框架競爭中，框架因此可謂是一種「建構」過程，主要分析對象是新聞文本內容中的面向，包括句法、劇本情節、主題、與修辭等。Rhee (1995:3)強調，框架一方面是任何訊息的主要故事或想法，另者也代表解釋外在事務的基模，是人們用來知覺、確認、或解釋訊息的主要基礎。因此，框架包含了：新聞故事的組織主軸、詮釋基模、以及社會與情境背景三者。

——修辭結構(rhetoric structure)，即新聞工作者實際選用之修辭風格，Lee & Craig (1992)稱此為「新聞記者以事實偽裝以達成說服目的的一些標準策略」，類似 Gamson & Modigliani (1989) 所提出之框架設計，包括譬喻、短句、視覺符號等。

Pan & Kosicki認為，這些符號設計就是新聞文本框架的基本(上層)結構；透過這些設計，新聞文本達成了組織事實的特定方式。舉例來說，相較於一般陳述事實的敘事句法「(英國)王妃戴安娜顯然已死 (That Princess Diana was dead was obvious to all)」，新聞文本經常採用另一套固定句法結構，如「警方說(英國)王妃戴安娜已死 (Police said that Princess Diana was dead)」。源於前述客觀報導的信條所限，新聞媒體不會以前者之陳述方式報導事實或顯露喜怒態度，而須使用類似後者之句型，引用第三者(尤其是權威性的第三者，如此句中之「警方」) 以顯示此一陳述乃客觀事實，且是該第三者所投射(projective)的關鍵性事實，並非媒體自己所創造。❿

其次，Gurevitch & Kavoori (1994:11)曾藉由新聞言說中的故事順序(story order)討論文本中的情節結構，並以「巴勒斯坦青年向以色列士兵投擲石塊，遭到施放催淚瓦斯後復遭毆打逮捕」為例說明。他們發現，法國電視將丟擲石塊置於毆打之前，接著處理施放瓦斯與毆打巴勒斯坦

---

❿ Pietila (1992) 曾針對新聞敘事體中的敘事者言說以及行動者言說有長篇討論，認為即使敘事者(如記者)以引用行動者(如警方)的言說來達到客觀立場，其內容仍傳遞了敘事者所同意的觀點。這種情況顯示新聞寫作內容可稱做是呈現策略(presentation strategy)。Ericson et al. (1991:188)認為，新聞記者雖然強調客觀報導，但經常在新聞內容中嵌入自己的觀點，尤其是在新聞開頭與結尾的地方，以便能框住整篇文章的意旨。雖然記者並不明說其知識來源，但過去研究曾發現記者知識多半源自過去的新聞或隱藏的消息來源。

青年，最後是青年遭逮捕帶走。美國媒體報導的時序則是青年受毆後攻擊士兵，施放瓦斯情節另外處理，稍後才予單獨播出。以色列電視新聞則未播出毆打，亦無催淚瓦斯，更無逮捕，唯一出現的鏡頭是以色列士兵的吉普車駛過平靜無事的街頭。這種不同的情節鋪陳，透過時序有異的敘事過程，清楚地描繪了不同新聞媒體有意傳達的意義。❿

　　至於在<u>主題結構</u>方面，亦可引Gurevitch & Kavoori之討論為例。作者們曾分析四個國家的七家電視媒體如何報導前蘇聯總書記戈巴契夫於1987年的一次重要裁軍演講，發現顯著相異的敘事結構。美國三家電視臺採取較為批評的角度：先是以帶有挑戰意味的修辭報導演講，如稱其演講為「有魅力的攻勢」，充滿「花言巧語(flowery language)」，隨後匆匆帶過戈巴契夫對雷根總統的批評，但繼之花費較長時間介紹甫出獄之蘇聯異議人士沙卡洛夫近況。作者認為，這種對比係將戈巴契夫與美蘇冷戰間之對立主題相互連結，顯示了美國媒體對其演講的不信任感。而在英國與德國的電視報導中，有關沙卡洛夫的新聞則被採擷用來正面支持戈巴契夫的改革政策。同樣主題（或主角）透過不同的文本因果連結，因而產生了完全相異的符號內容，改變了媒介框架的結構。

　　又如在<u>修辭結構</u>部份，新聞媒體亦常藉由特殊言說型式表達對事實的陳述。如記者為了維持中立形象，常努力在新聞中建構「傳話者」的角色，因而在質疑受訪者時，素以「一般大眾認為」、「外界認為」、或「民意調查發現」等語詞指出意見乃屬「他人」。 藉由此種傳話者的角色，新聞記者進一步管理與操縱了【對話中的】發言位置，來建構新聞訪問

---

❿　類似分析見鍾蔚文(1993)針對「邁阿密暴動」在《人民日報》與《紐約時報》的呈現方式所進行的討論。《人民日報》以時序(chronological order)作為報導的主要情節，暗示此一事件的發生起源自黑人暴民對白人社會的不滿。《紐約時報》則以客觀報導的倒寶塔形式將事件打散，以重要細節分列安排，使事件原委顯得較為模糊（見本書第二章頁48-49）。

中的事實成分（鍾蔚文，1997:8-9）。

此外，Pan & Kosicki也提出有關「用字(lexicon)」的討論，因為任何字詞的選用往往都奠基於認知基模且與上述符號設計相互輝映。兩位作者認為，新聞文本中含有大量此類認知選擇的結果，如記者慣稱政府消息來源為「官方(the Administration)」或「當局(the authorities)」，因而影射了所引事件或聲明的權威性。❿ 又如指稱伊拉克總統 Saddam Hussein（海珊）為「獨裁者」，新聞報導進而將Hussein與一些具有侵略他國記錄的領袖如希特勒、史達林等人相提並論。❿ 這些用字不但具有對讀者「洗腦」的效果，可以用來「提醒(reminders)」或連結其他語言意涵或意識型態，也有鼓舞情緒與激勵思考的作用，因此達成「框架」

---

❿ 此類例子甚多，如國內記者報導有關總統新聞時，常慣以「層峰」而不指名道姓以顯示其「隱密性」。翁秀琪等之近作(1998, 1997)則發現有關「宋楚瑜辭官事件」中，某些報紙習以「宋楚瑜」與「宋」指稱臺灣省長宋楚瑜，而以「總統」與「李總統」稱謂總統李登輝，顯示了媒體不同處理方式以及有意展現的此卑彼尊意涵。Gastil (1992:486) 亦曾討論此種關鍵詞語的使用，認為常被新聞媒體用來傳達不同的組合，凸顯不同的關係。Gastil 指出，新聞記者強調地位而非名字，正可以有效地操縱聽者與讀者，將其注意力轉移至某種角色或類別。類似討論可見Fowler & Kress, 1979。

❿ 新聞媒體在波灣戰爭期間如何框限真實，曾是新聞學者廣加探討的議題，參見Bennett & Paletz, 1994; Denton, Jr., 1993; Mowlana, et al., 1992。其中，研究者曾深究新聞媒體如何開始將伊拉克總統 Hussein 與希特勒相提並論，因而提供了伊國「侵略」科威特的框架。如Dorman & Livingston (1994) 發現，一些報紙專欄作家與國會議員均曾在伊拉克進攻科威特之前數週將Hussein 比做希特勒，但此種連結(analogy)並未廣受重視。直到美國總統布希決定出兵科國且公開指責 Hussein 之行徑類似當年之希特勒，此一連結立即家喻戶曉，也「成功地」製造了美國政府所需要的「敵人」角色。作者們在結論指出，美國新聞界在整體事件中未能由歷史情境中詳細檢視政策，僅被動回應政府設定的主題，完成記事的工作。

議題的目的。Trew (1979:117)嘗謂，「透過少數一、兩個字，我們得以清楚察其言、觀其行」，誠哉斯言。

Lipari (1996)的近作曾分析新聞報導中的立場副詞(stance adverbs)，以瞭解新聞文本如何反映社會權力的正當性。Lipari 認為，新聞文本係社會與政治言說的一種，因而也參與了社會與政治生活的建構。而立場副詞乃立場符號之一環，旨在表達寫作者對事實的態度，並指導(guide) 讀者對某特定解釋有所領悟或期待。Lipari 以「明顯地 (obviously)」 與「可能地(presumably)」兩個副詞為例，發現前者被記者用做對經驗世界觀察的證據（如：「馬龍白蘭度看起來『明顯地』興奮迎接他甫出獄的兒子」），而後者則係寫作者對事實的懷疑（如：「電視新聞網在週四的新聞中報導，一位『可能』係聯邦調查局的幹員，在腋下夾帶了一個白色盒子」）。簡言之，前者之語態功能(modality)在於將推論轉變為可信事實，而後者則用來表達不確定感，兩者區隔十分清晰。作者因而指稱，即使在號稱價值客觀的新聞文本中，立場符號與用字的使用顯示了對真實世界的評估、創造、與正當性建構。新聞記者雖然被客觀原則約束，仍然會使用修辭或其他語言機制來表達寫作意圖，雖然這種意圖常須透過消息來源的引用「借力使力」。

由以上討論可知，新聞文本框架可謂就是「將故事整理為一體(coherent whole)的中心意旨」， 而此一「整理過程」乃藉由選用（或排除）以及強調（或忽略）上述語言結構與字詞達成。總結來說，研究者強調新聞文本乃是一種言說形式，包含了各種符號設計，目的在於透過不同層次的語言使用策略來達成界定社會真實並取得讀者共識 (consensus)。因此，「新聞故事中的字詞選擇與組合並非雕蟲小技 (trivial matters)，卻是決定辯論情境、議題定義、引發【讀者】心智再現、與啟動討論的重要利器」 （引自Pan & Kosicki, 1993:70；添加語句出自本書作者）。❿

　　鍾蔚文\臧國仁(Chung & Tsang, 1997)之近作曾以「一九九七香港回歸」事件進行文本分析，探討七月一日當天各地（國）報紙如何在新聞與標題中呈現與詮釋此一盛事。首先，《人民日報》主要標題為「中英香港政權交接儀式在香港隆重舉行」， 可謂客觀表現了事件的重要議題與主要參與者(social agents)。但其次標則明顯披露立場，也列出了事件中的重要「主角」：❿「中華民族永載史冊的盛事、世界和平正義事業的勝利；江澤民主席莊嚴宣告中國政府對香港恢復行使主權、李鵬總理等中國政府代表團成員及英國查爾斯王子、布萊特首相等出席」。 北京英文《中國日報》主要標題則為「Home At Last（終於回家）」，香港在此隱藏未現（「誰」回家?），顯示該標題對事件的主要修辭詮釋乃在「回家」這個隱喻。此種呈現方式同樣反映在該文的導言中：「一九九七年七月一日零點，在中國 (the Chinese nation) 盼望了一五六年後終於來到」。

　　與此相較，倫敦《泰晤士報(*The Times*)》的報導顯得離情依依，恰與中共報紙的回家譬喻相左：「Final farewell to Hong Kong（向香港最後道別）」；此處部份隱藏之行動者反而是「（我們）英國」，完全遭到忽略之行動者則改為中國，在修辭上暗示了英國視中國為他人(others)的心

---

❽　Fowler (1991:11)在論及新聞之社會建構時，特別提及「選擇」機制：「語言之選擇乃伴隨著轉換(transformation)而來，即根據不同政治、社會因素在呈現中所做的不同處置」。

❾　有關新聞主角或「行動者」之討論，參見van Leeuwan (1996:38)之精彩討論。作者認為，在語言再現的過程中，哪些行動者受到採用或排除(exclusion)均有其意涵，研究者的責任就在透過語言符號軌跡探索文本作者企圖表現的圖像。有些行動者的角色遭到「壓縮 (suppression)」，有的則被排擠為「背景(backgrounding)」； 有些屬代言人(agent)性質，另些則是言說目標對象。總之，van Leeuwen 強調，文本中的角色乃句法結構中的重要構成條件，透過對角色的分析，我們得以對言說再現的意涵有較深的體會。

理。❿而更為有趣者，則是《泰晤士報》之導言：「在昨晚極為激動與嚴肅的典禮中，英國將其最為成功且現代化的殖民地『讓渡(yield)』給中國政府」（雙引號為本書作者添加）。「讓渡」此字原意複雜，包括「交還(hand over)」、「讓步(concession)」、「放棄(give up或relinquish)」、「停止對抗(cease opposition)」、 或「因壓力而棄守(give way to pressure)」等。⓭以涵意如此豐富多元，且從正面到負面均有之動詞描述事件，足以顯示英國（人）面對香港交還中國的心情。此一情況也反映了本節所稱，「用字並非雕蟲小技」，其意涵與「句法相互輝映」的說法，並非虛言。

　　鍾蔚文＼臧國仁認為，臺灣媒體在該事件的立場最為「尷尬」， 源於香港回歸固然是百年歷史盛事，但中、英談判並未包括臺灣，使得臺灣媒體在報導中既要保持歡悅心態卻又得有所矜持，既要保持客觀又須避免涉入過深。因此，《聯合報》之標題為：「香港易幟，主權回歸中國」；《中國時報》標題為：「香港回歸，主權移交完成，解放軍進駐；特區政府成立，臨立會就職」；《中央日報》：「香港主權正式移交中共」；《自立早報》：「香江易主，五星旗隨中國國歌升起」。 這些報紙的標題內容

---

❿　相對於《人民日報》將新聞主要行動者個人化（如列出江澤民、李鵬、查爾斯王子、布萊特等「菁英人士」），《泰晤士報》的作法可稱之為集體化(association)， 即將香港視為集合名詞 (collectivization; 見van Leeuwen, 1996:49)。此外，van Leeuwen並稱，排除有時是單純無害(innocent)之行為，乃假設讀者應對細節已有所瞭解，如此處將「英國」省略，亦是一種「我方(us)」的同理心（參見Trew, 1979）。而此標題故意忽視中國，則屬van Leeuwen所稱之「強烈排除(radical exclusion)」， 表達了某種特殊意識型態的呈現方式(pp. 38–39)。另可參見本書第五章頁298–300有關情境框架或該章❽有關互文性之討論。

⓭　摘自P. B. Gove (ed.). *Webster's Third New International Dictionary of English Language Unabridged*, n.p.: Merriam–Webster.

雖各有差異，但整體觀之並未如《人民日報》或《泰晤士報》使用情緒用語（如「統一」、「回家」、或「讓」），在句法上則普遍以「香港」為主體(actor)，中國因而成為被動者(passive role)、接收的一方(receiving end)、事件的背景者(backgrounders)，或較不重要(circumstantial)的部份。❷而臺灣報紙使用較為中性之動詞（如易幟、移交、易主等），有意彰顯事件第三者之旁觀角色，其態甚明。

至於香港英文《南華早報(*South China Morning News*)》，主標僅有「移交(The Handover)」二字，附加「Jiang in pledge on rights and non-interference（江【澤民】保證【人】權與不干涉）」 副標，關心焦點不言可喻。美國《紐約時報(*The New York Times*)》標題為：「中國重享(resumes)對香港之控制，結束英國156年統治」，並附以兩幀新聞圖片，一幅為中國禮兵在移交典禮升上五星旗，另幅則為港督彭定康低頭接受港府英國國旗之景象，試圖結合視覺符號與修辭結構，共同框塑此一事件為國際領土之轉移。該報隨後復在新聞內文中加以「一塊資本主義下的自由(free-wheeling)領土轉移為共產統治」等對立描述，亦有「我方（資本主義）」對抗「他方（共產主義）」的意涵(us vs. others)，顯示了美國媒體對香港交還給中共後的前途尚有疑慮與不安。❸

---

❷　van Leeuwen (1996:43–44)曾詳細討論文句中主體與受體的角色功能。延續其他批判語言學者的觀點（如Fairclough, 1992; Fowler, 1991; Hodge & Kress, 1979），van Leeuwen認為主體化(activation)乃是在文本再現中賦予主動與動態的力量；反之，受體化(passivation)則代表了弱者(underdog)的角色，或是接收的一方。此外，在文法上，主體者乃被描述為主動者，或行為者、有感覺者(sensors)、或說話者，因此也成為文本中的前景(foregrounders)或最重要的部份，參與了語言再現。

❸　此處討論之《紐約時報》有關香港回歸之新聞處理，值得注意者為其以照片搭配新聞文字的方式，可參見Barkin (1989)有關電視新聞之文字與視覺符號之討論。Barkin認為，電視新聞的特色，除了其口語內容(verbal con-

　　由本節對文本框架的介紹觀之，語言研究者近期對新聞言說的探索已急速擴充了新聞學對文本訊息的定義，也顯示新聞不僅是新聞工作者的文字表現，也是影響與引導讀者思考的重要機制。⑬幾項國內研究曾分別以此為例，試圖瞭解讀者如何受到文本框架之啟動與限制。如朱玉芬(1995)曾分別以傳統新聞倒寶塔寫作與一般正寫方式測試讀者的閱讀情感強度，發現前者（即依重要性排列之寫作方式）較無法引發讀者情感涉入。即使在導言部份，雖然此一寫作結構原應是新聞故事最重要的一段，也無法引起讀者閱讀興趣；相對而言，敘事性形式的寫作較能引發讀者強烈情感反應。⑬這種現象也難怪造成研究者一方面認為新聞文

---

tent)外，電視句法結構(TV syntactic)亦有框架的效果，包括其特殊時間序列、口語內容、以及視覺符合等的組合：「任何口語內容脫離視覺組合都無法產生意義」。目前對報紙新聞中如何以文字搭配新聞圖片這種類型(genre)產生框架效果尚乏研究，可參見陳百齡，1994。

⑬ Bird & Dardenne (1988)曾以「視覺化」、「符號化」、「授權(authorizing)」、「舞臺化(staging)」以及「信服」五者描述新聞如何再現社會真實。作者們認為，透過戲劇性的譬喻與照片（如上述有關「回家」的說明），事件中的視覺部份得以傳遞給讀者。即使有些部份受到隱藏而難以察覺，新聞報導仍會將事件中的人物、過程、或狀況一一符號化，以便達到框架的效果。事件的情節、內容、地點、人物、或甚至道具，都有可能為新聞報導納入，用以說服閱聽大眾新聞內容即是事實。Bird & Dardenne 強調，新聞文本就是媒介框架的核心內容(core ingredients)。

⑬ 此一結果（文本結構影響讀者閱讀）同樣反映在陳韻如，1993；張文強，1993；林珍良，1994之研究結果。如陳韻如曾在其結論中如此說明：「新聞框架可能『框限』受眾對新聞事件的認知，使他們注意到文本所提示的那一面『真實』，並且引導他們朝那一面去『看』真實。但是如果受眾具有較多先前知識，也可能突破單一新聞框架的限制。然而人們由新聞媒介得知訊息乃是日積月累，如果新聞媒介長期為受眾所建構的社會真實有其特定範圍，……面對此種影響更汜(sic)、更深遠的新聞框架，受眾是否也可能超越此一限制呢？」（雙引號均出自原作者）（頁72-73）

本（或其他形式的文本）有「再現」部份真實的能力，足能框限閱聽人的認知活動，**⑬⑥**另一方面卻也強調新聞報導（尤其是電視新聞）所使用的倒寶塔形式嚴重破壞了閱聽人理解新聞的興趣與意願 (a disaster for the readers)，使得讀者與觀眾難以自新聞中連結歷史情境，建構意義。**⑬⑦**

Fang (1994)因而認為，透過句法與文字的選用，寫作者（包括記者）完成了賦予讀者特定框架的任務。在每個社會文化中，這種句法與文字所構成的特殊意義都十分明顯。換言之，語言絕非中立體系，選擇某種句法或用字都代表了記者或編輯如何認知或瞭解事件，也暗示了記者與編輯希望閱聽大眾如何認知與瞭解。新聞語言因此可謂是處於新聞工作者與讀者之間的一種界面：一方面寫作者受到語言機制的制約，另一方面，讀者亦受到文本內在語言形式的限制。這種局面使得新聞工作者挑選某種形式或內涵而非其他形式與內涵，以及讀者記得或取用(retrieve)某些文本內容而非其他內容，均成為研究新聞文本框架時亟需深究與觀察的重要議題。**⑬⑧**

---

⑬⑥ 參見Fowler (1991)對「文本理解」的討論。基本上，Fowler認為基模對讀者的詮釋極為重要，因為讀者與文本的互動就奠基於心理認知。換言之，新聞故事對讀者而言是否具有意義，端視讀者之基模知識是否能解讀文本訊息。Fowler並稱，基模雖是個人的知識結構，但是此一結構卻也是同一社區民眾所擁有之默識(tacit knowledge)的一部份。

⑬⑦ 此句引自 Bird & Dardenne, 1988:77。作者們認為，對寫作而言，倒寶塔寫作雖然不失為有效率的設計但讀者卻難以閱讀，因此種設計有鼓勵讀者進行「半閱讀(partial reading)」之嫌，因而無法記得故事的主要情節。除非一則新聞故事富有敘事性（即有原因、結果等邏輯關係或有高潮情結），否則讀者無法回應故事形式中的訊息。Lewis (1994)亦曾強烈抨擊新聞寫作形式違背敘事原則，將社會事件拆解為彼此不相連結之片段，使得閱聽大眾無法(也因而沒有意願) 理解故事內容，因此更無法記憶或保留對事件的情節描述。開門見山式的報導策略常迫使讀者掃瞄(skim through)新聞事件，或僅閱讀導言，因而無法深入「參與」與新聞文本互動。

第四節　本章小結

　　本文由傳統新聞學之重要變項入手，首先討論了影響新聞產製的主要因素，包括新聞價值與定義、新聞常規與流程、以及消息來源。本文隨後除對傳統新聞定義提出省思與批評外，亦檢討新聞與真實的關係。簡言之，本研究認為奉客觀原則為新聞專業意理之首要信條嚴重簡化了新聞報導與社會真實的互動關係，也無法澄清新聞媒體在轉換社會真實過程中的建構意義功能。本研究建議改以框架概念討論新聞組織或個人如何透過選擇與重組機制，表現對社會事件的詮釋與分析。本研究接著以建構主義為基礎，分由組織、個人、與文本三個面向討論新聞框架內涵結構。

　　本研究強調，新聞產製基本上是一項不斷受到特殊條件（包含組織常規、個人認知、與語言結構）制約的社會行動，在人物選擇、主題界定、事件發生原因的推論、或情節鋪陳方面，新聞報導內容均與此一隱藏之制約行動 (implicit rules) 息息相關。框架在新聞中的影響力處處可見，決定了哪些素材有關或無關、哪些人物是主要行動者應置於前景而哪些僅應搭配表現、哪些引句應予直接摘錄或摘錄多少。雖然新聞工作者對這些影響力未必能清晰分辨，但從組織、個人、與文本層次觀之，框架的確是媒介再現社會真實的重要影響因素。

　　延續過去有關框架之討論，本研究認為新聞（媒介）框架既是媒介言說的主要架構，也是限制媒介行動的規範(constraint)。如在組織層次，路線設置原係著眼於協助新聞工作者進行採訪工作，但行之有年的分線

---

⑱　此處討論重點，在於顯示新聞工作者、讀者、文本三者互動頻繁，使得訊息接收成為複雜過程。類似說法亦可參見 Fair, 1996; Woo, 1994; van den Berg, et al., 1992。

方式往往發展成為魚網般的科層組織，約束了過往消息素材獲得採用的機會。❸又如在個人層次，框架原是新聞工作者解決問題的基本知識結構（先前知識）， 也是面臨採訪或編輯任務時的心理認知基模；愈是專家型的新聞工作者，認知基模（或資料庫）愈為龐大，知識串節彼此連結也愈為緊密，環環相扣，相互呼應。❹但如上節所述，龐大知識結構往往也是創意殺手，知識豐富反而是致命傷；面對複雜多變的社會現象，專家慣以原有心理基模瞭解外界，框架成為吸收「新」知的最大障礙。

另如在文本層次，語言與故事基模(story schema)原是新聞結構中的主要溝通工具，但受限於文化與社會情境因素，任何一種語言似都無法完整表達意義，故事基模的種類亦非隨機或無限。這種「窘境」， 顯示框架既是轉換真實的基礎與原則，也是規範此一轉換的界限。換言之，新聞工作者一方面倚賴框架提供基本思考架構以便再現真實，但卻又受限於此一思考架構，使得真實再現並不等同於原始真實，新聞工作之複雜與困難度由此可見。

---

❸ 將框架視為既是「限制」又是「架構」， 原是Gamson et al. (1992)對框架理論的卓越貢獻。由「限制」的定義觀之，框架像是人們觀察世界的鏡頭，凡屬此鏡頭納入的實景，都成為認知世界中的部份；不在此界限之物，則視而不見。由「架構」的定義來看，人們藉由框架建構意義，以瞭解社會事件發生的原因與脈絡。前者代表了取材的範圍，後者則顯示與其他社會意義的連結，是一種觀察事務的世界觀(Weltanschauung or world–views)。這種觀點基本上將框架看做是我們探索外在世界的「界限」與「內涵」， 所以框架既是形式亦是內容（見第二章討論）。

❹ 引自鍾蔚文＼臧國仁，1994。由於篇幅所限，此地無法討論記者之知識結構，但作者們曾將其分為陳述性知識與程序性知識，前者意指事實知識或對世界的瞭解、事件知識、以及對新聞專業的瞭解（如會寫新聞等）； 後者則包括「如何做」的知識，知道如何採訪、如何問問題等。知識結構可視為與框架同義，但記者可能在善知如何採訪之後，就認為採訪只有一種方法，因而吝於再去創造知識。可參見鍾蔚文等，1997。

同理，雖然新聞工作者常強調新聞就是事實 (facts)，但由本文討論觀之，任何事實都有多種面向，新聞工作者受限於組織常規與個人框架，報導內容只能掌握少數有限面向，實則難以完整反映事實。何況這些少數面向還經常受到事件當事人（消息來源）的影響，使得社會行動的事實本質難以確認。或如Gamson等人(1992:374)所稱，事實本無意義，僅存在於框架之中：框架組織了事實，且讓事實與事實之間產生連貫性，也將某些事實凸出而將其他事實捨棄。新聞因此僅是表現事實為故事的一種手法，而非單純僅為資訊之傳遞。**⑭**

總之，如《圖 3–4》所示，新聞（媒介）框架在再現真實的過程中扮演了動態與聯繫的角色，不斷在媒介訊息流動的各個層次與面向影響新聞產製流程。這種動態過程顯示過去以「客觀報導」為主的概念難以解釋新聞報導所涉及的複雜內涵，也無法具體反映新聞建構或再建構社會真實的特質。未來有關新聞客觀或主觀的論戰或當偃旗息鼓，轉將研究焦點置於探索新聞組織、個人、以及文本訊息如何框限與轉換真實，以及此一轉換機制如何連接與產生意義。

此處所未及討論者，則係「情境」對新聞框架的影響，尤其是新聞工作者之個人特質(personality)或世界觀如何影響新聞假設的設定：如較具社會智能者(social intelligence)**⑭**是否較能處理人情互動關係，因而較

---

⑭　Gamson, et al. (1992) 亦曾如此表示，我們每天在媒體製造的世界形象中漫步，並以這些形象建構對議題意義的觀感。我們用以觀察這些形象的鏡子(指媒體)並非中立，而是權力者的說法，或是菁英階層的觀點。這些說法的擁有者常試圖將整個言說轉換過程看起來像是中立或正常，或將社會建構的疤痕隱而不見。

⑭　所謂「社會智能」，可定義為個人處理現狀、追述過去、並策應未來工作的知識。換言之，個人以自己所擁有的資源，評估人生情境，以達成未來目標所運用的知識。其內涵包括個人知識結構、工作特質、與對情境經營的互動關係，意義接近認知心理學的社會智商。可參見 Cantor & Kihlstrom, 1987;

易跳脫個人框架的限制？或者，較具創意且對社會脈動較具觀察力者，則較無意接受組織框架規範，因而較可能具備專業新聞工作者之特徵？至於社會事件中的議題如何影響新聞框架，在本章中未及闡述，將留待下章再予次第討論。

鍾蔚文等人，1997；臧國仁\楊怡珊，1998。

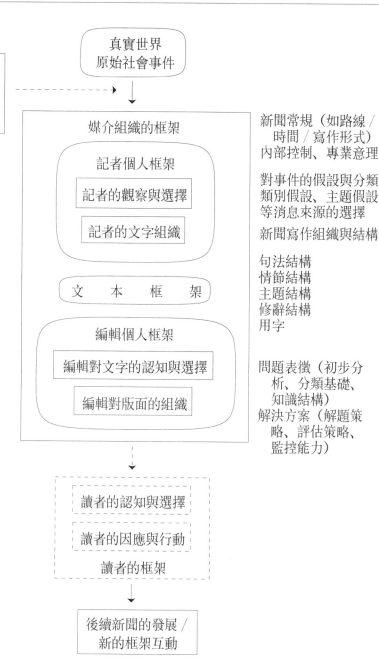

圖3-4：新聞（媒介）框架的基本內涵結構

第四章　消息來源與媒介真實之建構 ❶

——愈來愈多的新聞蒐集工作已被【新聞記者】放棄而交由公關專業人員執
行，尤其是在一些較為複雜的領域如科學、醫藥、教育、以及社會福利，
新聞已非由那些帶有衝勁的調查記者供給，而改由公關人員報導
（Sachsman, 1976:54, 引述 Cutlip, 1962的發現與結論；添加語句出自本
書作者）。

——公關人員的出現，證明了現代生活中的事實(facts)並不等同於真相(to be
known)，所有事實都須經由某些人的整理(shape)。但記者無法『整理』
事實，也沒有其他學術組織能替代整理的工作，因此這些整理方式只能
委託相關組織進行 (Protess & McCombs, 1991:15; 引號以及引號內文字
均出自原作者)。

——讀者們（包括對新聞十分注意的公民或有興趣的官員們）經常忽視『新
聞並非真實(reality)』，而是一些由消息來源描繪並透過媒體組織傳遞的
真實。為了有效配合其工作人員，報紙建立了一些工作程序標準，選擇
潛在消息來源。無論這些程序為何，對內容的選擇總會產生一些無可避
免的偏見 (Sigal, 1973:189; 以上內容均出自原作者)。

---

❶　本章第二、三節部份內容曾刊載於《廣告學研究》第十一集（見臧國仁，
1998a）。

有關新聞媒體如何建構社會真實之議題，已在前章略作討論。基本上，本書強調新聞媒體無法客觀反映真實，相關原因甚多：其一，社會真實難以洞察與確認；即使人們得以觀察真實事物，仍須透過符號轉換始能取得意義。其二，這種意義取得的過程，正是符號工作者或新聞媒體再現真實的主要活動。換言之，新聞媒體的主要功能即在轉換真實、建構意義，因而必然依賴框架，此一概念已在第二章定義為「人們或組織對事件的主觀解釋與思考結構」。

本書進而在第三章討論新聞媒體再現真實所涉及的三個框架內涵，包括組織框架（如常規、組織文化、及專業意理）、 新聞工作者個人認知框架（即知結構以及依此結構所訂定的工作目標與假設）、 以及文本框架（即符號訊息結構，包括句法、情節、主題、修辭、與用字等）。本書認為，新聞媒體在再現真實時會持續受到以上這些框架條件的制約與影響，使得新聞報導內容難以（也不必然）完整反映真實事件。客觀原則所包含的公正、平衡信條理當視為是新聞工作者報導真實所設定的手段，而非新聞工作者畢生追求的理想。

然而就符號真實的再現過程觀之，新聞媒體並非轉換真實的唯一社會機制。如第三章第二節所述，傳統新聞學研究者（以守門人研究為代表）一向衷情於媒體組織在產製新聞過程中所扮演的顯著角色，不斷推衍、擴大新聞專業意理的核心意涵，甚至造成論者對新聞行業產生宗教式的迷信崇拜。新聞學教育因而走上專業訓練之途，不但課程只是「實務界的翻版」， 教學內容也「始終無法滿足大學殿堂內的學術要求」，多年來苦苦無法建立此一領域的「知識觀」與「教育策略」(鍾蔚文＼臧國仁＼陳百齡，1996:28-29)。❷

---

❷ 臧國仁＼鍾蔚文(1995)發現，無論中文或英文之新聞採訪寫作之教科書均多以「如何採訪」與「如何寫作」為主要內容，鮮少跳脫新聞實例以討論記者為何「應該」如此採訪或寫作，其內容亦幾未涵蓋採訪與寫作之背景理論。

　　另有研究者(Gans, 1979:78–79)改闢蹊徑，強調新聞媒體無法「獨自」決定新聞價值，如前章第一節引述之北歐學者 Rosengren (1985, 1976, 1974, 1970) 即曾提出「非媒介因素或資料」之概念，類似英國學者 Schlesinger (1990)所稱之「外部途徑模式(externalist model)」，試圖以消息來源面向討論新聞報導中之議題建構過程，從而建立以消息來源為主的社會學研究領域(sociology of source; Schlesinger, 1989:284)。❸

　　換言之，大學教育中的新聞採訪寫作課程可謂僅是實務工作的翻版，新聞採寫的教學也都是實務工作的訓練。難怪實務工作人員常譏笑大學新聞教育「無用」，任何人僅須三個月實務磨練，就可上陣充當記者。此種說法已多次引發新聞學界之省思討論，可參見《新聞學研究》第五十三集之專題，或 *Communication Theory*四卷二期(May, 1995)有關傳播領域之專論。

❸　在Rosengren的語彙中，「媒介內資料(intra media data)」指的是「【新聞】媒體所提供的真實圖像(1985:244)，而媒介外資料則是「新聞記者在蒐集、評估、以及散布國際新聞工作時所接觸的客觀真實」(Rosengren & Rikardsson, 1974:106)，包括歷史記錄、對消息來源之訪問（Rosengren並未使用消息來源此一詞彙）、或官方統計資料(1985:244)。作者表示，媒介外資料之使用乃在補足媒介報導不夠正確、翔實、或具有偏頗之特性，或藉此解釋因果關係。另一方面，英國傳播學者Schlesinger (1990)進而提出類似Rosengren「媒介外因素」之「外部途徑(externalist)」概念，強調傳播研究亦應從消息來源著手，分析社會行動者(actors)如何接近媒體(access to the media)，以及採用了哪些策略與技巧以接近媒體。Schlesinger並建議，研究者應試圖從記者的採訪回憶 (reflections on experience)、事件參與者所洩漏以及隨後採取的補救措施、或官方消息來源在事件發生後所發布的公關稿件等多管道獲知消息來源的溝通策略，以便重建 (reconstruct) 真相。參見 Schlesinger, 1990:71–72 之討論，國內研究可參閱胡晉翔，1994；孫秀蕙，1994；翁秀琪，1994a，1996。

　　「消息來源社會學 (sociology of sources)」譯名取自孫秀蕙，1996:161（本書第一章頁17曾譯為「來源社會學」）。Schlesinger 此文原為書評，但在文中延續其有關批判媒介中心論(media–centrism)之觀點，認為過去相關討論缺

　　而另一英國文化學者S. Hall則在一九七○年代即已提出「消息來源是社會真實的首要界定者(primary definers)」概念，指稱新聞媒體其實無力單獨產製新聞，多半受到消息來源的「引入(cue in)」始能注意到特殊話題(Hall, et al. 1981:340-1)。易言之，Hall強調消息來源才是社會事件的第一手建構者，新聞工作者僅堪稱為「次級界定者」，其任務不過在根據消息來源之暗示，將社會現有階層與權力關係再製成符碼罷了。❹

　　除消息來源外，另如 Staab (1990) 曾舉證認為新聞記者處理資料亦受到社會事件本身規模大小影響甚鉅；只有當新聞媒體組織或新聞工作者個人決定要從哪個面向(slant)切入以呈現事實真相時，新聞判斷力才顯得重要。

　　由以上簡短討論觀之，有關新聞媒體組織或個人「單獨」決定新聞內容的說法恐顯得過於單純，至少消息來源與事件／議題兩者亦在新聞產製過程中扮演重要樞紐角色。本章延續此一較新研究取向，先由消息來源面向討論媒介真實之建構（參見《圖4-1》）。 第一節將先回顧相關

之由消息來源之角度探析來源與媒介之關係。Schlesinger因此認為未來研究應重視消息來源如何組織「媒介【運用】策略(media strategies)」，以及如何彼此競爭以獲取接近媒體(access to the media)的機會。

❹　作者們如此指稱：「新聞媒體無法自動地創造新聞，而是定期被可靠機構消息來源引入(cue in)特定新鮮話題」(1981:340)。作者們認為，新聞產製受到截稿與客觀原則兩者之限制，使得媒體「過分接近(over-accessing)」具有社會權力與利益的常態機構（如官方機構）。 媒體因而傾向「忠實且公正地」再製符碼，按照社會既有結構反映機構秩序(institutional order)，即有權者或社會階層地位較高者其所發展之定義較易為媒介接受，因而成為社會議題的首要界定者(primary definers; 341-342)。

翁秀琪(1996:125)曾按Hall, et al.所提及之"initial definition"名詞將primary definers譯為「初級界定者」，本文則認為此一名詞除有「初次(initial)」之意以外亦有「最重要」含意，因此改譯為「首要界定者」。反對Hall概念之意見，可參閱McLaughlin & Miller, 1996; Miller, 1993; Schlesinger, 1990:66-67。

文獻，介紹此一領域中的重要變項。此處將借用臧國仁過去所發展的分析架構(1995a)，以「公關稿件與新聞發布」、「資訊津貼與議題建構之意涵」、以及「媒介策略」三個面向討論消息來源建構媒介真實時所運用的主要途徑。第二節則介紹組織文化(organizational culture)概念，進而探討消息來源如何透過組織內部運作設定媒體運用策略，因而形成組織框架，成為影響新聞媒體報導社會真實之素材。第三節討論不同消息來源組織如何彼此競爭，爭取接近新聞媒體，以及此一框架競爭如何影響媒介報導內容。❺

---

❺ 此處分類係根據 Berkowitz & Adams (1990:724–725)的說法，將過去有關消息來源的研究歸納為「對媒介的內容分析」與「對媒介內容的接近使用分析」兩類，另增加媒介策略之討論。翁秀琪(1996)則認為此種分類方式「仍不夠周延（見該文頁142：註六）」，因此增加「消息來源偏向研究」，並將媒介策略修改為「媒介框架與消息來源研究」。但因本研究業已將框架概念設定為全書主旨，因此不再增加框架類別。有關消息來源偏向之研究，則已在前章介紹，並視為是新聞工作者個人認知框架表現，並非消息來源研究，本章仍維持臧國仁(1995a)原有之三種分類方式。

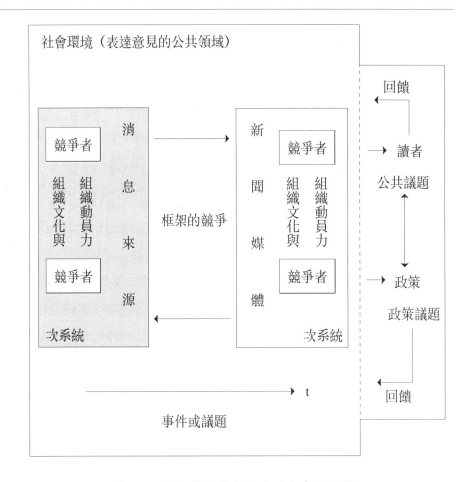

圖4-1：框架競爭生態中的消息來源組織*

*在消息來源系統中，「競爭者」可能是政府與利益團體，亦可能是持相對立場的兩
　個利益團體，兩者都有意影響新聞媒體的報導角度或框架。

第一節　消息來源與媒體運用

一、有關消息來源之定義與分類

所謂「消息來源」，過去定義並未統一。首先，Atwater & Fico (1986) 曾將消息來源分為三類，包括印刷文件（如官方檔案或新聞稿）、活動來源（如記者會）、以及個人來源（如政府官員或專家）。Strentz (1989) 將消息來源劃分為「傳統」與「非傳統」兩類，前者指記者透過傳統採訪方式（如路線、公關人員、記者會、或公共資料）所取得的資訊管道，而後者屬較新或較不尋常之接近方式，如準確性新聞報導、少數民族團體、或甚至恐怖組織等。簡言之，這些早期研究對消息來源的定義大致上依隨新聞流程而來，分類方式亦與新聞分工關係密切，因而對新聞媒介與社會組織間的互動描繪不夠深入。❻

Voakes (1996:586)則提供了較上述文獻清晰的定義：「【消息來源就是】一些在【新聞】<u>引述</u>中提及且可確認的個人、組織、或實體 (entity; 如文件或研究)」（添加語句及底線均出自本書作者）。Voakes並稱，在「國會週二閉會」的語句中，記者可能已透過某些消息來源取得此一資訊，或者記者原就對國會工作有所瞭解。但在「國會議員說他們希望在週二閉會」例句中，記者則較清楚地指出了消息來源。作者認為後者提

---

❻　學術研究者常根據此類分類方式，進而將新聞消息來源分為「官方」與「非官方」，從而推論前者受到新聞媒體較多關注，因此新聞媒體「系統性地偏袒某一方或某種立場」（羅文輝，1995:2）。相關研究如：Brown, et al., 1987; Hackett, 1985; Smith, 1993; Golding & Elliott, 1979；羅文輝，1995；鄭瑞城＼羅文輝，1988。延續前章論點，本研究認為此種分類方式過於遷就新聞作業流程，反映了「媒體中心論」的研究傾向，未必符合社會組織的實際結構。

供了清晰且可指認的資訊來源，其數量多寡影響了新聞內容的多樣性 (news diversity)。Sandman (1987:109) 亦認為消息來源就是「新聞內容中所標明的事件製造者，或是在段落中說了話、可資辨認、或聲稱某項訊息者，無論有無引述」。❼

同理，Shoemaker & Reese (1991:147–8) 認為消息來源是提供資訊給媒體組織用以轉換為新聞報導的個人與團體，如特殊利益團體、公關活動、或甚至其他新聞媒體（如通訊社）。這些資訊提供者亦包括一些社會機構如政府單位、企業團體、或廣告公司；有時則是目睹事件發生的讀者。作者們認為以上這些資訊供應者分別掌握了不同類型的消息內涵，而新聞記者必須將這些內容經常相互矛盾的資訊串連起來，寫出或播出既正確而又完整的新聞報導。而 Cameron, et al. (1997:113) 則進一步指出，這些資訊提供者多由固定部門（如公關人員）擔任，但亦可能係由不固定者出任（參見 Ericson, et al., 1991）。

類似說法，亦可見於 Gans (1979:80–81)對消息來源的解釋：

> 【消息來源】就是新聞記者觀察與訪問的社會行動者(social actors)，包括在空中出現的受訪者或是在雜誌文章中被引述的人，以及那些僅提供背景資料或提議故事題材者。……有關消息來源最重要的特性，就是他們代表某些組織提供訊息【給媒體】，或是代表沒有組織的利益團體，有時也代表社會其他較大區域或國家部門（添加語句出自本書作者）。

---

❼ 其他類似以引述及提及 (reference) 作為消息來源之定義之文獻甚多，如 Stemple, III & Culberston, 1984（以是否提及消息來源為測量指標）；Brown, et al., 1987（以可否指認為分類）；Culberston, 1978（以不能指認之匿名來源為調查對象）。有關新聞多樣性之概念，可參閱 McQuail, 1992:第五部份。

　　國內有關消息來源之研究為數不多，大致上以鄭瑞城＼羅文輝(1988)所完成之調查報告為先驅，❽對消息來源之定義也與上述文獻略同。如陳一香(1988:35)延續早期相關研究界定消息來源為：經由新聞之處理而可指認之人物、在新聞中直接說話或被記者間接引述者、以及其他人物所表達的訊息可在電視新聞中「聽得到」者。劉蕙苓(1989:30–31)則將消息來源專指為：新聞中引述某人、某機構、單位或其他文件所發表的言論，而這些人、機構、單位或文件就是消息來源；或者，在新聞中出現的引述詞如「指出」、「建議」、「表示」、「透露」、「覺得」、「批評」等前後所連接的句子中可指認者。

　　鄭瑞城(1991:81)隨後曾整理1988–1991年之間國內有關消息來源之系列研究（共七篇），並提出有關消息來源之重要綜合定義。他說：

> 　　廣義的消息來源，泛指能作為新聞素材的任何資料。這些資料是新聞工作者透過人物訪問、蒐集之文件和觀察所得。其中，人物訪問（以口語資料為主）是最常運用，也是最重要的新聞來源。所以狹義的新聞來源，單指人物而言。
>
> 　　新聞來源人物依其角色又可區分為當事人(undertaker)、舉事人(promoter)、與評論人(commentator)。…… 所以在整個新聞製造過程中，消息來源人物是原始的守門人(primary gatekeeper)；他（她）們最常藉近用媒介的機會，篩選、宣揚與己有利之資訊（括號內文字均出自原作者）。

　　綜合以上論點觀之，國內外文獻所提出之相關定義大致上延續了早期由新聞媒體角度討論消息來源的傳統看法，習將消息來源解釋為提供素材以便媒介工作者使用於新聞報導中的個人或組織，如 Steele

❽　「先驅」一詞出自葉瓊瑜，1997:164；作者使用「前驅」一詞。

(1996:807-8)就曾如此描述消息來源：新聞媒體依照自己的標準選擇「專家」，就是那些有能力「辨認【重要】人物、解釋政策、並提出預測的人」，或是「能回答操作性問題、侃侃而談、…… 且能分析重要人物行事動機者」（添加語句出自本書作者）。

然而此種將社會組織之存在與互動意義解釋為「提供訊息給新聞媒體」的觀點，似乎窄化並曲解了社會系統中各成員間互相往來的動態意義。❾事實上，社會組織成員建構社會真實另有其他目標（如達成行銷營運目標或進行文化儀式意涵），任何社會行動恐非僅在單純地滿足新聞媒體的報導需求。何況，社會行動者間的互動範疇也可能遠大於媒介路線所能涵蓋，新聞內容所及者僅是部份較為顯著地社會活動罷了。❿

再者，許多新聞報導之主角（如社會新聞中的被害者與家屬）常係「被動地」捲入社會事件，與資訊提供本無任何關連。過去研究（如前

---

❾ 有關社會行動者與社會行動的意涵，早已在 T. Parson之名著《社會行動的結構(*The Structure of Social Action*)》中多所論述(1937)。Parson延續韋伯(M. Weber)之理想模式觀念，認為社會行動可分為理性、情感、或傳統等三類。而在社會系統中，所有社會行動均由基礎行動(unit acts)所組成，可定義為為達成目標或結果所採取的決策過程。由於行動者的價值、信仰、習性、以及其他符號限制各有不同，Parson認為這些決策過程目標與達成目標所設定的手段殊有不同。而當社會行動與另一行動者產生關連時，就產生「互動(interaction)」，隨之社會系統就建立在多層次的互動行為之上。雖然論者曾批評Parson之觀點乃將互動建立在行動之「後」，而非獨立概念(參見Turner, 1988)，此地仍可參考其有社會系統中的行動說明。本研究採 Schwandt (1994)的觀點，認為社會行動者透過此種互動創建社會意義。

❿ 如McCombs (1994:10-11) 曾謂，大多數的新聞並非由記者採訪所得，而係依賴公關人員、政府公共宣導人員(public information officer)、利益團體的溝通者協助始能獲得資訊。如 Lippmann 所言，所有的記者加起來，也無法對所有事件都詳細觀察清楚，何況世間並無足夠記者這一回事。即使是最大的報紙，都至少約有一半以上的資訊來自公關稿件(press releases)。

頁所述者）慣將新聞中<u>可指認</u>之人物或組織定義為新聞消息來源，可能忽略了在新聞文字中更多「隱藏未顯」的社會行動者（參閱前章第三節「一九九七香港回歸」事件之分析）。

　　Karim (1993:201) 延續 Schlesinger 稍早論述，認為社會言說可粗分為官方（或主流，dominant）、民粹(populist)、反對(oppositional)、以及其他(alternative)等四類，彼此各自在社會政治情境中發展議題，進行語言論述的競爭(discursive struggles)。Wolfsfeld (1991)依據Blau的交換理論，進而嘗試建立不同社會勢力透過新聞媒介爭奪權力的「政治競爭(political contest model)」理論模式。Wolfsfeld認為，新聞媒體的角色可藉由分析不同對抗政治實體 (political antagonists) 如何運用媒介報導而略知一二：首先，這些社會組織會爭相接近媒體，以奪取界定媒介框架(media frames)的機會，媒體與社會組織間因彼此力量(strength)強弱不同而產生依賴或被依賴的情境。一旦在媒介爭奪發言之過程結束，「戰勝」之社會組織可進而主控文化面向的影響力，掌握政治上層意識型態的主導權。

　　Karim 與 Wolfsfeld 此地均捨棄傳統文獻將消息來源分類為「官方」或「非官方」的二元方式，改以政治對立性(antagonists)粗分立場，藉以顯示權力競爭者之角色表現係因應政治目標之不同而經常變動，彼此間僅有正式與非正式地位 (formal vs. informal status) 之別，前者可稱之為「權力者(authorities)」，後者則為挑戰者(challengers)」（見Wolfsfeld, 1997a:第一章）。

　　本章採取Karim、Wolfsfeld以及其他批判語言學者如 Fairclough（見前章第三節之討論）的觀點，視消息來源為社會行動之競爭者，彼此競相在媒介論域中爭取言說論述的主控權。這些競爭者各自透過組織文化動員資源與人力，建構符合組織框架的言說內容，並試圖接近媒介，以爭取其接納論點，成為新聞框架的核心與基本立場，從而影響社會大眾，

建構社會主流思潮。❶

　　換言之，正如前章所述，「新聞媒體依賴框架建立新聞故事的主軸，藉此將社會真實中散布各處的資訊結合成有意義的新聞內容」(Gitlin, 1980)，消息來源同樣須要依賴框架來組織內部看法，將訊息整理成可供新聞媒體接受的事件、說法、或言說行為。由此觀之，如果框架可定義為「人們或組織對社會事件的主觀解釋與思考結構」，而本章所欲討論者，就是這些「消息來源人們」或「消息來源組織」如何建構對社會事件的主觀解釋與思考結構了。

　　以下先介紹與消息來源建構媒介真實的主要文獻。

二、公關稿件與新聞發布(publicity)
──消息來源的媒體運用常規 ❷

❶ Zoch & Galloway (1997)的近作曾生動地描述消息來源如何透過新聞媒體建構框架。Zoch & Galloway 在此項劫車擄童社會事件的分析中，發現警方發言人曾三度改變發言內容,以吸引新聞記者專注於此一事件中的某些焦點，因而成功地避免新聞報導干預警方辦案進度。Zoch & Galloway 也發現，警方發言人會技巧地強調某些論點，或策略性地淡化某些部份 (strategic ambiguity)，或甚至控制某些訊息，以導引新聞報導朝向警方所有意框架的故事情節。在結論中，作者們認為，警方發言人成功地扮演了「具有專業知識的官員【消息來源】所能主控的議題建構(agenda–building)過程，訊息的發布完全符合新聞媒體之需求」(p.20)。

❷ Shoemaker & Reese (1991:106–107) 曾指出消息來源的常規管道 (routine channels)包括：官方手法 (如試探氣球、議會聽證)，公關稿件、記者會、非即時事件 (如演說、典禮)；這些手法大約佔所有新聞發布的一半以上 (58.2%)。此外，作者們亦曾提及一些非正式的消息來源運用管道，如背景簡報、洩密、非政府的手法 (如會議)、其他媒體的報導等,約佔消息來源媒體工作的15.7%。訪問安排、事件、或記者觀身採訪另佔25.8%，亦屬重要作法。同理，Nimmo (1978)認為主要正式管道包括：記者會、新聞簡報、人物訪問、新聞洩密、以及其他新聞宣傳設計等。Benford & Hunt (1992)另曾

傳統上，如果新聞學可視為是研究新聞本質的學問，公共關係學理應就是討論消息來源的專門領域。但臧國仁＼鍾蔚文(1997b:102)的文獻整理發現，

現代公關研究的三大學派或則忽視新聞媒體對公關工作的必要性，或則強將公關新聞中的媒體運作歸為未具概念基礎的操作性工作。研究者吝於提供有關媒體運作（如新聞發布）之理論探討，因而窄化了公共關係學門的發展潛力。此種歸納方式不但與公關實際工作不符（如 McElreath 曾發現公關工作中的大部份任務均與新聞媒體相關，1993），亦與公關學門之發展曾多方「受惠」於媒體影響之歷史事實不合（括號與引號內文字均出自原作者）。

所幸從過去數十年有關「媒體運用」的相關文獻中，的確可以歸納出一些探討「如何透過主要大眾媒體【藉以】影響或控制對……事件或議題的普遍認知」的研究（添加語句出自本書作者；Blumler, 1990:103）。雖然這些文獻使用了各種不同稱謂，也散布於不同研究領域，但其試圖調查人們或組織（包括公關人員、組織負責人、發言人）如何接近、運用與策畫媒體活動，並探析這些媒體運用成果的作法，則大致相似。❸

述及其他社運組織慣用之接近媒體方式，如電話銀行（雇用臨時員工打電話給新聞媒體）、新聞信(newsletter)、傳單、海報、大量信件、讀者投書、新聞發布、平面媒體或電子信區的廣告、挨家挨戶訪問等。

本節將只針對公關稿件與新聞發布（含發言人）進行討論，因此兩項為消息來源最常使用的常規管道。

❸ 這些相關名詞包括：新聞發布 (publicity; Goff, 1989; Hunt & Grunig, 1994)、媒體行銷 (media marketing; Miller, 1987)、媒介可見度 (media visibility; Stocking, 1985)、媒體事件 (media events; Gans, 1979)、媒介議題監控或環

　　首先，曾撰寫《新聞發布過程(*The Publicity Process*)》一書的作者
Goff (1989:5) 認為，新聞發布就是「以新聞稿件試圖吸引傳播媒體刊出
或播出的過程」，有時也以非新聞形式呈現，如傳單、海報、或展覽宣
傳物。Goff 並稱，新聞發布是公共關係活動中極為重要的一環 (center-
piece)，但並非公關概念的唯一行動。此一論點雖然符合過去公關學者
強調公關是一種組織與公眾（如媒體）間對等互動關係 (symmetrical
interrelations)的說法，但尚未指出公關人員如何得以藉由新聞發布與公
眾進行對等互動的關係。❶

　　一般而言，有關新聞發布的文獻大都強調消息來源組織經常藉由此
種方式接近新聞媒體，進而影響報導內容。如 Cutlip (1954) 稍早曾發現
新聞報導中有三分之一取自公關稿件(國內實務界俗稱「通稿」)，Blyskal
& Blyskal曾引述一位《華爾街日報》的編輯的話，約有50%的新聞來自

　　境掃瞄 (media agenda monitoring or environmental scanning; Dyer, 1996)、
媒介主張 (media advocacy; Wallack, 1990)、形象管理 (image management;
Turow, 1989:208)、新聞管理 (news management; Bennett & Paletz,
1994:29)、新聞策略 (press strategies; Bennett, 1988)、媒介策略 (media
strategies; Schlesginer, 1989, 1990)、媒介手段 (media techniques; Spitzer,
1993:199)、政治行銷 (political marketing; Mauser, 1983)、政治推銷
(promotional politics; McLaughlin & Miller, 1996)、策略性政治溝通
(strategic political communication; Manheim, 1994)、資訊與意見管理
(information & opinion management; Schiller, 1992) 等。McLeod, et al.
(1994:133) 則稱，為了因應媒體的吸引力，一些新的專業角色也不斷出現，
如「旋轉醫生(spin doctors)」、「形象管理者(image managers)」、「攝影投機
者(photo opportunists)」、「媒體專家(media pundits)」等。

❶　此地將press releases譯為新聞發布，其發送單位卻多為公關單位，故實應係
　　公關部門所發送的新聞稿件；至於「新聞發布」所涵蓋的範疇至今並無統一
　　說法。「對等」一詞中文譯名取自孫秀蕙，1997: 第三章，但作者並未就互
　　動概念進行討論。

公關稿件。Turow (1989)引述之資料顯示,《華爾街日報》在單日新聞中有53篇來自公關稿,其中甚至有32篇一字未改。Sigal (1973)的著名研究曾調查取自《紐約時報》與《華盛頓郵報》頭版的1,200則新聞,發現58.2%來自政府機關資料發布(包括官方文件、新聞發布、記者會、或其他主動策畫的事件),只有25.8%係由記者自行調查訪問取得。Cameron, et al., (1997)則說,公關對新聞媒體內容的影響力約在25–50%之間,有時會高至80%。此外,國內兩篇碩士論文(張藝芬,1990;周靜衍,1980)粗估政府新聞發布稿的採用率約為40–75%不等。

　　Walters & Walters (1992)分析美國某一政府部門所傳送的238篇文宣資料,發現上報成功率自75%至100%均有。但作者們亦發現,稿件的發出率與上報率之間並無直接正相關,關鍵在於新聞發布稿的內容是否符合新聞常規運作的要求(如是否具有地方角度、是否包括名人或著名團體、以及是否能在截稿時間前送達)。[15]Sachsman (1976:58)稍早亦曾調查舊金山市有關環境新聞的報導,發現該地區逾半相關新聞受到公關影響,40%的內容來自公關人員,另有20%則改寫自新聞發布稿;且規模愈大的媒體,每日取自公關稿件的新聞素材愈多。[16]

[15]　作者認為,記者們雖然常批評新聞發布影響了新聞媒體的採訪自主權,但新聞發布實是最古老的公關工具,對消息來源組織而言有正面意義。作者們發現,真正影響上報與否的關鍵因素乃是大通訊社(如美聯社或合眾國際社)是否先行採用。此外,Minnis & Pratt (1995)亦曾發現超過一半以上的見報發布稿件來自與地方有關之人與事(home-towners),且報紙主編在選擇新聞時,壓倒性地以地方角度作為新聞價值的唯一標準。但作者們僅觀察一份社區週報,其理論意涵有限。
　　Martin & Singletary (1981)則發現約有六成左右的新聞發布稿至少在一家報社見報;Kaid, 1976; Rings, 1971; Glick, 1966; Hale, 1978等文獻亦均顯示新聞發布稿影響新聞內容,但並非每篇新聞發布稿或公關通稿都能成為新聞內容。Cutlip (1954)稍早的調查則發現僅有35%的新聞來源係公關人員。

　　另如 van Turk (1986a, 1986b, 1985b) 曾根據其博士論文資料探討美國路易士安那州(state of Louisana)政府部門如何發送新聞發布稿件以及成效如何,其結論是官方消息來源在上報率方面的表現可謂相當「成功」,超過五成 (51%或444件發布稿中有225件見報) 獲得該州八家報紙刊載,在一週間總共刊出了 183 則新聞（有些報紙將不同新聞發布稿濃縮刊出）,佔該些政府部門所有見報新聞總數383則之48%。作者並進而發現,這些新聞發布稿的重點(salience)與見報新聞的重點十分相近, 在統計上均達顯著程度（Kendall's tau–b相關係數）。**❼**

---

❻ Morton & Warren (1992/1993)則發現相反現象：較大報紙採用之公關稿數量反而較少, 因此公關人員過度禮遇大報的成本效益不高。另外, Morton & Warren 建議, 附帶照片可能提高見報情形, 引起讀者注意。Berkowitz & Adams (1990) 綜合上述研究, 認為所有新聞中約有二分之一至三分之二是「源自消息來源(source–originated), 其餘才是記者自己採訪所得。

另一項有趣發現, 則與新聞記者如何引述消息來源有關。劉蕙苓的碩士論文發現, 臺灣報紙引述消息來源談話的情形相當普遍, 七成以上都在新聞中引用消息來源, 每則新聞引用的次數約為1.61個, 民國七十六年調查所得較六十六年稍高（1.64 與1.57之別）。 這個數字較美國學者調查所得差異甚大, 如 Berkowitz (1987) 發現美國記者每則新聞中平均使用消息來源的次數為5.6；Lasorsa & Reese (1990)則發現每則新聞有6.1個消息來源, 最多一則有多達36個消息來源。但兩地新聞媒體使用消息來源的差異有何理論或實務意涵, 目前尚難加以論定。

❼ 作者在結論中解釋, 五成的上報成功率顯示公關人員所發布之新聞稿效力有限, 理由如下。Turk認為, 雖然此處顯示新聞發布稿的「重點」與見報新聞內容之重點相近, 但實際上新聞內容趨向中立(neutral)報導而非偏向發稿單位。再者, 作者也發現, 新聞發布內容愈無說服意圖 (persuasive), 見報率反而愈高, 因此採取「雙向溝通」方式與新聞媒體溝通的作用, 可能大於傳統以宣傳模式的作法。另外, 記者主動要求的資訊, 上報率較消息來源主動提供者為高, 顯示公關人員採用「回應式」的資訊津貼可能較容易獲得記者信服,而這也是消息來源發送新聞發布最難以突破之處(van Turk, 1986a:25)。

德國研究者Baerns (1987:102)的研究進一步調查了新聞發布稿件的刊登率與刊出時間，發現約有三分之二的稿件(67%)係在第一天刊出，而時間拖的愈久，刊登的可能性就愈低。Baerns認為，公關人員不但能決定(under control)新聞報導的主題與內容，也對何時刊登有影響力，因為「新聞發布稿與記者會能直接吸引(induce)媒體加以報導」。Donohue, et al.,則稱此（時間）為公關人員對消息散布的控制 (distribution control)，因為「時機」原本就是資訊流通的重要影響變項（參見Donohue, et al., 1972:45; Mancini, 1993）。

國內研究者黃傳榜(1997)的碩士論文則認為，新聞事件中的「純淨報導(straight news)」較易受到新聞發布稿的影響，背景分析或特稿內容則因記者常多方引用書面資料或親身訪問所得，而較難受到消息來源之單面控制。至於新聞刊出量與刊出值（正面與負面報導）的相關性，黃傳榜發現媒體採用新聞稿的數量與報導中有利內容反映程度之間呈現正相關，即採用數愈多，愈有可能偏向中立報導或有利報導。

至於發布新聞稿件的單位，在一般較大組織中均設有發言人室或公關室以專人負責。高國亮(1993)曾在一篇分析專文中，說明英國外交部新聞發布制度之建立始於一九二一年，自此成為「藉由簡報……使新聞界被正確告知外交政策」的主要溝通管道。主要方式有每日例行記者會與背景說明會兩者，前者以新聞發布為主，後者則側重政策之闡釋。記者會由新聞司八位發言人輪流主持，會中除散發新聞稿外，並由發言人解說新聞稿內容，隨後由出席記者發言，發言人答覆，但記者寫稿中不得提及發言人姓名。而在記者會前，新聞司官員先行開會討論可能被詢及之問題。至於背景說明會則通常由新聞司司長主持，係不列入記錄(off the record) 之會議。這種以記者會或背景說明會等公開場合影響新聞報導的運作方式，因而成為各國政府機關爭相模仿的對象。

另如美國政府設置新聞發言人與公關室的歷史更為悠久，其運作也

更為嫻熟（Maltese, 1992; Hertsgaard, 1989; Spear, 1984; Hess, 1984; 樓榕嬌，1986；冷若水，1985）。⓲ 如白宮早在第二十二任總統 G. Cleveland（克里夫蘭）任內（1885–1889以及1893–1897），即已委託秘書兼管與記者協調事務，而在本世紀初W. Harding（哈定）總統任內進而委任兩位秘書之一專責新聞界聯繫之事，形成慣例迄今（冷若水，1985:76）。一九六八年正值R. Nixon（尼克森）總統任內，又於新聞處外設置傳播處 (Office of Communication)，負責聯繫華府以外之新聞機構，邀請這些媒體記者或編輯與總統見面。這兩個組織在過去十年中迭經改組，有時互相獨立，有時又互有歸屬，但其協助增進總統媒體關係的主要功能始終未變(Maltese, 1992)。

有關發言人制度之實證研究不多，Seymour–Ure (1997)之近作試圖由資料中探索美國總統及英國首相如何藉由記者會的選址 (location) 來掌握媒體溝通策略的主控權。⓳首先，作者曾統計柯林頓總統在一九九三年間曾與媒體單獨會面達三十次，召開記者會或說明會 (press briefings)七十八次，每週廣播演說三十三次，提供媒體拍照機會八十六次，以及與一般百姓會面但開放給媒體參加之聚會共兩百五十九次。會

⓲ Hess (1984:1)稱，政府機關的「公關室（或稱記者室）」是二十世紀的產物，源自本世紀初期美國總統 W. Wilson（威爾遜）在第一次世界大戰期間所設置的「戰時公共資訊委員會」，每日發出逾十篇以上的新聞稿件。Hess並稱，在本世紀初，記者與官員間幾無來往，華府記者在當時為數不多，即使是白宮也要到1896年才成為正式採訪路線之一。直到老羅斯福總統任內（一九二〇年間）某次看到記者們聚集於白宮北廊，冷風颼颼，因而邀請記者入內，並隨後在白宮西翼建立新聞室，才從而開啟了記者的合法採訪地位（見第一章⓫）。

⓳ Kosicki & Pan (1997:12)認為，溝通活動的場址(locale)當然屬於消息來源媒介策略之一環，因其可促發(revive)一連串具有歷史意義的政治相關行動，因而提供觀眾「積存的社會知識」，產生文化共鳴(cultural resonance)。

面時間有時短至數分鐘，有時則長達數小時。有趣的是，以上的會面僅有約三分之一是在公共場合(public places)，而大約七成是在包括白宮或其他政府機關內部的「私人場所(private places)」。在白宮中，又以總統辦公室(Oval Office)為數最多，其他則包括東廳、玫瑰園、南草坪（停放直昇機用）、國賓廳等內外場所。

作者同時發現，柯林頓與前幾任總統不同之處，在於他不再要求新聞媒體將轉播車開進白宮進行現場訪問，而是由他直接進入電視新聞棚內接受現場記者與民眾「扣應(call-in)」之詢答。此外，柯林頓參加廣播現場節目的次數也遠超過其他美國總統，有時他會即興吹奏薩克斯風，有時則上MTV節目，有一次甚至在現場節目中與中西部的老牛仔討論如何動手術幫助母牛生產。

由於柯林頓深知美國總統所具有的新聞性，因而充分利用各種場合製造媒體報導的機會（如參觀平民住宅、公寓、節慶或比賽集會、醫院探訪等）。 藉由這些機會，柯林頓將新聞媒體帶入無法預期或準備的場所，任其挑選談話主題、挑選行動對象、也挑選故事情節。總之，美國總統透過出現場合決定了新聞報導的訊息(location as message)，因此作者認為，「【消息來源】選擇在何處說話及對誰說，可能與你說了什麼內容一樣重要」(1997:36；添加語句出自本書作者)。

Seymour-Ure認為，除了地點的選擇權外，總統面對新聞媒體時尚有其他優勢，如可挑選記者會的舉辦時間、參加記者會的人選、資訊交換的種類（如主題、互動方式、或甚至記者會的長短）、資訊使用的公開性（作為背景說明或政策宣達）。 即以記者會為例，總統經常可藉由指定某些「友好」記者發問來影響整個問答走向，或是避重就輕地回答問題讓記者無法深入追問。從總統與記者的互動歷史來看，顯然這個「超級消息來源」在吸引新聞媒體報導的能力上不但遠超過其他任何發言人，也是新聞媒體難以抗衡的競爭對手。❷⓪

　　簡言之，有關新聞發布與公關稿件處理方式的研究，大都著眼於討論消息來源組織（包括公關部門）如何透過正式或非正式管道影響新聞媒體報導對己方有利之消息。但過去文獻對於這種處理方式的效果意見並不一致：如Baerns (1987)的結論是公關作為對新聞媒體的報導內容影響力相當強大，尤其對題材的選擇以及推出的時間有具體掌控權，可視新聞媒體的需求、限制、以及人物的重要性，控制發稿的角度與時間。但Glick (1966:452)則認為公關稿件的效果有限，上報率可能低於1%，頂多只能改變新聞媒體採訪之初的走向；在技術層面上，公關人員需要多使用摘要 (summary) 或寄發新聞稿的方式，且應依不同主題選擇不同材料。Vincent (1992:183)針對波斯灣戰爭的新聞報導研究更發現，某些新聞發布內容的確較易獲得媒體青睞，如新聞摘要、政府或軍事領袖的演說或事先安排的事件、新聞集體發布稿(press pool stories)、新聞背景說明、其他專家的解說、或發言人之說明稿。整體來說，除時間性、地方角度、與寫作風格外，研究者對何種新聞發布稿較為有效尚無統一結論。㉑

㉜　Oakes (1992)稱，總統除了記者會外，還使用其他方式取得主動權。如在雷根總統任內，其公關人員曾要求記者發問必須舉手，對總統大叫以便引起注意則被視為是種冒犯(affront)，總統可以拒絕回答。一些過於執著不願聽命此一「狄佛條款」的記者因而被拒絕接近總統。另一方面，安全人員也被要求在總統與記者之間製造安全距離，愈遠愈佳。此外，Sallot, 1990（引自Cameron, et al., 1997:127）曾說，雷根總統每當民意支持率下降時，就會由公關人員安排一些特別活動，某次甚至騎上白色戰馬，博取媒體注意，類似國內李登輝總統於立委選舉時的服裝造勢活動。

㉑　除上述文獻外，Griffin & Dunwoody, 1995; van Turk, 1985a; Dunwoody & Ryan 1983; Gans, 1979; Prown & Walsh–Childers, 1994 等亦都有類似看法，即新聞發布稿須強調地方角度與時間性。Walters et al. (1995:1)則認為，新聞發布稿的作用在於具有「擴大主題或形象的潛力」，可刺激媒體進一步報

三、　資訊津貼與議題建構(information subsidy & agenda building)的意涵

以上所引文獻，大都延續傳統資訊流通角度，探索消息來源如何藉由新聞發布或其他公關作為接近新聞媒體，並影響其報導內容，爭取呈現對己方有利的資訊。另有些學者（如Gandy, 1982; Entman, 1989）則認為，這些新聞稿件或其他由消息來源所提供的新聞資料也屬一種經濟行為，是消息來源以「最少成本付出原則(rule of least effort)」所提供給新聞工作者立即可使用的資訊。一方面，消息來源從成本效益著眼，企圖降低資訊發送所需耗費的時間與金錢，另一方面，資訊買、賣雙方的可信度總是影響交易的重要因素,兩者經常藉由各種手法試探對方誠意,以協助減低使用資訊的不確定感。

早在一九八〇年代初期, 傳播學者Gandy (1982:8 & 15; 參見Griffin & Dunwoody, 1995) 即已建議以政治經濟學的角度分析知識 (knowledge)與資訊(information)如何與權力結合, 以及如何被用來作為控制他人的工具。他認為, 在新聞生產的過程中, 消息來源會以資訊津貼(information subsidy)的方式與新聞工作者交換利潤, 包括減低新聞工作者蒐集資訊所付出的時間與支出、減低科學研究的費用、以及減低撰寫與製作電視節目的支出。 ❷

導這些主題與個人形象。Morton (1992–93, 1993)發現,「寫作風格」的優劣影響公關稿件的接受率, 較為簡單的內容較易上報。國內碩士論文作者臺錦屏(1992)則發現, 國內記者多以「私人消息來源」為主要蒐集資訊管道, 對新聞發布稿並不重視。

❷　至於新聞工作者為何要接受這些成本較低的津貼, 作者認為理由有下列幾項: 第一, 新聞常規中的截稿壓力, 迫使記者必須考慮應付時間所須付出的成本支出。第二, 消息來源的可信度問題, 也使得記者慣用較常來往之消息來源所提供的資訊津貼, 以減低查證所須花費的時間成本。第三, 如果資訊

Gandy強調，消息來源利用這些方式提供資訊，旨在控制新聞內容，或甚至影響新聞框架或新聞中的核心意義。透過消息（或資訊）的刊出或見報，雖然表面上新聞記者是資訊津貼的直接受益者，但實質上消息來源不但會因受到大家注意(media visibility)而成了間接受益者，更會因其對議題的價值與觀點得以進入新聞報導的深層面向，而成為社會意義建構的主控者，進一步奠定對資本主義社會經濟體系的影響與控制力。

至於新聞津貼的方式，Gandy 提供了較上節有關「新聞發布」為廣的架構，包括：直接與媒體接觸、郵寄資料供媒體使用、出席公證會作證發言供媒體採訪、購買廣告、透過公關專業人士發動活動等。在技巧方面，Gandy 也提出與上節不同的面向，如以匿名方式洩漏資訊、提供背景說明、或藉他人之名釋放消息；政府機關為瞭解政策是否獲得民意支持而經常使用之「試探氣球(testing balloon)」即為一例。此外，消息來源也可能召開記者會、舉辦活動、發表對己方有利之民意調查結果、提供新聞資料袋(press kit)，以尋求媒體對這些資訊的青睞。❷❸

總之，以資訊津貼的角度觀之，消息來源或公關人員係著眼於提供資訊以降低新聞工作者尋找消息所花費的時間與金錢，藉以掌握資訊內

津貼者(information subsidizer)地位較高、新聞性較強時，要尋找替代人物所費不貲，也提高了記者接受資訊的意願。第四，資訊本身的獨佔性，常是記者有意獲取「獨家新聞」的動力。因此，一旦此一資訊尚未被其他媒體人員探知，即使明知津貼者恐尚有其他目的，記者也會理所當然地樂於「佔有」資訊，且沾沾自喜(p. 8)。

❷❸ 有關新聞資料袋(press kit)的一篇新作(Griffin & Dunwoody, 1995)，證實這些資訊津貼對媒體的部份影響力。作者們發現，幾乎一半的報紙(48%)均刊載了由通訊社所提供的消息，反映了資訊供應者的角度。但作者們亦發現，某些新聞主編亦試圖擺脫這些資訊的影響，加派地方記者從新的角度報導議題。由此觀之，作者們認為資訊津貼的功能在於協助新聞工作者瞭解議題爭議所在，因為其他非新聞因素也會影響報導走向。

容，影響報導方向。基本上，此一理論首先揭櫫了媒體與消息來源之間
的有趣關聯，顯示新聞產品實際上是由兩者共同創造或建構（Walters,
et al., 1995:1: 見本書第六章解釋）， 而非如早期守門人理論所稱之新聞
係新聞工作者之所決定之事物（參見第三章第一節）。 此外，資訊津貼
概念也涉及了消息來源如何以直接與間接方式，進行影響新聞框架影響
的作為，因而證實了資訊使用與政治經濟權力的確有相當程度的結合
（Golding & Murdock, 1997中之Gandy篇章）。

近些年來，另有學者逐漸將資訊津貼的功能與議題建構 (agenda
building)相提並論，藉以解釋消息來源對新聞工作的影響力。❷❹所謂「議
題建構」，原係政治學與公共政策領域中之概念， 由 Elder & Cobb
(1984:115)所提出，意指「問題或議題(issues)取得政府重視並主動關心
引為公共政策未來走向的過程」。 其他傳播學者則認為在議題發展過程
中，各方均嘗試主動推動議題，使其成為政府或媒介關心的對象，可謂
是一種「議題協商」的過程(Blumler, 1990)。

Lang & Lang夫婦(1991:286)則嘗試解釋「新聞媒體選擇議題」與「社
會行動者凸顯議題」兩者的關連性。首先，Lang氏夫婦以美國「水門事
件 (the Watergate)」為例，說明新聞媒體無法獨立於政治體系之外，必
須不斷地伴隨事件發展而改變報導重點。早期，媒介會對事件中的某些
團體或個人特別注意，凸顯其特色。次者， 媒介會強調事件中的某一部

❷❹ 首先將此兩概念連結者，當係 Berkowitz & Adams, 1990。在這篇短文中，
作者們首先定義「媒介議題建構」為「創造媒體中各種議題(media agendas)
的全部過程」， 而「資訊津貼」則是「消息來源藉由減輕新聞工作者採集資
訊所付出的成本，所達成影響媒介議題的努力」(p. 723)。作者們並強調，將
這兩類概念合併研究的重點，在於可藉此「評估新聞消息來源的力量強度
(magnitude)」——如果新聞可以塑造人們的社會真實，重要消息來源在社會
真實的產生過程中，必然也扮演重要角色。如果新聞塑造了公共政策的辯論
空間，重要消息來源必然也會對這些政策的成果有重要影響(p. 723)。

份，形成特殊框架。接著，新聞報導將此一事件與其他政治情勢連結，以便讀者建立主觀閱讀框架。最後，相關團體的重要人物也會相繼獲得發言機會，使得整個故事更為完整。這樣的新聞報導歷程，顯示了媒體不但會因報導內容而影響民眾的閱讀認知（即早期所稱之「議題設定功能」），也會因不斷與消息來源接觸而改變其內容或報導方向，顯示了媒體的議題建構功能，是一種「集體【合作】的過程，牽涉到某些程度的互動(reciprocity)」。

Lang氏夫婦此一有關「議題互動」的提議，顯然受到其他學者的歡迎。如Mathes & Pfetsch (1991) 就曾指出，議題建構顯示了不同利益團體相互競爭以促使新聞媒體接受己方觀點，使得新聞守門人的功能得以更加凸顯；Gamson (Gamson & Modigliani, 1989) 則稱此為「套裝新聞(packages)」，意指組織雇用公關專業人員提供一套相關活動（如演講、訪問、撰稿、廣告、或甚至法律摘要），企圖影響新聞媒體對某項議題的認知，進而承認或認同組織看法。或如Ericson, et al. (1992, 1991)所言，使用這些套裝新聞的用意，就在試圖以社會建構的法則誤讓大眾以為事件的出現乃依據「自然法則(the laws of nature)」。**㉕**

簡言之，此類研究所關心的焦點，均在於強調消息來源常透過各種不同管道與方法來推動議題，使其成為新聞媒體樂意且加強刊載的消息。雖然迄今為止，大多數研究均顯示資訊建構的成功機率甚大（如Albritton

---

㉕ 基本上，這些作者都認為新聞內容並非自然設定，而係多方勢力交相運作後(an interactive process)的成品。如Berkowitz (1994:81)曾稱，「是誰設定了媒體的議題？沒有任何人。事實上，新聞議題並非像議題設定理論所稱係由新聞媒體轉換讀者的關心議題次序，而係由媒體將許多組織所關心的次序加以調整。更重要的焦點應是：新聞議題如何產生(take shape)？以及政策制訂者如何影響新聞決策？」。換言之，此地的重點應在於新聞媒體與資訊提供者雙方如何進行類似「談判（協商）」的過程，以致影響了新聞產品的製作過程。有關此點，將留待第六章再予討論。

& Manheim, 1985, 1983; Manheim & Albritton, 1984），但無論就新聞刊登的數量與新聞生產的過程觀之，其間仍有相當多變數容易導致資訊流通失敗，原因可能包括：新聞媒體（尤其是日報）擁有足夠採訪記者可供運用，因此對「資訊津貼」的依賴性較低。或者，新聞媒體傳統上僅對「事件導向(events-orientation; 見本書第三章第一節、第五章第二節討論)」的資訊才感到興趣，但是消息來源常提供複雜議題，因而難以受到媒體青睞。再者，政府機關素來較為新聞媒體喜於接近的對象，相對而言，一般企業組織或社會團體就較難受到相同待遇。❷❻總之，如van Turk所言(1985b:112)，如果消息來源所提供的資訊可被媒體使用，這些人就有機會影響媒介的議題；而如果他們能影響媒介議題，或許也就可以影響民意或公共議題。畢竟，消息來源組織之目標對象獲取的主要知識或資訊，總是經過媒體製造與傳布。

四、消息來源的媒介策略運用

　　雖然「策略」一詞過去曾廣泛為公關學界與業者使用，但相關定義

---

❷❻　Manheim & Albritton (1986) 稍後的研究，修正了原先看法。作者們認為，公關公司介入國際形象改變的成功因素，大都在於他們能夠控制資訊的流通以及處理相關國家的新聞，或者在於減少目標記者對資訊的敵意。但是一旦這些新聞工作者有其他管道可以獲得這些國家的「真相」，或者當新聞工作者體驗到他們是資訊操縱的對象時，「敵意」自然會造成記者對公關資訊的不信任。作者們因此在結論中修正了其觀點，認為國際公關努力可能只是「糖衣式的宣傳(sugar-coated promotional activities)」，對新聞形象不會有積極效果。只有這些公關工作使用更精細的規畫，且在公眾無法監督的情況下，成功率始得提昇(1986:288-289)。最後，作者們亦認為公關工作再強，仍然難以對抗歷史情境因素(historical forces; Manheim, 1994:147)。換言之，公關努力要順勢而為較容易，利用新聞媒體來逆勢或創勢則多艱險難為。總之，造成資訊津貼失敗之原因甚多，未來仍值得繼續觀察與研究。

並未統一。本章採用Grunig等人(Grunig & Repper, 1992)所發展的公關策略管理模式(PR strategic maganement model)，強調「策略」概念係一互動過程，涵蓋了內部（如組織文化）與外部（如環境變動）因素，係組織面對重要議題所擬定目標與執行計畫逐步完成的活動。

至於「媒體策略(media strategies)」，翁秀琪(1996:128)稱係泛指消息來源「為了能上媒體版面所發展出來的所有文字的（如背景資料、新聞發布等）或行動的（如集會、公聽會、示威遊行）策略」。翁氏認為，消息來源（或社會行動者）發動媒體策略的行動力，可視為是區辨其權力高低的指標；但兩者之間的關係並非線性，有時媒體策略能力愈高者，社會權力反而愈低。

此外，Spitzer (1993:199)認為媒體策略係指消息來源能夠造成媒體報導或在媒體曝光的整體力量；Wallack (1990) 強調此種媒體策略之使用，乃消息來源藉此掌握政策制訂之主動權，以免受制於一般民意。Hunt & Grunig (1994) 以過去研究為例，指出消息來源之媒體運用須建立於「雙向對稱」的基礎，視新聞媒體為對等組織，方能改進與媒體的關係，增加報導正確性。

英國社會學家Schlesinger (1990)曾試圖發展消息來源運用媒體的策略模式 (strategic models)，認為消息來源的確在新聞產製過程中扮演重要角色，但首要之務在於具有相當組織規模(institutionalized)，才能適應新聞媒體的路線設置常規。第二，消息來源的財力也需要慎重考慮，因為是否能長期維持以常態方式提供資訊，是媒介策略有效與否的重要決定因素。第三，不同消息來源之間也可能發展競爭與合作關係，共同建立媒體策略。第四，消息來源的公信力也應是設定媒介策略的重要考量基礎，專家們（如科學家）就常挾其在「文化資材」上的優越地位積極開拓「智慧場域(intellectual field)」，因而成為新聞媒體競相追逐邀約發表意見的對象。

　　以戰爭期間所實施的新聞檢查(censorship)為例，Schlesinger (1989: 295–301)認為消息來源（如政府機構）常藉此機會施展不同程度的干預策略，以便官方說法能成為媒體上的合法觀點。由於戰爭期間民意多基於愛國情操而傾向支持政府「保密防諜」之作為，檢查因而成功地限制了新聞媒體進行客觀報導工作，反而須大量依賴政府官方資訊，成就了新聞媒體宣傳模式(propaganda model)的建立。

　　在具體作為上，Schlesinger (1990:7) 提出四項策略：其一，消息來源必須發展明確訊息，並合乎新聞價值的既有框架；其二，消息來源須瞭解並有效率地掌握散布訊息的管道，目標群眾也應考慮清楚；其三，策略是否成功，端視消息來源能否培養出與新聞媒體共鳴感 (sympathetic contact)，如在洩漏訊息時掌握適當時機方能為媒體所用；其四，將反對者的意見先行化解。

　　其他學者更進一步提出消息來源與新聞媒體交往的策略，如 Luostarinen (1992) 曾舉出波斯灣戰爭期間美國軍方所慣用的種種控制媒體方法，包括：「餵食(feeding)」，意味軍方以記者會方式提供資訊，甚至包括一些故意公開但意在誤導敵方的消息(disinformation)；「競爭」，指軍方減少資訊的供應量以引起新聞組織彼此互鬥，爭相向軍方示好以獲得獨家消息；「限制」，即阻絕新聞記者接近戰爭現場的機會，以便控制消息供應的獨家管道。❷❼

---

❷❼　Shoemaker & Reese (1991:109)指出，美國總統雷根是最擅於使用「限制」策略的消息來源，經常以與記者保持距離(distancing)來控制訊息的流通。如在雷根離開白宮前往大衛營度假時，雖然主動提供拍照機會，但利用直昇機的響聲迴避記者發問，或者在記者拍照時限制記者發問的數量。雷根任內也顯著減少記者會或其他未經安排之會晤記者機會，但同時卻增加由白宮主控之臨時發生情境。

類似「限制」策略，其實又可與「主控」策略一起討論。如Bennett & Paletz (1994:92–93)曾提及，總統影響新聞媒體報導的最有效利器，就是從政策爭

　　Bennett & Manheim (1993)另曾舉出「連結(link)」是波斯灣戰爭中美國政府使用最成功的策略，用以建立某種形象（亦可參見 Tankard & Israel, 1997）。如美國總統布希在戰事早期就藉由指稱伊拉克總統Saddam Hussein之行徑有如二次大戰的德國總理希特勒(Adolf Hitler)，成功的讓六成民眾接受這種說法，進而支持美國出兵援助科威特。而受科國政府委託擔任公關顧問的美國 Hill & Knowlton 公司也利用民眾對戰事尚無任何先前知識之時，發動「科國婦女」前往國會作證，指稱伊國軍隊姦淫擄掠甚至將新生嬰兒從保溫箱中拖出。此些「指控」加強了伊國與「暴徒」之連結，從而使得科國「受虐」的形象更為清晰（此一個案可見Manheim, 1994）。

　　同樣研究波斯灣戰爭中之美軍媒體運用策略的O'Heffernan (1994:240-1)則補充發現，軍方更擅於改變(reframe)媒體訴求框架的方向，以一千五百位美國地方性報紙或電視為邀訪對象（而非傳統全國性之報紙與電視網），因而使得報導內容從戰場狀況一變而為對地方子弟兵參戰的人情味故事。此外，O'Heffernan亦提及美軍使用之其他媒體策略，如「阻絕(stonewalling)」，即不用正常管道提供訊息，但每天發布排山倒海卻又無關緊要似的背景說明，讓記者無暇再尋找其他消息；「管制(policing)」，嚴密防止內部人士洩漏任何訊息；如有記者探詢戰事，則向媒體管暗示其缺乏愛國心，另一方面則主動發布具有震撼力效果的電視新聞紀錄片（如高科技精靈炸彈）。❷❽

　　議中突然改變話題，擾亂(distracting)記者與其他人士的注意力。「總統所擁有的行政力量，能使他減緩媒體的批評性報導」(p. 92)。

❷❽　O'Heffernan (1994:240–241)。作者在文中還曾提及(pp. 242–243)幾種防止媒體的方式，如：建立國防機密系統、新聞檢查、推動菁英人士的共識、強調記者應顧及戰事對其人身安全之危害、以技術限制困擾媒體記者直播或蒐集資訊。類似討論可見 Hiebert, 1993; Kellner, 1993。Bennett & Manheim (1993:344–348) 曾另提出軍方控制消息外漏的三種策略：「限制接近(lim-

Shoemaker & Reese (1991:150 & 192) 亦曾探索消息來源影響新聞記者的策略，歸納為兩種不同類型：有些消息來源單純地從報導內容著眼，因此選擇發送可輕易為新聞媒體使用之資訊如公關稿，或委託組織內部之公關人員或雇用公關顧問公司提供此類服務（如本節第一部份所述）。有些則意在提供情境(context)，讓新聞記者容易隨之起舞（見本書第六章有關情境框架之討論），如某些大型企業常藉由捐助「智庫(think tank)」、提供新聞獎助、舉辦研討會等匿名方式影響新聞常規，可謂是一種意識型態的動員(ideological mobilization)。作者們認為，要洗腦民眾(brain-washing the public)的第一步，就是向記者提供「不列入記錄的簡報(off-the-record briefings)」， 目的在於設定媒體報導的議程，讓新聞記者接受簡報者的觀點，或由簡報者的角度詮釋事件的走向與原因(Shoemaker & Reese, 1991:171)。

然而對於一般企業組織或社會團體來說，要將新聞媒體「引入」事先設定好的「情境」並非易事。畢竟，一般企業組織或社會團體並未具備如Schlesinger所稱類似政府機關之規模，因此新聞媒體也極少針對這些組織或團體設置任何常規路線，提供報導機會。面對這些不利因素，創造媒體事件 (media events) 就常成為一般企業組織或社會團體最常使用的媒體策略，也是公關人員提供服務的核心工作之一（參閱蔡體楨，1992；張永誠，1991；Miller, 1987；Howard & Mathews, 1985；Corrado, 1984；Gans, 1979）。

臧國仁(1992:6-7)認為，公關人員利用事件或活動來影響新聞媒體

iting the access)」、「管制記者所發布之新聞內容(managing the news)」、以及「創造符號(constructing symbols and images)」。Woodward (1993)同理舉出「陪侍（accompanying或escorting）」也是在波斯灣戰爭期間軍方慣用的手法，即所有記者都由軍方公關人員陪同，形同監視作用，因而阻緩記者採集消息的速度。

的歷史由來已久，如素有美國「公關之父 (Father of Public Relations)」
美譽的柏納斯 (E. Bernays) 早在本世紀初即已採用公關事件協助美國通
用電器公司舉辦慶祝電燈問世五十年活動（此一詞彙取自 Hunt &
Grunig, 1994:vi）。他所使用的方式，是在全世界同步舉辦電燈重新啟用
儀式，由美國國家廣播公司播音員一聲「令」下，全球各地同時開啟電
燈。這種「同步」方式隨後亦廣受歡迎，在許多類似活動中採用，亦成
為新聞報導（尤其是電視新聞）所樂於採用的消息。

　　在學者 Boorstin (1961) 的眼中，舉辦此類活動或事件的目的，其實
並不單在直接吸引人潮，而係要引起媒體注意，爭取報導機會，並間接
地訴諸於廣大民眾（或消費者）。這種預先設計且易引發新聞媒體報導的
活動，可稱之為「假事件(pseudo-events)」，意指非自然發生而是經由某
些人或組織策畫安排的事件（參見翁秀琪，1992：第八章第七節；李金
詮，1981：第三章）。此一概念首見於 Lippmann (1922)，但由 Boorstin
集大成，其對假事件之定義饒為有趣：第一，此一事件並不具突發性
(spontaneous)，而是經由精心策畫、設計、與導引而產生。第二，其設
計的目的就在希望被媒體報導或再製(reproduced)，因此其發生過程均依
新聞常規為主要考量。第三，此一設計事件與真實之間的關連極為曖昧
不明，而其重點其實也在於維持此一與真實不明的關連性，新聞記者常
難以查明清楚。第四，這些事件具有「自我應驗的預言本領(self-fulfilling
prophecy)」，如某旅館慶祝三十週年慶，在記者會宣稱該飯店未來將發
展成為東亞首屈一指的五星級休閒勝地，因而間接宣示了對未來的預測。

　　Boorstin 並謂，假事件通常較具戲劇性，且常較一般社會真實事件
來得有趣、刺激。對新聞工作人員而言，假事件極易報導，資料較易蒐
集，新聞來源接受訪問之意願較高，且受訪者大都能侃侃而談，有親和
力，可立即提供新聞工作者所需要的重點。有經驗的公關活動策畫者更
常「敏銳地掌握社會脈動，趁勢造勢」，或甚至進一步與新聞媒體聯合

舉辦活動，將假事件轉化為新聞媒體本身塑造社會公益形象工作的一部份（本段引自蔡體楨，1992，所討論之個案）。

　　Boorstin 對「假事件」概念的卓見，近年來在學術界與實務工作中的討論屢見不鮮。如 Molotch, et al. (1987:36) 認為此一概念的重點，乃在指明這些新聞媒體的「外在操縱行動(outside manipulations)」並非特例，而是常態(rules but not exceptions)。非新聞組織人士（指消息來源）常採取主動角色，力圖建構新聞內容與方向，改變議題本質，或影響新聞媒體報導的結論。

　　在實例方面，翁秀琪 (1996:140)研究婦運團體推動「民法親屬篇」的活動策略，發現遊行、示威最受新聞媒體青睞，其次是發動國代質詢、連署、要求釋憲，再來才是座談會、公聽會、記者會，顯示動態策略最為有效。孫秀蕙 (1994)以社會運動為例，認為衝突、對抗、造勢等行動最常被新聞媒體認定具有新聞價值。這種觀點正可以解釋何以社運組織偏好製造社會失序行為以增加媒體曝光機率。類似看法，也可以在胡晉翔(1994)所研究之「無住屋者運動」中明顯看出，即社運組織常習以抗爭事件為主要媒介策略，而新聞媒體也的確對此類活動最為注意，報導量最多，無論報紙或電視皆然。

　　此外，Katz 等人（1984, 1981; Katz, 1980; Dayan & Katz, 1992; Liebes & Curran, 1998: 序章）進一步申論Boorstin的說法，提出「媒體事件 (media events)」的概念，特別強調在重大事件或國定假日 (high holidays)等節慶時由電子媒體所提供的的現場新聞轉播，如人類登陸月球、總統葬禮、四年一次的奧運比賽等。Katz認為，這些現場節目能將觀眾帶到事件現場，「感受」事件本身的震撼力，其效果與一般新聞節目有所不同。再者，雖然這些事件並非媒介主導，但事先顯然已將媒介轉播效果一併考慮在內，因此常在節目中加入富有戲劇或情緒性的情節 (emotionl and symbolic content)，讓觀眾感同身受。對觀眾而言，Katz

發現這些節目通常具有強制(obligatory)作用，能讓觀眾停止其他日常工作來共同經驗歷史時刻。此外，這些節目內容通常都集中描述某些特定英雄人物(personalities)，也能快速塑造新的英雄人物。

其他研究者（如Blumler, 1990: 104; Baerns, 1987:100–101; Gandy, 1982; 臧國仁，1995a:269）近來甚至發現，某些消息來源掌握了媒介處理重大事件的原則，可以輕易地將其訊息在媒介上曝光，恐怖份子尤為此中翹楚（如國內陳進興劫持南非武官案）。 Weimann (1987:21–39)就曾如此指稱，恐怖份子早就發現少數幾個人如能出現在電視媒體上，可能較在叢林中打游擊戰的效果更好。恐怖份子因而融合了上述媒體事件中的暴力、情緒、懸疑、衝突、對抗、與英雄人物特質等因素，善於推出新聞媒體眼中難以抗拒的「好故事(a good story)」。❷此類說法已引起媒介究竟係「反對」或「支持恐怖活動」的激辯，迄今尚未減退（相關文獻如：Picard, 1993; Paletz & Schmid, 1992; Alali and Eke, 1991）。❸

由此觀之，Goldenberg（1975；引自孫秀蕙，1996:166）早期對媒體策略的歸納特別值得注意。他說，組織行動愈是背離社會規範，強調

---

❷ Mulcahy (1995) 曾由框架角度分析1981年在北愛爾蘭民兵罪犯所發動的飢餓罷工，企圖改變一般人對其「恐怖份子」的印象，尋求正當化其造勢活動。但Mulcahy發現，北愛、英國、以及美國的主要報紙均未提供此種正當性，但與造勢活動較具相同文化背景的報紙，較為提供足夠支持與瞭解。Mulcahy並引用文獻說，恐怖份子將媒體視為好朋友，因為徒有恐怖行動其實沒有意義，要經由媒體將其行動散布四方才能顯現「恐怖」情節的效果，取得正當性(legitimacy)。

❸ 如Viera (1991:82)曾謂，有些新聞記者不耐成為恐怖事件中的政府傳聲筒，因而轉而倚賴恐怖份子取得消息。如此一來，新聞記者反而陷於無法客觀報導的泥沼，因為在這類事件中，極難在兩造之間取得客觀性。由此，更產生了媒體究竟應該支持政府譴責恐怖份子，或是保持其公共論壇角色，讓恐怖份子之訴求得以廣為社會討論的兩難中。

衝突與不和諧（或失序行為），　則受到媒體報導的機會愈高。第二，組織行動對社會大眾的影響力愈大，則新聞價值愈高。第三，組織行動的發展潛力愈高，新聞價值愈高。第四，組織愈能將複雜議題單純化讓大眾理解，新聞價值愈高。第五，組織對重要議題的看法是否一致，以及訴求行動是否協調，也都會影響到新聞價值。顯然作者一方面認為事件與行動的發起旨在引起新聞媒體注意，但是媒體是否注意則與組織資源是否得以完整運用，以及組織文化是否能動員這些資源有密切關係。下一節將繼續由「組織文化」層面討論消息來源的真實建構行為。

五、小結（對消息來源研究的省思）

以上簡述了有關消息來源運用媒體的基本文獻與研究，其重點與問題可歸納如下：

第一，正如前章所述，新聞學者常誇大新聞媒體對新聞流程擁有超大控制力，本節所引文獻卻顯示消息來源的相關研究亦常暗示消息來源在此過程中對新聞媒體的超強影響力。如Blumler (1990:104)認為，一旦新聞發布的過程啟動，其他系統也會跟著動起來。Gandy (1982) 強調，新聞雖不一定代表「真相」，　卻是消息來源所決定的真相。而Hall et al. (1981) 甚至指稱，新聞媒體不過是「制度的臣服者 (structured sub-obedience)，只能聽命於有權勢的消息來源」。

對消息來源之影響力最為露骨的闡釋，仍首推本節稍早引述之Luostarinen (1992)。他認為，當美國政府與軍方在歷經多次近代戰爭後已逐漸熟悉發布新聞的模式，但新聞媒體迄今卻一無對策，使得新聞已逐漸成為政府消息來源宣傳政策或立場的最佳管道，新聞學未來或可更名為「宣導學(promonalism)」。　❸又如Baerns (1987:103)之言亦十分悲

---

❸　Promonalism係將宣導promotion與新聞journalism合併而來，代表以宣傳為裡而新聞為表的溝通方式。類似說法亦可參見Fishman (1980)使用之新聞宣

觀：「公關對新聞媒體所散布的內容有決定權。…… 如果【新聞學】研究繼續只對一些表面現象進行分析，而不去探討解決方案，未來新聞的功能未來將持續被公關取代，並演化成『資訊不再是需求者而是提供者的責任』」（添加語句出自本書作者）。 而其他學者研究美國總統對新聞媒體的影響力，亦都發現較為主動的官員極易控制媒介言說，可藉由媒體將問題訴諸大眾而擴大其權力（如 Cook, 1989; Kernell, 1986; Linsky, 1983）。

以上這些說法，與上章有關「媒體獨大論」之文獻顯然有所不同，不但將新聞媒體改視為是新聞採訪流程的「被動者」， 且明顯高估消息來源的「造勢」能力，因而過分凸顯了官方消息來源的影響力。如研究健康傳播的 Miller & Williams (1992) 就反對這種推論，認為官方機構在試圖透過媒體報導接觸民眾時並非經常有效。事實上，「雙方」在訊息製造過程中的許多「競爭點」均各有斬獲，使得報導結果並非一成不變，

導 news promotion 概念，意指促銷式的新聞，由新聞記者充當消息來源的發言人。Iyengar & Simon (1993) 則稱此為「官方新聞事業 (official journalism)」。

Bennett (1994:29) 曾謂，雖然新聞記者瞭解也嘗試抗拒倚賴消息來源所提供的套裝新聞 (package news)，但是愈發精緻的媒體運用策略使得消息來源成功的機率較以往更大，如「洩密 (leaking)」就是消息來源影響媒體記者之最佳工具。在雷根總統任內擔任新聞秘書之 Deaver 就曾說，白宮新聞工作者可控制如何洩密、什麼時間洩密、以及洩密給誰，著眼點就在於新聞記者有獨家壓力，很難抗拒消息來源所提供的獨家訊息。Hess (1996:77-78) 更列出幾種洩密手法，如「討好（記者）式洩密 (goodwill leak)」、「政策性洩密 (policy leak)」、「無特定目的的洩密 (no-purpose leak; 意指社交式的交換訊息)」、「試探性洩密 (trial-balloon ieak)、 「破壞式洩密 (animus leak; 意指為破壞某敵對機構或個人之洩密)」等。Benett & Paletz (1994:29) 亦曾列舉白宮的作法，包括：控制洩密、每天生產一則消息、建立電腦檔案以便每日針對不同行政部門準備不同說詞。類似說法可參見 Hertsgaard, 1989。

無法顯示消息來源（尤其是官方）每役皆勝；何況，是否報導或報導多少的決定權仍在媒介手中，而新聞生手的第一課常就是學習如何「正確」地引述消息來源的話(Miller & Williams, 1992; Cook, 1989:169)。

又如 Ericson (1991:350) 強調新聞媒體其實極少按事件發展順序呈現真實，而是依照新聞常規考量決定自我框架，這些考量包括「引句」、「版面」、「位置」等。換言之，Ericson認為消息來源（如官方或社運組織）至多能從新聞媒體獲得「第一層的事實解釋(factual, primary understanding)」，至於第二層的背景說明大都由記者自己或者專家學者等第三者取得。而第三層的瞭解或反應，多屬情感形式，常由事件或議題影響所及的當事人個人透過讀者投書等方式抒發，藉此彌補對政府或社會事件的反映與表達。

由此觀之，新聞學者（如本書第三章所示）大都同意Schlesinger的看法，即新聞媒體仍然握有是否刊登或如何刊登的主動權，可決定何時、何地、由何人（路線記者）進行採訪，以及如何以組織框架認可之角度與方向呈現新聞。❸❷文化學派之論點過於相信社會文化價值觀對組織與個人的影響力，顯然忽略新聞語言亦有建構真實的功能（見上章第三節之討論）。

再者，論者認為官方或權勢消息來源對新聞媒體擁有較大影響力的說法亦與實情不符。Shoemaker & Reese (1991) 等研究者就指出，這種說法其實假設了新聞媒體的報導都屬正面內容，其實許多有關這些權勢者的報導極有可能是對政策的質疑，愈有權勢或愈重要的人與組織常易

---

❸❷　有趣的是，這些學者大都位居美國，與傳統新聞學的觀點較為接近。如McCombs (1994:12–13) 就特別強調，決定政治新聞報導內容者並非政黨價值(political values)，而係新聞價值。因此，他認為專業新聞的力量，就在於超越議題本身的限制，呈現新聞媒體與專業人員所認定的角度。類似觀點可參見Davis, 1994。

招來媒體更為仔細的調查。因此,「有無報導(who will be given voice)」
可能還沒有「如何報導(what that voice to be allowed to say)」來得重要
(參見 Ericson, et al., 1991, 1989; Gitlin, 1980; Glasgow University
Media Group, 1980; Schlesinger, 1989等)。而在某些特殊時刻(如危機
發生時),媒介策略可能在於停止報導量的增加(Albritton & Manheim,
1985, 1983)。就是在官方機構間,立場也可能不同:有的較為喜歡登上
媒體以建立其在議題發展中的正當性,有的卻情願保持遠離媒體聚光燈
的機會(Hansen, 1991b:450)。

更何況,研究也顯示官方消息來源對媒體報導的影響力正逐漸式微
(引自Wolfsfeld, 1997b:45–46)。雖然本節所摘錄的文獻大都顯示「有
權勢」的消息來源(如總統或菁英階級)對新聞媒體的影響力較大,而
前章所述有關新聞媒體偏向的研究亦有類似結論(見第三章第三節之
討論), 即新聞媒體偏向引用背景較為有利者作為消息來源(如政府官
員、男性、專家學者等), 但研究者亦發現,許多議題常倚賴弱勢團體
不斷以抗爭手法吸引媒體注意並加以報導,從早期女性運動、墮胎合
法化、到近期愛滋病防治運動等,在在都顯示了社會風潮的興起與政府
單位無甚淵源,反而應歸功於勢力弱小之社運組織不斷與主流思潮之抗
爭。

由以上觀點延伸,似可推論過去有關官方消息來源較易接近媒體的
說法過於武斷,缺乏對「議題」週期如何與媒體報導互動的省思(此部
份將留待第五章討論)。而又如臧國仁等(1997)之研究顯示,消息來源之
間(如環保團體與官方機關之原子能委員會或台電公司)彼此相互制衡,
爭取接近新聞媒體的機會。過去文獻習將眾多消息來源合併視為是利益
均等之組織,並不符合現況,也過分凸顯了對消息來源背景的描述。❸

---

❸ 另可參見Schlesinger, et al. (1991)的觀點,即不同官方消息來源之間的立場
未必「口徑一致」,有時甚至還會因維護自身利益而形成對立論述。

何況依 Meyers (1992)之見，新聞常規之設置自有其「平衡」作用，在官方意見之外，不同組織常可藉由客觀報導中的「平衡」原則取得建言說法。

　　第三，由本節討論可知，消息來源的媒體運用策略大底可以區分為兩個層次：或從意識型態著手，討論如何建立上層概念以吸引新聞媒體接受某種想法；或從技巧著手，試圖以某種手法鼓勵新聞媒體採用組織的說法。這兩種觀點雖然俱能表現與以往「媒體中心」不同之論點，但仍無法彰顯消息來源建構真實的實貌。誠如臧國仁 (1995a:269) 所建議，「有關消息來源之研究應拋棄過去專注權勢消息來源的偏向，改以社會資源的競爭性為主要考量，『公平地』討論不同組織使用媒體策略的優劣勢與意義」。 換言之，傳統消息來源研究過於強調影響媒體策略的社會力，卻忽略了媒體運用的形成過程，以及不同策略彼此力量的消長對應。

　　以下兩節將接續討論上述兩項問題，首先由組織內部著手，分析組織文化與媒體策略形成的互動關係，次節（第三節）闡釋消息來源框架的競爭。

第二節　組織文化與消息來源的組織溝通策略❸❹

一、組織文化的定義與內涵

　　過去有關組織文化的討論甚眾，早期係源自人類學家有關「文化」概念之研究。如人類學研究領域的創建者之一Tylor (1871；引自Streeck, 1994:286) 曾定義文化為「複雜的整體(complex whole)，包含知識、信念、藝術、法律、道德 (morals)、習慣、以及任何其他得以讓個體成為組織一員的能力與習性」。又如 Kroeber & Kluckhohn (1952:181; Kluckhohn, 1951:86)的著名定義則謂:「文化由各種明確或隱晦行為模式(behavioral patterns) 構成，這些行為模式藉由符號而得傳遞，記載了人類團體的不凡成就，並將其具體化轉錄為人造物件(artifacts)。文化的基本核心部份是由傳統觀念（特別是相關價值）所組成，既是【人類】行動的產物，也是未來行動的必要要素」（添加文字出自本書作者）。文化學者Williams (1981：第一章) 因此強調文化不只是結果（如文化產物），也是種心智過程(process)，包括文化發展期間所涉及的形式（如意識型態）與手段（如生產文化的機構）等。國內人類學家李亦園 (1978:225)

❸❹　本節旨在由「組織文化」概念討論消息來源如何運用媒體建構真實。由於有關此一主題之相關文獻甚多且涵蓋面廣泛，本節僅引錄部份研究。本節先討論基本文獻，次則檢討組織文化與組織策略運用之關連，最後分析組織文化與消息來源使用媒體策略之相關性。本節之基本論點，乃在於組織文化係決定消息來源組織運用媒體的主要依據，消息來源組織會因不同文化結構而有不同運用媒體策略。本節所稱之「組織文化」，與部份文獻發展之「企業文化(corporate culture)」意義相近，兩者相通。由於前者涵蓋範疇較廣且能兼及後者，以下均以「組織文化」為例說明。

亦曾如此定義：「從人類學的立場來看，文化是人類因營生所需而創造出來的所有東西。營生所需是多方面的，有些是身體生存下去所必須的，有些是群體生活所必須的，更有些是心理調適所必須的」。

由此，Kluckhohn（1951；引自Barnett, 1988:102）將「文化」概念的核心意義整理為以下八點：**㉟**

——文化經由學習取得（並非人的本能或遺傳而來）；

——文化起源於人類生存中的生態(biological)、環境、心理、與歷史情境；

——文化有其結構；

——文化可再加以細分（如包含社會、心理、技術等層面）；

——文化具有動態性；

——文化易變(variable)；

——文化有其恆常性，可經由科學方法探知；

——文化是個人調適環境的工具，也是個人獲取創意表達的方式(means)。

㉟ 殷海光(1980:793–812) 曾歸納文化的意義為：文化有綿續性，與歷史傳承，綿延不斷；文化有唯一性，其組成單位與其他組合均有不同；文化有移植性，可由一地傳到他地，流動不停；文化有累積性，係點點滴滴擴大，也會捨棄不當（或不適應）之部份；文化有函數性，其內在因素相互依存，一種改變即影響其他函數或甚至整體，是一種函數的動力單位；文化有歧寄性，同一團體內具有不同文化水平，個人參與的行徑相異，生活程度亦不一；文化中也有物觀性，對造成文化變遷的各種看法不盡相同。

Morey & Luthans (1985) 另曾列出六項人類學家共同接受的文化特質：學習可得、成員共享、傳遞性（跨世代及累積性）、符號性、互動性（有組織且有整體性，一髮動而全身動）、適應性（隨環境變遷而適應）。

自一九八〇年代開始，面對日本產業經濟力量的急遽擴大，西方管理學與組織心理學者次第開始探討「文化」對組織管理的影響，並沿用人類學家過去對「文化」概念所發展的面向，認為文化乃一社會群體成員所共有且共享的行為與世界觀 (world-view)。❸❻ 如團體動力學者 Schein (1985:9)曾提出迄今為止引用最為廣泛的定義：「【組織】文化是一組基本假設(basic assumptions)，由特定人士發明、發現、或發展，用來解決適應外界【環境】或內在整合等問題。因為這些假設【在組織中】實施成效良好而被傳授給新的成員，做為解決問題時用以認知、思考與感覺的正確方式」(添加語句出自本書作者)。❸❼

Schein認為，組織文化建立於三個層面（參見本書第二章有關框架之層次的討論）：最核心部份即上述定義中的「基本假設」，係組織成員對外在環境的信念(belief)，如組織與環境的關係為何、真實(reality)的意義為何、人性本質為何、人類活動的本質為何、以及人際關係的本質為何等問題。這些信念經常為組織成員視為理所當然 (taken-for-granted)，但卻影響（也指導）組織成員看待外在事務的角度與觀點，因而關係著組織面對外在變化時所採取的行動與策略。

依據這些基本假設，組織從而建立了可資測量與知覺的價值觀，即「何者應屬正確 (what ought to be) 但非必然 (what it is)」的看法。❸❽

---

❸❻ 一九八〇年代的組織文化研究熱潮起自Ouchi (1981) 的《Z理論(*Theory Z*)》一書，次則有Deal & Kennedy (1982)的《企業文化(*Corporate Culture*)》，以及Peters & Waterman (1982)的《追求卓越(*In Search Of Excellence*)》等三書，曾被稱為該年代影響管理思潮最重要之三本著作 (Conrad, 1990, 稱此思潮為「組織文化的取向(organizational culture perspective)」)。此一論點乃由《財星雜誌》(*Fortune Magazine*, March 22, 1982) 提出，參見Deal & Kennedy (1982)。

❸❼ 此處大都引自Schein, 1985:9-22（即第一章）。另可參閱陳蕙芬，1992，第二章第三節有關組織文化理論部份的討論。

Schein 認為，當組織面臨新的議題或問題時，首先提出的解決對策（包括目標與策略）通常就反映了這些價值觀。如果此一對策可行，日後就逐漸推廣形成內部共識(shared sense)，並內化成為組織成員的基本假設或信念，視為理所當然而不復察覺感知，進一步演變為組織內部常規(參見前章有關「新聞常規」之討論)。

在具體層次，Schein 認為組織文化反映在「人造物件」與其他社會成品中，如組織使用的語言與文字、藝術品、或組織成員的公開行為(類似本書第二章有關框架「低層次」結構的討論)。雖然這些成品或物件均屬組織內可具體觀察的事物，Schein 強調要瞭解這些人工製成品的意義卻非易事，而要能探知這些成品反映(reflect)的文化深層網路更屬困難。

Schein 並謂，由於組織不斷面臨內外環境變化與挑戰，必須經常整合內部運作以培養因應適應環境的能力。組織文化因此並非僅是一些靜態人造物件的組合，而係協助面對環境變遷的動態學習過程（參見前述 Williams, 1981, 所引「文化」定義）。 這套價值系統由於協助組織適應環境頗具成效，因而長久演變成為難以挑戰的基本假設，持續在組織管理環境變動過程中扮演主導角色。❸❾

整體來說，Schein 對組織文化的概念可歸納為：

　　——組織文化的確存在，且其意涵接近一般社會文化的概念；
　　——每一個組織文化均有其獨特成分，乃由價值觀、信念、假設、
　　　　知覺、行為準則、人造物件或行為模式(patterns of behavior)

---

❸❽　Ashforth (1985) 曾如此解釋：假設(assumption)，是個人基本、深植、且很早就建立起來的對世界如何運作的信念。價值觀則多在知覺層次運作，是一種規範或指導原則。兩者合併常成為人們觀看、接近、或感覺世界的方式，即一般所謂的意識型態（可參閱《圖4-2》）。

❸❾　Schein, 1985; 此段文字引自陳蕙芬等, 1994:75。

　　組成；

──組織文化係一種社會建構(socially constructed)概念，無法觀察，隱藏於組織活動中；

──組織文化提供成員一種瞭解事務與符號意義的思考途徑，也有動員組織成員、表達行動方向的指導能力；

──組織文化因而在領導組織行為方面具有威力(empowerment)，可視為是組織的監控系統，非正式地同意或阻止組織進行某些行為或活動（以上引自Ott, 1989:49-50）。❹

　　除此之外，其他學者也曾提出對組織文化「內涵(features)」的討論。如Deal & Kennedy（中譯本：25）認為，企業（組織）文化的組成要素分別為：價值觀、英雄、典禮與儀式、文化網路。兩位作者強調，企業無論規模大小，其成功與否端視是否有一套「非正式的規則，可以指導員工的日常言行」，以及是否能讓「員工對所做之事覺得更好，所以願意努力工作」。

　　另如 Pettigrew (1979) 認為組織文化包含符號、語言、儀式、意識、神話；Denison (1984)強調組織文化就是一套價值、信念、及行為模式，可建立組織的核心身分 (core identity)；Tunstall (1985) 舉出共有價值觀、

────────────

❹ 有關如何「研究」組織文化，Louis (1990) 曾建議三個面向：在心理層面，可探討組織文化中共享意義的一致性(consistency)；在社會層面，可分析共享意義在組織內部傳布的廣度；在歷史層面，則可追述組織文化由多少「次系統(subsystems)」組成。Louis 認為，此三者可協助研究者決定切入角度，建立相關指標。此外，Mohan (1990)亦提出三種研究文化的取向：認知取向，試圖發現組織文化內部共享之概念(constructs)，並決定這些共享概念的心理內涵 (psychological penetration)；系統取向，觀察組織層面或跨組織層面的文化主題，或甚至關心次文化網路的作用；符號取向，探詢文化中用來溝通內部成員的符號人工品，尤其像是典禮、儀式、英雄事蹟、或文稿(scripts)。

行為模式、習俗、象徵物、處理事務的規範與方法之混合物；Schwartz
& Davis (1981) 另以成員的態度與價值、領導者的管理風格、及解決問
題的行為三者為組織文化之內涵；Barnett (1988)則條列說明組織文化包
含語言（符號、術語、暗語、隱喻等）、 價值觀（信念、道德、倫理、
哲學等）、行為（儀式、典禮或其他組織內部活動）、故事或軼事（包括
組織內部的神話事蹟或英雄故事）。這些內涵通常都可透過如社刊
(house organ)、年報、政策等組織內部正式溝通管道，或如謠言(grape-
vine)、閒談(gossiping)、口號(slogans)等非正式組織溝通工具傳遞給成
員，逐步建立共識。❹

　　由以上所述可知，組織文化在過去文獻中大都被定義為一種組織內
部的意義建構 (meaning–making) 過程，透過語言或其他符號系統將這
些「意義」傳遞給組織成員。組織文化有其核心意涵 (core ideas or
themes)，常是一套基本假設、信念、或價值觀，具有影響組織成員行為
與活動的能力。同時，組織文化亦有層級與結構，愈上（抽象）層者愈
難察覺，但其影響具體行為與成品之力量愈大。通常組織成員藉由內部
具體意義建構行為與活動學習這些抽象意旨，長期則耳濡目染形成組織
的意識型態。❷由於這些意識型態或基本假設「過去」施行有效，因而

---

❹　Pettigrew (1979:574)曾如此定義組織文化：「某一組織在某一定時公開及集
　　體接受的意義系統」， 包含了信念、意識型態、語言、儀式、神話的混合物
　　(amalgam)。O'Relly, III, et al., 1991; Rousseau, 1990等亦有類似說法。此外，
　　葉桂萍的碩士論文(1993:11)以及Ott (1989:63–64)均曾整理組織文化的內涵
　　(features)，尤以後者最可供參考。此處所指之內涵，跨越組織文化的三個層
　　次。如Ott (1989) 曾謂，研究者過去均視「領導風格」為一種行為表徵，但
　　現已改視為文化中的「人造物件」。

❷　此段所引說法，或可被歸納為接近現象學派的組織文化研究取向。Sackmann
　　(1991)稱此為「認知(cognitive)取向」，強調意識、概念、信念、價值、與規
　　範等意旨在組織文化中所扮演的角色，與其他較為重視結構(structure)的功

不斷被用來協助處理「新」的問題，久之成為組織成員共同堅信的信念，具體表現於日常行為與組織管理所使用的符號 (symbolic management)中。

依上述文獻，組織文化的主要內涵可歸納如《圖4–2》。

二、 組織文化與組織策略 ❸

除了上述基本文獻外，稍後的研究轉將「組織文化」視為是影響組織其他行為或是受到其他組織行為影響之變項，試圖找出組織文化如何與其他管理因素產生互動關連（見Heath, 1994:第一章）。首先，Gardner (1989), Grunig (1992), Schein (1985), Selznick (1957)等人均認為，領導者在建立組織文化的基本假設與價值觀方面扮演著無可取代的角色。領導者可以在組織眾多發展目標中選擇並確定「正確方向」， 克服困難，隨後激發行動，驅策組織成員共同奮鬥。同時，領導者能賦予新的活力，不斷宣揚價值架構，並統整不同次團體間的不同意見，取得並凝聚共識，致力於讓組織免除因利益分配不均而陷於行動癱瘓。更有甚者，領導者

能取向或行為取向極為不同（參見Sachmann，第二章之討論）。Shafritz & Ott (1992)稱此種（認知）取向為組織理論的異類(counterculture)，與傳統功能或行為取向殊為不同。有關此三種取向之比較，可參閱 Thompson & Luthans, 1990。

❸ 有關「策略」之意義與文化同樣廣泛而迥異，此處借用Sackmann (1991:154–155)之說法，即策略代表設定目標、擬定計畫、或執行政策時所採取的路徑。Sackmann 認為，組織文化與策略之相關性乃策略研究領域的新興議題，但因決策結果常無法即時觀察與驗證，效果難以顯現。但作者建議採取「最佳選擇 (best fit)」取向，將兩者（文化與策略）視為是兩個不可或缺的組合，彼此互相影響。作者甚至認為，組織文化是聯繫決策與組織過程 (organizational process)的重要環節，三者互動密切。可參閱本章第一節有關消息來源之媒體運用策略的討論。

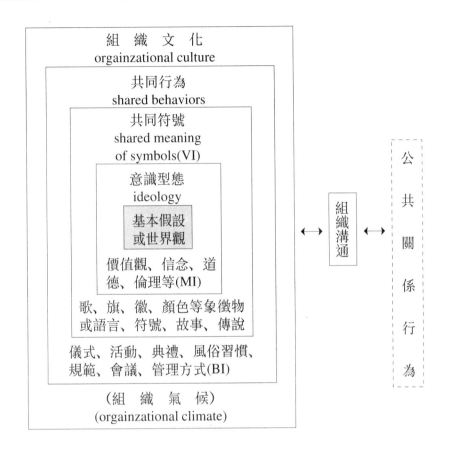

圖4-2：組織文化基本架構圖*

*此圖參考Ott, 1989, pp. 63-64（圖3-4：「組織文化分類解說」）及第二章製成。但
Ott認為，組織文化三層級無法全然劃分清楚，所以有些類目可能同時屬於兩個層
級（如「態度」可能既屬價值觀又屬假設）。其次，本圖中的MI, BI, VI乃代表企業
識別系統(Corporate Identity System)中的三種內涵（理念系統、行為系統、視覺符
號系統）。本文未及討論兩者相關處，但兩者有其類似之處，可參閱林磐聳，1988；
林英貴，1983; Garbett, 1988。又，本圖未詳細區分組織文化與組織氣候，可參見
Denison, 1990; Schneider, 1990之討論。至於以ideology涵蓋價值觀等概念，係依
據Sriramesh & White, 1990。

可利用符號與語言工具建構意義，影響組織成員認知或詮釋事件的角度，或可稱做是框架組織內部意義的能力（以上引自 Gardner, 中譯本）總之，領導者可謂是組織內部建構(shaping)、維持、並推廣價值觀的主要力量，既是行為典範的創建者，也是組織內部意義詮釋工作的主要來源與憑據，更是組織內部框架的首要決定者。❹

在一篇極受重視的文獻中，Schein (1983) 特別強調「創始者(founders)」對組織文化的影響力。Schein認為，當組織（無論是政治黨派、社會運動利益團體、或一般企業）初建立之時，通常均由創始者募集「志同道合」之士，為組織共同目標努力奮鬥。待組織漸趨穩定，創始者按其初定的組織目標挑選員工，並盡力使新徵集的員工接受並認同這些目標。換言之，從組織之創立到組織壯大發展，創始者有足夠時間與空間將其認定之基本假設與價值觀付諸實現，並在組織內部深入推動。

另如 Hofstede et al. (1990)試圖證實組織文化並非在真空中成長，而會不斷受到社會／國家文化(societal/ national culture)的影響。作者們比較了二十家荷蘭與丹麥公司，發現這些公司在許多面向上均顯現了不同

---

❹ 在 Grunig (1992) 著作中，則將領導者改視為是「領導群 (dominant coali-tion)」，即組織中有權力者的團體。Grunig強調，負責組織內外溝通者（如公關負責人或發言人）必須屬於此聯盟一員，方能善盡責任。換言之，公關負責人應屬組織內管理決策者之一，否則僅能成為組織決策的執行者，而非制訂者；參見 Sriramesh et al., 1992。

Fairhurst & Robert對領導者框架組織內部意義的描述十分有趣，他們認為框架就是「一種有品質的溝通，影響他人接受某種而非他種意義」(p.xi)。領導工作就在於在日常生活中不斷讓組織成員感受到某種價值觀，而非任何里程碑式的決策(landmark decisions)。因此，領導者的框架化工作需反映於每日工作中，成為組織成員詮釋意義的主要選擇，而高階管理者也應祛除領導者的神秘感，不斷將其意念轉置於成員平日溝通技能的資料庫中 (com-munication skill repertoires)。

組織文化，而這些面向均與國家/社會文化有顯著相關。❻作者們隨後又以IBM公司為例，查驗其分佈於四十多個國家的分公司中，多達十萬員工的不同文化構面，進一步證實不同國家間的組織文化有所差異。例如，他們發現在權力距離上，某些國家（如墨西哥、南韓）的員工對於上級較為畏懼，習慣服從且吝於挑戰權威。又如在美國、加拿大或澳洲國家的員工，個人主義傾向較強，與巴基斯坦、南美洲各國的員工集體主義傾向不同(Hofstede, 1984)。

這種說法與稍早Ouchi (1981)所提出的Z理論有吻合之處，即社會傳統影響組織文化，使得該社會中之組織領導人與成員較易接受傳統文化中的某些價值觀，視為理所當然，甚至形成「文化自大 (ethnocentrism; Morgan, 1986:120)」的看法，常因此排除與主流價值不同的異端(abnormal)活動或意見。❻

又如「組織氣候(organizational climate)」與組織文化之區辨亦曾是研究者關心之議題，Denison (1996:644-645) 之專文即曾長篇累牘地比較兩者之起源與異同，但仍認為此二概念界限不明。❻Schwartz & Davis

---

❻　Morgan (1986) 與 Kopelman, et al. (1990) 均稱此外在環境為「文化情境(cultural context)」，指組織所存在之社會文化 (societal culture) 或國家文化(national culture)。

❻　作者的基本假設，是美國（或西方）企業大都源於一種管理者與員工彼此不相信任、雙方關係十分正式、而決策大都由上而下、強調個人導向的管理哲學。日本（或東方）式的管理方式則以家人性質對待員工，員工因而樂意長期受雇，企業決策常係集體性，員工時有參與機會。為有別於McGregor (1960)所提出的西方管理哲學Y理論，Ouchi將其所摘引之東方式管理定名為Z理論。與Ouchi理論相近著作，可參閱Pascale & Athos, 1981.

❻　作者在結論中說：「表面上，組織氣候與組織文化兩者區別甚明：氣候指的是一種情事(situation)，以及其與組織成員之思想、感覺、和行為的相連性。因此，它較為短暫、主觀，也容易受到有權勢與影響力者之操控。文化則是

(1981) 則認為氣候是成員對組織的期望心理與實際感受，或對組織活動的滿意度，是組織文化的一部份。至於組織文化則是組織成員共享的信念，也就是上述所稱的「期望的本質 (nature of expectation)」所在。或者，組織文化是社會系統長期的演變，而氣候是組織對個人或團體的影響 (impact)。這些說法大都顯示，組織氣候有可能影響長期文化的建立或改變文化走向，而文化也同樣會影響組織內部成員的感受與期望，如正面組織氣候通常就反映了定義清晰的組織文化，而負面氣候則顯示組織內部有可能溝通不良，導致成員無法感受正確規範。

此外，Smircich (1983; Smircich & Calas, 1987) 認為文化這個概念不僅代表了組織內在環境不斷受到歷史傳承或其他因素（如領導者、組織氣候）之影響，同時也是一種「自變項(independent variable)」，會對組織內部其他管理（或經營）變項產生操控效果。❹如 Sheridan (1992)

不斷演進的時空關係(evolved context)，正是前述情事發生的場所，深植於歷史中，【由成員】共同擁有，且因內涵複雜而難以受人直接操控。兩者的理論、研究方法、與方法論均有所不同，研究發現、未來研究方向等也差異甚多。然而在較深層次，當研究者開始比較每一篇文獻後，兩者之差異顯得不足為道……」（斜體出自原作者，添加語句出自本書作者）。

Falcione, et al., 1987; Reichers & Schneider, 1990; Sriramesh, et al., 1992 同意此種看法，即文化與氣候兩者意義相近。Kopelman, et al. (1990)則認為組織文化影響組織氣候（如目標與手段之設定或報酬之決定），再影響到工作滿意度，又進一步改變工作生產力。Ashforth (1985)認為自從組織文化的研究典範興起後，組織氣候的研究興趣已被取代。本書之觀點傾向認為兩者互有影響，但均有助於組織生產力的改變。

❹ Smircich之意，在於文化也是組織內在變項(internal variable)，或者，組織就是文化，文化對組織行動（如溝通策略）有所影響。另Sackmann (1991:17)曾謂，管理與組織學者對「文化」概念的興趣多在「預測」與「控制」,與人類學家不同，但有三類人類學研究對管理學最有貢獻：文化類型（討論文化的類型與組件configuration），隨後引伸為組織文化研究中的系統論；功能學

就曾發現組織文化影響員工生產力及留任意願 (retention rates)：在較重視人際關係價值的組織工作者，其任職長度較僅重視工作導向的組織多14個月，因而可以讓前者省下數以百萬計的人事管理費用。作者引述其他文獻表示，組織文化中的價值觀可能主導組織的人力發展策略，包括如何選擇與聘用、升遷與發展程序、以及報酬制度等。不同人事發展策略隨後會形成內部心理氣候，並反映為成員的留任意願與工作承諾。❹

Peterson (1992) 因此延伸這個觀念，認為組織文化對員工信心尤其重要，如以組織內的「英雄」來領導內部變革，就容易收效，減低反彈。又如Denison (1990:4–5)曾發展「組織文化與組織效能(effectiveness)理論」，強調組織深層的信念與核心價值乃管理工作的基礎：「具體政策與具體任務執行無法脫離【組織文化的】信念及價值觀，這些內部意義共享系統乃支持實務工作的源頭」(添加語句出自本書作者)。其他相關研究亦曾由組織文化面向討論如何增進組織生產力(productivity)、組織表現(performance)、或經營績效(efficiency)。如Sathe (1983)即稱，文化是一種資產，其共有信念可促成內部溝通，共有價值則可引發(induce)較高員工參與與投入，因而提高組織生產力。因此，Sathe認為組織文化可謂是瞭解組織經營與管理模式的最佳捷徑。❺

派（討論文化的結構與表現）， 隨後引伸為組織文化研究中的行為取向；認知或意識論(如符號論)，隨後引伸為組織文化研究中的認知(cognitive)取向。

❹ 國內研究者也有類似結論，但使用不同概念名稱：鄭家忠(1996)曾以大型醫院為例，討論組織文化與其他管理經營變項的關連，發現醫院組織文化中的組織認同、創新發展、嚴格監督、或年資輩份會與組織運作的經營績效(effectiveness)有部份顯著關係。另如吳璧如，1990；蔡桂萍，1994等亦有類似討論。

❺ 在組織生產力(productivity)方面，可參見Kopelman, et al., 1990; Downs, et al., 1988；葉桂萍，1994。在組織表現(performance)方面，可參閱Deal & Kennedy, 1982; Peters & Waterman, 1982; Gordon, 1985。在經營績效方面，

　　在組織策略方面，Lorsch (1986:95)發現組織文化與策略選擇的確有所關連：「組織策略就是領導者所採取的一連串決策，以顯示他們所選定的工作目標與達成方式。這些決策需要經常從組織的核心信念或文化重新檢討，以避免迷失方向」。Lorsch深信，組織成功與否與其信念系統直接相關，因為這些信念能提供迅速且前後連貫的策略選項，許多信念且實際描繪了公司的個性與能力。

　　Gagliardi (1986)也曾從組織文化層級的角度，說明組織文化與策略執行的關連性。他認為每個組織（企業）均有主要與次要策略，前者之目的在於保持組織文化的一致性，後者則較工具性(instrumental)與表徵性(expressive)，主要用來執行及反應組織的手段與目的。愈接近實務工作，其行動結果愈易被測量，組織所運用的知識愈傾向科學性，可選擇的知識範圍愈大。反之，愈接近組織價值之選擇，愈會使用神話性知識(mythical knowledge)，選擇範圍愈少。如果三者（假設、價值觀、文化成品）間愈具一致性，彼此相互歸屬，組織文化就會趨向強勢且具效能，成員遵守的意願也較強；否則三者彼此衝突，則文化自然也就趨於混亂，亟需改變。

　　杜啟華(1992)延續Gagliardi的說法，探討企業文化對組織變革策略的影響，發現部份假設獲得驗證，如甲公司較重視「目標與工作表現」及「個人自我主張」因素，偏向「資訊性變革策略」之價值取向。乙公司重視「正面增強激勵導向」因素，傾向「態度性變革策略」之價值取向。而丙公司重視「權威與集權」及「忠誠至上」因素，則偏向採「政治性變革策略」價值取向。

　　參見鄭家忠，1996；Hochschild, 1983。依Kopleman, et al. (1990)與Downs, et al. (1988) 等人的文獻顯示，上述三者概念有以組織效能(effectiveness)統合取代之勢。Kreps (1990) 之文曾批評此類研究（尤其是 Deal & Kennedy, 1982），因其將文化內涵過於簡化，以為改變文化人造品就可改變假設。

Sachmann (1991:155–6)進一步指出，組織文化在決策與組織管理的過程(organizational process)間扮演樞紐地位：「文化信念影響策略意向(strategic intentions)的建立，也左右了這些意向的維持與再建(re-shaping)過程」。這個過程通常起自組織面臨內部或外在環境的壓力與威脅而須進行再造工程(reengineering)之時，組織成員開始挑戰原有價值觀並檢討組織任務、策略意向、或甚至主流成員的組合。這些檢討與辯論繼之針對內部部門、工作方針、與決策進行改頭換面或小幅度修正，從而開始新的組織管理過程。由此觀之，Sachmann認為組織文化不但改變決策意向，影響策略議題的出現與維持，也同樣會引發組織管理中的某些特殊行動，後者並會回頭影響組織文化的內涵，改變某些信念或價值觀。

總之，由過去文獻觀之，組織文化不僅是靜態的理念，也是影響組織作為的重要引導架構 (framework)。或如 Sriramesh, et al. (1992) 所述，文化具有限制(constraint)策略設定的能力。

三、組織文化與組織溝通策略

以上簡介了組織文化的概念，以及此概念如何影響組織內部其他管理策略。至於組織文化如何協助組織選擇適當溝通方式，進而影響組織溝通策略（如與新聞媒體溝通往來的方式），以下簡單介紹。

首先，研究者過去早已就文化與溝通的關連有所討論，如人類學家Hall (1959:191)即謂，「文化就是溝通，溝通就是文化」；由於社會文化影響社會成員的溝通方式，也很自然地會對組織內部的溝通行為有所規範。社會心理學家Deutsch（見Deutsch & Krauss, 1965）解釋，文化立基於社區內的溝通，包含些社會刻板印象，如人們從小就藉社會學習取得語言使用與其他習性。Kreps (1990) 則認為，組織溝通是促進並維持組織文化的重要管道(channels)，兩者關係密切——組織文化係透過成

員對組織所產生的共同邏輯(shared logics)與故事發展而成，這些邏輯與故事均蘊藏於(embedded in)組織溝通的正式與非正式管道中，可定義為「透過訊息的製作與使用，集體性的創造、維持、與轉換組織意義與組織期望」(Bantz, 1990a)。

此外，Pacanowsky & O'Donnell–Trujillo (1983:123) 強調，組織文化與組織溝通不但彼此互通，兩者且相互影響：文化即溝通的結果(residual)，而溝通則是文化的表現。他們將組織視為是一種表演「劇場(theater)」，成員在不同溝通場合中扮演了不同角色，並因而提出以下四點建議：

第一，組織溝通表現於組織成員間的互動，只要觀察組織決策人物（即劇場中的主角）、決策的影響力擴及何人與何處、以及成員間如何交往，往往即可了解組織文化的特色(uniqueness)；

第二，組織溝通的表現受到文化情境(contextual)影響，上述成員間的互動往來其實尚需取決於組織文化所涵育的特殊情境（如組織內的某些場合可能較適合某些特殊溝通表現），而這些互動也會反向影響組織文化情境，造就適合某些具體溝通表現的環境；

第三，組織溝通表現出不同情節與階段，各有特色且不一定連貫，如會議、討論、獎懲，或其他非正式地聚會等活動或事件，均屬組織溝通的具體表現，共同建構了組織內部的「社會真實(social reality)」；

第四，組織溝通的表現有時會出現「即席之作(improvisational)」，沒有一定劇本，但常依據過去經驗決定如何演出（如會議常有固定流程），有時卻屬超人意表之創新之作（如偶發

之慶生活動）；無論如何，這些溝通活動會因長期在組織中出現而形成組織真實的一部份，久之就成為組織文化獨特之處（以上引自Shockley-Zalabak, 1988:65-68）。

Pacanowsky & O'Donnell-Trujillo認為，組織文化的獨特內涵其實就源自組織成員的長期且定期的互動。藉由這些溝通活動（如月會、週會、慶生會）的舉辦，加上組織內部廣為傳頌的英雄故事、歷史、軼事、語言等口語溝通行為，組織成員彼此間開始由生而熟，久之則潛移默化地認同團體生活中（或組織文化）的某些基本假設。組織溝通可謂是促進文化邁進的主要力量，而文化則是發展組織溝通的源頭。

類似有關組織文化與組織溝通策略彼此相互影響的說法，在公共關係領域亦不乏先例（如Sriramesh, et al., 1996）。事實上，在Grunig所發展的公關理論中早已承認公共關係、組織溝通、溝通管理等名詞可交換使用 (1992:4)。❺¹ Grunig 認為，組織會針對環境中之不同議題與不同衝突來源，發展不同溝通（公關）策略模式 (Grunig稱此為公關行為模式，或 public relations models)，且會因應不同公眾團體而使用不同對策 (practices)。

然而，這種「對策」並非隨意而為，乃源於組織內部的主觀意志與意識型態。Grunig 稱此為公關人員的「世界觀（worldview 或 Weltan-

❺¹　Grunig在其編著的《傑出公關與溝通管理》巨著（此書共廿三章，六百餘頁）中曾如此說明(1992:4)：「公共關係可定義為管理組織與其公眾之間的溝通工作」，包括使用計畫、執行、與評估等管理手段，處理組織內在與外在的溝通問題。「公眾(publics)」之意，就是任何會影響組織達成目標之團體。Grunig解釋，組織溝通研究過於重視組織內部的溝通管道(channel)以及人際溝通問題，而忽略了溝通工作要能有效(effectiveness)，必須成為策略管理(strategic management)工作之一環，即具有設定目標與計畫及執行完成並評估效果的能力。

schauung)」，可定義為「一套實務工作者針對道德、倫理、人類本質、宗教、政治、自由企業、或性別等議題所持有的假設」(Grunig & White, 1992:32)。❷Grunig 將此世界觀分為兩類：持有「非對等 (asymmetrical)」世界觀之組織，較以影響公眾（包括媒體）及追求組織利益(而非社會公益) 為工作目標；「溝通」的意義乃在於影響、控制或操縱，欲使己意得以改變公眾行為。另一方面，持「對等(symmetrical)」世界觀者則較關心如何增進社會公眾間的「互信(mutual understanding)」。兩者也在其他面向上顯現不同特性，如前者在內部管理上較傾向傳統、集權、菁英領導，而後者則偏向與環境變項保持開放對話、雙向溝通、平衡來往，同時追求自主、創新、與集體決策(Grunig & White, 1992)。❸

由此，Grunig (1992:24–25)強調組織文化對組織溝通（公關）策略顯然具有關鍵性影響：長期而言，組織文化受到領導者（尤其是創始者）之薰陶而漸具規模，不但決定了溝通（公共關係工作）者的世界觀，也

---

❷　Grunig (1992)曾解釋，一般哲學家將「理論」通常區分為兩個層次，較為人所熟知者係所謂的理論定律(law)或命題(proposition)。但在其上則尚有預設或前設知識(presuppositions)，乃是決定理論如何設定的「世界觀」，即有關何謂真實、何謂對錯、世界如何組成等觀念的基本前置假設(a prior proposition)。至於「世界觀」的討論，見Kearney (1984:10)：「即對世界的印象(image)與假設(assumptions)，負責指導思想並引導行為，更決定某些領域之共同範疇與課程(curriculum)」（參見本書第二章有關世界觀與預設之討論；見頁53）。

❸　作者們認為，公關研究的核心，應該就在瞭解組織與公眾間的「關係(relationships)」，因為組織成功與否不但與管理優劣有關，也與組織是否能與公眾維持良好「關係」有關，這種關係當然也視組織溝通策略良莠而定：「公關如能使組織目標符合公眾期望，就能有助於組織績效，包括金錢上的績效 (money value)。公關的功能就在於提供公眾良好與長期的關係」(L. Grunig, et al., 1992:86)。有關組織文化與公關模式之關連，可參閱Sriramesh, et al., 1992；對Grunig模式之批判，可參見Leichty & Springston, 1993。

將溝通目標與對象定義清楚。短期來說，文化亦對溝通策略模式之選用
有舉足輕重之效：如果組織文化趨向封閉或內向保守，自然較易以上述
非對等公關模式與外界溝通；如果文化傾向參與形式的互動，則與公眾
之溝通則易選擇對等公關模式（引自 Deatherage & Hazleton, 1998:
58-59）。後者（參與式文化）由於對環境變動較為關注，因而也較能提
供顯著對應策略，協助組織提高經營績效，完成任務與目標。

　　在 Grunig 的有效公關理論中，「世界觀」的概念與前述 Schein 的基本
假設似有異曲同工之處：兩者均屬主觀理論或抽象意旨(macro-thought)，
雖難以直接察覺或測試，但對組織內的溝通或公關行為有指導功能，符
合「思想引導行為(mind moves matter)」的說法。Grunig 與 Schein 同樣
地認為這些後設思考 (mind-set) 決定了人們或組織處理問題的先後次
序，但也使得人們或組織只關心與這些抽象意旨相符的問題，捨棄選擇
其他取向的機會（參見本書第二章有關框架之討論）。❺❹

　　根據上述 Grunig 所發展的公關理論，陳蕙芬(1992)曾試圖驗證組織
文化與組織公關行為的關聯情形。她先以 Grunig 發展的公關模式量表為
基礎，由國內企業界挑出十二家組織，依公關模式運作的特性區分為三
種類型，分別是偏媒體宣傳模式、偏雙向不對等模式、與雙向對等模式。
隨後，在這三群類型中各找一家組織代表該行為模式，發送問卷給組織
成員以測度其組織文化。

　　陳蕙芬發現，偏向某種組織文化特質的企業組織，的確有相對應的
公關行為模式：組織文化偏向傳統權威與服從的公司，其組織公關運作
會偏向媒體宣傳模式，習由媒介單向傳遞資訊給民眾，以促銷產品或宣

---

❺❹ Grunig & White (1992) 曾詳細回顧有關「世界觀」之文獻，說明此一概念包
　　含了相關論證如「瞭解自我與他人」、「人與自然的關係」、「真實與事實的本
　　質」、「人的本質」、「人類活動的本質」、「人類關係的本質」等。這些論證，
　　與本節稍早引述 Schein 提出之「基本假設」內涵幾乎完全一致。

傳組織與個人（如領導者）。這些組織極少偵測民意，偶有研究亦多屬探詢媒介宣傳之效果。

至於組織文化偏向團隊參與且凡事不強調必須順從主管觀點的公司，其組織公關行為偏向雙向對等模式，視新聞媒介為組織外在溝通公眾之一，希望藉著新聞報導促成組織與公眾間的相互瞭解。此類公司經常進行媒體訊息研究，以查知與評估媒介對組織訊息的接受程度（陳蕙芬等，1994:84）。

此外，Theus 的兩篇研究 (1993, 1988) 曾進一步發展「資訊失調 (information discrepancy)」理論，討論組織文化如何影響新聞媒介的報導與運用。Theus 首先依照過去有關組織行為的文獻，區分出兩種組織形式：動態式(organic)管理偏向在組織內部採取較少層級但善用專家意見以創造溝通空間，促成資訊流通與創意的產生。面對外在環境不穩定時，這種管理模式通常會將工作表現之優劣改由資訊掌用作為判準，視各部門對變動之瞭解多寡決定良窳。另一方面，機械式(mechanic)管理的組織層級較多，適合在穩定性較高的環境（如政府機關），以便提供較高程度的權力控制。由於此種組織系統權力集中於中央，內部資訊流通因而較少，部門摩擦會逐漸增多，使得資源與權力競爭頻傳，經理人容易產生對峙。解決協調爭議的唯一途徑，就是拉高對應層級，由高層領導者介入問題，以權力大小面對內部失衡的局面。❺❺

Theus 認為，上述兩種組織文化型態在面對新聞媒體時會形成不同

---

❺❺ Theus 之基本論點為：當資訊倚賴情況出現時，記者較會尋求資訊以證明或支持自己與組織之觀點；反之則較傾向挑戰組織觀點(1993:80)。同時，無失調現象的組織較樂於讓記者報導組織議題，相信記者的報導完整，也相信記者沒有個人意見，因而未來更樂於提供訊息給記者。另可參閱Deshpande, et al. (1993) 有關組織行為之文獻探討。類似說法可參見 Terkildsen, et al. (1997)的發現。

來往關係。由於資訊流通在機械式文化中較為困難，新聞記者常無法取得需要的訊息，因此較易產生資訊失調的現象，表現在三個層面：對議題重視的程度(salience)、對新聞報導完整與否的看法、以及認為新聞記者報導是否有所成見等。而在動態文化中，由於組織較為開放，因而也較有自信從事「資訊津貼」， 與媒體較易維持良好關係，資訊失調的現象就較弱。

　　Theus 的研究證實上述假設，即意識型態愈趨向開放式，組織內部愈可能維持動態形式，而組織內部愈為動態形式，內部溝通愈趨開放。此外，內部愈為動態形式，愈可能與新聞媒體維持倚賴關係，而與記者的溝通互動愈形開放，此種倚賴關係亦愈明顯。再者，組織內部溝通行為愈形開放，愈不易有新聞資訊失調現象，愈倚賴新聞媒體的組織，此種新聞失調現象亦愈不明顯。

　　簡言之，Theus 的有趣研究指出了組織針對新聞媒體所進行的溝通工作並非隨意或隨機行為，而係受制於組織結構、組織文化(意識型態)、以及組織溝通方式。過去研究常發現有些組織 (如政府機關或大型組織)較拙於應付新聞媒體，Theus 的討論則暗示此種「拙劣」並非公關或溝通人員之過，而係取決於組織型態或組織文化。要改變組織與新聞媒體的關係，首要工作可能不在增加新聞稿的供應，而在改變文化中的意識型態或組織型態方能奏效。由此觀之，組織文化與組織溝通策略的相關性已不言可喻。

四、小結

　　本節簡述了組織文化、組織策略、組織溝通三者的密切關係：首先，組織文化指的是一套行之有效的假設與價值觀，常反映於組織內部的意義建構符號或行為中。這些假設與價值觀決定了組織任務與目標的方向，也具體影響組織決策之施行。組織溝通則是成員互動的行為與管道，在

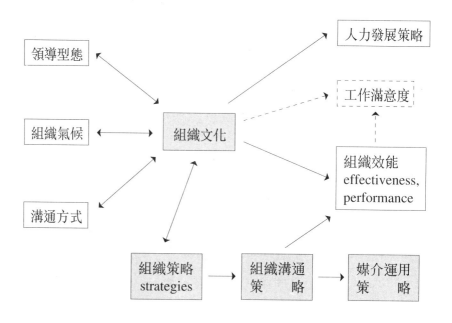

圖4-3：組織文化與其他變項的關連性*

* 此圖僅置入與本節討論有關之變項，與本節討論無關者，均以虛線顯示。領導型態與組織文化之雙向關係，參見Ott, 1989；組織文化與組織策略間為雙向關係，可參見Sachmann, 1991; Schein, 1985。Kopelman, et al. (1990)認為生產力（或組織效能）受到中介變項如工作滿意度之影響（可見該書圖8.1「氣候、文化、與生產力的模式」）；有關人事管理制度（人力發展策略）與組織文化的相關性可參閱Kopelman, et al., 1990。另Downs, et al. (1988)將組織溝通與組織氣候視為是組織文化與組織效能之間的中介變項。至於組織溝通（公共關係）有助於組織效能，可參見L. Grunig, et al., 1992。

外部是組織與公眾（包括新聞媒體）來往的具體作為。本節所引文獻顯示，組織文化中的假設或世界觀可協助溝通工作者選擇「適當」對內或對外溝通策略，如開放式組織較採取雙向對等模式，勤於瞭解環境之變動並善加處理；機械（或保守）式之管理型態或組織文化偏向傳統權威特質者，則較強調單向宣傳式溝通行為，因而易與新聞媒體產生資訊不

協調現象。組織文化、組織策略、組織溝通三概念之關係，參見《圖4-3》。

　　由以上簡述來看，組織文化、策略、與溝通三者似乎形成重要合作互動關連：如果溝通策略之制訂與組織文化契合,則自然較易成為Grunig以及其他公關研究者所稱之「傑出溝通管理(excellence in public relations and communication management)」（見Grunig, 1992）。因此，組織文化或可謂是組織溝通的主要架構，不但提供管理者重要協助，也保證組織成員正面的組織氣候(Towers, Perrin, Forster & Crosby, 1982)。

　　下節繼續此一討論，分析組織文化與組織框架的關連，試圖完成消息來源組織框架競爭的藍圖，並說明此一競爭如何影響媒介運用。

第三節　消息來源的組織文化與組織真實之建構

　　前節已對組織文化與組織溝通策略之間的關連加以討論，旨在說明社會組織與新聞媒體的溝通互動實非任意行為，而係受到組織價值觀或世界觀之導引：內部文化若較開放、對環境變動較為敏感、且管理者(或領導者)較重視內部溝通，則組織較易傾向對新聞媒體採取雙向對等的溝通模式。否則，組織對外溝通行為就可能偏向宣傳模式，與媒體交往時採取凡事應付態度，因而易與新聞媒體產生資訊失調現象，難以達成與媒體往來的預期效果。

　　由前節文獻觀之，無論Schein或Grunig的理論都暗示了組織文化與組織溝通（公關）工作俱屬動態性質的符號轉換過程，目的在將觀察世界的特殊信念轉化或建構為具有意義的人造物件或實際行動。兩者同時亦都包含多層次變項：上層思考結構較為抽象，乃意義的源頭，如組織文化中的假設或公共關係模式中的世界觀均屬之。這些思考結構經由長

期學習後成為組織成員共有且共享的工作原則，影響每日行事方式但常無法探知。中層屬於策略層次，反映了組織成員選擇工作目標（如何做）與排序任務（做哪些事）的機制。而下層結構則係符號或語言操作層次，是表現組織文化或公關行為實際運作之處（參閱陳蕙芬等，1994:46-48有關組織文化、公關策略、與公關模式三者之連結）。

以上討論，似乎顯示組織文化與組織溝通（公關）工作的內涵已接近第二章所介紹的框架概念。其實，在人類學與組織行為學中早有「文化即框架」類似看法。如 Streeck (1994:305-312) 即謂，文化就是一種組織資料的方式，既是一種經驗框架，也是解釋現象的框架。經驗可有多種，解釋現象的方式也可能不限單一途徑。Sachmann (1991)也說，文化是社會真實的集體建構，也是一種「意義建構」機制 (sense-making mechanism)。

本節以此為基礎，試圖討論消息來源之組織文化與組織框架的關連性，首先介紹Geertz 所代表的符號人類學以及Weick的組織意義建構論，藉以說明組織文化與社會真實建構的相關性。第二部份進而討論組織框架與媒介真實之建構，此處將倚賴社會運動研究者 Snow, Benford, Gamson 等人過去發展的「框架結盟」理論。本節之重點，乃在延續上節所討論的組織文化與組織溝通策略，進而描繪消息來源組織文化如何協助建構與框限新聞媒體中的社會真實。

一、 組織文化與組織真實意義之建構

有關「文化」如同「框架」也是一種意義或符號轉換過程的說法，在人類學家 Geertz (1973:12) 的名著《詮釋文化 (*The Interpretation of Culture*)》一書中最為明顯。他認為，要瞭解文化，就得像瞭解一首詩般地詮釋其意義，而非尋找定律，因為「意義乃公開現象，所以文化也是」。透過公開展現意義的社會系統（如語言、儀式、藝術等），文化真

諦始能顯現。Geertz並稱，要深入體驗文化，即應避免只觀察表面現象，而須深入意義系統，揣度造成某種使用風格的原因：「人類學的描述就是一種詮釋 (interpretive)，詮釋的對象就是社會中流動的言說論述 (social discourse)，要將這些言說所述(said)從情境中抽離，並加入可供使用的說明。……　這種描述的另一特徵，就在於凡事仔細端倪(micro-scopic)」(Geertz, 1973:20–21)。**56**

簡言之，Geertz 視文化為一組有層次的符號共享系統 (a system of shared symbols)，透過此一系統，社會互動 (或溝通) 始得以發展。Geertz 曾如此定義：「【文化】是一套透過符號傳遞的歷史意義，或是一組藉由符號形式所表達且可傳承的概念系統 (inherited conceptions)。透過溝通，人類得以發展並傳布人生知識與態度」(Geertz, 1973:17)。由此定義觀之，Geertz 顯然認為文化中的符號共享系統就是成員詮釋真實的基本架構 (interpretive framework)，也是成員理解文化現象與意義的根源所在。

有趣的是，與第二章所述之Goffman理論相較（即「框架」既是觀察事務的架構也是界限），Geertz也強調文化除了是建構共享意義的活動空間外，亦是對意義建構的限制，因為「人們就像是『懸 (suspended)』在自己所編織的意義網 (web of significance) 中的動物」(1973:5)。**57**研

---

56 這裡所節錄之 Geertz 觀點，部份引自 Pacanowsky & O'Donnell–Trujillo, 1990。兩位作者們認為，有關組織溝通管理的稍早文獻俱都偏向由經理階層（由上而下）思考問題（如討論如何協助企業完成目標，達成策略任務等），未來應提倡改以組織文化觀點討論成員如何建立組織真實(construct orga-nizational reality)。他們強調，此一文化典範視「組織(organization)」為「成員透過溝通【行為】所建構的符號真實」(p. 142; 加添語句出自本書作者)，包含了行動、字彙、隱喻、故事、典禮、儀式等內涵。換言之，組織乃社會活動，由相關成員的互動溝通工作組成。

57 有關「文化如『網』」的說法，Streeck (1994:305)曾說明，當成員透過自己所屬文化建構實質意義時，文化區隔了其他非屬同一組織的人。當成員建構

究文化，不僅應探索與追尋理論法則，更要詮釋「網」的不同色調與意義。只有透過主觀性濃厚的「深寫 (thick description)」方式，研究者始能描繪社會（文化）成員在文化網絡活動的本質 (1973:6–30)。❺⓼
Pacanowsky & O'Donnell–Trujillo (1990:147)即曾如此進一步說明，「人不但在網中活動，人也『結網』， 結網這個活動【而非網本身】才是文化研究者所應關心的焦點」（添加語句出自本書作者；雙引號出自原作者）。

　　研究者隨後延續Geertz的文化詮釋論點，由符號建構的角度討論組織文化與真實的關係。如 Ott (1989:12)曾試圖整理包括 Schein 與 Geertz 在內的類似說法，指出相關論述實際上延續了現象學者的觀點（參見第三章第二節有關「真實建構」之討論）， 認為組織文化乃「組織成員在

意義時，是將意義經人造品「傳達(communicate)」出去。因此，組織文化就是組織溝通行為，而「網」就是組織溝通的情境。Streeck不同意「文化即權力」的說法（參見Mumby, 1988）， 僅認為文化是情境，而成員在此情境中清晰地傳述社會事務。

此外，Pacanowsky & O'Donnell–Trujillo (1990)亦將文化以「網」這個譬喻比擬，以顯示一種「限制」概念(webs are confining)：「我們生存於文化意義網中，建構了故事、歌曲、神話等，與其他非文化成員間產生區隔。但此網也限制了我們生活的普及性,網中所提供的社會真實只是眾多真實的一種，而非所有真實亦非多種真實」(p. 147)。

❺⓼ Geertz在其著作之第一章中，開宗明義的討論何謂「深寫」：「文化研究必須深入觀察對象之內 (body of the object)——也就是說，我們一開始就要用我們自己的詮釋資料討論人在做什麼，或者討論他們以為自己在做什麼，然後將這些詮釋組織整理——這樣一來，文化作為一種自然事實與理論實體之間的差異就十分模糊了。…… 人類學的作品因此就只是一種第二或第三層次的詮釋，也可說是種虛構(fiction)，或是某些做出來的東西。這麼說，並非因為他們是錯誤或非真實的，只是指他們『像是 (as if)』思想的試驗」(p. 15; 雙引號出自原作者)。

社會互動歷程中，所建構與學習的一套有關真實的共同意義與認知」。**❺❾**
Ott認為，這些建構論點在有關組織行為的論域中代表了一種極端想法(a
radical camp)，與傳統功能與結構的思潮迥異，可謂是典範的轉移
(paradigm shift)。**❻⓿**

　　此外，Mumby (1988:9)認為，組織文化就是將文化加以組合的工作，
組織成員不斷投入組合真實的建構、維繫、與再造過程，藉以凝聚內部
共識。在這個建構過程中，組織成員並非完全理性，也無法確實理解組

---

❺❾ Shockley–Zalabak (1988:59)曾歸納所謂組織文化中的「(符號) 意義取向」
　基本假設為：
　　——所有人類持續進行的互動行為均屬溝通形式；
　　——組織之存在，須倚賴人類互動，而組織之結構與技術均源自互動所產生
　　　　的資訊；
　　——共有的組織真實，反映了成員針對組織活動而產生的集體詮釋；
　　——組織化與決策是溝通重要表現；
　　——身份、社會化、溝通規則、及權力均為溝通過程，反映組織影響力所在；
　　——組織化、決策、與影響過程描繪了組織文化，即組織如何做事(do things)
　　　　及組織如何表達如何做事；
　　——組織文化反映了組織內的共同真實，以及這些真實如何建構組織活動；
　　——組織氣候乃成員對溝通活動與組織文化的主觀反應。

❻⓿ Ott (1989) 認為，這一支思潮約在一九八〇年代開始受到重視，包含意義建
　構與符號建構兩種分析觀點。但 Morgan (1986) 則將此兩類合併，均視為是
　符號人類學的核心思想。有關組織文化取向與其他組織學理論（如Weick）
　的比較，可參見Conrad (1990:156–157)之《圖7.2》。Harris (1993)亦曾有類
　似討論，認為「組織文化」概念是一種討論管理組織的框架觀點（另三者分
　別是結構論、人力資源、以及政治論）。Harris指出，框架就是「我們觀察世
　界的窗子，可協助我們採取行動(p. 78)，而組織文化屬於一種符號性質的框
　架，強調組織內部各種符號儀式，以及符號傳播所建構的共同享有性（參見
　Harris, 1993:83之《表3.7》）。有關詮釋學派在組織文化研究中的觀點，可參
　見Trujillo (1987)之說明。

織需求與目標。但在面對環境不斷挑戰時，會持續進行內部資訊蒐集與重整以資應變。由此，Mumby認為組織成員就是組織內部的社會行動者 (social actors)，在組織內部這個社會文化環境(milieux)中進行意義建構的工作（參見本章稍早有關「消息來源是社會行動者」的說法）。

　　Mumby指出，此種觀點特別重視意義建構過程的主動性(proactive)與創造性：「【Geertz的詮釋角度強調，】組織成員並非只是靜待一些價值觀或信念，而是積極地參與或創立一套【組織】存活方式，也塑造一種觀察世界的特殊方法，因而框建(frames & gives sense) 了組織行為的意義」(1988:9；添加語句出自本文作者)。Mumby並解釋，文化其實就是社會真實(social reality)的代稱；組織成員的行為既框建了文化（社會真實），同時也被文化（社會真實）框建。透過這種既框建又被框建的過程，組織真實才能體現「具象」(reification)。**❻**

　　Mumby此處觀念，顯然深受組織行為研究者Weick之影響。Weick在一九六九年出版《組織化的社會心理學 (*The Social Psychology of Organizing*)》一書，隨即成為組織學的經典之作（本節採用其1979年出版之第二版說明）。首先，Weick反對傳統研究將「組織」視為純是靜態的行為組合，類似一般所稱之「機構」或其他同義詞，因為他認為組織之本質乃在與環境進行持續且積極地互動與溝通<u>動作</u>，可稱之為「組織化(organizing)」過程，**❻**意在增加顯著有用的資料或減少資料之不確定

---

❻ Mumby在此處詳細解釋了這種「真實是一種成員建構意義」的觀點，對本節有極大助益。本節旨在說明，消息來源的新聞媒介建構乃組織成員受內部文化影響後所轉換的真實。Mumby的論點顯然支持本節所述，即組織框架乃由組織成員建構，極度受到文化影響，雖然無法感受但持續因文化中的某些假設或信念而採取某些策略，因而決定與新聞媒體來往的方式。有關具象 (reification)可參見本書第三章有關真實之討論。Weick (1979)曾說明，具象係指將抽象概念指稱為某物體，如說某種組合為組織，就不如稱其為「組織行為」這種較為具象的名詞。

性(equivocality)，以便提升對組織未來行為的預測能力。

　　Weick與其他如Geertz, Ott, Smircich等採取「意義取向」的學者同樣輕視結構在組織中的重要性，認為結構只是意義產生後的「結果」，但強調互動與主動「創建意義(enactment)」才是組織中的核心活動。**❻❸** 他將「組織化」定義為「一種集體同意的規則，透過可察覺的關連行為完成，旨在減少環境資訊的不確定性」(Weick, 1979:3-4)，並認為「組織（名詞）」並不具體存在，實係一種創建於人際互動的現象。換言之，Weick認為任何「組織」均僅是一種建構而來的社會真實，倚賴成員透過溝通行動互通有無始能獲取共識，探知組織實體究竟何在，以及其工作目標與任務為何，此即「組織化」的過程。**❻❹**

---

❻❷　如 Conrad (1990:152) 即謂，組織文化是減少不確定資訊的工具，可供成員作為詮釋組織目標時的規範之用。另外，Weick (1979:45)曾如此說明：「當人們提及『組織』時，常使用許多名詞(nouns)加以描述，但是使用這些名詞卻顯示被描述對象具有不真實的靜態【本質】。為了要多瞭解組織，我們應鼓勵人們跳離名詞。如果組織研究者能少用些名詞，多用些動詞，更努力使用動名詞，我們將比較會懂得過程的意思，也會知道如何看待與管理過程」（添加語句出自本書作者）。此處為分辨組織的名詞與動詞之別，將動詞的組織過程(organizing)譯為「組織化」。

❻❸　創建(enactment)是Weick之組織化理論中極為重要的概念，原意有創設、扮演之意，此處譯為「創建」，藉以凸顯其主動性。詳細解釋見下段。此地之意，就是「過程創造結構」，或結構乃行為與活動所建構，而非反之。

❻❹　Weick曾解釋此一定義如下：所謂「集體同意(consensual validation)」，意指人們接受某些事情乃因其認知結構中的意義機制或過去個人經驗認為這些事情合理。「規則(grammar)」則指組織化乃一針對某些規範與習性所做之系統性說明，這些規範與習性組合了社會過程中的關連行為 (interlocked behavior)，隨後產生組織內具有意義的行為或因果地圖，成為未來更多經驗與行為的根據。至於「關連行為」，Weick認為係組織化的實質內容，意即組織化乃透過關連行為達成。換言之，所有組織內的活動均「牽一髮而動全身」，或以Weick (1987a:97)的說法，「在組織內，每件事都影響到其他任何

　　Weick也指出，「組織化」的主要工作包括：⑴在組織內部進行符號選擇與轉換、⑵減少混亂資訊、⑶創建事件與行為、並⑷建構組織活動的意義。而組織溝通可視為是組織成員間的共同符號行為，反映了組織文化的意涵，協助成員（包括領導者與一般組成份子）之間達成共識。至於組織文化，就可進一步指認為是成員共享與共同創建的社會真實了。

　　由此，Weick 提出有關「組織化」理論的四個重要概念：環境（變化）、創建、選擇、與保留。所謂「環境」，意指組織存在之處，亦為創建組織意義所需資料的主要來源；而組織化即可稱做是「成員適應環境（變化）」的過程。「創建」則指組織成員與環境互動時所創造(create)的資訊活動，目的在檢視環境中的各種變化，以確定其是否對組織有用或有所影響。創建與變化類同，均係下述選擇動作前的原始狀態 (Weick, 1979:130–1)。❻❺

　　至於「選擇（參見第二章有關選擇機制之討論）」，Weick則認為與組織中的詮釋機制有關：某些因果關係圖 (cause maps) 因有助於判定環境中之不確定資料而持續被挑選來使用，另些圖則反因會增加不確定性而遭排除或棄置。此外，某些圖的內容也可能因其對解釋未來類似情況有益而被持續選擇且保留下來。❻❻而「保留(retention)」之意，即指儲存

　　事(everything seems to affect everything else)」。

❻❺　這裡的enactment意思就是將相關經驗聚合在一起(bracketing)，以便進一步檢視，接近「再現(represent)」或轉換組織真實的動作。如Bantz (1990b) 曾如此說明：「一旦資訊轉換，組織成員即共同減少資訊中所涵蓋的不同意義（減少不確定性，equivocality），然後選擇多種詮釋中的一種，並保留此一詮釋中所顯現的因果模式(causal patterns)，此一過程即組織化」(p.136)。由此觀之，創建實係組織化過程中的起步動作。

❻❻　「因果地圖」此一名詞係Weick引自現象學者Schutz的概念，又稱「認知圖(cognitive map)」，指保留後的意義內容。Weick (1987a, 1979)均曾詳細說明因果地圖乃由與因果關係相關之變項組成，意在分辨不確定資訊彼此間之差

業經詮釋成功之意義，以便未來再予選擇使用。Weick 認為，環境變動首先會引發創建行動的必要性，而創建行動所產生的資料隨即提供了選擇空間，進而依過去慣用方式挑選出某些固定因果關係，最後將有效者予以保留重複使用，此即「組織化」之完整過程，可適用於任何集體性的組合。

　　組織傳播學者Bantz (1990b)曾試解析Weick之「組織化」理論，並稱「創建」乃其核心概念，理由有下列幾項：第一，創建顯示了組織並非機械式的組合，而係一種具有人性活動特質(human process)的概念，因為靜態物體無法對環境變動產生動作或應變。第二，創建乃係主動與創意的合成，暗指組織與環境之互動就同時包含了這兩種動作（主動與創意性）。　第三，此一創建理論係以「溝通」為其核心概念，因為組織（名詞）為了創建意義會不斷進行溝通討論，以清楚瞭解成員彼此都在「想什麼」。**❻❼**

　　其他研究者延續Weick的理論，普遍認為組織化的過程常透過語言與符號達成溝通目標。如Ott (1989:182)就認為語言在組織文化中扮演真實建構的工作，因為真實的意義必須經由語言溝通才能成為成員所共享或共同保留的經驗——如果語言無法描述，真實也就無從認定。**❻❽**

異。由於此地圖能清楚說明不同變項間的因果關係，隨後就多次重複使用，成為被保留的意義內容。這種說法，似亦接近前節所引Schein討論之「假設」概念，或Grunig之世界觀。

❻❼　Weick (1979:133–134)曾如此說明，「整個組織化過程的基本議題，就顯現於下列有關意義建構的公式(recipe)中：『在看到我說的內容之前，我怎能知道我在想什麼？』組織經常不斷與自己說話(talk to themselves)，以便瞭解自己在想什麼。這就是本書所討論的基本重點」。Bantz (1990b:136) 則解析Weick理論的核心，就在於認定溝通是「組織化」過程的主要內涵，也是意義建構的主要工作。

❻❽　Ott曾引述Navajo語，發現無法找到「老闆部屬」相對應語彙，顯示該族人

Pacanowsky & O'Donnell-Trujillo (1990)則認為要觀察組織真實,就需透過「成員如何建立真實」的途徑,解析組織文化中的符號、語言、譬喻、或故事所透露的溝通內容。Smircich & Calas (1987:231)強調,「意義並非存在於傳播通道或訊息中,而是在人們的互動與感知活動中不斷發展。所以,溝通並非僅是組織的*內部*活動,而是*創造*與*再創*組織社會結構【的主力】」(斜體出自原作者,添加語句出自本書作者)。

由以上簡短討論,此處可將本節迄今所述相關理論合併上節有關組織文化之引述綜合歸納如下:

第一,由文化角度討論組織,應將焦點置於「組織成員如何建構組織真實」這個命題,即「組織化」的過程(見 Pacanowsky & O'Donnell-Trujillo, 1990); ❻⁹

第二,組織係成員持續、主動與積極進行的社會真實建構行為,透過互動頻繁的共同討論產生。換言之,組織成員每日在內部花費相當多時間相互溝通,試圖協商一個可被共同接受的「組織觀點(或組織框架)」, 此即Weick在定義「組織化」時所稱之「集體同意」。此一溝通結果隨即逐步形成內部抽象思考系統,成為前節所述之組織假設或世界觀,影響(也限制)

相信個人的價值並非依組織地位決定。因此,管理該族員工,就必須使用其他理念。Ott 認為, 語言不但傳遞了信念,也有建構組織內部真實的功能。Weick 自己則說, 語言是組織內部建構秩序的重要組成物,語言將組織內的種種事件結合起來, 讓成員相信其活動具有影響力。換言之,組織內的活動均依靠語言得以凝聚共識。Weick 較不認為「眼見為信」,而接受「信才眼見」(1987a:99)。此種說法,與本書第二章討論之框架概念有異曲同工之妙。

❻⁹ 作者之意, 在於a. 組織即文化; b. 組織真實乃透過溝通所建構的主觀真實; c. 溝通行為即組織成員共同建構的真實; d. 共同溝通行為包括符號與意義建構動作。

了組織成員未來對「社會事件的主觀解釋或思考結構」，　但同時卻也不復輕易察覺；❼

第三，　組織溝通因此可理解為「成員間的符號互動行為」，　而組織內部之意義建構即可視為是「透過語言或符號或其他溝通方式所達成的真實創建行為」；

第四，　組織內部的意義建構受到難以察覺的抽象思考影響甚鉅，　這些抽象思考（假設、世界觀、因果地圖、或詮釋架構）不但是價值觀的來源或符號行為的主要依據，也是種規範或限制。一方面，抽象思考協助組織成員「選擇」詮釋資料，創建建構意義的活動，但另一方面此一思考系統也會「排除（框限）」不相合之資料，以確定組織真實中的「意義」具有一貫性。❼

---

❼　引句出自本書第二章有關「框架」的定義，顯示了此節所討論之內容已與前章所稱之「框架」有所吻合。此地討論之「組織真實」，　包含了多層概念，較抽象者如第二章所稱之框架，即組織文化中的假設或價值觀，或Grunig理論中之世界觀，或Weick組織化理論之因果地圖，或Geertz的詮釋架構。這些概念名詞雖然不同，但指涉之意涵則無差異。另可參見 Smircich & Calas (1987)所稱之root metaphor（譬喻根源）或paradigm（典範）；Conrad (1990)所稱之underlying logics（基礎邏輯）；Sapienza (1987)所稱之核心意識型態 (core ideology)等詞彙。

❼　Weick (1979)曾舉出個案，討論擅長製造大且豪華轎車的福特公司在三〇年代曾試圖發展小車，認為此舉不難，只要將大車縮小製造即可。此種思考方式顯現該公司當時無法跳脫原有架構，因而無法採取新的邏輯途徑，從小車的市場或目標對象「重新」規劃出另一套製造模式，因而終究失敗，並在七〇年代將市場讓給日本汽車製造公司。

Sapienza (1987:9) 也曾提及，組織文化可說是一種共有的認知系統(appreciative system)，或一組意願(readiness)，用來a.分辨某情勢中的某些部份，b.重組這些部分，c.評估這些部分。因此，組織文化就是將外在刺激選擇、重組、並轉換的過程。

第五，這種抽象思考隨後影響組織對外溝通的目的與策略選擇，也決定了組織對新聞媒體的來往策略。**⓻**

第六，至於組織意義建構的流程，一般組織理論大都認為係由領導者或領導群 (dominant coalition) 所主導，但持組織文化理論觀點者則認為意義建構係成員之「共同」行為，且有主動與創造性意涵。**⓼** 而公關研究者則傾向認為，公關或組織溝通人員才是組織內部創建意義的關鍵人物，需要配合外界變化與內部需求提出溝通決策。此種創建意義工作，過去常被公關學者稱為組織的「界限連繫 (boundary–spanning function)」功能或任務。**⓽**

以上相關討論可參見《圖4-4》。簡言之，本節討論顯示，組織文化與組織溝通策略有所關連：組織對內或對外的溝通策略乃源自組織文化中之假設或世界觀 (框架)，而溝通策略則進一步影響組織與新聞媒體互動之模式。

⓻ Sapienza (1987) 曾以意義建構的觀點，討論組織策略的制訂，認為「策略」亦為社會建構的真實，乃組織成員根據集體經驗與所相信其組織的形象而制訂的共同任務與方向，並將其投射於語言與行為中。換言之，Sapienza認為策略亦為「創建(enact)」之物，並非客觀真實。

⓼ 此地可再引 Weick (1979) 的組織化觀點：「組織化即成員經由一連串共同行動，詮釋並回應環境變化，以處理不確定資料 (訊)，建立組織結構的可預測性，以及組織活動的空間」。

⓽ 公關研究學者大都認為組織公關人員係以一種「界限連繫人」的身分協助組織建構符號，連繫其他團體。所謂「界限連繫」，意指「擔任組織與其他組織或個人的聯絡 (liaison) 角色，一腳在組織內，另一腳則在外」(Grunig & Hunt, 1984:9)。公關研究者認為，公共關係的功能就在掃瞄環境，傳遞環境中的變化供組織決策者判斷因應措施 (參見White & Dozier, 1992; Sriramesh et al., 1992之詳細討論)。

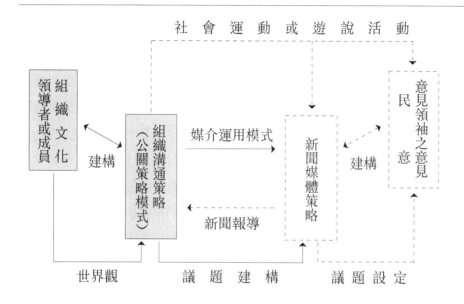

圖4-4：組織文化、組織溝通策略、與新聞媒體的互動*

*本章未討論者以虛線表示。本圖內容可濃縮為以下命題：

——組織文化或組織領導階層 (dominant coalition) 之信念或假設影響組織溝通策
　略或公關模式之選用；

——組織溝通策略或公關行為模式之選用，影響組織運用媒體之方式，或資訊津
　貼內容的採用；

——組織公關行為模式亦會對媒體議題之呈現有所影響（議題建構功能）；

——新聞媒體呈現之議題，影響民眾認知之重要議題（議題設定功能）；

——媒體對意見領袖及一般民眾的議題設定功能不同（見黃懿慧，1994）；

——組織對民意之影響，經常採取不同策略，但均試圖透過媒體傳達框架內容(框
　架結盟功能；見下節)。

二、 消息來源之組織框架與媒介真實意義之建構

由以上所述有關組織與真實意義之建構或可推知，消息來源組織與新聞媒體的互動亦係源自其文化中之世界觀或假設：如果組織成員認同此假設或世界觀，其與媒介之互動過程就會傾向採取相關策略與行動以反映此世界觀。因此，組織與媒體的互動亦可視為是組織成員根據其所認定之世界觀所產生的意義建構活動，組織框架因而可初步定義為「【消息來源】組織針對媒體報導所採取的主觀解釋與思考結構」。

研究社會運動的 Benford (1993:678) 曾延續 Goffman 之理論，認為社運活動其實就是一種「框架結盟(frame alignment)」的意義建構過程：「社運組織花費許多時間建構某些與真實有關的觀點(versions)，發展並激發相關看法，試圖影響大眾【對此真實】的詮釋，以處理(managing)一般人對該社運的印象」（添加語句出自本書作者）。❼此地所述及之框架，就是社運工作者（或其他社會行動者）對相關事件或情勢賦予意義，以便動員潛在支持者、尋求旁觀者之認同、以及瓦解敵對者的行動過程。

換言之，社運人士或組織並非處於白紙狀態，而係不斷自行選擇、擷取、定義、並組合真實世界中的片段使其產生意義。Benford並謂，雖然框架概念對社運組織的真實建構過程極為重要，肩負了指導行為的功能，但是社運組織內部在獲取共識之前，極可能存有不同框架進行爭辯。

---

❼ Snow & Benford (1988) 認為社運活動除了扮演傳遞動員信念與動員意識型態的任務外，也代表了積極性地介入社會意義建構的過程，不但影響成員對社會真實的認知，也對敵對者以及旁觀者的立場產生互動作用(p. 198)。因此，作者們認為社運成員具有轉換社會意義的催生者(signifying agent)角色，與新聞媒介、國家機器同屬S. Hall語中的「政治顯意(political signification)」工作（參見本書第三章有關新聞與真實建構的討論）。

唯有透過此種爭辯，組織成員才能形成「共識動員 (mobilization of consensus)」，完成對不同真實的認定。**⓰**

　　所謂「共識動員」，依照Klandermans (1988:174-6)的說法，就是社會行動者針對某些特定社會人士所特意進行的共識努力 (deliberate attempt)，與「共識『形成』」不同，後者並非策劃性活動，而係某些社會人士因攸關自己利益而自然凝聚之共識。Klandermans 認為，任何社會運動均屬一種向現狀挑戰之過程，旨在提出另類框架或觀點，藉以支持有意改變現狀的集體行動，對抗「擁有合法（正當）性的主流信念系統」。 因此，社運活動的訊息在傳遞過程中，會不斷受到組成份子的意識型態所框限 (framed)，從對社會問題的歸因與指正（可稱為「診斷框架(diagnostic frame)」）， 到提出解決方案或行動策略與目標（稱為「預診框架(prognostic frame)」）， 以至向社會大眾詳述行動方式以激勵參與動機（稱「鼓舞框架(motivational frame)」）等步驟，均可顯示框架與社運組織之密切關係。**⓱**

⓰ 社運組織經常涉入真實為何的框架競爭，而運動內部之爭常因眾人對真實的看法不同而起。這些爭執會影響運動的長期發展，也影響社運組織如何轉譯真實或如何解決問題。社運組織因而常需調和長短期框架爭議，以創造共識動員 (Benford, 1993:679)。 較近的例子，如彭婉如命案發生後，女性運動者對女性的社會角色形成不同看法；而民進黨內部針對「中國政策」所進行之大辯論亦為一例。

⓱ 作者指出，任何社會運動要能成功，必須設法將其運動主旨傳遞出去，讓一般大眾知曉，隨後在態度上支持並產生加入運動的實際行動，此一過程即為「共識動員」。 此種過程常係社運成員努力的結果，與一般大眾對問題自然形成某種看法的歷程不同，後者僅能稱為共識形成。此外，作者並認為，共識動員亦與行動動員 (action mobilization) 不同，前者較重運動觀點之傳布，後者則重加入社運的宣傳。又，此處所指三種框架乃延續自Wilson (1973)之說法，認為社會運動的意識型態包含三項內容：診斷、預測、與「合理化 (rationale；意指說明必須行動的理由以及未來之發展等)」， 並無鼓舞框架

　　如胡晉翔(1994)之碩士論文曾研究民國七十八至七十九年的「無住屋者運動」，認為該運動之成員所欲傳達之訊息，正是上述社運框架的第三種功能，即藉由傳布理念而激勵社會大眾參與該項運動。首先，該社運組織利用各種政治機會與管道廣為宣傳房價飆漲之不合理現象，在短時間內就建立了抗爭活動的合法性，獲得政治人物與社會大眾的支持，頻向政府機關施壓，要求在住宅政策上進行改革。次者，該運動藉由舉辦「夜宿忠孝東路」等大型「【假】事件」或活動吸引民眾參與，不但壯大了聲勢，更引起新聞媒體注目而廣加報導。社運組織這種「使其【框架】觀點得到【民眾】支持的過程」，就是學者所稱之共識動員的主要內涵（引自劉祥航，1994:13；添加語句出自本書作者）。

　　其他研究者亦曾就社運組織與框架的關係提出看法。如 Snow 等人(Snow, et al., 1986:464)即曾指出，上節所引「框架結盟」概念顯示，社會運動者必須透過組織框架的建立與潛在參與者之個人認知框架（如興趣、價值觀、與信念）連結，方能完成動員共識。此一過程之重點在於組織必須對社會問題提出新的詮釋方式（interpretative orientation; 類似上節引述Geertz之「文化詮釋」概念），並清晰表達組織立場，始能激發潛在動員者的支持。此一過程通常包含四類相關概念（見 Snow, et al., 1986:469–476）：

　　　　── 「框架連結(frame bridging)」，意指將同一社會議題中意識型態相同但結構無所相關的框架予以組合；

　　　　── 「框架擴大(frame amplification)」，係指將某詮釋框架的價值或信念內容予以澄清或補強，以便使其更具競爭力；

　　　　── 「框架延伸(frame extension)」，即擴張原有詮釋框架的範疇，

───────────

一詞，乃係Snow, et al. (1986)後來所加入，另可參見Snow & Benford (1988)就此名詞之討論。

使其涵括與初級目標(primary objective)未必相符但卻攸關潛在支持者利益之看法；

—— 「框架轉移(frame transformation)」，類似第二章所提及之「調音(keying)」動作，係將某些特定領域(domain-specific)或一些放諸四海皆準的詮釋內涵重新定義，藉以減少發生框架錯誤(misframing)或詮釋錯誤(interpretive errors)等情事的發生，有利於參與者產生較為清晰與確定的觀感。

　　較新的看法，則認為社運組織藉由一般共識動員過程所能觸及的群眾可能只是「具體可見的一小群人」，要擴大組織影響範圍則須倚賴大眾傳播媒介向社會廣大群眾進行所謂的「媒體動員」(參見本書第三章《圖3-3》之 j1 與 j2)。❼❽ 對社運組織而言，新聞媒介的重要性不但在於可以透過新聞報導之方式將社運宗旨廣泛傳送，更在於其報導內容（即前章所討論之「新聞框架」內容）常可影響意識型態相近的民眾，敦促其產生加入社運的態度與行動，或甚至捐款成為贊助者（臧國仁，1995a:274）。如Ryan (1991:73)即曾指謂，「集體行動在今天是否能造成任何影響，端視【新聞】媒體是否加以處理以及如何處理【社會運動】」。胡晉翔(1994)因而強調，框架概念對社運團體的最大意義，可能就在於顯示社運組織如能善於利用媒介資源，即使其規模有限或人力不足，仍可將其特定組織觀點（框架）呈現於新聞文本中，影響潛在動員對象的

---

❼❽　「媒體動員」一詞原出自王甫昌(1993)，此處引自劉祥航(1994:25)。劉祥航認為，媒體動員之目的「就像 Gandy 所稱的『資訊補貼(information subside; sic)』，在使行動組織所發布的新聞以『最佳方式』（如內容、版面及時效等），重現在版面上」（頁25，以上均出自原作者）。另外，在 Gamson (1988:224-225) 的討論中，作者以「大眾媒介論述(mass media discourse)」一詞討論類似觀念，即媒介言說的力量超越任何社運組織有意溝通的方式，可協助建立潛在動員者對議題框架的核心立場。

主觀真實，成為對抗社會主流意識的文化敘事及新聞內容。

　　至於社運組織如何發展框架並產生媒介框架策略，臧國仁＼鍾蔚文 (1997b)之近作曾以新聞媒體報導「臺北市十四、五號公園預定地違建拆遷案」為例討論，發現任何社運組織所發動的集體行動，其實都是一項在媒體上與其他組織之對應框架相互競爭的過程。在此案例中，由臺灣大學城鄉所師生所組成的反拆遷人士首先質疑臺北市府決策粗糙，未能先行擬定安置拆遷戶的妥善計畫。這些以學界人士為主的抗議者因而成立「反對市府推土機聯盟」，多次向市府進行協商，不斷凸顯「市府政策制訂草率」、「陳水扁市長違背競選諾言」、「市府應尊重當地社區居民之歷史情感」等多項論點，藉以顯示市府「欺凌弱勢團體」的心態，因而與陳水扁市長公開宣示的「行使公權力」主張產生對立。

　　臧國仁與鍾蔚文認為，在類似社會議題發展過程中，不同組織的觀點似有不同層次：如上述「市府欺凌弱勢團體」之主張，可謂就是反對拆遷者所建立的框架抽象意旨，而「反推土機」等口號則是在此意旨下所建構的行動符號或語言（參見第二章之討論）。此外，相對於抗爭者的抽象意旨，另有「對應論述」亦可見於新聞報導中，如臺北市長陳水扁及其他市府官員除一再透過媒體宣示「行使公權力」的官方立場，並同時發展「都市需要更新」等說法以與抗爭者所使用的「市府須尊重社區歷史」立論抗衡。

　　此外，在此種對應關係外，不同框架之間亦常發展上、下層的接應關係，如「欺凌弱勢團體」與「行使公權力」兩者就有可能統攝發展為「政府與人民的關係」此種更上層之抽象意涵，而在「欺凌弱勢團體」下層則另可能發展為「暴君」、「官逼民反」、「寧要公園不要人命」、或「公權力粗暴」等更具體的行為框架層次。此種有關框架的對應與層次接應關係，類似稍早Gamson所稱之「框架套裝(package)」概念。❼❾

　　❼❾　參見第二章對Gamson概念之介紹。簡言之，Gamson認為社會議題會以套裝

　　總之，在面對社會議題漸次發展時，組織極有可能根據內部文化發展出一套面對新聞媒體的特殊框架，企圖透過新聞報導論述內容來聯合其他「友好框架」或孤立「敵對框架」。 然而這種聯合與孤立的策略，均須建立在組織成員對社會深層歷史文化情境的瞭解 (Gamson & Modigliani, 1987)，始能決定組織呈現媒介框架訊息的特定方式，究係以假事件或發布新聞稿的手法進行直接訴求，或以新聞說故事的過程提供資訊津貼以影響新聞媒體與新聞記者，或甚至以讀者投書、民眾陳情、或街頭抗爭進行議題建構，促成新聞媒體報導。 ❽⓿

　　由此，臧國仁＼鍾蔚文認為，任何組織在設計社運（或政治與行銷）策略時，未來應試將「媒介框架」列為重要步驟：首先，組織須瞭解主流新聞媒體或其他媒體對不同社會議題的基本框架為何，以便在提供媒介訊息時能順應情勢，由該媒體所習於採用之特定角度發布消息（引自 Ryan, 1991: 第十章）。次者，組織也須瞭解框架與文化的共鳴 (cultural resonance) 關係，亦即考慮組織框架與大環境的對應關係；如在社會經濟層面尚處於重視溫飽的局面時，以「拆遷乃是為了都市更新」此種訴

　　方式組合成社會言說形式，濃縮並顯現在語言與符號中（如暗喻、短句、描述或視覺系統），而此套裝組合的核心意旨就是框架。基本上，Gamson認為框架易被視為理所當然而難以察覺，但其內容自然有一致性，顯示組織面對社會議題的一貫立場。由此觀之，Gamson 的說法與此處有契合之處，即框架具有層次之分，上層者為較抽象的意旨，而此意旨表現並反映於符號與語言系統中，以便接收者易於獲取其中意義，亦可參見本書第三章《圖 3-3》之g項。

❽⓿ 許傳陽(1992)發現，以記者會、審查會、記者訪問等方式是建制團體所慣用的議題建構方式，而抗爭者則較以發動陳情、集結民眾來促成新聞報導。可參見Anderson (1991)比較兩個環保團體（地球之友與綠色和平）的媒介策略，前者多以新聞稿件為主，後者則著重提供紀錄片或視覺影片資料讓電視媒體直接使用。

求恐難獲得較關心「生存權」之社會大眾的支持。**❽**

再者，組織應瞭解敵對框架與友好框架的內涵，擬定訊息對策，以符號或語言行動將對方與其他歷史負面情結加以連結或形成對比。如本章第一節曾引述波斯灣戰爭期間，美國總統布希即曾向新聞媒體多次宣稱伊拉克之行徑類似希特勒之侵略行為。而在「北市十四、五號公園拆遷案」中，抗爭者曾引用類似手法將「推土機」、「官逼民反」、「強勢陳水扁」等圖像譬喻拿來套用在市府官員身上，而與「無處容身」、「貧弱窮人」、「弱勢榮民」等拆遷戶形成對比。

另外，策略制訂者亦可以較高抽象層次「融合」對手之框架。如本案例中之「市府欺凌弱勢居民」框架就可與中國傳統歷史文化價值中的「官逼民反」加以合併，產生框架聯盟或共鳴對應效果，以觸動社會大眾同情弱者的心理。最後，組織必須針對本身內部文化中的假設，合併考量外部敵對、友好、以及新聞媒體之框架內涵，設定最有利的媒介框架策略，發展訊息與敘事內容，然後制訂重要語言（如口號）與符號細節（如在十四、五號拆遷案中的「推土機」， 以及在無住屋者運動中的「無殼蝸牛」均屬），以爭取新聞工作者的好感並樂於加以報導，從而影響社會大眾對組織的印象，支持組織行動，產生社會或甚至經濟效果。

總之，如第二章所引述有關Gamson的說法，框架可視作是一組表徵符號意義的設計，或是對事件的發生來龍去脈所提出的中心思想。Gamson認為每一社會議題中都會出現獨特語言、符號、以及爭議特徵，而新聞媒介的報導就有將這些語言、符號、以及爭議特徵加以串連並協

---

❽ 框架與文化之對應或共鳴關係(frame resonance)，係Gamson有關框架論述中極為重要的一環，可參見Gamson, 1988; Gamson & Modigliani, 1987; 及其他相關文獻。Gamson 的基本觀點在於，框架如與文化有較強共鳴關係就較易獲得支持。在 Snow & Benford (1988) 之文獻討論中，則稱此為「論述傳實程度(narrative fidelity)」。

助讀者判讀的功能 (Gamson & Modigliani, 1987)。據此，消息來源的媒介框架可進一步定義為「組織依據內部文化中的信念與價值觀，對社會議題組合成特定思考結構與符號特徵，旨在提供組織對此議題的獨特立場與言說策略，以便能與其他友好組織立場加以聯合，或與敵對組織立場有所區隔或對抗」(Snow & Benford, 1988; 參見《圖4–5》)。

在結束本節討論前，仍可再引申此處討論。簡言之，本節所述之框架結盟或其他相關概念並不限於社運組織或其他集體行動者的政治運動，公共關係❷或公共衛生學界❸過去早有類似觀察。如倡議公關行銷觀念者習將媒介策略（見第一節討論）視為是行銷推廣策略之一環，應屬相同考量。惜研究者尚未將符號訊息如何結合新聞媒介之報導內容等重要概念加以討論，亦未能從組織框架角度討論分析流行語言在消費行為中的深層意義，因而無法掌握社會行動者建構訊息文本的重點要旨。依 Turow (Turow, 1990:488–489)之見，要透視新聞媒介如何建立社會文化內涵，首先需瞭解社會組織在創建文化行動中的媒介策略，如：社會

---

❷　有關公關行銷之論述，可參見 Harris, 1991; Henry, 1995。Wolfsfeld (1993) 認為，新聞性與公關造勢之間之區別，就在於前者是種社會力量的表現，而後者僅是媒介的效果 (effects)。兩者之別，在於何者為真的表現 (genuity)。例如，新聞媒體不能創造示威，但是媒體的出現的確會影響甚至改變示威行動者的行為——一旦電視鏡頭開動前燈，記者宣布示威即將展開，示威人士的行為有時就會難以控制。這種行為在國內與國外均屬常見，政治人物尤其喜愛以「免費」方式近用媒體 (Davis, 1990:163)。又可參見 Cameron, et al. (1997)之文獻討論；有關公關與框架之運用，見 Knight, 1997。

❸　參見 Miller & Williams, 1993。Brown & Walsh–Childers, 1994:408定義「媒體主張 (media advocacy)」為策略性地使用新聞媒體，以便支持一項社會或公共政策新意。Turow (1990)曾討論美國醫界如何與電視業互動，以創造電視劇中較為專業之形象，特別值得參考。其結論是：研究探討媒介組織議題的過程，應集中焦點於瞭解社會行動者如何藉由媒體以擴展其影響力 (p. 498)。

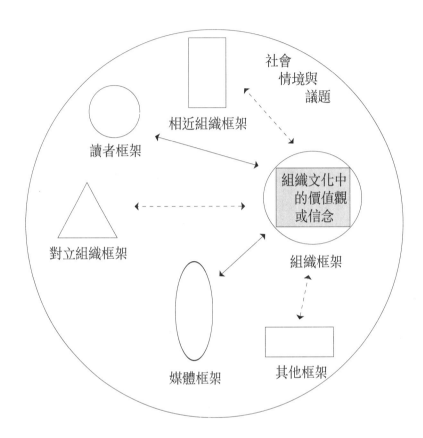

圖4-5：消息來源組織框架之動態架構*

（資料來源：改寫自臧國仁＼鍾蔚文，1997b:124）

*在同一社會情境中，組織在溝通策略（包含與媒介的互動）的制訂過程中，須尋找可結盟的「友好框架」或瞭解立場相異的「敵對框架」（以上兩者均虛線表示）。同時，組織並須探詢溝通對象（如讀者或媒體；以實線表示）的看法，以便產生框架對應或共鳴效果，增加訊息被接受的程度。

行動者如何發展策略以連結社會議題？哪些社會行動者較其他社會組織對接近新聞媒體更為賣力，為何？強勢或弱勢行動者各自使用何種媒介策略影響媒體？新聞媒體面對不同行動者的媒介策略，內部採取何種回應？此種新聞媒體與社會組織間的互動，對新聞價值、組織文化各有何種正或負面影響（引自臧國仁╲鍾蔚文，1997b）？總之，此處所討論之組織框架與媒介真實概念，似無須限於社運組織或政治社會行動。任何正式社會組織（如政府機構、企業組織、或大型壓力團體）或非正式之小型機構（如非營利事業、學校、宗教團體等），　均可引申並加以思考運用。

第四節　本章小結

本章延續第二章針對框架理論的介紹，以及第三章有關新聞媒介如何建構真實的討論，試圖分析以下三個主題：在與新聞媒體來往過程中，消息來源是否也參與了媒介真實之建構？這些由消息來源所建構的媒介真實如何展現？消息來源組織在影響媒介真實內容時，可能運用的組織內部因素有何？

本章首先回顧國內外相關研究，並以「公關稿件與新聞發布」等消息來源使用的媒體運用常規作為文獻討論的起點，繼而分析資訊津貼與議題建構兩者對消息來源提供媒體相關訊息之理論意涵。隨後本章介紹消息來源的媒介策略運用概念，藉由引述有關「事件策畫」之文獻，強調消息來源組織與新聞媒介同樣握有影響議題的機會，且此影響力有與日俱增的趨勢。

本研究發現，綜觀過去有關消息來源的文獻，大略可以英國傳播學者S. Hall與P. Schlesinger的研究為分水嶺。在此之前之大部份相關研究雖以探討消息來源如何影響新聞媒體為名，但其內容仍未脫離傳統守門

人新聞學之範疇，多以新聞媒體如何報導消息來源或以消息來源在媒體上所呈現之質與量為討論焦點。部份公關研究雖試圖分析何種新聞發佈方式較能引起新聞媒體之注意而加以報導，但消息來源組織對媒體的影響在研究過程中鮮少加以討論，以致消息來源通常被研究者視為係被動、隱性、且難以深究的客體討論對象。

Hall 與 Schlesinger 以文化及意識型態的研究角度探討消息來源如何參與媒介真實的建構活動，因而開啟了以消息來源組織為主體的社會學研究風潮。研究者開始由消息來源如何創建符號真實意義的觀點，思考其與媒介互動的策略以及受限原因，消息來源組織因而首度在此研究典範中取得了與新聞媒體「平等互動」的研究地位。更新的研究則進一步嘗試由此探析消息來源如何「進攻」新聞媒體的策略，因而將消息來源的研究範疇擴大兼及主動創建意義的領域（可參見孫秀蕙，1994；葉瓊瑜，1995；翁秀琪，1996；翁秀琪等，1997）。

然而由研究結構觀之，相關文獻迄今均假設消息來源組織策略之形成乃自然發生，忽視了組織內部機制如何影響其媒介策略的制訂。本研究改由組織文化概念為論述基礎，嘗試討論組織內部溝通策略的產生過程，以及此過程與媒介互動策略的相關因素(Bantz, 1990a)。本章討論以第二章所述之框架理論為本，認為社會中有不同真實存在，彼此互動頻繁且相互影響。各種社會組織對真實有不同的詮釋（再現）角度，互相爭取對社會意義建構的獨佔性。因此，不同消息來源組織之間亦會彼此競爭，爭奪對新聞媒介建構社會真實的影響力。此一觀點與 S. Hall 所提出之「官方消息來源為社會意義的首要界定者」概念有所不同：本研究認為官方或建制團體未必擁有較高媒介近用的機會，其權力的掌握端視各組織創建社會意義的能力，即使是弱勢團體亦有機會利用「假事件」或其他合乎新聞常規的方式接近媒體，即使這種「佔據」新聞版（或畫）面的時間可能較為短暫，尚難與官方機構可藉由「路線常規」擁有較多

新聞資源相予比擬。❽

　　由此，本章論述認為消息來源之「近用媒介(access to the media)」（鄭瑞城，1991）機會乃一動態概念，任何團體或組織難以長期永久佔用新聞媒體，因為文化內涵與時變遷，導致框架（社會事件之文化意義詮釋）會隨時轉移。Wolfsfeld (1991)早就發現「新聞媒體偏向官方消息來源」之傳統說法不盡可信（參見上章第三節乙項有關新聞偏向研究之討論），強調在消息來源與新聞媒體的結構面上可能是官方呈現較多新聞量，但在內容與文化意涵上則或非如此單純，尚須進一步探析新聞語言的意義建構效果（參見上章有關語言框架之介紹）。

　　本章隨後討論組織文化與組織框架的關聯性，先則由定義面探析組織文化、組織策略、以及溝通策略三者如何相互影響，次則討論此一關聯性與組織之媒體策略框架有何相關。簡言之，本研究認為組織文化除了影響溝通策略之設定外，亦可視為是意義建構的過程，乃不同組織將觀察世界的特殊信念轉化為內部共識的過程，並將此種共識轉換為運用新聞媒體的策略與方式，向外界展現藉以尋求支持者或贊助者。這裡所稱的特殊信念，也就是第二章所稱之高層框架結構，或可稱做是任何消息來源組織「轉換真實的主觀思想結構」。

　　組織以此為基礎，持續發展其所認可之新聞媒體往來策略模式（或稱公關行為模式），包括目標與實際行動的設定。有些組織認為與新聞媒體溝通之意義乃在於創建、控制、或影響，因而傾向採取單向溝通的

---

❽　過去文獻對此點多有提及，如臧國仁等(1997)曾發現在核廢料議題上，環保團體組織結構簡單，反而較易進行媒介動員，將話題提供給新聞媒體使用。孫秀蕙 (1994) 研究環保團體的公共關係策略；胡晉翔，1994；Gitlin, 1980, 研究學生運動；翁秀琪(1994a)研究婦運活動；亦都有類似發現，即弱勢團體可以藉由事件或其他方式接近新聞媒體，官方不一定能完全控制新聞媒體。或者，新聞媒體論域並非是「決定論者」所能涵蓋，媒體其實也提供了弱勢團體的抗爭空間。

方式與新聞工作者互動，斤斤計較於新聞發布稿之刊出結果。另些組織較持對等觀念看待新聞媒體，較為關心如何與新聞工作者建立雙向互動之平行往來，因此可能樂於開放組織訊息給新聞媒體以減少彼此認知差異，避免「新聞資訊失調」現象的產生。

由框架概念觀之，此處或可推論，不同組織透過選擇與重組之機制，在組織內部完成意識型態的建立，從而反應於其對內與對外的溝通策略中。組織型態較為機械式者，可能選擇具有影響新聞媒體詮釋立場的方式，期望藉由新聞報導達到操控社會大眾的目的與效果，因此在接近媒體策略上可能較喜採用假事件或其他「造勢」方式，期能改變新聞媒體之組織框架或新聞工作者之個人框架，接受己方組織之觀點。組織型態較為開放者，則可能選擇雙向溝通觀點，試圖透過定期供給新聞稿件或其他消息來源組織常規以獲取新聞媒體的長期支持與信任，彼此產生既合作又競爭的互動關係，「共同建構」媒介中的符號真實（見本書第六章討論）。由於上層意識型態的不同，運用大眾媒體連結框架的原因與方法因而也就大異其趣。

至於在較低層次之結構方面，無論是組織文化、社會運動、或公共關係領域過去均曾提及語言與符號反映了組織的框架意旨。而任何媒介訊息的（如新聞發布稿件）核心內容選用，均屬不同框架意義的展現。此部份相關研究尚少，過去文獻甚少針對公關語言如何框限真實進行探究，有待未來努力。

總之，本章以消息來源亦有助於媒介真實之建構出發，討論社會行動者組織內部機制與媒介真實之關聯。本研究發現，組織文化是建構組織真實的主要來源，由此消息來源始能發展其溝通策略以及與媒體互動的模式。換言之，框架與組織文化或可視為意義接近之概念，兩者均有類同之內涵與層次。消息來源組織倚賴內部所建立的詮釋架構產生對世界的共同看法，隨後發展近用新聞媒體的策略與訊息內容。消息來源組

織的媒介框架因而可如前節所述定義為「組織依據內部文化中的信念與價值觀，對社會議題組合成特定思考結構與符號特徵，旨在提供組織對此議題的獨特立場與言說策略，以便能與其他友好組織立場加以聯合，或與敵對組織立場有所區隔或對抗」。組織隨後依據這些獨特立場與言說策略，進一步與媒介組織及個人「共同建構（見第六章說明）」了新聞文本的真實世界組合內容，包括如第三章第三節中所稱的句法、情節、主題、或修辭結構中，也在新聞用字與其他符號表現裡反映消息來源組織所提供的部份真實現象（參見Nossek, 1994）。

　　未來相關研究可以本章所討論之面向為基礎，持續探究消息來源組織之媒介框架與新聞媒體之組織框架如何連結，以及消息來源採用之語言策略 (discursive domain) 如何產生較佳之媒介文本內容等問題 (Chung & Tsang, 1997)。至於消息來源個人是否亦有類似框架結構因而可產生相仿公關效果，由於過去文獻有限，尚難妄加推斷。

　　下章將轉向討論新聞議題概念，進一步剖析議題在新聞真實建構過程中所扮演的角色。

第五章 新聞情境、議題與媒介真實之建構

——現代生活中，不同利益團體相互爭論文化生活中的重要定義，而大眾傳播就是這類爭辯的主要通道(major avenues)。社會行動者是否能爭取媒介廣泛重視其所爭辯的議題，並忽視其他無關議題，顯現了其（行動者）在廣大社會空間中控制議題討論的能力……。創造(creating) 媒體訊息的過程，就是創造【文化】意義的部份過程 (Turow, 1990:481 & 485; 添加語句出自本書作者)。

——消息來源的議題設定力量，在議題發展初期效果最強。隨著議題擴大，媒介逐漸開始自行運作並決定所需。在議題發展後期，媒體與消息來源會同時影響政策內容(Rogers, et al., 1991)。

——顯而易見地，理論上媒體在風險議題的社會建構與社會競爭(social contestation) 過程中扮演了重要角色，…… 但又卻非毫無阻力 (un-opposed)。現代企業與社會福利國家中的公關官員與專家們（這些人或可稱為「精於辯論者the argumentation craftsmen」）正忙著擬定資訊管理與損害控制的策略，以對抗(ward off)具有競爭性的科學知識以及各種賠償要求所帶來的破壞效果 (Cottle, 1998:8-9; 括號內均出自原作者)。

　　前章已分別討論新聞媒體以及消息來源兩者與真實建構的關聯。如第三章曾討論新聞守門人研究過去特別關心新聞媒體在社會資訊流通過程中的真實取捨作用，強調新聞價值或媒體組織內部運作（組織文化）對新聞素材的選擇極為重要，而新聞工作者的認知判斷是決定事件是否得以刊出或播出的主要因素（臧國仁，1995a）。第四章所引錄之文獻則顯示，消息來源之媒介策略足可影響新聞媒介的報導方向，主因在於消息來源具有文化（符號）操控能力，可運用多種策略（如發布新聞、召開記者會、或發動假事件）框塑新聞工作者的認知價值，使得新聞報導內容（如報紙版面位置或在電視新聞出現的先後次序）都可能受到影響而當事人（採訪記者或編輯）猶不自知，屬於一種潛移默化的效果（臧國仁＼鍾蔚文，1997b）。❶

　　由理論層次觀之，以上兩章之討論顯然均尚有不足之處。研究者雖然曾強調媒體與消息來源各自在真實建構過程中所扮演的重要功能，卻都有意或無意地忽略了「對手們(opponents)」在建構符號意義時的力量與角色，更遺忘了社會情境中的議題發展亦對真實建構有關鍵性的引導作用。主因或在於研究者過於誤信社會真實可由單一社會組織（或階級）掌控與創建，因而無法洞察新聞報導內容原本處於多種框架彼此競爭的局面(Gamson, 1989:158)。❷

---

❶　這裡所討論之潛移默化效果，較偏向文化學派對新聞媒體效果的看法，可參閱本書第三章有關新聞與真實的文獻。此外，有關大眾傳播研究的典範討論過去亦常將此類說法歸之於馬克斯取向，認為其呈現了操控模式(manipulative model)的觀點。如前章曾引之S. Hall有關「首要界定者」就屬此類，強調新聞工作者習以選擇宰制階級的觀點做為選擇新聞的標準，因而進一步擴充了主流意識的影響力。

❷　作者認為，新聞係由「多樣發送者(multiple senders)」所提供，包括決定故事主軸的新聞記者或主播以及接受採訪與引述的消息來源等。而在大多數事件中，一則新聞報導可能呈現多種框架，彼此相互競爭，但記者與消息來源

　　如在新聞真實部份（見第三章討論），除一般文獻所述及之新聞組織框架以及新聞工作者個人認知框架外，新聞文本中所呈現的不同語言與符號訊息（文本框架）亦屬重要意義建構與轉換真實機制。而在消息來源部份（見第四章討論），公共關係領域過去所慣稱之「媒介策略」實則受到組織文化影響甚鉅；組織文化不但是社會行動者建構組織真實的主要依據，也是組織發展媒介框架策略的源頭。消息來源倚賴組織成員（含領導者或領導群）建立共同詮釋架構（組織框架），始能發展媒體運用的細部策略及語文訊息內容，產生資訊津貼或其他發佈新聞稿等公關手段，進而與其他組織（包含新聞媒體組織）結盟，達成框架共鳴與對應的效果。

　　綜合言之，過去文獻顯然忽略新聞媒體與消息來源兩者如何在建構真實過程中之互動角色（見下章討論），亦甚少討論與兩者互動相關的社會情境(context)問題。所謂「情境」，專研情境存有論的法國哲學家Merleau-Ponty曾有精闢論述（取材自鄭金川，1993：第三章），認為情境「相涉於環境之中」，是人類具體生活與行動的「世界空間」，與人的所有活動場域相關，同時兼具「主觀與客觀兩者的交綜錯雜」，而非單指抽象且不可捉摸的外在環境。簡言之，Merleau-Ponty對情境的解釋，與前述第二章Goffman的「逆轉性」概念（見本書頁29），以及第三章翁秀琪所言有關新聞是「主、客觀辯證過程中所產生的社會真實，是社會真實的一部份（見本書頁95）」說法一致，即情境係「形構出來的存有世界」，兼含了「心靈活動及外物相參相融的關係」。❸

　　卻不一定能辨別自己所言或所寫的詮釋基礎（即框架）。

❸　情境一詞，係將原文中之「context」與「situation」交換使用，未予區分。另可參見Glynn, et al. (1995)有關情境的討論(pp. 255-261)。作者們認為，有關社會情境之研究大致可區分為兩類，一者視情境為社會身份的來源(如參考團體)，另者認為社會情境是轉換社會互動的結構因素；本章以後者觀點

　　長期觀察社會互動行為的心理學者黃光國則採符號互動論之見解，認為情境可看做是以語言或符號所建構的社會真實，也就是社會互動的「關係判斷」所在：「所謂『關係判斷』，其實就是將社會互動對象【用語言或符號】予以命名、加以分類、界定彼此互動的情境，再選擇適當交換法則的歷程」（黃光國，1995:212-213；添加語句出自本文作者）。顯然黃氏亦同意情境係人們主觀建構的社會真實，亦即產生社會互動（如消息來源與新聞媒體）以及關係判斷的「環境(environment)」。❹

　　延續上述文獻，本章將試討論新聞真實建構過程的情境問題。相關研究曾建議將新聞情境視為是不同社會勢力（或議題）彼此競爭以呈現語言或符號意義的場域(a site of social contest)，或是這些不同社會勢力或議題相互論辯的公共論壇(public forum; Curran, 1990:142-144; 1991:29)，❺即「針對公共事務，在法律制度保障下，公民得以自主而

為主。但Hasan (1995)將將此兩詞彙分開處理，situational context指透過某一例證瞭解符號意義的途徑，textual context則指文本所呈現的情境。至於社會心理學者Argyle, et al. (1981)所指的「社會情境(social situations)」，另指某文化或次文化中成員所熟悉的互動類型，與此地所稱情境有別。

❹ 法國社會學家 Moscovici (1984) 稱此外在世界為「環境」，亦即社會真實(reality) 被「再現」的傳統形式 (a conventional type of representation)。Sherwood (1994) 認為媒體所代表的論域乃介於「客觀結構與主觀感情之間」。臧國仁(1995a)則採一般系統論之觀點，認為環境就是系統（如新聞媒體或消息來源）活動的範圍，其意涵接近 Habermas (1989) 的「公共領域(public sphere)」概念（頁271）。本章同意此類說法，將「情境」視同「環境」，亦即新聞系統與消息來源系統產生互動之處。

❺ 有關新聞情境是競爭場域的論點，另可參見 Gamson, et al., 1992; Gurevitch & Levy, 1985; McCarthy, et al., 1996; Trumbo, 1995a; 許傳陽，1992；翁秀琪，1996。有關新聞媒體可視為是「公共論壇」的討論，尚可參見程之行，1984：第七、八章「公眾論壇的理論基礎」之詳細分析。其中，電視媒體可作為公共論壇之文獻，亦有Newcomb & Hirsch, 1984 (此書討論電視如何作

理性互動及辯論」的場所（張錦華, 1994a:197）。❻ 在這個公共場域中，不但「意見氣候 (the climate of opinion)」得以形成 (Martin, 1981:447)，公眾亦可公開發表意見與想法，從而建立「意見之公共市場 (public market of opinion)」(Mathes & Dahlem, 1989)，❼ 進而促使相關議題或事件得以廣泛地受到民眾重視，或使爭議事件雙方皆有機會公開宣示立場，因而成為可供大眾討論各項議題且無庸受到「當道」干擾之處 (Teskildsen, et al., 1998:48; Bennett, 1990; Viera, 1991:83)。

　　簡言之，本章一方面延續前章之討論，將新聞情境比擬做類同建構論者所稱的社會真實所在（即真實世界），另一方面則將藉此描繪新聞情境中出現的各種議題與事件，說明其在反映社會現象時所扮演的角色（見《圖5-1》）。❽ 如果第三、四章之要旨在於顯現新聞媒體與社會組

為公共論壇）；Fiske, 1987; Hackett, 1991; Croteau, et al., 1996。

❻　有關新聞情境可權充作為「公共論壇」的相關文獻甚多，如 McLeod, et al. (1994:152)即曾引述Gurevitch & Blumler (1990)，說明新聞媒體應提供作為政治家與發言人的「明智與明亮之講臺 (intelligible & illuminating platforms)」。Gurevitch & Levy (1985)則認為新聞媒體應是不同社會團體、機構、以及意識型態競相爭取定義與建構社會真實之處。Trumbo (1995a)強調新聞媒體提供一連串場域 (arenas)，讓意義製作者能夠實現符號彼此競爭之情況。另可見Gamson, et al., 1992; Hoynes, 1994.

❼　作者們認為，新聞媒體的功能，乃在於讓爭議性雙方有機會公開宣示立場，讓媒體成為「提供大眾討論爭議性議題的講壇(forum)」。此外，Hackett & Zhao (1994:533) 則稱新聞媒體所提供者乃一「文化模板 (cultural template)」，各種政治與社會勢力均在此模板中詮釋意義，影響事件中主要論述 (master narrative) 的產生（作者們之觀念，顯受 Gamson 影響甚深，見本章 ❽❹）。另外，Davis (1990:156)亦曾討論媒體作為思想市場的想法，認為所謂「公共討論的場域」就是指可自由交換意見的市場(marketplace)。

❽　本研究採用社會建構論者的觀點，認為真實之定義均透過競爭取得，而新聞媒體即符號競逐之場所（a site of complex symbolic contest; 見Friedland &

織的意義建構本質，本章與第六章所要討論者，乃是如同社會學家Beck等人所提出之社會競爭（social contestation; 引自Cottle, 1998）概念，即在新聞情境中，各種相關議題與事件不斷出現，彼此爭取成為受人矚目(public attention)之社會知識，挑戰社會現有之文化結構與現狀，而媒體正是定義這些社會知識的主要場所。❾

在正式進入新聞媒體與消息來源共同建構社會真實之討論之前（見第六章），本章將首先引用Habermas對「公共領域(public sphere)」之概念，說明社會議題產生的情境背景。第二節介紹議題相關研究，並討論議題與新聞媒體、消息來源組織的關聯。第三節轉引框架研究中有關情境議題的研究，解析新聞框架與情境議題間的互動。

Zhong, 1996及Curran, 1990之說法）。如Gamson (1989)認為，媒介言說論域(media discourse) 與民意形成有關，也是建構意識型態的重要機制。根據Crigler (1996:1)之意見，這種建構論的觀點較其他典範均來得寬廣，因其核心意旨即在於確認在溝通過程（原文係討論政治溝通）中，所有參與者都加入了建構訊息與意義製作的活動，每位參與者也都扮演了詮釋與定義議題的角色，受到自我利益與對議題關注的限制。

❾ Beck之著作見(Beck, et al., 1994)係以檢討現代風險社會(risk society)為主，認為媒體在揭露現代社會(modern society)中的風險扮演了重要角色，因而也成為有關風險各種科學知識的競爭場域。Beck認為，所謂的風險實際上是一種社會建構的公共言說，包括有關風險評估與確認的組織、規定、以及能力，綜合組成社會中相關認識論與文化架構。另外，有關社會競爭的概念，尚可參見Gallie, 1956; Hilgartner & Bosk, 1988。與「公共關注(public attention)」相關之文獻，可參閱 Hilgartner & Bosk, 1988; Cracknell, 1993。McCarthy, et al. (1996)此處將新聞視為是社會知識的說法，源自Tuchman (1978):第十章，「新聞即知識(News as Knowledge)」。

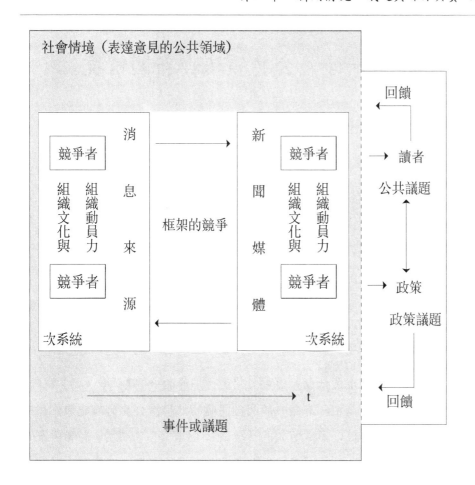

圖5-1：框架競爭生態中的新聞情境與議題

第一節 公共領域與新聞情境

一、Habermas與公共領域

德國思想家 Habermas 的學說近年來屢被譽為當代顯學（余英時，1994:1），其理論博大精深，被廣泛視為是法蘭克福學派 (Frankfurt School) 的第二代接班人物(Peters, 1993:541)，替新馬克斯理論提供了規範性的哲學基礎，而其對公共領域的形成與解體所進行的歷史性分析尤屬「最具原創性的貢獻」（洪鎌德，1994:17）。然而公共領域概念並非 Habermas 獨創，其他論者亦曾有所討論，但仍以其詮釋最為精闢（張錦華，1994a:197; Dahlgren, 1991）。綜合論之，此一概念是指：

> 介於市民社會和國家之間進行調節的一個【社會生活】領域，在這個領域中，有關一般利益問題的批判性公共討論能夠得到建制化的保障，形成所謂的「輿論」，以監督國家權力，影響國家的公共決策。……【其特徵】是非強制性的參與，在建制化保障之下自由、公開和理性地討論普遍利益問題，促使公共權力合法化（曾慶豹，1998:52；添加語句出自本書作者）。❿

---

❿ 此一定義基本上源自Habermas自己之詮釋，可參見1997, 1989。有關「公共領域」之中文譯名，因係譯自Habermas之英文譯著，與德文原書有所出入，可參見曾慶豹，1998:50–51；廖炳惠(1994:57–58)之討論與說明。簡言之，曾氏認為應將 public sphere 譯為公共論域較能符合Habermas原文中所涵蓋的「溝通論辯」之意。本書採國內一般已習慣之譯名，但接受曾氏所言，即「公共領域」與「公共政策」或「公共制度」無關。另外，陳璋津(1988)使用「公共範圍」；廖炳惠(1994)使用「公共場域」等不同譯名。

就Habermas的整體理論體系而言，公共領域概念發展的最早，因此可視為是奠定其後期「溝通行動理論 (theory of communicative action)」的基本原則。在此本以《公共領域的結構轉變》為名的重要經典著作中，Habermas首先回顧公共領域形成的歷史背景，認為十七、八世紀期間歐洲君權與神權統治階層（包括教會、王族、貴族）逐漸解體，以及中產階級與資本主義經濟興起，均促成了市民大眾對社交集會 (associational life) 領域的需求，一方面期望體現個人在公共場合中的自由發言以聚合成新的「公民(public)」社會階級，另一方面則藉此對抗封建專制體制的統治。❶

此一時期，商業社會發展成形，在英國、法國、德國出現的咖啡館、沙龍等私人聚會場所成為男性中產階級與知識份子辯論藝文與公共事務之處，而隨後興起的報業、雜誌與書籍等大眾媒介則進一步成為傳遞資訊與批評時政的重要場域。眾人得以透過這種管道，無拘無束地公開發表意見，談論時事：

> 公共【領】域是歐洲十八世紀以後，透過報章與種種法令的討論，完全拋棄中產階級的個人與家庭私人利益，透過公共的體認以及一種修辭的形式，整個揚棄個人及其身體所代表的利益，而提昇到一種抽象普遍性的溝通，讓每個人不拘性別、膚色、階級均能夠同時認知其共通的利益，也就是這種利益不和某一特定的人相干……以此種方式來表達大眾普遍的關注，而使得公共政

❶ Habermas 在其著作中 (1989) 一向指稱此一概念為「bourgeois public sphere」，中譯則未統一，如張錦華(1997)譯為「布爾喬亞公共領域」，意指中產階級之男性、知識份子與貴族等；曾慶豹譯為「資產階級公共論域」；本節採前者。此處所稱之bourgeois 公共領域與市民(plebeian) 公共領域意涵接近，見 Lennox & Lennox, 1997。

策不至於被少數人壟斷，也不至於被個人的利益，以及某些程序上的謀略所掩蓋，公共【領】域於是變成是政治與社會經驗的普遍識域 (general horizon; 廖炳惠，1994:57；添加語句出自本書作者)。❷

　　在Habermas的原始構想中，「公共領域」概念包含了兩個重要實體。首先，「公共」一詞係相對於市民社會中的個人私有領域 (private sphere; 如家庭或上述咖啡館、沙龍或其他非正式社交關係) 概念而來。Habermas認為個人有自由表達的主體性，是形成群體的主要來源，也是區辨社會公共性質的主要變項。而公共領域就係根源於此一無法廢除的個人私域 (intimate sphere)觀念，指涉某一社群的市民在此領域中實踐其私人之自主性 (the private autonomy)，無須顧及身份與階層，與其他市民齊而關心某些與群體共同利益有關之議題。或是透過社會整體活動性質（如選舉）所組織而成的社會機制，促使某些事務產生相關集合作用（曾慶豹，1998:69）。❸

　　❷　廖炳惠原文係使用「公共『塲域』」一詞，「領域」係本書作者改寫。有關公共領域實則代表多種意涵，如Habermas之bourgeois public sphere專指在歐洲資本主義社會形成時所出現的特殊社會階層，但一般常將公共領域指稱為「民意(public opinion)」，或專指新聞媒體。有時，公共領域又可視為一種「分析項目(analytical category)」或概念指標，用來描述某種特殊社會現象。以上說明，可參見Dahlgren (1991:2)。又如Jakubowicz (1991:155)認為公共領域有「媒介網絡(networks of media)」之意，包含了各種塑造民意的機構，其功能在於讓民眾得以成為政治力量。一個國家的基本價值愈趨集中，則愈可能只有一個公共領域；反之就有多種公共領域。

　　❸　Habermas認為，在咖啡館或沙龍的討論既具包容性亦有排他性。其一，凡以理性討論時政之男性有產階級者均可透過主動參與尋求他人之認同。其二，此種由男性中產階級所組成之公共塲域卻阻絕了同一社會其他人士（如女性或無產階級者）的參與。參見 Stevenson, 1995; Habermas, 1997:425-430;

　　這種公共性原則主要表現在兩個層次：一為對抗國家建制統治權力(state power)而實踐的理性批判，一為言說論述(discourse)，即一種不受統治權力干擾的語言表達機會，透過集會、結社、或其他意見發表方式，針對有興趣的議題抒發己見（曾慶豹，1998）。

　　其次，「領域」乃介於國家統治權力與私人領域之間的生活空間(life-world)，指公眾或市民階級所形成的參與性團體(public body)，積極介入公共事務，並以理性態度促成共識，藉此組織公共輿論，而「開放性的接觸」正是此處有關領域概念的重點所在(Eley, 1994:298)。❹

　　兩者合併觀之，Habermas之概念除具有開放空間的意涵外，也暗示公共性質的集體建構理念，公眾群體彼此透過討論產生共識，建立公共事理（廖炳惠，1994：58）。簡言之，公共領域的基本精神即在於公眾理性論述公共事務，並以平等互動方式進行批判性的言論交談，形成意見。同時，此意見之表達受到建制機構之合法保障，使私人得以獲得社會之認可，公開表達論點，進而產生與合法建制政權相互競爭的言說關係，雖然此種關係並非對權力或意識型態的攫取或更替。

　　Goodnight, 1992. 相對於此點，Herbst (1996)認為今日電視中所播出的談話節目顯然較當年之沙龍更具「民主性」。

❹　首先，Peters (1995:9)稱，「公眾(publics)」乃十八世紀興起的社會集體概念，建立在論述參與所形成的社會團結 (social solidarity)，而非傳統由個人相識所形成之接近性團體。因此，公眾與傳統政治概念中的國家、聯邦均不同，亦與社區、人們有異。次者，有關生活空間一詞，Habermas (1987)認為即指孕育溝通行動的背景狀況，是一套「在溝通情境中有關正當聲明的假設」。「開放性接觸(open access)」一詞引自Peters, 1995:10。

二、 公共領域與新聞媒體 ❶

　　新聞媒體在公共領域中扮演了舉足輕重的角色，乃因其係中產階級
形成之初用來對抗官方統治的智識場域（Habermas 稱之為「智識報業
intellectual newspapers」）， 協助市民瞭解世界，辯論意見，進而制訂決
策， 以便採取適當行動 (Dahlgren, 1991:1; Curran, 1991:29)。 然而
Habermas指稱，促成公共領域興起的社會與經濟力量隨後卻成為導致公
共領域衰敗的主因。如一八七〇年代後資本主義興起，引導大眾媒體進
入商業化經營階段，傳統較具文藝性質的新聞報業轉而由專業 (profes-
sional)取代，新聞編採人員成為新的行業。報紙不再只是新聞發布機構，
也進而領導輿論並影響民意，甚至在政黨政治中扮演重要角色。 ❶

　　Habermas 強調,廣告與公關(publicity)兩者聯手影響新聞運作過程，
使得報業經營的目的由早期之促進理性批判討論轉而在於滿足商業利
益，中產階級公共領域原有的平等開放特性因而為之瓦解 (collapsed)，
成為暴力與私利競爭之處。同時，國家勢力介入公共領域，逐步侵蝕原
為私人或家庭所固守的區域（如建立公共教育、公共圖書館、甚至公共
媒體等機構）；此種演變更造成公共領域之退縮，淪入經濟與政治勢力之
操控，僅剩統一意識型態的功能（參見Garnham, 1986）。 ❶

---

❶　Habermas的論述中對新聞媒體之著墨不多，除早期在有關公共領域之討論中
　　有所觸及外，後期著作較少針對媒體與社會之關聯再予深究。"Publicity"一
　　字在本書第四章原譯為「新聞發布」， 此地簡譯為「發布」或「廣為周知」，
　　可定義為「使新聞事件或有關國家行動的消息廣為周知」(Goodnight,
　　1992:246)。

❶　據 Lennox & Lennox (1997)所述，在法國大革命期間，單是巴黎一地就出現
　　了200份定期刊物(journals)，幾乎每兩位政客中就有一位出版刊物以壯聲勢。

❶　基本上, Habermas認為公關活動代表了對批判理性討論的背離，使得公共領
　　域中的公開自由表達意見受到阻礙。可參見 Habermas, 1989:200–201;

Habermas 認為，這種轉變顯示公共與私人領域的對立界限漸趨模糊，而商業文化的興盛鼓勵了私人消費行為，造成社會公益無法再單純透過辯論或商討形式建立，新的大眾媒介更進一步凸顯了對參與公共領域對話的需求已較前低落。文化不但逐步私有化(privatization)，文化產品也改以滿足大眾市場的喜愛為追求目標。公共領域因而又回到封建時代形式 (refudalization)，成為政客與大商家們設計活動的舞臺 (Hoynes, 1994:26)。❶❽

在稍後出版的《溝通行動理論》一書（上下卷）中，Habermas曾提及對恢復 (recovery) 公共領域的期望，也將早期視媒體為具象化工具(instruments of reification)的想法有所修正。雖然Habermas仍對媒體控制民意與鞏固政策正當性的角色感到疑慮，但也熟知近代研究在新聞常規方面的成果，因此接受新聞媒體乃容納異己意見之處。他也強調媒體可以做為理想的語言活動場所 (ideal speech situation)，建立社會共識。此點原是其溝通行動理論的重點，即公共生活中充滿語言活動，而新聞媒體正可協助溝通行動脫離時空背景的狹窄形式(provinciality)，使得公共領域得以維持並建立傳播內容的多樣性 (Habermas, 1987:390; 另可參見Goodnight, 1992:250–252; Price, 1995:25之討論)。

三、公共領域與新聞情境

從Habermas對公共領域的討論觀之，其對現代新聞媒體的體質與角

Beniger, 1992; Goodnight, 1992。另據 Peters (1995) 之歷史性探索，pub-licity一詞之原意乃在對抗專制政權，要求開放各種私密，以便眾人得以理性思考，批評時政，意涵接近前蘇聯領袖 Gorbchev 所提出的「開放(glasnost)」。

❶❽ Habermas所稱，「公眾從政治與文化的辯論參與者轉而成為媒介形象與資訊的消費者」，已在其(1997)的新作中(p. 438)自承早先觀念過於單純(simplistic)。

色毋寧相當悲觀或「愛憎並存 (ambivalent potential)」(Croteau, et al., 1996:7)。**⑲**但另一方面，此書成書於一九六〇年代，正是電視媒體崛起且報業資本商業化最為盛行之時，Habermas所強調之報紙「已淪為公關和廣告的禁臠（引自張錦華，1997:188)」論點有其時代背景。但今日媒體形式固已不同於十八、九世紀報紙等平面媒體問世之初的面貌，亦與六〇年代其著作成書之時相異。一昧以傳統形式套用於現代媒體，難怪論者要責其公共領域概念乃「永遠無法達到的理想空間」，且其論述「缺乏歷史觀」而明顯陷入了「戀古情懷(nostalgia)」。**⑳**

但就理論意涵觀之，Habermas 的見解實又有其獨特之處。質言之，公共領域概念的基本精神，就在於實踐自由表達意見，公開且理性地接近公共場域，且在國家體制合法保障之下，進行對現狀(status quo)的批評。從Habermas的核心概念觀之，大眾媒介既屬建制組織，又受到法律明文保護言論自由，成為理想公共領域之代表可謂其來有自（張錦華，1994a:204）。

再者，Habermas早期有關公共領域的討論，內涵較偏限於中產階級範疇，此點可由其論著中明顯看出。但較新著作已有所修正，承認公共領域之多元性(plurity)與多重性(polysemy)。**㉑**如廖炳惠(1994)所言，理

---

⑲ 「過於悲觀」一詞出自 Habermas自己的修正意見（見1997:438）。

⑳ 有關 Habermas 的歷史性研究缺乏歷史觀的批評所在多有，可參見洪鎌德，1994:24–25；張錦華，1997:186–187；Dahlgren, 1991:5; Hoynes, 1994:165等。Hoynes 之言饒富趣味：「或許公共領域的商業化只不過是【公共領域】的另一次結構轉變」。張錦華則認為，新聞媒體的功能可能早就不在提供「對話」的空間，而是提供資訊的「能見度」。功能的改變，也促成公共領域的意義修正。

㉑ 前者指公共領域內部多於單一的意見取向，可參見張錦華(1997)就公共領域多元性的討論；「多重性」則指社會中有多於一種公共領域存在，參見Habermas (1997:428–429) 有關女性如何受到公共領域之排擠以及女性運動

想的公共領域應能容納多樣意見表達，並隨著社會環境的需求提供各種次文化交互運用的空間。何況，社會中本就存有多重彼此競爭的相對公共場域，各自嘗試操縱其場域中的支配性媒體，顯示其排外的特定方式。

至於 Habermas 對公共關係的討論尤其值得省思。他認為（1989：第廿、廿一章），新聞發布工作(publicity work)之目的並非在於促進公共討論與意見交換，而係增進私人企業名聲，或協助商業活動在公共領域中露臉，操控(manage)媒體以便將其（企業）立場廣為週知。換言之，公共關係業者只專注於名聲之傳頌，無意增進不同組織間之理性討論。而公共關係技術的提昇已迫使新聞專業人員或退縮或噤聲，民意因之不再是理性辯論之呈現，充其量僅是一種反映社會共識的技巧罷了。

然而正如 Dahlgren（1991:5）之檢討，Habermas 此處論點似又過於「危言聳聽(overstated)」，因為中產階級公共領域從未如其所言般的理性化(rationalization)，而資本主義下的困境也未如其所稱之悲慘。尤其Habermas將公共關係實務(publicity practices)視為是商業組織獨享的技巧，更曲解了公關工作的溝通本質，忽略政府機關與社運組織亦是運用媒體策略的重要機構（見本書上章討論）。Habermas過於強調公共領域的中產階級單一內涵以及將新聞媒體功能過於理想化的結果，反而窄化了其他組織的社會溝通角色，並與公共關係理論所追求的「有效公共溝通」功能不合。❷

至於新聞媒介如何保障公共領域內的意見自由表達與平等接近媒體，Habermas 並未著墨。此處 Habermas 似將公共意見之表達視為是靜

如何進入男性中產階級公共領域之討論；亦可參見Jakubowicz (1991)對波蘭國內三種公共領域的描繪。

❷　有關公共關係的功能，美國公關學者近年來之理論建構努力值得肯定。除前者所引之 Grunig (1992)重要文獻外（尤以第一章為要），尚可參閱該書第二章 pp. 58-60有關 Habermas 理論借用於公關倫理之討論。

態活動，只要新聞媒體持續開放胸懷容納異己，則各方意見自然就可充分呈現。但如本章稍前以及上章所引文獻觀之，意見表達與符號意義之建構其實皆有動態意涵，此乃因公共領域中的社會團體與機構眾多，各方均有意「進攻（或參與）」新聞場域（語出葉瓊瑜，1997）。❷❸而新聞篇幅或時間有限，必須透過選擇與重組過程，始能決定何種言論屬公共議題，何種僅為家常言談而不適合做為公共言說。此部份Habermas未予深究，僅以公／私領域之簡單劃分，用以凸顯議題的公共理性討論原則，因而也未及說明「意義建構(sense-making)」與訊息內容在公共領域中的演變過程，此點有待下節討論議題競爭角度時再予細究。❷❹

四、小結

　　本節簡介了Habermas的公共領域概念。與其他論及媒體與社會情境之理論相較（如 Lippmann, 1922; Siebert, et al., 1956; Rivers & Schramm, 1969; Curran, 1991; Charity, 1995）， 公共領域所揭示的「自由發表意見、平等近用媒體、理性批判對話」原則顯然更具歷史觀與結構論，也較符合民主社會的理想新聞情境。即使Habermas自承其理論僅能稱之為理想模式(ideal type)，但就新聞媒體所面對的社會情境而言，公共領域概念明確彰顯了新聞媒體所應具有的公共論壇特性:「公共領域

---

❷❸　Habermas在較新的著作中(1997:437)，已接受文化學派所提出「新聞媒體是競爭場域」的想法，而謂「公共領域被新聞媒體建構與主宰成為一個充滿權力(power)的場，透過題材選擇與供應，競爭 (battle) 不但影響了溝通的流動也控制了民意，而策略性的意圖則常隱藏，難為人察覺」。

❷❹　有關此一公／私領域的議題討論，論者批評甚多，可參見Robbins, 1993。有關意義建構與公共領域的關聯，可參見Curran, 1991; Dahlgren, 1991; Croteau, et al., 1996。後者曾謂:「公共領域的焦點內容，應特別關注於新聞言說的長期變化」(p. 13)。實際上，Habermas在新作中的確提及議題與公共溝通的關聯(1997:477)。

概念的使用，乃建立在其對媒體潛在角色的有力詮釋，顯示媒體在促進民主社會的重要核心內涵（公共對話）上，有極為重要的貢獻」(Croteau, et al., 1996: 8; 括號內文字出自原作者)。

　　此處又似無須全盤接受Habermas近四十年前所提出的觀察，乃因今日所盛行的媒體形式（如電腦網路；見Fang & Jacobson, 1994）早已無法符合其對公共領域的期許：「原則上我們可以接受Habermas對『後中產階級時代』或對未來【社會情境】的評估，但是我們沒有理由重複Habermas的結論。歷史並非靜止不動，現實中的公共領域曾受限於許多歷史境遇(circumstances)，但也因此孕育更多發展機會」(Dahlgren, 1991:2)。❷❺簡言之，新聞媒體今日僅是眾多公共領域中之一種，其精神在於實踐自由表達意見、同等接近媒體機會、以及形成社會共識的生活領域，而非Habermas所期盼之如希臘城邦式的對話情境。

　　在本書中，公共領域被視為是一個公共空間(public space)，個人與組織皆在其間試圖影響資源分配與社會關係的調整，而新聞媒體正是此一公共領域的典型代表之一，藉此公共領域概念中所蘊含的「自由、理性、與公開」言說討論(discursive)過程始可圓滿達成。此外，社會中有多元與多重公共領域，新聞媒體正是其中一環。不同背景個人與組織在媒體中不斷創造議題，建構社會意義，試圖影響新聞媒體提供有利於個人與組織的報導(Curran, 1991:35; Dahlgren, 1991:16–21)。❷❻有些議題

❷❺　作者也指出，我們不應只將公共領域看成是一個無趣的指標，或將其用來呈現事物而已，而應使此概念有繼續發展的機會(p.8)。Mayhew之較新著作(1997)曾嘗試在Habermas理論基礎上，重新詮釋公共領域「自由表達」之特性在近代已受到一些專精於語言使用(rhetoric)的專業人士所影響(influ-ence)，包括公關、廣告、行銷、與遊說人員，使得社會中的一般「新公眾(new public)」不復具有能力進行如Habermas所期許的雙向溝通。

❷❻　在Allen (1995:12)之觀察中，發現Habermas近期著作多在申論成熟民主(deliberative democracy)之概念，已較早期討論「參與式民主」緩和。Allen

（如兇殺案或政府貪瀆）較合乎新聞價值的選擇標準或較符合新聞常規的佈線原則，因而易受媒體組織或個人眷顧；有些議題或事件則否，難以獲得青睞。總之，在新聞媒體這個公共領域中，各種社會組織、機構、意識型態彼此角力，試圖取得其在新聞情境中的公共（公開）「正當性(legitimacy)」，民意因而得以塑成，國家統治機構也始能瞭解社會需求(Chen, 1994:17)。或如 Price (1995)之歸納，公共領域乃一理想區域，由於大眾在此擁有足夠機會接近社會資訊，方使追求理性之言說對話以及建立社區生活之常規成為可行。

第二節　議題與真實建構 ㉗

上節討論顯示，相關文獻過去均曾揭櫫新聞情境的本質即在於其「自由、理性、公開」的論壇角色，可容納各方意見進行公共對話。綜合前兩章之論述一併觀之，一方面新聞媒體身處此一開放社會中，透過其內部組織與個人框架進行重要社會話題之探詢與篩選，另一方面，不同消息來源則分別透過組織文化框建議題，試圖影響媒體之報導角度與內涵，藉此或則迫使政府機構建立對己有利之公共政策（政策議題），或則動員潛在支持者形成輿論，建立公共意見氣候（公共議題；參見第三章之

認為，Habermas強調現代民主理論在於防止任何組織主宰公民生活，其辦法就在於透過公共論辯與理性討論。因此，媒體顯然保留了建制機構的地位，但須加強「民主參與」的角色，甚至要多鼓舞民眾參與與討論，協助建立社會中的「自由領域(free space)」。

㉗ 議題可定義為：「一項與事實、價值、或政策相關且具爭議性的問題」(Heath & Nelson, 1986)；或如 Ferguson (1993) 所言，議題是一個組織所面對的基本政策問題，而事件就是一個社會、政治、或技術情事，影響議題甚鉅。此外，Cheney & Vibbert (1987:175)指稱，議題是某些團體針對一個情事或認知問題所附加的顯著性。相關討論甚多，簡述可見McCombs, 1994。

《圖3–3》）。

　　然而新聞情境中的事件或議題究竟如何「登上」新聞論壇，上節尚未深入探究。事實上，社會真實中每日出現各種與公共事務相關的事件與議題不知凡幾❷，而新聞媒體內部設置各種組織常規（如佈線，見第三章討論）之目的正是希望藉此能夠「捕得」具有新聞價值且易於引起大眾興趣的新聞（Tuchman, 1978:第三章）。在消息來源方面，第四章所討論之公關稿件、新聞發布、資訊津貼、或其他媒體策略，其運用宗旨則不外乎釋放消息供新聞媒體採用，以增進己方對社會資訊的控制力。

　　由此觀之，新聞流程似非過去文獻所示係由新聞媒體或消息來源單方所能掌握（見本書第三、四章討論）。　其一，文化學者雖曾強調消息來源所提供的資訊在意識型態上足以影響新聞走向，但此一觀點忽略了新聞框架（包含組織、個人、及文本各框架）對資訊流動仍然具有舉足輕重的力量（見本書第三章）。而傳統新聞學者素以守門研究為基礎，認為新聞媒體之組織與個人可針對社會事件與議題進行挑選與安排（俗稱新聞價值），但此種說法仍然遺漏了消息來源在社會資訊流動的前置階段中所扮演的重要角色（見本書第四章）。

　　由此，本書所欲凸顯之新聞媒體、消息來源、事件／議題三者在新聞情境中的動態關係已逐漸澄清。簡言之，本書認為就新聞情境而言，無論新聞媒體或消息來源均無法單獨掌握新聞事件或議題的變動，雙方都須動員人力與花費時間瞭解對方之框架與需求，並進而影響對方，始

---

❷　如同Molotch & Lester (1974:101–102)所言，公共生活是由無數的「原始事件或事故(occurrences)」組成，有些事故被消息來源或新聞媒體炒作成為新聞事件，有些則沒沒無聞而難以受人注目。Hilgartner & Bosk (1988:57) 曾稱，社會真實中充滿了無數群潛在問題(a huge population of potential problems)，亦即眾多可能被認知為問題的「想像情勢與情況(putative situations and conditions)。

能在新聞資源的競爭局面中獲得主動參與的機會。由於此種相互節制的特性，前述新聞情境中的「自由、開放、理性」公共意見市場特性才能獲得保障，而過去文獻所揭示此一意見市場係由單方長期壟斷的情形，也才得以修正。

　　本節延續此一論點，進而探詢議題如何在社會真實中變動。首先介紹有關議題之相關文獻，次則討論議題變動的生命週期，以及新聞媒體與消息來源如何在議題變動中互動。

一、 新聞議題與社會議題 ㉙

甲、新聞議題

　　如前述第三章所示，新聞學研究者過去習將「新聞」界定為新聞媒體所建構或決定之事物，「起自新聞室，或任何新聞工作者蒐集資訊、撰寫新聞的場所」(Gieber, 1964)。新聞之來源則取自各種「線索」,如記者「在出發採訪之前，先要蒐集有關線索，而後進入現場，找到有【關】『新聞人物』或非『新聞人物』，設法來一一解答新聞所必須具備的『何故』、『如何』等問題」(歐陽醇，1982:81-82；括號內出自本書作者，

㉙ Griffin, et al (1991:7)曾說明，在社會學領域，議題常以「社會問題」形式討論，而在新聞學則以「公共事務報導」或公共議題取代。Gans (1979)認為兩個學門彼此間既有競爭又有愛情：「既使目標不同，截稿時間不同，對象不同，兩者同樣使用實證方法檢討美國社會」(p. xiv)。參閱Baker & Anderson, 1989:第二章之批評。

所謂「議題」, Lang & Lang (1981:451)曾提出五個相關定義：人們關心之事、人們所認知到的國家重要問題、現存政策、公眾爭議、造成政治分裂的原因或因素。或者，議題是「任何在相關公眾間引起競爭之事務」。 有些議題影響所有社會大眾，有些則是少數「受害者」才能認知到的問題 (參見本章㉗之定義)。

雙引號內均出自原作者)。至於新聞線索發生之前的社會現象究係何故發生以及如何發生，或者社會人物如何成為新聞人物此類社會真實中的原初事實 (raw material; 參見本書第三章討論) 問題，則新聞研究者過去鮮少加以討論。即使素以探訪社會真相為職志的新聞實務工作者，亦甚少探索「真相」如何在芸芸眾生中形成，或者這些「真相」如何透過媒體之報導而廣為週知。❸⓪

　　一般而言，論者慣將新聞依其發生性質加以區分，如針對突如其來的社會問題 (如火災) 記者常以事件形式(event–centered)報導，並以「純淨式 (或稱正寫新聞straight news)」寫作方式陳列相關事實。此類報導手法鮮少觸及社會問題發生的原因與背景，因而常被如此批評：「新聞慣例 (conventions) 中最令人詬病者，就是過分重視事件新聞」(Keir, et al., 1986:6)。❸① 與此種形式相對者則為議題式(issues-centered)報導，如

---

❸⓪　彭家發等 (1997:476) 曾謂，「新聞本質其實是由三大元素構成，第一是事實 (facts)——簡單的說，就是實實在在在外頭發生了的事實 (actual 【o】 ccurrences)，或者情境(situation)，或者令人焦慮的困難(tough)和意識型態等等，經過專業媒介的處理和包裝，所出來的成品，就是新聞了……」。此種說法，已觸及新聞與社會議題之間的微妙關係，惜作者未進一步澄清事實如何轉換成為新聞。另外，部份文獻曾以個案討論方式追述社會議題如何受到新聞媒體矚目成為新聞議題，如：Protess, et al., 1991; Gitlin, 1980。實務工作者的討論中，黃年(1993)亦曾涵蓋此一主題。

❸①　作者們建議未來應該超越事件形式的新聞報導(advanced reporting)，提供讀者較有深度的調查式或預防式(preventive journalism)新聞報導內容。類似說法 (新聞報導過於事件導向) 可見 van Leuven & Ray, 1988:71–72; Gitlin, 1980:250; Epstein, 1973:13–18。作者們大都認為新聞工作者偏重事件報導的原因，乃在於過於相信「新聞就是世界本質的反映」，因而把事件導向視為是新聞常規之一。Griffin, et al (1991)則提醒說，事件其實不一定是新聞，因為讀者總想知道這些事件背後的來龍去脈(p. 5)。Bennett & Paletz (1994:158)亦曾指出，新聞媒體的注意力常緊隨事件起伏而有深淺報導之分。

調查報導、專題報導、深度報導、精準報導等，其寫作方式可統稱為「特寫」（參閱漆敬堯，1990；彭家發，1986；Patterson, 1986）。

此種將社會現象區辨為不同類型的方式，即社會學研究者所稱之「類別 (typification)」概念，可定義為「由【新聞】實際行動中所衍生的分類 (classification)」(Tuchman, 1978:46)。❸如醫院為了操作與運行方便因而習將客觀世界中的各種疾病加以分類、命名、定義，而所謂的「醫生」就是一些擁有專業知識且可按照適當步驟（醫院常規）處理病患的專門人士。Tuchman認為新聞事業雖然尚無法如醫學般地分工精細且分類知識豐富，但大致上仍可依社會問題之發生性質粗分為下列幾類：硬性（如國防事務）與軟性（如人情趣味）新聞、突發新聞（如火災或車禍）與發展中新聞（developing news; 如火災發生後的第二天報導）、以及延續性新聞（continuing news; 如立法院審議中的法案）等。❸

與議題式報導相較，此種事件報導卻常引發較低的讀者理解力 (understanding)。另外，Ericson, et al. (1995:9) 發現，事件報導的特色包括：個人化、擬人化、現實化(realistic)、以及強調程序性、依循前例報導等。

此外，此處所言之「正寫」新聞乃相對於「特寫 (feature)」新聞，包括傳統新聞寫作中的倒寶塔與正寶塔式寫作；參閱程之行 (1993:第八章)。有關「事件」部份，可參見上章有關「假事件(pseudo events)」以及「媒介事件(media events)」之討論。

❸ 根據作者所言，類目 (category) 與類別 (typification) 兩者在內涵上有所差異：前者指透過正式分析將分類對象依研究者所定義的相關特性次第歸類；後者則依每日活動所產生的實際工作或問題歸類，研究者的定義並不重要(見p.50)。另外，作者在此章曾討論常規中的時空概念，可參見本書第三章之介紹。

❸ 正如Tuchman所述，實務工作者此種分類方式的區隔並不明顯，有時甚至相互重疊，使得準確譯名亦十分困難。簡言之，Tuchman認為延續性新聞乃「發生於一段時間後對同一主題的一連串報導」，大都屬事先安排妥當的事件，如國民大會開議兩週內的相關報導即屬延續性新聞。而發展中新聞係相對於

　　綜合上述事件發生性質與新聞媒體可控制能力合併觀之，Tuchman
認為社會問題尚可進一步區分為三類：無時間性質者 (non-scheduled)，
如軟性新聞或議題式報導屬之，此類新聞之刊出或播出時間通常由新聞
工作者自行獨立決定；有時間性質（或可預先安排）者 (prescheduled)，
多由消息來源主事者決定事件發生之時刻，新聞媒體難以置喙，如記者
會或其他資訊津貼方式等；以及無法預測時間者(unscheduled)，如火災
等突發意外事件，無論消息來源或新聞媒體對何時發生則均無所控制
(Tuchman, 1978:49–58)。

　　在Tuchman有關「新聞類別」的討論中，她認為相關社會問題的報
導至少經過事故之發生 (occurrence of raw material) 與新聞報導兩個階
段，在此之前則有消息來源組織主導之前置作業安排（如議會開議前的
日程）。有趣的是，雖然新聞工作者難以介入前置階段，其（新聞記者）
工作能力與表現卻常建立在對這些前置工作事項的瞭解程度，即一般稱
之為記者所擁有的「專業知識 (professional stock of knowledge)」
（Tuchman, 1978; 57–59; 另可參閱 Best, 1989b; Einsiedel & Coughlan,
1993:136–7; Philips, 1977）。

　　其次，在事件報導之後，新聞媒體常持續觀察事件或議題之發展經
過，藉此深入發掘問題真相，以便報導刊出後成為政策議題，具有影響
政府施政方向的潛力；或另一方面成為公共議題，主導輿論意見表達的
內涵。Tuchman強調，此種將社會問題予以分類的動作，即可視為是新
聞媒體組織與新聞工作者框架化（動詞）外在世界的方式，也是簡化社

　　突發新聞而言，如某處發生火警，蔓延整棟大樓，此為突發新聞。但如此意
　　外事件延續數天，則屬發展中新聞。國內相關論述之譯名亦有不同。基本上，
　　Fishman (1980) 反對 Tuchman 分辨新聞事件的類別，另提出新聞階段論點
　　(news phase structures)，認為新聞記者會根據消息來源處理事件的過程，自
　　行濃縮為數個步驟，從而進行詮釋（見該書第三章討論）。

會真實的重要過程（《圖5-2A》；參見本書第三章有關組織框架之討論）。

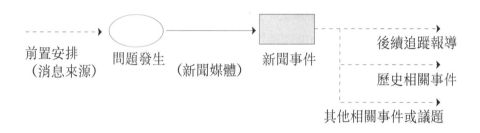

前置安排　問題發生　　　　　新聞事件　　　　後續追蹤報導
（消息來源）　　　　（新聞媒體）　　　　　　　　　歷史相關事件

其他相關事件或議題

圖5-2 (A)：新聞媒體與新聞議題的變化*

*虛線表示新聞媒體僅在需要時始會涉入；本圖源自Tuchman (1978)之論點。

　　Tuchman上述有關「類別」的社會學觀察雖然提供了嶄新的視野，使得新聞與社會事件間的關連性得以釐清，然而將新聞發生流程簡化為問題、事件、新聞三者似又無法完整說明社會問題成為新聞的實際歷程。Schudson因而曾追述一項有關間諜案的報導經過，藉以描繪社會問題如何演變為新聞(Schudson, 1986:4–5)：

　　一九八五年五月,John Walker與家屬數人因間諜活動受捕。新聞刊出時並未受人矚目，如《紐約時報》僅於五月二十一日在第十九版報導。兩天後，《時報》以後續報導方式引述官方說法，表示Walker集團是否危及國家安全尚無所知；一週後，此案始成為重大醜聞。《紐約時報》於五月卅一日報導說，官方預期將有更多逮捕行動，本案已成為『海軍史上最嚴重的間諜事件之一』。
　　六月二日（週日），《時報》頭版超越此一個案，刊出有關【各種】間諜案之趨向(trend)：『專家說間諜案遽增，美國機密破綻迭出(vulnerable)』。故事核心從個案內容(what)轉為探討成因(why)，

並解釋逮捕行動迭增乃因間諜法案通過、蘇俄派出更多情報官員來到美國、以及美國公民須接受安全檢查者已較前增多諸事。

第二天，政府逮捕第四位涉案間諜，本案進入新階段：『退伍海軍無線電人員今天因涉及間諜集團而在舊金山遭到逮捕，官方稱他偷運軍事機密給蘇聯已有二十年之久』。如此一來，此案已非『最嚴重的間諜案之一』，而是海軍史上『破壞性最大的個案』。

六月五日，故事再度擴大：第五位涉案者受捕，新聞報導稱此案『可能是卅年來為蘇聯工作之最大美國人間諜集團』，……因而首次與早期Rosenberg間諜案搭上線。

由此，本案進入更新階段，但非因其涉及範圍多寡而係因犯案原因翻新之故。《洛杉磯時報》於六月六日報導Walker於一九六〇年代後期即已開始從事間諜工作，以便『獲得金錢援助支撐一家他所投資卻已破敗的餐廳與酒吧』。……第二天，該報在頭版之新聞分析中稱，『金錢造就今天的間諜』；過去間諜多肇因於左派意識型態，今日間諜則出自金錢誘惑。……

此一涉及間諜被捕的個案隨即成為美國安全堪慮的悲劇討論，並進一步轉化為新式間諜案迭增的實例檢討，故事內容也由間諜如何危險之描述轉為討論官方如何處理不當才導致間諜案發生。這種寫法當然並不意外：因為一旦報導集中於某人或某事，很難再找到更新鮮的角度。記者每天都得重複詢問，『還有什麼新發展？』還可以增加些什麼？今天還能比昨天多說些什麼？

新聞記者的直覺顯示，每個故事背後總有故事，這些故事『藏』起來總因有人故意如此做。原是間諜案的【新聞】故事，到後來卻成了安全檢查的故事。……　如此內容一直延續到秋冬之際，新聞仔細討論了安檢愈趨嚴格的成敗原因，這種演變使得悲劇不成為鬧劇也難。

……　整個故事到了十二月一日總算有所終結,《紐約時報》在一篇週日完結分析中稱該年為『間諜年』。回顧整個故事,【我們】很難瞭解雷根政府官員是否曾經預期到如此大量的新聞報導內容,或者可能有些故事根本就是這些官員所策畫。但顯而易見的,這些故事讓官員們十分開心(而非受窘),因為他們提供了官員們需要的實證資料,顯示國家的確需要加強內部安全措施(括號內文字出自本書作者,雙引號內文字出自原作者)。

　　由以上實例觀之,此一新聞的發展歷程可謂由點(單一間諜個案)而線(眾多間諜個案)而面(間諜犯案之成因與犯案手法),涵蓋範疇超越Tuchman所提出之問題、事件、新聞報導等單純類別模式(可參見下節討論議題週期)。首先,此事件之爆發係由單一個案引起(「點」),但因更多相關個案揭露導致媒體關心程度加深,語氣隨之嚴峻,因而逐漸探討事件發生之成因與背景(「線」)。隨著事件影響層面持續加大,媒體開始將本案與歷史案件連結,探索過去相關重大間諜案件之來龍去脈。隨後,新聞報導更進而檢討政府政策之良窳,使得故事涉及幅度進入公共政策領域(「面」)。最後,媒體再將所有案件予以重新歸類與命名(如稱一九八五年為「間諜年」),完成所有新聞報導歷程。

　　國內研究者蘇湘琦(1994:2–3)指出,媒介報導內容可濃縮為以下三者:

　　——事件,指較無爭議而在特定時空下所發生的幾個個別現象;
　　——話題(issues),指相關事件的累積報導;
　　——議題(agenda),指具有爭議或衝突的多面向話題。❸❹

---

❸❹　作者此處所稱之「話題(issues)」與「議題(agenda)」與本研究下節所介紹之「議題管理(issues management)」譯名有所混淆,此處未予處理,仍沿用原

　　蘇氏的分類方式顯示，隨著社會問題的涉及層面逐步擴大，新聞內容涵蓋的幅度亦會隨之更迭。如在上述案例說明中，即由單一個案事件之報導形式（如第一批間諜遭逮捕）演變為多項個案的累積陳述（如第四、五個涉案間諜被捕），　再衍生為對各類間諜案成因的檢討，以及對其他相關歷史案例的審視，因而成為多面向的議題討論。Schudson (1986:4) 進而稱此種由少而多、由小而大、由點到面的報導歷程，就像是石子丟入水池中所引起的層層漣漪(ripples)，「隨著時間演變，【新聞】故事不斷成長，漣漪效果擴及過去與未來，因而成為新聞故事的新設情境」（添入語句出自本文作者）。❸❺

　　由此觀之，新聞類別不但可能包括社會真實中的原初事實（raw material; 如上述案例中的最初逮捕行動）以及隨後的新聞事件(events)報導（如《紐約時報》報導逮捕事件），更可能繼續發展成為重要新聞話題內容（間諜案迭起），　因而建構成眾所矚目的社會議題（如美國安全受到威脅），有時甚至進一步成為社會文化中的重要趨勢(trend)內涵（如間諜案導致政府加強安檢措施；見《圖5-2B》）。❸❻總之，以「新聞類別」

　　　譯者譯名。蘇氏與其他論者均同意有關 issues 的定義不明（參見 Whitney, 1991），　可能指一個主題、爭議、或甚至個別事件。此處除延續蘇氏所引文獻中的定義外，亦可參見Reese (1991:312)所稱，issue就是一連串相關事件在媒體出現較多的報導。簡言之，一架飛機失事可能是意外「事件」報導，第二架飛機也發生意外，可能媒體就會進行飛機失事意外話題之探索。當更多飛機失事，則新聞報導可能持續擴張，觸及其他相關議題或歷史因素等趨勢討論。如 Ferguson (1993:39) 所言，事件影響議題發展，而趨勢則是一連串事件的概括傾向(general tendency)。

❸❺　類似個案可參見馮建三，1994，尤其是頁161–173。

❸❻　「趨勢」可定義為多項事件的發展傾向(Ferguson, 1993)。有關「趨勢」與新聞媒體之相關性討論，可參見蔡松齡，1992；蔡體楨，1992；以及Merriam & Makower, 1987（特別是第三章）。由新聞個案事件報導以致轉化為趨勢的相關實例甚多，如Naisbitt (1980)的經典著作《大趨勢》就是擷取200家報紙

的概念觀之，Tuchman的討論提供了對新聞議題的初步觀察與定義，以下尚可針對社會議題進行分析。

社會　　社會　　新聞事件　　新聞議題　　新聞話題　　新聞趨勢
事故 → 事件 → 報　導 → 報　導 → 報　導 → 報　導

occur-　　social　　news events　news issues　news agenda　news trend
rence　　events　　report　　　report　　　report　　　report

圖5-2 (B)：新聞事件與新聞報導的變化*

*有關事件、議題、話題三名詞借自蘇湘琦，1994:2-3。此處並未強調各步驟間的線性關係，因為任何步驟均有可能跳級成為次一階段的內涵。

乙、社會議題

　　正如上述新聞文獻中有關類別的討論，社會學者與公共政策研究過去亦曾分別由類似角度分析社會問題的發生與變化。❸❼首先，專研「社會問題(social problems)」的Best (1989a, 1989b)曾由建構論角度討論社會情事(social conditions)如何透過活動形式(activities)表現社會問題。❸❽

所做的分析。

❸❼　除以下介紹的社會問題角度外，公共政策學者Cobb與Elder曾多次定義社會問題或社會議題，認為所謂「議題」就是「兩個以上團體針對與地位或資源有關的程序或實質事務所產生的衝突過程」(Cobb & Elder, 1983:82)。他們認為，社會問題開始活躍或受到政府重視後，常可轉換為公共政策，此即為「議題建構（agenda-building; 見本書第四章第一節之討論）」，可參閱Cobb & Elder, 1971; 或Cobb & Ross, 1997較新之著作。然而這些作者們指稱的議題建構或「議題設定(agenda-setting)」與新聞學中之定義稍有差異。

❸❽　此一領域的研究者大都同意，以建構論(constructionism)為社會問題論證之基礎乃起自Spector & Kitsuse的「造勢」論文(1977)。兩位作者認為，此一

Best以及其他建構論者（如Baker & Anderson, 1987; Mathes & Pfetsch, 1991; Best, 1989a, 1989b; Hilgartner & Bosk, 1988）認為，社會情事並非客觀存在，而係經過某些懂得活動運作的社會人士所發掘、判斷、提出後始為人知，可稱之為「造勢 (claim-making)」的歷程，而提出這些主張的人士就是一般所稱的「社會運動者」了。❸反過來說，社會情事若未經任何個人或團體體認到具有威脅性，就缺乏所謂的「集體（指多數人）定義」，則尚不足以成為社會問題，充其量只是一般社會現象罷了(Blumer, 1971:301-2)。❹

領域的研究主旨乃在「活動(activities)」，即某一社會情事之造勢者 (claim-makers; 見下註) 如何藉由各種活動達成訴求，並將其對社會情事之主張賦予意義，說服他人默認(acquiesce)或接受這些說法。Spector & Kitsuse認為，這些主張者對社會真實的「集體再現(collective representation)」與「團體思辨 (institutional thinking)」是研究造勢的兩個重要概念，即將社會情事透過某種構圖(images)，以個人或團體均可接受的解決方案予以正當化，並訴諸大眾尋求支持。此種解釋與前述「公共領域」概念類似，見Miller & Holstein, 1989。

此處所言的「社會情事」可與其他相關詞彙交互使用，包括「社會事故 (occurrences)」、「社會事件(happenings)」、「社會事項(cause)」等，均指在社會真實中出現但尚未經任何個人或團體處理的原始個案或問題。

❸　「造勢」一詞譯名出自孫秀蕙, 1997:93-94。許傳陽, 1992:14譯為「宣告」；林芳玫, 1995:91, 譯為「宣稱」。有關「社會運動者」的慣用名稱除前章所介紹之社運份子外, 尚有運動者(operatives; Hilgartner & Bosk, 1988)、活躍份子 (activists; Grunig, 1992)、草根團體 (the grassroots; Heath & Associates, 1988)、公益團體 (public interest groups; Heath & Nelson, 1986)、議題事業家(issue entrepreneurs; Strodthoff, 1985:136)、壓力團體 (pressure groups; Anderson, 1993)、以及此處使用之造勢者。這些名詞所代表之意涵極為接近, 均指推動社會問題之特定人士與團體, 但「造勢者」所包含的特定人士可能超越一般習稱之社運份子, 因其不一定有特定組織, 純粹係因議題所凝聚的團體。

　　Best認為，前述「類別」概念對建構社會問題十分重要，因為其形式 (format) 或主題內容 (theme) 即代表眾人關心的焦點（參見 Fishman, 1980:534）。舉例來說，暑假期間未婚在學少女懷孕現象常引起各方矚目，九月開學後甚至出現墮胎高潮（坊間慣稱「九月墮胎潮」）。由類別角度觀之，此一問題可能包含眾多主題面向，如教育（學校未能針對墮胎問題開授相關生理衛生課程）、道德（未婚生子或墮胎違反善良社會風俗）、生涯規畫（過早生育易導致少女輟學）、 子女（未婚媽媽經常無力獨力撫養子女）、 醫藥（墮胎過早或過多易造成少女終生不孕）等。此一問題由不同面向提出或由不同造勢者提出，均可能關係到其內容隨後是否得以受到社會大眾接納因而成為社會議題（引自Best, 1989a:xix–xxi）。❹

　　由此，研究社會問題之建構論者認為，「類別」係問題創建過程中極為重要的一環。❷ 造勢者總是由某些特殊觀點出發以詮釋社會問題的

---

❹　作者強調，所謂社會問題必須立基於「共同定義的過程(a process of collective definitions; p. 298)」，而所謂真實建構乃一透過符號互換所進行的過程。造勢就是一種互動形式，由某方向另一方提出需求(demand)，一旦造勢行動完成其正當地位 (legitimacy)，其新聞特性也就形成。相關案例可參見 Best (1989a)，如小孩子在家挨打早期並未受到重視，直到小兒科醫生（而非家庭醫師）注意到挨打狀況超乎尋常因而轉求主管機關協助，才形成所謂的「家庭暴力」或「兒童受虐」的社會問題。但在未受到醫生或其他人士覺察前，此一現象仍非社會問題。

❹　Best此地對「類別」的解釋，類似本書所談之「框架」，見第二章有關框架中層次結構的討論，亦可參見鍾蔚文等，1996；柏松齡，1996。

❷　所謂「社會問題」， 指的是源自社會結構（而非個人生理的）現象，因其對社會現狀有所破壞(damage)，須從社會面向定義，並在社會結構中尋求解決方案；見Weber (1995:9)之解釋。實際上，許多社會問題與個人生理現象仍極為相關，Weber曾舉AIDS為例：其發生原屬帶原者之個人行為所造成之疾病，但因對社會威脅甚大，轉而成為社會問題，須從社會結構著手尋找解決辦法，因而廣受重視。

本質，試圖尋找解決方案，但這些問題是否真正存在（或存有）並不重要，關鍵之處乃在造勢者如何定義、提出(lodge)、宣導這些問題，以及在促成問題廣為周知的過程中如何與他人結盟，遇到阻力或反對意見時如何修正定義，或在相同主題下如何發展其他子題(Albert, 1989)。研究者強調(Gusfield, 1984)，社會情事的「真相」往往並非重點，造勢者如何塑造這些情事並賦予社會意義，促成社會大眾公開辯論，產生如前章第三節所述之「共識動員」，可能才是研究社會問題的核心意旨。

　　與本節Tuchman所提出的新聞類別概念合併觀之，社會問題建構論者同樣反對議題「客觀存在」此一命題，但強調所有社會情事均需經過主觀意念之介入(subjective judgment)始能成為社會議題；換言之，社會事件只是造勢者主觀意念所關心的對象，並非真實本身（參見本書第三章有關新聞與真實之論述）。如果說 Tuchman的焦點在於探討新聞工作者如何透過框架將「社會議題」推上新聞媒體這個公共意見論壇，社會問題建構者的研究目標，就在於瞭解客觀世界中的無數原初現象如何受到某些社會人士的主觀認知而建構為「社會議題」（即新聞媒體所接收之介面）此一前端過程了(Best, 1989a:250–251)。

　　社會學者 Hilgartner & Bosk (1988) 曾針對社會問題之建構提出精闢分析。他們延續前述建構論的論點，認為社會問題乃「集體意識的投射 (projections of collective sentiments)」，而非單純客觀事件之反射(mirror)。由於社會資源有限，這些集體意識必須歷經彼此競爭的過程，始能由某一特殊觀點脫穎而出獲得社會大眾（含媒體在內）之青睞；此地所稱之「社會資源」，就是指公眾注意力 (social attention; 或媒體注意力media attention)。[43]透過包括新聞媒體在內的公眾溝通管道或「公共

---

[43]　有關「媒體注意力」的討論，可見Downs, 1991; McCarthy, et al., 1996。後者指稱，議題在稍早的隱晦階段常會突然上升，經過一段時間受到各方重視，最後會逐漸消退以致完全退出。

場域(public arena)」，某些觀點由於陳義新穎或主事者（造勢者）深富創造事件之經驗與技巧，瞭解公共場域之選擇原則（如新聞價值）與修辭手法，因而能成為眾所矚目的公共議題。其他觀點則因公共場域的資源承載力（如報紙的張數或電視新聞的時間）有限或因其他緣故，終致難以立足因而銷聲匿跡。❹

　　至於促成社會議題出現與成長的因素，研究者曾提出一些與新聞價值類似的變項，如社會事件的影響性、事件主角是否為名人 (celebrity; Hilgartner & Bosk, 1988:57)、涉入事件的人數規模或相關專家權威發言 (Weber, 1995:11)、事件是否具備吸引眾人注意的「鉤子 (hook; Albert, 1989; Cracknell, 1993:6)」、以及事件的戲劇效果或人情趣味成分 (Johnson, 1989; Cobb & Elder, 1983) 等。其中，造勢人士（如公關人員或本書前章所稱之「消息來源」）所擁有的媒介運作（或媒介動員）能力以及新聞媒體的關注程度 (media issue attention)，廣泛被視為是影響社會情事轉變為社會議題的重要中介變項（此即上章第三節所稱的媒介動員）。Best 稱前者（消息來源之能力）為「首要造勢 (primary claim-making)」機制，而媒體就是次要機構，其（媒介）功能在於說明 (translate) 各種社會意見並轉換 (transform) 這些意見的內容使其符合新

---

❹ 此處論點仍與本書第三章以及本章稍前所述「由客觀現象到主觀認知」的說法一致。至於此處所稱之「主觀認知」，可參見Best (1989a)針對主客觀論者在社會問題研究領域上的歧異觀點（尤其是最後一章"Afterword"）。亦可參見Gusfield, 1984：作者認為客觀論者主張討論社會問題必須依賴中立且客觀之社會事實(facts)，而建構論者則謂，研究重點應在討論為何某些社會情事可被定義為具有「問題性(problematic)」；Mauss (1989)亦曾就此點有深入討論。「公共場域」一詞譯名取自林芳玫(1995)，但原作者們並未深入探討此一詞彙，僅稱其是「社會問題興起之處，包括政府行政與立法機構、法院、電視電影、電影、新媒介、政治活動組織、社會行動團體、直銷商、書籍、研究社區、宗教組織、專業社會、以及基金會」等。

聞常規形式，便於媒體組織內部處理 (Best, 1989b)。❹這種將新聞媒體納入社會議題發展的歷程，不但與前節所述「新聞媒體是各種議題相互辯論的公共論壇」說法吻合，也符合公共政策者對「議題管理 (issues management)」的觀點。

　　本質上，前述社會問題研究者過去較重視社會情事如何從私人領域或弱勢團體<u>向外</u>傳布擴大成為社會議題，在公共領域（如新聞媒體）中廣受社會大眾注意形成輿論，因而或是取得政策制訂者的善意回應，或是迫使企業經營者曲從己意。而議題管理者所關心焦點恰與上述方向相反，旨在協助政府機構或企業組織掃瞄 (scanning; Dyer, 1996; Lauzen, 1997, 1995)、❹偵察 (monitoring; Heath, 1990; Heath & Nelson, 1986; Cheney & Vibbert, 1987; Krippendorff & Eleey, 1986)、❹與預測 (fore-

---

❹　Best之意，在於新聞媒體並非僅是造勢活動的傳送者(transmitter)而已，而會加註意見，提出相關主張。換言之，Best認為新聞記者的工作就是提供「任何可令人信服的真實建構」(p.760)。與前章持有類似的看法，Kielbowicz & Scherer (1986)稱，「新聞資訊的採集配置方式與新聞週期之長短，均影響事件是否被採訪」(pp. 75–76)。Einsiedel & Coughlan (1993:146)曾稱，「綠色和平組織在吸引媒體注意力方面頗具績效，原因在於他們瞭解媒體規範(rules)與必要條件(requirements)，也應合這些因素」。有關綠色組織如何應和媒體常規，參見Hansen, 1993b。

　　此地所稱之「首要造勢者」說法，接近前章討論之「首要定義者」。依Linne (1993:78)之建議，首要定義者所倚賴者，乃在以議題吸引媒體報導，因而在新聞故事中扮演主要角色，其他消息來源則因議題故事之延伸而得以與首要定義者「同台演出」。

❹　所謂環境「掃瞄」，可定義為組織在環境中尋找(seek)任何與組織生存或成長有關的事件、議題、或趨勢等資訊，即使這些事件、議題、或趨勢的資訊尚屬十分微弱(weak issues)。掃瞄與「偵察」不同之處，在於前者並無特殊對象，後者則係針對某一掃瞄後的議題加以近距離觀察與瞭解。對公關人員而言，掃瞄可能尚包括目標公眾對組織或對某些議題之意見調查。

casting; Duncan, 1969; Culbertson, et al., 1993) 社會環境中的各項情事，以避免其衍生為社會問題因而形成危機。**❹**簡言之，前述社會問題的研究對象多為一般個人或組織（如社運團體或利益組織）之造勢活動，而議題管理領域則常針對政府機關或企業組織發展環境監控活動，期能提早瞭解社會熱門議題與造勢活動，從而製訂組織策略或則加以控制，或則加以利用(Staudenmeier, 1989; Kingdon, 1993)。**❹**

所謂議題管理，根據Buchholz (1986)的定義（該作者稱其為「公共議題管理」），意指「企業所發動的系統性與有組織的努力，藉以有效回應外在環境中的公眾所關心之議題」。 Buchholz強調，議題管理係企業組織在面對相關公共政策時所擬定的處理策略，包括確認現有或發展中之議題與趨勢、分析並蒐集與議題或趨勢有關之資訊、採取有效管理策

---

❹ Heath & Nelson (1986:164)指出，偵察工作包括「評估企業所在之環境」與「檢視活動進行情況」兩者。

❹ 議題管理究竟應屬新的研究領域或屬公共關係之一支，過去迭經爭辯。首先提出此一概念之Jones & Chase (1979)認為議題管理乃一新起社會科學領域，如在美國企業界中超過90% 已設有獨立的議題管理部門，公關人員並未涉入，但 Ehling & Hesse (1983) 則強調此一詞彙所涵蓋的功能與公關無異。Grunig & Repper (1992) 另建議以「策略性公共關係」的對外工作看待議題管理，Heath & Associates (1988) 在追溯議題管理起源時，認為公共關係、公共事務、以及企業策略管理（包含企畫）三者極為接近，但又非完全一致。事實上，議題管理從業人員已成立獨立之協會（見Wood, 1991:395），大部份工作均與組織監測環境之企畫部門相近。

❹ 有關「議題管理」之名稱正如上註所示至今尚未統一，如Chase (1984)以單數議題(issue management)稱之；Heath & Associates (1988)則稱其為策略議題(issues)管理，藉以顯示此一概念與企業策略管理之關連；其後又改稱「企業議題管理」。Buchholz, Evans, Wagley (1989)則稱「公共議題管理」，以示議題之公共性質。此外，Wood (1991)稱其為「社會議題的管理(social issues in management)」。

略 (strategic management) 以回應這些經過確認的相關議題與趨勢等 (Buchholz, et al., 1989:53–54)；這個說法接近公共關係領域過去對「環境偵測 (environmental scanning)」的討論（如：Lauzen, 1997, 1995; Lauzen & Dozier, 1994; Culbertson, et al., 1993)。

　　由以上定義觀之，議題管理者所稱之「議題(issues)」顯與前述社會「問題 (problems)」稍有不同，係指一些對企業組織切身有關之特殊情事，而確認這些議題之目的即在於發展適當策略以監控其移動方向。如 Buchholz (1988:62–64)曾以「議題流程」與「對組織影響程度」兩面向列出四種回應方式，包括適應(accommodation)、主動(proactive)、互動 (interactive)、反應(reactive)等，重點在於視不同議題內涵採用不同對應手法 (alternatives)，而非以不變應萬變方式面對環境中層出不窮的社會情事。❺⓿Cheney & Vibbert (1987) 則進一步延續 Weick 之「創建意義 (enactment)」概念（見上章討論），　認為議題乃某組織在公共領域主動建構的公共言說，不但代表該組織對環境變化的回應，且會影響其在環境中的結構。

　　正如前章第二節所述「組織文化對組織溝通策略有關鍵性影響」，研究者發現團體參與性高的組織文化較為傾向提出偵測議題的活動與計畫，主因可能係此類文化比較重視有關組織環境變動的知識(knowledge about the organization)，與傳統性較強的組織強調組織現有知識 (know-

---

❺⓿　綜合觀之，議題管理者對社會議題的定義與前述社會問題分析者殊異，如 Frederick, et al. (1988:80) 認為公共議題或社會議題乃一因具有影響性或重要性而吸引「利益關係人 (stakeholder coalition)」注意的問題。此處重點在「利益關係人」之概念，即「與組織利益有相關之個人或團體」。　這些研究者認為，任何社會問題發生之初，往往係因某利益關係人團體自忖受到管理政策之不平待遇，或由於管理者疏忽而造成危機。此點（利益關係人）與前述社會問題分析者認為社會議題乃「造勢者」建構之說法恰處於「同一銅板之另一面」。

ledge of the organization) 有所不同 (Lauzen, 1995:191-2; 1994:37-38)。❺同理，組織之世界觀愈趨向雙向對等模式，則愈關心環境變動，也愈會積極介入有關議題管理的「預警系統 (early warning system)」(Heath, 1990)。❺

至於議題與新聞媒體的關係，研究者普遍認為媒體在公共事務報導方面佔有樞紐角色，可謂具有「觸媒」的功能，或扮演「早期辨識者(early recognizer)」的角色(Knight, 1997:5)。同時，有些媒體業已從早期極度倚賴社運人士提供第一手抗爭事件之訊息（見本節稍前所述），改而在（媒體）組織內發展深度報導（如電視雜誌或報紙之調查報導），逐漸形成「議題媒體(issues media; Nagelschmidt, 1982: 135-136)」形式，並與一些單一議題組織聯手提出社會問題的解決方案，或甚至影響法案與行政措施之提出(Dyer, 1996; Lang & Lang, 1981)。由此觀之，新聞媒體似已逐漸體認在報導社會議題時實難獨立完成追蹤調查之責，需與其他社會組織合作始能洞察社會真相之深層意義(Lang & Lang, 1981)。

另一方面，一旦媒體加強報導社會議題，卻也易因此凸顯企業組織缺乏在公共情境中管理議題的能力。如世界著名瑞士奶粉製造商雀巢公司(the Nestle Co.)於七〇年代曾在第三世界國家極力推銷「奶瓶替代母奶」，引起消費者保護協會指控為引起當地嬰兒折夭率居高不下的主因，

---

❺ 有關組織知識的分野，出自 Grunig & Grunig (1992) 之原始論述。Lauzen (1994)認為，內向式(inner-directed)議題管理較為注意自我思考而輕視外界力量，接近一種封閉系統式的世界觀，如常重視「去年本組織做了哪些事情」，可謂較為安於現狀。外向式組織則對資訊需求極大，也會利用這些資訊於組織策略。

❺ 「預警系統」原係議題管理領域中對環境偵測的行動，目的在於早期發掘問題，提早戒備，減輕議題所帶來的驚嚇(minimize surprise)。原則上，現代企業組織設置預警系統的主因之一，就在於媒體力量的擴大，不斷報導企業組織在環保或產品品質上出現問題，或缺少對社會責任的體認。

隨後並遭世界衛生組織(WHO)等機構控訴，引發官司紛擾十數年，最後被強制不得利用任何廣告促銷嬰兒奶粉（本個案見 Buchholz, et al., 1989:第九章）。整體來說，媒體揭露此類違反社會責任之議題往往引起企業極大震撼，因而亟思「在其他人發表意見之前，用自己的話先說故事 (Heath, 1990:137)」，主動建構議題，有時甚至運用「議題廣告（advocacy ad或issues ad）」，試圖在具有競爭性的社會真實中影響社會、政治、或新聞情境內涵(Seith, 1977)。

　　一般而言，追蹤媒體報導內容雖是議題管理者的核心工作，卻非唯一任務，因為新聞報導所觸及之議題並非社會原初現象，而係專業人士「整理」過後的造勢活動。因此，除以內容分析方式探討新聞報導的趨勢與變化外，議題管理者亦透過意見調查與焦點團體方法深入探訪目標公眾對組織或議題的看法。透過這些資料的蒐集，組織經理人員得以過濾、篩選議題，以便決定何者需要進一步處理，或何者需要採取「議題溝通行動(issue communication campaigns)」，以便將其納入組織策略管理系統。誠如Hainsworth & Meng (1988:25)所言，議題管理並非用來協助企業經營者如何管理議題，而是教導管理者如何因應議題以促進管理。

　　總之，如本小節討論所示，無論新聞議題或社會議題過去均曾在不同領域受到研究者檢視。其一，論者認為議題有其發展歷程，從點而線而面，影響力逐漸擴大。其二，議題常由個人而團體，由私人範疇轉入公共領域，成為社會大眾關注之對象。其三，一般而言，任何議題均可能含括多種面向（如美國是否出兵波灣，就可能出現支持、反對、中立等立場），如何界定（或框定）並凸顯議題主要面向內涵，不但影響議題之持續發展，也對其後所延伸之公共政策具關鍵性引導作用。其四，新聞媒體之觸媒（或稱「加速器(accelerator)」）功能經常將一些社會原始情事建構為公共議題，並定義其所涵蓋的內容與範疇，充分顯現其「公共論壇」之角色。其五，對不同社會組織而言，議題可能是「進攻」公

共論壇的素材，可協助社運人士完成「媒體動員（參見上章）」的任務，另一方面卻也可能是組織管理者「防守」此一論壇的工具。進攻與防守兩方處理議題的手法不同，因而也發展出各種不同策略，前者可能包括造勢、結盟、或子題發展，後者則可能包含掃瞄、偵防、或預測；目標不同，策略顯然有別。

以下介紹議題之生命週期。

二、 議題與生命週期

在上節討論中曾多次提及議題之發展與流動，顯示議題從興起到消失總是經歷幾個可供指認的階段，習稱議題變動的「生命週期 (life cycle)」。Buchholz (1988)曾謂，社會議題常經歷一些步驟，如由毫無重要性可言的初始問題階段到廣受重視的公共政策法案階段，研究者之重點應以「策略」觀點透視整個過程如何變化與起伏（參見 Downs, 1991）。此外，孫秀蕙(1997:261)亦稱，一個社會議題的誕生、引起爭議、衰退、到死亡，事實上均與議題所處的政治、社會、以及媒介環境息息相關。換言之，孫氏認為討論議題流動除需關注其內在變化外，亦應一併整理影響議題波動(fluctuation)的其他因素。❸

以下如上節分別依新聞議題與社會議題討論生命週期概念。

甲、新聞議題之生命週期

---

❸ Hilgartner & Bosk (1988:54) 稱此種議題的內在變化流程為「自然歷史模式 (natural history model; 參見Strodthoff, et al., 1985:136)」，建議必須從議題彼此相互競爭的角度觀之始能瞭解影響議題流動的外在變數。作者們認為，社會議題的起伏往往係與其他社會結構或問題糾葛不清，只由議題本身的變化觀察，可能陷於過度「理想化」。 尤其在公共場域中，議題彼此競爭以取得公眾的注意，這種競爭性才是觀察重點。

　　新聞議題有其生命歷程，過去一向是研究者與實務工作者所持的共同看法。如國內新聞資深工作者黃年曾謂：「新聞【議題】有週期，也有生命。我們經常看到一則新聞誕生、成長、繁殖、死亡，甚至投胎轉世」（黃年，1993:98）。❺延續上節有關「問題發生—新聞事件—新聞議題」之類別，研究者認為要吸引新聞媒體之注意，強力凸顯社會問題的事件特質（而非議題部份）可能較具效果（翁秀琪等人，1997）。原因甚多：如Blumer & Gurevitch (1981)就曾指出，傳統新聞學特別強調新聞價值與新聞客觀性等概念（參見本書第三章第一節），其實已經暗示了新聞媒體較為關心問題初起時的「事件」成分。通常要到問題發展後期，媒體才會轉而注意議題實質內容以及與其他問題相關之處（參見上節之間諜個案），但也因此最易在此階段捨棄客觀原則，積極摻入個人或媒介組織之價值判斷（翁秀琪，1996）。

　　政治傳播研究者Lang & Lang (1981)曾分析水門案(Watergate)新聞報導之起伏變化，試圖解析由新聞沉睡階段 (sleeper stage) 到飽和階段 (saturation) 的差異。簡言之，Lang & Lang 認為讀者之議題關心程度的確與新聞報導多寡相關，而從新聞媒體對議題的處理顯著程度以及報導延續性(continuity) 兩者，研究者可以找出議題報導是否已臻最高程度。❺

　　作者們認為，社會議題本有高低門檻之分：高門檻者（如外交政策議題）與一般民眾較無關連，要受到媒體青睞並不容易，需當事人（如

---

❺　此地我們無意假設登上媒體就是所有造勢者的工作目標。依據Albritton & Manheim, 1985, 1983; Manheim & Albritton, 1986的觀點，其實公關效果並非只是量的成長。在某些特定時刻（如危機時期）當負面新聞增加時，停止報導量的增加亦可能是媒體策略之一。

❺　Lang & Lang此一命題：「媒體對某特殊問題愈為關注，則愈多受眾愈有可能瞭解此一特殊問題」，隨後成為媒體設定理論中的重要「預示(priming)」概念（譯名取自徐美苓，1998:161）。可參閱相關近作Willnat, 1997。

本書所稱之「消息來源」)運用適當策略應合新聞常規始能獲得報導機會。低門檻議題（如通貨膨脹或經濟景氣與否）則因與大多數民眾之日常生活直接相關或者民眾多有直接經驗，獲得採用或併入其他相關議題的可能性就較高。作者們的討論顯示，前節所述「議題彼此競爭」的意旨不但在於說明某些（如低門檻）議題較易獲得報導機會，且這些新聞價值較高者一旦登上（或佔據）媒體版面還會產生排擠作用（類似框架理論中所述及的選擇與排除作用），將其他新聞性較低之議題「擠走（少）」，使得這些「弱勢」議題必須另覓時機捲土重來才有機會重新近用媒體（Lang & Lang, 1981:452–453）。**㊶**

此外，Gitlin (1980)曾長期觀察美國新左派學生運動（「學生民主社會」組織，簡稱SDS）的活動性質以及與新聞媒體報導之互動關係，發現媒體早先忽視這些運動的政治意涵，除因這些學運組織規模尚小且立場也仍屬溫和外，傳統上新聞媒體素來視示威者為社會安定的反動力量，不願意提供版面或時間給這些社會異議團體(deviants)亦是主因。**㊷**

㊶ 作者們此地所稱之「低、高門檻議題」，意義接近議題設定者所稱之「強制議題(obtrusive issues)」與「非強制議題」，前者（強制議題）可定義為「個人可透過個人經驗得知，如通貨膨脹等切身的問題」（引自翁秀琪，1992:145），或「個人對某特定議題的親身經驗（引自Jablonski, et al., 1997:11）。顯然Lang & Lang之低門檻議題內涵與強制議題相關，均指容易引起讀者切身關切之社會問題。

然而此地所稱議題之競爭性並非如Zhu (1992) 所指出之「議題零和」原則(zero–sum principle)，即有了甲（新）議題就無乙（舊）議題，而係各種議題彼此互相爭取有限媒體資源。一旦甲議題成為新聞焦點，則乙議題獲得同樣幅度刊載的機率就少得多，原因就出自前章框架理論中所述及的選擇與排除因素（相關討論見McCombs & Zhu, 1995）。

㊷ 媒體視抗爭團體為「異議份子(the deviants)」其來有自，研究者過去多有論述，如McQuire, 1992：第十八章即曾長篇累牘地討論新聞媒體如何協助維持「社會秩序(social order)」，包括社會凝聚與和諧。第十九章亦曾討論媒體

　　隨著《紐約時報》記者在某次採訪另一學運時「發現(discovered)」
此一組織(SDS)並加以善意報導,從而確定了其所具備的全國性性質。
但稍後媒體之密集採訪,卻又改變了該組織的學運活動本質以及與外界
溝通的習性。如該組織早期原無任何對外聯絡管道,受到媒體廣加重視
後則改採合作態度順應要求;社運領導人更一躍成為媒體英雄,從此漸
與學運原有目標脫節。另一方面,Gitlin卻發現媒體除了慣以官方立場詮
釋學運組織的社會意義外,也透過新聞組織的框架作用將學生團體的極
端反社會立場納入社會主流意識。❺❽

　　Gitlin認為,媒體在報導SDS相關議題時,曾採取以下四種框架化方
式:瑣碎化(trivialization),即將焦點置於社運活動者的語言、穿著、年
紀、風格、或目標等「細節」而非運動主旨或目標;兩極化(polariza-
tion),強調與「學生民主社會」組織立場相異的反示威者或右派運動者
的活動;著重討論學運組織的內部不和衝突;邊緣化(marginalization),
質疑學運活動的代表性並故意凸顯其偏差行為。❺❾

　　在最後階段中,Gitlin也觀察到學運組織與國家政權各自嘗試定義學
運的意義與所處政治情境;而在此時,媒體開始轉向改將焦點投射在報
導學運成員的內部生活。最為諷刺之處,係學運組織藉由媒體曝光後所
招募到的新成員(如上章所述之「媒介動員」效果)隨後卻形成新的組
織文化,改變了學運的原始風貌,成員的意識型態愈趨激進,與原先所

　　主要偏差之一就在於將所有改變現狀(established balance of power)的力量
　　均視為是對社會結構的挑戰,因此常不假以顏色(p. 258)。

❺❽　與Gitlin意見相左的觀點,可以Douglas (1994)之專書為例。Douglas認為,
　　工會領袖使用內部資源(如拍攝電影)增進公眾之瞭解,而以兩種方式接近
　　媒體:直接接觸或透過示威,前者包括以記者會、新聞發佈稿、面對面說明
　　等。此外,工會領袖也會不斷摸索各種議題,直到找到一個「可以框塑議題
　　以一種吸引媒體同情而加以報導的方式(p. 272)」。

❺❾　此處有關框架方式之中文譯名,除「兩極化」以外均取自許傳陽,1992:25。

追尋的自由民主理想漸遠。同時由於媒體報導不斷侵入學運組織的日常
生活，再行透過組織原有之內部人際關係凝聚共識已無可能，此一學運
團體因而逐漸解體。**⑥**

　　依Gitlin的看法，新聞議題的產生與消失均與社會組織（包括媒體）
關連密切。媒介的關注不但會將社會問題轉型為具有公共性質之新聞議
題，也替造勢者帶來組織文化改變的困境，並在建構議題的同時創造了
相關議題之對抗者（如與學運意識型態相左之右派份子）。這些社會組
織間（包括媒體）的密集互動，使得新聞議題之生命週期更趨複雜難解。

　　延續Gitlin的社會觀察，Strodthoff等人(1985:135–136)隨後將媒介
在環境議題方面的報導劃分出三個階段，包括「明確化 (disambigua-
tion)」、「正當化(legitimation)」、以及「常規化(routinization)」。**⑥**明確
化過程與社會事項(social cause)初起時有關，主要作用在於定義事項內
容以便與其他現象有所區隔。正當化過程則係新聞守門人發現社會事項
的某些部份具有新聞價值因而加以報導，建立了議題廣受社會人士注意
的正當地位。至於常規化過程係指將社會事項（此時已屬社會運動）納
入新聞媒體常規流程，享有固定版面、時段、或人員配置（成為固定路
線採訪對象）。作者們接著並以「特殊興趣通道（specialized interest
channel；如專業性雜誌）」與「一般讀者通道（如新聞性雜誌）」為例，

---

⑥　Gitlin (1980)之觀察可以行銷學者Kotler (1972)加以佐證，後者發現學運活
　　動大致經過早期之「改革階段 (crusading stage)」，隨後而來的「普及階段
　　(popular stage)」，以及後期的「管理與建制階段 (managerial/bureaucratic
　　stage)」。能上馬打仗者未必能下馬後治國，學運組織所經歷的階段顯然也與
　　此一諺語顯示的情況有關。而Douglas (1994)認為，此種衝突的產生，部份
　　原因起自於媒體報導組織領導人之理念後，可能使得支持者認為領導者偏離
　　原有立場，兩者因而出現間隙。此處有關Kotler之說明引自Strodthoff, et al.,
　　1985:148。

⑥　此處譯名取自許傳陽，1992:18。

分析議題流動與不同種類媒體間的關連性。

作者們的發現與推論均饒富趣味：長期觀之，作者們認為兩類通道均呈現波狀式的重複循環選擇議題模式（recurring sequence of periodic waves; 意指議題可重複出現），而此波狀模式涵蓋之內容與真實世界所發生的事件與議題並非相互吻合。其次，特殊興趣通道對議題的專注時間較早且延續時段也較長，但是此一專注興趣<u>不一定</u>對一般通道造成影響，兩者之間並無因果關係。再者，兩類通道對議題的注意力均大致經過上述三階段，如先注意相關但焦點尚未明顯之議題（明確化階段），接著討論主要核心意旨（正當化階段），最後進入特殊議題內涵（常規化階段）。

在研究推論中，作者們暗示新聞議題之流動可能最早出自造勢者對社會問題之推動，因而影響了某些具有「先見之明(early adopters)」之特殊興趣通道（如專業雜誌）進行報導，此為明確化階段的特色。經過短時間的孕育期(gestation)，上述起自少數特殊興趣通道的報導吸引同類性質之通道加入，因而促成議題逐漸為讀者接受之「正當化」現象。隨後，這些以常規處理議題之方式又漸引起一般讀者通道的注意，接續展開報導議題的波狀歷程（然而此二類通道之間並無直接影響關係）。兩類通道最後均在社會真實中提供足夠報導範疇，反映了傳播生態系統(communication ecosystem)的均衡現象(Strodthoff, et al., 1985)。**㉒**

㉒ 此篇文獻後半部均係推論，閱讀時應注意其並無分析資料佐證。尤其作者們早先並未發現媒體間的「因果關係」，但在推論中卻隱含兩者此弱彼強的互動連結。作者們亦未詳細解釋何謂傳播系統中的均衡現象或此均衡現象目的何在，更未說明何謂「傳播生態均衡現象」。此外，Johnson, et al. (1996)曾以濫服藥物為例，以路徑分析(path analysis)描繪新聞議題的基本模式。他們首先發現，事件起因乃在於許多用藥者遭到逮捕，新聞媒體開始加以報導。隨後民眾接觸到新聞後，體認問題的重要性，總統（主要政策制訂消息來源）隨即提出新政策，回應民眾的關心。作者們的結論認為，無論媒體或總統單

Strodthoff 等人所述有關不同性質媒體與議題間之互動型態，研究者稱之為「媒體間的議題設定(inter–media agenda setting)」效果（參見 Trumbo, 1995b; Reese & Danielian, 1989; Noelle–Neumann & Mathes, 1987; Halloran, et al., 1970）。 如Mathes & Pfetsch (1991:56–59)曾經研究新聞議題如何在主流媒體與另類媒體（alternative media; 包括專業雜誌、小報、談話節目或甚至漫畫）間流動，並指出五個階段：首先，在潛伏期中，社會問題本就存在但尚無人意識到其重要性。隨後在準備期中，另類媒體（即上述所稱之特殊興趣通道）開始報導議題並逐漸引起主流媒體的注意，產生「議題溢散(spill–over)」的效應。❻❸另在上昇期階段，議題在媒體間爆發(explode)開來，引發大量報導，隨即進入短暫高潮階段，此點可由媒體之新聞核心主題探知，常伴隨政治決策行動出現（即政府決策後產生新聞高潮）。最後，媒體對議題的興趣急速冷卻，並在新聞版面（或時段）中逐漸消失。

作者們認為，一般議題通常起自另類媒體之發掘與報導，引起一些地方性與單一議題組織之重視，隨即促成某些具有「意見領袖」地位的媒體加以注意，接著再流向其他建制媒體（established media; 包含報紙與新聞雜誌）。這些主流媒體的加入，引發一般大眾的興趣，促發媒體進行更為密集的報導，迫使建制菁英(established elites)與政治機構無法忽略議題而必須有所回應，從而造成議題流動逐漸邁向高潮階段。

在上述Mathes & Pfetsch (1991:36)所提出的議題與媒體「相互共向(reciprocal co–orientation」過程中，「意見領袖媒體（如美國之《紐約時

方面都無法造成顯著影響。

❻❸　「溢散效應」一詞譯名取自許傳陽，1992:20。作者們(Mathes & Pfetsch)在該文中隨後將「潛伏期」與「準備期」合併處理，視為是議題開始受到注意的前期階段。作者們承認此種分類並不能完全澄清議題的流動起伏，因為每一階段之間並非截然劃分(p. 57)。

報》或英國之《泰晤士報》)」扮演了承先啟後的角色，一方面由另類媒體中接收議題，另一方面則將議題傳送（溢散）給其他主流媒體。如作者們所言，這些意見領袖媒體負有設定趨勢(trend-setting)之功能，不斷轉達新的議題與新的詮釋,因而在媒體系統中開展了一連串的回應行動,造成過於相似之報導內容。❻

國內研究者許傳陽(1992)曾以Mathes & Pfetsch之議題溢散模式為例，探討蘭陽地區反六輕設廠運動的新聞報導傳散過程，原則上證實某些反對議題 (counter-issue) 的確會從另類媒介流向主流媒介。許傳陽同時發現，這種溢散現象在臺灣另有從地方版流向全國版的效應，顯示地方性質的抗爭運動要跨越地方分版的報業結構有其先天障礙。另一研究者蘇湘琦(1993)則進一步指出，上述由地方媒體流向主流媒介的散溢過程僅發生在「公眾議題（如黑名單開放議題）」；如果議題屬於官方性質（如彰濱工業區的開放），則仍係由主流媒體往另類媒體傳遞。

綜合言之,此處文獻似乎顯示不同媒介對新聞議題的取用並不相同，

---

❻　所謂意見領袖媒體，作者們定義為：「一些著名媒體，經常為其他新聞工作者使用為訊息來源，或參考架構者」。在作者們的研究中，德國媒體中的*Die Zeit*報紙是主要媒體意見領袖；在美國，《紐約時報》是最重要意見領袖，與英國的《泰晤士報》與《曼徹斯特衛報》地位類同（見Halloran, et al., 1970; Noelle-Neumann & Mathes, 1987; Reese & Danielian, 1989）。亦可參見Halloran, et al. (1970)之調查。

此處文獻亦多,如Rogers, et al. (1991)研究AIDS的病情議題,歸納其流向為:專業人士（科學家）→專業雜誌（另類媒介）→一般媒介→政府機關。另可參見 Best (1989a) 有關議題如何在媒體與專業雜誌間的流動。Trumbo (1995a)則傾向認為議題流動係由大報至小報,因為小報編輯多從大報中尋找如何處理新聞的借鏡。但Johnson, et al. (1996)研究美國大選報導,認為議題多半由小報或談話性節目 (talk shows) 開始,如柯林頓總統性騷擾案就是如此。臺灣選舉近年來亦逐漸有類似現象,如單小琳在談話節目中對臺北市府官員「貪贓枉法」的批評隔日立即成為各報重要議題。

即使同一事件亦可能因媒介立場不同而採用了不同面向（楊韶彧，1993；Halloran, et al., 1970:300; Mathes & Rudoplh, 1991）。但另一方面，研究者過去卻也發現不同媒體在報導議題時之內容極為相似，可稱之為議題的「共鳴效應(consonance effects)」，指「媒體間傾向報導一致或相似的情形」，包括題材、焦點、評估等三個面向(Noelle–Neumann & Mathes, 1987:404)。Cobb & Elder (1983:85) 戲稱此種現象為傳播媒體間的「扳機設計（譯名取自牟迎馨，1997:9）」── 一旦某個媒體啟動了報導的「扳機」，則其他媒體也就跟進大加炒作，或由另類媒體流向主流媒體，或由主流媒體流向另類媒體。但新聞議題也可能由特殊興趣通道中的專業雜誌流向一般讀者通道中的報紙，或是由報紙（晚報）流向電視。總之，由新聞的發展週期觀之，議題的成長與衰退除與新聞媒體組織有極為密切的互動關係外，也與其他社會組織的內部結構與運用策略相互影響，使得有些具有新聞價值的社會議題登上公共論壇，另些議題則就此結束或消失，不復為人關心。

以下介紹社會議題的生命週期。

乙、社會議題之生命週期

對造勢者而言，瞭解議題生命週期或可協助其探索各個週期的特性，以利在不同階段發動不同造勢活動。而對議題管理者而言，議題生命週期則可彰顯管理策略奏效與否，如果問題持續擴大以致無法控制，管理者所需付出的代價（解決方案）常難以計數。由此觀之，議題生命週期無論對創造議題之社會運動者或監控議題之組織管理者而言均極為重要，因其代表了社會真實中的實際符號意義表現頻率。然而過去研究者所提出之模式大都僅能呈現社會議題之單一走向，解析議題如何從無到有，尚難凸顯前述議題與政治、社會、或媒介情境的互動關聯性。[65]

---

[65] 此類研究可參見Meng, 1992（作者將議題流程類分為潛伏期、上昇期、現狀

少數例外如 Barhydt (1987:32–36) 曾討論消息來源之產品新聞發布生命週期(product life cycle)，包含起始、成長、成熟、與下降四個階段。作者認為，由新聞價值論點觀之，任何產品要登上媒體首需調整其工作配置：早期（包含起始與成長階段）產品之新聞價值較高，容易受到媒體工作者的青睞，因此應投入較多新聞發布資料（包括產品歷史、使用技術等文獻）。後期則應改採其他行銷方式（如安排新聞事件、直接郵寄資料、綜合報導等），避免事半功倍。❻❻

另在議題管理領域方面，Post (1978:23)稍早所提出之公共議題生命週期模式則曾試圖連接議題與其他社會機制（如行政、立法、司法機構等），因而廣受研究者重視。作者認為，任何議題之發生均起自公眾(包括員工在內)對企業之期望有所改變 (expectation change)，以致與經營者產生間隙。一旦間隙擴大，不滿企業表現的公眾人數增多，議題逐漸受到廣泛討論，利益或社運團體可能就此接手而將議題引入政治舞臺，並加入集體行動的成分。❻❼媒體也可能自此開始報導，內容觸及各相關面向與子題，正式進入公共政策辯論過程(political controversy)，此為第

期、危機期、靜止期)；Hainsworth, 1990 (起源、調節與擴大、組織化、解決)；單美雲，1996 (類似 Hainsworth, 1990 之分類) 等。例外文獻可參見 Frederick, et al., 1988:91 之模式。有關政治或公共政策議題之生命週期，參見 Downs, 1991。

❻❻ 將產品之新聞發布生命週期視同公共議題週期，乃根據 Hainsworth, 1990 之建議，「某一議題的發展乃有其可供預測的型態(manner)，從趨勢開始歷經四個階段，就像是一個產品發展所經過的循環(cyclical)步驟」(p. 33)。

❻❼ 有關議題之公共性質是否影響其演變，係參考 Price (1992:72–74) 之意見。Price認為，民意究係個人或多數人之共同意見，研究者爭論尚多，但強調任何一方（或個人或多數）均難以澄清「民意形成的過程同時涉及個人內心意見的表達以及多數人以團體組織凝聚共識」的事實。Price建議將民意視為起自共同意見，但同時關心個人在團體中如何反映看法。至於「利益團體」如何加入議題的形成，可參見董來燦，1987。其他參考文獻尚有Olson, 1971。

二階段。

　　隨後，立法機構開始討論議題（政策）：企業組織常成為爭議所在，正反兩面分別就企業所涉及的利益反覆辯論，議題則改頭換面成為法律或政策的基本立論來源，此為第三階段。一旦立法完成，則進入司法訴訟(litigation)階段：企業可能因不滿新政策或法規之規範而展開控訴，雙方透過司法程序進行協商；另一方面，企業也可能採取服順法律或政策的策略，避免進一步成為公共議題的爭辯對象。Post 並曾以美國人權法案、環境保護、消費者保護等個案為例，說明這些議題在各階段之發展均有類似路徑（參見《圖5-2(C)》）。

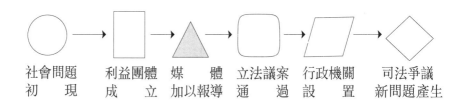

社會問題　　利益團體　媒　　體　立法議案　行政機關　司法爭議
初　　現　　成　　立　加以報導　通　　過　設　　置　新問題產生

圖5-2 (C)：議題管理概念中的社會議題轉變*

*修改自Buchholz, 1986:495（原作出自Post, 1978）。

　　Buchholz (1986:495)認為，Post 所擬上述生命週期模式顯示媒體在議題成長歷程中扮演舉足輕重的角色。如在初始階段當議題尚未成為眾所矚目焦點時，新聞報導可強化(solidifies)議題內涵促成公共論辯，使其成為「社會公論」。在Buchholz心目中，新聞媒體幾可謂之係議題能否進入公共論壇的主要門檻：一旦媒體加以披露，任何社會真實中的原始情事轉變成為公共議題且可供社會各界討論檢視的機率就大為增加，否則就只淪落為街談巷議罷了。❻❽

　　類似 Buchholz 所稱「媒體有促進社會問題產生公共性質」的看法，尚有 Olien, Donohue, & Tichenor (1984) 針對「公共議題之媒介生態 (media ecology of public issues)」所撰述之著名研究。❻⑨ 作者們首先提出社會問題的發展三階段：在初始之「定義問題」階段，利益團體拋出問題，透過新聞發布或其他手段極力爭取包括地方或小型媒體在內之公共機構（如政府單位或相關基金會等）注意。其後，一旦主流媒體也選取此一問題並加以報導，則官方（包括議會）願意出面主持聽證會以直接面對問題的可能性就為之昇高，因而促成議題進入官僚對抗 (bureaucratic confrontation)階段。

　　在此階段中，公眾關心程度加大，而議題兩造（或多方）展開辯論時的焦點常針對公共政策與私人利益間的衝突。新聞媒體此時對議題更加專注，常增派人手並增加版面以反映議題的重要性。最後，議題熱度持續加溫，以致一些原本對議題無甚興趣的公眾(public at large) 也相繼發言，有時甚至因為未能滿意官僚之協調而走上街頭，向社會大眾訴請支持，此一階段可稱之為議題爭取「正當性(legitimacy)」的歷程。作者們強調，新聞媒體在初始階段是「提高並擴大議題之公共知曉度、興趣、與強度」的最重要工具。而在後期（正當性階段），電視報導的重要性則超越所有其他社會溝通管道。❼⓪

---

❻⑧　Buchholz (1986:495)所附之議題生命週期S軸線，顯示媒介正介於議題是否擴大上升之處，正是 Tichenor, et al. (1980:118) 所稱之媒介有「加速器(accelerator)」功能（翁秀琪，1994a，稱之為「馬達功能」），可提昇議題之重要性。此一論點又與議題設定理論所討論之議題重要性(salience)相關，可參見McCombs, et al., 1997，尤其第五章之討論。

❻⑨　作者們使用的概念並非「社會議題」，而係公共爭議(public controversies)。此處文字部份引自van Leuven & Ray, 1988:72。作者們所稱，議題起始時多由地方媒體著手，最後才觸及電視等視覺媒體的說法，類似Gitlin (1980) 參與學生運動後的結論，見該書第九章。

延續上述 Olien 等人的討論，van Leuven & Slater (1991; van Leuven & Ray, 1988)隨後提出組織／媒介／公眾模式，進一步將議題劃分為五個階段，認為在每一階段中組織溝通人員（即本書討論之消息來源）均與媒體工作者發展出不同互動行為。**❼**如在「知曉」階段，組織溝通人員積極動員內部人力規畫新聞稿件以及籌劃事件。在媒體部份，新聞人員在此時期開始與組織人員接觸，以瞭解議題關鍵之處，並可能開始刊登一些新聞預報。

在其後的說明(elaboration)階段，由於議題持續發展，組織人員透過報紙或其他平面媒體之報導或內部刊物試圖與熱心人士(active and aware publics)溝通。第三階段之主旨在於促進「瞭解(understanding)」，而議題之競爭性逐漸形成，迫使組織人員建立集體立場(collective stands)。此時新聞報導的焦點內容除指出議題核心意旨外，亦澄清不同立場的爭議論點究係為何。

隨著議題持續發展，一些原本對問題不甚瞭解的隱性公眾 (latent publics)也加入「戰場」。電視成為主要媒體管道，不斷透過對主要人物

---

❼ 有關新聞正當性之討論甚多，參見 Gitlin, 1980: 第十章；Strodthoff, et al., 1985。Mulcahy (1995:450)曾定義此一名詞為「一種被視為是有效(valid)、可被接受、或甚至適當(appropriate)的現象」，此種現象並非天生，而是社會建構而來，係將某種特別情事(state of affairs)以相關受眾認為其可被接受而加以合理解釋(justification)。這種「可被接受」的依據，可能是法律、傳統、規範(norms)，由於大家認為理所當然無須多言而普遍「視而不見」。

❼ 類似作者們所提出之「組織／媒體／公眾」三者之互動關係，過去在議題設定相關研究中層出不窮，如有關「議題時間系列(time series)」之研究就常討論議題、媒體、及民意三者相互影響的連結關係。如以藥物濫用議題為例，研究者認為民意對此議題的關心程度迫使（美國）總統公開向藥物（毒品）宣戰，立即引起媒體討論，而後又引發民眾更多議論。可參見 Gonzenbach, 1992; 亦可參見 Kennamer, 1994: 第一章(Introduction)。

的側寫，或對戲劇事件的描繪，逐步將複雜議題單純化。其他行銷工具此時也派上用場，如廣告、集會、一人一信、遊說或其他符號活動均成為組織溝通人員用來推廣議題的管道（參見上章第一節之文獻回顧）；此一階段可稱之為「態度建立 (attitude crystalization)」時期。最後，議題發展進入行動階段，如在選舉前各種活動進入高潮，組織推出更多視覺導向事件，以保證新聞媒體會加以採訪。而在新聞媒體部份，採訪此一議題卻成為常規性工作，逐漸轉向檢討與分析整個議題的影響與衝擊。

　　兩位作者預測，新聞媒體在報導議題時，其報導量理想上應呈現倒 U 字型，即在議題爭執最激烈時，媒體注意力最強。對組織溝通人員而言，早期工作較為輕鬆且易於控制；時至後期則爭議各方次第加入，使得議題脫離組織可控制範疇，因而將主導權逐漸轉讓給新聞媒體接手。當然，此處所指的「組織」，可能是利益團體、企業、非營利事業或甚至政府機構。

　　綜合觀之，從議題生命週期文獻似可歸納出兩種論點。其一，論者延續 Lazarsfeld & Merton (1960) 之看法，認為社會組織之新聞發布工作可促成行動，尤其當行動本身代表了社會常態，而行動訴求之對象乃具爭議性之社會問題或團體。如前述女學生九月墮胎風潮原係醫界人士所熟知之社會情事，但一般大眾並未聽聞。一旦此事透過某些組織以新聞發布方式傳遞給媒介加以報導，則隨後產生的解決行動目的就在於力圖矯正異端行為，恢復社會運作常規。**❼**

---

❼　兩位作者在此篇經典文獻中，曾討論媒體的「授予 (confer)」功能，決定議題、個人、組織、與社會運動在社會中的正當地位 (pp. 497–498)。同時，媒體也可能展開組織性的社會行動，將某些與公共道德有異的情形曝光 (exposed; p.499)。本節無意討論媒介內容是否造成任何效果 (media effects)，僅摘錄媒體與議題流動的關係。但 Tankard & Israel (1997) 討論兩個議題的成長與媒體報導的關連性，並未獲得相關效果。

　　另一論點則認為媒體有「加速」或擴大議題流動方向與速度之功能，將一些與私人（企業）組織相關之事項透過報導過程轉化為公共議題，受到社會大眾檢視與討論。而在此加速動作中，媒體的工作經常在於修改議題的「抽象(abstract)」程度，以便一般大眾得以清楚掌握議題的實質訴求內容（見Kosciki & Pan, 1997:14）。

　　Tichenor et al. (1980:132-7) 認為此兩種觀點皆視媒體為社會議題生命週期的重要機制，擔任資訊控制的功能，可決定哪些社會問題繼續「前進」，哪些需要進一步澄清，類似早期議題散布(diffusion of ideas)概念所討論的事項。❼❸然而本節引述又另顯示，議題發展除與新聞媒體有關外，亦與社會其他重要組織相互牽連。換言之，此節文獻似也指出，不同組織間的議題競爭就是真實建構過程中的重要步驟，而此競爭並非僅是組織權力大小的競逐，也牽涉了主事者（造勢者）創建事件與構建議題的能力，此點將在下節繼續分析。

三、　本節小結

　　延續第一節有關新聞情境之討論，本節分別自新聞媒體與社會（造勢）組織兩個面向介紹了與社會議題流動相關的研究文獻。簡言之，新聞學領域過去對議題之討論相當貧乏，研究者傳統上習於將新聞工作(task)視為與議題同義之概念，認為新聞工作者（記者）的任務就在於採訪社會事件並加以報導，而報導後所展現的新聞內容就類同於社會真實中的各種議題事實。本節所引研究文獻則多從長期觀察著手，試圖從新聞內容探索新聞議題與其他社會組織、其他議題的互動關係。研究者的基本論點在於新聞議題固然反映社會真實，但僅能反映部份真實，且是新聞媒體依據常規所選擇的部份，而此部份經過整理與報導後會對社會

---

❼❸　所謂議題散布概念，即傳統「創新傳布」理論中的一環，可參閱 Rogers & Shoemaker, 1971。

情境造成程度不一的衝擊，組合成新的社會情境。

　　另一方面，社會學領域對社會問題的觀察角度過去曾經歷重大典範轉移，從較早的客觀論點轉而改採社會建構論，認為所有引起眾人關心之社會議題皆出自某些造勢者或團體的運作與創建，並添加了這些議題特屬之集體意識與公共言說性質，才能成為社會矚目的論述。一旦這些議題進入公共意見市場，則會與其他社會機構或組織產生互動，影響社會情境中的原始社會與政治運作。研究者同時發現，新聞媒體在社會議題的演進過程中扮演重要觸媒角色，常促使原在私人領域（包括企業體）的問題迅速擴散成為社會焦點，引發公共論辯。這種情形造成一些企業組織或政策製訂機構備感壓力，亟思「控制(manage)」議題，意圖影響新聞媒體報導議題的方向與角度。

　　綜合觀之，由本節討論似可發現議題（含新聞議題）具有以下幾項特色：

第一，議題內容並非任何單一社會組織所能獨力決定，尤其當其進入公共論壇後，經常引發相對（反）組織或相對（反）議題進入論辯過程。不同論點（框架）彼此相互激盪的結果，議題內涵加速變化，因而難由任何單一面向測度其流動方向與幅度（參見McCombs & Zhu, 1995; Johnson, et al., 1996）。

第二，此節引述之議題生命週期文獻顯示，議題流動具有強烈競爭本質，而此競爭來源有時介於造勢者之間，有時則係媒體之相互影響，另有些競爭情形則發生於不同議題之間。換言之，在公共領域中（見上節討論），由於各方均得以自由與公開地進行言說論辯，不但社會組織間總是彼此展開相互競爭，不同媒體間亦爭取對真實詮釋之正當性，即連新聞議題間亦經常此起彼落，產生某種程度的「海綿吸引效果 (McCarthy,

1996:481)」，即重要議題衡能吸引更多相關議題（即使這些相關議題可能並無新聞價值），也排擠了其他無所連結的新聞話題（即使這些話題可能原先極有新聞價值）。**❼**

第三，由於前節所述之「公共領域」具有容許各方自由與公開地進行言說討論之特性，此一現象使得不同造勢者雖然在理論上可隨時進入新聞意見論域，但實際上最後決定權仍受制於在新聞媒體。新聞常規因此成為選擇社會議題之主要考量：議題造勢者是否瞭解常規、是否能配合常規、或是否能運用常規，皆影響到議題可否在媒體呈現或呈現多久。但此處文獻仍嫌不足，無法超越如第三章第一節所引錄之「新聞價值」概念，使得何以某些社會議題能「盤據」新聞週期月餘仍不「下片」，另有些議題則來去匆匆，至今尚未能獲得圓滿解釋（黃年，1993）。**❼**

---

❼ 作者認為，由於受到重視的新聞議題總會對其他相關事件產生連結作用，產生類似第三章所談之「新聞掛鉤(news peg)」作用，因而會對無所相關的事件產生排擠作用。Karim (1993)強調，主流言說的最大力量乃在於其透過不同語詞、形象、符號以詮釋連結主要事件與議題的本領，而另類言說的功能，就在於挑戰現有主流意識，將主流言說的內容「去結構化(deconstruction)」。

❼ 作者認為，解嚴以前的臺灣新聞週期很長，生命曲線像是饅頭形狀；現在則因社會節奏變快，新聞週期也為之縮短，來去很快，像是「鋸齒狀」，議題之間也不斷接續，每天新聞都與昨天連接。而Maher (1995)的研究顯示，即使專家意見已經形成，但新聞媒體無意接受這些意見時，民眾仍傾向以新聞媒體之意見為準，顯示了媒體框架的競爭性與公開性難以為其他社會組織取代。

Cook (1989:225)警告說，雖然我們知道新聞媒體在創造政治議題中扮演重要角色，但是對消息來源而言，要找一個媒體願意刊登的議題，其實並不容易。以國會議員為例，首先必須尋得持續熱門而媒體又有興趣的話題常佔去許多

第四，由第四章討論之「組織文化」概念觀之，造勢者如何競爭議
　　　題似又受到其溝通策略影響甚鉅。持開放性之組織管理模式
　　　較易關心環境異動或變化，因此也較樂於設定專人負責監控
　　　社會議題。組織文化若偏向傳統服從與權威模式，則較強調
　　　現狀知識，亦對環境議題之變化較不關心（參見《圖5-3》）。

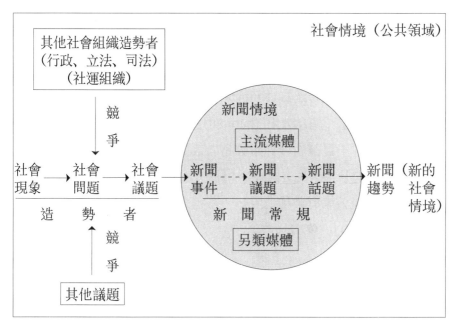

圖5-3：議題生命週期與新聞媒體及社會組織（消息來源）間的互
　　　　動型態*

*議題走向並非直線進行，極有可能隨時跳入下一階段或停止往下階段前進。

　　　時間。其次，議員可能尚得就此議題找到不同觀點，同時避免造成分裂形成
　　「敵意(enemies)」，以便適應媒體的公正中立常規。最後，議員還得扮演新
　　聞記者事先擬妥相關答案，保持議題的有趣部份，並迎合社會大眾的興趣。
　　總之，要找到一個可以上報的議題，對於消息來源而言，總是極大的挑戰。

第五，延續上述觀點，議題之興起與持續除了與新聞媒體之關注相關外，不同造勢者如何不斷發動「攻勢(initiatives)」提供事件、活動的資料建構議題，同時化解「反對勢力」的意見，仍是社會議題是否能吸引媒體注意的主因。在 Hansen (1993b) 的分析中就發現，著名的「綠色和平組織 (the Greenpeace)」懂得掌握時機，特別是善於將話題與社會情境結合（如重要環境新聞發生時，該組織經常「適時地」提供媒體其組織之框架觀點），才能長期受到不同新聞媒體眷顧，塑造此一組織為國際環保問題的代言人。❼⓰

第六，另有研究者認為 (Kinnick, et al., 1996:689)，議題之起伏亦會產生「倦怠效果 (burnout)」或「飽滿現象 (saturation)」，亦即一旦議題報導頻數超過某個限度，公眾不但停止注意議題且甚至失去興趣：「【研究顯示，】 社會議題報導訊息的重複效果有某種上限……可稱之為議題的邊際效用 (marginality)」。❼⓱

總之，本節討論顯示，由社會建構論點討論社會議題之演進與發展，重點在於瞭解議題本身如何由無到有，以及在此過程中如何與其他社會組織互動。合併前章討論觀之，議題乃社會建構而來，經過造勢者或新聞工作者加以重組與詮釋後，回到社會真實成為社會大眾關心焦點。至

❼⓰　作者認為，要瞭解媒體與環境議題的關係，首要條件就在於瞭解透過何種途徑 (process)，某些議題得以在某些特定時刻成為優勢議題(dominant issues)，而其他議題卻成為短命議題 (short-hand issue; 見p. xvi)。在另一篇文獻中，Hansen引述其他研究發現，議題擴散之途徑常由造勢者經由大眾傳播媒體而後至一般大眾或政府，或由專業及利益團體經獨立刊物或政府而至大眾媒體與大眾。

❼⓱　亦可參見Johnson (1989)有關毒品濫用之新聞報導是否過量之研究。

於議題彼此競爭，使得如何選擇議題、選擇議題的哪一部份、如何詮釋此一選擇後的議題、以及如何將不同造勢者立場放置議題報導均成為新聞媒體常規之重要考量(Hilgartner & Bosk, 1988:58)。此點即議題框架之重點，將於下節闡述。

第三節　情境、議題之框架與媒介真實之建構

　　以上兩節分別針對新聞情境之公開性與議題之競爭性有所論述。首先，第一節曾引述Habermas的公共領域概念，藉此揭示新聞媒體具有之「自由發表、平等近用、理性對話」本質，即不同個人與組織可透過接近媒體創建議題，以建構社會意義並達成民主開放的理想境界。第二節則延續此一論點，進一步論及議題在此公共領域之流動與競爭局面，強調無論社會議題或新聞議題皆有其獨特生命週期，不斷與其他社會組織、政治勢力、符號通道互動，彼此影響。新聞媒體在此議題流動過程中扮演加速器角色，促使議題由私人領域轉換為公共性質：有些議題經過報導後立即成為社會注目焦點，另些議題則可能因無法符合新聞常規而遭淘汰，難以在此公共領域中受到大眾檢視，而須另覓他法始能獲取其公共特色。

　　如本章討論所示，以上兩項論點過去雖已累積相當研究文獻，但其論述本質仍具理想型態 (ideal type; Roth & Wittich, 1978:19-20)，亦即新聞情境在大多數情況下可能並非Habermas所稱之完全開放、可供社會組織自由接近，且公共領域實際上易於受到少數特殊階級、團體、或機構之長期控制，使得理性討論的新聞論壇理想遙不可及；此點過去文獻亦已有所討論（鄭瑞城等，1993）。

　　另一方面，議題在新聞情境中之移動亦可能未如上節所述之「順暢」：

　　某些議題在事件爆發後可能直接成為重要新聞話題，立即造成風潮（如「威而鋼」新藥問世；參見《圖5-3》），但有些議題可能在演變為新聞主要話題後隨即消失，不復成為長期趨勢（如近來興起之「蛋撻熱」）；另些議題則來來去去，週而復始，經過長時期滯留才逐漸淡去（如柯林頓醜聞；參見Cobb & Ross, 1997）。再者，新聞議題設定研究亦早已發現，新聞議題與社會議題（如選舉期間之議題）之間未必相關 (correlated)，因為新聞內容所呈現者，僅係新聞組織所認定的重要議題，其具體面向常非任何社會議題造勢者所能完全掌控(Weaver, 1987:177)。

　　總之，本章前兩節描述之情境與議題概念，在新聞常態工作中可能俱屬理想層面，難以吻合實際狀況。但理論建構之目的，本就在以通論解釋社會現象，本章論述並無意否定任何個案具有的特殊意涵。

　　以下再以新聞情境、議題與框架的關係為例，討論社會真實的建構。

一、 情境與框架

　　早在Bateson與Goffman最初有關框架的討論中，即已揭示情境與框架的關連（見本書第二章）。如Bateson (1972)曾稱框架係人們的心理情境(psychological context)，乃由一些具有意義的內在訊息活動組成，透過語言、符號或其他表達方式定義人們與外在環境的來往關係。這些心理情境扮演了「後設溝通(metacommunication)」的角色，提供線索(cues)讓人們詮釋外來訊息，藉此瞭解外界活動或行為的意義。簡言之,Bateson認為框架是人們內在心理活動的「背景」，所有外來訊息均需透過框架解讀始能產生關連。

　　又如Goffman (1974:147)曾謂，框架就是「對【社會】情境的定義(definitions of the [social] situation)」，也是人們與外在環境互動過程中，不斷依憑過去經驗並針對現狀所建立的基礎架構(primary frameworks)。面對不斷變動的情境，人們需要透過類似「調音 (keying)」的動作轉換

這些訊息（包括新聞），使其或因與個人經驗相關而獲接收並產生後續動作（如傳播理論中的議題設定效果，見下節），或因與個人無所關連而遭漠視。Goffman 因此認為，框架就是定義情勢的方法，議題與活動均須奠基於過去經驗與社會關係，而歷史情境常被調整以便思考，透過人們的互動而歷久彌新。

延續 Bateson 與 Goffman 對框架與情境之討論，Hertog & McLeod (1995) 曾分析新聞媒體如何報導社運份子的抗爭活動，認為框架與新聞情境意涵接近，代表了在新聞文本中所出現的一系列「社會假說(social assumptions)」，亦即無須向讀者或聽眾詳加說明的真實世界所在。❼❽ 或如 Reese 所稱，「框架定義了社會【原始】事故(occurrence)的【情境】意義，決定了哪些訊息【彼此】相關」(1997:4；添加語句出自本書作者)。❼❾

舉例來說，如果一則新聞報導了抗爭者前往立法院陳情，新聞記者

---

❼❽　作者們發現，許多新聞情境其實是記者建構出來的真實。例如，為了符合新聞倫理中的平衡原則（參見本書第三章有關新聞常規中的平衡項目），記者在同一事件中刻意建構(socially constructed) 了反對意見(opposed sources)，並設法使其意見在文本中扮演重要功能。此外，Hoggart 曾說，新聞之建構與我們所呼吸的文化（或是我們所處的社會氛圍）息息相關，它（文化）告訴我們何者可說，何者宜避免不說(引自Bennett, 1982:303)。在Best (1989a) 書中所討論的「夸克毒品(crack)」案例中，Reinarman and Levine 發現新聞報導所塑造的毒品危機根本是假的（或不存在），是媒體為製造銷路而與政客（政府官員）聯手製造的議題（另見該書 p. xii）。

❼❾　Reese同時認為，消息來源將某些「事故(occurrence)」發展成事件，記者則以符號組織（即新聞媒體）的定義尋找相關資訊。此時，情境就是將這些「浮動定義」加以固定的背景（見p. 8）。依社會學家Schudson (1991a:151)之見，「一樁事件並非只是世界上某社會事件(happening)，而是那個社會事件與一些固定符號系統之關連（底線出自原著者）」。換言之，任何事件與其文化設想(cultural givens)均會有所相關；此即此處所談之社會假說或情境。

無須解釋為何立法院是陳情對象，也無須澄清立法院是何種機構或位在何處。此種新聞報導中所隱射的社會情境（背景），其實就是新聞文本持有的社會假說，不但代表了新聞工作者（寫作者）認知的真實世界，也反映了新聞組織與工作者為讀者或聽眾所界定的情境框架。Swan & Smith (1993:189)因而推稱，不同新聞報導的差異可能並非來自報導手法的嚴謹與否，而係報導者如何將同一社會事件之內容要素 (content elements)組合成有意義的情境論述，藉此展現不同新聞主角在社會事件中的功能與角色；此即情境框架對新聞報導的主要意涵。[80]

這種說法基本上符合文化學派對新聞媒體的觀點，即媒體之功能不僅在於監視環境，且在建構社會（情境）知識(social knowledge)，展現不同團體或組織的生活真實 (lived reality)。[81]換言之，新聞報導係將原屬虛無縹緲的「社會」轉換成具有可供觀察的符號形式，以使社會大眾得以瞭解彼此生活內涵，並進一步建立社會共識。這種社會共識或情境知識雖然總是隱藏在文字之後，但是閱讀者（或觀眾）無須明示即可瞭解，原因除在於新聞內容含有社會假設外（如上述），亦因新聞情境原本就是大家所擁有的共同知識(common stock of knowledge)，兩者具有相同的敘事結構(narrative structure)。

---

[80] 「社會假說」意涵接近批判語言學者所稱之「互文性(intertextuality)」，意指「與其他文本相關之內容」(Wallace, 1992:57)。寫作者在創造文章時，經常假設讀者已知的知識，或曾接觸過的相關文本類型，因而在寫作中省略許多「已知」結構(given knowledge)。但是讀者是否都能具有互文性，則常成為判斷可讀性的疑問（參見本書第六章有關「互動」之討論）。

[81] 此處觀點受惠於 G. Robinson (1995) 之卓見甚多。此外，Hall, et al. (1981:737)曾謂，將事物轉化產生「可理解性(intelligible)，本就是新聞媒體的社會功能，目的在於讓讀者得以瞭解事件的影響性。在這個轉化過程中，記者常有許多先前假設，但卻不知。此一說法，接近本書第三章第三節有關個人框架的內容。

　　另一方面，由消息來源的角度觀之，如Kosciki & Pan (1997:3)就認為框架亦負有設定社會議題之情境的功能，可協助政治行動者認知並瞭解政策議題的走向。易言之，框架涉及了政治行動者如何透過符號手段（包括語言）參與政治與文化互動，並藉由新聞媒體建立公共政策（即社會真實）的過程。而對公關研究者Knight (1997:6)而言，公關工作並非僅止於發送新聞稿件等技術事務，而在於透過媒體塑建對組織立場有利的「資訊環境」，包括監視議題與事件之走向以便及早獲知對組織不利的情境變動（此即前述所稱「議題管理」工作，見本章第二節討論）。以上這些說法似都暗示了新聞情境並非僅係新聞工作者所撰述的文字或符號，而係由這些文字與符號所建構且同時存在於讀者／新聞工作者／消息來源內在心靈的社會主觀真實。❷

　　類似有關情境框架影響社會真實建構的觀點，在過去文獻中屢見不鮮。如Ryan et al.等人之近作(1998)即曾探討社會運動者如何設定新聞媒體之議題框架(issue frames)，認為社運者與新聞媒體均屬主動積極的意義製作者(meaning–making agents)，試圖掌握新聞資源，擴張其在社會中的言說論述力量 (discourse power)。作者們同意前述社會建構者的論點，即新聞媒體為眾多社會組織競爭之場域，各消息來源組織發展不同媒體策略試圖影響新聞選擇，而新聞內容正是競爭結果的展現。❸簡言

---

❷　無論第二章有關框架的定義、第三章有關新聞真實的說法、或本章稍早所摘錄的情境定義，均不斷指出框架或情境皆同時存在於人們的心理主觀真實與外在環境的符號真實中。換言之，框架就是主、客觀兩者的交綜錯雜之間。

❸　作者們曾詳述其研究群如何協助「弱勢」社會運動者提供資訊給媒體，嘗試建立新聞媒體中的主流意識框架。作者們亦檢討資訊津貼成功與失敗之因，惜未能就該議題之結構角度討論議題起伏與興衰之變。另可見Cook (1996:15)，作者亦認為媒體作為一種社會情境，足以影響社會運動的運作。如美國媒體影響政治菁英的方式，就是透過強調某些特殊新聞議題，改變大眾之情緒；或設定某些特殊情境尋求奧援。如雷根總統經常利用媒體直接向

之，此地所談的「競爭」， 正是建構社會真實的重心。真實只有一個，但詮釋可能無限。框架的功能，就在建立具有情境意義的符號真實，並與其他詮釋架構進行競爭與對抗。❽

又如Turow (1990)進一步認為社會運作本屬複雜現象（參見本書第三章有關社會真實討論）， 社會行動者（包括組織與個人）不斷努力嘗試掌握新聞情境中的符號資源以便影響社會議題之變動方向。這些社會行動者彼此競爭，主因乃係社會資源與符號並非常態分配；誰掌握了主控符號（如新聞報導）的權力，誰就能在議題報導中獲取利益——如候選人可能因有較高媒體曝光率而告當選，而一般企業組織獲得正面報導後可能有助於達成行銷目標。

這個說法正符合符號互動論者對情境的看法：「在任何一個自決的行為動作發生之前，都會有一個檢查與思慮的階段，我們可以稱此階段為情境定義。被定義為真的情境，自然就會成真」。換言之，「任何團體若能將他們的定義變成主流定義，他們就能對情境有更多控制」(Argyle, et al., 中譯本:19)。

然而對Turow而言，新聞媒體一方面屬於社會或政治資源，係各方

選民尋求支持，以造成輿論壓力，迫使國會鬆手。Cook認為，政策製定的第一步在於確定一些值得投注心力與行動的問題所在，而媒體報導議題就常扮演問題催生的角色。

❽ 新聞故事內容乃各方競爭定義社會事件之意義的結果，此一說法可參見Dahl & Bennett (1996)對電視新聞內容的分析。Gamson的著作(1988; Gamson & Modigliani, 1989)曾一再提及議題氣候的概念,係指新聞媒體選擇議題的「文化模板」， 乃是社會主要論述(master narrative)的基本來源 （參見Hackett & Zhao, 1994:533之討論；或本章❼)。在這個模板下的其他論述，因而常被排除。新聞記者的工作，因此在於將情境邏輯合理化，以解釋社會事件的意義，並賦予這個事件定義社會次序的權力。這個文化模板的意涵，因而可謂接近此地討論的情境框架。

勢力競逐之對象，另一方面卻亦屬眾多社會行動者之一，與其他社會組織一齊爭取界定文化符號的主控權。有趣的是，Turow 雖然注意到新聞媒體與政治行動者的互動關係（見下節），卻未闡述議題與新聞媒體的關係，因而無法回答如Marullo, et al. (1996:1)所提出的問題：「在眾多致命事故中 (deadly occurrences)，為何某些特殊議題得以定義【社會】問題而受到大眾【媒體】重視呢?」（添加語句出自本書作者）。❽

　　有鑑於此，Reese (1991:314)提醒研究者應系統性地整理有關社會情境與新聞建構的相關問題：「【事實上】，許多消息來源為了合理說明新聞採集過程，已將新聞視為是可供包裝 (packaged)、促銷、購買、預測、或控制的商品【議題】」（添加語句出自本書作者）。Cook (1996:18)進一步指出，新聞媒體的選擇功能並非只在反映真實，因為在芸芸眾生中挑選出值得報導的議題，已經足夠顯示媒體並非平等對待社會情境中的各項議題與組織。因此，新聞價值可謂就是一種與議題極度相關的選擇與重組功能。再者，Kosciki (1993)認為過去文獻中雖已討論議題的重要性（如在議題設定理論中），研究者卻常忽略社會行動者（如政黨）與議題（爭議事件）之間所產生的互動特質，因而遺漏許多與議題相關的情境訊息(contextual information)。Chung, et al. 的近作(1998)則進一步指稱，所謂的「專家」，應是最能根據自己能力，掌握工作(task)特徵，並做出因應情境策略的人。鍾氏等人認為，記者的專業能力通常就顯現於與情境的互動中,或是反映在「因應情境變化而提出解決方案的過程」。

　　總之，就新聞框架而言，情境可謂就是新聞文本中所凸顯（或忽視）的部份，藉以顯現寫作者對議題的重視（或忽視）程度，或對議題某些

---

❽　Marullo, et al. (1996)曾述及人類學家Geertz對「詮釋學轉向」的呼籲對媒體事業有何種啟示，認為新聞媒體的功能在於提供「意義詮釋」，尤其在於影響文化內涵。作者們認為新聞媒體的功能，在於創建一個適於各方討論的空間或舞臺(stage of political actors)。

成因的強調（或漠視）程度。換言之，單以新聞報導量的多寡其實並不足以反映新聞工作者有意傳達的訊息，唯有透過新聞文本所建構、框架（動詞）的情境內容，讀者才有可能瞭解議題在社會真實中的意義，以及新聞撰寫者所欲表現的方向。

二、議題與框架

除上節提及之Tuchman (1978)「新聞類別」概念可視為是一種框架表現外，媒介設定理論很早就針對議題與框架間的關係進行討論，初步發現新聞內容如有某種框架，對閱聽眾的設定效果較強，可稱之為議題設定的「第二面向(second level of agenda setting)」，意指「議題如何【被新聞媒體】以特殊角度呈現給閱聽大眾」或「如何選擇故事 (story selection)使其成為大眾決定重要議題的主要參考因素」（Walters, et al., 1995:1; 添加語句出自本書作者）。❽换言之，議題設定理論的研究者認為新聞係以故事形式出現，而媒體如何決定新聞故事的報導形式，就牽涉了框架（或主題）的選擇，而新聞框架的功能也就在於提供閱聽大眾一些思考新聞故事的特殊角度(perspectives; Ghanem, 1997:7)。❽

---

❽ 本段所稱「議題設定理論『很早』就針對議題與框架間的關係進行討論」，稍嫌大膽。其實除McLeod, et al. (1994)曾在文獻探討中提及框架理論可能對媒介效果研究之影響外，此類研究過去並未在實質上涉及任何框架的討論(例外如McCombs & Shaw, 1993)。直至1996年左右，McCombs始在相關文獻中正式引用框架概念，並稱之為議題設定理論的「新理論領域(new theo-retical frontiers)」（見 Brewer & McCombs, 1996:8; McCombs, 1996; McCombs, et al., 1995; Ghanem, 1997)。至於框架理論是否可視為是傳播效果理論，可見Cappella & Jamieson（1997:第三章）之傑出文獻探討。

❽ 依照McCombs (1996) 的說明，議題設定理論包含了兩種框架內涵：新聞媒體選擇的議題對選民認定的重要新聞兩者有高度相關（即媒介強調的議題與公眾對議題重要性的認知顯著相關）， 此為議題設定的第一面向。至於第二

　　有趣的是，議題設定與框架研究合流的理論嘗試卻受到框架研究學者的批判。如Pan & Kosicki (1997:13)即謂，「框架化(framing)不可也不應被視為是議題設定理論中的次領域或新項目 (new venue)」，因為「【議題】顯著性之轉換(transfer of salience)不能成為一種多目標的理論機制而適用於所有與媒體相關的新聞處理過程中」。作者們認為，框架乃是新聞言說論述活動，受制於公共領域中不同消息來源的符號競爭手法，與媒體如何「設定」讀者議題無關，因為媒體並無能力單獨影響新聞議題動向（如前述）。❽❽同理，Cappella & Jamieson (1997:51–52)亦認為議題設定與框架化兩者相去甚遠，因為前者著重討論議題被媒體處理的頻數 (frequency)，而框架研究所關心者乃議題如何被處理 (how a subject is treated)。Mathes & Pfetsch (1991:59)因此建議議題設定研究未來應多討論議題如何被框架化(how issues are framed)，無論是從媒體或大眾角度探析均可：「框架【研究】可協助傳統議題設定更為精確，也能提供更具分析性的觀點」（添加語句出自本書作者）。

　　其他學者延續本書第三章第三節曾述及之語言角度討論「議題框架(issue frames)，可定義為「一項議題的形式（如結構、規模）及內容特色（如語言、敘事）都傾向以一種<u>特別形式</u>描繪故事」(Einsiedel & Coughlan, 1993:139; 底線為本書作者添加)。❽❾此處重點在於強調客觀

面向則在討論「媒介如何告訴我們如何想一些【特定議題】對象」，或議題屬性如何影響閱聽眾的選擇。簡言之，McCombs 認為 (1996:324，見中譯本)，「媒介不僅告訴我們可以想些什麼【第一層次】，更進一步告訴我們如何想【第二層次】、想什麼，甚至該做些什麼【更後續研究】」（添加語句皆出自本書作者）。

❽❽ 作者們認為，框架乃言說活動概念，著重於語言結構的互相影響，與議題設定強調的議題影響毫無關連。

❽❾ Terkildsen et al. (1998:47)提出兩項與議題框架相關的定義：內容（如故事主題的著眼點）與再現形式（如情節式或主題式新聞報導方式），此兩者均會

世界中的社會事件或議題可能均有其固定表現形式與內涵，乃先於新聞媒體與消息來源存在，無須任何「運作」就可發現或展現。

舉例來說，「會議」之形式結構可放諸四海而大致類似，一般而言均包含主持者（主角）、參與者（主角）、討論主題（目標）、會議進行方式（手段）、決議事項（行動）、始末時間、地點（場景）等。但是在中國國民黨每週三召開的會議名之為「中常會」，而在國立政治大學每學期召開之會議則稱之為「校務會議」，此乃因參與者不同、主題不同、進行方式不同、決議事項不同、或時間地點不同，產生了不同性質的「會議」。兩者（中常會與校務會議）固然仍均可概稱為會議類型，但表現方式可能已大異其趣了。

有關社會事件或議題之特殊形式，過去在文學與語言領域中不乏闡述。❾如戲劇學者Burke（引自Combs, 1981:52–54）認為，社會中的每種溝通形式都有其特殊結構與過程，類似一種「框架區域(frame arena)」，人們之互動行為均須依照這些規則或邏輯進行。Burke強調，溝通過程充滿了戲劇意義，可謂是一種「具有時間性的戲劇結構

影響一般人對政策支持與否或對相關政治議題的認知程度。本書對議題框架的討論稍有不同，較著重於議題或事件本身所涵蓋的特殊形式。此地指稱之框架定義（特別形式）與本書第二章之框架定義（人們的主觀解釋或思考結構）意涵接近，但專指事件的結構形式，且係人們（包括新聞工作者）對社會事件的詮釋結構形式，相對應於社會事件的原始形式，但兩者可能不盡然一致。可參見本書第三章之討論。

❾ 有關人類語言活動具有特殊形式，本就是敘事研究中的主流，如Cohan & Shires（中譯本:55）即曾謂，「敘事的顯著特徵是將事件編為故事的線性組織」，可稱為事件的組合關係結構，包含了核心事件(kernel)與衛星事件(satellite; 頁58)。作者們認為敘事的結構形式，與人們說故事的方式十分相像，除結構外，尚需注意敘述的方式。蔡琰＼臧國仁的近作(1998)則進一步分析新聞敘事體的結構，認為此類討論應與van Dijk之言說分析合併，其結構應包含條件、過程、摘要、發展、評論等。

(dramatic–structure–in–time)」，其形式要素包括主角、場景、行動、手段、與目標（見上述「會議」之例）。❾ 語言學者Chomsky（引自Little-john, 1989:74–78）的語言文法理論更顯示語言本身亦有深層結構，而此結構一方面影響了人們溝通的內涵，也受到人們溝通影響而與時遷移。

傳播研究者近來延續此類戲劇與文學領域研究形式結構的傳統，試圖探索媒介內容的「類型與公式」，瞭解新聞報導文本的結構特徵與形成要素（國內相關研究如李森堙，1998；楊素芬，1996；蔡琰，1997，1995；黃新生，1990）。「類型(genre)」一字出自法文，有時亦可稱作「文體」，文學上的意涵接近生物學的「種類 (species)」或心理學的「基模 (schema)」，也與上節所稱的「類別(typification)」與「分類(categoriza-tion)」相似，旨在說明文學作品的特殊內容（即框架）。❾

---

❾ 依Infante et al. (1990:123–124)的意見, Burke的戲劇論(dramatism)可謂是討論「人類行為的傳播理論」， 影響現代傳播理論極劇，其理論重心在於藉由戲劇的五種要素（主角、場景、行動、手段、目標）分析人類傳播行為。Burke認為，人類行為包含了符號使用與誤用，但重點在於「動機影響行為」。換言之，所有行為均導之於某種動機，而任何行為所產生的事件必然包含上述五種結構要素。

Burke亦曾稱，genre是一種不斷重複的形式，係對一個主題所增加的細節說明 (restatement)。類型不但常是藝術工作的基本形式，也是許多具有類似創作傾向領域的重要分類判準。此地我們接受Burke的觀點，認為人類行為與事件均包含某種特微結構，此即以下將介紹的類型概念。Burke之作品耗繁，難以引述，與本節討論較接近者為其1966作品。

❾ 本段所引之各名詞均與本書第二章所稱之「框架」意義接近, 可參見Tannen, 1993:15, 作者如此解釋：「Schema『基模』這個名詞可追溯到Bartlett, 1932的名著《記憶(Remembering)》, Bartlett係向借用Henry Head爵士借用此詞。然後, Chafe, Rumelhart 以及其他人找到了這個詞彙, 包括 Bobrow and Norman (1975)兩位在人工智慧領域的研究者。至於script『劇本』一詞則與Abelson and Shank 的研究有關, 而frame『框架』係受到 Hymes, Goffman,

如王夢鷗∖許國衡(1992:378)認為，類型就是文章的「秩序」，指一種以結構與組織所形成的特殊型態，其功能除有助於寫作者在文學創作時有脈絡可資依循外，並可使讀者易於瞭解作品意義。趙滋藩(1988)則進一步定義作品的結構組織為「類」，每一「類」都有特殊寫作形式，稱為「結構特徵（類似上段 Burke 的形式要素）」；「類」以下可續分為「型」，「型」以下可再按作品的主要內容分為「屬」。❸

而「公式(formula)」則可視為是類型故事中的標準情節，或一再重複的習俗慣例。蔡琰(1995:2)曾如此描述：「例如美國好萊塢西部電影中總是有牛仔、有騎馬配槍的英雄、有不修邊幅的惡徒、拳架、槍賽。而幫派電影中也總是有大量的金錢、家族械鬥、不法的罪行、教父級人物等等公式」。蔡氏(1997:12–13)並整理美學研究者卡威帝(Cawelti, 1976)的討論，認為「公式是敘事或戲劇習俗慣例之結構，也是故事原型結構中的特定文化性主題和刻板印象」。整體觀之，類型是「一種或一類相似的作品【文本】，而公式是結構出作品相似性的條件或特徵。……我們可透過相同之公式歸納、組合成類型，但公式之相異又區分出不同類型。同時，相同公式中必然存在著創新手法，公式之相異又與觀眾對類型的期待相去不遠」（添加語詞出自本書作者）。

Frake等人在人類學與社會學影響，也與Minsky在人工智慧研究相關。這些人使用框架一詞則起自Bateson，『框架』也曾為Fillmore使用，但是途徑卻與上述幾人有異，主要在討論語法構成的結構(syntagmatic frame)」。Fillmore另外曾以prototype（原型）一詞討論語言的選擇，與此地所稱的genre最為接近。其他相近的詞彙尚有：template 模板，archetype 原型，或master narrative主要論述，可參見Hackett & Zhao (1994:533)的解釋。

❸ 如此地所述，類型（或文體）概念本為文學、語言學或藝術創作領域中十分重要之研究題材，傳播學門近年來亦開始討論，可參閱Berger, 1997; Cohan & Shires, 1997; Berkenkotter & Huckin, 1995; Feuer, 1992; Cornfield, 1988。國內著作可參見李森墲，1998；楊素芬，1996；蔡琰，1995。

　　舉例來說，蔡琰(1995:57; 1997)曾分析電視時裝劇的類型與情節公式，發現警匪類型的單元劇包含下列情節公式：惡行（謀殺）＋任務＋緝兇＋爭鬥＋成功解決＋懲罰，其劇情模式通常建立在警匪對立，如歹徒犯下謀殺傷害等違紀犯法惡行，引發警察任務。隨後警察出動追緝兇手，經過某種形式的爭鬥（如爭吵、打架、械鬥、槍戰），最後警察成功解決社會中的不法情事，歹徒伏誅或接受法律制裁與懲罰。另如「師生劇」的公式可能是：學業（師生）＋惡行＋友情＋爭鬥＋感化＋成功解決；而「神怪劇」的情節則是：神仙鬼怪（或靈異動物或殭屍妖魔）＋死亡威脅＋任務＋使用法術＋解決之恩＋成功＋成為美眷。

　　以「類型與公式」的概念探討新聞議題情節之研究，尚不多見（見van Leeuwen, 1987），但新聞教科書中不乏以類似寫法描述某些路線之新聞報導所應具有的寫作特點。❹如「災禍新聞」重點就在於報導死傷、損失、勇敢行為、不平凡的緣因、名人、預告危險、動人情節，而「死亡新聞」則常包括死者姓名、職業、年齡、死亡時間、地點、原因（見王洪鈞，1986：第十二章）。❺

---

❹ Galtung & Ruge (1965)認為，「新聞其實只是『舊聞』，因為他們符合了一般人（讀者）的預期心理」。Noelle-Neumann & Mathes (1987:398)則謂，新聞價值有大部份都起自於人們（記者）的「參考架構」，這個參考架構就類似此地所稱的新聞「類」與「公式」。如社會發生示威活動時，記者就會預期脫軌事件出現，因為所謂的示威或援救代表了一種無秩序與無政府間的「暴力對抗」，與傳統政治手段不同。因此一旦真有對抗事件產生，記者自然寫入新聞。

❺ 以「類型—公式」概念解釋新聞報導，其意涵接近人類學者研究神話中的「原型(archetype)」。如黃新生(1990)曾謂：「電視新聞是人類藉現代傳播科技，以神話結構與意義，表達或解釋社會現象的一種文化活動（頁120）」。黃氏認為，新聞中具有許多文化儀式，藉此新聞媒體傳遞了文化中的重要符號象徵意義（如英雄）。黃氏書中之第七章曾介紹電影的「公式」結構，但未引伸於新聞分析。此外，梁欣如(1993)曾延伸黃新生的討論，以實證量化方式

　　趙庭輝(1991)曾經研究颱風來襲時的新聞報導特徵（類型），發現不同階段中的新聞內容（情節公式）十分不同。如在「颱風預警階段」，最常出現的新聞內容為「警告」，而在隨後的「颱風威脅階段」，除「警告」外則開始出現有關公共事務的報導。在「颱風侵襲階段」，有關人情趣味的報導內容最多，比例超過四分之一 (26%)，環境保護消息次之；颱風來襲之後的階段，則以環保與經濟復甦活動佔大宗。趙氏也發現，政府官方機構在颱風來襲早期較為重要，如中央氣象局、行政院、警察局都是新聞內容的主角。隨著颱風逐漸遠離，一些負有善後責任的官員之新聞份量漸增加，如行政院長、省主席等。❾❻

　　雖然此類可供引錄的文獻有限，但有關「類型與公式」的討論似可轉用、闡述議題與框架的關係。簡言之，當新聞媒體再現社會事件或議題時，這些新聞事件或議題之報導顯然均會發展出特殊結構與層次關係。上層可謂之為「類型」，意涵接近本書稍前所述（見第二章）有關框架巨巨命題的概念；中層即新聞類型之結構特徵，包括前述 Burke 所稱之主角、場景、行動、手段、與目標，其組合方式亦接近本書稍早介紹之框架巨命題形式。至於下層則為新聞報導類型的情節公式，也就是組成框架的微命題了（參見第二章《圖2–1》）。

　　以火災新聞類型為例，一般而言，新聞媒體（尤以日報為要）在報導火災的主角特徵方面，其公式內容常包含死傷者（包括苦主）、救援者（如消防隊員）、及旁觀民眾等。在行動部份，新聞內容通常討論救援者如何尋找水源與火神搏鬥、如何英勇將死傷者救離火場、以及事後如何在火災現場勘驗決定起火原因等。在場景方面，新聞內容常提及消防車

分析閱聽眾如何解讀電視新聞中的神話內容，但對新聞類型則未深入討論。相關討論亦可參見Bird & Dardenne, 1988; Reeves, 1988。

❾❻ 以下有關「新聞類型」的說明，受惠於民國八十六、八十七學年度政大新聞系二年級「新聞英文」課同學之討論啟發甚多，特此申謝。

幾輛到現場灌救、現場發現多少具屍體、火勢如何「一發不可收拾」、又燒燬房舍多少棟等。至於手段內容則常討論如何滅火、救援者之英勇事蹟有哪些、或不幸受傷甚至捐軀之救援者為何命喪火窟、以及如何減低災禍對社區居民的威脅等。最後，新聞內容亦常披露救援的目標在於維護公共安全，保障居民生命與財產安全等（參見《圖5-4》）。

由以上討論觀之，一般火災新聞類型的公式或可歸納為：

火災＝（死傷者或救援者或旁觀者）＋（搏鬥或救援或勘驗）＋（消防車或救護車或燒毀房舍）＋（滅火行動或英勇事蹟）＋（公共安全或財產保障）。

簡言之，由類型與公式概念的討論，或可延伸以下有關議題與框架的觀察：

第一，正如前述社會事件或議題（如會議）有其特殊形式內容，相關新聞議題或事件亦有其框架結構，可歸納為類型、結構特徵、與公式三者，彼此具有層次與互屬關係，如火災類型報導之結構特徵與公式內容，即包括主角（如死傷者）、行動（如何滅火）、場景（火場描述）、手段（滅火方式與過程）、目標（受災者如何受到妥善照顧）。換言之，任何類型的新聞議題均可能具有其所屬的形式結構特徵，與其他類型特徵有所區隔，而其判定方式係根據更細節之「標準情節」組成公式要件，三者（類型、結構特徵、公式）合併成為新聞議題框架的核心內容。❾❼

---

❾❼　過去曾有文獻由敘事角度討論新聞情節與類型的關連，如新聞中有關「英雄」的情節，常由某種對「停滯(stasis)」的突破寫起，然後展開情事描述，以及情事的恢復過程；可參見 Sperry (1981:300-304) 之討論。如美國職棒明星 Mark McGuire 打破全壘打記錄的報導過程，就類似一種「A Star Is Born」

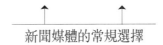

消息來源的資訊津貼

類型*	結構特徵**	公式***
火災新聞	主角	死傷者（苦主）、救援者、旁觀者
	行動	與火神搏鬥、噴水、救護、現場勘驗
	場景	火焰、聲光、水龍、受波及之房舍、消防車、救護車、瓦礫、焦屍
	手段	滅火、英勇救難事蹟、減低災禍威脅
	目標	維護公共安全、保障民眾生命與財產

新聞媒體的常規選擇

圖5-4：新聞事件或議題的類型、結構特徵與公式（以火災報導為例）

*類型與公式之概念引自蔡琰，1995，1997。
**有關結構特徵之內涵，引自Burke, 1966。
***有關火災報導公式之內涵，參考王洪鈞，1986：第十三章「災禍新聞」。

第二，社會事件或議題發生變化，常導致新聞議題的框架類型改變，組合出不同情節公式（見上頁《圖5-4》）。舉例來說，火災事件發生時如死傷民眾數目過眾，易使「公共安全維護」成為媒體關心焦點，因而促使火災新聞轉型成為「特殊災禍新聞（或死亡新聞類型）」（王洪鈞，1986：第十三章，第三

的情節描述。有關新聞敘事的討論，尚可參見蔡琰＼臧國仁，1998。

節），含括之公式內容因而產生變化，改以死傷情況、致死原因、救援方式、主管機關應負之責任等要素為核心議題。民國八十四年在臺中市發生之「衛爾康西餐廳」火災即曾因死亡人數多達六十四人而一躍成為重大「公共安全」新聞，報導內容不復與火災新聞相似，重點反而在於該餐廳如何違規經營、如何獲得經營執照、或者如何維護公共場所消防設備為主要報導內容。但如果死傷中有社會名人，新聞公式可能又改以「名人」為重點報導，如民國八十五年七月間由影視明星投資開設的攝影禮服店失火，新聞重點除報導死傷者外，亦以影視明星涉入情形為主要內容之一。

第三，社會事件變化固然易於導致新聞類型改變，情境（如時、地、媒體組織）差異亦會影響新聞公式的標準情節結構。舉例來說，選舉結束後，第二天見報的選舉新聞報導核心公式內容通常均屬何人當選市長、如何當選、票數總數為何、與對手相差幾何等。但就不同媒體而言，其報導公式情節可能不同：如一周後始出版的新聞雜誌或在國外發行的媒體之報導內容雖然仍屬選舉新聞類型，但包含之情節內容就可能變換，不再以誰當選、如何當選、當選票數等為基本公式，反以新市長對國內政情影響為報導核心內涵。此種公式變化皆肇因於情境不同，使得新聞類型的公式組合結構亦產生異動。

第四，社會事件的生命週期，影響新聞議題情節公式的選擇。新產品（如威而鋼新藥）甫上市時，新聞議題的報導重點常在於描繪此一產品的新奇性、功效、適用對象、主要內容等預期性公式情節。一旦產品進入高峰期，則報導內容可能轉向討論新產品的施用情況、或施用時的一些人情趣味故事等。換言之，同一新聞類型亦可能因社會事件之不同生命週期，以

致在相同公式中取用了不同情節比重。

第五，凡屬相同類型之新聞報導，其標準情節公式亦可能相似。如「威而鋼」新藥與卡通片「花木蘭」兩者雖屬不同新聞路線（一為醫藥一為影劇）， 但因兩者均屬新品上市，其公式情節可能相仿，因而俱可歸類為「新產品」新聞類型。

由以上討論觀之，新聞事件或議題似可歸納出一些框架結構，且可以「類型—公式」概念貫穿。一方面，新聞事件或議題之固定結構乃依隨客觀世界中的事件或議題而來，彼此具有類似組成結構，但另一方面由於新聞常規之設置，使得新聞事件或議題之報導必須符合新聞價值，因而其組成結構又未必與原始事件相符，此就是前節不斷重複申述「新聞係主、客觀辯證過程中所產生的社會真實」的主因了。新聞事件或議題（如火災或會議報導）的確具有社會事件（客觀真實）的某些特質，但在新聞報導中之原有事件結構必然又會受到新聞工作者之選擇與重組安排，使得新聞議題之框架不必然反映原始事件之結構，其理甚明。❽

其次，新聞工作者在報導新聞時，雖如第三章所述須倚賴組織常規與個人框架決定事件之新聞價值，但因社會事件與議題之結構乃先於新聞媒體存在，❾難以忽略或漠視，因此新聞報導者經常又須「尊重」議

---

❽ Berkenkotter & Huckin (1995:2)討論類型概念時，曾引述Bakhtin的說法，認為「類型……乃統一性與分層性(stratifying)兩者產生摩擦之處」， 意味類型一方面代表了相同公式的聚合體，但另一方面又常因公式發生變動而衍生新的類型；此種觀點與此處論述相近。Fairclough (1995:86)亦稱，此種基模分析（指類型概念）顯示了新聞產品的例行與公式特性，也提醒我們芸芸世界的複雜事務的確可以濃縮為一些結構嚴謹的新聞。

❾ 有關「事件結構先於報導」的觀點，源自Pietila (1992:40-41)的說法，即「事件先於敘事(events are thought to precede the narrative)」。作者引述Rimmon-Kenan的討論，認為即使如此，事件在被報導選定時，其實已經被

題類型的組合形式，在報導時轉換此原初事實的結構特徵為新聞內容。舉例來說，亞運比賽成績揭曉，此類競賽「結果」類型之新聞報導似有其固定型態，首重比賽得名、比數、過程、場景等要素。除非某些公式情節導致比賽無法完成（如選手抗爭或發生天災），因而產生新的事件類型（如抗爭新聞類型或颱風新聞類型），否則新聞工作者仍須以原有類型及其結構特徵所包含的公式情節報導，並就不同細節加以選取重組，決定新聞重點所在。同理，臺北市長選舉揭曉第二天的新聞報導內容，必須首先涵蓋何人當選，而非討論選舉場所人潮洶湧或民主攤販充斥競選總部廣場此等次要事件。

　　由消息來源之框架策略觀之，議題框架的類型公式概念亦有值得考量之價值。簡言之，消息來源對此等新聞類型瞭解愈多，愈可能掌握資訊津貼的適宜性（參見《圖5-4》的「消息來源資訊津貼」部份）。過去有關社會運動或恐怖團體與新聞媒體互動的研究均曾發現「戲劇性事件」能增加媒體報導量，主因即在於社運或恐怖新聞類型常與社會主流價值過於奇異而難以受到媒體青睞。但是戲劇活動可添加此類新聞的軟性情節，改變類型的公式內容，因而易為媒體接受（參閱前章有關消息來源策略之討論）。

　　總之，在社會事件轉換為新聞真實的建構過程中，議題框架的結構形式值得續予觀察與探究。此類研究文獻尚少（例外者如 Cornfield, 1988），但未來值得進一步以「類型─公式」概念為例，分析新聞類型與議題發展的關連性，以及新聞媒體與消息來源對議題框架的影響力。

　　「套用」在某種敘事形式中，可視為是一種「再建構」的過程 (reconstruction)。故事(story)其實是一種言說形式，與我們觀察所得的事件或行動形式相互輝映。但是新聞「故事」卻是新聞記者所組織而成，使得事件的意義也須透過記者才能顯現。換言之，新聞故事有其原有形式，但要經過新聞記者的套用方能顯出意義。

Goffman (1974:56-57) 稱議題變化就是框架變化，如何借用此一概念討論新聞真實之建構，未來仍有探析潛力。

第四節 本章小結

　　延續前兩章分別針對新聞媒體與消息來源在真實建構中的角色，本章已就媒介真實建構中的第三要素「情境與議題」詳加介紹，試圖回答下列三個主要研究問題：

　　—— 何謂新聞情境？新聞情境具備何種特色？
　　—— 議題與真實建構有何關連？以及
　　—— 情境與議題之框架如何影響真實建構？

　　在第一節中，本書先以Habermas之「公共領域」概念為例，說明新聞真實產生的背景乃奠基於「自由發表意見、平等近用媒體、理性批判對話」的公共空間原則。而在現代社會中，新聞媒體可謂是最重要之公共論壇代表，肩負著提供論述公眾事務的語言活動場所，藉以形成擁有共同文化知識背景的「社區」。　⓲雖然Habermas自承其概念過於理想，但衡諸新聞媒體與民主社會的關係，新聞情境之「自由、理性、公開」等論壇角色足可做為建構真實的公共場域，對促成社會共識、建立多元

⓲　Hallin & Mancini (1992:131) 曾謂，在此公共情境中所著重者，乃「一般性的對話」，而非「價值觀的共享」，因為後者實際上難以達成。作者們認為，公共領域是「公民言說的區域」，是種情境的建立（而非世界觀的建立），讓一般人在此區域中可以感覺到事件背後的「人性(humanity)」。作者並強調，對於情境的掌握，新聞媒體實無法與消息來源的力量相抗衡，因此新聞媒體、消息來源、以及議題三者均是真實建構的主要來源。

意見貢獻良多。

　　然而，Habermas之公共領域概念雖然具體追述了早期中產階級追求公共對話的努力，但其相關討論似又將公共意見之呈現與表達視為是靜態活動，缺少對社會議題成敗興衰與相互競爭的探索。本書因而在第二節分由新聞議題與社會議題著手，討論影響其萌芽與成長的機制。簡言之，本書認為新聞議題可續分為事件、話題、議題、與趨勢四者，分別代表了新聞報導由小到大、由弱漸強、或由點至面的歷程。而在社會議題部份，本書亦分別由社會問題與議題管理兩個面向著手，詳述社會事件如何從無到有、或從一般社會現象進而成為公共領域中眾所重視的主要話題。一般而言，如果社會問題研究者關心之要點在於如何將社會情事擴大成為社會議題，則議題管理研究者所討論者正是如何避免讓社會情事擴大成為社會議題，以致影響組織生存或政策執行；兩者一正一反，恰可代表研究社會議題成長與競爭的攻守兩方。

　　隨後在第二節之第二部份中，本書續介紹議題之生命週期，並續由新聞議題與社會議題兩面向分析議題的成長與變化過程。本書認為，就議題發展的週期觀之，新聞議題的出現受到社會問題造勢者之影響甚鉅，常由專業雜誌首先披露相關問題，而後才由主流媒體接手，成為重大新聞話題。而在社會議題的生命週期部份，本研究發現議題之起伏常與其他社會組織有所牽連，而在每一階段中組織溝通人員與新聞媒體工作者的溝通模式不盡相同，兩者均有意影響議題之內涵，但又常有「事倍功半」之效，主因即在於社會事件或議題本身有其固定形式，或非任何一方所能完全掌握。

　　在第三節中，本書繼續討論何謂議題之形式，以及此一形式與新聞情境之關連。本書借用戲劇與文學領域中類似框架之「類型─公式」概念，解釋新聞議題有其特殊結構特徵與情節公式，因而無論消息來源或新聞工作者均需瞭解（並尊重）此些特徵與公式的組合方式，始能借力

使力，完成在情境中框架議題的工作目標。

　　綜合言之，本章所欲討論者，乃在說明情境／議題與前章介紹之新聞媒體、消息來源同樣屬於新聞真實建構過程中的要素，但過去相關研究較少，尚難歸納出有意義之理論命題。由真實建構角度觀之，新聞媒體與消息來源應屬建構主角，而情境與議題則分別另屬背景與建構對象，三者重要性相仿，對真實如何轉換為新聞亦同樣具有關鍵性影響。

　　舉例言之，新聞情境原是真實建構的主要場域，新聞媒體在此開放空間中依常規選擇重要議題並將其轉換為新聞。另一方面消息來源屬造勢者，不斷供輸（可如前章稱為「資訊津貼」）媒體可能感到興趣之議題。兩者一為供給面，一為使用面，俱都仰賴真實社會中具有開放性質的公共領域提供公開論述空間，始能完成公平競爭、自由接近的真實建構。

　　本章之重點，則在強調除上述新聞媒體與消息來源外，議題本身亦有其特殊結構。在許多社會事件中，新聞媒體與消息來源須在議題原有之結構創造語言新意或文本框架，始能達到符合新聞價值的報導情節。由本章討論可知，新聞議題其實並非全屬新聞媒體之建構，亦非完全由消息來源造勢所得，部份乃源自社會原初事實或事件之基本結構，雖然此一結構常隨新聞情境不同而稍有改變（如前述時間不同或媒體組織不同）。如果新聞工作者無法掌握社會原初核心事實的意義，就難以達成再現或轉換真實的報導任務，寫作內容無法滿足同一文化之讀者對故事原型的瞭解與需求。同理，若消息來源缺乏對提供原初事件原型的認知，則亦易失去新聞媒體之青睞。過去在認知心理學與人類學均曾針對社會真實中的故事規則有所討論，但在新聞研究中此類分析尚少，未來仍可繼續探索。

　　下章介紹有關新聞真實的共同建構論述，並將回顧新聞媒體與消息來源的互動文獻。

第六章　結論：媒介真實的意義共同建構

——兼論新聞媒體與消息來源的互動生態

——真實並非僅是建構而來，而是協商的結果(negotiated; Benford, 1986:52, ft. 4; cited in Benford, 1993:678)。

——……　媒體與政策乃同一生態中的兩個部份，文化素材在此累積散布，以難以察覺的方式建構了一個媒體／政策網(web)。……　新聞媒體與消息來源在同一遊戲生態(ecology of games)中各自維持某種程度的自主性，相互預期對方的行動，因而共同建構(mutually constitute)了新聞(Molotch et al., 1987:28 & 45)。

——新聞是記者與消息來源互動的產品(production of transactions)。【然而】這些新聞首要來源並非原就出現或發生於真實世界中，新聞真實係蘊藏在記者與消息來源的社會與文化關係本質與型態中，也在每個新聞路線中的政治知識中(Ericson, et al., 1989b:377)。

——我對製作新聞的觀點是，電視新聞可視為是一種文化辯論(cultural argumentation)形式；如同一場介於不同權勢團體間，為了爭奪真實定義所進行的無止境戰爭(Turow, 1990:206)。

　　前述章節已就新聞媒體、消息來源、以及新聞情境與議題三者分別
討論了框架在新聞建構過程中的功能，本章將續以此為基礎闡述新聞媒
體與消息來源的互動關係。過去文獻在此一領域（新聞媒體與消息來源
之互動）業已累積相當成果，本章將進一步以「共同建構(co-construc-
tion)」概念重新整理三者的互動內涵（參見《圖6-1》）。

　　第一節回顧本書各章節，第二節討論新聞媒介與消息來源的互動，
並介紹「共同建構」概念，作為本書的結束與未來研究的起點。

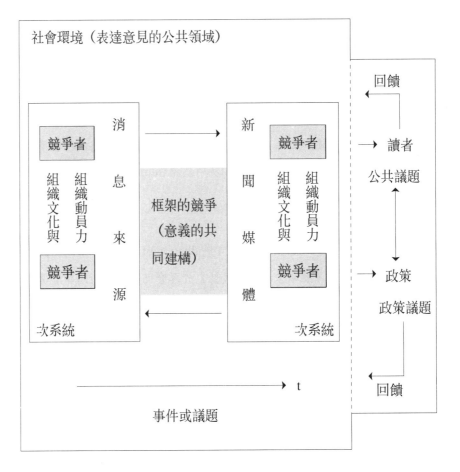

圖6-1：新聞產製過程中的框架競爭與意義共同建構

第一節　本書節錄與綜述

一、節錄與回顧

在前五章中，本書已由框架角度討論了新聞真實建構生態中的重要元素，包括新聞媒體、消息來源、以及情境與事件、議題三者。綜合觀之，本書之核心主旨仍在延續過去研究有關「新聞為何?」之討論。傳統新聞學典範大都以新聞室內之工作流程(如守門人概念)為論述要點，自此發展出了新聞客觀、平衡、公正等報導原則，以及與此流程相關之專業實務守則(如新聞價值、新聞自由、自主權等)，但尚少探索新聞與其他社會行動(social actions)或抽象意涵之相關理論意義，因而無法超越如Hall (1982)、Gitlin (1980)、Tuchman (1978)等人所提出之「新聞媒體係社會意識型態主要供輸系統」觀點 (Friedland & Zhong, 1996:15; 另可參見Altschull, 1988; Herman & Chomsky, 1988)，近來甚至在大學校園中產生了所謂的新聞傳播教育「正當性危機」。❶

本書則藉由追溯新聞框架概念之本質，次第論及了與新聞產製相關的三個重要基本元素。本書採取建構論的觀點，認為

㈠新聞乃社會真實(reality)之建構，而非社會真實之客觀反映。由於

---

❶ 原文係討論傳播教育，此處延伸討論新聞教育。所謂新聞傳播教育的正當性危機，依照論者所稱，係指「在大學校園裡，【新聞】傳播教育應該如何推行? ……【新聞】傳播學應該如何提高學術地位，以加強它在大學校園內的正當性」，以期避免發生最近幾年在美國大學中所展開之精簡、裁撤、或合併新聞系所的命運。見《新聞學研究》第五十三期專題討論，以上引句出自該期頁5 (署名「編輯部」)，添加語句出自本書作者。

新聞建構過程須透過各種框架（包括新聞媒體、消息來源、以及事件╲議題之框架）轉換真實，其報導內容因而未必等同於原始（初）社會真實，也與「事實(facts)真相」有異(Epstein, 1973)。

㈡此一動態建構過程極為複雜與多樣 (polysemic; 見Lull, 1995:139–144; Fiske, 1987)，❷並非新聞媒體所能獨立完成 (Reese, 1991; Sigal, 1973)，而係由

㈢新聞媒體與不同消息來源不斷折衝協商 (negotiate) 的結果 (Benford, 1993; Gandy, 1982; Tuchman, 1978)，❸

㈣雙方（媒體與消息來源）各自動員符號、傳播、以及其他資源進行框架競爭 (McLeod, et al., 1994; Blumler & Gurevitch, 1981)，企圖影響對方接受己方觀點，❹藉以

---

❷ 有關新聞建構「極為複雜」的觀點，除第三章之討論外，尚可引van Leeuwen (1987)所言：「新聞的社會目標（一部份公開一部份隱晦）十分複雜且相互矛盾，【新聞】產製的描述內容看起來公正客觀，但卻又同時具有娛樂、社會控制、與正當性(legitimacy)【功能】」（引自Fairclough, 1995:86; 添加語句出自本書作者，括號內出自原引句）。Fairclough (1995:91)亦稱，新聞記事的社會目標十分複雜，記者不只重述事件，他們也詮釋、解說事件，以便閱聽人可以看見各種事物 (see things) 並有所回應，或從新聞報導中獲取娛樂感。此外，Bell (1991)的研究顯示，「即使在一個句子中，新聞記者的論述也極為複雜」（引自Garrett & Bell, 1998:9）。

❸ McManus (1994:34–35)認為，所謂協商，應該包含查證與評估可信度兩者，以便雙方達成某種決定。此處強調媒體在建構新聞時，常面對「不同」消息來源，而非單一對象，見下頁㈦有關同行競爭之討論。此外，Benford (1993)亦認為真實並非完全係建構而來，也是協商之結果：「社運人員經常陷入框架之議(a frame dispute)，相互爭辯真實為何。……在社運【組織】內這些框架之爭就在討論對真實的詮釋問題……以便創立『一個可被接受的真實觀點』，在此基礎之上，社運的意識型態、招募、參與、以及行動始可發展」（p. 679; 添加語句出自本書作者）。

㈤主控(導)社會主流知識的文化意涵與定義(Wolfsfeld, 1991; Hall, 1979)。而在此互動過程中，

㈥雙方各自受到內在文化的影響，一方面新聞媒體有其組織常規 (van den Berg, 1992:361)，❺新聞工作者個人常受此常規潛移默化選擇「適當」消息來源而難以自覺，另一方面消息來源根據其組織文化中的價值觀，決定以何種策略或方式與新聞媒體交往，進行議題建構。同時，

㈦新聞媒體與消息來源各自面對與自身立場相異的同行競爭者，彼此相互爭取對方之認同，以期成為爭議性事件中的唯一解釋者 (Doppelt, 1994; Miller, 1992; Viera, 1991:82; 參見《圖6-1》顯示之內部「競爭者」)。❻最後，本書強調，

---

❹　依van Zoonen (1992:43)之解釋，「競爭」亦係建構論者的觀點，指對意義的爭奪，即媒體所提供之新聞報導代表了在組織、文本、以及閱聽者等層級的不斷協商過程。這種不斷競爭的結果，使得媒體報導內容具有多樣性，有時甚至是相互矛盾的觀點。至於競爭內涵，在新聞工作者方面常為議題之呈現（包括字、句、語、詞、圖像或敘事之選擇權，見Fair, 1996；圖像與框架之關連可見Dahl & Bennett, 1996），而在消息來源方面則為主題（如Luostarinen, 1992）、時效性（如Baerns, 1987）、情境(contextualization; Hall, et al., 1981)、故事背景(backgrounding; Dahl & Bennett, 1996)。換言之，兩方所強調之框架可能不一，但各有所取。

❺　Altheide & Snow (1991, 1979) 稱此為「媒體的【行事】邏輯 (media logic)」。作者們認為，媒體邏輯是決定新聞內容的先決條件，指媒體工作者事前如何界定事件內容，以及如何相信這些內容會引起讀者之好奇與滿足感。另外，Altheide (1985) 另稱此為媒體形式(media formats)，與上述邏輯意涵相近，亦與本書所稱之組織框架類似。

❻　臧國仁(1995a)稱此為「次系統間的競爭」（頁273-275）。舉例來說，在消息來源方面，官方組織與利益團體等消息來源在面對相同議題時，立場經常相左（如環保聯盟與台電公司、高雄後勁居民與中油公司等），但雙方都極力

㈧新聞事件或議題亦有其框架形式特徵，並非新聞媒體或消息來源所能完全主控(Gitlin, 1980; Gans, 1979)，原因或在於

㈨新聞情境乃一公共領域，不同事件或議題均可自由競爭(Iyengar, 1996; Brown & Walsh–Childers, 1994)，因而共同締造了同一時空下的社會知識，建構了閱聽大眾彼此相互瞭解的「家庭感」(Hertog & McLeod, 1995:40)。❼

第一章以總統為例，試圖說明消息來源影響新聞媒體之報導方向甚鉅。雖然過去相關研究尚屬零散，但大致上可觀察出一國元首與新聞媒體間之權力並非均等，兩者相互操控議題的能力亦有殊異。雖然新聞媒體掌握了呈現社會真實的主要通道，但總統經常藉其具有之特殊新聞性(newsworthiness)主動選擇事件或議題，因而可輕易取得媒體之關注。此處討論顯示了新聞媒體與總統（消息來源）兩者間的交往關係遠較早期文獻所示來得複雜，因而亟需發展相關理論與概念加以詮釋與說明（有關總統之媒體運用策略，另可參見本書第四章第一節）。

爭取媒體的報導空間。此外，利益團體與利益團體間（如支持墮胎與反墮胎、支持廢公娼與反對廢公娼者），或官方與官方間（如農委會與經濟部針對大蒜進口、勞委會與經濟部對外勞人力資源議題）之口徑與立場，亦有可能相異，但也都希望在媒體上獲得對己較為有利之報導。

❼ 作者們在此篇極有創意的研究文獻中指出，另類媒體(alternative media)所框架的事件，不如由其新聞文本所透露的共同經驗(a common set of experiences)來得重要，因為這些經驗可協助跨越時空距離建立社區意識。作者們說，「事件提供了社區居民一個機會，與那些泛泛之交的朋友……建立情感關係(emotional ties)。因此，極端另類的媒體提供作者與受眾互動機會，兩者不再彼此隔離，卻交談『如同兄弟姊妹』。他們如同兄弟姊妹般地爭論(fight)，相互以小名相稱，或相互謾罵，就像是一般家庭中的打鬥叫囂，但仍保持緊密關係（stay intact; 雙引號引自原文）」(p. 40)。

次章以此出發，引述其他研究者過去發展之（媒介）框架理論，認為事實須透過符號轉換始能再現意義。此中論述以Goffman之著作最為具體，均係以現象主義研究者所稱之「多種現實理論」為基礎，強調任何真實之轉換均涉及了（傳播者）主觀意識針對客觀事物所進行的詮釋或再造活動，並以語言或其他符號系統解讀資訊，而大眾媒介正是符號系統中最重要的轉譯工具或管道。

第二章隨即討論框架概念的內在形式結構，包括較為抽象之高層次結構、由事件本身代表之中層次結構、以及與語言符號直接相關之低層次結構；至於框架之機制則包含「選擇（排除）」與「重組（強調）」。本章顯示，真實內涵具有多種層次結構，彼此內容相近，層層呼應，且具有一致性內涵。 ❽

此一說法在第三至第五章中均已次第加以說明。如在第三章中，本書以新聞媒體為例，解釋新聞（媒介）框架的三個層次，包括高層次的組織框架、中層次的個人框架、以及與言說符號相關的文本框架。本書認為，新聞（媒介）框架代表了新聞媒體透過選擇與重組機制報導社會真實的過程，新聞產製因而可謂是一項不斷受到特殊條件制約的社會行動，無論在人物選擇、主題界定、事件發生原因之推論、或情節鋪陳等方面，都受到這些框架影響，使得新聞報導內容難以達成如過去文獻所稱之客觀、公正、或平衡原則。而另一方面，新聞（媒介）框架似無可避免(Friedland & Zhong, 1996:1)，係新聞組織、個人、以及文本語言必然具備之社會現象；社會真相必須經過這些框架的層層過濾始能呈現給閱聽大眾，無論是以公開或暗示的方式皆然。

---

❽ 此處有關框架層次之討論，當然亦是本書作者之個人建構，未必代表真實世界中的組織實情。可參見 Shoemaker & Reese, 1991; Shoemaker & Mayfield, 1987; Hertog & McLeod, 1995; Fairclough, 1995; Bell, 1991 等人所提出之另類新聞層次結構。

　　第四章延續此一觀點，由消息來源面向討論真實之建構如何受到框架影響。該章首先介紹相關文獻，藉以顯示此一領域（消息來源）過去業已累積相當研究成果，足以說明「新聞並非新聞媒體單獨建構」之命題（雖然新聞媒體的確在呈現議題方面具有獨斷能力與機會）。簡言之，相關討論強調新聞內容並非僅僅源自新聞媒體之採訪報導工作，而可溯自提供資訊之消息來源（如第一章討論之總統或元首）。此乃因消息來源所提供之社會真相（尤其是記者路線中之領導品牌或主要機構與個人），常就是新聞媒體所認定的社會真相，因而易為新聞組織或工作者直接與輕易地轉換為新聞報導的主要內容。❾

　　隨後，第四章改由組織文化角度，討論消息來源之資訊供應如何受到內部價值觀（框架）影響。此處文獻顯示，在不同領域中（如文化人類學、組織學、公共關係學）過去俱曾發展類似框架概念的理論命題，認為組織價值觀（或組織內的世界觀等抽象意念）常具體指導組織溝通人員所建構之社會真實內容。如在高層次方面，消息來源組織之領導人的觀察世界方式（即「世界觀」），影響了該組織之選擇與呈現訊息的方

---

❾　如Bennett & Manheim (1993)即認為，美國新聞媒體在沙漠戰爭中初期大都抱持支持政府態度，一直到後期才因國會有反對聲音而在報導中開始轉向。作者們因此強調，媒介報導中的反對聲音不一定出自媒體工作者之自覺，須有外力影響始會改變。Dorman & Livingston (1994) 有關沙漠戰爭的研究，同樣發現美國媒體無力跳脫政府機關的政策宣示，因而只能做「被動的記錄者，無法成為主動的調查者(examiners)」(p. 26)。Fiske (1987)之名著中，亦曾討論電視新聞如何將負面語詞加諸於弱勢組織。

另一方面，Wolfsfeld (1991)則發現，組織規模愈小，所採取之行動須愈負面、戲劇性效果愈大、或對社會文化主流價值衝擊性愈大，始能較易獲得媒體青睞，甚至博得媒體正式訪問之機會。當然這些行動「耗資」甚大，如因行動過於負面即易遭執法單位逮捕，而負面報導也常使行動目標模糊受損，導致某些潛在加入者卻步。作者因此認為，「從『後門』進入媒體是一項危險提議，但卻常是唯一開放的一扇門」。

式。在中層次，組織溝通人員根據組織價值觀產生對外溝通之策略與行為，然後形成對新聞媒體的態度與對新聞議題的重視程度。在低層次，消息來源組織經常在不同社會行動中發展各種與媒體互動的言說活動，一方面與其他友好組織進行框架結盟，另一方面則與敵對組織之框架形成競爭或對抗。

　　第五章接續討論影響新聞真實建構的另一框架面向，即新聞情境與議題。此處首先借用德國學者Habermas之著名公共領域概念，將新聞媒體界定為一可供大眾「自由發表意見、理性批判對話、且平等接近使用」的理想公共論壇模式，不同社會組織彼此相互競爭，創建不同社會議題以吸引新聞媒體之青睞與報導。新聞媒體則根據其組織常規選擇並重組相關事件與議題，力圖展現社區民意，以追求社會民主之理性對話及社區生活之改進。

　　第五章第二節續以議題為例，討論其特殊形式（框架）如何影響真實之建構。該章指出，新聞情境原本就屬自由討論空間，且新聞事件或議題具有生命週期與形式特徵，因而難以由新聞媒體或消息來源任何一方長期操控或掌握。❿此處借用文學與語言領域中所使用的「類型與公式」概念，討論框架如何影響議題之形成：類型可謂就是議題框架的上層面向，中層包含新聞主角、場景、行動、手段、目標等結構特徵，下層則為新聞報導的內容情節公式。此章強調，透過不同媒體對同一事件或議題的報導，媒體之公共論壇角色得以形成，而不同類型之報導方式亦促成各種意識型態均有機會得以進入此一論壇，端視其框架是否能與

---

❿　新聞媒體與消息來源難以操控或掌握之意，在於雙方影響力大小不定，難以確定彼此控制議題的力量，而非如過去文獻所稱，或是由新聞媒體或是由消息來源主導媒介框架的實施。按 Weaver (1990) 所稱，新聞媒體與消息來源的力量，乃依個案而定(case specific)：「在某些狀況下，媒體稍佔上風；但在其他狀況下，又由消息來源（原文指政客）操縱議題」。

新聞組織常規「共鳴」而定(Shoemaker & Reese, 1991:224)。

　　總之，由上述五章觀之，新聞真實之建構過程由於受到新聞組織內外多種框架元素之影響，報導內容難以等同於原始社會真實。與傳統新聞研究相較，此種觀點之內涵顯然較為多元且較具理論深度，並能與其他社會科學領域去產生連結，因而得以形成新的研究典範。國內社會學者方孝謙之近作曾試以「再現」概念討論實在（即真實或 reality）與意義之架構，分由哲學、史學、民族方誌以及新聞學文獻探索各家對再現現象的論述，並將「再現」定義為「符號語句等象徵的集合體，它透過內外指涉與經驗事件對應，並以象徵本身的相似與接近性質創造另類的實在」。方孝謙同時分析了 Tuchman 的名著《製造新聞：建構實在研究 (*Making News: A Study in the Construction of Reality*)》，認為此書是 Tuchman 這位社會學家針對新聞工作的時空分布與專業精神所進行的民族誌研究，「與……再現理論應可接軌」（方孝謙，1998:21）。

　　如果方氏的「接軌」觀點可以作為新聞學研究與其他學術領域連結的例證，則本書所討論之新聞真實建構亦足以顯示新聞概念之理論意涵未來實（仍）有繼續深究分析的空間。❶ 如 Fairclough (1995:17) 即曾指明，由論述或言說的角度分析媒介內容的重要性，在於可藉此連結其他社會分析，包括對知識、意識型態、社會關係、權力、以及身份認同 (identity) 的探索：「有關媒介的社會影響力並非只限於其以何種選擇再現世界，也與媒介如何表達其身份，以何種『自我(self)』投射，以及留下哪些文化價值有關」。Carragee (1991) 亦曾強調，將新聞媒體視為是符號產製或真實建構的機構，遠較傳統將新聞視為傳輸過程來得周延，足可代表了一種較新研究模式的誕生。

---

❶　參閱《新聞學研究》第五十八集有關「再現與媒體」之專題。

二、綜述與討論

　　由內容結構觀之，本書之討論係源自對傳統新聞學論點之反思，反對將新聞內涵簡化為客觀真實的文字展現，或將新聞記者所撰所述視為對社會真實的完整反映。如本書第三章所示，新聞報導的過程極為複雜多元，單是在新聞媒體組織中就涉及了組織內部框架、報導者（包括記者與編輯）之個人框架、以及文字本身所具有的語言建制框架。更何況在新聞媒體加以報導之前，尚有來自各種消息來源組織以其特有框架立場對原始社會資訊加以篩選與重組，以及事件與議題的流動週期與特徵形式。這些源自不同社會組織所發動的積極行動（指新聞事件與議題），實已將新聞產製過程提昇為多面向、多因素的社會資訊概念。

　　如果以上推論屬實，新聞領域之未來研究理應發展一些較傳統領域更富理論意涵之討論。如在新聞語文部份，過去教科書或相關文獻多僅討論新聞文字之技巧與使用原則，廣泛忽略了新聞文字的表徵意義與情境因素，也遺忘了新聞本應是「【社會】語言的主要記錄(register)所在」（Bell, 1998:65; 另可參見Hertog & McLeod, 1995）。舉例言之，過去教科書多指出新聞文字特徵之一就在於必須「重點在前」， 採「倒寶塔寫作形式」。但正如第五章所示，倒寶塔形式就並非新聞體的主要或唯一特徵；事實上，除倒寶塔形式外，新聞體尚具多種要件。

　　如楊素芬之碩士論文(1996)即曾提出「觀點（如新聞記者撰寫新聞時常以全知觀點出現）」❷、「情節（新聞文體的敘述方式常以反高潮形式出現）」、「角色（新聞內容多以『平角色』描述各種典型或刻板人物，

---

❷　有關「全知觀點 (omniscient)」，可參見 Hertog & McLeod, 1995:5 以及 pp.28-30所稱，閱聽眾常被新聞記者定位在一種「如神般地(godlike)」地位，得以瞭解事件的來龍去脈。另可見蔡琰＼臧國仁，1998:10 之解釋（見本書第三章❸）。

如警方多是公正處理者而傷者多是受害者或弱者)」、「修辭(新聞修辭限制較多,多以客觀中立或簡明易懂文句呈現報導內容)」、「時空(新聞時空多屬現在、真實,與小說之營造方式不同)」、「題材(新聞題材乃『非虛構形式』, 文字間鋪陳多以擬真方式撰寫)」、 以及「寫作壓力(新聞寫作限制較多,包括截稿、版面篇幅、或時間有限,使得新聞體用字用句均較為平淡沒有變化)」 等七項。更新的研究論述觀點更試圖從新聞文字之「序列或一致性(sequence/coherence)」(Chatman, 1978)❸、「故事氣氛或品質」(蔡琰﹨臧國仁, 1998:16)❹、「記者發言位置(footing)」(翁秀琪等, 1998)❺、「擬真或自然化 (naturalization)」(Culler, 1975; 葉斯逸, 1998)❻、轉換 (Trew, 1979; Kress & van Leeuwen, 1998)❼、時序 (Bell, 1998, 1991; 臧國仁﹨鍾蔚文, 1997a)、

❸ Chatman (1978)曾對語文之「一致性」有深入探討,意指文本中各部份所表現的完整性。如在一段新聞文字中,一個句子如何與另個句子接合以建立完整意義,兩者之間的關係為何,以及尚有哪些其他接合方式等問題。有關新聞文句之序列可參見 Fairclough, 1995:第六章 (尤其p. 105),指文字或訪問問題中的句子彼此相互連結的程度。

❹ 氣氛(mood)指新聞記者所使用之語氣,如「就罷了,甚至⋯⋯」以及「令人費解」等說法;「品質」包含氣氛與寫作特點 (如改寫) 兩者,此一概念亦係引自Chatman, 1978。

❺ 指寫作者的「發言位置」, 如新聞工作者常因客觀原則而在寫作中「保持中立⋯⋯傳話者」的位置,以「一般大眾認為」或「民意調查發現」方式質問受訪者,而不稱「我 (記者) 認為」或「我發現」。林芳玫之近作(1998)則以「主體位置(position)」討論語言觀眾對A片之解讀,但未論及新聞中的位置。

❻ 「擬真」一詞,指新聞寫作必須將事件寫得「像真的一樣」或「看起來很自然」,才能取信於閱聽大眾。如在電視新聞現場報導中,常以「記者所在的位置⋯⋯」起頭即為一例。

❼ 如將記者所使用之新聞語言「轉換」成另一套真實再現的描述,供閱聽眾瞭解,或討論語言文字中的視覺圖像,或報紙版面配置(layout)所衍生的圖像意

或「人際關係(interpersonal relations)」(Halliday & Hasan, 1989; Fair-
clough, 1995; 臧國仁＼楊怡珊，1998) 等言說論述角度剖析新聞語文之
內在特徵，以及對傳達真實的影響。鍾蔚文等甚至指稱，新聞文字所傳
達者不但代表了記者或新聞媒體對事件的再現內容，更隱含了寫作者在
各種結構限制（如客觀報導原則下的中立字詞使用）、 內容限制（如新
聞前後必須具有前後呼應特質）、 目標限制（如新聞寫作者必須「心中
有讀者」） 下所做的文本建構過程，因而可以反映在文字或其他符號的
呈現系統中，新聞工作者如何搭配「社會智能」與「論域知識(discourse
knowledge)」(Chung et al., 1998)。❶❽

　　總之，傳統新聞學理論過去常堅持新聞之功能在於反映外在客觀世
界的事實內容，因此忽略了新聞語言所具有的主動與積極指涉角色（參
閱翁秀琪等，1998:64-69之討論）。鍾蔚文（1997:表19-2）曾謂，「新聞
界使用『報導事實』一詞時，似乎意味著事實正像一棵樹，一朵花，獨
立存在於真實世界。可是正如維根斯坦所說，你可以指著一棵樹，但是
你卻無法指著事實」。 本書則以「框架」概念試圖討論新聞真實建構的
過程不但是新聞媒體（含工作者）的語言選用結果，也是消息來源進行
框架連結的展現。當消息來源（如總統）決定選用某些語彙修詞（如「新
臺灣人」）達成其界定社會真實的目的時，新聞媒體幾乎難以「招架」，
無可避免地必須延續、擴張、闡述此一框架，因而建構了由消息來源主

　　義（如置於版面左邊的文章常為已知訊息或the givens）。

❶❽　所謂「論域知識（本書前均譯為言說或論述，此地從原作者之譯名）」，指使
　　用語文符號轉換事件的知識，包括⑴選擇和組織素材的知識（如知道何事屬
　　於新聞或具有新聞價值）；⑵語文智能，表現在對字義、聲音、或圖文運用
　　的能力；⑶分散智能，即使用科技的能力（如操作電腦撰寫新聞）。 至於各
　　種「限制(constraint)」，原本就是框架的原始意涵之一，可參見Ehrlich (1996)
　　對新聞報導（尤其是調查式報導以及電視雜誌型態新聞tabloid programs）如
　　何處理說故事與傳統新聞形式兩種限制所進行的研究。

導而由新聞媒體呈現的符號真實行動（參見 McLaughlin & Miller, 1996 之例）。**⑲** 此地之重點乃在框架之「選擇（包含排除）」與「重組（排序）」機制，顯示任何新聞語言（或消息來源之語言）的呈現必然有其背後深層意義；討論語言的選擇與組合，應可協助研究者探求使用者所追求的多重目標，即使這些目標常屬「默識」， 而當事人（使用者）未必明白或瞭解其使用某些目標的真正原因。**⑳**

由此觀之，新聞語言以及其所代表的新聞真實複雜程度其實遠非傳統客觀典範所能涵括。研究者未來或可延續有關新聞真實建構之討論，探析新聞傳遞過程中所涉及之其他框架內涵，藉此瞭解更多可能影響新聞真實再現的元素。

下節討論新聞媒體與消息來源之互動。首先介紹相關文獻，並以兩者對彼此之「互動認知」以及「關係模式」兩面向說明；第二部份則以「共同建構」概念試論未來研究方向。

---

⑲ 類似「新臺灣人」這種標籤式的口號，早在 Gamson & Modigliani (1989, 1987)即已稱做「短句(catchphrases)」。作者們認為，聰明的消息來源由於知道這種將訊息簡化的方式原就是新聞工作者的看家本領，因此也學會準備好「立即可用」的短句，藉此傳遞自己（消息來源）的框架。社運份子也常在遊行活動中，提出類似口號短句，如「只要性高潮，不要性騷擾」；其他例子如「不要問國家替你做了什麼，只問你替國家做了什麼」、「民之所欲，長在我心」、「中共不是中國人」等。Hacker (1996)稱此種語詞為消息來源的「踏板(running board)」手法，實施目的在於方便新聞媒體立即可用。

⑳ 有關默識(tacit knowledge)之討論，可定義為「無法公開表達或說明的知識」 (Wagner & Sternberg, 1986:51; 中文引自鍾蔚文, 1998)，係認知學者 Polayni (1971)之卓見。Polayni認為，人們無法具體說明行為，主因可能在於「我們所知(know of)比我們認為我們所知(aware of)來得多」（以上說明引自Chung, et al., 1998:11）。

第二節　新聞媒體與消息來源的互動 ㉑

　　有關新聞媒體與消息來源之互動，過去研究文獻甚多，最富盛名之討論當屬Gans (1979:116)所稱，「消息來源與新聞記者之間就像拔河一樣，消息來源不斷嘗試操縱(manage)新聞，讓最好的一面呈現出來。同時，記者也不斷地操縱消息來源，以便取得他們（記者）所須要的資訊」。Gans形容新聞工作如一段由新聞記者與消息來源「共舞(dance)」的過程，兩者雖然均可隨時帶領另方起舞，但大部份時候仍以消息來源稍佔上風。㉒Weaver & Wilhoit (1980)說得更為露骨：「新聞記者與消息來源(原文指美國國會議員）是新聞產製過程中心照不宣的夥伴，你如果搔了我的背，我也會幫你抓抓癢」。此外，Molotch, et al. (1987:27)稱此兩者具有「情人關係 (sweetheart relationship)」且「同床異夢」，但 Wolfsfeld (1997b:30) 則戲稱兩者關係乃屬「酒肉朋友 (fair–weather friends)」型態。㉓

　　對社會建構主義者而言，上述有關新聞工作者與消息來源共同建構真實之情景本為社會常態。如 Kollock & O'Brien (1996) 就曾多方引述

㉑　以下討論涉及之「消息來源」，文獻中多以「公關人員」為研究對象。此處兩者合併處理，視為相同意涵。在新聞媒體部份，則多以新聞記者為研究對象，僅有少數曾討論新聞主編與公關人員的互動。

㉒　Shoemaker & Reese (1991:151) 曾引述說，記者與消息來源乃處於一種相互操控的關係，因為人際關係本就互相操控。Sigal (1973:4)亦如此解釋：新聞是兩個資訊處理機器（指記者與消息來源）的結合(coupling)。

㉓　「同床異夢」出自Cook, 1989:30。在作者們眼中，新聞媒體與消息來源之間的互動本為常態，乃政治傳播的一環，兩者影響力互有消長，但仍以消息來源對媒體之影響較大。有關Wolfsfeld對兩者互動的關係模式，將於本節稍後介紹。

Goffman「心智即私密 (minds are private)」之名言，用以解釋人們經常從己方立場與他人來往，雙方透過某種身分認同才能共同建構互動情境，可稱為「身份協商(identity negotiation)」的過程。雙方可能均無法察覺此種協商過程，但彼此又須經由類似身分投射與認可後始能進一步發展工作互動關係。同理，Trumbo (1995a:5) 曾解釋建構主義者之觀點，乃在認為人們對世界的認知總是經歷一連串事實建構，並透過符號交換而得以接近事實。因此，事實並非經由任何不變事物所界定，而是一種透過集體性的定義(collective definition)始能獲得的意義展現，且多須倚賴參與者之相互溝通才能達成這種意義詮釋。

以下分別以「互動認知」與「互動關係模式」兩者介紹相關文獻，隨後引述其他相關理論討論新聞媒體與消息來源的互動。第二部份提出「共同建構」概念，期以此一與意義建構有關之較新研究方向闡述新聞真實建構過程中的互動內涵。

一、 文獻與相關理論

甲、 互動認知

有關新聞工作者與消息來源之互動研究，早期係以雙方之相互認知評價 (mutual assessment) 為主要探討對象。研究者多以 Chaffee 及 McLeod發展的人際共向模式(co–orientation model)為理論根據，討論新聞工作者 (含記者與編輯) 與公關人員如何知覺彼此的工作內涵、價值觀、與專業程度。Chaffee & McLeod（引自McLeod & Chaffee, 1973:470）強調，「此一【共向】途徑的假設，係認為個人行為並非單以私人之認知架構為基礎，個人所知覺到之他人導向(orientation)以及個人對他人的導向都會【對人際溝通】產生作用。另外，在某種互動情況下，他人實際的認知也會影響個人的行為」（添加語句出自本書作者）。❷⁴

　　Cameron, et al. (1997)曾追溯有關記者與公關人員（消息來源）之相互認知評價文獻，發現源自六〇年代之實務專業人員報告即已針對雙方之可信度、職業地位(occupation status)、以及專業化程度進行調查。七〇年代後，新聞與公關領域的研究者開始正式分析兩者在「職業地位」、「新聞價值」、與「彼此關係型態」三個面向上的差異。如 Aronoff (1975:51)之調查發現，新聞記者普遍對公關人員持有負面態度，質疑公關人員的可信度(source credibility)，且認為公關人員的新聞價值傾向難以與記者匹敵(heterophilous)：「大多數記者認為公關人員意圖操縱媒體，卻只有少數公關人員承認有試圖操縱的手法。大部份公關人員【反而】覺得他們向媒體提供有用的【資訊】服務，且在蒐集、撰寫、與散發新聞過程中，與新聞人員的想法大致類似」（添加語句出自本書作者）。❷⁵

　　雖然稍後兩篇文獻基本上發現記者對公關人員的「歧視(bias)」認知

---

❷⁴　中文譯文改寫自卜正珉，1990:22。其他有關人際共向模式之文獻，可參閱 Chaffee & McLeod, 1968; Chaffee, 1972; Chaffee, 1967。此一模式惜未能進一步發展，後續研究並不多見。簡言之，Chaffee & McLeod認為，任何溝通關係都應討論涉及溝通之雙方 (a pair of persons)，視其為「二元一位 (dyadic)」的次級社會系統，而溝通行為就是起自兩人間的共向活動，核心概念則是「顯著性(salience)」，即雙方心理上覺得對方相近的程度。

　　卜正珉(1990)曾將上述共向模式的內涵轉換為新聞記者與公關人員的認知接近程度：「正確」指記者對事件 x 之看法，與公關人員認為記者對 x 的看法的相近程度（或反之）；「同意」為記者與公關人員對事件 x 的看法相近的程度；「一致」係記者對事件 x 的看法，與他認為公關人員對事件x的看法的相近程度（見該文頁24）。

　　以下引述之文獻，大都以共向模式為其理論根據，或沿用以共向模式發展出的調查量表。但注意McBride (1989)曾批評共向模式有「被濫用」趨勢。

❷⁵　Cutlip, et al. (1985:430)隨後曾歸納新聞記者對公關人員持有負面看法的細節，包括認為：公關人員企圖粉飾新聞、奪取版面充作免費廣告、間接或直接賄賂記者、忽略新聞要素且缺少新聞概念等。

情況並不嚴重 (Jeffers, 1977)，❷但雙方存有「愛恨關係 (love–hate relationship)」卻在其他後續研究中一再獲得證實 (Ryan & Martinson, 1988:131)。論者發現，新聞工作者雖然每日接觸公關人員以獲取相關事件的基本資料（如本書第四章第一節所討論之公關稿件與新聞發佈），但另一方面卻又普遍認為（或認知到）「公關發布稿的宣傳成分過高」 (Kopenhaver, 1985; Kopenhaver, et al., 1984:40)、公關人員的「職（專）業地位」較低 (Jeffers, 1977:306)、對新聞價值的判斷較弱 (Kopnhaver, 1985:37)、❷彼此經常處於一種「對立 (antagonistic)」關係型態 (Ryan & Martinson, 1988)，卻遺忘了許多公關人員原是資深新聞工作之轉業者，兩者所呈現的新聞價值其實幾乎完全一致(identical)。❷

此外，兩者的工作任務也相當接近，均在告知並促使受眾相信其訊

❷ 另一篇由Brody (1984)以「公關與新聞間的嫌惡過於誇大」為名發表之論文認為，「一般而言，公關工作者與媒體工作者對雙方工作倫理與產品品質的知覺，顯然較雙方流言 (mythology) 來得較為接近」(p. 13)。類似說法，可參見 Nayman, et al., 1977; Swartz, 1983; Bishop, 1988; Ekachai, 1992; Cameron, et al., 1997。

❷ Sallot, et al. (1998:370)的較新研究顯示，新聞記者與公關人員持有相近的新聞價值，卻相互知覺不同價值。如兩者皆認為正確與讀者興趣是最重要的新聞考量，但對對方所持有之新聞價值卻知覺錯誤，均認為對方最在意「有利素材」。

❷ 在Belz, et al. (1989) 的研究中發現，新聞工作者對公關人員的角色認知多與「主張(advocacy)」、「勸服(persuasive)」、「扣壓資訊」、或「精力旺盛(aggresiveness)」有關，而較與公正、平衡、客觀無關。公關人員對自己角色的看法，卻與「正確」、「提供清楚資訊」、「坦率(forthright)」、「誠實」、以及「有資訊性」接近。兩者對新聞記者的角色認知，則十分一致。此外，Ekachai (1992)發現，公關人員自認較像「【專業】經理」，而記者則認為公關人員像宣傳者。Sachsman (1976) 則發現，記者與公關人員的角色關係傾向合作而非對立。

息正確且重要(Swartz, 1983:13)。Ryan & Martison (1988:132)因此總結說，「證據已經十分清楚，新聞記者對公關人員無甚尊敬，認為自己在各方面都較後者為優。最重要者，新聞記者無法正確預測公關人員的觀點」。

　　追根究底，研究者（多為公關教學者）認為記者對公關的敵意部份可歸罪於篤信客觀報導原則的後遺症——記者自覺係獨立報導的專業工作者，因而認知到公關人員總是「有目的」的接觸（或利用）媒體，意圖散播對己有利的資訊供媒體採集與報導之用。研究者強調，這種認知誤解甚至可溯及大學新聞教育中的「反公關」傳統專業訓練，如Honaker (1981)就曾發現新聞科系學生常被教導要「憎恨及拒絕(hate and reject)」新聞發布稿，而Cline (1982)調查十二本大眾傳播入門教科書，更發現書中甚至出現「公關行業如娼妓業」的論調，而這些教科書的作者們大都具有新聞實務背景。❷❾

　　國內相關研究方面，過去曾有數篇研究報告與碩士論文探討公、私機關發言人（或新聞聯絡人）對新聞記者的看法以及與記者的來往關係（如紀效正，1989；邱金蘭，1988；曠湘霞，1982），此中又以卜正珉(1990)之發現最為有趣。卜氏以248名現職記者以及250名企業公關人員為分析比較對象，分別探詢彼此對「關係型態」、「工作態度」、「新聞價

---

❷❾　Kopenhaver (1985:34–35)認為，這些「準新聞人」接受了大眾傳播與新聞教育者的薰陶，長久(perpetuate)視公關人員為一群唯利是圖且不專業的組織宣傳份子。有趣的是，公關人員（或教育者）接受同樣研究調查時，卻表達了對記者較為中立、正面、「正確(accurate)」的認知，以及較易共向的意願(Stegall & Sanders, 1986:344)。Cline曾謂，部份新聞工作者對公關工作的低估，反映了這些新聞人員對一些棄新聞而就公關高薪工作者的不滿心理。有關這種在新聞圈內對「職業轉向」的負面看法，可參見Swartz (1983)之有趣分析與描述。Habermann, et al. (1988) 同樣證實此種情形，即「與公關教學者相較，教授新聞課程者(news-editorial)對公關持有較為負面的態度」。至於對公關人員缺少倫理觀念之文獻討論，可見Cameron, et al., 1997。

值」、「以及職業專業地位」的認知評價。其發現分別有：⑴新聞記者與
公關人員都傾向合作關係，而公關人員更傾向合作而非對立互動；⑵記
者對公關工作持負面態度，但公關人員則肯定自身工作的積極面；⑶兩
者對新聞價值的看法無異；⑷新聞記者傾向認為自己比公關人員更有傳
播技巧、更尊重職業倫理，而公關人員雖認為記者較有傳播技巧，卻傾
向認為自己的專業地位與新聞工作相同。作者在結論中推論：記者雖然
體認到在其日常工作中需要與公關人員維持良好關係，但內心卻不信任
公關人員，習於否定公關工作的正面性與專業性。

　　此種在中、外專業領域普遍存在的認知差異與刻板印象，往往使得
一些新聞工作者與公關人員來往之間如「戰場」一般，彼此爾虞我詐
(Grunig & Hunt, 1984:223-224)。Kopenhaver (1985:41)因此呼籲雙方偃
旗息鼓：「如果主編們相信公關稿的寫作者與他們一樣曾經受過新聞價值
的專業教育與訓練，【他們的互動】經驗就可能更具啟發性，新聞稿也就
可能顯得更具資訊與較少宣傳性」。Sallot, et al. (1998:373)的較新討論也
建議兩者進行對話，促進共向與相互瞭解，以增進雙方的專業關係，有
利於促成新聞傳遞工作更為順暢、有效。❸

乙、互動關係模式

　　以上文獻回顧初步介紹了新聞記者與消息來源的相互認知評價，也
曾提及雙方知覺到的互動關係包括「合作」與「對立」兩類。後續研究

❸ Stegall & Sanders (1986)亦持相同看法，認為兩者需要進一步相互瞭解。然
　而對許多新聞工作者而言，增進共向可能仍屬違反專業的表現因而難以接
　受。如Curtin (1999)的深度訪談分析發現，新聞工作者仍然廣泛認為「兩者
　共向可能造成對公關人員的敵意增強」(p. 71)。因此，Curtin 建議公關人員
　未來應僅止於提供故事線索 (story ideas) 而非故事整套資料 (packaged
　message)，也絕不挑戰新聞人員呈現報導的主控權，因為這是新聞工作者最
　在意的部份。

曾深入觀察新聞記者與消息來源的實際互動過程，隨即發展出較此複雜的關係模式。此中最為著名之研究文獻，當推 Gieber & Johnson (1961) 稍早就市政記者與消息來源互動所提出的概念性討論。

首先，兩位作者分別以記者與消息來源對雙方溝通角色的自我認知 (self-perception)、對他人的角色認知、對媒介角色的共同認知，以及對兩者關係的評價四個方向進行參與觀察。作者們發現，消息來源（在本案例中包括市政經理與市議員）多自認是「該市 (city)」的公權力代表，希望與記者們建立互信與共識，以期獲得有關市政推動的正面「客觀報導」。但另一方面，這種互信與共識又多建立在這些市政官員的拉攏（assimilation; 或譯為「同化」）記者意圖上，包括教育或訓練記者們瞭解市政、或詢問他們對市政的意見，藉以讓記者們覺得有較多參與市政管理的「飄飄然感(egos flattered)」。

在新聞媒體部份，由於記者大都自認為係受託於(mandate)全體市民（而非「該市」），因而十分強調「公僕(public servant)」角色，主要工作任務就在監督市政部門，可謂是服膺了傳統「看門狗」信條的傳遞新聞職責（參見Donohue, et al., 1995, 有關此一信條的較新理論建議）。然而作者們也發現，記者與消息來源的交往常較他們（記者）與其報社主編們的互動更為頻繁。他們（記者們）經常滯留在受訪市政單位的結果，極易捲入消息來源間的互鬥，進而也會為了獲取報導資訊而發展出各種技巧，暗使消息來源彼此相鬥。長期以後，記者們與消息來源開始享有某些共同價值觀，兩者衍生出「內團體感(in-group loyalty)」，逐漸無法再洞悉任何社會衝突。在日常採訪報導工作中也只期待完成路線指派任務，對許多爭議性事件逐漸沈默以對，甚至因此喪失了自我檢討「專業之辱(professional guilt)」的意願。

據此，Gieber & Johnson 歸納了新聞記者與消息來源互動的三個關係模式：在第一種型態中，兩者各自獨立分隸不同社會體系（新聞媒體

與本個案中的市府）。由於彼此所屬科層結構不同，所知覺到的工作目標與任務角色也有差異，可謂之「對立關係」。❸ 其次，新聞記者與消息來源的參考架構部份重疊，兩者常合作完成向大眾溝通的目標，雙方對彼此的溝通角色與行動享有相同價值觀，互動頻繁，相互回饋，雖然這些來往大都建立在一種非正式的形式；此種模式可稱之為「合作關係(co-operation)」。 在第三種型態中，記者與消息來源之一方「合併(absorb)」或「接管(take over)」了另一方，使得某方的對外（大眾）溝通動作就是另方的線索，兩者角色認知與價值觀已無差異，即可如上頁名之為「同化關係(assimilation)」。

Gieber & Johnson 認為，雖然記者與消息來源都持有開放且具公共性質的溝通任務，在實際工作中卻傾向相互倚賴，試圖勸服對方接受己方觀點。這種情形使得兩者都將「公眾」觀念轉化為對彼此的忠誠(loyalty)，久之就容易進一步協調，防止任何醜事「外揚」，卻遺忘了探討社會弊端原本就應是記者採訪的工作任務之一。

質言之，雖然兩位研究者所撰文獻執筆於六〇年代初期，其觀察結果至今仍有可供參考之處，而其提出之三種互動關係型態，則無論在中、外新聞實務工作中均仍具體可見。相關研究延續類似討論，稍後發展出更多關係類型。如Chibnall (1975) 曾深入訪談英國報紙的犯罪路線記者，期能瞭解他們如何與消息來源（指警方）互動。Chibnall 指出，記者與消息來源間另有「交換 (exchange)」關係，雙方在互動過程中發展長期友情，並在各自之職業生涯相互適應，互助互利。記者固然常從其消息來源「線民（指警方辦案人員）」 處獲取報導素材，消息來源也會透過

---

❸ 有關「對立」角色在大多數記者與消息來源的互動中其實並不多見，原因在於消息來源們傳統上視媒體工作者為 「上賓」，凜於與之對抗 (confronta-tion)，如遇不平待遇寧採其他溝通方式而不願得罪記者。可參見Douglas (1994:118)之描述。

記者提供特殊罪犯消息以利警方搜捕，或要求記者「放話」給相關人士。❸❷Chibnall 在其訪談資料中發現，記者與消息來源常期望對方對己方的善意有所回報，如記者在報導文字中對特定消息來源的某些負面消息「報喜不報憂」，或淡化處理，而消息來源則會在其管轄業務中提供某些特權(Chibnall, 1975)；依賴與相互適應因而可稱是互換模式中的主要重點。 ❸❸

其他研究者則以「共生」或「競爭性共生 (competitive symbiosis)」觀點討論記者與消息來源的互動關係，顯示兩者的確既合作又競爭，「互利互賴」 (mutual dependencies; Blumler & Gurevitch, 1981; 許傳陽, 1992，譯為「競合關係」)。❸❹如Wolfsfeld (1991)曾觀察記者與三個抗爭

---

❸❷ 同樣持「交換」觀點者，尚有Grossman & Rourke, 1976。另外, Tunstall (1970) 之重點，在於認為兩者交換彼此利益，如「消息來源透過資訊的提供，讓記者有新聞可寫；而記者則提供版面或時段，讓消息來源的資訊或政策曝光」，藉此向社會大眾溝通 (引自喻靖媛\臧國仁，1995:205)。
Blumler & Gurevitch (1981) 曾批評交換模式，認為過於強調直接且屬非正式的交易，看不出兩者 (記者與消息來源) 如何維持關係。

❸❸ Chibnall的討論十分類似陳順孝\康永欽(1998, 1997)針對國內記者「記實避禍」報導的結論，顯示無論中、外新聞工作者面臨與消息來源互動的兩難時，都會發展一些模稜兩可的手法，圓滑處理這些人際關係，甚至無須消息來源事先告知，記者就會「自動幫『朋友』轉一轉」 (引自喻靖媛，1994:163)。類似研究警方與新聞媒體互動的文獻，尚有Doppelt, 1994；中華民國新聞評議委員會, 1997。

❸❹ DeFleur & Ball-Rokeach (1982)，在其《大眾傳播理論》名著中，早就提出「互賴模式(interdependence model)」，指明新聞媒體無法在真空中生存，而須倚賴其他社會組織，彼此交換資源。Douglas (1994) 亦曾表示，雖然新聞自主權一向是新聞工作中最重要的信條之一，但源於「媒介近用權」的限制，媒介必須與其他社會組織來往，互助互賴。Dahl & Bennett (1996)同樣認為，記者在賦予事件意義時，傳統上極端倚賴 (官方) 消息來源傳遞權威感與客

團體領袖間的「動態社會互動關係」，認為記者與消息來源之間的互動係以交換訊息達到互利為始，繼而因為各自擁有不同利益立場而隨之改變關係，相互競爭的結果從而結束了彼此交往的歷程。

Wolfsfeld 強調，記者與消息來源除了初期相互協助完成共同目標外，兩者均力圖主控（導）互動合作的內涵：「在雙方交換利益之刻，各自也嘗試保護自己的資源，且以最省力之途徑滲透 (penetrate) 對方的資源。過分倚賴象徵了軟弱，因此易受對方利用」(Wolfsfeld, 1984:551)。這種既競爭而又相互利用與對抗的互動關係模式，的確道盡了新聞記者與消息來源交往的複雜、緊張、與矛盾程度(Mancini, 1993)。❸❺

Cook (1989) 曾觀察新聞記者與國會議員間的互動，其發現更為驚人。他認為，新聞是記者與議員之間一再妥協的結果，這種互動關係會不斷變動且調整。議員的質詢可以隨時為應付記者的需要而改變，而記者也會不斷視「外界」的反映而改變對新聞的定義。雙方既共同追求互利(mutual benefits)，也都試圖控制對方──議員希望由其主導的活動能

觀性，原因是兩者原就處於一種「共生(symbiotic)關係」，一同決定何者重要、為何重要、以及重要時間長短等。

對研究者如Mancini, 1993; Wolfsfeld, 1991而言，共生、互賴都是交換模式的一種，無須另行分類。

❸❺ 所謂「共生關係」，字典定義指「兩個不同個體發展互相有利的關係(Miller, 1978:1)」，此處指記者與消息來源兩者互依互賴，彼此相依為命 (Davison, 1975:138)。如國會議員（消息來源）藉由舉辦公聽會的方式，不但提高自己的聲望，也讓記者有新聞可寫。另一方面，記者幫助議員撰寫質詢稿，不但幫助國會議員增加問政機會，也讓自己有第一手新聞報導內容，重點在於彼此瞭解遊戲規則（語見Miller, 1978），且均尊重這些規則：「記者常需【自我】測試其『獨立性』，如果要訪問某議員，記者就得與其共餐；如果受邀，更非到不行。專業並非以不與他人來往衡量之，而是如何與他人來往，同時又要緊記這種聚餐是工作的一部份」(Mancini, 1993:37; 添加語句出自本書作者，雙引號出自原作者)。

獲得最佳報導效果（曝光率），而記者則企圖以最少費用取得報導資源；雙方討價還價，各有節制（rules; 參見Cameron, et al., 1997）。Cook認為，雖然記者掌有如何呈現新聞的「大權」，且實際上也已成為立法過程中的一環（新聞成為政策的延伸物），但是其結果卻常是沒有任何一方永佔上風。

最後，喻靖媛(1994)進一步比較此種關係類型與記者處理新聞方式的關連程度，並以黃光國的人情理論為基礎，推測在中國人的社會裡個人最可能以「混合型」的關係與他人交往，而非工具或情感型態。雖然雙方相識且具有某種情感，但又不像初級團體（如家人、密友）般地深厚到可以隨意表現出真誠行為。兩者來往必須建立在「報之規範」上，即預期「受者接受了施者的人情，便欠了對方人情，一有機會便應設法回報。而施者在給予受者人情時，也預期對方終將回報」（頁27）。

隨後，喻靖媛針對四位記者進行為期各五天的參與觀察，記錄這些記者每天與不同消息來源的接觸情形，包括談話內容、談話時間、新聞線索等。喻靖媛也針對各記者所撰寫之新聞稿進行內容分析，詳加瞭解這些記者是否接受了消息來源的要求，而在新聞稿中賦予其有利或顯著的地位。

喻氏的研究發現，記者與消息來源的關係類型可依消息來源特性分為三類：第一類是經常提供線索之消息來源，他們資訊豐富，與記者往來頻繁（幾乎每日見面），是記者主要資訊「衣食父母」，與記者間維持了同化關係。有趣的是，這些消息來源通常不會出現在新聞報導內容中，但是其觀點往往影響了整體新聞的走向。他們的職級不高，一般而言均是某些業務的基層人員或主管，可通稱為記者的「第一線消息來源」。

第二類則是新聞的詮釋者,通常是第一線消息來源的高層業務主管。記者在獲得初步新聞資訊線索後，必須經過這些消息來源確認或詮釋，才能撰寫為新聞。這些消息來源最常出現在新聞報導中成為被引述者(即

前（第四）章所稱之「官方利益階級」），也最樂意（與善於）接近記者。雙方各有互動目的，因而難以開誠布公交往，僅能維持利益合作或交換的關係。兩者有時還會形成對立關係，主因就在於他們之間並無情感連結，也非記者主要資訊來源，相較之下記者無懼於資訊被其壟斷或隱瞞。長期而言，雙方並不會持續或公開任何對立狀態。**㊱**

第三類則是新聞活動的主角或相關人，或是突發事件的當事人，一般而言並非記者路線上的固定消息來源。兩者因事件結合，也因事件結束而停止交往，因此僅能維持一種「表面接觸關係」，不含感情連結。

至於這些消息來源與新聞報導的撰寫，喻氏認為兩者沒有正面關係。換言之，「記者與消息來源的親密程度，與記者賦予消息來源的有利【新聞】處理，並無絕對關連」（喻靖媛，1994:158）。如果這些消息來源未來可能持續與記者互動，則較有可能獲得記者提供顯著與有利之報導。此外，如果記者個人比較重視「做人情」，則也較傾向在新聞內容中給予消息來源有利報導；但如記者個人愈傾向採對立者的專業意理，就可能避免在新聞報導中傾向消息來源。同理，記者採訪年資愈久，愈有可能受消息來源影響。

總之，由以上所引文獻觀之，記者與消息來源的互動的確可能因交往時間延伸而逐漸由一般工具性關係（表面接觸，如與暫時性消息來源交往）發展為較具情感性的同化關係。兩者由疏至親，由對立、表面關係、利益合作、競爭共生，甚至逐步晉級而至同化關係，「你泥中有我，我泥中有你」或「你體貼我，我體貼你」(Hulteng, 1976)。**㊲**在這種情

㊱ 有關記者與消息來源交惡的研究報告，除在喻靖媛(1994)第三個案有所討論外，亦可參見 Roscho, 1975:115。

㊲ Morrison and Tumber (1994) 曾追述英國與阿根廷之福克蘭島戰役，發現記者因長期與士兵在一起生活，想法漸趨一致，使用詞彙也接近，因而融為消息來源事件（戰爭）的參與者。

況下，雙方關係愈密切，就愈可能背離傳統專業意理，而把報導內容轉換成為與消息來源「做人情」的素材或交朋友的籌碼了。❸

丙、其他相關理論

除上述文獻外，過去已有許多相關理論著作曾經討論新聞媒體與消息來源的互動。如Bennett (1994, 1990)曾提出「引得(indexing)」理論，認為新聞媒體會自動對消息來源進行安排，在新聞以及評論版面中根據不同議題尋得最適合的訪問對象。其次，處於代表多數（或主流）意見的政府官員以及其他社會角度（如民意調查、反對黨、學術人士、政治分析者）間，媒體自會尋求平衡，從而使得新聞媒體代表了一種「【具有】正當性的【公共】爭議領域(sphere of legitimate controversy)」（引句出自 Hallin, 1992; 添加語句出自本書作者）。❸ 此外，Herman & Chomsky (1988; Herman, 1986) 曾提出「宣傳模式 (propaganda model)」，強調社會菁英與政府機關在議題上聯合起來時，媒體守門人可以輕易地提供一種令社會大眾滿意的社會真相，使得其他意見很快地被壓制。Weiss (1992) 則認為兩者的互動須從訊息角度觀之，並可借用辯論分析(argumentation analysis)的途徑討論。

國內研究者劉駿州(1995)曾批評過去互動研究過於「媒介中心論」，

---

❸ 以上討論均節錄自喻靖媛＼臧國仁，1995，該文所提出之四種關係型態分別是：對立、表面接觸、共生、同化，與此處所列稍有不同。Mancini (1993) 曾檢討多篇文獻，指出義大利新聞界傾向與消息來源維持「緊密平行」關係，但德國記者則接近「教士主義(missionaries)」，幾乎與主張（宣傳）式新聞學(advocacy journalism)無異。

❸ 相關討論可參見Hallin, 1992; Entman & Page, 1994。Bennett (1994)說明其「引得理論」包含兩個層次：第一，新聞媒體倚重官員或菁英間的不同說法，藉此評斷政策的優劣；第二，媒體接著開放其「新聞門(gate)」供其他社會團體進入討論，因而更為豐富了報導的深度。

因而試改從消息來源角度討論對新聞事件的形塑。他認為，「消息來源具有展現、界定、甚或創造新聞的能力，在新聞產製過程中不僅可主導這一曲探戈舞，也具備選擇舞伴的權力」。據此，劉氏修正 Gieber & Johnson 之對立／合作／同化模式為一對立（個人層面）／同化（媒介層面）之連續軸，而在組織層面則依組織性質與公關策略劃分為公眾利益導向（公共面向）與組織私利導向（私利面向）連續軸，共同組合成一雙軸之消息來源與記者互動關係架構。

劉氏指出，消息來源組織與媒介組織的共生程度愈高，其主動選擇記者的權力愈高。消息來源組織屬於公部門者，其選擇記者權力較低(因其有提供資訊之義務)。消息來源組織私利與公眾利益衝突愈高，消息來源選擇記者之權力愈小（因媒體習以公眾角度報導）。消息來源組織中具有規畫身份者（或階級愈高），其選擇記者的權力較「執行者（如承辦業務之官員）」為高。

Chen (1994:36) 曾延續 Schlesinger 的理論，認為新聞媒體與消息來源的關係必須在「控制性辯證 (dialectic of control)」基礎下始能釐清：「無論是在組織內或組織間，新聞的產製過程都與權力組合相關」。Reese (1991) 的討論亦曾以「權力(power)」為理論核心，強調媒體組織與消息來源組織間的權力高低，可搭配成「彼強我弱、彼弱我強」的 2×2 關係。Reese 定義權力為力量或影響力的同義詞，可在個人、組織內、或組織間展現。Reese 認為，組織間的權力交換正是研究新聞媒體與消息來源互動的層次，兩者透過一種微妙的交往試圖掌握資源。由此，Reese 提出「強／弱媒體」與「強／弱消息來源」的座標：兩者俱強時，常以競爭或對立關係互動；強消息來源而弱媒體出現時，傾向以操縱或選擇(co-optation)形式。至於弱消息來源面對強勢媒體時，媒體常試圖主控新聞走向，即使其作法逾越倫理許可範圍也無所謂；兩者均為弱勢之互動模式則尚少見。❹

　　類似以「權力」作為新聞互動基本要素的看法，其實可回溯到馬克斯典範中的操縱模式(manipulative model)，認為新聞媒體在產製過程中偏向主控階級的意識型態，並在新聞內容裡複製當權者的意旨 (Hall, et al., 1981)。此類觀點隨後已遭其他研究者加以批駁，主因至少有三：其一，所謂「權力」一詞抽象意涵過高，概念化(conceptualization)不易(翁秀琪，1994a:7; 1996:126)。其二，權力在不同組織互動過程中，可能只是較低的指標，上層或另有其他概念（如「交換」）。其三，以權力作為衡量兩個組織的互動關係，有宿命論的意涵，既未說明權力由何處而來，卻又暗示了權力可長期享有。實際上，從競爭的角度觀之，權力乃爭取所致，有得有失；何況在某一指標上擁有權力，亦可能在其他指標成為弱勢。❹

　　如在新聞媒體與消息來源互動中，規模較大且掌握社會資源較多的官方組織（如中油、臺電），極可能在媒體上反而不如環保團體，原因是後者組織較小且運作靈活，較能應付媒體常規之要求（見臧國仁等，1997）。Smith (1994:115)因此建議放棄權力觀點，改以「意義」為討論核心：「研究者應檢討偏向如何植入媒體論述的深層結構，……　偏向不只是權力的附屬，扮演一種簡單意識型態或霸權角色，而應視為是一

---

❹　參見與 Reese 一文同時刊出的評論，Whitney, 1991; Becker, 1991。此外，Barnes (1987:92) 亦曾提出類似強弱座標。其他曾提及權力互動之文獻甚多，如Gans, 1979; Cameron, et al., 1997; Blumler, 1990; Turow, 1989等。

❹　Benford (1993) 就曾指出，權力不僅涉及自己擁有資源的強弱問題，也與他人（對手）所持的資源多少有關。Blumler & Gurevitch (1981:473)亦謂，在互動過程中，雙方均可自由部署資源，以便加強控制他人。Shoemaker & Reese (1991:186) 更稱，權力論者似乎暗示權力一旦掌有就可長期獲得，但由異議團體的研究觀之，弱勢者並非永遠處於不變狀況。實際上，這些異議團體經常與社會主流意識協商，以便重新界定其對某些事務的看法。媒體不斷依其常規，在不同議題中給予不同團體不同權力。

種在自主情況下的『無心』、『原作(originating)』, 或是盲目、符號邏輯下與論述再現形式共同編織而成的產品」(雙引號皆出自原作者)。

此外, Wolfsfeld (1997a, 1991) 曾提出交易模式 (a transactional model), 用以解釋媒體與政治團體（包括政府單位與利益團體）之間彼此利用、相互依賴的互動關係。在這個交易過程中, Wolfsfeld認為新聞記者與消息來源雙方均擁有某種「社會權力(power)」, 而新聞媒體正是不同消息來源之間, 以及消息來源與新聞記者間的角力場所。兩者角力的因素, 則包括「力量(strength)」與「困難度(vulnerability)」兩者, 前者包括社會／政治地位、組織與資源、新聞價值三項指標, 係指己方能滿足對方需求的程度, 而後者則是己方倚賴或受制於對方的程度。[42]

Wolfsfeld認為, 新聞記者與消息來源兩者權力之消長, 端視彼此在力量與困難度的比重; 力量決定了己方的影響力, 困難度則定義了己方受對方影響的可能性。兩者不斷透過對力量與困難度的詮釋, 一方面新聞記者向消息來源示好以便得到獨家資訊, 另一方面消息來源也運用各種策略（如提供獨家專訪或有吸引力的消息）試圖影響新聞記者的框架, 期使報導內容符合己身的組織框架。消息來源的組織框架與新聞記者的新聞（媒介）框架因而不斷相互影響激盪, 彼此競爭, 如此始能達成公共傳播的效果。

最後, McManus (1995, 1994; Curtin, 1999) 所提出的「市場導向新聞學 (market–driven journalism)」亦曾深入檢討新聞媒體與消息來源的互動關係。McManus首先強調其模式之特點, 乃在試圖以經濟理性

---

[42] 作者強調, 應避免過去研究僅討論新聞媒體單一力量的謬誤, 而應注意「雙向影響力」的核心問題:「究竟是哪些政治行動者與哪些形式的媒體報導互動, 產生了何種結果(outcome, p. 2)」。作者認為, 這裡使用結果概念的原因, 旨在放棄過去以「效果」所隱喻的因果關係。另外, Ericson, et al. (1989a:377) 也曾提出「新聞是新聞工作者與消息來源交易的產品」。

(economic rationalism) 角度思考媒體常規，藉以取代過去素以社會責任原則為哲學基礎的新聞學理論。他甚至建議放棄傳統新聞價值觀念，改以公關資訊津貼如何影響新聞商業市場機制之討論，重新面對未來不同社會生活型態之新聞媒體與消息來源互動內涵。

　　McManus首先在其模式中駁斥新聞媒體的「新聞」成分，認為無論報紙或電視其實只有極少部份屬於新聞運作；電視公司約僅有10%，報紙約為30%，其他內容則包括廣告、娛樂、或公共事務：「稱電視臺與報紙為<u>新聞</u>組織，可能誇大了其新聞功能，【因而】分散(distract)了分析其他功能【的重要性】」(1994:308；底線出自原作者，添加語句出自本書作者)。延續此一思考，McManus認為所有新聞組織都同時具有新聞規範與業務規範(business norms)兩種內涵：前者代表了傳統新聞工作者必須滿足大眾知的權力之報導信條，後者則屬組織完成企業經營的責任，包括尋求最大利潤與滿足投資股東的利益。

　　由此，McManus討論消息來源與新聞媒體的互動關係。立基於前述之兩者「交換」模式，作者認為消息來源（如一般企業）與媒體合作的目的，乃在藉此接近潛在大眾（或消費顧客）。消息來源透過對己有利的報導，或長時間累積之大量報導，或在有聲望的媒體出現之有公信力報導，或甚至是為數較少之負面報導，得以建立與公眾或消費者接近的機會。然而對新聞媒體而言，此種「交換」耗資昂貴，必須雇用新聞記者與購買器材方能取得，有時遇到某些有特殊價值的消息甚至還需花費額外支出，原因就在於消息來源有可能將同一機會讓渡給其他媒體，逐一收費。面對這種名為交換實為競爭的局面，「新聞」因而可視為是「經由多種市場決定的商品(commodity)，也是【新聞媒體與消息來源】精心盤算後的妥協之物」(1995:315；添加語句出自本書作者)。

　　由於新聞產製總是面臨新聞與經營規範兩者相互矛盾之壓力，McManus預測未來新聞學的走向將逐漸趨向市場考量，而新聞常規也勢

必考慮「如何製作最便宜的【新聞】內容以保護消息來源(sponsors)與投資者的利益，但同時又能獲得最大多數的閱聽廣告商願意花錢接近」(1994:85; 參見Cameron, et al., 1997; 添加語句出自本書作者)。為了達到這個目的，McManus推測，能即時提供適時新聞資訊的公關人員將有機會控制／操縱新聞產製過程，而更多利益團體亦將藉此透過媒體報導影響大眾知的權利。

在一篇新近文獻中，Curtin (1999) 曾以深度訪談與普查方式分別接觸報紙主編與一般編採人員,以期瞭解他們對新聞漸趨市場導向的看法，其分析僅部份證實McManus的模式。但是Curtin也警告，由於受到市場經濟的壓縮，媒體為了控制開銷與增加利潤，的確較以前更為倚賴公關稿件。所幸此種「倚賴」尚非在一般新聞版面中，而是在與廣告性質相近的新聞區域 (國內報紙習稱「工商服務」版面)。但是對於一般讀者而言，兩者 (新聞與工商服務) 差異實難以區分，因而此一區域可能仍具吸引閱讀的機會。整體而言，McManus之市場導向新聞學理論是否具有發展性仍有待觀察，而其影響新聞媒體與消息來源互動的程度目前亦尚難論定。

丁、小結

以上簡述了與「互動」相關之文獻與理論。綜合觀之，上述討論大都承認新聞媒體與消息來源之間存有某種互動關係，無論是對立、友好、或互賴。但以上所引文獻似仍類似本書稍早所述係由新聞媒體或消息來源單一角度切入，將兩者之互動視為係他方為滿足己方之需要而進行的人際交往活動，因而無法完整說明新聞媒體與消息來源兩者持續交往且常視議題而改變互動形式之動態生態環境 (two-way dynamic ecology; Wolfsfeld, 1997, 1994, 1991)。

在研究方法層面，以上所引研究大都以參與觀察或深入訪談著手，

探詢新聞媒體或消息來源如何相處。有趣的是，此類研究在依循傳統組織學或社會學之討論後，並未深究此種互動如何影響新聞媒體的實際報導內容，因此缺少對語言、意義、及論述等應變項的整理。❸喻靖媛(1994)之討論初步彌補了此處缺失，但未來應有更多針對新聞敘事語言與互動關連性之探索（參見Greatbatch, 1998; Heritage, 1985之討論）。

　　以下介紹「共同建構」概念，藉此討論新聞媒體與消息來源在意義建構上的特殊角色，以完成本書之理論整理工作。

二、 共同建構論(co-constructionist perspective)

甲、 概念背景❹

　　如前章所述，「新聞」在本書中已定義為「主、客觀辯證過程中所產生的社會真實，【僅】是【原初】社會真實的一部份（見第三章第二節）」，而這種「主、客觀兩者的交綜錯雜之處（見第五章前言）」，就是新聞媒體建構事件與議題之情境所在。透過這種「人們或組織對【客觀】事件之主觀解釋與思考結構（此即『框架』；見本書第三章第三節）」，新聞工作者依據組織常規與個人經驗，或主動尋找消息來源以覓取社會事件之線索，或被動地由消息來源告知相關議題資訊。在此同時，社會組織或個人（消息來源）亦根據其價值觀（世界觀）決定與媒體溝通的策略，或選擇主動發佈資訊或採取被動地因應方式，提供媒體相關線索或

❸　例外者如Fair (1996)，稱新聞媒體透過形式、結構、與互動，展現了權力內涵於新聞論述中；媒體像是國家、資本、與父權的協調者(coordinator)，反映了「統治關係(relations of ruling)」。Cameron, et al. (1997:147)亦曾指出，社會學與意識型態因素的相互作用，加上經濟學的影響，雖然促進了此一研究領域蓬勃發展，但迄今仍然缺乏整體性的互動理論。

❹　本節討論受惠於鍾蔚文教授之建議甚多，特此致謝。

資訊細節（見本書第四章）。 **❹**

　　隨後，新聞工作者考慮此一事件或議題的公共意義與社會影響性，比對過去同類性質之事件處理方式（或稱「順向式推理」）， **❹** 透過「框架化」轉換這些事件或議題並賦予新的情境意義，以期符合社區民眾的需求；此即一般新聞報導過程的主要內涵（見本書第四章第三節）。如果事件或議題之類型公式較為複雜（見第五章第三節），或所涉及的情境限制較多（如為達成獨家而防止同行獲得同樣消息），則其報導流程自然較難控制，而同一事件所可能呈現之面貌亦更趨多樣。同理，個人或消息來源為達成較佳資訊預期效果（或見報或不見報均有可能）， 亦可能採取不同策略，或將「獨家」訊息僅透露給較為熟悉信任的新聞工作者，或採「通稿」方式避免任何媒體因獨得此項訊息而擴大處理（如以「頭

---

❹　此處討論與一般公關教科書所言之公關定義不同之處，本書認為公共關係不一定屬於組織之溝通行為，而應與新聞概念同樣視為類同於一種社會資訊。換言之，公關工作未必對任何社會機構(institutions) 服務，卻可能係社會資源（指「溝通行動」） 的使用、處理、分享、與散發，而非只是某些組織對其他公眾或消費者的溝通而已。此點與傳統公關管理或行銷學派之「世界觀」有極大不同，有待未來繼續討論釐清。可參閱黃懿慧(1999)對公關研究三大理論學派的初步分析。

❹　「順向式推理(working forward strategies)」原是認知心理學討論中問題解決之名詞，指「檢驗當前的情境並執行某些運作歷程來改變情境的過程」（Gagne, et al., 中譯本:303)。此種方式與一般「手段–目的」分析方法不同，較為簡單省事，因為無須先行訂定目標，係從已知到未知的工作方式。陳曉開（見本書第三章第三節）曾經分析新聞編輯的一般作業方式，發現愈是資深編輯，愈傾向使用順向式解題策略（陳氏使用「前向性」譯名）。 而一般生手編輯則常需先設定「答案」後（實務工作上指等所有稿件到齊）， 才能開始編版動作，可稱之為由「未知到已知」的解題途徑。雖然目前尚缺少有關記者工作的實際研究資料，但有理由相信記者亦同樣採取順向方式進行新聞報導工作。

版頭」呈現)。

　　以上簡述固然無法窮盡所有與新聞報導相關元素之描繪，卻足以顯示新聞內容與社會真實間的弔詭之處：報導「真相」原屬新聞工作主要信條之一，新聞內容因而必須具有社會原初真實的某些特徵，此點原並不足奇。但因新聞素材在報導過程中歷經多次框架轉換並受到消息來源之持續影響，以致其呈現內容無法完整地反映原初事實的所有風貌，有時不同媒體甚至僅能各自呈現社會真實的某些部份要旨。❹有趣的是，正由於此兩者（新聞真實與社會真實）間總是具有差異與不完整性，新聞學研究（包括新聞媒體與消息來源的互動研究）因而必須檢討此種差異與不完整性的產生背景與現象理由，亦即新聞媒體如何改變了社會真實的全貌（見下段），此一領域自此才開始具備了與其他學門可相互連接的學術研究價值。❹

　　嚴格來說，新聞內容所涵蓋者，不過均係知識社會學者所稱之一般「日常生活的現實」，但是這些日常生活事實一旦經由媒體報導且賦予新的情境意義，往往就增添了社會公共性質，加入了社會制度性與正當化，因而成為新的社會客觀實體（Berger & Luckmann, 中譯本:第三章）。而有關新聞本質之討論如本書所著重者，理當在於釐清這些轉換過程（框架化作用）如何與為何啟動某些機制，使得部份社會真實受到新聞處理者的重視與凸顯，而另些則遭遺棄？或者，這些機制與其他社會機構(消息來源)間是否具有任何關連？此種關連對於新聞媒體如何呈現社會真

---

❹　見鍾蔚文＼臧國仁＼陳憶寧＼柏松齡＼王昭敏(1996)前言所舉之「盲人摸象」案例。

❹　前節曾提及「新聞傳播教育的正當性危機」，現象之一即在於新聞傳播研究無法跳脫實務操作的限制，建立抽象理論意旨，因而至今仍無法脫離「以媒介為類別的研究與教學取向」（須文蔚＼陳世敏，1998:24）。類似討論，可見Fedler, 1998。

實是否有所影響? 只有透過這些關鍵問題的探討,新聞報導如何促成「社會現實化(reification)」才能撥雲見日,而追根究底,由框架概念著手分析新聞真實的建構歷程之因就在此處了。❹

再者,Berger & Luckmann 在其早期名著《社會真實的建構 (The Social Construction of Reality)》一書中曾開宗明義指出,社會學理論的主要議題,即在於討論「主觀意義如何轉【換】客觀的事實性」, 或者「人的活動怎麼可能締造事物的乾坤」(中譯本:28-29)。如果Berger & Luckmann的卓見提供了社會學後續研究者一個重要追隨標的,顯然新聞研究者亦可同樣得到類似啟示與挑戰,因為新聞學所應探討的問題除了如兩位作者(Berger & Luckmann)所述之 (類同上句)「【消息來源的】主觀意義如何轉【換】成為【新聞工作者之客觀】事實性」外,更須倒轉過來回答「客觀事實如何轉換並呈現為符號真實」。 換言之,如果社會學者關心的主要議題之一在於瞭解人的活動如何創建了社會本體,新聞學研究者所要跨越與解決的疑難,可能更在於解釋人們 (一般社會行動者,尤其是消息來源) 如何創建社會本體事件, 以及這些事件如何被新聞工作者傳遞、賦予意義、並轉換為符號文字。這些問題正是本研究所關心之處, 也是未來相關研究可繼續探究的方向。

第三,新聞學研究早期因受到實證科學主義的影響,素來認為新聞報導之目的乃在客觀地反映社會真實,而研究者所關心者,也在以具有客觀性質的研究途徑探詢新聞報導內容如何忠實且完整地轉換社會事件(見本書第三章第二節討論)。七〇年代初期,人類學家Geertz提出一系列作品(1983, 1973),改弦易轍地認為社會科學研究者不僅是社會現象之觀察者, 也應是社會事件的詮釋者(interpreter):「人類學家並不研究村莊 (部落、城鎮、或鄉舍等);他們在村莊裡進行研究」(1973:22; 參見

❹ 以上討論, 大都受到Berger & Luckman, 中譯本, 第三章啟發。Reification之譯名出自原譯本:102-103, 本書第三章曾譯此字為「具象化」。

本書第四章第三節有關Greetz之討論）。對研究者而言，文化就是研究情境之所在，而非獨立於外的世界。風潮所及，新聞實務工作者亦開始討論如何「深入」報導對象的社區瞭解真相，因而興起了解釋性報導、調查式報導、以及新新聞等與傳統方式迥異的新聞採集方式。

Geertz強調，「詮釋」概念首重以研究對象的角度瞭解其行動在該原有文化中的意義（或稱「原始觀點」；the native's point of view），而非以詮釋者所理解的自我文化意涵加以解釋——任何無法以研究對象原有語彙描述的工作，均屬 Geertz 等人類加以學者眼中的「文化自大情結 (ethnocentric)」（見本書第四章第二節）。❹換言之，人類學家以「外人 (experience-distance)」身分進入研究對象的團體，試圖瞭解、連結、並分析其間看起來無甚意義的一些符號行動 (signifiers)，以期建立某種連貫性，並建構成可供更多「外人」理解的理論意涵（1983：該書第三章）。❺Geertz曾謂，「人類學者的理論任務(the office of theory)，……就在於提供一套字彙 (vocabulary) 讓符號行動可以自我說明其在生活文化中的角色」(1973:26-27)。換言之，也就是要將原本看來無所關連的事物加以深入分析與描繪，以瞭解其在「局部文化 (local knowledge)」中的意義(1983:6)。❺

從以上討論觀之，或可推測詮釋論者觀察世界的角度與客觀論者仍有重疊之處（參見《圖6-2》）：雖然Geertz強調人類學者旨在理解研究對象所產製的符號具有何種文化意義，但仍堅持研究者不應逾越自己的詮

---

❺ 「原始觀點」概念取自Geertz, 1983, 第三章；「experience-distance」之意係與experience-near相對，此處譯為「外人」，用以形容與原始觀點相對的角度。舉例而言，「當地人」之原始觀點可能說，「我怕(I fear)」；而外人（可能係任何研究者或其他專家）則可能稱這種怕的感覺為「恐懼(phobia)」，兩者意涵不同。

❺ 局部文化意義取自該書local knowledge之譯意，指將社會現象置於一種屬於「當地的知覺架構(local frame of awareness)」。

釋基模（Geertz曾稱，詮釋僅是診斷而非治療）。Geertz以類似客觀論者
的論調認為，研究者應避免以己之見過為揣度或誤判了對方行為在該文
化中的象徵意義。

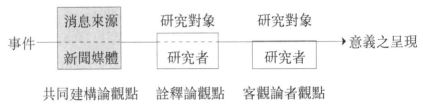

客觀世界（社會寫實）

共同建構論觀點　　詮釋論觀點　　客觀論者觀點

圖6-2：共同建構概念對意義建構之觀點*

* 本圖顯示，客觀論點強調與研究對象保持距離，避免以自我立場主觀解釋事件在
客觀世界的意義。詮釋論（如 Geertz）則認為主觀詮釋基模與客觀世界的互動，
兩者經過不斷折衷以取得意義。共同建構論則進一步指出客觀世界與主觀詮釋共
同產生意義的立場，認為兩者（客觀世界與主觀詮釋）對意義呈現有相同貢獻。
此圖曾蒙鍾蔚文教授指點批評，特此致謝。

　　此一詮釋者所持的緣由當然不難理解，因為以自己的文化框架解釋
研究對象的行動本就可能造成詮釋謬誤 (fallacy)。但要達成如 Geertz 所
稱，「我們以自己的詮釋【基模】開始試圖瞭解研究對象(informants)要
做什麼（或他們以為要做什麼），然後再將這些詮釋加以系統化」
(1973:15)，難免須在己見與觀察事物間歷經多次折衷與調整(Littlejohn,
1983:131)。

　　與Geertz之詮釋方式相較，顯然本書所描繪的新聞轉換歷程更為艱
鉅。套用Geertz自己的話（見前頁第二段所引述之文字），新聞記者不但
在（指駐留在）研究對象（消息來源）的村落（受訪機構）中進行研究
（報導）工作，更須研究（或觀察）該村落的一花一草及儀式、典禮、

與其他溝通行為，但卻不能（或不應）仿照人類學家的研究方式單以研究對象（消息來源）在該社區的文化意義作為詮釋基礎，而須遊走在不同消息來源村落中相互對照所得資料。換言之，新聞記者無法以單一研究對象為消息來源，反而要挑戰、質疑、或查證隸屬於不同「村落」的研究對象所言所行，始能確定其可信度，增加報導的正確性。此點恐係因為記者的報導有「公共性質」，且記者與消息來源之文化（公共）情境大致重疊，而人類學家與其研究之文化情境常不相屬之故。❷

在呈現上，記者更講求跳脫自己的詮釋基模，須客觀地將所見所思轉換成另一套新聞語言取信讀者。新聞記者一方面以觀察消息來源所作所為，另一方面在專業規範下以讀者角度進行論述活動，不得過分涉入或使用批判用語。❸此種兩難局面，足以顯示新聞工作之複雜程度並不亞於人類學家的文化詮釋任務（記者與客觀、詮釋論者在意義呈現方面的差異，可參見《圖6-2》）。

由此或可推論，以客觀模式或詮釋模式均難以顯現新聞記者與消息

---

❷ 人類學家的研究工作當然同樣不能倚賴唯一消息來源，但基本上這些消息來源的背景類似，大都屬於同一村落或部落。記者的採訪工作則常須訪查相對團體，聽取不同意見，此點可能與人類學家稍異。

此外，Kollock & O'Brien (1994)指出，任何互動(interaction)的兩個主要元素是「公開定義身分」與「定義互動者的情境」。由此兩點觀察新聞工作者與人類學者之異亦可能獲得類似結論，即前者（記者）的身分與情境都具有「公共」意義，乃對其所代表的公共領域中的「讀者」負責。而人類學家面對的公共性質可能較為單純，係其研究對象所在的文化社會。

❸ Geertz (1983:10)曾謂，人類學家的「轉譯(translation)」，並非徒以研究者的思考架構整理研究對象的活動，而是要用「研究者的語彙展現研究對象的行事邏輯」，像是藝評者從一首詩篇中啟發讀者的方式，而較不像是天文學者說明星辰的起伏──「用『我們（研究者）』的語彙說『他們（研究對象）』的觀點」。由此觀之，新聞記者的呈現方式似有不同，既非記者的觀點亦非全然消息來源的觀點，較屬讀者的觀點。

來源處理真實轉換的難處與困境，理應發展新的理論協助理解兩者互動對再現真實的影響。以下介紹「意義共同建構」概念，嘗試以此角度重新解釋互動與新聞真實建構之關連，並持續強調新聞乃新聞媒體與消息來源共同賦予之意義，且是兩者不斷協商後的成品。

乙、定義與意涵

嚴格來說，「意義乃共同建構與協商而來」此一概念並非新意，至少符號互動論早已揭示「真實的意義產製乃經由互動而來。…… 兩個個體間【只要】同享高度複雜且差異細微的自我定義與情境定義，就能組成文化 (human culture)」(Kollock & O'Brien, 1994:xx)。當然此處所指的「互動」，有可能或是和諧或是衝突的局面，端視互動雙方之背景以及互動目標是否一致或相關。無論如何，社會意義乃組成份子集體建構或由互動雙方共同建構，久已就是符號互動論者之基本想法，此點應無疑義。Schegloff (1995)所稱，「社會生活的基本實景，【建立】在同一社群 (social species) 成員間的直接互動，尤其是在同一時空出現 (co-present)的成員們間的互動」，亦清楚地說明了社會行動與「互動」、「共同生活」的關聯 (Schegloff, 1995; 添加語句出自本書作者)。

在一九九五年出版的《語言與社會互動》季刊專輯中（見*Research on Language and Social Interaction*），主編 Jacoby與Ochs曾定義共同建構為「對形式、詮釋、位置、行動(action)、活動(activity)、身分、機構、技巧、意識型態、情緒，或其他文化真實之共同創造(joint creation)」。兩位作者認為，此處之「共同」字首（co-construction中之co-），意指多種不同類型的互動過程，包括合作(cooperation)、協調(coordination)、或協力 (collaboration)，但並未限定係屬任何互助或支持性質的雙向來往。換言之，兩個互動對象間的共同建構行為，不但可能處於相互合作的共向，也可能處於兩造辯論的競爭局面，或甚至是爭論雙方彼此對立

的情境。

　　依 Jacoby & Ochs 的文獻回顧，有關共同建構概念的緣起，可溯自以下數個領域，雖然這些領域的研究者彼此未必知悉相通：

　　㈠兒童語言研究(child language studies)：研究者發現，在牙牙學語階段，幼童與其看管者（caretakers; 包括父母或奶媽）間會共同發展語言之創造與增進(expansion)——照顧者愈能「再框架化（reframing; 如重複、解釋）」幼童的日常話語，其語言學習能力就愈會提高。同樣的研究結論也適用於學習第二語的成人，即教學者愈能與學習者共同發展或建構一些語言詞彙，學習效果愈佳。

　　㈡認知發展研究：此一領域的發展可追溯至早期心理學者（如Vygotsky）對見習理論(apprenticeship)、分散智能(distributed cognition)、❺❹情境學習、以及輔導參與(guided participation)等研究的貢獻，重點在於理解人們如何發展高層次的心理技巧（如回憶、因果、理性等），以及這些技巧是否受到同一文化情境下的人物及物體(objects)相互影響。研究者發現，透過互動這種「近身接近(proximal development)」過程，學習者（尤其是學童與生手）較有機會觀察他人，因而才能發展一些個人獨處時所無法學到的能力。研究者因而稱這種近身接近的

---

❺❹　有關「分散智能(distributed cognition)」，可參見鍾蔚文，1998；鍾蔚文等人(1997)針對新聞工作的探討。簡言之，分散智能之意在於指出，人們的智能成長與其周邊環境中的物體亦有互動關連，而不只是IQ智力的功能。舉例來說，記者採訪工作的優劣，與其是否能善用手提電腦、筆記本、或甚至其他傳稿器材亦有關係。這個領域的開拓，與近年來認知心理學跳脫早期專注於人的腦力智能而兼及「多種智能」概念有關；可參見Gardner, 1993。

互動形式，乃是「心智(mind)」與「文化」的交會處所。

(三)文學理論：尤其是 Bakhtin 在「文本對話」方面的貢獻，認為任何文本（包括新聞報導）均非作者獨自創作(monovocal)，而係與過去、現在、未來各類對話者 (interlocutors; 尤其是讀者) 間的虛擬對話之產品。換言之，不同時空的思想，均會融入文本的建構過程，產生所謂的「互文性(intertextuality)」。對這些「對話體(dialogue)」的研究者而言，個人其實無法理解意義，因為所有的語言意義都須透過互動達成，亦即「意義只有在主動與回應的【相互】理解過程中始能獲得」(Taylor, 1995:285; 添加語句出自本書作者)。

(四)民族誌／對話分析(ethnomethodology/conversation analysis)：主要以人類學家Garfinkel的概念為主，認為「意義乃互動之果」，而互動不但具有結構性，且其內容可能隨時空改變而更新或重塑，因而難以預測或以先驗方式理解。❺❺此一領域尤其關心在互動雙方的對話中，話題如何轉折(take turns)或交換以建立意義之連貫性(sequenciality)。Jacoby & Ochs 因此解釋，如果說前述語言學習與認知發展領域較為注重個體間的互動，而Bakhtin的理論較強調互動之歷史層面，則對話分析領域特別關心微觀層次(microgenesis)的共同建構行為，如互動雙方如何在極短時間內展開對話、發聲、對視(gaze)，或甚至交換身體語言（如表情、手勢等），以及共同建構互動之情境等。

(五)語言人類學：研究者重視的題材包括在任何活動中，參與者如何共同進行語言行動，如說故事、閒聊打屁(gossip)、或其他口語表現。研究者認為，任何組織或機構成員的身分界定，都須

---

❺❺ 有關互動有結構性，且其內容隨時空改變，係引自Heritage (1980:241–242) 對Garfinkel概念之討論，並非Jacoby & Ochs之解釋。

透過此類語言交換始能取得。易言之，組織成員間的語言社會
化過程可協助內部文化的建立，而透過這種日常語言的共同參
與與建構，彼此才能擁有同一情境下的共有知識。

　　從以上有關「共同建構」概念的文獻簡述觀之，過去相關研究涵蓋
面向相當廣泛，包括社會、個體、認知、語言、以及文本各層次，顯示
「共同建構」性質的互動的確是人類行為中極為常見的社會過程。正如
Taylor引述Volosinov的話，「意義乃說者與聽者兩者互動的結果，就像
是兩具接頭連結在一起時所產生的火花」。Taylor認為，這些意義的共同
建構者燃起並累積了意義的火花，因而才能顯現上述「意義只有在主動
與回應的【相互】理解過程中始能獲得」的說法無誤(1995:310)。

　　延續上述文獻討論，有關「共同建構」概念之內涵或可濃縮為下列
命題，做為下節進一步觀察新聞媒體與消息來源互動之用：

—— 文獻顯示，互動乃持續演進且具有連貫性質的過程 (on-going
process)，參與雙方各自負有部份 (或稱分散distributed) 責任，
協助此一過程之順利發展(Jacoby & Ochs, 1995:177)；

—— 雙方並非被動引入共向過程，而係主動參與以便兩者之行動意
義能獲得協商，兩者且會為此發展出一些規則 (rules)，使互動
雙方之行為有所依循 (如對彼此身分之認定或對使用語彙之同
意)；❺❻

—— 情境影響互動內涵甚鉅，過去交往的情結對今日的交往會有關
鍵性影響，兩者對未來情勢發展的判斷亦會影響彼此交往規則
之建立；

---

❺❻　有關互動雙方如何界定彼此身分，可參見He, 1995。其實，中國人對禮節的
　　討論，亦可視為是互動雙方制訂的規則。

——互動雖然屬於共同性質，但兩者關係未必屬於「均衡」或「對稱(asymmetrical)」，此乃因雙方力量不同，均衡或對稱作為互動之目標可能難以達成，或根本無法達成；**❺**

——由於雙方力量無法維持均衡或對稱，因而才會發展為不同類型之互動行為，包括合作、互利、敵對、或交換。強者可能傾向以交換方式取得資訊，而弱者卻可能傾向以合作方式互動；

——互動雙方意在建立持續來往的過程，因此彼此為適應對方或將對方之詮釋框架加以調整(reframing)的策略，隨處可見；

——最後，互動行為具有層次與結構性，雙方之目標並不一致。**❺**

丙、「共同建構」概念之應用

以上討論對新聞媒體與消息來源互動研究之啟示不言可喻，本節試進一步加以延伸。

首先，「共同建構」此一概念過去無論在新聞或公關研究領域均不陌生，研究者曾使用不同名詞討論類似觀念。舉例來說，公關領域早就引入組織學中的「界限連繫者(boundary-spanning)」一詞（見本書第四章第三節相關討論），用以說明公關人員「擔任【自身】組織與其他組織或個人的連絡 (liaison) 角色，一腳在組織內，另一腳則在外」(Grunig &

---

❺ 此處說法「互動未必對稱」，與Grunig對公關四模式的說法有異。本文認為，公關人員與媒體之交往，牽涉到彼此力量的極度不均衡來往，透過溝通行為追求對稱會均衡的來往模式，難以達成。

❺ 臧國仁(1995a)曾以一般系統理論解釋互動概念，認為在開放系統中，包括了「適應(adaptation)」與「均衡(homeostasis)」兩個狀態，前者指「系統為取得或保存來自環境能量所採取的行動」，後者則為「系統與環境及其他系統保持經常交換往來關係」。不同系統究竟採取何種目標（適應或均衡），端視其組織目標而定。至於互動具有層次，可見Garfinkel之相關著作（本書未列入參考書目）。

Hunt, 1984:9; 添加語句出自本書作者)；當然新聞媒體正是公關人員「一腳」跨進去的眾多連繫組織之一。而在新聞研究部份，Roshco (1975: 114–115) 的著作亦稱，記者扮演媒體組織與消息來源組織的「中間人 (middle man)」任務，定期跨越兩個組織的界限，三者（記者、媒體、消息來源）可合併稱為「三角界限(boundary triad)」。 Roshco認為，新聞組織與消息來源的結合 (coalition) 並不保證兩者持續維持互助合作的互動關係，但的確會影響兩者繼續交往的意願與態度。

　　Bantz (1990a:504–4)曾同樣使用界限連繫者的概念，解釋新聞工作者（採訪記者）如何連接其所屬媒體組織與消息來源之來往，完成回應環境、共同建構符號真實的工作。Bantz 更引 Weick 的「組織化 (organizing)」理論（見第四章第三節類似討論）， 認為新聞媒體與消息來源間的連結(coupling)目的乃在「共同創建意義(co-enactment)」。舉例來說，某媒體獲得有關記者會即將召開的消息，而指派文字與攝影記者各一前往採訪，於是此媒體與發布記者會訊息的組織可視為是兩個「共同創建」事件意義的連結組織，兩者建立了相互倚賴的互動關係。

　　O'Heffernan (1994:233; 1993)曾提出「共同進化(co-evolution)」一詞，藉以形容新聞媒體與消息來源兩者相互利用、共同成長的過程。作者解釋「共同進化」原係生態學名詞，意指兩個生物種類相互緊密倚賴，彼此影響對方的進化方向與速度。O'Heffernan 研究沙漠戰事中的新聞報導，認為媒介與政策制訂者之間的關係可以「共同進化」過程描繪，兩者並非共生或合作式的「巧妙合成整體(subtly composite unity)」,而是一個「由兩組十分分離、但又侵略性強的生態系統」組合而成的動態組織(dynamic)，彼此不斷協商各自需求(wants)同時嘗試操縱對方的產生或結構，以符合己方利益。

　　此外，Cook (1998; 1996:17; Blumler & Gurevitch, 1981) 同意新聞是一種「共同產製 (co-production) 過程，或是對「新聞價值的協商

(negotiation of newsworthiness)」。Cook認為，研究者應跳脫過去視政治運作與媒體各自為政的單面思維方式，改而討論兩者如何相互影響，以各自擁有之資源來控制或改變對方之日常運行流程：「在互動過程中，雙方均相互提供資訊，無論是以直接或間接的方式皆然。…… 協商就是一種發現(discovery)過程，會引導【雙方】重建與調適相互來往之理解、期待、與行為；如果【此一過程】成功，則會引導【雙方】進一步討論」(添加語句出自本書作者)。

Cook強調，未來研究應停止討論記者與政客們如何進行個別性質的互動，而應分析兩者所屬之組織如何交往、如何建立集體性的交往規則、這些交往規則的變異形式(variations)為何、以及產生變異形式的理由等。Cook認為，「討論【記者與消息來源彼此】關係究係合作或對立類型似無大用，因為在官員與記者的互動中總是既有合作也有對立」(1996:34;添加語句出自本書作者)。 尤有甚者，Cook的研究顯示，任何取自消息來源（該案例中指白宮）的新聞總是存有記者有意合作的痕跡（如有關總統的字眼、行動、或事件的報導），但是同樣也保有一些記者維持獨立客觀身分的意圖（如對行政官員的批評與不滿）。 總之，Cook深信新聞乃建構之物，而消息來源與新聞記者均共同參與此一真實建構的過程。

同理，Manheim（1994：第八章）建議修正過去由媒體組織或消息來源單面向討論互動的缺失(如議題設定理論所示的研究方式)，改以「議題動態論(agenda dynamics)」重新思考新聞運作過程中所涉及的媒體、公共、以及政策三種議題之互動(interactive agendas)。Manheim認為，在媒體議題中，事件或活動的可見度、觀眾接受程度(audience salience)、以及內容是否有利(valence)三者決定了其（事件或活動）在媒體出現的強度與時間長度。而在政策議題部份，政策制訂者或組織對某特定主題與人物的行動與回應（支持）程度，以及可回應的自由幅度，皆會影響其（制訂者／組織）建構議題的影響力。

綜合觀之，Manheim強調此一模式的特點，在於顯示各議題的內部機制不但影響另外兩項議題（如某新聞事件報導的強度會影響政策制訂者的接受程度），也受另外兩項議題之互動影響（政策制訂者的接受程度同樣影響新聞事件的報導強度）。因此，議題內部機制與議題間的連接(linkages) 處於不斷互動局面。換言之，某項事件或活動（如有關 AIDS 愛滋病源自非洲黑猩猩的研究新發現）經由研究單位公布（政策議題之一）後，新聞媒體隨即刊載並大幅報導（新聞議題），民眾對此議題的重視程度因而加深（公共議題）。此一結果隨之反映於民意調查，使得政府機關願意採納民意而提撥更多研究經費供作疫苗發展之用（政策議題之二）。Manheim深信，新聞、政策、公共等三者難以任何單一角度討論，而應由其如何相互影響觀察，始能瞭解社會議題動態流動的共向意義。❺❾

最後，Terkildsen et al. (1997)的近作曾試圖另以互動模式檢視媒體與利益團體在公共政策辯論中的角色與關係。作者們首先回顧框架理論的基本概念，假設某項政策辯論（如墮胎合法化）中涉及的各方均會發展其所認定的詮釋架構（議題框架），包括語言內容（如議題選擇）、再現形式（如採用軼事或議題型式的故事內容）❻⓿、或其他符號或標籤。

---

❺❾　Cook (1989) 研究議題的發展途徑，提出「聲音聚合模式(converget voice model)」：首先，在同一時間內，數個不同團體可能同時對一項社會事件發表看法，議題於焉展開。第二，不同消息來源重複發表對事件的關心意見，使議題進入「受注意程度」。第三，議題建立正當性，媒體開始加以報導，尤其是主流媒體，接著行政官員與立法機構公開討論。第四，政策制訂，一些計畫開始推動，但隨後新聞報導的量就會逐漸減少。此一模式與第五章有關社會議題的週期流動模式，可合併討論，顯示Manheim此地所稱之三個議題間的動態影響確實有效。

❻⓿　有關軼事型(episodic)與議題(thematic)型的故事情節對收視新聞的影響，原是 Iyenger (1991)研究讀者與框架關連的重要指標。他認為，軼事型的新聞

而在新聞媒體方面，亦會透過其常規而在不同消息來源所提供的詮釋架構中取得報導平衡，可稱之為「議題二元論(issue dualism)」。

研究結果發現，媒體在報導如墮胎此一複雜政策議題時，不但會接受各利益團體所提供的議題框架，更會發展自己獨特觀點，如超過一半以上之新聞內容均出自媒體自己的框架語彙。研究者們因此認為，媒體除了不斷重複報導某些消息來源而捨棄其他來源，創造由這些特定消息來源所形成的「聯盟(coalitions of sources)」，因而與原始社會真實中利益團體山頭鼎力的實際狀況不同外，更會保持其自主性(autonomy)而在不同爭議論戰中遊走，選擇其（媒體）所認定的核心議題，並不全然接受任何單一利益團體所提供的詮釋框架與符號標籤。換言之，作者們認為此一研究結果表現了媒體與其他消息來源之間存有既互動卻又自主的複雜共同建構關係，兩者組成一個「緊密糾結 (inextricably intertwined)」的互動局面（此一名詞引自Weaver, 1987:190）。

延續本節所引有關新聞媒體與消息來源（包括政策制定者、利業團體、公關實務工作者等）互動之文獻並合併上節之討論，此處或可推知，以「共同建構」概念觀察新聞建構與產製過程，首重以「平等」角度看待涉及意義產製之各方，亦即視新聞媒體與消息來源扮演同樣重要之意義分享角色(meaning sharing)。上述Bantz, O'Heffernan, Cook等以「共同創建」、「共同進化」、或「共同產製」等名詞描述兩者在新聞意義製

較為強調新聞事件的個案，對個別人物、動作著墨較多，而議題型的新聞則常針對某一社會問題（如貧窮）的因果關係加以報導。Iyengar發現，新聞報導中所呈現的故事情節型態會誘導讀者或觀眾對事件進行不同歸因，如看了以軼事型態為主的新聞報導，則易於傾向認為事件當事人應該負責。因此Iyengar 推論稱，電視新聞的呈現方式有框架觀眾歸因的功能，可以左右民意，對民主政治影響深遠。本書未曾討論讀者與框架的連結部份，此處省略，可參閱Iyenger, 1996, 1991。

作過程中所扮演的動態與積極任務的工作，正與本書所欲描繪的共同建構現象吻合。㊶

　　第二，共同建構概念顯示，真實建構之互動行為不僅存在於組織間（如媒體與消息來源）， 同時也發生於組織內。如在新聞媒體組織內，組織框架（如組織對事件所採取的觀點）與個人框架（如記者或編輯個人對事件的看法）「共同」創建了報導內容（參見《圖6-1》）。㊷而在消息來源組織內，另有相對稱的組織價值觀與溝通者的個人框架，影響其對媒體互動的態度與策略（作法）。

　　第三，新聞媒體與消息來源的互動也受到情境影響，如Rogers et al., (1991; Rogers & Chang, 1991)的研究即曾發現，消息來源的建構議題能力在初期效果最強。隨著事件不斷擴大並廣受重視，媒體會逐漸自行運作查訪其他資料訊息，解決其建構議題所需。㊸而在議題發展後期，兩

㊶ 此處可再援引鍾蔚文(1995)仿Goffman的遊戲論，討論新聞記者與消息來源的互動關係。鍾氏認為，兩者之互動如其他人類行為一樣，總是存在一些難以察覺之語言與規則，決定了兩者互動的內容。所以，記者與消息來源均需對兩者互動的目標、程序誤差、角色、以及主題有所瞭解，方能對彼此關係之進展有所助益。

㊷ 陳順孝(1998)曾討論媒介組織內的真實建構行為，發現記者面對外力威脅(如黑道)時，會與其主管進行折衝，因而產生五種型態：記者獨力對抗外力、記者與主管聯手對抗、記者獨力對抗主管與外力、主管獨力對抗外力、記者獨力對抗主管。陳順孝認為，媒介內的組織真實建構與組織外真實建構一樣複雜，未來應持續加以研究。而符號互動論者Kollock & O'Brien (1994:307)則謂，真實建構並非僅發生在「一對一」的互動，也在較大社會組織中，與不同社會情境、不同層次之不同組織交換訊息，共享意義。

㊸ 有關新聞媒體與消息來源如何與議題互動，尚可參見 Einsiedel & Coughlan (1993)之精彩分析。作者們調查加拿大的環境新聞，並以標題為分析單位，發現自1987年始，一些與「戰爭（如打擊、戰事、勝利、生存、失敗）」以及「控制」的相關字彙首次出現，而在1989年以後，約有24%的環保標題警告

者共同建構的機會則會增加，同時影響政策議題。Shaw & Martin (1993:54; Bennett & Manheim, 1993:335) 以類似觀點提出「平衡互動論 (balance view)」，強調軍方與新聞媒體間的關係在波斯灣沙漠戰爭中歷經數個階段：初期兩者（媒體與軍方）彼此關係平衡，主因在於記者人生地不熟，倚賴官（軍）方為唯一資訊來源。但當戰事延長，媒體開始從白宮以及其他地方獲取消息，因而與軍方在現場提供之資訊時常相互矛盾，使得雙方關係生變。隨後在第三階段，由於戰事不斷延長，媒體輕易從更多不同管道（包括示威民眾）獲得相關資料，不平衡現象更為嚴重。這些研究俱都顯示，新聞媒體與消息來源之共同建構，在議題發展不同階段似有不同互動模式。

第四，共同建構之核心觀念，仍在真實呈現部份，此點過去研究最少，但也應是亟需進行分析討論的部份。簡言之，從共同建構的觀點來看，究竟新聞記者如何接受消息來源組織所供給的社會「真實」與「真相」，如何選擇可供建構的部份，以及這些選擇後的素材如何拼裝成為「新聞真相」，過去研究一直甚少觸及。媒介真實究竟轉換了哪一部份的消息來源真相？為何只有這些真相被轉換而其他部份被遺棄？應當都是未來研究的素材。針對消息來源而言，如何根據媒體特性「準備」素材，以及如何準備，過去研究亦少觸及。

同理，記者與消息來源如何透過語言共同建構真實尤其值得觀察。相關研究過去多偏向社會學導向，著重討論機構或個人如何互動，但對於建構意義最關鍵之語言互動則極少加以著墨（參見 Ericson, et al., 1995）。舉例而言，記者經常指稱其線索資料係透過與消息來源「聊天」得來，但過去研究極少討論聊天此一對話形式如何隱藏新聞素材。依照人類學家 Schegloff 之言，任何對話之進行均係透過「互動中的談話

讀者可以採取某些行動，主因大都可歸之於環保團體的激烈手段，促使媒體報導也跟著較前更具行動性。

(talk in interaction)」達成，而這種談話又須雙方同時參與、共同建構，方能產生語言行動的連貫性(Schegloff, 1995:187)。顯然此一卓見對新聞研究甚具啟發性，未來應可發展相關研究主題探析記者與消息來源如何「聊天」? 如何建構話題? 兩者如何在「一搭一唱」的情況中交換訊息? 聊天因而不僅是日常生活的社會行動之一，且是極具潛力的研究素材。❻❹

　　總之，由以上討論觀之，新聞媒體與消息來源互動的文獻的確顯示，兩者在新聞真實建構過程中具有共享建構責任、各自建構意義（真實）的傾向，然而過去研究未能體認互動之本質即在共同建構，因而失去從整體觀點討論新聞產製的機會。在結束本節討論前，容再引 Berger & Luckman （中譯本：73）針對社會制度如何形成之討論：「【任何】甲、乙二人互動的活動，只要重複而習慣化，二人便會依其先前社會經驗將活動定型而賦予活動的意義。」如果記者與消息來源的互動可視為是一種新社會制度之起源，則未來研究或可直接探詢影響此一共向制度的因素與限制，無須再從兩者認知評價或互動類型等初級概念出發（如本節第一部份所引），因而或可提昇研究品質，發展較為複雜且具概念性的解釋。

　　由此，此節討論可仿上節有關共同建構之理論部份，發展相關命題：

　　——新聞媒體與消息來源之真實建構乃一共同參與的過程，兩者分
　　　　別依據自我詮釋框架提供部份真實，協助新聞真實之呈現；
　　——新聞媒體與消息來源為適應雙方之共同建構真實過程，會發展

---

❻❹　如Killenberg & Anderson (1989:9)即曾指出，在記者的訪問情境中，受訪者與記者處於一種「共同創造(co-creators)」意義的角色，兩造要如何溝通並非個人所能決定，而須視互動關係如何發展而定：「在大部份情況下，具有新聞性的資訊會從連續談話中浮現。新聞因此不只是一種客體(object)，且也是關係。實際上，新聞是新聞記者與受訪者所共同創造」。

一些不成文規則（如互信、查證等）， 期使雙方互動行為得以
有所依循；**❻❺**

——情境對互動影響甚鉅，亦即事件或議題對雙方共同建構之本質
具有關鍵性影響，如事件發展初期與晚期之雙方互動型態有所
不同；**❻❻**

——互動雖屬共同性質，但新聞媒體與消息來源之關係類型未必屬
於均衡或對稱，此乃因兩者擁有之資源與力量不同，難以達成
均衡或對稱關係；**❻❼**

---

❻❺ 如Mancini (1993:41)曾討論義大利國會議員與記者之間如何來往：「國會議
員必須瞭解並尊重記者的工作 (practices)，以及兩者間所發展的一些不成文
法律規範」。Mancini所討論之不成文規範，包括兩者間的互信與狐疑：「雙
方都仔細計算互動的利弊得失」。 如消息來源試圖瞭解從新聞報導中可獲得
何種利益，而新聞記者亦會考慮是否能從某特定消息來源取得獨家訊息。此
外，「不列入會議記錄(off-the-record)」的告知方式，亦是雙方來往的習慣，
而記者在新聞稿中會以「據悉」、「據瞭解」方式「保護」消息來源，此即不
成文互動規則之一。

❻❻ 舉例言之，記者換線是否影響雙方互動之情誼？喻靖媛(1994)的個案調查發
現，記者與消息來源的友好關係可能維持長久，當消息來源遇到重大負面報
導時，友善記者會自動協助「轉一轉」， 指在報導中將負面訊息以中性方式
撰寫，或將責任歸為機構而非個人。此外，在物理情境方面，不同形式的事
件亦可能對互動產生影響，如記者會、正式面對面訪談、或臨時隨機訪問等
不同互動型態，均可能出現內容有異之新聞真實內容。

❻❼ 新聞媒體與消息來源所擁有之「資源」與「力量」不同，可能引發不同均衡
或對稱關係，可參見Cook (1989:5)討論國會新手議員與記者間的交手。作者
認為，媒體的出現，使得國會內部原有的一套資深制度失去作用，因為新手
議員(the mavericks)不再完全按不成文之規範行事，媒體在速成國會議員的
名氣方面，扮演重要角色。有趣的是，這些研究並未深究媒體如何與國會彼
此在互動中建構「力量」，尤其在語言方面。可參見Jacoby & Gonzales (1991)
之討論。未來研究或可仿照人類學家之田野調查方式，長期跟隨新手記者或

── 雙方由於力量不等，因此會發展不同層次(hierarchy)之互動行為，如合作、互利、敵對、或交換，且可能在同一互動過程中兼有上述行為之某幾種類型；❻❽

── 互動雙方如有意持續來往，則會發展適應對方之策略，設法爭取對方框架之調適；❻❾

── 新聞媒體與消息來源之互動具有層次與結構，可反映在組織、個人、語言論述、或甚至故事情節等不同層級，且雙方互動之目標並不一致。❼⓪

消息來源（如國會議員），　以瞭解在專業成長過程中，新手如何與互動之專家對手交手。

❻❽ 如本書第一章與第四章第一節所述，總統因擁有較多政治資源，面對媒體時就可能採取高姿態的交換類型，掌握較多意義詮釋能力，形成所謂的「意義大師（master of meaning；見Taylor, 1995:310）」。再者，專家型的記者(或消息來源)亦可能在互動過程中較為主動，使得生手只能隨其行動。

❻❾ 如Altheide (1974)曾發現，記者發展新聞故事時，會事先決定切點、走向與解決方案，然後才找適當(supportive)消息來源。作者因此認為，這種方式乃協助記者縮短查訪資料所需時間與精力；這個說法與本書第三章引述之個人新聞框架類似。此外，Salwen (1996:826)指出，記者與消息來源經常組成策略聯盟(strategic alliance)，在某些議題上發展相同論點。

❼⓪ Hirsch, 1977; Reese, 1991; Shoemaker & Reese, 1991 均認為新聞組織為一目標導向的實體，其內容結構與常規均係為完成組織目標而設置。在寫作層次方面，許舜青(1994)曾提及，寫作者在撰寫工作中，涉入一個極為複雜且是目標導向的問題解決過程。較有經驗的寫作者會擬定方案一步步前進，而生手則不斷停頓，難以在短時間內完成工作。

其他有關消息來源之目標導向文獻甚多，如Mathes & Dahlem (1989:34) 即稱，政治活動中的每一方都有清晰明確的目標，透過新聞媒體的報導，這些政治人物或團體將自己的目標傳遞給大眾。作者們認為，在爭議事件中，溝通目標並非在於討論事件本身，而是加強自己在爭議事件中的立場。

丁、總結

由以上討論觀之，未來研究尚可進一步探詢與新聞媒體與消息來源互動之其他相關主題，包括在中國人的社會中，兩者交往是否受到本地人際交往型態的影響。如果本書所提供的討論尚屬有用，未來研究亦可將新聞媒體與消息來源視為是一對(dyad)建構意義的組合，雙方以不同框架觀察外界，各自尋求對自身組織有利的來往模式。

本書所未及討論者甚多，至少在互動層面未能針對新聞接收者（含讀者與政策制訂者）之回饋進行分析（參見《圖6-3》之陰影部份）。過去研究曾發現，新聞報導中的標題與導言可能影響讀者閱讀新聞時做特定方向的歸類，但對其回憶卻無影響（參見鍾蔚文＼臧國仁＼陳韻如＼張文強＼朱玉芬，1995；張文強，1993；陳韻如，1993）。研究者曾因此推論，新聞框架對閱讀心理的推論可能有較強暗示作用，但對新聞中的資訊回憶卻無甚差別。

但此部份之理論意涵顯然較現有文獻來的更為複雜，如對大部份記者而言，其寫作對象常非一般讀者，而係政策制訂者。換言之，記者撰稿除欲達成「心中有讀者」之社會功能外，尚有其他策略，包括影響政策、打響知名度、建立個人關係等。此處發展性甚多，尚待未來再以專書處理。

此外，本書亦未針對共同建構所可能衍生的倫理問題進行討論。如本節所示，意義之共同建構並非「共同製造事件」。本書旨在申述新聞媒體與消息來源對新聞意義產製之貢獻，並將兩者視為各自發展專業的平行行業。至於兩者在互動過程中可能產生之共同製造事件的問題（如記者參與社會運動之同時又兼撰寫有關活動的新聞稿，或協助國會議員撰寫質詢稿內容後隨即加以報導），則非本書重點，此處亦省略未提（參見Mancini, 1993）。

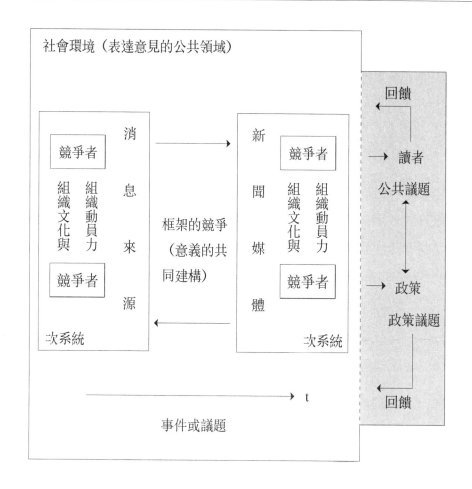

圖6-3：新聞產製過程中的接收者與回饋

Taylor (1995) 曾借用「互文性」概念揭示「所有論述都是未來論述的起點」此一觀點，因此，本書所未能完成之討論似亦可視為是未來其他相關新聞互動研究的另一起點。為了下一次討論準備起見，或可依上節與前章之討論，重新簡述並定義與「新聞」運作相關之互動生態為：**❼❶**

新聞工作者(1)與不同消息來源(2)根據各自認定之社區利益(3)所共同(4)建構(5)的社會真實(6)，雙方各自動員組織資源(7)，嘗試定義或詮釋(8)社會事件與議題(9)在情境(10)中的特殊意義(11)。**❼❷**

---

❼❶ 「新聞生態 (ecology of news)」概念出自 Molotch, et al., 1987。依 Borquez (1993) 的解釋，Molotch 等人之意在於強調新聞媒體與政策制訂者的互動，乃一長期交換與回應訊息的過程(on-going stream of messages)，而此互動型態在不同時間可能呈現合作或競爭的局面。有時，媒體報導影響了政策制訂者促動民意的機會，但在其他時候，新聞報導又可能提供這些制訂者建構符號以傳達政策的機會。相關討論可參見Protess, et al., 1991, 有關媒體—民意—政策制訂三者連結的解釋（見該書第十章）。

❼❷ 此定義中之各號碼，係指與新聞相關之次變項；除(3)外，均已在本書討論。有關新聞與社區（讀者）之關係，可參見Berkowitz (1994)引述Tichenor, et al. (1980)等人早期所做的研究，並可參見本書第二章第四節之「預設十」。

參考書目

中文部份

卜正珉(1990)。新聞記者與企業公關人員認知關係之研究。國立政治大學新聞研究所碩士論文。

卜正珉\臧國仁(1991)。〈新聞記者與企業公關人員認知關係之研究〉。《民意》，第157期，頁54-90。

中華民國新聞評議委員會(1997)。〈社會新聞記者與警方消息來源互動關係之研究〉。臺北：中華民國新聞評議委員會。

方孝謙(1998)。〈再現之比較研究：實在、再現、與意義〉。臺北：「再現工作群」研討會（由國科會委託之整合研究群舉辦，十二月十二日）。

王甫昌(1993)。〈族群動員與臺灣反對運動的發展，1986-1989〉。國科會專題研究報告。

王洪鈞編著(1986)。《新聞採訪學》(初版十五刷)。臺北：正中。

王美玉(1991)。〈我們打開採訪總統這扇門：十一月十六日中國時報獨家專訪李總統登輝經緯〉。《中國時報報系社刊》，十二月號，頁18-23。

王夢鷗\許國衡譯(1992)。〈文學論——文學研究方法論〉。臺北：志文。

王麗美(1994)。《報人王惕吾：聯合報的故事》。臺北：天下文化。

王嵩音(1995)。〈兩岸三地人民印象之研究〉。臧國仁主編，《中文傳播研究論述——「一九九三中文傳播研究暨教學研討會」論文彙編》。臺北：國立政治大學傳播學院研究中心。

方怡文＼周慶祥(1997)。《新聞採訪理論與實務》。臺北：正中。

朱玉芬(1995)。新聞結構對情感及興趣之影響。國立政治大學新聞研究所碩士論文。

余英時(1994)。〈哈伯瑪斯的「批判理論」與意識型態〉。《中山社會科學學報》，第八卷第一期，頁1-16。

李亦園(1978)。《信仰與文化》。臺北：巨流。

李金銓(1981)。《大眾傳播理論》。臺北：三民。

李森堙(1998)。廣播Call-in節目的對話文體分析。國立政治大學新聞研究所碩士論文。

李瞻(1991)。《中央政府加強公關業務之研究》。臺北：革命實踐研究院。

李瞻＼王石番＼謝瀛春(1987)。〈臺灣電力公司加強公共關係業務之研究〉。國立政治大學新聞研究所專題研究報告。

李瞻＼賴秀峰譯(1985)。《美國政府公共關係》。臺北：臺北市記者公會新聞叢書第51冊。

牟迎馨(1997)。新聞跨媒體影響力探析——以晚報與無線電視晚間新聞為例。國立政治大學新聞研究所碩士論文。

杜啟華(1992)。企業文化與組織變革策略之關係研究。國立中興大學企管研究所碩士論文。

何振忠(1997)。〈工作談——總統記者會〉。《聯合報系月刊》，六月號。

冷若水(1985)。《美國新聞與政治》。臺北：中華民國新聞編輯人協會。

吳宜蓁(1994)。〈情境理論在環境公關上之應用〉。郭良文主編，《臺灣的環境公關》。臺北：巨流。

吳宜蓁＼林瑜芬(1993)。〈從博奕理論(game theory)觀點解析環保自力救濟事件——以高雄大社石化工業區圍廠事件為例〉。第二屆中華民國廣告暨公共關係學術研討會。臺北：國立政治大學廣告系主辦。

吳雯雯(1991)。議題涉入感對資訊處理策略影響之研究。國立政治大學新聞

研究所碩士論文。

吳璧如(1990)。國民小學組織文化與組織效能關係之研究。國立高雄師範大學教育研究所碩士論文。

邱進益(1991)。〈為總統與新聞界搭一座橋──總統發言人的角色與功能〉。《報學》，第八卷第四期，頁8–18。

劭玉銘(1991)。〈談政府發言人的運作〉。《報學》，第八卷第四期，頁20–23。

卓南生(1997)。〈從新聞學到社會情報學──日本新聞與傳播教育演變過程〉。《新聞學研究》，第54集，頁9–31。

林子儀(1994)。《言論自由與新聞自由》。臺北：月旦。

林子儀(1991)。〈論接近使用權〉。《新聞學研究》，第45集，頁1–23。

林英貴(1983)。CIS之研究──分析層級序法之應用。國立政治大學企管研究所碩士論文。

林芳玫(1998)。〈A片與男性觀眾解讀：男性觀視主體位置的同一與鞏固〉。陳世敏主編，《傳播論文選集1997》。臺北：中華傳播學會。

林芳玫(1996)。《女性與媒體再現：女性主義與社會建構論的觀點》。臺北：巨流。

林芳玫(1995)。〈社會問題的建構與詮釋：婦女團體如何成為新聞消息來源〉。臧國仁主編，《新聞工作者與消息來源》。臺北：國立政治大學新聞研究所。

林珍良(1994)。新聞言說結構對資訊處理策略影響之研究。國立政治大學新聞研究所碩士論文。

林淳華(1996)。新聞記者自主權之研究。國立政治大學新聞研究所碩士論文。

林靜伶(1995)。臺灣競選廣告中戰爭比喻之論辯特質。閱聽人及訊息策略學術研討會，嘉義：國立中正大學電訊傳播所。

林慧瑛(1986)。政府與新聞界溝通關係之研究──現階段政府機關發言人制度及其實務探討。中國文化大學新聞研究所碩士論文。

林磐聳(1988)。《企業識別系統》。臺北：藝風堂。

邱金蘭(1988)。我國企業公共關係負責人角色認知與新聞界接觸關係之研究。中國文化大學新聞研究所碩士論文。

周華山(1993)。《意義——詮釋學的啟迪》。臺北：商務。

周靜衍(1980)。臺灣省政府主要機構兼代發言人的角色認知與其處理新聞的關聯性研究。國立政治大學新聞研究所碩士論文。

洪鎌德(1994)。〈新馬克斯主義與當代人文思潮以及社會學說的互動〉。《中山社會科學學報》，第八卷第一期，頁17–57。

胡守衡(1970)。甘迺迪總統與新聞界關係之研究。國立政治大學新聞研究所碩士論文。

胡晉翔(1994)。大眾傳播與社會運動——框架理論的觀點。國立政治大學新聞研究所碩士論文。

馬驥伸(1979)。《新聞寫作語文的特性》。臺北：臺北市記者公會。

徐美苓(1998)。〈選舉新聞、選民政治知識與候選人評估〉。金溥聰主編，《新聞「學」與「術」的對話V：總統選舉與新聞報導》。臺北：國立政治大學新聞系。

徐美苓＼黃淑貞(1998)。〈愛滋病新聞報導內容之分析〉。《新聞學研究》，第56集，頁237–268。

柏松齡(1996)。性別與框架：以臺大女研社播放A片事件為例。國立中正大學電訊傳播研究所碩士論文。

紀效正(1989)。政府官員與記者互動關係之研究——以行政院環境保護署為例。國立政治大學新聞研究所碩士論文。

袁乃娟(1986)。電視新聞相關人員的專業態度研究。國立政治大學新聞研究所碩士論文。

高惠宇(1994)。〈創辦人嘉勉頒獎萬元美金〉。《聯合報系月刊》，第135期(三月號)，頁6–7。

高國亮(1993)。〈英國外交部新聞發佈制度之研究〉。《新聞鏡週刊》，第234期，頁18–25；第235期，頁20–25。

殷海光(1980)。《殷海光先生文集》。臺北：桂冠。

翁秀琪(1998)。〈批判語言學、在地權力觀和新聞文本分析：宋楚瑜辭官事件中李宋會的新聞分析〉。陳世敏主編，《傳播論文選集1997》。臺北：中華傳播學會。

翁秀琪(1996)。〈消息來源策略研究——探討中時、聯合兩報對婦運團體推動「民法親屬編」修法的報導〉。《新聞學研究》，第52集，頁121–148。

翁秀琪(1994a)。〈婦女運動與新聞報導之研究：從消息來源策略角度探討中時、聯合兩報對婦運團體推動民法親屬編修法的報導〉。發表於女性與新聞研討會，臺北：臺灣大學新聞研究所主辦（曾刊載於《新聞學研究》，第48集，頁193–236；收錄於翁秀琪等，1997）。

翁秀琪(1994b)。〈消息來源與新聞記者的自主性探討——談新聞記者聯誼會的功能〉。臧國仁主編，《新聞「學」與「術」的對話》。臺北：政治大學新聞研究所。

翁秀琪(1992)。〈工作權與新聞記者之自主性〉。翁秀琪\蔡明誠主編，《大眾傳播法手冊》。臺北：國立政治大學新聞研究所。

翁秀琪等(1998)。〈似假還真的新聞文本世界：新聞如何呈現超經驗事件〉。《新聞學研究》，第58集，頁59–84。

翁秀琪等(1997)。《新聞與社會真實建構——大眾媒體、官方消息來源與社會運動的三角關係》。臺北：三民。

許舜青(1994)。新聞寫作歷程初探。國立政治大學新聞研究所碩士論文。

許傳陽(1992)。大眾傳播媒介與社會運動：一個議題傳散模式的初探——以宜蘭反六輕設廠運動之新聞報導為例。國立政治大學新聞研究所碩士論文。

孫秀蕙(1997)。《公共關係：理論、策略與研究實例》。臺北：正中。

孫秀蕙(1996)。〈公關人員與媒體之間的互動對議題管理策略的啟示——以非營利的弱勢團體為例〉。《廣告學研究》， 第8集， 頁153-173。

孫秀蕙(1994)。〈環保團體的公共關係策略之探討〉。《廣告學研究》， 第3集，頁159-185。

黃光國(1999)。〈華人的企業文化與生產力〉。《應用心理研究》， 第一期， 頁163-185。

黃光國(1995)。《知識與行動：中華文化傳統的社會心理詮釋》。 臺北：心理出版社。

黃年(1993)。〈一把扇子——談新聞記者的內在世界〉。《聯合報系月刊》,七月號， 頁72-107。

黃新生(1990)。《媒介批評》。臺北：五南。

黃葳威(1995)。〈自主權與選擇消息來源之偏向〉。臧國仁主編，《新聞「學」與「術」的對話III：新聞工作者與消息來源》。 臺北：國立政治大學新聞研究所。

黃傳榜(1997)。政府資訊津貼在新聞上的影響——以「廢省」爭議為例。國立政治大學新聞研究所碩士論文。

黃懿慧(1999)。〈西方公共關係理論學派之探討——九〇年代理論典範的競爭與辯論〉。《廣告學研究》， 第12集， 頁1-37。

黃懿慧(1994)。〈核四溝通問題剖析〉。郭良文主編，《臺灣的環境公關》。臺北：巨流。

黃懿慧(1993)。〈風險溝通與臺電核四案的檢討〉。發表於環保與公關研討會，臺北：世界新聞傳播學院主辦。

陳一香(1988)。電視爭議性新聞之消息來源及其處理方式與訊息導向之分析。國立政治大學新聞研究所碩士論文。

陳世敏(1992)。〈新聞自由與接近使用媒介權〉。翁秀琪＼蔡明誠主編，《大眾傳播法手冊》。臺北：國立政治大學新聞研究所。

陳世敏(1991)。〈國家與廣電頻道使用權之分析：論「有限頻道，無限使用」〉。《新聞學研究》，第45集，頁25–37。

陳百齡(1994)。〈記者、圖像設計與消息來源〉。臧國仁主編，《新聞「學」與「術」的對話》。臺北：國立政治大學新聞研究所。

陳順孝(1998)。〈媒介組織內的新聞建構〉。輔仁大學大眾傳播所主辦「媒介與環境」學術研討會宣讀論文（十一月十四～五日）。

陳順孝＼康永欽(1998)。〈記實避禍的報導策略——傳播者與社會情境互動的本土分析〉。陳世敏主編，《傳播論文選集1997》。臺北：中華傳播學會。

陳順孝＼康永欽(1997)。〈新聞記者如何「記實避禍」？ ——傳播者與社會情境互動的本土研究〉。中華傳播學會1997年會宣讀論文，臺北：深坑。

陳秉璋(1985)。《社會學理論》。臺北：三民。

陳雪雲(1991)。我國新聞媒體建構社會現實之研究——以社會運動報導為例。國立政治大學新聞研究所博士論文。

陳曉開(1995)。新聞編輯的專家與生手解題表現研究。國立政治大學新聞研究所碩士論文。

陳埠津(1988)。〈重拾失落的文明理想：哈伯瑪斯論「啟蒙」與「現代性」〉。《中國論壇》，第315期，頁74–78。

陳蕙芬(1992)。組織文化與組織公關行為相關性探討。國立政治大學新聞研究所碩士論文。

陳蕙芬＼吳靜吉＼臧國仁(1994)。〈組織文化與組織公關行為相關性探討〉。《廣告學研究》，第4集，頁71–91。

陳慧容(1992)。〈中時與聯合兩報的獎懲規定及實例〉。習賢德編，《臺灣新聞事業問題解析》。臺北：文展。

陳韻如(1997)。〈臺灣婦女運動與媒介——臺大「A片影展」的媒介論述〉。《民意研究季刊》，第199期，頁125–152。

陳韻如(1993)。新聞事件的意義建構與受眾認知關係之研究——從受眾推論

看新聞框架之影響。國立政治大學新聞研究所碩士論文。

梁玉芳(1991)。新聞基模之研究——專家與生手知識結構差異之探討。國立
政治大學新聞研究所碩士論文。

梁欣如(1993)。《電視新聞神話的解讀》。臺北：三民。

章倩萍(1994)。新聞記者的認知策略之研究。國立政治大學新聞研究所碩士
論文。

陶允正(1994)。記者個人屬性專業意理與如何選擇接近消息來源之相關探討。
輔仁大學大眾傳播研究所碩士論文。

須文蔚 \ 陳世敏(1996)。〈傳播學發展現況〉。《新聞學研究》，第53集，頁9-
37。

彭偉文(1994)。〈陳玉慧科威特建功　內外勤同仁合作無間〉。《聯合報系月
刊》，第142期（十月號），頁28-30

彭家發(1994a)。《客觀性原則的探討》。臺北：正中。

彭家發(1994b)。〈新聞記者「客觀」包袱之利弊得失〉。臧國仁主編，《新聞
「學」與「術」的對話》。臺北：國立政治大學新聞研究所。

彭家發(1986)。《特寫寫作》。臺北：商務。

彭家發等編著(1997)。《新聞學》。臺北：國立空中大學。

程之行(1993)。《新聞寫作》。臺北：商務（初版）。

程之行(1984)。《評論寫作》。臺北：三民。

屠乃瑋(1995)。〈評論與回應〉。臧國仁主編，《新聞「學」與「術」的對話III：
新聞工作者與消息來源》。臺北：國立政治大學新聞研究所。

曾慶豹(1998)。《哈伯瑪斯》。臺北：生智。

張文強(1993)。態度對新聞閱讀之影響。國立政治大學新聞研究所碩士論文。

張永誠(1991)。《事件行銷100：造勢成功的100個Events》。臺北：遠流。

張碧華(1992)。結構／個人：影響我國新聞從業人員專業化程度及其對新聞
產業工會態度之相關因素研究——以《中國時報》、《自立早報》為例。

輔仁大學大眾傳播研究所碩士論文。

張錦華(1997)。〈從公共領域理論及多元化報導觀點探討我國選舉新聞報導——以78年、81年以及84年選舉新聞中的統獨議題為例〉。《新聞學研究》，第55集，頁183–202（亦收錄於金溥聰主編，1998，《新聞「學」與「術」的對話V：總統選舉與新聞報導》。臺北：國立政治大學新聞系）。

張錦華(1994a)。《傳播批判理論》。臺北：正中。

張錦華(1994b)。〈新聞的真實與再現：以李瑞環事件相關報導為例〉。臧國仁主編，《新聞「學」與「術」的對話》。臺北：國立政治大學新聞研究所。

張錦華(1991)。〈新聞與意識形態〉。《報學》，第八卷第四期，頁176–183（收錄於作者，1993，《媒介文化、意識形態與女性——理論與實例》。臺北：正中）。

張藝芬(1990)。我國中央政府組織的公共關係運作：以古魯尼模式描述。國立政治大學新聞研究所碩士論文。

葉桂萍(1993)。企業文化對組織生產力影響之研究。國立中山大學企業管理研究所碩士論文。

葉斯逸(1998)。由敘事理論角度分析媒介對「二二八事件」的報導。國立政治大學新聞研究所碩士論文。

葉瓊瑜(1997)。〈媒介策略：看消息來源如何「進攻」媒體——以公視如何立法為例〉。翁秀琪等。《新聞與社會真實建構 —— 大眾媒體、官方消息來源與社會運動的三角關係》。臺北：三民（本文改寫自作者碩士論文，國立政治大學新聞研究所，1995）。

單美雲(1996)。〈核四議題生命歷程及臺電議題管理之研究〉。《民意》研究季刊，第198期，頁223–262。

馮建三(1995)。〈科技記者、科技新聞與科技學者的互動〉。《新聞學研究》，第50集，頁41–60。

馮建三(1994)。〈「新聞評論一定要找學院的知識分子?」:談學者與大眾媒介的關係〉。臧國仁主編,《新聞「學」與「術」的對話》。臺北:國立政治大學新聞研究所。

喻靖媛(1994)。記者及消息來源互動關係與新聞處理方式之關聯性研究。國立政治大學新聞研究所碩士論文。

喻靜媛\臧國仁(1995)。〈記者及消息來源互動關係與新聞處理方式之關聯〉。臧國仁主編,《新聞「學」與「術」的對話III:新聞工作者與消息來源(附錄二)》。國立政治大學新聞研究所。

楊秀娟 (1989)。我國新聞從業人員專業化程度之研究——以報紙為例。國立政治大學新聞研究所碩士論文。

楊素芬(1996)。文本類型對閱讀的影響:以新聞體與小說體為例。國立政治大學新聞研究所碩士論文。

楊秋蘋 (1988)。電視新聞消息來源人物之處理方式及其客觀事實之比較——以立法院第七十九會期之電視新聞為例。國立政治大學新聞研究所碩士論文。

楊韶彧(1993)。從消息來源途徑探討議題建構過程——以核四建廠爭議為例。國立政治大學新聞研究所碩士論文。

董來燦(1987)。《美國壓力團體之研究》(二版)。臺北:商務。

《新聞學研究》,第53集,有關「『新』傳播教育」之專題論述。

樓榕嬌(1986)。《美國總統記者會功能運作之研究》。臺北:黎明。

漆敬堯(1990)。《「新聞特寫」與「分析新聞」稿件:「一、二、三……!」的寫作模式》。臺北:正中。

廖炳惠(1994)。〈馬克吐溫《哈克歷險記》與多元文化及公共場域:多元文化及公共場域研究的啟示〉。《當代》,第93期,頁48-65。

臧國仁(1998a)。〈消息來源組織與媒介真實之建構:組織文化與組織框架的觀點〉。《廣告學研究》,第11集,頁69-116。

臧國仁(1998b)。〈新聞報導與真實建構：新聞框架理論的觀點〉。《傳播研究集刊》，第3集。國立政治大學傳播學院。

臧國仁(1998c)。〈專業或學術──新聞教育的挑戰〉。《高雄市立空中大學校刊》，第二卷第一期，頁9-12。

臧國仁(1995a)。〈新聞媒體與消息來源的互動──系統理論的觀點〉。《國科會研究彙刊──人文與社會學科》，第五卷第二期，頁264-284。

臧國仁主編(1995b)。《新聞「學」與「術」的對話III：新聞工作者與消息來源》。臺北：國立政治大學新聞研究所。

臧國仁(1994)。〈新聞工作者與消息來源──系統生態學的觀點〉。發表於傳播生態學研討會。嘉義：國立中正大學電訊傳播研究所。

臧國仁(1992)。〈「事件行銷」與「公關活動」──推薦專文〉。蔡體楨。《公關Event：本土案例的思考與分析》。臺北：商周文化。

臧國仁(1989a)。〈國際新聞的系統觀〉。《新聞學研究》，第41期，頁159-200。

臧國仁(1989b)。〈公共關係在臺灣發展之檢討──回顧與展望〉。《中華民國廣告年鑑，民77-78》。臺北市廣告公會。

臧國仁(1987)。〈美國新聞媒介的世界觀〉。《美國月刊》，第二卷第七期，頁90-101。

臧國仁\楊怡珊(1998)。〈新聞記者的社會智能：再論記者與消息來源之互動〉。專家生手研究群成果發表會。臺北：國立政治大學傳播學院（六月二十日）（由國科會委託之研究群舉辦）。

臧國仁\鍾蔚文(1997a)。〈時間概念與新聞報導──初探新聞文本如何使用時間語彙〉。中華傳播學會1997年度學術研討會宣讀論文，臺北：深坑。

臧國仁\鍾蔚文(1997b)。〈框架概念與公共關係策略──有關運用媒介框架的探析〉。《廣告學研究》，第9期，頁99-130。

臧國仁\鍾蔚文(1996)。〈讀者新聞素養初探分析──以「夾敘夾議」新聞寫作為例〉。臺北：「再現工作群」研討會（十月五日）。

臧國仁\鍾蔚文(1995)。〈新聞記者與生手研究㈡〉。臺北：國立政治大學新聞系專題研究計畫（未發表）。

臧國仁\鍾蔚文\黃懿慧(1997)。〈新聞媒體與公共關係（消息來源）互動〉。陳韜文等主編，〈大眾傳播與市場經濟〉。香港：爐鋒學會。

趙庭輝(1991)。臺灣地區災難報導之新聞價值分析。輔仁大學大眾傳播研究所碩士論文。

趙滋藩(1988)。《文學原理》。臺北：東大。

蔡松齡(1992)。《公關趨勢：公關時代企業必備的知識》。臺北：遠流。

蔡琰(1997)。〈電視時裝劇類型與情節公式〉。《傳播研究季刊》，第1集，國立政治大學傳播學院。

蔡琰(1995)。〈電視戲劇類型與公式分析〉。行政院國科會專題研究報告。

蔡琰\臧國仁(1998)。〈新聞敘事結構：再現故事的理論分析〉。《新聞學研究》，第58集，頁1–28。

蔡體楨(1992)。《公關Event：本土案例的思考與分析》。臺北：商周文化。

鄭金川(1993)。《梅洛─龐蒂的美學》。臺北：遠流。

鄭家忠(1996)。大型醫院組織文化、組織運作、經營型態、及經營績效之關係研究。國立成功大學企業管理研究所碩士論文。

鄭為元(1992)。〈高夫曼(Erving Goffman)──日常生活戲劇觀的評論家〉。葉啟政主編，《當代社會思想巨擘》。臺北：正中。

鄭昭明(1993)。《認知心理學：理論與實踐》。臺北：桂冠。

鄭瑞城(1991)。〈從消息來源途徑詮釋媒介近用權〉。《新聞學研究》，第45集，頁39–56。

鄭瑞城(1988)。《透視傳播媒介》。臺北：天下文化。

鄭瑞城\陳雪雲(1991)。〈政治性街頭新聞之消息來源分析──以解嚴前後之《聯合報》為例〉。國科會專題研究計畫。

鄭瑞城\羅文輝(1988)。〈電視新聞消息來源人物之背景與呈現方式之研究〉。

　　國科會專題研究計畫。

鄭瑞城等(1993)。《解構廣電媒體》。臺北：澄社。

臺錦屏 (1992)。政府發佈的新聞稿與新聞報導相關性研究——以行政院新聞
　　局、臺北市政府新聞處發佈的新聞稿為例。中國文化大學新聞研究所碩
　　士論文。

蕭蘋 (1989)。環保記者專業意理及其影響因素之分析。國立政治大學新聞研
　　究所碩士論文。

劉萍 (1992)。臺灣地區報紙新聞報導正確性之探析。中國文化大學新聞研究
　　所碩士論文。

劉祥航 (1994)。社會運動中的共識動員——以我國消費者運動初期
　　(1980–1984)的媒介報導為例。國立政治大學社會學研究所碩士論文。

劉蕙苓 (1989)。報紙消息來源人物之背景與被處理方式之分析。國立政治大
　　學新聞研究所碩士論文。

劉駿州(1995)。〈公關人員如何選擇記者——政府公關新聞管理策略之研究〉。
　　臧國仁主編，《新聞「學」與「術」的對話III：新聞工作者與消息來源》。
　　臺北：國立政治大學新聞研究所。

歐陽醇(1982)。《採訪寫作》。臺北：三民。

鍾蔚文(1998)。國科會一般型計畫「探討記者查證、訪問、寫作的知識基礎：
　　專家能力的特質」提案報告。

鍾蔚文(1997)。國科會整合計畫「新聞報導如何再現事實？語言層面的探討」
　　提案報告。

鍾蔚文(1995)。〈記者與消息來源的互動遊戲〉。臧國仁主編，《新聞「學」與
　　「術」的對話III：新聞工作者與消息來源》。 臺北：國立政治大學新聞
　　研究所。

鍾蔚文 (1993)。兩岸媒體對對方報導之內容分析。行政院大陸委員會專題研
　　究報告。

鍾蔚文(1992)。《從媒介真實到主觀真實》。臺北：正中。

鍾蔚文＼臧國仁(1994)。〈如何從生手到專家〉。臧國仁主編，《新聞「學」與「術」的對話》。臺北：國立政治大學新聞研究所。

鍾蔚文＼臧國仁＼陳百齡(1996)。〈傳播教育究竟應該教些什麼？一些極端的想法〉。翁秀琪＼馮建三主編，《國立政治大學新聞教育六十週年論文彙編》。臺北：國立政治大學新聞系。

鍾蔚文＼臧國仁＼陳百齡＼陳順孝(1997)。〈探討記者工作的知識基礎——分析架構的建立〉。 中華傳播學會1997年度學術研討會宣讀論文，臺北：深坑。

鍾蔚文＼臧國仁＼陳憶寧＼柏松齡＼王昭敏(1996)。〈框架理論再探——以臺大女研社A片事件為例〉。翁秀琪＼馮建三主編，《國立政治大學新聞教育六十週年論文彙編》。臺北：國立政治大學新聞系。

鍾蔚文＼臧國仁＼陳韻如＼張文強＼朱玉芬(1995)。〈新聞的框架效果〉。臧國仁主編，《中文傳播研究論述——「一九九三中文傳播研究暨教育研討會」論文彙編》。臺北：國立政治大學傳播學院研究中心。

戴至中 (1996)。從新聞中的直接引語看記者與消息來源的互動。國立政治大學新聞研究所「公共關係專題」期末報告，未發表。

戴育賢(1995)。〈大眾媒體與真實建構——一次現象社會學的探討〉。 臧國仁主編，《中文傳播研究論述：「一九九三中文傳播研究暨教學研討會」論文彙編》，臺北：國立政治大學傳播學院研究中心。

曠湘霞(1982)。〈記者形象研究：不同群體所持記者形象之內容與差異分析〉。《新聞學研究》，第30集，頁79–113。

羅文輝(1995)。〈新聞記者選擇消息來源的偏向〉。《新聞學研究》，第50集，頁1–13。

羅文輝(1994)。《無冕王的神話世界》。臺北：天下文化。

羅文輝 (1989)。〈密蘇里大學新聞學院對中華民國新聞教育及新聞事業的影

響〉。《新聞學研究》，第41集，頁201–210。

羅文輝∖鍾蔚文 (1992)。〈報紙與電視如何報導民國八十年的第二屆國代選舉〉。亞洲協會委託專題研究報告。

羅文輝∖蘇蘅∖林元輝(1996)。〈如何提昇新聞的正確性——一種新查證方法的實驗設計〉。《聯合報》系文化基金會專題研究結案報告。

譚潔芝 (1992)。組織文化的類型、特色、與角色功能。中國文化大學政治研究所碩士論文。

蘇湘琦 (1994)。媒介對不同政策性議題建構的理論初探：以「彰濱工業區開發」和「黑名單開放為例」。國立政治大學新聞研究所碩士論文。

蘇蘅 (1995)。〈消息來源與新聞價值——報紙如何報導「許歷農退黨」效應〉。《新聞學研究》，第50集，頁15–40。

蘇蘅(1986)。〈媒介報導衝突事件之角色分析——以報紙報導核能四廠興建的爭議為例〉。《新聞學研究》，第36集，頁251–285。

英文部份

Adoni, H. & Mane, S. (1984). Media and the social construction of reality: Toward an integration of theory and research. *Communication Research* 11 (3): 323–340.

Aggarwala, N.K. (1979) What is development news. *Journal of Communication* 29: 180–181.

Ahern, T.J. (1981). Determinants of foreign news coverage in elite U.S. newspapers. Unpublished master's thesis. University of North Carolina at Chapel Hill. (Also see T.J. Ahern (1984). Determinants of foreign coverage in U.S. newspapers. In R.L. Stevenson & D.L. Shaw (eds.). *Foreign News and the New World Information Order.* Ames: Iowa State

University).

Alali, A. O. & Eke, K. K. (eds.). (1991) *Media Coverage of Terrorism.* Newbury Park, CA: Sage.

Albert, E. (1989). AIDS and the press: The creation and transformation of a social problem. In J. Best (ed.). *Images of Issues: Typifying Contemporary Social Problems.* NY: Aldine de Gruyter.

Albritton, R. B. & Manheim, J. B. (1985). Public relations efforts for the Third World: Images in the news. *Journal of Communication* 35: 43–59.

Albritton, R. B. & Manheim, J. B. (1983). News of Rhodesia: The impact of a public relations campaign. *Journalism Quarterly* 60:622–628.

Allen, D. S. (1995). *Theories of democracy and American journalism: Creating an active public.* Paper presented to the AEJMC convention, Washington, D. C.

Altheide, D.L. (1985). *Media Power.* Beverly Hills, CA: Sage.

Altheide, D.L. (1974). *Creating Reality: How TV News Distorts Events.* Beverly Hills, CA: Sage.

Altheide, D.L. & Snow, R.P. (1991). *Media Worlds in the Postjournalism* Era. NY: Aldine de Gruyter.

Altheide, D. L. & Snow, R. P. (1979). *Media Logic.* Beverly Hills, CA: Sage.

Altschull, J. H. (1988). *Agents of Power: The Role of the News Media in Human Affairs.* NY: Longman.

Anderson, A. (1993). Source–media relations: The production of the environmental agenda. In A. Hansen (ed.). *The Mass Media and Environmental Issues.* Leicester: Leicester University Press.

Anderson, A. (1991). Source strategies and the communication of environmental affairs. *Media, Culture & Society* 13 (4): 459–476.

Argyle, M.; Furnham, A; & Graham, J. A. (1981). *Social Situations.* NY: Cambridge University Press（中譯本為《社會情境》，臺北：巨流，張君玫譯，1996）。

Aronoff, C. (1976). Predictors of success in placing news releases in newspapers. *Public Relations Review* 2 (4): 43–57.

Aronoff, C. (1975). Newspaper and practitioners differ widely on PR role. *Public Relations Journal* 31: 24–25.

Ashforth, B. (1985). Climate formation: Issues and exensions. *Academy of Management Review* 10: 841–842.

Atwater, T. & Fico, F. (1986). Source reliance and use in reporting state government: A study of print and broadcast practices. *Newspaper Research Journal* 8 (1): 53–62.

Baerns, B. (1987). Journalists vs. public relations: The Federal Republic of Germany. In D. L. Paletz (ed.). *Political Communication Research.* Norwood, NJ: Ablex.

Bagdikian, B.H. (1971). *The Information Machines: Their Impact on Men and the Media.* NY: Harper & Row.

Bailey, K. D. (1990). *Social Entropy Theory.* Albany, NY: The SUNY Press.

Baker, P. J. & Anderson, L. E. (1987). *Social Problems: A Critical Thinking Approach.* Belmont, CA: Wadsworth.

Ball, M. A. (1996). The role of language, media, and spectacle in constituting a presidency. *Journal of Communication* 46 (3): 176–182 (Book Review).

Bann, S. (1987). Art. In D. Cohn–Scherbok & M. Irwin (eds.). *Exploring Reality.* London: Allen & Unwin.

Bantz, C. R. (1990a). Organizational communication, media industries, and mass communication: Comments on Turow. In J. Anderson (ed.). *Communication Yearbook* 13. Newbury Park, CA: Sage .

Bantz, C. R. (1990b). Organizing and enactment: Karl Weick and the production of news. In S. R. Corman, et al. (eds.). *Foundations of Organizational Communication: A Reader.* NY: Longman.

Bar–Tal, D. et al. (1989). *Stereotyping and Prejudice: Changing Conceptions.* NY: Springer–Verlag.

Barhydt, J. D. (1987). *The Complete Book of Product Publicity.* NY: AMACOM.

Barking, S. M. (1989). Coping with the duality of television news: Comments on Graber. *American Behavioral Scientist* 33 (2): 153–156.

Barnett, G. A. (1988). Communication and organizational culture. In G. M. Goldhaber & G. A. Barnett (eds.). *Handbook of Organizational Communication.* Norwood, NJ: Ablex.

Barsalou, L. W. (1992). Frames, concepts and conceptual fields. In A. Lehrer & E. F. Kittay (eds.). *Frames, Fields, and Contrasts: New Essays in Semantic and Lexical Organization.* Hillsdale, NJ: LEA.

Barthes, R. (1972). *Mythologies.* NY: Hill & Wang.

Bartlett, F.C. (1932). *Remembering: A Study in Experimental and Social Psychology.* Cambridge: Cambridge University Press.

Bash, H. H. (1995). *Social Problems & Social Movements: An Exploration into the Sociological Construction of Alternative Realities.* Atlantic Highlands, NJ: Humanities Press.

Basil, M. D. (1990). Primary News Source Change: Questions Wording, Availability, and Cohort Effects. *Journalism Quarterly* 67 (4): 708–722.

Bass, A. Z. (1969). Refining the 'gatekeeper' concept: A UN radio case study.

Journalism Quarterly 46:69–72.

Bateson, G. (1972). *Steps to the Ecology of Mind.* NY: Ballantine Books.

Beck, U.; Giddens, A.; & Lash, S. (eds.) (1994). *Reflexive Modernization.* Cambridge: Polity.

Becker, L. B. (1991). Reflecting on metaphors: Commentary or Reese. In J. Anderson (ed.). *Communication Yearbook* 14. Newbury Park, CA: Sage.

Bell, A. (1998). The discourse structure of news stories. In A. Bell & P. Garrett (eds.). *Approaches to Media Discourse.* Oxford: Blackwell.

Bell, A. & Garrett, P. (eds.) (1998). *Approaches to Media Discourse.* Oxford: Blackwell.

Bell, M. A. (1996a). The role of language, media, and spectacle in con-stituting a presidency. *Journal of Communication* 46 (3): 176–180 (Book Review).

Bell, M. A. (1996b). Telling stories. In D. Graddol & Oliver Boyd–Barrett (eds.). *Media Texts: Authors and Readers.* Clevedon, U.K.: Multilingual Matters, LTD (The Open University).

Bell, M. A. (1991). *The Language of News Media.* London: Blackwell.

Belz, A.; Talbott, A. D.; & Starck, K. (1989). Using role theory to study cross perceptions of journalists and public relations practitioners. In J. E. Grunig & L. A. Grunig (eds.). *Public Relations Research Annual*, 1:125–139.

Benford, R. D. (1993). Frame disputes within the Nuclear Disarmament Movement. *Social Forces* 71 (3): 677–701.

Benford, R. D. & Hunt, S. A. (1992). Dramaturgy and social movements: The social construction and communication of power. *Sociological Inquiry* 62 (1): 36–55.

Beniger, J. R. (1992). The impact of polling on public opinion: Reconciling Foucault, Habermas, and Bourdieu. *International Journal of Public Opinion Research* 4(3): 204–219.

Bennett, W. L. (1994). The news about foreign policy. In W. L. Bennett & D. L. Paletz (eds.). *Taken by Storm: The Media, Public Opinion, and U.S. Foreign Policy in the Gulf War.* Chicago: The University of Chicago Press.

Bennett, W. L (1990). Toward a theory of press–state relations in the United States. *Journal of Communication* 40 (2): 103–125.

Bennett, W. L (1988). *News: The politics of illusion* (2nd ed.). White Plains, NY: Longman.

Bennett, W. L. (1982). Theories of the media. In M. Gurevitch (eds.). *Culture, Society and the Media.* London: Methuen.

Bennett, W. L. & Edelman, M. (1985). Toward a new political narrative. *Journal of Communication* 35 (4): 156–171.

Bennett, W. L. & Manheim, J. B. (1993). Taking the public by storm: Information, cueing, and the democratic process in the Gulf conflict. *Political Communication* 10: 331–351.

Bennett, W. L. & Paletz, D. L. (ed.) (1994). *Taken by storm*: *The Media, Public Opinion, and U.S. Foreign Policy in the Gulf War.* Chicago: The University of Chicago Press.

Berger, A. A. (1997). *Narratives In Popular Culture, Media, and Everyday Life.* Thousand Oaks, CA: Sage.

Berger, P. L. & Luckmann, T. (1966). *The Social Construction of Reality.* Garden City, NY: Doubleday. (中譯本為《社會實體的建構》，臺北：巨流，鄒理民譯，1991初版)

Bergsma, F. (1978). News values in foreign affairs on Dutch television. *Gazette* 23: 207–222.

Berkenkotter, C. & Huckin, T. N. (1995). *Genre Knowledge in Disciplinary Communication: Cognition/Culture/Power.* Hillsdale, NJ: LEA.

Berkowitz, D. (1997). *Social Meanings of News: A Text–Reader.* Thousand Oaks, CA: Sage.

Berkowitz, D. (1994). Who sets the media agenda? The ability of policymakers to determine news decisions. In J. D. Kennamer (ed.). *Public Opinion, The Press, and Public Policy.* Westport, CN: Praeger.

Berkowitz, D. (1987). TV news sources and news channels: A study in agenda–building. *Journalism Quarterly* 64 (2): 508–513.

Berkowitz, D. & Adams, D. B. (1990). Information subsidy and agenda–building in local television news. *Journalism Quarterly* 67 (4): 723–731.

Best, J. (ed.). (1989a). *Images of Issues: Typifying Contemporary Social Problems.* NY: Aldine de Gruyter.

Best, J. (1989b). Secondary claims–making: Claims about threats to children on the network news. In J. A. Holstein & G. Miller (eds.). *Perspectives on Social Problems*, vol. 1. Greenwich, CN: JAI Press.

Billig, M. (1993). Studying the thinking society: Social representations, rhetoric, and attitudes. In G. M. Breakwell & D. V. Canter (eds.). *Empirical approaches to social representations.* Oxford: Clarerdon Press.

Bird, S.E. & Dardenne, R.W. (1988). Myth, chronicle, and story: Exploring the narrative qualities of news. In J.W. Carey (ed.). *Media, Myths, and Narratives: TV and the Press.* Newbury Park, CA: Sage.

Bishop, R. L. (fall 1988). What newspapers say about public relations. *Public*

Relations Review 14: 50–52.

Blake, R.H. & Haroldsen, E.O. (1975). *A Taxonomy of Concepts in Communication.* NY: Hastings House.

Bleske, G. L. (Fall 1991). Ms. Gates take over: An updated version of a 1949 case study. *Newspaper Research Journal* 13: 88–97.

Blumer, H. (1971). Social problems as collective behavior. Social Problems 18: 298–306.

Blumler, J. G. (1990). Elections, the media, and the modern publicity process. In M. Ferguson (ed.). *Public Communication: The New Imperatives.* London: Sage.

Blumler, J. G. & Gurevitch, M. (1986). Journalists' orientations to political institutions: The case of parliamentary broadcasting. In P. Golding et al. (eds.). *Communicating Politics: Mass Communications and the Political Process.* NY: Holmes & Meier.

Blumler, J. G. & Gurevitch, M. (1981). Politicians and the press. In D. Nimmo & K. R. Sanders (eds.). *Handbook of Political Communication.* Beverly Hills, CA: Sage.

Blyskal, J. & Blyskal, M. H. (1985). PR: *How the Public Relations Industry Writes the News.* NY: Morrow.

Bonafeoe, D. (1997). The president, Congress, and the media in global affairs. In A. Malek, (ed.). *News Media and Foreign Relations: A Multifaceted Perspective.* Norwood, NJ: Ablex.

Boorstin, D. J. (1961). *The Image: A Guide to Pseudo–Events in America.* NY: The Harper & Row.

Bormann, E. G. (1985). Symbolic convergence: Organizational communication and culture. In L. L. Putman & M. E. Pacanowsky (eds.).

Communication and Organization: An Interpretive Approach. Beverly Hills, CA: Sage.

Borquez, J. (1993). Newsmaking and policymaking: Steps toward a dialogue. In R. J. Spitzer (ed.). *Media and Public Policy.* Westport, CN: Praeger.

Bowers, D. R. (1967). A report on activity by publishers in directing newsroom decisions. *Journalism Quarterly* 44 (1): 43–52.

Breed, W. (1997). Social control in the newsroom. In D. Berkowitz (ed.) (1997). *Social Meanings of News: A Text–Reader.* Thousand Oaks, CA: Sage（原刊載於*Social Forces* 33: 326–375）.

Brewer, M. and McCombs, M. (summer, 1996). Setting the community agenda. *Journalism and Mass Communication Quarterly* 73 (1): 7–16.

Brody, E. W. (1984). Antipathy between PR, journalism exaggerated. *Public Relations Review* 10(4): 11–13.

Brosius, H–B & Weimann, G. (1996). What sets the agenda? Agenda–Setting as a two–step flow. *Communication Research* 23 (4): 561–580.

Brown, J. D. & Walsh–Childers, K. (1994). Effects of media on personal and public health. In J. Bryant & D. Zillmann (eds.). *Media Effects: Advances in Theory and Research.* Hillsdale, NJ: Erlbaum.

Brown, J. D. et al. (1987). Invisible power: Newspaper news sources and the limits of diversity. *Journalism Quarterly* 64 (1): 45–54.

Brown, R. M. (1979). The gatekeeper reassessed: A return to Lewin. *Journalism Quarterly* 56 (3): 595–601, 679.

Bruner, J. (1990). *Acts of Meaning.* Cambridge: Cambridge University Press.

Buchholz, R. A. (1988). Adjusting corporations to realities of public interests and policy. In R. L. Heath and Associates. *Strategic Issues Management: How Organizations Influence and Respond to the Public Issues and*

Policies. San Francisco: Jossey--Bass.

Buchholz, R. A. (1986). *Business Environment & Public Policy: Implications for Management and Strategy Formulation.* Englewood Cliffs, NJ: Prentice−Hall.

Buchholz, R. A., Evans, W. D., & Wagley, R. A. (1989). *Management Responses To Public Issues: Concepts and Cases in Strategy Formulation.* Englewood Cliffs, NJ: Prentice Hall (2nd ed.).

Bunker, M. D. & Splichal, S. L. (1993). Legally enforceable reporter−source agreement. *Journalism Quarterly* 70 (4): 939−946.

Buonanno, M. (1993). News−values and fiction−values: News as serial devices and criteria of 'fictionworthiness' in Italian TV fiction. *European Journal of Communication* 8: 177−202.

Buono, A. F., et al. (1985). When cultures collide: The anatomy of a merger. *Human Relations* 38 (5): 477−500.

Burke, K. (1966). *Language as Symbolic Action: Essays on Life, Literature, and Method.* Berkeley: The University of California Press.

Burke, P. (1992). *The Fabrication of Louis XIV.* New Haven, CN: Yale University Press. (中譯本為《製作路易十四》, 臺北: 麥田, 許綏南譯, 1997)

Cameron, G. T. et al. (1997). Public relations and the production of news: A critical review and theoretical framework. In B. R. Burleson (ed.). *Communication Yearbook* 20. Thousand Oaks, CA: Sage.

Cantor, N. & Kihlstrom, J. F. (1987). *Personality and Social Intelligence.* Englewood Cliffs, NJ: Prentice−Hall.

Cappella, J. W. & Jamieson, K. H. (1997). *Spiral of Cyracism: The Press and the Public Good.* NY: Oxford University Press.

Cappella, J. W. & Jamieson, K. H. (July 1996). News frames, political cynicism, and media cynicism. In K.J. Jamieson (ed.). *The Media and Politics: The Annals*, 506: 71–84.

Carey, J. W. (1989). *Communication as Culture: Essays on Media and Society.* London: Routledge.

Carey, J.W. (ed.). (1988). *Media, myths, and narratives: TV and the Press.* Newbury Park, CA: Sage.

Carey, J. W. (1986). The Dark continent of American journalism. In R. K. Manoff and M. Schudson (eds.). *Reading the News.* NY: Pantheon Books.

Carragee, K. M. (1991). News and ideology: An analysis of coverage of the West German Green Party by the *News York Times. Journalism Monographs,* 128.

Cawelti, J. G. (1976). *Adventure, Mystery, and Romance.* Chicago: The University of Chicago Press.

Chaffee, S. H. (1972). The interpersonal context of mass communication. In F. G. Kline & P. Tichenor (eds.). *Current Perspectives in Mass Communication Research.* Beverly Hills, CA: Sage.

Chaffee, S. H. (1967). Salience and homeostasis in communication processes. *Journalism Quarterly* 44: 439–444.

Chaffee, S. H. & McLeod, J. M. (1968). Sensitization in panel design: A coorientation experiment. *Journalism Quarterly* 45: 661–669.

Charity, A. (1995). *Doing Public Journalism.* NY: Guilford.

Charney, T. F. (1986). Organizational communication: Emerging trends, problems, and opportunities. In L. Thayer (ed.). *Organization↔ Communication: Emerging Perspective.* Norwood, NJ: Ablex.

Chase, W. H. (1984). *Issue Management: Origins of the Future.* Stanford, CJ: Issue Action Publications, Inc.

Chatman, S. B. (1978). *Story and Discourse.* Ithaca, NY: Cornell University.

Chen, S. S-Y. (陳雪雲) (1994). *State-Press Relations in Taiwan: The Shifting Boundaries of Control.* University of Sterling, Scotland. Unpublished Ph.D. dissertation.

Cheney, G. (1993). We're talking war: Symbols, strategies and images. In B. S. Greenberg & W. Gantz (eds.). *Desert Storm and the Mass Media.* Cresskill, NJ: Hampton.

Cheney, G. & Vibbert, S. T. (1987). Corporate discourse, PR, and issues management. In F. M. Jablin et al. (eds.). *Handbook of Organizational Communication: An Interdisciplinary Perspective.* Beverly Hills, CA: Sage.

Chibnall, S. (1977). *Law and Order News.* London: Tavistock.

Chibnall, S. (1975). The crime reporter: A study in the production of commercial knowledge. *Sociology* 9 (1): 46-66.

Chung, Wei-Wen & Tsang, Kuo-Jen (鍾蔚文 ＼ 臧國仁) (1997). *Extending the Concept of Framing: The Discursive Turn.* Paper presented to the conference on "Framing in the New Media Landscape." Columbus, SC: The University of South Carolina (Oct. 12-14).

Chung, Wei-Wen & Tsang, Kuo-Jen(鍾蔚文 ＼ 臧國仁)(1993). *News Frames Reconsidered: What Does Frame Do to Reality.* Paper presented at the AEJMC convention, Kansas City, MO.

Chung, Wei-Wen and Tsang, Kuo-Jen (鍾蔚文 ＼ 臧國仁) (1992). *In Search of News Frames: Their Function and Structure.* Unpublished manuscript.

Chung, Wei-Wen; Tsang, Kuo-Jen; Chen, Pai-Lin; and Chen, Shui-Hsiao

（鍾蔚文＼臧國仁＼陳百齡＼陳順孝）(1998). *Journalistic Expertise: Proposal for a Research Program.* Paper presented to the ICA Convention, Jerusalem, Israel, July 20–24.

Cline, C. (fall 1982). The image of public relations in mass comm texts. *Public Relations Review* pp. 70–71.

Clinton, B. (1996). Interview with Marvin Kalb, co–editor of the Press/Politics. *Press/Politics* 1(1): 3–6.

Cobb R. W. & Elder, C. D. (1983). *Participating in American Politics: The Dynamics of Agenda–Building.* Baltimore: Johns Hopkins University Press (2nd ed.).

Cobb, R. W. & Elder, C. D. (1971). The politics of agenda–building: An alternative approach to modern democratic theory. *Journal of Politics* 33: 892–915.

Cobb, R. W. & Ross, M. H. (1997). *Cultural Strategies of Agenda Denial.* Lawrence, KA: University Press of Kansas.

Cohan, S. & Shires, L. M. (1988). *Telling Stories: A Theoretical Analysis of Narrative Fiction.*（中譯本為《講故事：對敘事虛構作品的理論分析》，臺北：駱駝，張方譯，1997）

Cohen, A.A. (ed.) (1989). Future directions in TV news research. *American Behavioral Scientist* 33: 135–268.

Cohen, A. A. & Wolfsfeld, G. (eds.) (1993). *Framing the Intifida: People and media.* Norwood, NJ: Ablex.

Cohen, S. (1981). Mobs and rockers: The inventory of manufactured news. In S. Cohen & J. Young (eds.). *The Manufacture of News: Social Problems, Deviance and the Mass Media.* London: Constable.

Collins, R. (1994). *Erving Goffman on ritual and solidarity in social life.* In n.a. *The Polity Reader in Social Theory.* London: Polity Press.

Combs, J. E. (1981). A process approach. In D. D. Nimmo & K. R. Sanders (eds.). *Handbook of Political Communication.* Beverly Hills, CA: Sage.

Conrad, C. (1990). *Strategic Organizational Communication* (2nd ed.). Fort Worth, TX: Holt, Rinehart, Winston.

Cook, F. L. et al. (1983). Media and agenda setting. *Journalism Quarterly* 47: 16–35.

Cook, T. E. (1998). *Governing the News: The News Media as a Political Institution.* Chicago: The University of Chicago Press.

Cook, T. E. (1996). The negotiation of newsworthiness. In A. N. Crigler (ed.). *The Psychology of Political Communication.* Ann Arbor: The University of Michigan Press.

Cook, T.E. (1994). Domesticating a crisis: Washington newsbeats and network news after the Iraq invasion of Kuwait. In W.L. Bennett & D.L. Paletz (eds.). *Taken by Storm: The Media, Public Opinion and U.S. Foreign Policy in the Gulf War.* Chicago: University of Chicago Press.

Cook, T. E. (1989). *Making Laws and Making News: Media Strategies in the U.S. House of Representations.* Washington, D.C.: The Brookings Institute.

Cornfield, M. (1988). The Watergate audience: Parsing the powers of the press. In J. W. Carey (ed). *Media, Myths, and Narratives: Television and the Press.* Newbury Park, CA: Sage.

Corsaro, W. A. (1985). Sociological approaches to discourse analysis. In T. A. van Dijk (ed). *Handbook of Discourse Analysis,* vol. 1. London: Academic Press.

Cottle, S. (1998). Ulrich Beck, 'Risk Society' and the media. *European*

Journal of Communication 13 (1): 5–32.

Cottle, S. (1995). The production of news formats: Determinants of mediated public contestation. *Media, Culture and Society* 17: 275–291.

Crable, R. E. & Vibbert, S. L. (1985). Managing issues and influence public policy. *Public Relations Review* 11 (2): 3–16.

Cracknell, J. (1993). Issue arenas, pressure groups, and environmental agendas. In A. Hansen (ed.). *The Mass Media and Environmental Issues.* Leicester: Leicester University Press.

Crelinstern, R. D. (1994). The impact of TV on terrorism and crisis situations: Implications for public policy. *Journal of Contingencies and Crisis Management* 2 (2): 61–73.

Crigler, A. N. (ed.) (1996). *The Psychology of Political Communication.* Ann Arbor: The University of Michigan Press.

Croteau, D. et al. (1996). The political diversity of public TV: Polysemy, the public sphere, and the conservative culture of PBS. *Journalism Monographs,* 157.

Crouse, T. (1973). *The Boys on the Bus.* NY: Ballantine.

Culbertson, H. M. (1978). Veiled attribution——An Element of Style. Journalism Quarterly 55(3): 456–465.

Culbertson, H. M.; Jeffers, D. W.; Stone, D. B.; Terrell, M. (1993). *Social, Political, and Economic Contexts in Public Relations: Theory and Cases.* Hillsdale, NJ: LEA.

Culler, J. (1975). *Structuralist Poetics.* London: Routledge.

Cumberbatch, G. & Howitt, D. (1988). *A Measure of Uncertainty: The Effects of the Mass Media.* London: John Libbey.

Curran, J. (1991). Rethinking the media as a public sphere. In P. Dahlgren &

C. Sparks (eds.). *Communication and Citizenship: Journalism and the Public Sphere in the New Media Age.* London: Routledge.

Curran, J. (1990). The new revisionism in mass communication research: A reappraisal. *European Journal of Communication* 5: 135–164.

Curtin, P. A. (1999). Reevaluating public relations information subsidies: Market–driven journalism and agenda–building theory and practice. *Journal of Public Relations* 11 (1): 53–90.

Cutlip, S. M. (1954). Content and flow of AP news——From trunk to TTS to reader. *Journalism Quarterly* 31: 434–446.

Cutlip, S. M., et al. (1985). *Effective Public Relations.* Englewood Cliffs, NJ: Prentice–Hall (6th ed.).

Dahl, M. K. and Bennett, W. L. (1996). Media agency and the use of icons in the agenda–setting process. *Press/Politics* 1 (3): 41–59.

Dahlgren, P. (1991). Introduction. In P. Dahlgren and C. Sparks (eds.). *Communication and Citizenship: Journalism and the Public Sphere in the New Media Age.* London: Routledge

Danielian, L. H. & S. D. Reese (1989). A closer look at intermedia influences on agenda setting: The cocaine issue of 1986. In P. Shoemaker (ed.). *Communication Campaigns About Drugs.* Hillsdale, NJ: LEA.

Davis, D. K. (1990). News and politics. In D. L. Swanson & D. Nimmo (eds.). *New Directions in Political Communication: A Resource Book.* Newbury Park, CA: Sage.

Davis, D. K. & Robinson, J. P. (1989). Newsflow and democratic society in an age of electronic media. In G. Comstock (ed.). *Public Communication and Behavior,* vol. 2. Orlando, FL: Academic Press.

Davis, J. J. (1995). The Effects of message in framing on response to environmental communications. *Journalism & Mass Communication Quarterly* 72(2): 285–299.

Davison, W.P. (1975). Diplomatic reporting: Rules of the game. *Journal of Communication* 25(4): 138–146.

Dayan, D. & Katz, E. (1992). *Media Events: The Live Broadcasting of History.* Cambridge, MA: Harvard University Press.

Deal, T. E. & Kennedy, A. A. (1982). *Corporate Culture.* Reading, MA: Addison–Wesley. (中譯本為《企業文化》, 臺北: 長河, 黃宏義譯, 1987)

DeFleur, M. L. (1988). Diffusing information. *Society* 25 (2): 72–81.

DeFleur, M.L. & Ball–Rokeach, M. (1982). *Theories of Mass Communication* (4th ed.). NY: Longman.

DeFleur, M.L. & Dennis, E. E. (1988). *Understanding Mass Communication* (3rd ed.). Boston: Houghton Mifflin.

Delia, J. G., O'Keefe, B. J. and O'Keefe, D. J. (1982). The constructivist approach to communication. In F. E. X. Dance (ed.). *Human Communication Theory: Comparative Essays.* NY: Harper & Row.

Demers, D. P., et al. (1989). Issue obtrusiveness and the agenda–setting effects of national network news. *Communication Research* 16: 793–812.

Denison, D. R. (1990). *Corporate Culture and Organizational Effectiveness.* NY: John Wiley & Sons.

Denison, D. R. (1984). Bringing corporate culture to the bottom line. *Organizational Dynamics* 13 (2): 4–22.

Denton, R. E., Jr. (1993). *The Media and the Persian Gulf War.* Westport, CN: Praeger.

Deshpande, R. et al. (January 1993). Corporate culture, customer orientation, and innovativeness in Japanese firms: A quadrad analysis. *Journal of*

Marketing 57: 23–27.

Deutsch, M. & Krauss, R. M. (1965). *Theories in Social Psychology.* NY: Basic Books.

Deutschmann, P. J. & Danielson, W. A. (1960). Diffusion of knowledge of the major news story. *Journalism Quarterly* 37: 345–355.

Dickens, C.(1907). *Hard Times.* London: J.M. Dent.

Dimmick, J. (1974). The Gate–keeper: An uncertainty theory. *Journalism Monographs,* 37.

Dobkin, B. A. (1993). Constructing news narratives: ABC and CNN coverage of the Gulf war. In R. E. Denton (ed.). *The Media and the Persian Gulf War.* Westport, CN: Praeger.

Donohue, G. A., et al. (1995). A ground dog perspective on the role of the media. *Journal of Communication* 45 (2): 115–132.

Donohue, G. A., Tichenor, P. and Olien, C.N. (1972). Gatekeeping: Mass media systems and information order. In G. Kline & P. Tichenor (eds.). *Current perspectives in mass communication research.* Beverly Hills, CA: Sage

Doppelt, J. C. (1994). Marching to the police and court beats: The media–source relationship in framing criminal justice policy. In D. Kennamer (ed.). *Public Opinion, The Press, and Public Policy.* Westport, CN: Praeger.

Dorman, W. A. & Livingston, S. (1994). News and historical content: The establishing phase of the Persian Gulf policy debate. In W. L. Bennett & D.L. Paletz (eds.). *Taken by Storm: The Media, Public Opinion, and U.S. Foreign Policy In the Gulf War.* Chicago: The University of Chicago Press.

Douglas, S. U. (1994). *Labor's New Voice: Unions and the Mass Media.* Norwood, NJ: Ablex.

Downs, A. (1991). Up and down with ecology: The 'issue–attention cycle.' In D.L. Protess and M. McCombs (eds.). *Agenda Setting: Readings on Media, Public Opinion, and Policy Making.* Hillsdale, NJ: Lawrence Erlbaum.（原刊*Public Interest*, 1992, 28: 38–50）

Downs, C. W. et al. (1988). Communication and organizational outcomes. In G. M. Goldhaber & G. A. Barnett (eds.). *Handbook of Organizational Communication.* Norwood, NJ: Ablex.

Dozier, B. S. (1985). Reporter's use of confidential source, 1974 & 1984: A comparative study. *Newspaper Research Journal* 6(4): 44–50.

Dozier, D. M. (1990). The innovation of research: PR practice: Review of a program of studies. In J. E. & L. A. Grunig (eds.). *Public Relations Research Annual* 2: 3–28.

Drew, D. G. (1972). Roles and decision making of three television beat reporters. *Journal of Broadcasting* 16 (2): 165–173.

Duncan, O. D. (1969). Social forecasting——The state of the art. *The Public Interest* 17: 88–118.

Dunn, M. G. & Copper, D. W. (1981). A Guide to Mass Communication Source. *Journalism Monographs,* 74.

Dunwoody, S. (1997). Science writers at work. In D. Berkowitz (ed.). *Social Meanings of News: A Text–Reader.* Thousand Oaks, CA: Sage.（原刊載於*Research report* no. 7, Center for New Communication, School of Journalism, Indiana University）

Dunwoody, S. (1992). The media and public perception of risk: How journalists frame risk stories. In D. W. Bromley & K. Segerson (eds.).

The Social Response to Environmental Risk. Boston: Klumer Academics.

Dunwoody, S. & Griffin, R. J. (1993). Journalistic strategies for reporting long-term environmental issues: A case study of three Superfund sites. In A. Hansen (ed.). *The Mass Media and Environmental Issues.* Leicester: Leicester University Press.

Dunwoody, S. & Ryan, M. (1983). Public information persons as mediators between scientists and journalists. *Journalism Quarterly* 59 (1): 647–656.

Durkheim, E. (1964). *The Rules of Sociological Method.* NY: Free Press.

Dayan, D. & Katz, E. (1992). *Media Events: The Live Broadcasting of History.* Cambridge, MA: Harvard University Press.

Dyer, S. C. (1996). Descriptive modeling for public relations environmental scanning: A practitioner's perspective. *Journal of PR Research* 8 (3): 137–150.

Edelman, M. (1964). *The Symbolic Uses of Politics.* Champaign: University of Chicago Press.

Ehling, W. P. & Hesse, M. B. (1983). Use of 'issue management' in public relations. *Public Relations Review* 9(2): 18–35.

Ehrlich, M. (1996). The journalism of outrageousness. Tabloid TV news vs. Investigative news. *Journalism Monographs,* 155.

Einsiedel, E. & Coughlan, E. (1993). The Canadian press and the environment: Reconstructing a social reality. In A. Hansen (ed.). *The Mass Media and Environmental Issues.* Leicester: Leicester Uni-versity Press.

Eisenberg, E. M. & Riley, P. (1988). Organizational symbols & sense-making. In G. M. Goldhaber & G. A. Barnett (eds.). *Handbook of Organizational Communication.* Norwood, NJ: Ablex.

Ekachai, D. (1992). *Perceptions of journalists and public relations practitioners toward their own and each other's roles: Coorientation and Q analyses.* Paper presented to the AEJMC convention, Montreal, Canada.

Elder, C. D. & Cobb, R. W. (1984). Agenda–building and the politics of aging. *Policy Studies Journal* 13 (1): 115–129.

Eley, G. (1994). Nations, publics, and political cultures: Placing Habermas in the Nineteenth Century. In N. B. Dirks, et al. (eds.). *Culture/Power/History.* Princeton, NJ: Princeton University Press.

Entman, R. M. (1996). Reporting environmental policy debate: The real media biases. *Press/Politics* 1(3): 77–91.

Entman, R. M. (1993). Framing: Toward clarification of a fractured paradigm. *Journal of Communication* 43 (4): 51–58.

Entman, R. M. (1991). Framing U.S. coverage of international news: Contrasts in narratives of the KAL and Iran Air Incidents. *Journal of Communication* 41 (4): 6–27.

Entman, R. M. (1989). *Democracy Without Citizens: Media and the Decay of American Politics.* NY: Oxford University Press.

Entman, R. M. & Page, B. I. (1994). The news before the storm. In W. L. Bennett & D. L. Paletz (eds.). *Taken by Storm: The Media, Public Opinion, and U.S. Foreign Policy in the Gulf War.* Chicago: The University of Chicago Press.

Entman, R. M. and Rojecki, A. (1993). Freezing out the public: Elite and media framing of the U.S. anti–nuclear movement. *Political Communication* 10: 155–173.

Epstein, E. J. (1973). *News from Nowhere.* NY: Random House.

Ericson, R. V., et al. (1995). *Crime and the Media.* Aldershot: Brooksfield.

Ericson, R. V., et al. (1992). Representing order. In H. Holmes and D. Taras (eds). *Seeing Ourselves: Media Power and Policy in Canada.* Toronto: Harcourt Brace Jovanovich Canada.

Ericson, R. V., et al. (1991). *Representing Order: Crime, Law, and Justice in the News Media.* Toronto: University of Toronto Press.

Ericson, R. V., et al. (1989a). *Visualizing Deviance: A Study of News Organization.* Toronto: University of Toronto Press.

Ericson, R. V., et al. (1989b). *Negotiating Control: A Study of News Sources.* Toronto, ON: The University of Toronto Press.

Ettema, J.S. & Glasser, T. L. (1990). *News values and narrative themes: Irony, hypocrisy and other enduring values.* Paper presented to the ICA Conference, Dublin, Ireland.

Fair, J. E. (1996). The body politic, the bodies of women, and the politics of famine in U.S. TV coverage of famine in the Horn of Africa. *Journalism and Mass Communication Monographs,* 158.

Fairclough, N. (1995). *Media Discourse.* London: Edward Arnold.

Fairclough, N. (1993). Critical discourse analysis and the marketization of public discourse: The universities. *Discourse & Society* 4 (2): 133–168.

Fairclough, N. (ed.). (1992). *Critical Language Awareness.* London: Longman.

Fairhurst, G. T. & Robert, A. Sarr (1996). *The Art of Framing: Managing the Language of leadership.* San Francisco, CA: Jossey–Bass.

Falcione, R. L., et al. (1987). Communication climate in organizations. In F. Jablin, et al. (eds.). *Handbook of Organizational Communication.* Beverly Hills, CA: Sage.

Fang (方念萱), N–H. & Jacobson, T. L.(1994). *Computer networks and the emergence of global civil society: A Habermasian conceptualization.* Paper presented to the International Association of Mass Communication Research, Seoul, South Korea.

Fang, Y–J. (1994). 'Riots' and demonstrations in the Chinese Press: A case study of language and ideology. *Discourse and Society* 5 (4): 463–481.

Farr, R. (1993). Theory and method in the study of social representations. In G. M. Breakwell & D. V. Canter (eds.). *Empirical Approaches to Social Representations.* Oxford: Clarerdon Press.

Farr, R. (1984). Social representations: Their role in the design and execution of laboratory experiments. In R.M. Farr & S. Moscovici (eds.). *Social representations.* Cambridge: Cambridge University Press.

Farr, R. (1977). Heider, Harre & Herzlich on health and illness: Some observations on the structure of 'representations collectives.' *European Journal of Social Psychology* 7 (4): 491–504.

Fedler, F. (1998). Journalism's status in academia: A candidate for elimination. *Journalism & Mass Communication Educator* 53 (2): 31–39.

Fedler, F. (1979). *Reporting for the Print Media* (2nd ed.). NY: Harcourt Brace Jovanonvich.

Ferguson, S. D. (1993). Strategic planning for issues management in the communicator as environmental analysis. *Canadian Journal of Communication* 18: 32–50.

Feuer, J. (1992). Genre study and television. In R. C. Allen (ed.). *Channels of Discourse, Reassembled: Television and Contemporary Criticism* (2nd ed.). London: Routledge.

Fishman, M. (1980). *Manufacturing the News.* Austin: The University of Texas Press.

Fiske, J. (1990). *Introduction to Communication Studies.* London: Routledge （中譯本為《傳播符號學理論》，臺北：遠流，張錦華等人譯，1995）。

Fiske, J. (1987). *Television Culture.* London: Methuen.

Fiske, J. & Hartley, J. (1978). *Reading Television.* London: Methuen.

Fowler, R. (1991). *Language in the News Discourse: Discourse and Ideology in the Press.* London: Routledge.

Fowler, R. & Kress, G. (1979). Critical linguistics. In R. Fowler et al. (eds.). *Language and Control.* London: Routledge.

Frederick, F.; Linlin, K.; & Stan, S. (1994). Fairness, balance of newspaper coverage of U.S. in Gulf War. *Newspaper Research Journal* 15 (1): 30–43.

Frederick, W. C.; Davis, K.; Pose, J.E. (1988). *Business and Society: Corporate Strategy, Public Policy, Ethics* (6th ed.). NY: McGraw–Hill.

Fridriksson, L. (1995). *Media framing of a crisis in the Western Alliance.* Paper presented to the AEJMC convention, Washington, D.C.

Friedland, L. A. & Zhong, M. (1996). International TV coverage of Beijing Spring 1989: A comparative approach. *Journalism & Mass Communication Monographs*, 156.

Funkhouser, G. R. & McCombs, M.E. (1971). The rise and fall of news diffusion. *Public Opinion Quarterly* 35: 107–113.

Gagliardi, P. (1986). *The creation and change of organizational culture: A conceptual framework.* Organizational Studies 7 (2): 117–134.

Gagne, E. D. (1993). *The Cognitive Psychology of School Learning.* Boston: Little, Brown and Co. （中譯本為《教學心理學》，臺北：遠流，岳修平譯，1998）。

Gallie, W. B. (1956). Essentially contested concepts. *Proceedings of*

Aristotelian Society 56: 169.

Galtung, J. (1971). A structural theory of imperialism. *Journal of Peace Research* 8: 82–117.

Galtung, J. & Ruge, M.H. (1965). The structure of foreign news. *Journal of Peace Research* 2: 64–91 (also appearing in J. Tunstall, ed., 1970. *Media Sociology: A Reader.* Urbana: University of Illinois, pp. 259–298).

Galtung, J. & Vincent, R. C. (1992). *Global glasnost: Toward a New World Information and Communication Order?* Cresskill, NJ: Hampton Press.

Gamson, W. A. (1992). *Talking Politics.* Cambridge: University of Cambridge Press.

Gamson, W. A. (1989). News as framing: Comments on Graber. *American Behavioral Scientist* 33 (2): 157–161.

Gamson, W. A. (1988). Political discourse and collective action. In B. Klamdermans, et al. (eds.). *International Social Movement Research,* vol. 1. Greenwich, CN: JAI Press.

Gamson, W. A. (1984). *What's News: A Game Simulation of TV news* (chap. 2: News frames). NY: The Free Press.

Gamson, W. A. & Lasch, K. E. (1983). The political culture of social welfare policy. In S.E Spiro, et al. (eds.). *Evaluating the Welfare State.* NY: Academic Press.

Gamson, W. A. & Modigliani, A. (1989). Media discourse and public opinion on nuclear power: A constructionist approach. *American Journal of Sociology* 95 (1): 1–37.

Gamson, W. A. & Modigliani, A. (1987). The changing culture of affirmative action. *Research in Political Sociology* 3:137–177.

Gamson, W. A., et al. (1992). Media images and the social construction of reality. *Annual Review of Sociology* 18: 373–393.

Gandy, O. H. Jr. (1982). *Beyond Agenda Setting: Information Subsidies and Public Policy.* Norwood, NJ: Ablex.

Gans. H. J. (1979). *Deciding What's News.* NY: Vintage Books.

Garbett, T. F. (1988). *How to Build a Corporation's Identity and Project Its Image.* Lexington, MA: D.C. Heath.

Gardner, H. (1993). *Frames of Mind: The Theory of Multiple Intelligences.* NY: BasicBooks（中譯本為《七種IQ》，臺北：時報文化，莊安祺譯，1998）。

Gardner, J. W. (1989). *On Leadership.* NY: The Free Press（中譯本為《新領導力》，臺北：天下文化，譚家瑜譯，1992）。

Garnham, N. (1986). The media and the public sphere. In P. Golding et al. (eds.). *Communicating Politics.* NY: Holmes and Meier.

Garrett, P. and Bell, A. (1998). Media and discourse: A critical overview. In A. Bell & P. Garrett (eds.). *Approaches to Media Discourse.* Oxford: Blackwell.

Gastil, J. (1992). Undemocratic discourse: A review of theory and research on political discourse. *Discourse & Society* 3 (4): 469–500.

Geertz, C. (1983). *Local Knowledge: Further Essays in Interpretative Anthropology.* NY: BasicBooks.

Geertz, C. (1973). *The Interpretation of Culture.* NY: The BasicBooks.

Gerbner, G., Mowlana, H., & Nordenstreng, K. (1993). *The Global Media Debate: Its Rise, Fall, and Renewal.* Norwood, NJ: Ablex.

Gerbner, G., et al. (1994). Growing up with television: The cultivation perspective. In J. Bryant & D. Zillmann (eds.). *Media Effects: Advances in Theory and Research.* Hillsdale, NJ: LEA.

Gerhards, J. & Rucht, D. (1992). Mesomobilization: Organizing and framing in two protest campaigns in West Germany. *American Journal of Sociology* 98 (3): 555– 595.

Gersick, C. J. G. (1990). Trade–offs in managing organizational culture. In J. Anderson (ed.). *Communication Yearbook* 13. Newbury Park, CA: Sage.

Ghanem, S. (1997). Filling in the tapestry: The second level of agenda setting. In M. McCombs, D. Shaw, & D. Weaver (eds.). *Communication and Democracy: Exploring the Intellectual Frontiers in Agenda–Setting Theory.* Hillsdale, NJ: LEA.

Gieber, W. (1964). News is what newspapermen make it. In L. A. Dexter and D. M. White (eds.). *People, Society, and Mass Communication.* London: Free Press of Glencoe.

Gieber, W. (1956). Across the desk: A study of 16 telegraph editors. *Journalism Quarterly* 33: 423–432.

Gieber, W. & Johnson, W. (1961). The city hall beat: A study of reporters and sources roles. *Journalism Quarterly* 38 (3): 289–297.

Gilbert, E. (1981). Carter vs. Kennedy: A lesson in pseudo–event strategy. *Mass Communication Research* 8 (2): 17–22.

Gist, M. E. (1990). Minorities in media imagery: A social cognitive perspective on journalistic biases. *Newspaper Research Journal* 11 (1): 52–64.

Gitlin, T. (1980). *The Whole World is Watching.* Berkeley, CA: The University of California Press.

Glasgow University Media Group. (1980). *More Bad News.* London: Routledge.

Glasgow University Media Group (1976). *Bad News.* London: Routledge.

Glick, M. (1966). Press–government relationships: State and HEW

Department. *Journalism Quarterly* 43: 49–56, 66.

Glynn, C. J., Ostman, R. E., McDonald, D. G. (1995). Opinions, perception, and social reality. In T. L. Glasser & C. T. Salmon (eds.). *Public Opinion and the Communication of Consent.* Chicago: the University of Chicago.

Goff, C. F. (ed.) (1989). *The Publicity Process* (3rd ed.). Ames: The Iowa State University Press.

Goffman, E. (1974). *Frame Analysis: An Essay on the Organization of Experience.* Cambridge, MA: Harvard University Press.

Goldenberg, E. (1975). *Making the Papers.* Lexington, MA: D.C. Heath.

Goldhaber, G. M. & Barnett, G. A. (eds.). (1988). *Handbook of Organizational Communication.* Norwood, NJ: Ablex.

Golding, P. & Elliott, P. (1979). *Making the News.* NY: Longman.

Golding, P. & Murdock, G. (1997). *The Political Economy of the Media.* Cheltenham, U.K.: Edward Elgar.

Gonzenbach, W. J. (1992). A time–series analysis of the drug–abuse, 1985–1990: The press, the president, and public opinion. *International Journal of Public Opinion* 4: 126–147.

Goodnight, G. T. (1992). Habermas, the public sphere, and controversy. *International Journal of Public Opinion Research* 4 (3): 243–255.

Gordon, G. G. (1985). The relationship of corporate culture to industry sector and corporate performance. In R. H. Kilmann, et al. (eds.). *Gaining Control of the Corporate Culture.* San Francisco, CA: Jossey–Bass.

Goren, C. D. (1989). Journalists as scientists or prophets: Comments on Katz. *American Behavioral Scientist* 33 (2): 251–254.

Graber, D.A. (April, 1992). News and democracy: Are their paths diverging? Roy W. Howard Public Lecture in Journalism and Mass Communication

Research. Bloomington: Indiana University School of Journalism.

Graber, D. A. (1990). *Media Power in Politics* (2nd ed.). Washington, D.C. Congressional Quarterly, Inc.

Graber, D. A. (1989). Content and meaning: What's it all about. *American Behavioral Scientist* 33 (2): 144–152.

Graber, D. A. (1984). *Mass media and American politics* (3rd ed.). Washington, DC: Congressional Quarterly Press.

Graddol, D. (1994). The visual accomplishment of factuality. In D. Graddol & Oliver Boyd–Barrett (eds.). *Media Texts: Authors and Readers.* Clevedon, U.K.: Multilingual Matters, LTD (The Open University).

Greatbatch, D. (1998). Conversation analysis: Neutralism in British news interviews. In A. Bell & P. Garrett (eds.). *Approaches to Media Discourse.* Oxford: Blackwell.

Greenberg, B. S. & Gantz, W. (eds.) (1993). *Desert Storm and the Mass Media.* Cresskill, NJ: Hampton.

Greenberg, B. S. et al. (1993). *Media, Sex, and the Adolescent.* Cresskill, NJ: Hampton.

Greiner, L. E. (1990). More thought provoking than a new paradigm. Comments on Sackmann. In J. Anderson (ed.). *Communication Yearbook* 13. Newbury Park, CA: Sage.

Griffin, R. J. & Dunwoody, S. (1995). Impacts of information subsidies' community structure in local press coverage of environmental contamination. *Journalism and Mass Communication Quarterly* 72 (2): 271–284.

Griffin, R. J., et al. (1991). *Interpreting Public Issues.* Ames: Iowa State University Press.

Grossman, M.B. & Kumar, M.J. (1981). *Portraying the President: White House and the News Media.* Baltimore: The Johns Hopkins University Press.

Grossman, M.B. & Rourke, F. E. (1976). The media and the presidency: An exchange analysis. *Political Science Quarterly* 91: 455–470.

Grunig, J. E. (ed.) (1992). *Excellence in Public Relations and Communication Management.* Hillsdale, NJ: LEA.

Grunig, J. E. & Grunig, L. S. (1992). Models of public relations and Communication. In J.E. Grunig (ed.). *Excellence in Public Relations & Communication Management.* Hillsdale, NJ: LEA.

Grunig, J. E. & Grunig, L. S (1989). Toward a theory of the public relations behavior of organization: Review of program of research. In J. E. & L. S. Grunig (eds.). *Public Relations Research Annual,* vol. 1. Hillsdale, NJ: Erlbaum.

Grunig, J. E. & Hunt, T. (1984). *Managing Public Relations.* NY: Holt, Rinehart & Winston.

Grunig, J. E. & Repper, F. C. (1992). Strategic management, publics, and issues. In J. Grunig (ed.). *Excellence in Public Relations and Communication Management.* Hillsdale, NJ: LEA.

Grunig, J. E. & White J. (1992). The effect of worldviews on public relations theory and practice. In J. Grunig (ed.). *Excellence in Public Relations and Communication Management.* Hillsdale, NJ: LEA.

Grunig, L. A.; Grunig, J. E.; & Ehling, W. P. (1992). What is an effective organization? In J. Grunig (ed.). *Excellence in Public Relations and Communication Management.* Hillsdale, NJ: LEA.

Gurevitch, M. & Kavoori, A. P. (1994). Global texts, narrativity, and the construction of local and global meaning in television news. *Journal of Narrative and Life History* 4 (1 & 2): 9–24.

Gurevitch, M. & Levy, M. (1985). Introduction. In M. Gurevitch & M. R. Levy (eds.). *Mass Communication Review Yearbook* 5. Beverly Hills, CA: Sage.

Gusfield J. (1984). On the side: Practical action and social constructivism in social problems theory. In J. Schneider & J. Kitsuse (eds.). *Studies in the Sociology of Social Problems.* Norwood, NJ: Ablex.

Habermann, P.; Kopenhaver, L. L.; & Martinson, D. L. (1988). Sequence faculty divided on PR values, status, and news orientation. *Journalism Quarterly* 65: 490–496.

Habermas, J. (1997). Further reflections on the public sphere. In P. Golding & G. Murdock (eds.). *The Political Economy of the Media,* vol. 2. Glos, U K: Edward Elgar.

Habermas, J. (1989). *The Structural Transformation of the Public Sphere* [1962]. Cambridge: MIT Press.

Habermas, J. (1987). *The Theory of Communicative Action: Reason and the Rationalization of Society*, vol. 1. T. McCarthy (trans.). Boston: Beacon Press.

Hacker, K. L. (1996). Political linguistic discourse analysis: Analyzing relationships of power and language. In M. E. Stuckey (ed.). *The Theory and Practice of Political Communication Research.* Albany: State University of New York Press.

Hackett, R. A. (1991). *News and Dissent.* Norwood, NJ: Ablex.

Hackett, R. A. (1985). A hierarchy of access: Aspects of sources bias in Canadian TV news. *Journalism Quarterly* 62 (2): 256–265, 277.

Hackett, R. A. (1984). Decline of a paradigm? Bias and objectivity in news media studies. *Critical Studies in Mass Communication* 1(3): 229–259.

Hackett, R. A. and Zhao, Y. (1994). Challenging a master narrative: Peace protest and opinion/editorial discourse in the U.S. press during the Gulf War. *Discourse & Society* 5 (4): 509–541.

Hage, J. (1972). *Techniques and Problems of Theory Construction in Sociology.* NY: John Wiley & Sons.

Hainsworth, B. E. (1990). The distribution of advantages and disadvantages. *Public Relations Review* 14 (1): 33–39.

Hainsworth, B. E. & Meng, M. (1988). How corporations define issues management. *Public Relations Review* 14 (4): 18–30.

Hale, F. D. (1978). Press releases vs. newspaper coverage of California supreme court decisions. *Journalism Quarterly* 55: 696–702, 710.

Hall, E. T. (1959). *The Silent Language.* Garden City, NY: Doubleday.

Hall, S. (ed.) (1997). *Representation: Cultural Representations and Signifying Practices.* London: Sage.

Hall, S. (1982). The rediscovery of 'ideology': Return of the repressed in media studies. In M. Gurevitch, et al. (eds.). *Culture, Society, and the Media.* London: Methuen.

Hall, S. (1979). Culture, the media and the 'ideological effect'. In J. Curran, M. Gurevitch, and J. Woollacott (eds.). *Mass Communication and Society.* London: Edward Arnold.

Hall, S., et al. (1981). The social production of news: Mugging in the media. In S. Cohen & J. Young (eds.). *The Manufacture of News: Deviance, Social Problems, and the Mass Media* (pp.335–367). Beverly Hills, CA: Sage.

Halliday, J. et al. (1992). Framing the crisis in Eastern Europe. In M. Raboy and B. Dagenais (eds.). *Media, Crisis and Democracy.* Thousand Oaks, CA: Sage.

Halliday, M. A. K. & Hasan, R. (1989). *Language, Context, and Text: Aspects of Language in a Social Semiotic Perspective.* Oxford University Press.

Hallin, D.C. (1992). Sound bit news: TV coverage of election, 1968–1988. *Journal of Communication* 42 (2): 5–24.

Hallin, D.C. & Mancini, P. (1992). The summit as media event: The Reagan/Gorbachev meetings on U.S., Italian, and Soviet Television. In J. G. Blumler, J. M. McLeod, and K. E. Rosengren (eds.). *Comparatively Speaking: Communication and Culture Across Space and Time.* Newbury Park, CA: Sage.

Hallin, D. C., et al. (1993). Sourcing patters of national security reporters. *Journalism Quarterly* 70 (4): 753–766.

Halloran, J. D., Elliott, P., and Murdock, G. (1970). *Demonstrations and Communication: A Case Study.* Harmondsworth: Penguin Books.

Hamilton, D. L. (1981). Stereotyping and intergroup behavior: Some thoughts on the cognitive approach. In D. L. Hamilton (ed.). *Cognitive Processes in Stereotyping and Intergroup Behavior.* Hillsdale, NJ: Erlbaum.

Hansen, A. (1993a) (ed.). *The Mass Media and Environmental Issues.* Leicester: Leicester University Press.

Hansen, A. (1993b). Greenpeace and press coverage of environmental issues. In A. Hansen (ed.). *The Mass Media and Environmental Issues.* Leicester: Leicester University Press.

Hansen, K. A. (1991a). Source diversity and newspaper enterprise journalism. *Journalism Quarterly* 68 (3): 478–481.

Hansen, K. A. (1991b). The media and the social construction of the environment. *Media, Culture and Society* 13: 443–458.

Hardt, H. (1979). *Social Theories of the Press: Early German and American Perspectives.* Beverly Hills, CA: Sage.

Harris, J. et al. (1986). *The Complete Reporter* (5th ed.). NY: MacMillan.

Harris, T. E. (1993). *Applied Organizational Communication.* Hillsdale, NJ: Erlbaum.

Harris, T. L. (1991). *The Marketer's Guide to Public Relations.* NY: John Wiley.

Hasan, R. (1995). The conception of context in text. In P. H. Fries, M. Gregory, and M.A.K. Halliday (eds.). *Discourse in Society: Systemic Function Perspectives.* Norwood, NJ: Ablex.

Hawley, A.H. (1965). Ecology and human ecology. In J.D. Singer (ed.). *Human Behavior and International Politics.* Chicago: Rand McNally.

Haywood, R. (1987). *All About PR.* London: McGraw–Hill.

He, A. W. (1995). Co–Constructing institutional identities: The case of student counselees. In S. Jacoby & E. Ochs (eds.). *Research on Language and Social Interaction* 28(3): 213–232.

Heath, R. L. (1994). *Management of Corporate Communication: From Interpersonal Contacts to External Affairs.* Hillsdale, NJ: Erlbaum.

Heath, R. L. (1992). Corporate Issues Management: Theoretical Underpinnings and Research Foundations. *Public Relations Research Journal* 2: 29–66.

Heath, R. L. (1990). Corporate issues management: Theoretical underpinnings and research foundations. In L. & J. Grunig (eds.). *Public Relations Research Annual* 2: 29–65.

Heath, R. L. & Nelson, R. A. (1986). *Issues Management: Corporate Public Policy-making in An Information Society.* Beverly–Hills, CA: Sage.

Heath, R. L. & Associates (1988). *Strategic Issues Management.* San Francisco: Jossey–Bass.

Hemanus, P. (1976). Objectivity in news transmission. *Journal of Communication* 24 (4): 102–107.

Hendrickson, L. & Tankard, J., Jr. (1997). Expanding the news frame: The systems theory perspective. *Journalism & Mass Communication Educator* 51 (4): 39–46.

Henry, R. A. (1995). *Marketing Public Relations: The Hows That Make It Work.* Ames: The Iowa State University Press.

Herbert, E. S. (1996). Launching a research agenda: The early monograph series. *Journalism & Mass Communication Educator* 50 (4): 60–66.

Herbst, S. (July 1996). Public expression outside the mainstream. In K. H. Jamieson(ed.). *The Media and Politics. The Annals,* vol. 546.

Herbst, S. (1993). The meaning of public opinion: Citizens' constructions of political reality. *Media Culture & Society* 15: 437–454.

Heritage, J. (1985). Analyzing news interviews: Aspects of the production of talk for an 'overhearing' audience. In T. van Dijk (ed.). *Handbook of Discourse analysis*, vol. 3: *Discourse and Dialogue.* London: Academic Press.

Heritage, J. (1980). *Garfinkel and Ethnomethodology.* Cambridge: Polity.

Herman, E. S. (1985). Diversity of news: 'Marginalizing' the opposition. *Journal of Communication* 35 (3): 135–146.

Herman, E.S. & Chomsky, N. (1988). *Manufacturing Consent: The Political Economy of the Mass Media.* NY: Panthem.

Herman, J.C. (1986). Gatekeeper versus propaganda models: A critical American perspective. In P. Golding et al., (eds.). *Communicating Politics.* NY: Holmes and Meier.

Hertog, J. & McLeod, D. M. (1995). Anarchists wreak havoc in downtown Minneapolis: A multi-level study of media coverage of radical protest. *Journalism Monographs*, 151.

Hertog, J., et al. (1992). *News source quoted in media reporting about AIDS: Trends in a national wire service and a local daily newspaper.* Paper presented to AEJMC convention, Kansas City, MO.

Hertsgaard, M. (1989). *On Bended Knee.* NY: Shocken.

Hess, S. (1996). *News and Newsmaking.* Washington, D.C.: The Brookings Institute.

Hess, S. (1984). *The Government/Press Connection: Press Officers and Their Offices.* Washington, D.C.: The Brookings Institute.

Hicks, R. G. & Gordon, A. (1974). Foreign news content in Israeli and U.S. newspapers. *Journalism Quarterly* 51: 639–644.

Hiebert, R. E. (1993). Public relations as a weapon of modern warfare. In B. S. Greenberg & W. Gantz (eds.). *Desert Storm and the Mass Media.* Cresskill, NJ: Hampton.

Hilgartner, S. & Bosk, C. L. (1988). The rise and fall of social problems: A public arenas model. *American Journal of Sociology* 94 (1): 53–78.

Hill, R. J. & Bonjean, C. M. (1964). News diffusion: A test of the regularity hypothesis. *Journalism Quarterly* 41: 336–342.

Hirsch, P. (1977). Occupational, organizational, and institutional models in mass media research. In P. M. Hirsch, et al. (eds.). *Strategies for Communication Research.* Beverly Hills, CA: Sage.

Hochschild, A. R. (1983). *The Managed Heart: The Commercialization of Human Feeling.* Berkeley: The University of California Press.

Hodge, R. & Kress, G. (1979). *Language as Ideology.* London: Routledge.

Hofstede, G. H. (1984). *Culture's Consequences: International Differences in Work-Related Values.* Beverly Hills, CA: Sage.

Hofstede, G., et al. (1990). *The effects of human resource management practices on productivity.* Working paper, NY: Columbia University, Graduate School of Business.

Hofstetter, C. R. (1976). *Bias in the News: Network TV News Coverage of the 1972 Election Campaign.* Columbus: Ohio State University Press.

Hon, L. C. (1997). What have you done for me lately? Exploring effectiveness in public relations. *Journal of Public Relations Research* 9 (1): 1–30.

Honaker, C. (April 1981). News releases revisited. *Public Relations Journal,* p. 25.

Howard, C. & Mathews, W. (1985). *On Deadline: Managing Media Relations.* NY: Longman.

Hoynes, W. (1994). *Public Television for Sale: Media, the Market, and the Public Sphere.* Boulder, Co: Westview Press.

Hoynes, W. & Croteau, D. (1989). *Are you on the Nightline guest list?* Extra 2: 1–15.

Hulteng, J. L. (1976). *The Messenger's Motives: Ethical Problems of the News Media.* Englewood Cliffs, NJ: Prentice-Hall（中譯本為《信差的動機》，臺北：遠流，羅文輝譯，1992）。

Hulteng, J. L. & Nelson, R. P. (1971). *The Fourth Estate: An Informal Appraisal of the News and Opinion Media.* NY: Harper & Row.

Hunt, T. & Grunig, J. E. (1994). *Public Relations Techniques.* Fort Worth, T

X: Harcourt Brace College Publishers.

Infante, D. A, Rancer, A. S., Womack, D. F. (1990). *Building Communication Theory.* Prospect Heights, IL: Waveland Press.

Iorio, S. H. & Huxman, S. S. (1996). Media coverage of political issues and the framing of personal concerns. *Journal of Communication* 46 (4): 97–115.

Issues Management In Public Relations (1990). A special volume devoted to issues management. *Public Relations Review,* vol. 14, no. 1.

Iyengar, S. (1996). Framing responsibility for political issues. In K. H. Jamieson (ed.). *The Media and Politics. The Annals,* vol. 546: 59–70.

Iyengar, S. (1991). *Is Anyone Responsible? How Television Frames Political Issues.* Chicago: The University of Chicago Press.

Iyengar, S. & Simon, A. (1993). News coverage of the Gulf crisis and public opinion: A study of agenda setting, priming, and framing. *Communication Research* 20 (3): 365–383.

Jablin, F. M. (1982). Organizational communication: An assimilation approach. In M. E. Roloff & C. R. Berger (eds.). *Social Cognition and Communication.* Beverly Hills, CA: Sage.

Jablonski, P. M. et al. (1997). *Unobtrusive issues and the agendas of the president, the press, and the public: The case of the environment, 1987–1994.* Paper presented to the AEJMC convention, Chicago.

Jacoby, S. & Ochs, E. (1995). Co-Construction. An introduction. *Research on Language and Social Interaction* 28 (3): 171–183.

Jacoby, S. & Gonzales, P. (1991). The constitution of expert–novice scientific discourse issues. *Applied Linguistics* 2: 149–181.

Jakubowicz, K. (1991). Musical chairs? The three public spheres in Poland. In

P. Dahlgren & C. Sparks (eds.). *Communication and Citizenship: Journalism and the Public Sphere in the New Media Age.* London: Routledge.

Janowitz, M. (1960). *The Professional Soldier: A Social & Political Portrait.* Glencoe. IL: Freepress.

Jasperson, A. E.; Shah, D. V.; Watts, M.; Faber, R. J.; & Fan, D. P. (1998). Framing and the public agenda: Media effects on the importance of the federal budget deficit. *Political Communication* 15: 205–224.

Jeffers, D. W. (1977). Performance expectations as a measure of relative status of news and PR people. *Journalism Quarterly* 54: 299–306.

Johnson, J. M. (1989). Horror stories and the construction of child abuse. In J. Best (ed.). *Images of Issues: Typifying Contemporary Social Problems.* NY: Aldine de Gruyter.

Johnson, T. J. et al. (1996). Influence dealers: A path analysis model of agenda building during Richard Nixon's war on drugs. *Journalism and Mass Communication Quarterly* 73 (1): 181–194.

Johnstone, J.W.C.; Slawski, E.J.; & Bowman, W.M. (1976). *The News People: A Sociological Portrait of American Journalists and Their Work.* Urbana: The University of Illinois Press.

Jones, B. L. & Chase, W. H. (1979). Managing public policy issues. *Public Relations Review* 5 (2): 3–23.

Journal of Public Relations Research, vol. 5, No. 3 (1993), a special issue on "images".

Kaid, L. L. (1976). Newspaper treatment of a candidate's news releases. *Journalism Quarterly* 53 (1): 153–157.

Karim, K. H. (1993). Construction, deconstruction, and reconstruction:

Competing Canadian discourse on ethnocultural terminology. *Canadian Journal of Communication* 18: 197–218.

Katz, E. (1980). Media events: The sense of occasion. *Studies in Visual Anthropology* 6: 84–89.

Katz, E. et al. (1984). Television diplomacy: Sadat in Jerusalem. In G. Gerbner and M. Siefert (eds.). *World Communications: A Handbook.* NY: Longman.

Katz, E. et al. (1981). In defense of media events. In R. W. Haigh, et al. (eds.). *Communication in the Twenty–First Century.* NY: Wiley.

Kearney, P. (1984). *World View.* Novato, CA: Chandler & Sharp.

Keir, G., McCombs, M., & Shaw, D. L. (1986). *Advanced Reporting: Beyond News Events.* NY: Longman.

Kellner, D. (1993). The crisis in the Gulf and the lack of critical media discourse. In B. S. Greenberg & W. Gantz (eds.). *Desert Storm and the Mass Media.* Cresskill, NJ: Hampton.

Kendrick, S.; Straw, P.; & McCrone, D.(eds.) (1990). *Interpreting the Past, Understanding the Present.* British Sociological Association（中譯本為《解釋過去／了解現在——歷史社會學》，臺北：麥田，王幸慧等譯，1997）．

Kennamer, J. D. (ed.). (1994). *Public Opinion, the Press, and Public Policy.* Westport, CO: Praeger.

Kepplinger, H. M. & Kocher, R. (1990). Professionalism in the media world? *European Journal of Communication* 5: 285–311.

Kernell, S. (1986). *Going Public: News Strategies of Presidential Leadership.* Washington, D.C.: Congressional Quarterly Press.

Kielbowicz, R. B. & Scherer, C. (1986). The role of the press in the dynamics of social movements. In G. Lang & K. Lang (eds.). *Research in Social Movements, Conflicts and Change.* Greenwich, CT: JAI Press.

Killenberg, G. M. & Anderson, R. (1989). *Before the Story: Interviewing and Communication Skills for Journalists.* NY: St. Martin's. (中譯本為《報導之前》，臺北：遠流，李子新譯, 1992)

Kilmann, R. H., et al. (1985a). Introduction: Five key issues in understanding and changing culture. In R. H. Kilmann, et al. (eds.). *Gaining Control of the Corporate Culture.* San Francisco, CA: Jossey–Bass.

Kilmann, R. H., et al. (eds.). (1985b). *Gaining Control of the Corporate Culture.* San Francisco, CA: Jossey–Bass.

Kindon, J. W. (1993). How do issues get on public policy agendas? In W. J. Wilson (ed.). *Sociology and the Public Agenda.* Newburry Park, CA: Sage.

Kingdom, J. W. (1994). How do issues got on public policy agenda? In W. J. Wilson (ed.). *Sociology and the Public Agenda.* Newbury Park: Sage.

Kinnick, K. et al. (1996). Compassion fatigue: Communication and burnout toward social problems. *Journalism and Mass Communication Quarterly* 73 (3): 687–707.

Kintsch, W. (1994). The psychology of discourse processing. In M. A. Gernsbacher (ed.). *Handbook of Psycholinguistics.* NY: Academic Press.

Klandermans, B. (1988). The formation and mobilization of consensus. In B. Klandermans, et al. (eds.). *International Social Movement Research.* Greenwich, CO: JAI Press.

Kluckhohn, C. (1951). The study of culture. In D. Lerner & H. D. Lasswell (eds.). *The Policy Sciences.* Stanford, CA: Stanford University.

Knight, M. G. (1997). *Getting past the impasse: Framing as a tool for public relations.* Paper presented to the ΛEJMC convention, Chicago.

Koch, T. (1990). *News as Myth: Fact and Context in Journalism.* NY: Greenwood.

Kollock, P. & O'Brien, J.(1994). *The Production of Reality: Essays & Readings in Social Psychology.* Thousand Oaks, CA: Pive Forge.

Kopelman, R. E. et al. (1990). The role of climate and culture in productivity. In B. Schneider (ed.) (1990). *Organizational Climate and Culture.* San Francisco, CA: Jossey–Bass.

Kopenhaver, L. L. (1985). Aligning values of practitioners and journalists. *Public Relations Review* 11 (2): 34–42.

Kopenhaver, L. L. et al. (1984). How public relations practitioners and editors in Florida view each other. *Journalism Quarterly* 61 (4): 860–865.

Kosicki, G. M. (1993). Problems and opportunities in agenda–setting research. *Journal of Communication* 43: 100–127.

Kosicki, G. M. & Pan, A. (1997). *Framing and strategic actions in public deliberation.* Paper presented to the National Communication Association, Chicago.

Kotler, P. (1972). The elements of social action. In G. Zaltman; P. Kotler; and I. Kaufman (eds.). *Creating Social Change.* NY: Irvington.

Kraus, S. & Davis, D.K. (1976). *The Effects of Mass Communication on Political Behavior.* University Park: The Pennsylvania State University Press.

Kreps, G. L. (1990). *Organizational Communication: Theory and Practice*, (2nd ed.) NY: Longman.

Kress, G. (1986). Language in the media: The construction of the domains of public and private. *Media, Culture & Society* 8: 395–419.

Kress, G. and van Leeuwen, T. (1998). Front pages: (The critical) analysis of newspaper layout. In A. Bell & P. Garrett (eds.). *Approaches to Media Discourse*. Oxford: Blackwell.

Krippendorff, K. & Eleey, M. F. (1986). Monitoring a group's symbolic environment. *Public Relations Review* 12 (1): 13–36.

Kroeber, A. L. & Kluckhohn, C. (1952). *Culture: A Critical Review of Concepts & Definitions*. Cambridge, MA: Harvard University Press.

Kuhn, T. S. (1970). *The structure of scientific revolutions* (2nd ed., Enlarged). Chicago: University of Chicago Press（中譯本為《科學革命的結構》, 臺北：允晨，程樹德等, 1985）。

Kumar, K. (1987). Sociology. In D. Cohn–Shebok & M. Irwin (eds.). *Exploring Reality*. London: Allen & Unwin.

Kunelius, R. (1994). Order and interpretation: A narrative perspective on journalistic discourse. *European Journal of Communication* 9 (2): 249–270.

Lakoff, G. & Johnson, M. (1980). *Metaphors We Live By*. Chicago: The University of Chicago Press.

Lang, E. L. & Lang K. (1994). The press as prologue: Media coverage of Saddam's Iraq, 1979–1990. In W. L. Bennett & D. L. Paletz (ed.) *Taken by Storm: The Media, Public Opinion, and U.S. Foreign Policy in the Gulf War*. Chicago: The University of Chicago Press.

Lang, G. E. & Lang, K. (1991). Watergate: An exploration of the agenda–building process. In D. L. Protess and M. McCombs (eds.). *Agenda–Setting: Readings on Media, Public Opinion, and Policymaking*. Hillsdale, NJ: LEA. (Originally published in G. C. Wilhoit & H. de Bock, 1981, *Mass Communication Review Yearbook*. Beverly Hills, CA: Sage, pp. 447–468).

Larson, J. (1984). *Television's Window on the World: International Affairs Coverage on the U.S. Networks.* Norwood, NJ: Ablex.

Lasorsa, D. L. & Reese, L. D. (1990). News source use in the crash of 1987: A study of four national media. *Journalism Quarterly* 67 (1): 60–71.

Lazarsfeld, P. F. & Merton, R. K. (1960). Mass communication, popular taste and organized social action. In W. Schramm (ed.). *Mass Communication.* Urbana: The University of Illinois Press.

Lauzen, M. M. (1997). Understanding the relations between public relations and issues management. *Journal of Public Relations Research* 9(1): 65–82.

Lauzen, M. M. (1995). Toward a model of environmental scanning. *Journal of Public Relations Research* 7: 187–203.

Lauzen, M. M. (1994). A comparison of issues managers and PR educators worldwide. *Journalism Educator* 49 (4): 36–46.

Lauzen, M.M. & Dozier, D.M.(1994). Issues Manaqement mediation of linkaqe between environmental complexity and managment of the PR function. *Journal of PR Research* 6:163–184.

Lee, C–C. (1982). The international information order. *Communication Research* 9: 617–636.

Lee, J. & Craig, R. L. (1992). News as an ideological framework: Comparing U.S. newspapers' coverage of labor strikes in South Korea and Poland. *Discourse & Society* 3 (3): 341–363.

Lee, M. A. & Solomon, N. (1992). *Unreliable Sources: A Guide to Detecting Bias in News Media.* NY: Carol.

Leehy, M. (1987). Introduction. In D. Cohn–Sherbok & M. Irwin (eds.).

Exploring Reality. London: Allen & Unwin.

Lehrer, A. & Kittay, E. F. (1992). *Frames, Fields, and Contrasts: New Essays in Semantic and Lexical Organization*. Hillsdale, NJ: LEA.

Leichty, G. & Springston, J. (1993). Reconsidering public relations models. *Public Relations Review* 19 (4): 327–339.

Lennox, S. & Lennox, F. (trans) (1997). J. Habermas: The public sphere. In P. Golding & G. Murdock (eds.). *The Political Economy of the Media* (vol. 2). Glos, UK: Edward Elgar (originally published in the New German Critique (Milwaukee, Wisc), 3, Fall, 1974).

Lewin, K. (1951). *Field Theory in Social Science: Selected Theoretical Papers* (ed. by D. Carwright). Chicago: The University of Chicago Press.

Lewin, K. (1948). *Resolving Social Conflicts*. NY: Harper & Row.

Lewis, J. (1994). The absence of narrative: Boredom and the residual power of television news. *Journal of Narrative and Life History* 4 (1 & 2): 25–40.

Leyens, J–P, et al. (1994). *Stereotypes and Social Cognition*. London: Sage.

Libler, C. M. (1993). News Sources and the Civil Rights Act of 1990. *The Howard Journal of Communications* 4 (3): 183–194.

Libler, C. M. & Bendix, J. (1996). Old–Growth forests on network: News sources and the framing of an environmental controversy. *Journalism and Mass Communication Quarterly* 73 (1): 53–65.

Liebes, T. (1994a). Narrativization of the news: An introduction. *Journal of Narrative and Life History* 4 (1 & 2): 1–8.

Liebes, T. (1994b). Crimes of reporting: The unhappy end of a fact–finding mission in the Bible. *Journal of Narrative and Life History* 4 (1 & 2): 135–150.

Liebes, T. (1989). But there *are* facts: Comments on Roeh. *American*

Behavioral Scientist 33 (2): 169–171.

Liebes, T. & Curran, J. (1998). *Media, Ritual and Identity.* London: Routledge.

Linne, O. (1993). Professional practice and organization: Environmental broadcasters and their sources. In A. Hansen (ed). *The Mass Media and Environmental Issues.* Leicester: Leicester University Press.

Linsky, M. (ed.) (1983). *TV and the Presidential Elections.* Lexington, MA: D.C. Heath

Lipari, L. (winter, 1996). Journalistic authority: Textual strategies of legitimation. *Journalism Quarterly* 73 (4): 821–834.

Lippmann, W. (1922). Public opinion. NY: Free Press (1965 ed.).

Littlejohn, S.W. (1989). *Human Communication Theory* (3rd ed.). Belmont, CA: Wadsworth.

Lo, Ven–Hwei; Cheng, Jei–Cheng; & Lee, Chin–Chuan (1994). Television news is government news in Taiwan: Patterns of TV news sources selection and presentation. *Asian Journal of Communication* 4 (1): 99–110.

Lorsch, J. W. (1986). Managing culture: The invisible barrier to strategic change. *California Management Review* 28: 94–115.

Louis, M. R. (1990). Acculturation in the workplace: Newcomers as lay ethnographers. In B. Schneider (ed.). *Organizational Climate and Culture.* San Francisco: Jossey–Bass.

Lule, J. (1997). The rape of Mike Tyson: Race, the press and symbolic types. In D. Berkowitz (ed.). *Social Meanings of News: A Text–Reader.* Thousand Oaks, CA: Sage (原刊於 *Critical Studies in Mass Communication,* 1995, 12: 176–195).

Lule, J. (1993). Murder and myth: *New York Times* coverage of the TWA 847 hijacking victim. *Journalism Quarterly* 70 (1): 26–39.

Lull, J. (1995). *Media, Communication, Culture: A Global Approach.* Cambridge: Polity.

Luostarinen, H. (1992). Source strategies and the Gulf War. *The Nordicom Review* 2: 91–99.

McBride, G. (1989). Ethical thought in public relations history: Seeking a relevant perspective. *Journal of Mass Media Ethics* 4 (1): 5–20.

McCarthy, J. D., et al. (1996). Images of protest: Dimensions of selection bias in media coverage of Washington demonstrations, 1982 and 1991. *American Sociology Review* 61: 478–499.

McCombs, M. (1996). *The pictures of politics in our heads.* Keynote speech in the Seminar on the Media and Election, sponsored by the College of Communication, National Chengchi University（後刊登於金溥聰主編，1998，《新聞「學」與「術」的對話V：總統選舉與新聞報導》，臺北：國立政大新聞系，第九章，另含中文翻譯，名為「我們腦中的政治圖像」）。

McCombs, M. (1994). News influence on our pictures of the world. In J. Bryant & D. Zillmann (eds.). *Media Effects: Advances in Theory and Research.* Hillsdale, NJ: Lawrence Erlbaum Associates.

McCombs, M. & Gilbert, S. (1986). News influence on our pictures of the world. In J. Bryant & D. Zillmann (eds). *Perspectives on Media Effects.* Hillsdale, NJ: LEA.

McCombs, M. & Shaw, D. L. (1993). The evolution of agenda–setting research: Twenty–five years in the marketplace of ideas. *Journal of Communication* 43: 58–67.

McCombs, M. & Shaw, D. L. (1972). The agenda–setting function of mass media. *Public Opinion Quarterly* 36: 176–187.

McCombs, M. & Zhu, J–H (1995). Capacity, diversity, and vitality of the public agenda. *Public Opinion Quarterly* 59: 495–525.

McCombs, M., Shaw, D. L., & Weaver, D. (1997). *Communication and Democracy.* Hillsdale, NJ: LEA.

McCombs, M., Danielian, L., & Wanta, W. (1995). Issues in the news and the public agenda: The agenda–setting tradition. In T. L. Glasser & C. T. Salmon (eds.). *Public Opinion and the Communication of Consent.* Chicago: the University of Chicago.

McCombs, M., et al. (1991). *Contemporary Public Opinion.* Hillsdale, NJ: LEA.

McCoy, J. & Coloski, E. (1982). News sources on Rhodesia: A comparative analysis. *Journalism Quarterly* 59 (1): 97–103.

McElreath, M. P. (1993). *Managing Systematic and Ethical Public Relations.* Dubuque, Iowa: Wm C. Brown.

McGregor, D. M. (1960). *The Human Side of Enterprise.* NY: McGraw–Hill.

McKinlay, A.; Potter, J.; Wetherell, M. (1993). Discourse analysis and social representations. In G. M. Breakwell & D. V. Canter (eds.). *Empirical Approaches to Social Representations.* Oxford: Clarerdon Press.

McLaughlin, G. & Miller, D. (1996). The media politics of the Irish peace process. *Press/Politics* 1 (4): 116–134.

McLean, M.S., Jr. & Pinna, L. (1958). Picture selection: An editorial game. *Journalism Quarterly* 40: 230–232.

McLean, P. E. (1991). State–press relations in Grenada, 1955–1983. *The Howard Journal of Communications* 2 (4): 148–333.

McLeod, J. M. & Hawley, Jr., S. E. (1964). Professionalization among newsmen. *Journalism Quarterly* 41: 529–539, 577.

McLeod, J. M. & Chaffee, S. H. (1973). Interpersonal approaches to communication research. *American Behavioral Scientist* 16: 466–469.

McLeod, J. M., et al. (1994). The expanding boundaries of political communication effects. In J. Bryant and D. Zillmann (eds.). *Media Effects: Advances in Theory and Research.* Hillsdale, NJ: Erlbaum.

McLeod, J.M., et al. (1992). On understanding and misunderstanding media effects. In J. Curran & M. Gurevitch (eds.). *Mass media and society.* London: Edward Arnold.

McManus, J. H. (1995). A market–based model of news production. *Communication Theory* 4 (5): 301–338.

McManus, J. H. (1994). *Market–driven Journalism: Let the Citizens Beware.* Thousands Oaks, CA: Sage.

McQuail, D. (1992). *Media Performance: Mass Communication and the Public Interest.* London: Sage.

McQuail, D. & Windahl, S. (1981). *Communication Models for the Study of Mass Communications.* NY: Longman（中譯本為《傳播模式》，臺北：正中，楊志弘＼莫季雍譯，1988）。

Maher, M. (1995). *Media framing, expert framing, and public perception of the population–environmental communication.* Paper presented to the AEJMC convention, Washington, D.C.

Maltese, J. A. (1992). *Spin Control: The White House of Communications and the Management of the Presidential News.* Chapel Hill: The University of North Carolina Press.

Mancini, P. (1993). Between trust and suspicion: How political journalists solve the dilemma. *European Journal of Communication* 8: 33–51.

Manheim, J. B. (1994). *Strategic Public Diplomacy and American Foreign Policy: The Evolution of Influence.* NY: Oxford University Press.

Manheim, J. B. (1986). Public relations in the public eye: The case studies of the failure of public information campaign. *Political Communication and Persuasion* 3 (3): 265–291.

Manheim, J. B. (1984). Changing national images in Britain PR and media agenda–setting. *American Political Science Review* 78: 641–657.

Manheim, J. B. & Albritton, R. B. (1987). Insurgent violence vs. image–management in South Africa. *British Journal of Political Science* 17: 201–218.

Manheim, J. B. & Albritton, R. B. (1986). PR in the public eye: Two case studies of the failure of public information campaigns. *Political Communication & Persuasion* 3 (3): 265–291.

Manheim, J. B. & Albritton, R. B. (1984). Changing national image: International Public Relations and media agenda setting. *American Political Science Review* 78 (3): 641–657.

Manoff, R. K. (1986). Writing the news (by telling the 'story'). In R. K. Manoff & M. Schudson (eds.). *Reading the News.* NY: Pantheon Books.

Manoff, R. K. & Schudson, M. (eds.) (1986). *Reading the News.* NY: Pantheon Books.

Markus, H. & Zajonc, R. B. (1985). The cognitive perspective in social psychology. In G. Lindzey & E. Aronson (eds.). *Handbook of Social Psychology* (vol. 1). NY: Random House.

Martin, J. & Siehl, C. (Autumn 1983). Organizational culture and counterculture: An uneasy symbiosis. *Organizational Dynamics* 52–63.

Martin, J., et al. (1985). Founders and elusiveness of cultural legacy. In P. Frost, et al. (eds.). *Organizational Culture* (pp.99–124). Beverly Hills, CA: Sage.

Martin, L. J. (1981). Government and the News Media. In D. Nimmo & K. R. Sanders (eds.). *Handbook of Political Communication*. Beverly Hills, CA: Sage.

Martin, S. E. (1991). Using expert sources in breaking science stories: A comparison of magazine type. *Journalism Quarterly* 68 (1/2): 179–187.

Martin, S. R. (1988). Proximity of events as factor in selection of news sources. *Journalism Quarterly* 65: 986–989, 1043.

Martin, W. P. & Singletary, M. (1981). Newspaper treatment of state government releases. *Journalism Quarterly* 58: 93–96.

Marullo, S., Pagnucco, R. and Smith, J. (1996). Frame changes and social movement contraction: U.S. peace movement framing after the Cold War. *Sociological Inquiry* 66(1): 1–28.

Mathes, R. & Dahlem, S. (1989). Campaign issues in political strategies and press coverage. *Political Communication and Persuasion* 6: 33–48.

Mathes, R. & Pfetsch, B. (1991). The role of alternative press in the agenda–building process: The spill–over effects and media opinion leadership. *European Journal of Communication* 6: 33–62.

Mathes, R. & Rudoplh, C. (1991). Who set the agenda: Party and media influence shaping the campaign agenda in Germany. *Political Communication and Persuasion* 8:183–199.

Mauser, G. A. (1983). *Political Marketing: An Approach to Campaign Strategy*. NY: Praeger. (中譯本為《政治行銷》，臺北：桂冠，王淑女譯，1992）．

Mauss, A. L. (1989). Beyond the illusion of social problems theory. In J. A. Holstein & G. Miller (eds.). *Perspectives on Social Problems*, vol. 1. Greenwood, CN: JAI Press.

Mayhew, L. H. (1997). *The New Public: Professional Communication and the Means of Social Influence.* Cambridge: The Cambridge University Press.

Mehan, H. & Wood, H. (1994). Five features of reality. In P. Kollock & J. O'Brien (eds.). *The Production of Reality.* Thousand Oaks, CA: Pine Forge Press.

Mendelsohn, M. (1993). Television's frames in the 1988 Canadian election. *Canadian Journal of Communication* 18: 149–171.

Mendelsohn, M. (1990). Mind, affect, and action: Construction of theory and the media effects dialectic. In S. Kraus (eds.). *Mass Communication and Political Information Processing.* Hillsdale, NJ: Erlbaum.

Meng, M. (1992). Early idertification and issues management. *Public Relations Journal* 48 (3): 22–24.

Merriam, J. E. & Makower, J. (1987). *Trend Watching: How the Media Create Trends and How to be the First to Uncover Them.* NY: AMACOM.

Merrill, J. C. (1968). *The Elite Press: Great Newspapers in the World.* NY: Pitman.

Merton, R.K. (1967). *On Theoretical Sociology.* NY: The Free Press.

Merton, R. K. & Lazarsfeld, P. (1948). Mass communication, popular taste and organized social action. In W. Schramm (ed.). *Mass Communication.* Urbana: The University of Illinois Press.

Meyers, M. (1992) Reporters and beats: The making of oppositional news. *Critical Studies in Mass Communication* 9: 75–90.

Miller, D. (1993). Official sources and 'primary definition': The case of

Northern Ireland. *Media, Culture, & Society* 15: 385–406.

Miller, D. & Williams, K. (1992). Negotiating HIV/AIDS information: Agendas, media strategies, and the news. In J. Eldridge (ed.). *Getting the Message.* London: Routledge.

Miller, D.; Kitzinger, J.; Williams, K.; and Beharrell, P. (1998). *The Circuit of Mass Communication: Media Strategies, Representation, and Audience Reception in the AIDS Crisis.* London: Sage.

Miller, G. & Holstein, J. A. (1991). On the sociology of social problems. In J. A. Holstein & G. Miller (eds.). *Perspectives on Social Problems: A Research Annual* (vol. 1). Greenwich, CN: JAI Press.

Miller, K. (1992). Smoking up a storm: PR and advertising in the construction of the cigarette problem, 1953–1954. *Journalism Monographs,* 136.

Miller, P. G. (1987). *Media Marketing: How to Get your Name & Story in Print & on the Air.* NY: Harper & Row.

Miller, S. H. (1978). Reporters and Congressmen: Living in Symbiosis. *Journalism Monographs,* 53.

Minnis, J. H. & Pratt, C. B. (1995). *Newsroom socialization and the press releases: Implications for media relations.* Paper presented to the AEJMC convention, Washington, D.C.

Mohan, M. L. (1990). *Theoretical and operational considerations in the assessment of organizational culture.* Paper presented to the ICA annual convention, Dublin, Ireland.

Molotch, H.L. & Lester, M. (1974). News as purposive behavior: On the strategic use of routine events, accidents, and scandals. *American Sociological Review* 39: 101–112 (also included in S. Cohen & J. Young, eds., 1981, *The Manufacture of News: Deviance, Social Problems, & the*

Mass Media. Beverly Hills, CA: Sage).

Molotch, H. L., et al. (1987). The media–policy connection: Ecologies of news. In D. L. Paletz (ed.). *Political Communication Research.* Norwood, NJ: Ablex.

Morgan, G. (1986). *Images of Organizations.* Beverly Hills, CA: Sage.

Morrison, D. E. and Tumber, H. (1994). Information knowledge and journalistic procedure: Reporting the war in the Falklands. In C. J. Hamelink and O. Linne (eds.). *Mass Communication Research: On Problems and Policies: The Art of Asking the Right Questions.* Norwood, NJ: Ablex.

Morton, L. P. (May, 1993). Researcher finds complaints against press releases are justified. *Editor & Publisher*, pp. 42, 52.

Morton, L. P.. (1992–1993). Producing publishable press releases: A research perspective. *Public Relations Quarterly* 37 (4): 9–11.

Moscovici, S. (1984). The phenomenon of social representation. In R.M. Farr & S. Moscovici (eds). *Social Representations.* Cambridge: Cambridge University Press.

Mott, F. L. (1943). *Jefferson and the Press.* Baton Rouge, LA: Louisiana State University Press.

Mowlana, H. (1985). *International Flow of Information.* Paris: UNESCO Report, No. 99.

Mowlana, H. et al. (1992). *Triumph of the Image: The Media's War in the Persian Gulf——A Global Perspective.* Boulder, CO: Westview.

Mulcahy, A. (1995). Claims–making and the construction of legitimacy: Press coverage of the 1981 Northern Irish hunger strike. *Social Problems* 42 (4): 449–467.

Mumby, D. K. (1988). *Communication and Power in Organizations: Discourse, Ideology, and Domination.* Norwood, NJ: Ablex.

Nagelschmidt, J. S. (1982). *The Public Affairs Handbook.* NY: AMACOM.

Nager, N. R. & Allen, T. H. (1984). *Public Relations Management by Objective.* NY: Longman.

Naisbitt, E. (1980). *Megatrends: The New Directions Transforming Our Lives.* NY: Warner Bro.

Napoli, P. M. (1997). A principal–agent approach to the study of media organizations: Toward a theory of media firm. *Political Communication* 14: 207–219.

Nayman, O.; McKee, B.K.; and Lattimore, D.L. (1977). PR personnel and print journalists: A comparison of professionalism. *Journalism Quarterly* 54: 492–497.

Nelson, R. A. & Heath, R. L. (1984). A system model for corporate issues management. *Public Relations Quarterly* 31 (3): 20–25.

Neuman, W. R., et al. (1992). *Common Knowledge: News and the Construction of Political Meaning.* Chicago: University of Chicago Press.

Newcomb, H. M. & Hirsch, P. M. (1984). TV as a cultural forum. In W. D. Rowland, Jr. and B. Watkins (eds.). *Interpreting Television: Cultural Research Perspectives.* Beverly Hills, CA: Sage.

Nimmo, D. (1978). *Political Communication and Public Opinion.* Santa Monica, CA: Goodyear.

Noelle–Neumann, E. & Mathes, R. (1987). The 'event as event' and the 'event as news': The significance of 'consonance' of media effect research. *European Journal of Communication* 2: 391–414.

Nossek, H. (1994). The narrative role of the Holocaust and the state of Israel in the coverage of salient terrorism events in thc Israeli press. *Journal of Narrative and Life History* 4 (1 & 2): 119–134.

Oakes, G. (1992). Image and reality in *Media Worlds. International Journal of Politics, Cu!ture, and Society* 5 (3): 439–463.

Oakes, J. P., et al. (1994). *Stereotyping and Social Reality.* Oxford: Blackwell.

Ognianova, E. and Endersby, J. W. (1996). Objectivity revisited: A spatial model of political ideology and mass communication. *Journalism and Mass Communication Monographs*, 159.

O'Heffernan, P. (1994). A mutual exploitation model of media influence in U.S. foreign policy. In W. L. Bennett & D. L. Paletz (eds.) *Taken by Storm: The Media, Public Opinion, and U.S. Foreign Policy in the Gulf War.* Chicago: The University of Chicago Press.

O'Heffernan, P. (1993). Mass media and U.S. foreign policy: A mutual exploitation model of media influence in U.S. foreign policy. In R. J. Spitzer (ed.). *Media and Public Policy.* Westport, CN: Praeger.

Olien, C. N., Donohue, G. A. & Tichenor, P. J. (1984). Media and stages of social conflict. *Journalism Monographs*, 90.

Oliver, A. M. & Steinberg, P. (1993). Information and revolutionary ritual in Intifida graffiti. In A. A. Cohen & G. Wolfsfeld (eds.). *Framing the Intifida: People and Media.* Norwood, NJ: Ablex.

Olson, M. (1971). *The Logic of Collective Action: Public Goods and the Theory of Groups.* Cambridge: Harvard University Press（中譯本為《集體行動的邏輯》，臺北：遠流，董安琪譯，1989）.

O'Reilly, III, C. A., et al. (1991). People and organizational culture: A profile comparison approach to assessing person–organization fit. *Academy of Management Journal* 34 (3): 487–516.

Ostgaard, E. (1965). Factors influencing the flow of news. *Journal of Peace Research* 2 (1): 39–63.

Ott, J. S. (1989). *The Organizational Culture Perspective.* Pacific Grove, CA: Brooks/Cole.

Ouchi, W. (1981). *Theory Z: How American Business Can Meet The Japanese Challenge.* NY: The Avon Books（中譯本為《Z理論》，臺北：長河，黃明堅譯，1981）.

Pacanowsky, M. E. & N. O'Donnell-Trujillo (1990). Communication and organizational cultures. In S. R. Corman, et al., (eds.). *Foundations of Organizational Communication: A Reader.* NY: Longman (originally appeared in *Western Journal of Speech Communication,* 1982, 46: 115–130).

Pacanowsky, M. E. & N. O'Donnell-Trujillo (1983). Organizational communication as cultural performance. *Communication Monographs* 50:126–147.

Padgett, G. E. (1990). In search of a usable definition of news for the classroom. *Journalism Educators* 45 (3): 67–69, 89.

Paletz, D. L. & Entman, R. (1981). *Media, Power, & Politics.* NY: Freeman.

Paletz, D. L. & Schmid, A. P. (eds.) (1992). *Terrorism and the Media.* Newbury Park, CA: Sage.

Pan, Z. & Kosicki, G. M. (1997). *Framing public discourse: Another take on a theoretical perspective.* Paper presented at the AEJMC convention, Chicago.

Pan, Z. & Kosicki, G. M. (1993). Framing analysis: An approach to news discourse. *Political Communication* 10: 55–75.

Parisi, P. (1995). *Toward a 'philosophy of framing': Narrative strategy and public journalism.* Paper presented to the ICA convention, Chicago.

Parsigian, E. K. (1992). *Mass Media Writing.* Hillsdale, NJ: LEA.

Parson, T. (1937). *The Structure of Social Action.* NY: McGraw–Hill.

Pascale, R. T. & Athos, A. G. (1981). *The Art of Japanese Management.* NY: Simon & Schuster.

Patterson, B. R. (1986). *Write To Be Read.* Ames: The Iowa State University Press.

Patterson, T. E. (1980). *The Mass Media Election: How Americans Choose Their President.* NY: Praeger.

Peters, J. D. (1995). Historical tensions in the concept of public opinion. In T. L. Glasser & C. T. Salmon (eds.). *Public Opinion and the Communication of Consent.* Chicago: University of Chicago Press.

Peters, J. D. (1993). Distrust of representation: Habermas on the public sphere. *Media, Culture, and Society* 15: 541–571.

Peters, T. J. & Waterman, R. H. (1982). *In Search of Excellence: Lessons from America's Best–Run Companies.* NY: Harper & Row（中譯本為《追求卓越》，臺北：長河，尉騰蛟譯，1986，八版）．

Peterson, B. K. (1992). *Organizational culture: A shield against organizational stress.* Paper presented to the AEJMC convention, Montreal, Quebec, Canada.

Pettigrew, A. W. (1979). In studying organizational culture. *Administrative Science Quarterly* 24: 570–581.

Philo, G. (1990). *Seeing is Believing.* London: Routledge.

Philips, E.B. (1977). Approaches to objectivity: Journalistic vs. social science perspectives. In P. M. Hirsch et al. (eds.). *Strategies for Communication Research.* Beverly Hills, CA: Sage.

Philips, E.B. (1976). Novelty without change. *Journal of Communication* 26 (4): 87–92.

Picard, R. G. (1993). *Media Portrayals of Terrorism: Functions and Meaning of News Coverage.* Ames: Iowa State University Press.

Pietila, V. (1992). Beyond the news story: News as discursive composition. *European Journal of Communication* 7: 37–67.

Pollock, J. C. (1981). *The Politics of Crisis Reporting: Learning to be a Foreign Correspondents.* NY: Praeger.

Post, J. E. (1978). *Corporate Behavior and Social Change.* Reston, VA: Reston.

Potter, J. (1996). *Representing Reality: Discourse, Rhetorics and Social Construction.* London: Sage.

Price, M. E. (1995). *Television: The Public Sphere and National Identity.* Oxford: Clarendon Press.

Price, V. (1992). *Public Opinion.* Newbury Park, CA: Sage.

Protess, D. C. et al. (1991). *The Journalism of Outrage: Investigative Reporting and Agenda–Building in America.* NY: Guilford.

Protess, D. C. & McCombs, M. (1991). *Agenda Setting: Readings on Media, Public Opinion and Policymaking.* Hillsdale, NJ: LEA.

Putnam, L. L. & Cheney, G. (1990). Organizational communication: Historical development and future directions. In S. R. Corman, et al. (eds.). *Foundations of Organizational Communication: A Reader.* NY: Longman (originally appeared in T. W. Benson, ed., *Speech Communication in the 20th Century.* Carbondale: Southern Illinois University, 1985).

Putnam, L. L. & Holmer, M. (1992). Framing, reframing, and issue development. In L. L. Putnam & M. E. Roloff (eds.). *Communication and*

Negotiation. Newbury Park, CA: Sage.

Reese, S. (1997). *Framing public life: A bridging model for media studies.* A keynote review paper at the Conference on Framing in the New Media Landscape, Columbia, University of South Carolina (Oct 12–14).

Reese, S. (1991). Setting the media's agenda: A power balance perspective. In J. Anderson (ed.). *Communication Yearbook* 14. Newbury Park, CA: Sage.

Reese, S. & Danielian, L. H. (1989). Intermedia influence and the drug issue: Converging on cocaine. *In P. J. Shoemaker* (ed.). *Communication Campaigns About Drugs.* Hillsdale, NJ: LEA.

Reese, S., et al. (1994). The structure of news sources on television. *Journal of Communication* 42 (2): 84–107.

Reeves, J. L. (1988). TV stardom: A ritual of social typification and individualization. In J. W. Carey (ed.). *Media, Myths, and Narratives: Television and Press.* Newbury Park, CA: Sage.

Reichers, A. E. & Schneider, B. (1990). Climate and culture: An evolution of constructs. In B. Schneider (ed.). *Organizational Climate and Culture.* San Francisco, CA: Jossey–Bass.

Research on Language and Social Interaction, special issue on co–construction, vol.28, no. 3, 1995.

Reuss, C. & Silvis, D. (eds.) (1985). *Inside Organizational Communication.* NY: Longman.

Rhee, J. W. (1995). *The interaction between news frames and an interpreter's schemata: A theory and a simulation.* Paper presented to the AEJMC convention, Washington, D.C.

Rings, W. L. (1971). Public school coverage with and without PR directors.

Journalism Quarterly 48 (1): 62–67.

Rivers, W. L. (1970). *Adversaries: Politics and the Press*. Boston: Beacon.

Rivers, W. L. & Schramm, W. (1969). *Responsibility in Mass Communication*. NY: Harper & Row.

Rivers, W. L., et al. (1975). Government and the media. In S. Chaffee (ed.). *Political Communication*. Beverly Hills, CA: Sage.

Rivers, W. L., et al. (1971). *The Mass Media and Modern Society* (2nd ed.). San Francisco: Rinehart Press.

Robbins, B. (ed.) (1993). *The Phantom Public Sphere*. Minneapolis: University of Minnesota Press.

Robert, J. G. & Sharon, D.(1995). Impacts of information subsidies & community structure on local press coverage of environmental contamination. *Political Communication* 72 (2): 271–284.

Robinson, G. J. (1995). Making news and manufacturing consent: The journalistic narrative and its audience. In T. L. Glasser & C. T. Salmon (eds.). *Public Opinion and the Communication of Consent*. Chicago: the University of Chicago.

Roeh, I. (1989). Journalists as storytelling: Coverage as narrative. *American Behavioral Scientist* 33 (2): 162–169.

Rogers, E. M. & Chang, S. B. (1991). Media coverage of technological issues. In L. Wilkins and P. Patterson (eds.). *Risky Business: Communicating Issues of Science, Risk, and Public Policy*. NY: Greenwood.

Rogers, E. M. & Dearing, J. W. (1988). Agenda–setting research: Where has it been, where is it going. In J. Anderson (ed.). *Communication Yearbook* 11. Newbury Park, CA: Sage.

Rogers, E. M. & Shoemaker, F. F. (1971). *Communication of Innovations: A*

Cross–Cultural Approach. NY: The Free Press (2nd ed.).

Rogers, E. M., et al. (1991). AIDS in the 1990. The agenda–setting process for a public issue. *Journalism Monographs*, 126.

Rojo, L. M. (1995). Division and rejection: From the personification of the Gulf conflict to the demonization of Saddam Hussein. *Discourse & Society* 6 (1): 49–80.

Romano, C. (1986). The grisly truth about bare facts. In R. K. Manoff & M. Schudson (eds.). *Reading the News.* NY: Pantheon Books.

Ronner, D., et al. (1995). *Inability to recognize news source bias and perceptions of media bias.* Paper presented to the AEJMC convention, Washington, D. C.

Rosengren, K.E. (1985). Communication research: One paradigm or four? In E.M. Rogers & F. Balle (eds.). *The Media Revolution in America and in Western Europe.* Norwood, NJ: Ablex.

Rosengren, K.E. (1976). International news: Time and type of report. In H. Fischer & J. C. Merrill (eds.). *International and Intercultural Communication.* NY: Hastings House.

Rosengren, K.E. (1974). International news: Methods, data, and theory. *Journal of Peace Research* 11 (2): 145–156.

Rosengren, K.E. (1970). International news: Intra and extra media data. *Acta Sociologica*, 13: 96–109.

Rosengren, K.E. & Rikardsson, G. (1974). Middle East news in Sweden. *Gazette* 20: 99–116.

Roshco, B. (1975). *Newsmaking.* Chicago: The University of Chicago Press.

Roth, G. & Wittich, C. (eds.). *Economy & Society*, vols. 1–2. Berkeley: University of California Press.

Rouner, D., et al. (1995). *Inability to recognize news source bias and perception of media bias.* Paper presented at the AEJMC Convention, Washington D.C.

Rousseau, D. (1990). Quantitative assessment of organizational culture: The case for multiple measure. In B. Schneider (ed.). *Frontiers in Industrial and Organizational Psychology*, vol. 3. San Francisco, CA: Jossey–Bass.

Rummelhart, D.E. (1984). Schemata and the cognitive system. In R.S. Wyer, Jr. & T.K. Srull (eds.). *Handbook of Social Cognition* (vol. 1). Hillsdale, NJ: LEA.

Rummelhart, D. E. (1975). Notes on a schema for stories. In D.G. Bobrow & A. Collins (eds.). *Representation and Understanding: Studies in Cognitive Science.* NY: Academic Press.

Ryan, C.; Carragee, K. M.; & Schwerner, C. (1998). Media, movements, and the quest for social justice. *Journal of Applied Communication* 26: 165–181.

Ryan, C. (1991). *Prime Time Activism: Media Strategies for Grassroots Organizing.* Boston: South End Press.

Ryan, M. & Martinson, D. L. (1988). Journalists and public relations practitioners: Why the antagonism. *Journalism Quarterly* 65 (1): 131–140.

Ryan, M. & Martinson, D. L. (1984). Ethical values, the flow of journalistic information and public relations persons. *Journalism Quarterly* 61(1): 27–34.

Ryan, M. & Tankard, J. W. Jr. (1977). *Basic News Reporting.* Palo Alto, CA: Mayfield.

Sachsman, D. B. (1976). Public relations influence on coverage of environment in San Francisco Area. *Journalism Quarterly* 53 (1): 54–60.

Sackmann, S. A.(1991). *Cultural Knowledge in Organizations: Exploring the Collective Mind.* Newbury Park, CA: Sage.

Sackmann S. A. (1990). Managing organizational culture: Dreams and possibilities. In J. Anderson (ed.). *Communication Yearbook* 13. Newbury Park, CA: Sage.

Sahr, R. (1993). Creditentiality experts: The climate of opinion and journalist selection of sources. In R. J. Spitzer (ed.). *Media and Public Policy.* Westport, CN: Praeger.

Sallot, L. M.; Setinefatt, T. M. & Salwen, M. B. (1998). Journalists' and public relations practitioners' news values: Perceptions and cross–perceptions. *Journalism & Mass Communication Quarterly* 75 (2): 366–377.

Salomne, K. L., et al. (1990). A question of quality: How journalists and news source evaluate coverage of environmental risk. *Journal of Communication* 40 (4): 117–130.

Salwen, M. B. (1996). News of Hurricane Andrew: The agendas of sources and the sources of agendas. *Journalism and Mass Communication Quarterly* 72 (4): 826–840.

Sande, O. (1971). The perception of foreign news. *Journal of Peace Research* 8: 221–237.

Sandman, P. M. (1987). *Environmental Risk and the Press.* New Brunswick, NJ: Transaction.

Sathe, V. (Autumn, 1983). Implications of corporate culture: A manager's guide to action. *Organizational Dynamics* 5–23.

Sapienza, A. M. (1987). Image–making as a strategic function: On the language of organizational strategy. In L. Thayer (ed.). *Organization↔ Communication: Emgering Perspectives.* Norwood, NJ: Ablex.

Sauerhaft, S. & Atkins, C. (1989). *Image Wars: Protecting Your Company When There's no Place to Hide.* NY: John Wiley & Sons.

Schank, R.C. & Abelson, R. P. (1977). *Scripts, Plans, Goals, and Understanding: An Inquiry into Human Knowledge Structure.* Hillsdale, NJ: LEA.

Schegloff, E. A. (1995). Discourse as an interactional achievement III: The omnirelevance of action. *Research on Language and Social Interaction* 28(3): 185–211.

Scheibel, D. (1990). The emergence of organizational culture. In S. R. Corman, et al. (eds.). *Foundations of Organizational Communication: A Reader.* NY: Longman (originally published by the Prospect Press as part of the Issues of Small Group Communication under the same title, 1987).

Schein, E. H. (1991). What is culture. In P. J. Frost, et al. (eds.). *Reframing Organizational Culture.* Newbury Park, CA: Sage.

Schein, E. H. (1985). *Organizational Culture and Leadership.* San Francisco, CA: Jossey–Bass.

Schein, E. H. (summer, 1983). The role of founder in creating organizational culture. *Organizational Dynamics* 13–28.

Schiller, H. I. (1992). Manipulating heart and minds. In H. Mowlana, et al., (eds.). *Triumph of the Image.* Boulder, CO: Westview.

Schiller, D. (1981). *Objectivity and the News: The Public and Rise of Commercial Journalism.* Philadelphia: University of Pennsylvania Press.

Schlesinger, P. (1990). Rethinking the sociology of journalism: Source strategy and the limits of media centrism. In M. Ferguson (ed.). *Public*

Communication and the New Imperatives. London: Sage.

Schlesinger, P. (1989). From production to propaganda? *Media, Culture, and Society* 11: 283–306 (books review essay).

Schlesinger, P., et al. (1991). The media politics of crime and criminal justice. *British Journal of Sociology* 42 (3): 397–420.

Schneider, B. (ed.) (1990). *Organizational Climate and Culture*. San Francisco, CA: Jossey–Bass.

Schramm, W. (1949). The nature of news. *Journalism Quarterly* 26 (3): 259–269。

Schramm, W. & Atwood, L.E. (1981). *Circulation of News in the Third World: A Study of Asia*. Hong Kong: The Chinese University of Hong Kong Press.

Schudson, M. (1991a). The sociology of news production revisited. In J. Curran and M. Gurevitch (eds.). *Mass Media and Society*. London: Edward Arnold.

Schudson, M. (1991b). Historical approaches to communication studies. In K.B. Jensen & N.W. Jankowski (eds.). *A Handbook of Qualitative Methodologies for Mass Communication Research*. London: Routledge.

Schudson, M. (August 1986). *What time means in a news story*. Gannett Center for Media Studies Occasional Paper No. 4. （本篇同時刊出於 R.K. Manoff & M. Schudson, eds., *Reading the News*. NY: Pantheon Books, 1987）

Schudson, M. (1978). *Discovering the News: A Social History of American History*. NY: Basic Books.

Schutz, A. (1962). *Collected Papers I: The Problem of Social Reality*. The Hague: Martinus Nijhoff.

Schwandt, T. A. (1994). Constructivist, interpretivist approaches to human inquiry. In N.K. Denzin & Y.S. Lincoln (eds.). *Handbook of Qualitative Research.* Thousand Oaks, CA: Sage.

Schwartz, H. & Davis, S. M. (1981). Matching corporate culture and business strategy. *Organizational Dynamics* 10: 30–48.

Searle, J. R. (1995). *The Construction of Social Reality.* NY: The Free Press.

Selznick, P. (1957). *Leadership in Administration: A Sociological Interpretation.* NY: Row, Peterson.

Semin, G. R. (1987). On the relationship between representation of theories in psychology and ordinary language. In W. Doise & S. Moscovici (eds.). *Current Issues in European Social Psychology.* vol. II. Cambridge: Cambridge University Press.

Servaes, I. (1991). European press coverage of the Grenada crisis. *Journal of Communication* 41 (4): 28–41

Sethi, S. P. (1977). *Advocacy Advertising and Large Corporations: Social Conflict, Big Business Image, the News Media and Public Policy.* Lexington, MA: Heath.

Seymour–Ure, C. (1997). Location, location, location: The importance of place in executive communication. *Press/Politics* 2(2): 27–46.

Shafritz, J. M. & Ott, J. S. (1992). *Classics of Organization Theory* (3rd ed.). Pacific Grove, CA: Brooks/Cole.

Shaw, D. and Martin, S. E. (1993). The natural and inevitable phases of war reporting: Historical shadows, new communication in the Persian Gulf. R. E. Denton (ed.). *The Media and Persian Gulf War.* Westport, CN: Praeger.

Sheridan, J. (1992). Organizational culture and employee retention. *Academy of Management Journal* 35 (5): 1036–1056.

Sherman, S. J. & Cortz, E. (1984). Cognitive heuristics. In R.S. Wyer, Jr. & T.K. Srull (eds.). *Handbook of Social Cognition*, vol. I. Hillsdale, NJ: Erlbaum.

Sherwood, S. J. (1994). Narrating the social: Postmodernism and the drama of democracy. *Journal of Narrative and Life History* 4 (1 & 2): 69–88.

Shockley–Zalabak, P. (1988). *Fundamentals of Organizational Communication.* NY: Longman.

Shoemaker, P. J. (1996). Hardwired for news: Using biological and cultural evolution to explain the surveillance function. *Journal of Communication* 46 (3): 32–47.

Shoemaker, P. J. (1991). *Gatekeeping.* Newbury Park, CA: Sage.

Shoemaker, P. J. (1989a). Public relations versus journalism? Comments on Turow. *American Behavior Scientist* 33 (2): 213–215.

Shoemaker, P. J. (1989b). (ed.). *Communication Campaigns About Drugs.* Hillsdale, NJ: LEA.

Shoemaker, P. J. (1983). Bias and Source Attribution. *Newspaper Research Journal* 5 (1): 25–32.

Shoemaker, P. J. & Mayfield, K. (1987). Building a theory of news content: A synthesis of current perspectives. *Journalism Monographs*, 103.

Shoemaker, P. J. & Reese, S. D. (1991). *Mediating the Message: Theories of Influence on Mass Media Content.* NY: Longman.

Shoemaker, P., et al. (1992). Deviant acts, risky business, and U.S. involvement: The newsworthiness of world evens. *Journalism Quarterly* 68: 781–795.

Siebert, F. S.; Peterson, T; & Schramm, W. (1956). *Four Theories of the*

Press: The Authoritarian, Libertarian, Social Responsibility, and Soviet Communist Concepts of What the Press Should Be and Do. Urbana: the University of Illinois Press.

Sigal, L. V. (1986). Sources make the news. In Manoff, R. K. & Schudson, M. (eds.). *Reading the News.* NY: Pantheon Books.

Sigal, L. V. (1973). *Reporters and Officials.* Lexington, MA: D. C. Heath and Co.

Singer, E. & Endreny, P. M. (1993). *Reporting on Risk.* NY: Russell Sage Foundation.

Singleman, L. (1973). Reporting the news: An organizational analysis. *American Journal of Sociology* 79: 132–151.

Singletary, M.W. (1977). What determines the news? *ANPA Research Report*, No. 5.

Small, W. J. (1972). *Political Power and the Press.* NY: W.W. Norton.

Smircich, L. (1983). Concepts of culture and organizational analysis. *Administrative Science Quarterly* 28: 339–358.

Smircich, L. & Calas, M. B. (1987). Organizational culture: A critical assessment. In F. M. Jablin (ed.). *Handbook of Organizational Communication: An Interdisciplinary Perspective.* Newbury Park, CA: Sage.

Smith, C. (1993). News sources and power elites in news coverage of the Exxon Valdez oil spill. *Journalism Quarterly* 70 (2): 393–403.

Smith, C. (1990). *Presidential Press Conference: A Critical Approach.* NY: Praeger.

Smith, P. (1994). The semiotic foundations of media narratives: Saddam and Nasser in the American mass media. *Journal of Narrative and Life*

History 4 (1 & 2): 89–118.

Smith, R.R. (1979). Mythic elements in TV news. *Journal of Communication* 29(1): 75–82.

Smith, T. W. (1980). America's most important problems——The trend analysis. *Public Opinion Quarterly* 44: 164–180.

Snow, D. A. & Benford, R.D. (1988). Ideology, framing resonance, and participant mobilization. In B. Klandermans, et al. (eds.). *International Social Movement Research.* Greenwich, CO: JAI Press.

Snow, D. A., et al. (1986). Frame alignment processes, micromobilization, and movement participation. *American Sociological Review* 51: 454–481.

Soley, L. C. (1992). *The News Shapers: The Sources Who Explain the News.* NY: Praeger.

Soloski, J. (1989). Sources and Channels of Local News. *Journalism Quarterly* 66 (4): 864–870.

Spear, J. C. (1984). *Presidents and the Press.* London: the MIT Press.

Spector, M. & Kitsuse, J. I. (1977). *Constructing Social Problems.* Menlo Park, CA: Cummings.

Sperry, S. L. (1981). Television news as narrative. In R. P. Adler (ed.). *Understanding Television.* NY: Praeger.

Spitzer, R. J. (1993) (ed.). *Media and Public Policy.* Westport, CN: Praeger.

Sriramesh, K. & White, J. (1990). *Culture and communication: The impact of Societal culture on public relations.* Paper presented to the ICA annual conference, Dublin, Ireland (also appeared in J. Grunig (ed.), 1992, *Excellence in Public Relations and Communication Management* as chap. 22 with a different title: "Societal culture and public relations").

Sriramesh, K., et al. (1996). Observation and measurement of two dimensions of organizational culture and their relationship to public relations. *Journal of PR Research* 8 (4): 229–261.

Sriramesh, K., et al. (1992). Corporate culture and public relations. In J. Grunig (ed.), *Excellence in Public Relations and Communication Management*. Hillsdale, NJ: Erlbaum.

Staab, J. F. (1990). The role of news factors in news selection: A theoretical reconsideration. *European Journal of Communication* 5: 423–443.

Starbuck, W. H. (1990–1991). Organizations and their environments. In M. D. Dunnette & L. M. Hough (eds.). *Handbook of Industrial & Organizational Psychology*. Palo Alto, CA: Consulting Psychologists Press.

Staudenmeier, W. J., Jr. (1989). Urine testing: The battle for privatized social control during the 1986 War on drugs. In J. Best (ed.). *Images of Issues: Typifying Contemporary Social Problems*. NY: Aldine de Gruyter.

Steele, J. E. (1996). Experts and the operational bias of TV news: The case of the Persian Gulf War. *Journalism and Mass Communication Quarterly* 72 (4): 799–812.

Stegall, S.K. & Sanders, K. P. (1986). Coorientation of PR practitioners and news personnel in educational news. *Journalism Quarterly* 63 (2): 251–259.

Stemple, G., III (1963). An empirical exploration of the nature of news. In W.A. Danielson (ed.). Paul J. *Deutschmann memorial papers in mass communication research.* Cincinnati, OH: Scripps–Howard Research Foundation.

Stemple, G., III & Culbertson H. M. (1984). The prominence and dominance of news sources in newspaper medical coverage. *Journalism Quarterly* 61

(3): 671–676.

Steveson, N. (1995). *Understanding Media Culture.* London: Sage.

Stocking, S. H. (1985). Effect of PR efforts on media visibility of orga-
nizations. *Journalism Quarterly* 62 (2): 358–366.

Stocking, S.H. & Gross, P. H. (1989). *How do Journalists Think?: A Proposal
for the Study of Cognitive Bias in Newsmaking.* Bloomington, NJ: Indiana
University Press.

Streeck, J. (1994). Culture, meaning, and interpersonal communication. In M.
L. Knapp & G. R. Miller (eds.). *Handbook of Interpersonal
Communication* (2nd ed.). Thousand Oaks, CA: Sage.

Strentz, H. (1989). *News Reporters and News Sources.* Ames: Iowa State
University Press (2nd ed.). (中譯本為《新聞記者與消息來源》, 臺北:
遠流, 彭家發譯, 1994)

Strodthoff, G. et al. (1985). Media role in social movements: A model of
ideology diffusion. *Journal of Communication* 35 (2): 134–153.

Sussman, L.R. (1982). *The New World Information Order and Freedom of the
Press.* Baton Rouge, LA: Louisiana State University Press.

Swartz, J. E. (1983). On the margin: Between journalist and publicist. *Public
Relations Review* 9 (3): 11–23.

Tajfel, H. (1981). *Human Groups and Social Categories.* Cambridge Uni-
versity Press.

Tankard, J. Jr., & Israel, B. (1997). *PR goes to war: The effects of public
relations campaigns on media framing of the Kuwaiti and Bosnian crises.*
Paper presented to the AEJMC convention, Chicago.

Tankard, J., Jr. & Ryan, M. (1974). News source perceptions of accuracy of
science coverage. *Journalism Quarterly* 51 (2): 219–225.

Tankard, J. W., Jr., et al. (1991). *Media frames: Approaches to conceptualization and measurement.* Paper presented to the AEJMC convention, Boston, August.

Tannen, D. (1993). What's in a frame? Surface evidence for underlying expectations. In D. Tannen (ed.). *Framing in Discourse.* NY: Oxford.

Taylor, C. E. (1995). 'You think it was a fight?': Co–constructing (the struggle for) meaning, face, and family in everyday narrative activity. *Research on Language and Social Interaction* 28(3): 283–317.

Taylor, E. B. (1871). *Primitive Culture.* London: J. Murray.

Terkildsen, N.; Schnell, F. I.; & Ling, C. (1998). Interest groups, the media, and policy debate formation: An analysis of message structure, rhetoric, and source cues. *Political Communication* 15: 45–61.

Theus, K. T. (1993). Organizations and the media. *Management Communication Quarterly* 7 (1): 67–94.

Theus, K. T. (1988). Organizational response to media reporting. *Public Relations Review* 14: 45–57.

Thompson, D. R. (1991). *Framing the news: A methodological framework for research design.* Paper presented to the AEJMC convention, Boston, MA.

Thompson, K. R. & Luthans, F. (1990). Organizational culture: A behavioral perspective. In B. Schneider (ed.) (1990). *Organizational Climate and Culture.* San Francisco : Jossey–Bass.

Tichenor, P., et al. (1980). *Community Conflict and the Press.* Beverly Hills, CA: Sage.

Towers, Perrin, Forester & Crosby (1982). *Understanding organizational culture and climate: A Framework for better communication.* A special

TPF&C report, n.p.

Trew, T. (1979). 'What the papers': Linguistic variation and ideological difference. In R. Fowler, et al. (eds.). *Language and Control.* London: Routeldge.

Trujillo, N. (1987). Implications of interpretive approaches for organizational communication research and practice. In L. Thayer (ed.). *Organization↔ Communication: Emerging Perspectives.* Norwood, NJ: Ablex.

Trumbo, C. (1995a). *The life course of an environmental issue: Claims frames and global warming.* Paper presented to the AEJMC convention, Washington, D. C.

Trumbo, C. (1995b). Longitudinal modeling of public issues: An application of the agenda–setting process to the issue of global warming. *Journalism and Mass Communication Monographs*, 152.

Tsang, K–J (臧國仁) (1987). *A Theory of Social Propinquity: A General Systems Approach to International News Research.* Unpublished Ph. D. dissertation, the University of Texas, Austin, Tx.

Tuchman, G. (1991). Media institutions: Qualitative methods in the study of news. In K.B. Jensen & N.W. Jankowski (eds.). *A Handbook of Qualitative Methodologies for Mass Communication Research.* London: Routledge.

Tuchman, G. (1988). Mass media institutions. In N.J. Smelser (ed.). *Handbook of Sociology.* Newbury Park: Sage.

Tuchman, G. (1978). *Making News.* NY: the Free Press.

Tuchman, G. (1973). Making news by doing work: Routinizing the unexpected. *American Journal of Sociology* 79 (1): 100–131.

Tuchman, G. (January 1972). Objectivity as strategic ritual. *American Journal of Sociology* 77: 660–679.

Tunstall, J. (1971). *Journalists at Work.* London: Constable.

Tunstall, J. (1970). *The Westminster Lobby Correspondents.* London: Routledge.

Tunstall, W. B. (1985). Breakup of the Bell System: A case study in cultural transformation. In R. H. Kilmann, et al. (eds). *Gaining Control of the Corporate Culture.* San Francisco, CA: Jossey–Bass.

Turner, J.H. (1988). *A Theory of Social Interaction.* Stanford: Stanford University Press.

Turner, J. H. (1986). *The Structure of Sociological Theory* (4th ed.). Homewood, IL: The Dorsey Press（中譯本為《社會學理論的結構》，臺北：桂冠，吳曲輝譯，1992）.

Turow, J. (1990). Media industries, media consequences: Rethinking mass communication. In J. Anderson (ed.). *Communication Yearbook* 13 (pp. 478–501). Newbury Park, CA: Sage.

Turow, J. (1989). Public relations and newsworks: A neglected relationship. *American Behavioral Scientist* 33: 206–212.

van den Berg, H., et al. (1992). Contextualization in newspaper articles. A sequential analysis of actors' quotes on the PATCO affair. *European Journal of Communication* 7: 359–389.

van den Broek, P. (1994) Comprehension and memory of narrative texts. In M. A. Gernsbacher (ed.). *Handbook of Psycholinguistics.* San Diego: Academic Press.

van Dijk, T. A. (1995). Discourse semantics and ideology. *Discourse & Society* 6(2): 243–289.

van Dijk, T. A. (1993). Principles of critical discourse analysis. *Discourse &*

Society 4 (2): 249–283.

van Dijk, T. A. (1991). The interdisciplinary study of news as discourse. In K.B. Jensen & N.W. Jankowski (eds.). *A Handbook of Qualitative Methodologies for Mass Communication Research.* London: Routledge.

van Dijk, T. A. (1989). Structures of discourse and structures of power. In J. A. Anderson (ed.). *Communication Yearbook* 12. Newbury Park, CA: Sage.

van Dijk, T. A. (1988). *News as Discourse.* Hillsdale, NJ: Lawrence Erlbaum Associates.

van Dijk, T. A. (1987). *News Analysis: Case Studies of International and International News in the Press.* NJ: Lawrence Erlbaum Associates.

van Ginneken, J. (1998). *Understanding Global News: A Critical Introduc-tion.* London: Sage.

van Leeuwen, T. (1996). The representation of social actors. In C.R. Caldas–Coulthard & M. Coulthard (eds.). *Texts & Practices.* NY: Routeldge.

van Leeuwen, T. (1995). Representing social action. *Discourse & Society* 6 (1): 81–106.

van Leeuwen, T. (1993). Genre and field in critical discourse analysis: A synopsis. *Discourse & Society* 4 (2): 193–223.

van Leeuwen, T. (1987). Genric strategies in press journalism. *Australian Review of Applied Linguistics* 10 (2): 199–200.

van Leuven, J. K. & Ray, G. W. (1988). Communication stages and public issue coverage. *Newspaper Research Journal* 9 (4): 71–83.

van Leuven, J. K. & Slater, M. D. (1991). How publics, public relations, and the media shape the public opinion process. *Public Relations Research*

Annual 3: 165–178.

van Turk, J. (1986a). Information subsidies and media content: A study of public relations influence on the news. *Journalism Monograph,* 100.

van Turk, J. (1986b). Public relations' influence on the news. *Newspaper Research Journal* 7 (4): 15–28 (Also appeared in R.E. Hiebert (ed.)(1988). *Precision Public Relations.* White Plains, NY: Longman).

van Turk, J. (1985a). Public Relations in State Government: A Typology of Management Styles. *Journalism Quarterly* 2 (2): 304–315.

van Turk, J. (1985b). Information Subsidies And Influence. *Public Relations Review* 11 (3): 10–25.

van Zoonen, L. (1994). *Feminist Media Studies.* London: Sage.

van Zoonen, L. (1992). The women's movement and the media: Constructing public identity. *European Journal of Communication* 7 (4): 453– 476

van Zoonen, L. (1991). Feminist perspectives on the media. In J. Curran and M. Gurevitch (eds.). *Mass Media and Society.* London: Edward Arnold.

Velody, I. & Williams, R. (1998). *The Politics of Constructionism.* London: Sage.

Viera, J. D. (1991). Terrorism in the BBC: The IRA on British TV. In A. O. Alali & K. K. Eke (eds.). *Media Coverage of Terrorism.* Newbury Park, CA: Sage.

Voakes, P. S., et al. (1996). Diversity in the news: A conceptual and methodological framework. *Journalism and Mass Communication Quarterly* 73 (3): 582–593.

Wallace, C. (1992). Critical literacy awareness in the EFL classroom. In N. Fairclough (ed.). *Critical Language Awareness.* London: Longman.

Wallack, L. (1990). Improving health promotion: media advocacy and social movement approach. In C. Atkin and L. Wallack (eds.). *Mass Communication and Public Health.* Newberry Park, CA: Sage.

Walters, L. M. & Walters, F. N. (1992). Environment of confidence: Daily newspaper use of press release. *Public Research Review* 18 (1): 31–46.

Walters, L. M., et al. (1995). *Agenda Building the 1992 Presidential Campaign.* Paper presented to the AEJMC convention, Washington, D.C.

Walters, L. M., et al. (1994). After the highwayman: Syntax and successful placement of press releases in newspapers. *Public Relations Review* 20: 345–356.

Walters, L. M., et al. (1989). *Bad Tidings.* Hillsdale, NJ: Erlbaum.

Wanta, W.; Williams, J.; Hu, Y–W. (1991). *The agenda–setting effects of international news coverage: An examination of differing news frames.* Paper presented to the AEJMC Convention, Boston, MA.

Weaver, D. (1990). Setting political priorities: What role for the press? *Political Communication and Persuasion* 7: 201–211.

Weaver, D. (1987). Media agenda–setting and elections: Assumptions and implications. In D. L. Paletz (ed.). *Political Communication Research.* Norwood, NJ: Ablex.

Weaver, D. & Wilhoit, G. C. (1980). News media coverage of senators in four congresses, 1953–1974. *Journalism Monographs*, 67.

Weber, L. R. (1995). *The Analysis of Social Problems.* Boston: Allyn and Bacon.

Weick, K. (1987a). Theorizing about organizational communication. In F. M. Jablin (ed.). *Handbook of Organizational Communication: An Interdisciplinary Approach.* Newbury Park, CA: Sage.

Weick, K. (1987b). Organizational culture as a source of high reliability.

California Management Review 29 (2): 112–127.

Weick, K. (1969). *The social psychology of organizing.* Reading, MA: Addison–Wesley（本書使用第二版，1979）.

Weimann, G. (1987). Media events: The case of international terrorism. *Journal of Broadcasting and Electronic Media* 31 (1): 21–39.

Weiss, H. J. (1992). Public issues and argumentation structures: An approach to the study of the contents of media agenda setting. *Communication Yearbook* 15: 374–396.

Weispfenning, J. (1993). Routinization of news production. In B. S. Greenberg & W. Gantz (eds.). *Desert Storm and the Mass Media.* Cresskill, NJ: Hampton.

Westergaard, J. (1977). Power, class, and the media. In J. Curran, et al. (eds.). *Mass Communication and Society.* Beverly Hills, CA: Sage.

Westerstahl, J. (1983). Objective news reporting. *Communication Research* 10: 403–424.

Westerstahl, J. & Johansson, F. (1994). Foreign news: News values and ideologies. *European Journal of Communication* 9: 71–89.

Westley, B. H. & MacLean, M. (1957). A conceptual model for mass communication research. *Journalism Quarterly* 34: 31–38.

White, D. M. (1950). The 'gate keeper': A case study in the election of news. *Journalism Quarterly* 34: 31–38.

White, H. (1996). The values of narrativity in the representation of reality. In J. Appleby, et al. (eds.). *Knowledge and Postmodernism in Historical Perspective.* NY: Routledge.

White, J. & Dozier, D. M. (1992). Public relations and management decision making. In J. E. Grunig (ed.). *Excellence in Public Relations and*

Communication Management. Hillsdale, NJ: Erlbaum.

Whitney, D. C. (1991). Agenda–Setting: Power and contingency (commentary on Reese). In J. Anderson (ed.). *Communication Yearbook* 14. Newbury Park, CA: Sage.

Whitney, D. C. & Becker, L. B. (1982). 'Keeping the Gates' for gatekeepers. *Journalism Quarterly* 59 (1): 60–65.

Whitney, D. et al. (1989). Geographic and source bias in network TV news, 1982–1984. *Journal of Broadcasting and Electronic Media* 33(2): 159–174.

Williams, R. (1981). *Culture.* London: Fontana Press.

Williams, W. Jr., et al. (1991). The impact of campaign agendas on perceptions of issues. In D. L. Protess & M. McCombs (eds.). *Agenda Setting: Readings on Media, Public Opinion, and Policymaking.* Hillsdale, NJ: LEA.

Willnat, L. (1997). Agenda setting and priming: Conceptual links and differences. In M. McCombs, D. L. Shaw, & D. Weaver (eds.) (1997). *Communication and Democracy.* Hillsdale, NJ: LEA.

Wilson, J. (1973). *Introduction To Social Movements.* NY: Basic Books.

Wittebols, J. H. (1995). News and the institutional perspectives: Sources in terror stories. *Canadian Journal of Communication* 20: 107–113.

Wober, M. & Gunter, B. (1988). *Television and Social Control.* Alder-shot, England: Avebury.

Wolfsfeld, G. (1997a). *Media and Political Conflict: News from the Middle East.* NY: Cambridge.

Wolfsfeld, G. (1997b). Fair weather friends: The varying role of the news media in the Arab–Israel peace process. *Political Communication* 14:

29–48.

Wolfsfeld, G. (1993). Introduction. In A. A. Cohen & G. Wolfsfeld (eds.). *Framing the Intifida: People and Media.* Norwood, NJ: Ablex.

Wolfsfeld, G. (1991). Media, protest, and political violence: transactional analysis. *Journalism Monograph*, 127.

Wolfsfeld, G. (1984). Symbiosis of press and protest: An exchange analysis. *Journalism Quarterly* 61 (3): 550–556, 42.

Woo, J. (1994). *Different frames and the same mechanism: Comparing TV news coverage of the 1987 and 1992 Korean presidential elections.* Paper presented to the ICA convention, Sydney, Australia.

Wood, D. J. (1991). Social issues in management: Theory and research in corporate social performance. *Journal of Management* 17 (2): 383–406.

Woodward, G. C. (1993). The rules of the game: The military and the press in the Persian Gulf War. In R. E. Denton, Jr. (ed.). *The Media and the Persian Gulf War.* Westview, CN: Praeger.

Woolgar, S. (1988). *Science: The Very Idea.* London: Tavistock.

Wulfemeyer, T. (1983). Use of anonymous sources in journalism. *Newspaper Research Journal* 4(2): 43–50.

Yows, S. R. (1994). *Towards developing a coherent theory of framing: Understanding the relationship between news framing and audience framing.* Paper presented to the AEJMC convention, Atlanta, Aug. 10–13.

Zhu, J. (1992). Issue competition and attention distraction: A zero–sum theory of agenda–setting. *Journalism Quarterly* 68: 825–836.

Zhu, J. & Boroson, W. (1997). Susceptibility to agenda setting: A cross–sectional and longitudinal analysis of individual differences. In M.

McCombs, D. L. Shaw, & D. Weaver (eds.) (1997). *Communication and Democracy*. Hillsdale, NJ: LEA.

Zoch, L. M. & Galloway, E. A. (1997). *Spokesperson as agenda builder: Framing the Susan Smith investigation.* Paper presented at the AEJMC convention, Chicago.

Zucher, H. G. (1978). The variable nature of news media influence. In B. D. Ruben (ed.). *Communication Yearbook* 2. New Brunswick, NJ: Transaction Books.

三民大專用書書目 —— 新聞

書名	作者		服務單位
基礎新聞學	彭家發	著	政治大學
新聞論	彭家發	著	政治大學
傳播研究方法總論	楊孝濚	著	東吳大學
傳播研究調查法	蘇蘅	著	輔仁大學
傳播原理	方蘭生	著	文化大學
行銷傳播學	羅文坤	著	政治大學
國際傳播	李瞻	著	政治大學
國際傳播與科技	彭芸	著	政治大學
廣播與電視	何貽謀	著	輔仁大學
廣播原理與製作	于洪海	著	中廣
電影原理與製作	梅長齡	著	前文化大學
新聞學與大眾傳播學	鄭貞銘	著	文化大學
新聞採訪與編輯	鄭貞銘	著	文化大學
新聞編輯學	徐昶	著	新生報
採訪寫作	歐陽醇	著	臺灣師大
評論寫作	程之行	著	紐約日報
新聞英文寫作	朱耀龍	著	前文化大學
小型報刊實務	彭家發	著	政治大學
媒介實務	趙俊邁	著	東吳大學
中國新聞傳播史	賴光臨	著	政治大學
中國新聞史	曾虛白	主編	前國策顧問
世界新聞史	李瞻	著	政治大學
新聞學	李瞻	著	政治大學
新聞採訪學	李瞻	著	政治大學
新聞道德	李瞻	著	政治大學
新聞倫理	馬驥伸	著	文化大學
電視制度	李瞻	著	政治大學
電視新聞	張勤	著	政治大學
電視與觀眾	曠湘霞	著	中視文化公司
大眾傳播理論	李金銓	著	香港中文大學
大眾傳播新論	李茂政	著	政治大學
大眾傳播理論與實證	翁秀琪	著	政治大學
大眾傳播與社會變遷	陳世敏	著	政治大學
組織傳播	鄭瑞城	著	政治大學